玫 瑰 战 争

[英] 艾莉森·威尔 著

沈毅 译

Lancaster and York

The Wars of
the Roses

ZHEJIANG UNIVERSITY PRESS

浙江大学出版社

这些大事是国王们的游戏，就像舞台剧，而且多半在断头台上演出。

——托马斯·莫尔

夺取王冠，守卫它，失去又重新夺回它的过程如何？它让英国人流的血，比两次败给法国人流得还多。

——托马斯·莫尔，《理查三世传》

致　谢

　　我要一如既往地感谢我的编辑吉尔·布莱克（Jill Black）所给予的大力支持与帮助，感谢乔纳森·凯普出版公司的帕斯卡尔·卡瑞斯（Pascal Cariss）为原稿校对所付出的努力与心血。感谢我的文学经纪人朱利安·亚历山大（Julian Alexander）对我的不断鼓励。

　　我还要感谢我丈夫的哥哥——约克大学的罗纳德·威尔博士（Dr Ronald Weir）——在估量 15 世纪的货币价值方面所给予的指导。最后，我必须再次感谢我的丈夫兰金（Rankin）、我的孩子约翰（John）和凯特（Kate），以及我的双亲多琳（Doreen）和詹姆斯·卡伦（James Cullen）——为他们在最近的两年多时间里对我的忍耐、帮助与热情。

引　言

在写前一部书《塔中王子》（*The Princes in the Tower*）时，我便清楚地意识到，从某些方面来说，有关的故事只讲了一半。我现在着手写的是这场从1455年至1487年持续了30多年的武力冲突的最后阶段，它被生动形象地称为"玫瑰战争"。实际上，这场冲突包含了两个阶段的"玫瑰战争"：第一阶段从1455年到1471年，为兰开斯特家族与约克家族之间的战争；第二阶段从1483年到1487年，为约克家族与都铎家族之间的战争。由于在《塔中王子》里只是比较简要地触及前一阶段，相对详细讲述的是后一阶段的战争，所以，我觉得以前书作为先导，以现在这本书作为补充，相关的故事会变得更加完整、丰满和生趣盎然。那么，眼下这本书的内容重点，就落在了兰开斯特家族与约克家族之间的恩怨以及第一阶段的"玫瑰战争"上面。

在写作的过程中，我研读了许多古代和现代历史资料。就现代资料而言，我的着眼点几乎全部集中在与主题密切相关而且实用有效的，以及军事方面的内容上。本书自然涉及这些内容，而且在有些章节中做了非常具体的描述，但我的主要用意还是着力于刻画历史人物形象——在英国历史长河中这段最为惊心动魄、旷日持久的纷争中牵涉的主要角色及其个性。

这场血腥的派系纷争围绕着亨利六世这个精神失常的可怜人物而展开。他治国无方并有心理障碍，这带来了政治动荡、民众的不满和手握重要土地的权贵间的相互倾轧，最后导致战争以及为争夺王权而进行的残酷战斗。亨利的首要竞争对手是约克公爵理查·金雀花，依据当时人们认可的长子继承法，约克本该成为国王。约克死后，他的儿子，也就是后来的爱德华四世继承了他理应得到的王位。爱德华乃是一位冷酷无情且善用魅力的人，他最终摧毁了兰开斯特家族而登上国王的宝座。

本书也是关于一个女人为儿子获得王位继承权所坚持的艰苦卓绝和顽强不息的抗争的故事。亨利六世的妻子，安茹的玛格丽特王后，被她的敌手们攻讦为将私生子移花接木带进王家产房，顶替王子。她为了兰开斯特家族的事业，以及丈夫和儿子那了无胜算的权利，组织武装奋战多年。这件事本身就非同寻常，因为她是尚武的男性世界中的一介女子，在这样的世界里，女人往往只能成为男人的动产和附庸、政治上无足轻重的角色。

在这场冲突中牵涉的人物还有很多：玛格丽特的儿子，兰开斯特的爱德华在年少时就醉心于暴力，他早熟的冷酷无情让同时代人为之震惊；享有"造王者沃里克"之称的沃里克伯爵理查·内维尔，是中世纪晚期典型的超级强悍的臣民，具有扶植或废黜国王的能力，其忠诚归根到底只是针对自己。"玫瑰战争"不仅促使一个王朝终结，也导致了诸如沃里克这样的权贵的消亡。

我尽力从真实人物的个性及癖好着墨，而不只是罗列他们那盘根错节的家谱中的名录，并清晰可辨地勾画兰开斯特王室和约克王室成员的形象。好比博福特家族，他们是冈特的约翰的后代，原本是私生子，在宫廷中——有人说还在王后的床上——作威作福。至于都铎家族，尽管血统备受质疑，但像博福特家族一样，他们坚定不移地效忠于兰开斯特家族，后来更主张自己是兰开斯特家族的继承人。故事中所涉及的国王有：神经质而穷奢极侈的理查二世、篡位者亨利四世（统治时期与叛乱和造成严重后果的疾病结下不解之缘）、冷酷好战的亨利五世（被民众视为英雄，但误判的对外政策却给他的儿子亨利六世酿成了灾难）等等。其中的王后有：时尚而不顾道德的瓦卢瓦的凯瑟琳——她在丈夫亨利五世死后爱上了一位威尔士乡绅——和伊丽莎白·韦德维尔（冰冷的美貌下隐藏着贪婪与无情）等。除此之外，我们的故事中还包括其他多彩多姿、神秘莫测或可怜悲惨的人物形象：从声名狼藉的叛乱领袖杰克·凯德到具有虐待狂倾向的伍斯特伯爵约翰·蒂普托夫特，从一大群位高权重的贵族到沃里克那脆弱且注定倒霉的女儿们伊莎贝尔和安妮·内维尔……所有这些人均以不同的方式卷入了这场纷争。玫瑰战争是内部派系斗争的历史，而构成对立派系的这些活生生的人物，则为我们带来一个引人入胜的故事。

玫瑰战争已被历史学家们叙述过无数遍。都铎王朝时期的观点认为，距玫瑰战争爆发50多年前，理查二世被废黜是随后这一系列战争的起因，如今这种论点已经变得不合时宜了。不过，我们的确可以从那个时代追溯这场冲突的根源。为了便于了解玫瑰战争的历程以及主要人物的王族传承关系，我们甚至需要追溯到更久远的年代，直至金雀花王朝诸王中最多子多孙的爱德华三世所繁衍的王家血统的权贵一族之由来。所以，本书讲述的不仅是玫瑰战争的故事，也是截至1471年，兰开斯特家族和约克家族的历史。

关于这个时期的史料十分匮乏，而且往往模棱两可。近百年来的大量研究，也似乎没有为我们讲清楚这个时常被誉为15世纪的"朦胧世界"的时代。尽管一些错误概念已经得以澄清，但即便如此，王朝冲突仍让许多人混淆并感到困惑。我的目标在于消除这种疑惑和混乱，力求阐明在那个没有确定继承章法可循的时代中的王位继承问题，并按年代的顺序来呈现这个故事。我试图在有限篇幅中通过引证同时代人的细节描述，来使主题贴近任何学术性的或非学术性的读者。总而言之，我将用心去讲述的，是一个震撼人心而难免有些残忍的、一些英国历史上具有超凡魅力的人物牵涉其中的高层权力斗争的故事。

　　这个故事始于 1400 年一位国王的被害，止于 1471 年另一位国王的被杀。可以说，前者的被害，是后者被杀的直接原因。本书讲述的是英国在 1400 年与 1471 年之间发生的故事，并将回答这个问题：这一切是如何发生的？

艾莉森·威尔（Alison Weir）

1995 年 2 月　于萨里

第二部分 玫瑰战争

1. 美丽富饶的英格兰

1466 年，波希米亚贵族加布里埃尔·泰泽尔（Gabriel Tetzel）寻访英格兰，把英格兰描述为"一个四面环海的小花园"。这个国家给 15 世纪末的意大利学者波利多尔·维吉尔（Polydore Vergil）留下了难忘的印象。他写道：

> 芳香四溢的山谷，波浪起伏的丘陵，景色宜人的森林，广袤无垠的草地，肥沃润泽的土地，随处可见的清泉——还有那泰晤士河面上数千只悠然自得游弋着的天鹅群，眼前的景象真是美不胜收。英格兰的美丽富饶，远胜欧洲其他任何国家。就连小客栈的老板们——他们很可能属于贫贱之辈——也无不为房客们提供银制餐具和酒杯。

被派往亨利六世宫廷的教皇使节皮耶罗·达·蒙特（Piero da Monte）写道，英格兰是"一个极其富庶的国度，到处都是金银珍宝，到处都是欢歌笑语"。当时英格兰的大部分土地被森林和林地所覆盖。绵羊成群，随处可见，因为久负盛名的羊毛贸易历来就是王国之命脉。不时进入眼帘的，还有牛群和鹿群。可耕土地依然被条条块块地分割开来，显示出封建农业的典型特征。不过，许多地方也出现了废弃的村庄，遗落在破败教堂的周边。沃里克郡的古文物研究者约翰·劳斯（John Rous）说，"村落毁坏"乃是"国家的危险"。许多村庄的消失，是发生在 1348—1349 年间大面积流行的黑死病导致的。瘟疫无情地夺走了大量村民的性命，一些村庄的人口因此剧减，另一些村庄则人烟稀少得无法耕作土地。那些幸存下来的人们往往会出卖劳力来换取现金报酬，有些人还会寻找机会迁往他乡。于是，一些残存的村庄被临近的农民或地主蚕食，他们用树篱或栅栏将土地围成一圈，以便放牧可生产毛料的羊群。

英格兰约有 1 万个乡镇，但几乎所有乡镇的规模都仅相当于现代的许多村庄。伦敦是当时最大的城市，其居住人口约为 6 万到 7.5 万人。约克为第二大城市，居民人数只有 1.5 万人。较小城镇的居住人口可能最多不过 6000 人。大部分城镇都有城墙分界，城界外围即是农村。贸易中心汇集在城镇，贸易活动受控于商业行会。

尽管城镇与村庄之间拥有道路网络，相互贯通，但连接农村的道路往往非常狭小。农村道路的维护职责一般由当地的土地所有者承担，但他们常常极不情愿。所以，在英格兰的许多地方，旅行者们不得不雇用当地向导来指引路线，而且，一些道路在雨后会变得泥泞不堪，简直无法通行。同时代的有关记录表明，当时的气候条件要比现在更为寒冷潮湿。

1485 年，英格兰的人口总数介于 75 万到 300 万人之间。估值的差异之所以会如此之大，是因为其有效的统计数据来源仅有 1381 年的人头税纳税申报表和 1523—1524 年间的议会记录资料。不过，可以肯定的是，英格兰人口在 15 世纪正处于萎缩状态，而且，许多人迁移到了约克郡、东安格利亚和西南部各郡的羊毛织品主要产地。大约九成人口依赖土地为生。威尼斯的访问者们指出，乡村的居住人口十分稀少，且评论说，王国的人口"看起来与其丰饶和富有不成比例"。

威尼斯人发现，英国人具有"强烈的自恋特征，在他们的心目中，除了英格兰就不存在其他的世界了"，而且英国人非常保守，"如果国王提议需要变革陈旧的成规，那么，每一个英国人似乎都会感到这是要他的命"。狭隘的英国人对所谓的"外国人"或"陌生人"充满了憎恨之情，"外国人"往往只能居住于较为国际化的密集社区（主要在伦敦）或东安格利亚——那里定居着许多弗兰德斯织布工。

勃艮第的编年史家菲利普·德·科米纳（Philippe de Commines）认为，英国人性情暴躁、率直粗俗、反复无常，但不管怎么说，他们可以成为勇敢的好士兵。其言外之意是，英国人的好战倾向是玫瑰战争的主要成因之一。他相信，即使英国人不与法国人打仗，他们也会自相残杀。

英国人的生活水准给许多外国人留下了深刻的印象。一位威尼斯使臣说，人人穿戴考究，膳食丰盛，大肆饮用啤酒、麦芽酒和葡萄酒。维吉尔评论道，英格兰的烤牛肉"无与伦比"。在一次由伦敦市长款待的宴会上，这位威尼斯使臣被奉为上宾，宴会持续了十来个小时，参加者数以千计。然而，让他最感惊讶的是，整个过程始终在一种寂然无声的状态下进行。这反映出当时的英格兰人对于礼仪规矩之注重。使臣的随行人员不禁为这个岛国的人们所具备的极度礼貌而感动。

南方人和北方人被视为具有明显不同特点的两种民族。南方人被认为是较文明、有教养的，同时也较圆滑、诡谲甚至怯懦。如果拿荷马史诗中的两位特洛伊王子来类比的话，那么，南方人更像胆小懦弱的弟弟帕里斯，而不像勇猛刚强的哥哥赫克托耳。北方人则被认为是傲慢、自负、粗俗、暴烈、好战、贪婪的，他们习以为常的强取豪夺行径使其声名狼藉。毫无疑问，这是生存的基本状态所使然的：南方人在享受奢华，而北方人却度日艰难。其结果是，南方人惧怕北方人，而北方人则憎恨南方人。

现今，各地的方言已经相互通融，但在 15 世纪，方言差别甚大，以至于肯特人（Kentishmen）与伦敦人彼此不能理解对方的语言。社会是封闭、局限的，民众的生活以郡或县为疆域，并视其为"国家"，其他"国家"的人被视为"外国人"。

大部分国外旅行者都会侧目于光洁雪白的英格兰女子，她们美丽并富有魅力，许多人还会惊讶于她们的早熟。一位波希米亚访客尼古拉斯·冯·柏普劳（Nicholas von Poppelau）发觉，"她们的欲望一旦被挑逗起来，就会像着了魔似的"。包括他在内，一些人还着迷于英国人用亲吻来表示问候的风俗："在英格兰，接吻相当于其他地方的握手。"

15 世纪，西欧自认为是一个由普世的天主教凝聚起来的统一整体，信仰的是一个由上帝的意志所安排的井然有序之宇宙的观念。中世纪晚期的人们抱持着一种根深蒂固的信念，认为上帝出于人类利益的考虑而为人类社会创建了秩序，这一秩序概念表现为一种金字塔形的层次结构：上帝居于金字塔顶端，国王们位于其下；接下来依次排列的是教会的王公贵族，骑士和上流社会人士，法学家以及其他专业阶层，商人和自耕农；最后是广大的农民。每个人所处的阶层与生俱来，一辈子安于天定位置的人是快乐的。

正如《圣经》以及受到神启的教会和国家的正典、民法所显示的，上帝的法则即是宇宙的自然法则，上帝的权威神圣不可侵犯。只有社会的所有阶层都能彼此和睦相处，和平与秩序才能得以实现。骚乱无序，比如异端、谋反或试图超越自己已被规定的身份地位被认为是魔鬼的作为，因此被看作不可饶恕的大罪。人们普遍认为，国王的主要职责之一，就是确保全体臣民能够安然生活于他们与生俱来的阶层上。为了规范人们的服饰和行为而通过的"禁奢法令"就旨在维护社会的秩序。而这种法令之所以会应运而生，正是因为当时的一些传统理念已经受到了挑战。

由于黑死病带来的社会变革，到了 14 世纪晚期，英国的封建社会结构正显露出崩溃迹象。15 世纪，随着教皇和教会威望的衰退、西欧各国民族主义的兴起，基督教世界的统一性遭到了削弱。人们也开始质疑社会秩序的旧有概念。一位 1381 年农民起义的领袖曾经发问："在亚当和夏娃的洪荒年代，谁会是贵族？"到了接下来的这个世纪，在贸易和私营企业发展的推进下，新唯物主义为资本主义的形成奠定了思想基础，正如旧的陆基经济正在发生与经济需求相适应的变迁。

这种变化不是突然发生的。由教会和国家强加的社会秩序在 15 世纪依然是一种强大的力量。当时的英国教会作为天主教欧洲的"基督教共和政体"的组成部分，受制于教皇的法规和税捐制度。不过，与之前的几个世纪相比，教会王公所享有的权利日趋减弱。而且，随着政府功能的日益世俗化，其权力逐渐让渡给权贵，政府的职能也越来越世俗化。主教的权力更多地体现在司法公正而不是精神本质上。许多过着奢华糜烂生活的主教越来越被认为与耶稣基督所树立的榜样并不相容。

15 世纪也是英国教会内部出现巨大反差的时期。一方面，有人越来越执迷于说教、训诫、虔信和神秘论；另一方面，异教徒罗拉德派（Lollards）受到约翰·威克利夫（John Wycliffe）教义的启示，攻击教会的胡作非为，甚至质疑它在精神生活中的权威性。罗拉德派在贫穷阶层中曾极具感召力，后来遭到国王们的残酷镇压，影响力在大部分地区变得微不足道。

在反教权情绪日益高涨的情况下，神职人员难免遭到人身攻击，在当时的法庭案件中，也出现了许多伤及神职人员的暴力行为。

宗教信仰一如既往地生机勃勃和根深蒂固。英格兰因拥有成千上万的教区教堂而引以为荣，这是它以"钟声岛"而著称的缘由。在这个时期，尽管新建教堂的数量很少，但男女修道院中收留的人数却在陆续增加。附属小教堂的数量也在不断增多。虔敬的人们往往会订立遗嘱，留下钱用于修建牧师做弥撒的小教堂，希望救赎逝者及其家人的永恒灵魂。教堂联合会常常拥有数个附属小教堂的捐赠基金，其中一些基金会实力非常雄厚，并建有培养牧师的专门学院。许多教区教堂被改造成为这类学院，环境相应地得到美化。

世上生命的短暂本质，是一个宗教上循环往复的主题。由于婴儿死亡率很高而平均寿命很短，死亡成为人们不得不面对的一个现实。当时，男性的平均寿命约为 50 岁，有幸能活到 60 多岁的男人只占五分之一。由于分娩的风险，女性的平均寿命约在 30 岁。而孩子中的一大半可能活不到 20 岁。人们认为，在世上受苦受难者将在天堂获得奖赏。死神是伟大的平等主义者，无论是国王或教皇，还是商人或农民，终有一天，人人都得站在审判台前接受审问。死亡是当时的绘画、文学作品和陵墓雕塑表现的常见主题。富人的墓中时常随葬两个雕像，上面的一个展现衣着高贵的真实人身，而下面那个显示的则是正在遭受蠕虫咀嚼的腐败躯体。

人们认为天堂是一座富丽堂皇而永不腐败的宫殿，只有虔诚敬神者才被允许入内。对于罪人来说，地狱正如教堂墙壁上生动描绘的那样，象征着无时不在、真真切切的威慑力量。

人们相信，上帝之手指示和引导着王公们的一切事务。人们同时还坚信，上帝手中握有战场上的获胜权以证明胜利者的正确性。国王在加冕礼上被涂以圣油，成为上帝的受膏者和侍奉者。他的主要职责就是保护人民免遭外敌侵害，以正义和仁慈之心管理人民，以及维护和执行国家的法律。"战斗和审判是国王的要务"，最高法院首席法官约翰·弗特斯克爵士（Sir John Fortescue）于 15 世纪 60 年代写道。胆识、才智和正直，是作为国王必须具备的品质。所以一位君主的品格极为重要，其臣民的安全与福祉全赖于此。中世纪晚期的君主制是一种高度个性化的政体：在这个时期，国王既是统治者又是主宰者，拥有莫大的权力。

然而，在过去的几个世纪，随着政府治理日益繁杂，国王只得将越来越多的行政事务授权给由王室控制的许多政务部门。这些部门均以国王的名义行使特定职能，而最高统治者则保留外交政策的直接责任，行使王家特权和任免权，以及对于贵族阶级的控制权。从理论上来说，国王拥有随心所欲的自由，但普遍的观念认为，这种"自由"是要受到法律和正义约束的。国王的"魅力"往往体现于，在保留王国古老的习俗和传统的同时还能推行新的思路。英格兰王国被认为是君主所有权制，不过，正如弗特斯克所指出的，尽管王权至高无上，但在未经议会同意的情况下，国王不得擅自立法或课税。

一个国王不仅要有保护和捍卫国土的才干，而且还应该是一位称职的战士。追求和平的国王往往会招致对其不利的公众舆论，因为许多人看重的是战争的胜利和国家威望的荣耀。

15 世纪的英国国王并不供养固定的军队，而是在需要时依靠贵族为自己提供兵力。因此，君主与贵族阶层和上流社会人士之间保持良好的关系至关重要，要是某个君王实在激怒了这些人，他们很可能会利用自己掌握的武装力量发起反击。君主还有一大职责，那就是避免权贵之间发生权力争斗，尤其是在事关王国稳定的地方。正如我们将看到的，如果君主不能把控这一点，就有可能导致灾难性的后果。

王国的"民众福祉"有赖于君主政体内能否顺利产生健康的继承人，继承人既要具备相应的统治能力，又要确保臣民对他保持应有的敬重和忠诚。最为重要的是，国王的王位必须无可争议，否则就有可能或者说必定引发内战，其可怕结局难以预料。

幸亏，到了玫瑰战争末期，国王的头衔逐渐不再像他要具备的保住王位并实行有效统治的能力那么至关重要。

在中世纪晚期，关于王位继承法的界定已经不是十分明确了。一般适用的是长子继承制，也就是由长子及其继承人继任王位，但也可能会涉及其他重要因素，比如，继承人是否得到神职和世俗贵族的认可；又如后来，继任者是否具有提供稳健政府的能力。

自 12 世纪亨利一世的女儿玛蒂尔达（Matilda）开启了灾难性的尝试以暴力夺取表兄斯蒂芬国王（King Stephen）的冠冕以来，英国人便一直对女性成为最高统治者的理念表示厌恶。他们认为这违背自然，女人没有能力领导一个健全的政府。萨利克法兰克人（the Salic Franks）的法律明令禁止女性拥有王位继承权，不过这种法律并不适用于英格兰，英格兰不存在禁止女性继承王位、继而传给后人的法律依据。但是，事实上这个问题从未经受检验，因为在 15 世纪之前，金雀花王朝一直拥有充足的男性继承人。

除了对女性统治者表示不信任之外，英国人还担心未成年人继位时政局会不稳定，幸好由小孩子继承王位的情况并不多见。自 1066 年诺曼人的征服以来，到理查二世于 1377 年继位，英格兰只出现两位未成年人继承王位的例子，而在这两个例子中均发生了政治动乱。

从 1399 年到 1499 年，争夺王冠成为动乱、战争和阴谋的动因，其根源并不是缺乏继承人，而是有太多势力强大的权贵垂涎王座。这个时期，在决定王位继承人的问题上出现了新的导致政局动荡的因素：强者为王的观念开始盛行。这种情况让人们意识到，国家需要就王位继承权的问题制定成文法律，于是，一场关于通过母系传承下来的年长的一般继承人是否要比通过父系传承下来的年少的男性继承人拥有优先继承权问题的辩论由此展开。辩论的最后结果是实力和成就最为重要：哪怕头衔存疑，一位有能力的统治者仍然更有可能保持王位，而无能或专横者可能遭受厄运。

15 世纪，有人曾经试图调整继承法，但由于惧怕不同利益者的报复，英国最高立法机构一再拒绝就此重大事宜做出最终决断，并声言，这个问题不能参照普通法来做决定。

玫瑰战争正是主要发生在大权贵之间的战争。权贵阶层由少数的公爵（通常是王室亲戚）、侯爵、伯爵以及许多男爵、骑士和绅士组成。这些人在王国中拥有众多土地财富，并在自己的领地内具有最大的影响力，当地人或出于拥戴，或出于畏惧而依附于他们。

15 世纪 80 年代，林肯主教兼大法官约翰·拉塞尔（John Russell）将英国贵族阶层比作风高浪急的大海中的中流砥柱。他们肩上承载着治理英格兰的责任。贵族阶层指望得到国王的晋升和奖赏，作为他们在政治、战场、王室行政部门、外交事务或地方治理方面提供的服务和付出的一种回报。

头衔就是一切。在玫瑰战争期间，经验丰富的指挥官往往不得不遵从十几岁男孩的指令，就因为他们是王家子弟。贵族的头衔越高，财富越多。位高权重如约克公爵者，其年收入在 3000 英镑以上。[1] 男爵的年收入约为 700 英镑，骑士的年收入在 40—200 英镑之间。而一座防御城堡的建设成本，如诺福克郡（Norfolk）的凯斯特城堡（Caister），也不过 6000 英镑左右。

自 14 世纪以来，许多父系后代死于战争、瘟疫、纷争以及比武，权贵的数量随之减少。贵族头衔常常经由婚姻关系而传递给女继承人，使得一些贵族的产业变得越来越庞大。到了 15 世纪，有的权贵——虽然为数不多——拥有了比以往更广阔的土地、更雄厚的财富和更巨大的权力。虽然遗留下来的古老的盎格鲁 - 诺曼家族已经稀少，但当时的一些卓越家族，如索尔兹伯里郡的蒙塔丘特家族（Montacutes），德文郡的考特尼家族（Courtenays），诺森伯兰郡的珀西家族（Percies）、内维尔家族（Nevilles）、菲茨艾伦家族（FitzAlans）、比彻姆家族（Beauchamps）、斯塔福德家族（Staffords）和莫蒂默家族（Mortimers）等之中还是诞生了位列男爵和骑士等显要位置的后辈，他们往往会在贵族中选择婚姻对象，从而使家族脱颖而出。许多骑士家族——如蒂普托夫特家族（Tiptofts）和邦维尔家族（Bonvilles）等——拥有大量的土地和影响力，在 15 世纪受封为贵族。他们还时常寻求与富有商人联姻来扩张财富。

---

[1] 1450 年的面值乘上 234 倍大致相当于 1995 年的面值。因此，约克公爵的年收入大约相当于 1995 年的 70 万英镑。234 倍的换算结果来源于以下的依据：1450 年的小麦价格与 1914 年相比，后者为前者价格的 4.68 倍；1914—1995 年间的价格变化水平相差 50 倍。在 1914 年以后，小麦价格不是一个非常有效的价格指标（食物支出因收入的增加而下降，而且，20 世纪 30 年代的关税扭曲了小麦的价格）。因此，比照之下，商品的零售价格指数从 1914 年到 1995 年可以按照上涨 50 倍来换算：4.68 × 50 = 234。我的这一换算方法，受惠于约克大学德温特学院院长维尔（R.B.Weir）博士及其有关经济史的演讲内容。在此表示感谢。

到了 15 世纪中叶，许多大权贵一方面通过贸易投资为自己创造了相当可观的资产，另一方面通过合法的联姻关系进一步扩展着土地和势力。由此逐渐形成如最高法院首席法官弗特斯克所指出的"势力过大的臣民"，这种势力往往拥有由佃户和家臣构成的庞大军队以及他们的效忠与支持。实际上，在这一时期，贵族的威望似乎正是以其拥有的私人军队和通过服务协议所绑定的"亲信关系"的规模来衡量的。

到了亨利六世的统治时期（1422—1461），封建主义已为现在时常提及的"变态封建主义"（bastard feudalism）替代了。所有阶层的男人都从与法国的百年战争中获得了经济上的利益。从战场返回故里后，一些人将所得用来购置土地，让自己的家庭拥有土地。也有许多人没有获得足够的收入过上这样优裕的生活，于是，他们投入某位强大权贵的保护之下，虽然不用像封建诸侯那样必须宣誓效忠于主人或在需要时承担骑士义务来作为受到保护的回报，但他们受契约的束缚，穿规定的制服，以家臣的形式服务于主人。对于双方当事人来说，这种契约或合同的约束力一般有规定的期限，但常常保持终身。成为主人的亲信关系中的家臣之后，这些人往往就得穿戴规定的统一制服和徽章，并在军事行动中追随主人。作为回报，权贵确保家臣得到"可靠的保障"，这意味着受到敌人的攻击时家臣不仅能够从中获得保护，还可获得一份被称之为津贴的收益。作为家臣，他们也希望以自己提供的服务换取主人的奖赏，这样的机会也很多。比如，家臣以自己做出的贡献获得主人的土地奖赏，或者从主人那里谋取有利可图的职位等。

通过这样的制度，富有的权贵能在自己周围聚集起一大帮亲信，战时可用作强有力的战斗部队。要是不存在这样的私人军队，那么，玫瑰战争也不至于会发生。

在权贵与家臣之间的新关系中，光讲义气已起不了多大作用。只有那些富裕、成功和有势力的贵族，才有可能凝聚起一大批追随者。

追随者的决定性动机无非是贪图个人私利和寻求晋升前景。弗特斯克写道："要想人们追随你，最好的办法也许就是供养和奖励他们。"

"变态封建主义"起源于 13 世纪，但在封建制度的衰落、"百年战争"以及黑死病所带来的经济与社会影响下得以生长。到了 14 世纪末，政府开始担忧这种趋势对地方层面的司法行政造成的后果，并颁布法令限制穿戴统一制服的现象。不过，在亨利六世统治时期之前，贵族阶层更加热衷于对法战争，而不注重在国内建立权力基础。到了 1450 年，越来越令人担忧的明显迹象是，"变态封建主义"不仅对地方社会，而且对中央政府本身的稳定都造成了威胁。贵族控制的私人武装通过贿赂、敲诈和暴力等手段绑架乡村，以恐吓和威胁等行为破坏法律与秩序，背后往往还有本应维护社会治安的权贵撑腰。这种状况降低了民众对司法制度的信任感。所谓的正义，似乎只属于那些有能力支付足够的筹码而获得"公正裁决"的人。

弗特斯克曾警告说，"势力过大的臣民可能会对国王带来威胁，其中最可怕的是势力与国王不相上下的那些人"。一些权贵的营生和权力已不亚于一位国王，这对王国的太平来说并不是什么好兆头。

一些权贵受过良好的教育，颇具教养，尽心尽责地效力于国家。这种权贵执着于君主政体主导下三角鼎立的权力结构理念，对于自己担任国王的重要顾问而享有的古老、受人敬仰的权利十分尊重。14 世纪的法国编年史家让·傅华萨（Jean Froissart）称赞英国贵族"极其彬彬有礼、温文尔雅、和蔼可亲"。但在 15 世纪，情况就并非总是如此了，一些贵族粗暴而野蛮，骑士的外表难掩其残忍本性。诸如伍斯特伯爵约翰·蒂普托夫特（John Tiptoft）等少数人，更是以虐待狂的形象而臭名昭著。

许多贵族缺乏政治责任感。他们常常鹬蚌相争，或出于派系利益而水火不容。一些位高权重的贵族往往腐败堕落、贪得无厌，他们结党营私，无休无止地角逐王室的恩惠，相互嫉妒地守着自己的利益，漠然无视势力比自己弱小的人。"王国的官员们在压榨穷人的血汗，他们干了不少坏事", 15 世纪 50 年代一位编年史家写道。

从软弱无能的君主, 比如亨利六世那里博取权益的时候, 大权贵们从不心慈手软, 他们挖空心思攫取更多王室土地、荣誉封号以及更加有利可图的职位, 于是他们变得越来越富有, 而王室却越来越空虚, 以至于陷入债务泥潭。由于没有强劲的手段可以遏制他们的行为, 实际上这些权贵处于失控状态, 这对政府安全造成了另一种威胁。

15 世纪是一个社会变迁不断升级的时代。中产阶级蓬勃发展, 影响力日渐壮大, 一些人甚至违抗成规惯例, 无所顾忌地与贵族、骑士阶层通婚。另一些人则利用从商业中获得的利润, 为自己购买迄今为止只属于贵族出身者才能享用的生活。与此同时, 贵族阶层也在涉足贸易——萨福克公爵就是一位赫尔商人[1]的后裔。下层阶级在罗拉德派教义的激励下, 也在愈来愈强烈地质疑既定社会秩序。这些挑战在一定程度上给社会带来了无序状态, 人们对于权威和法律的敬畏感不断减弱。

从亨利六世统治时期开始, 有关贪污腐败、公共秩序混乱、社会骚乱以及司法行政不善的抱怨甚嚣尘上。到了 15 世纪 50 年代, 情况已经严重恶化, 以至于所有的社会阶层都感到有一种迫切要求：政府是时候采取措施来制止社会继续衰败了。法律与秩序处于瓦解状态, 犯罪活动呈现上升趋势。许多从法国战场回来的士兵发现, 他们返回家园却并未受到应有的欢迎。贫穷、惯于暴力又无军纪约束, 这往往促使他们走上一条打劫和违法的道路。一些人受雇于富裕的贵族, 恐吓、袭击甚至谋杀主人的敌人——而这些人不过是普通士绅, 无力保护自己免受武装暴徒之伤害。

世风日下, 亨利六世也许负有不可推卸的直接责任, 因为控制权

---

[1]　编注：隶属今约克郡的约克、贝弗利及赫尔的商人在中世纪英格兰发挥着重要作用。赫尔为港口城市, 位于伦敦以北约 250 千米处。

贵、执行法律和维护秩序本是他应尽的职责。但是，国王一筹莫展，并未尝试采取任何措施来纠正其臣民造成的败坏局面。那些以国王之名执法的治安官不断遭到威胁或收受贿赂。而英国人历来因其完善的司法体系以及兴盛的法律行业深感自豪，他们绝不会无视这种普遍的弊端，并认为法律的废弛是当时最大的罪恶。

编年史家约翰·哈丁（John Hardyng）写道：

> 在每一个郡，只有靠铠甲和头盔来维持公正，
> 暴政不断升级，导致邻里同胞之间发动争端。

大多数本该受到法律严惩的不法之徒，长期逍遥法外或被无罪开释，兰开斯特王朝的国王，尤其是亨利六世就赦免过成千上万违法分子。

如今，犯下叛国罪、谋杀罪和盗窃罪（物品价值超过 1 先令 5 便士）将被处以死刑。叛国罪被认为是滔天大罪，法定惩处方式是绞刑和 13 世纪以来就在使用的一种野蛮刑罚——五马分尸。贵族出身的叛国者通常可以避开这种极为恐怖的执行方法，斩首了事。但是，那些出身较低的叛国者就没有这么幸运了。一些叛国者甚至未经受审就被剥夺了生命、头衔和财产——根据的是议会颁布的《剥夺财产权和公民权法案》。后来，大部分被剥夺财产权和公民权的人得以平反，被告或其继承人的权利得到恢复，遗产由后人继承。

正如一位意大利游客所观察到的，"在这个国家，将一个人投入监狱轻而易举"。监狱中关押的主要是些债务人和普通罪犯，受指控的叛国者通常拘押在伦敦塔或其他要塞中。当时的英国没有警察力量。维护法律和秩序是司法长官以及地方治安官的职责，他们往往腐化堕落或无所作为。

然而，这个时期出现的普遍混乱并不妨碍商人阶层创造财富。1450 年后，尽管羊毛织品贸易的重要性在慢慢衰落，但与此同时，海外对英国的其他产品，比如粗纺毛织物、锡、铅、皮革以及出自于诺

丁汉郡的雪花石膏雕刻品等的需求却在不断增长。

位于法国西北部，但属英国统治的加来港是英格兰羊毛织品的重要市场，被商人巨头垄断。在那里，商人将羊毛织品出售给来自欧洲各地的客商。对于商人阶层来说，加来的稳定具有极其重要的意义，但在玫瑰战争期间，这种局面渐渐遭受破坏。从战争中逃亡的权贵把此地看作避难所，更令人忧虑不安的是，他们把此地当作进攻英格兰的跳板。

许多商人，尤其是伦敦的一些商人凭借从地中海地区进口奢侈品致富，地中海地区是一个辐射广阔的贸易中心，商品涉及香料、药品、纸张、东方丝绸、手稿、盔甲、葡萄酒、棉花、食糖、天鹅绒和宝石等。几个世纪以来，英国人一直从法国南部的波尔多（Bordeaux）和加斯科尼（Gascony）进口葡萄酒。不幸之中的大幸是，随着"百年战争"的结束以及法国人获得胜利，贸易活动并没因此遭受重创或终止。

弗特斯克认为，"与其他任何国家相比，这个国家的普通民众拥有最好的饮食和最好的穿戴"。在黑死病爆发之后，农奴制度不断衰退，劳动力出现短缺，权贵以及其他土地所有者不得不以计酬的方式来雇用劳动者耕作。政府试图强行实施劳资管控制度，但由于市场对于雇佣劳动力的需求非常旺盛，并未获得成功。由于租金低廉，劳动力备受欢迎，劳动力的租赁关系迅速取代了原先的封建隶属关系，许多贵族还出租富余的劳动力。

随着奴隶身份的消失，农民享有了更大的自由和流动性，但他们的生活往往劳累而艰辛，尤其是在食品匮乏的寒冷冬季。农民寄居的泥地小村舍往往只有一两个房间、一个小窗户和一点简易的家具，与牲畜同住一室。许多人处于极度贫困之中，只能依靠教会或富人的施舍苟延残喘。

从 14 世纪后期到 1460 年左右，农业的持续萧条使得大量土地转化为饲养羊群的牧场，少数农民的日子变得更加艰难。萧条还导致劳动力租赁及其价格下跌，这意味着，市场对于农民劳动力的需求已远不如从前那样旺盛。许多农庄沦为废墟，尤其是在北方，土地价格变得低廉。不过这个时候也出现了这样的现象：一些农民白手起家，逐渐为自己购置了土地，通过辛勤劳作脱贫致富。例如，一位来自威尔特郡的农民因生产粗纺羊毛织品而获得了丰厚的利润，在遗嘱中留下了 2000 英镑的财产。这是一笔巨额财富：当时，一般农民的年均收入在 5 英镑到 10 英镑之间，建造一座小村舍约需要 3.2 英镑。

这个国家的治理由国王的枢密院来执行，枢密院则由世俗权贵、神职贵族以及等级较低的社会精英组成。国王时常亲自主持枢密院的运作，枢密院的决策代表着国王的名义，但它的正常运转并非事事都要国王亲力亲为。

枢密院的主要职能是协助国王制定政策和贯彻日常政府事务。亨利六世漫长的未成年期强化了枢密院以及权贵的声望与权威，两者长时间地品尝了最高权力的滋味，以至于他们不愿轻易放弃手中的权力。

是枢密院而不是议会支配王国。议会由此变得无足轻重，尽管其权力在整个 15 世纪是日趋增强的。议会议员由王国的三部分人组成：上议院的神职议员、上议院的贵族议员和下议院的民众议员——他们是来自各郡的骑士代表和各区的市民代表。议会的主要职能是把控税收和审理请愿。它也是最高立法机构。

国王可以随意召集和解散议会，但有的事务，国王一旦离开议会是不能行使权力决定的。比如，对外宣战事关重大，"不召集议会，国王无权宣战，"科米纳（Commines）写道，"这是一种非常合理的、值得赞赏的制度，国王们因此可以得到更强有力、更有效的服务。国王阐明他的意图，要求臣民予以支持；在英格兰，国王不得擅自提高税赋，除非是在远征法国或苏格兰的特殊时期，以及出于其他类似重大原因。臣民们会为此而心甘情愿，特别是去攻打法国的时候！"没有议会的同意，新法律不能颁布。然而，议会选举时常受到人为操纵，权贵会不遗余力地往议会里塞进攸关自身利益的亲信。

国王可以在王国的任何地方召集议会，不过一般是在建造于亨利三世时期、金碧辉煌的威斯敏斯特宫会议室举行。有时，上议院会议在宫中的"白色密室"（the White Chamber）或"玛果房间"（the Marculf Room）里举行，下议院会议在威斯敏斯特大教堂的餐厅里召开。

政府机构集中于具有巨大影响力的王室，其中包括法院和国家的各种行政部门，主要有大法官法庭、财政部、议事厅和衣锦库等。这些部门负责法律、财政、行政管理等各种事务，并为国王及其家人提供他们在宫廷和仪式等场合所需的一切个人服务——甚至是马匹、衣服和食物等。因此，王室是王国的政治神经中枢，那些接近权力中心的官员也可以由此得到极大的影响力。

首都和政府所在地当然在伦敦。当时的伦敦城约占地 1 平方英里 [1]，北部紧挨泰晤士河，位于拥有 7 个城门的城墙之内。夜晚，所有城门都会闭锁。都城的主要防御工事集中在伦敦塔，包括堡垒、宫殿和国家监狱——当时尚未有后来的恶名。

伦敦桥是伦敦唯一的一座桥梁，由白色的石头砌成，有 19 个桥拱；沿岸坐落着许多房屋、商店，还有一座小教堂。因为狭窄而恶臭难闻的街道经常被车辆、人群和牲畜阻塞，所以泰晤士河成了伦敦的主要通道，驳船或摆渡船在这座城市间快速穿梭。河岸两旁设有很多浮动码头，在那片已被商船和私人驳船占据得拥挤不堪的水域，成百上千的船夫忙活着招揽游客。船埠、码头、货栈和起货设备沿河而建；在更远处的斯特兰德大街（the Strand）[2] 附近，贵族的花园豪宅林立于

---

[1]   编注：1 平方英里约合 2.59 平方千米。
[2]   译注：伦敦中西部大街，以旅馆和剧院著称。

河畔，而且每家都有自己的私人码头。

古老高耸的圣保罗大教堂、伦敦市政厅、大人物的豪宅、威斯敏斯特宫、附近的大修道院，还有 80 来个城市教堂，这些宏伟的建筑无不让游客震撼。城墙之外的郊区虽已有所发展，但程度不高，不过都城外围那丰美、宁静的绿野给 1483 年前来观光的意大利观察家多米尼克·曼奇尼（Dominic Mancini）留下了难忘的印象。

伦敦的管理职能由选任的市长、市政议员、政务议事厅等来行使，这些官员都来自富有的商人阶层——他们在富裕之后向往城市的权利，并施展了相当大的政治影响力。"其一切权利都属于工匠和商人"，曼奇尼注意到。伦敦在玫瑰战争中起到了决定性的作用，各路竞争者在争夺王位的过程中，能不能得到它的支持显得至关重要。

一位外国来访者把伦敦描述为世界上最繁忙的城市，一位米兰使臣认为它是"基督教世界最富有的城市"，而苏格兰人威廉·邓巴（William Dunbar）则在创作于 15 世纪 90 年代的一首诗中恰如其分地概括了伦敦风貌：

> 坚固的城墙，守护着你的尊贵，
> 聪慧的人们在城内快乐地生活，
> 鲜活的河流浇灌了两岸的繁荣，
> 悦耳的钟声缭绕于教堂的四周；
> 富裕的商贾，其财富无可匹敌，
> 他们的妇人们个个都美如天仙，
> 伦敦，你就是楚楚动人的处女，
> 赞美你啊，我心中的都市之花！

15 世纪是人们的生活水准得到极大提升的一个时期。当时幸存下来的教堂、城堡、庄园宅邸以及室内陈设和财产等，足以证明这一点。

尽管当时并不太平，但很少有人设法建造防卫森严的城堡，有人只是对现存的城堡加以美化改造，比如增添大厅、大窗户和奢华的家用设施等。富人为自己建起乡村宅邸和庄园，以满足对舒适生活的需求和审美享受。这些豪宅基本没有防御性能，虽然有的也建设了如壕沟、垛口和门楼等带着防御性特征的设施，但那只不过是炫耀性的。建筑物的这一趋势显示，人们对于这个国家的长治久安是抱有一定信心的——甚至于贯穿整个玫瑰战争时期。有证据表明，从整体上来看，战争对这个国家的社会与文化生活所造成的影响程度，可能比人们在阅览当时的编年史家的著述时所想象的要小。

除了大厅，当时的大部分家庭住宅是由许多小型房间组成的，这反映出人们追求个人生活和私密空间的新口味。壁炉取代了房间中央的平炉。窗子变得更大，以便洒入更多光线，框架则常常用木材或石材雕制而成；窗玻璃不像从前那么华贵，富裕人家往往还会定制染色玻璃的窗户，新房的窗户玻璃上常常绘有纹章图案。家具陈设，比如天盖大床、高背长椅、桌子、板凳、床头柜和橱柜等，数量不多，但质地优良，都以实木材料制作。大床雕琢精良，并挂有昂贵的编织挂毯或彩绘布料作为床幔。金银餐具通常是从上辈那里传承下来的。

这是教堂建筑和装饰工艺的一个重要时代。英国工匠特别擅长雕刻木材和雪花石膏、制作装饰性格子窗以及生产珠宝色玻璃。这也是英格兰音乐的生长期。约克派宫廷以其拥有优秀的音乐家并大力赞助作曲家而名声在外。当时创作的"颂歌"特别流行，它原本是用于重大庆祝活动的一种曲式，既可以演唱，也可以用来伴舞。许多如今极受欢迎的圣诞颂歌皆来源于这一时期。

也是在这一时期，英语成了所有阶层的通用语言，许多书籍都用英语写就。贵族大多会讲法语，因为在 14 世纪后期之前，法语是宫廷和法律行业的标准语言。大多数受过教育的人都会拉丁文，因为拉丁文仍是教会和基督教世界的国际语言。在这整个时期，国民综合素质也有稳步提高。尽管书籍都是由手工制作而成，尚属奢侈品，但毕竟不再仅收藏于教会或大学的图书馆内，人们在市面上也能获得。许多贵族、骑士和商人都在收集书籍，一些人还积累了大量藏书。英国文学史上的标杆性作家乔叟就诞生于 14、15 世纪之交，他的作品广受欢迎。这一时期的重要作家还有约翰·高尔（John Gower）、托马斯·霍克利夫（Thomas Hoccleve）和约翰·利德盖特（John Lydgate）等人。

许多学校应运而生，大部分由教会承办，也有世俗人士在不同城镇创办了一些世俗文法学校。学校的管理制度都极为严格，遵循"闲置了棍子，惯坏了孩子"的训诫。贵族子弟往往长期接受军事技艺和学术能力的双重教育，不断崛起的中产阶层也希望自己的孩子能够接受教育而变得"博学多识"，他们懂得，唯有接受良好的教育，才有可能在人世间获得更好的立足之地。于是，许多人继续去读大学，以便未来可以进入教会任职。各个大学也在实施扩展计划，主要为教会输送需要的充足学术人才，同时也为有抱负的年轻人提供更多求学机会。

正规教育只为男孩准备。女性被视为下等的性别和男人的动产。《巴黎大丈夫》（*The Goodman of Paris*，约 1393 年）一书的作者建议，为了取悦丈夫，妻子应当像狗那样忠诚。诺福克郡的玛格丽特·帕斯顿（Margaret Paston）在给丈夫约翰·帕斯顿（John Paston）的信中称他为"丈夫阁下"。丈夫为一家之主，就如上帝是宇宙的主宰。因此，妻子的主要责任就是顺从。如果婚姻中出现不和，或者夫妻无法生育，人们自然而然就会认为一切都是妻子的过错。除非得到父亲或丈夫的许可，女人几乎没有自由。但就是在这样的禁锢之下，许多女人仍设法经营生意，比如商店、农庄或贵族产业等，显示出她们并不亚于男人的才干。

婚姻的安排，往往要考虑到社会、经济或领土等方面的有利条件。在婚姻中考虑爱情观，简直就是异想天开，正因为如此，1464 年，国王爱德华四世在情感的驱使下迎娶一位不愿做情妇的平民女子为妻激起了社会公愤。

人们期望一个妻子既能帮丈夫料理家务，又能在丈夫缺席时替他打理资产，还要给子女和仆人树立良好的榜样，尤其要为丈夫生育儿子以确保家产后继有人。联姻可以体现女儿的用途，但每个有产者都希望家有男丁以传承家业。女性为此付出的代价极为高昂。许多女人死于难产，或由于重复妊娠而气血耗尽。因此，当时女性的平均寿命仅为 30 岁。

婚姻被教会视为一种"必要之邪恶"，用圣保罗的格言来说，"与其忍受欲火攻心，不如趁早谈婚论嫁"。大多数孩子早早婚嫁，除非要去拜师学艺或效力于圣职，因此，童婚十分普遍。萨勒比的格雷斯（Grace de Saleby），这是一位女继承人，她在 11 岁之前已有 3 次婚姻；约翰·瑞格马丁（John Rigmardin）3 岁成为新郎；13 岁的约翰·布里奇（John Bridge）在新婚之夜被安排与新娘同床时，向父亲大声呼救要求回家。

15 世纪的孩子并不娇生惯养。长辈对于他们的品行规范有着严明的要求，而且很少诉诸情感。父母之爱体现于对孩子未来的期盼。孩子往往被要求完全顺从父母，为了孩子自身的利益起见，哪怕是一丁点儿过错，孩子也可能会受到父亲的严厉惩罚。一位威尼斯使臣评论说："英国人情感冷漠，在他们对待孩子的态度上表现得淋漓尽致。"当他问及一些父母为什么要如此苛刻地对待孩子时，"他们回答，因为想让孩子学会更好的行为准则"。

上流社会的孩子，甚至是财产继承人很少会在自己家里长大，父母希望孩子未来能够出人头地，往往会在子女年幼时就将他们送去接受学校教育，也可能送到某位有名望或有影响力的贵族家中接受培养。这些孩子一旦出门，便难得回家了。"赞助人会对女孩的婚姻做出安排，男孩则会尽可能寻求最有利的婚姻。"童年时光早早结束，大多数孩子在十多岁时就或已结婚，或拜师学艺，或进修道院，或入大学。

15 世纪是一个多事之秋。在英格兰，动荡不安首先体现于一场旷日持久的国内战争——举世闻名的玫瑰战争。这场战争并非一贯到底，而是断断续续地长达 30 多年。本书讲述的正是发生在兰开斯特家族与约克家族之间的战争故事。

第一部分
冲突的起因

2. 权贵一族

自 1154 年以来，英格兰一直处于金雀花家族 (the House of Plantagenet) 的统治之下，王位继承在父子或兄弟之间交接得相当平稳。根据传说，金雀花王朝的国王被普遍认为是魔王的后代，他们大多是活力四射的男人和非凡杰出的领袖，精力充沛、尚武好战、坚强勇敢、正义圣明。他们具有老鹰的特征，一头红发，生性凶猛，看上去十分可怕。

爱德华三世 (1312—1377) 可以说是金雀花王朝国王的典型：伟岸、自信、威严、英俊，面容轮廓异常鲜明，蓄着长长的头发和胡须。他生于 1312 年，14 岁时其父爱德华二世被废黜并遭谋害，爱德华从 18 岁时开始统治英格兰。

1328 年，爱德华迎娶埃诺的菲利帕 (Philippa of Hainault) 为妻，她为国王生育了 13 个孩子。国王偶尔不忠，但并不影响这桩幸福而美满的婚姻，它持续了 40 年。爱德华传承了金雀花家族的粗暴脾气，王后对此产生了遏制作用：在 1347 年一起著名的事件中，爱德华经过长时间围攻而捕获了加来义民，在这劫数难逃的时刻，正是王后的说情成功解救了俘虏的性命。[1]

爱德华居住于极为壮观的皇家宫殿，经过他的扩展和美化，宫殿

---

[1] 编注：英法百年战争期间，爱德华三世围困法国港口城市加来时，曾开出以六位城中领袖的生命换取不破城的条件。以圣皮埃尔为首的六位市民挺身而出，准备受刑，后来为菲利帕王后所救。罗丹曾以此为题材创作雕塑《加来义民》。

愈加富丽堂皇，后来更成为闻名的骑士制度的中心。爱德华对圣乔治
（St. George）怀有特殊的崇敬，把他视为英格兰守护神，并大力推广
对他的崇拜。1348 年，爱德华还创建了嘉德勋位献给这位圣人。最为
重要的是，爱德华渴望通过获取伟大功绩而赢得荣耀。1338 年，由于
担心法国人入侵直辖领地阿基坦（Aquitaine）——这是可为英格兰带
来财富的葡萄酒贸易中心——爱德华声称自己有权获得法国王位，理
由是，凭借母亲（她是法兰西卡佩王朝最后一位国王的姐姐）的血统，
他才是真正的法国王位继承人。然而，法兰西适用的是《萨利克继承
法》（the Salic Law），女性无权继承王位，而且法国也已将爱德华的表
弟，瓦卢瓦的菲利普（Philip of Valois）——卡佩家族（the Capets）的
男性继承人——加冕为国王。

　　于是，爱德华开始进军法兰西，导致后来被称为"百年战争"的
武力冲突，它断断续续地打了一个多世纪。在爱德华的统帅之下，英国
人在开始时赢得过几次胜仗，例如，1340 年的斯勒伊斯战役（Sluys）、
1346 年的克雷西战役（Crecy）和 1356 年的普瓦捷战役（Poitiers）等。
在这些最初的重要战役中，英格兰的长弓手制服了法兰西的重装骑兵。
然而，英国人的胜利并未持久。1360 年，根据《布雷蒂尼条约》（the
Treaty of Bretigny）的规定，爱德华被迫归还了一些占领土地，第一阶
段的战争由此告一段落。爱德华死时，除了阿基坦，他强占的法国领
土只剩下 5 座城镇以及加来周围被称为"前哨"（the Pale）的地带。

　　在爱德华三世统治时期，英格兰发生了许多变革。议会被分为上
议院和下议院，开始定期举行会议，并通过财政管控来行使权威。当
时，议会的主要职能是根据投票来决定税收方案。就此而言，它并不
总是与国王的意愿一致。1345 年，法庭成为伦敦的永久性机构，从此
以后不再受制于国王个人。1352 年，叛国罪首次以法规的形式被加以
规定。1361 年，设立治安官的职位，由当地有名望的绅士来担当。次
年，英语取代法语成为法庭的法定语言。爱德华的统治还见证了商业
繁荣和商人阶层的崛起，教育也开始在平常百姓中间普及。

国王还是艺术家、作家和建筑师的大赞助人。英格兰垂直式风格建筑的起源，就可追溯到爱德华统治时期。这也是英国文学史上最早诞生伟人的时代，诗人理查·罗尔（Richard Rolle）、杰弗里·乔叟（Geoffrey Chaucer）、约翰·高尔（John Gower）和威廉·朗格兰（William Langland）等均出于这个时代。威廉·朗格兰的寓言长诗《农夫皮尔斯》（*Piers Plowman*），是对劳苦大众在黑死病之后遭受的压迫以及国王的情妇爱丽丝·佩勒斯（Alice Perrers）的控诉：爱德华在垂暮之年受到贪婪的佩勒斯的任意摆布，变得声名狼藉。

爱德华死于 1377 年。在他葬礼上使用的一个木制头像面具，如今仍然保存在威斯敏斯特大教堂内。从死亡面具下垂的嘴角上，人们或许还可看到国王最后死于中风的迹象。

爱德华三世育有 13 个孩子，包括 5 个长大成人的儿子。国王分别安排他们与相应的 5 位英国女继承人婚配，然后史无前例地为他们创建了公爵爵位。爱德华就这样创造了一个存在血缘关系的强大的权贵族群，并最终导致王室后代为了争夺王位而相互挑战的局面。

爱德华因赋予其子太大的领地权力而备受非难，但在当时，他无非是想尽其所能为儿子们提供最佳的条件，包括为他们提供与其皇家地位相匹配的机构和随行人员。在爱德华的一生中，他利用子女与上等贵族家庭结亲的方式，确保他们获得可观的遗产，同时扩大了皇家的影响力。这一方式被认为是非常成功的。1377 年，在爱德华出席的最后一次议会上，大法官谈到皇家内部的爱心与信任的话题时说："在基督教世界里，没有哪位国王可与陛下及其儿子们相比拟。由于陛下及王子们如此英明，王国得到了前所未有的革新、荣耀和富强。"

长子伍德斯托克的爱德华（Edward of Woodstock）受封威尔士亲王，在 16 世纪被称为"黑太子"[1]。年仅 16 岁时，王子就在克雷西战役

---

[1] 编注：黑太子的英文为 the Black Prince，因为威尔士亲王是王储专用称号，故将 prince 译为太子。

中受封骑士；在接下来十多年里，他又因骁勇善战而赢得了基督教世界最佳骑士的声誉。由于王子穿戴的盔甲的颜色，或更有可能由于他生性凶猛，因而得了个"黑太子"的绰号。在后来的几年里，黑太子疾病缠身，更因为下令屠杀利摩日（Limoges，法国中部城市）的无辜百姓而名声扫地。1376 年，他死于父亲之前，留下了一位继承人——9岁的波尔多的理查（Richard of Bordeaux）。1377 年，这个孩子继承了祖父的王位，成为理查二世。具有旺盛生育力的爱德华三世，其继任者竟然不会繁衍后代，这也算是历史的讽刺。[1] 这一境遇间接地为半个世纪之后的玫瑰战争埋下了祸根。

　　爱德华三世的次子克拉伦斯公爵——安特卫普的莱昂内尔（Lionel of Antwerp，1338—1368），找到了一位条件非常优越的婚姻对象：伊丽莎白·德·伯格（Elizabeth de Burgh），她是阿尔斯特（Ulster）的盎格鲁－爱尔兰伯爵唯一的女继承人，同时因其母亲的关系，还是国王亨利三世（1207—1272）的后代。伊丽莎白在 1363 年去世时只生育了一个女儿：克拉伦斯的菲利帕（Philippa of Clarence，1355—1381）。在伊丽莎白死后，莱昂内尔为了达到在意大利建立公国的企图，娶了米兰大公的女儿维奥兰特·维斯孔蒂（Violante Visconti）为妻。但在短短的 6 个月之后，他便在意大利神秘死亡，很可能是被人下了毒。

　　莱昂内尔与伊丽莎白·德·伯格之间的婚姻，给莱昂内尔带来了爱尔兰伯爵爵位以及阿尔斯特的伯格家族的大片祖传土地。尽管爱尔兰处于混乱之中，莱昂内尔对继承的家产只能行使形同虚设的掌控权，然而，这依然意味着他的家族与爱尔兰的土地和人民之间长久关联的开始。

---

[1]　编注：黑太子育有两子，他本人和其长子都早于爱德华三世去世。他的次子理查二世结过两次婚，未留下子女。

莱昂内尔的女儿菲利帕嫁给了第三任马奇伯爵（3rd Earl of March）埃德蒙·莫蒂默（Edmund Mortime, 1352—1381）为妻。1363 年，在母亲去世后，菲利帕凭借自身的权利成为阿尔斯特女伯爵。约克家族则经由克拉伦斯的菲利帕成为爱德华三世的后裔，有朝一日将以此作为其王位诉求的依据。鉴于长子黑太子的去世，根据长子继承权的有关法律，爱德华三世的王位本该依次传递给黑太子的弟弟莱昂内尔，而事实上却传给了爱德华的长孙，这遂成了玫瑰战争期间纷争的焦点之一。

莫蒂默家族是一个强大的贵族家族，主要势力范围分布在威尔士的边界地区。家族的主要宅邸是威格莫尔城堡（Wigmore Castle，现已废弃）和勒德洛城堡（Ludlow Castle）。通过婚姻关系，莫蒂默家族兼并了威尔士边界地区的莱西家族（the Lacys）和吉恩维尔家族（the Genvilles）的产业。在 14 世纪后半叶的巅峰时期，他们成为所有权贵中最富有的家族，并在威尔士边界地区拥有最强大的势力。莫蒂默家族不仅在本地拥有庞大的家产，而且在爱尔兰、威尔士、多塞特郡（Dorset）、萨默塞特郡（Somerset）和东安格利亚（East Anglia）等地也拥有大量产业。他们还扩充和改进了勒德洛城堡，建造了一系列宏伟壮观的家用住宅，后来被认为是中世纪晚期以来幸存的贵族家用住宅的完美典范。

埃德蒙·莫蒂默 8 岁时在其父亲去世后成为第三任马奇伯爵，后来凭妻子的头衔而成为阿尔斯特伯爵。1379 年，他被任命为爱尔兰最高行政长官，并有好几位后人传承了他这一职位。尽管任期不到 3 年，他还是创建了不凡的业绩。1381 年 12 月，莫蒂默在科克郡涉水渡河时不幸淹死，他的儿子罗杰（Roger，1373—1398）成为继承人。

爱德华三世的三子——冈特的约翰（John of Gaunt，1340—1399），凭借与远房表妹，兰开斯特家族的女继承人布兰奇（Blanche）之间的婚姻关系成为兰开斯特公爵。这个家族由亨利三世的次子兰开斯特伯爵埃德蒙·克罗奇贝克（Edmund Crouchback）创建于 13 世纪。兰开斯特公爵领地是享有王权的贵族领地，这就意味着，它实际上相当于一个独立的国家，国王的令状对于这样一个公国的约束力是微乎其微的。

冈特的约翰消瘦、高挑，具有军人风度，是一位拥有惊人财富的亲王。他继承了这个王族历来具有的显著特性：骄傲自负、野心勃勃。冈特的约翰按照王室的格局为自己设立种种机构，身边配备的随从达500 人之多。他的庞大财产遍及英格兰和法兰西，拥有 30 座城堡以及众多庄园，并可随意召集一支富有战斗力的军队。冈特最喜欢的住所，是位于伦敦的萨沃伊宫（the Savoy）和位于沃里克郡的肯尼沃斯城堡（Kenilworth Castle）。萨沃伊宫富丽堂皇，可与威斯敏斯特宫相媲美，不过在 1381 年的农民起义中被烧毁。肯尼沃思城堡则是他那些兰开斯特后代们的钟爱之所，现在也已被毁，但冈特宏伟的宴会厅及其巨大的窗户依然残存。

冈特讲究礼节，犹如他所处阶层的大部分人一样，像遵循第二大宗教那样坚守着骑士准则。他受过良好的教育，热爱阅读，资助过乔叟，并喜好格斗。冈特的言谈举止既庄重威严，又不失温文尔雅，很少会对冒犯他的人进行报复。他对佃户们关爱有加，对低下阶层怀有仁慈之心，非常同情想要获取自由的农奴或奴隶，甚至是麻风病人和中世纪的无家可归者。即便是造反的农民，他也会以公平合理的方式加以处置。

尽管参与过许多战事，但冈特并没取得重大战绩，因此，他感到仿佛生活在父亲和长兄的阴影之下，无法享受他们那样的公众英雄的荣耀。14 世纪 70 年代之前，冈特在英格兰民众中尚未广得人心。但是，随着爱德华三世日趋病弱并沉陷于贪婪的情妇爱丽丝·佩勒斯的诡计，而黑太子重病缠身后日益委顿，英格兰在百年战争中曾经取得的胜利成了明日黄花。由于缺失具有凝聚力的领袖人物，英格兰政府的危机接踵而至。作为皇家相对年长的活跃成员，冈特因王朝的缺陷以及英国丧失了一些在法国的占领地而遭受民众的指责。人们对他拥有的财富和势力表示怨恨。"黑太子"死后，更有流言称，他想为自己夺取王位。甚至有谣言说，冈特是一个佛兰德的低能儿，被人偷偷地送进母亲的卧房来替换胎死腹中的女儿。但所有的传言都不真实，在侄子理查二世继位后，冈特表现出了极高的忠诚度，并没有因为侄子未成年而与其他任何反对势力同流合污。从此以后，他把维护英格兰王权的尊严和完整看作自己一生的使命。在侄子未成年期间，冈特是英格兰实际上的统治者，但他仍然忠诚于理查。尽管如此，他还是树立了仇敌，特别是在神职人员中间，他们攻击冈特支持约翰·威克利夫（John Wycliffe）——因为威克利夫曾经抨击教会内部胡作非为而招致怒火。许多权贵怀疑冈特心怀篡位图谋，实际上，冈特梦寐以求的是卡斯蒂利亚（Castile，西班牙古国）的王位。他曾宣称，经由卡斯蒂利亚的女继承人，也就是他的第二任妻子康斯坦丝（Constance）的权利，他可以在那里为自己创建王国。不过冈特的企图并未成功。

直到 14 世纪 90 年代，理查二世一直都尊重、信任和依赖冈特，而与此同时，冈特作为政治家的地位得到了显著的提高，甚至连他公然的仇敌，编年史家托马斯·沃尔辛汉姆（Thomas Walsingham）也改变态度，把他描述为一位很有价值并忠心耿耿的人。乔叟——他的妻妹是冈特的第三任妻子——称其赞助人"遇事可商量，充满好奇心而又通情达理"，而傅华萨（Froissart）则形容冈特"圣明、富于创造力"。

乔叟将自己的作品《公爵夫人之书》（*The Book of the Duchess*），敬献给冈特的第一任妻子，兰开斯特的布兰奇。根据乔叟的说法，布兰奇靓丽迷人、金发飘飘、高挑匀称。她具有读写能力，这在当时非同寻常，那时候不鼓励女性掌握读写能力，因为它会给女人提供书写情书的途径。然而，布兰奇的美誉纯洁无瑕，被认为是文人墨客圣洁的女施主。她为冈特生育了八个孩子，但其中只有三个被养育成人：菲利帕嫁给了葡萄牙国王约翰一世（John I），伊丽莎白嫁给了第一任埃克塞特公爵约翰·霍兰德（John Holland），博林布鲁克的亨利（Henry of Bolingbroke）则是冈特的继承人。1369 年，布兰奇死于第三次黑死病爆发期间，葬于古老的圣保罗大教堂。

冈特与卡斯蒂利亚的康斯坦丝之间的第二次婚姻，是出于政治上的目的。他们生育了两个孩子，约翰早年夭折，凯瑟琳（Katherine）嫁给了卡斯蒂利亚国王恩里克三世。康斯坦丝死于 1394 年。

1396 年 1 月 13 日，冈特在林肯大教堂步入他的第三次婚姻，这次是为了爱情。新娘是与他维持了长达 25 年情妇关系的女人——凯瑟琳·斯温福（Katherine Swynford）。凯瑟琳是吉耶纳一位传令官的女儿，也是休·斯温福爵士（Sir Hugh Swynford，1372 年战死于法国）的遗孀，嫁给冈特时大约 46 岁。据说她是菲利帕·勒·皮卡德（Philippa le Picard）的妹妹。菲利帕曾做过爱德华三世王后的侍女和兰开斯特公爵夫人布兰奇的司膳女总管，同时很可能是诗人杰弗里·乔叟的妻子。

凯瑟琳最初引起冈特的注意，是在被雇来做他与布兰奇之女的"女管家"的时候。按照傅华萨的说法，两人之间的风流韵事开始于布兰奇去世的前一年。可以肯定的是，在与康斯坦丝结婚期间，冈特与凯瑟琳继续保持情人关系。根据沃尔辛汉姆的描述，两人在 1378 年公开姘居之前，并未因此而声名狼藉。三年之后，他们私通的丑事变得家喻户晓。冈特于 1372—1381 年间的往来账目，记载了他馈赠凯瑟琳的大量礼物。由于 1381 年农民起义给他带来了损失，冈特认为这是上帝对他不满的证据，于是宣布与凯瑟琳断绝关系。1382 年，凯瑟琳辞去职务，退隐到情人赠予她的分别位于林肯郡和诺丁汉郡的庄园中。

凯瑟琳为冈特生育了四个孩子，他们均以冈特曾在法国香槟地区拥有的领地和城堡的名字博福特（Beaufort）作为姓氏。这些领地和城堡早在孩子们出生之前的 1369 年业已得而复失。这些孩子及其后代，主导了之后的英国政治舞台长达百年之久。有人曾经说过，这段时期，博福特家族的历史就是英格兰的历史。此话不是没有根据的。他们的出生日期记载不详，但老大约翰·博福特显然出生于 14 世纪 70 年代早期，因为在 14 世纪 90 年代，他曾骑着马耀武扬威地出现在法国的竞技比武现场——那是一场在位于圣安格勒韦尔（St Inglevert）的法国宫廷举行的著名竞技比武活动。正是从约翰衍生出了博福特家族的诸位萨默塞特公爵，以及后来的都铎王朝。老二亨利在德国亚琛接受法律教育后，在剑桥大学和牛津大学继续深造，尔后就任神职，并升为红衣主教，成为王国最有影响力的人物之一。老三托马斯，在博福特家族于 1397 年合法化时，因太年轻而无法被授予爵位，但在成年后成为埃克塞特公爵，而且在对法战争中做出了卓越的贡献。老四琼是唯一的女儿，她嫁给了势力强大的第一任威斯特摩兰伯爵拉尔夫·内维尔（Ralph Neville），并成为庞大的内维尔家族中广受尊敬的女人。

1388 年，出于冈特的面子，为了对凯瑟琳·斯温福表示尊重，理查二世授予她"嘉德夫人"称号。我们或许可以想象到，她与冈特的约翰又恢复了往日的情人关系。怀有敌意的编年史家们把凯瑟琳比作爱丽丝·佩勒斯，甚至认为她比爱丽丝更糟，称她是个以不正当手段谋取地位名利的女人。据说，凯瑟琳的魅力远不及爱丽丝，但影响力却更甚于她。神父们在布道中谴责凯瑟琳的邪恶；她在公共场合出现时，老百姓会朝她吐唾沫。但是，在冈特的华丽宅邸以及宫廷中，大人物们绝不敢得罪凯瑟琳，为了自身的利益甚至不得不讨好她。在与冈特结婚后，凯瑟琳实际上几乎扮演着王国第一夫人的角色，直到理查二世娶回法兰西的伊莎贝拉（Isabella）。凯瑟琳卑微的出身以及不光彩的过去常常是朝廷上下贵妇们说长道短的笑柄，而且，她们明言，决不会出现在凯瑟琳露脸的任何地方。博华萨说，在贵妇们看来，"这样一位公爵夫人列位于她们之前，简直是奇耻大辱"。但是，凯瑟琳一如既往地表现着她的礼仪与尊严，最终她们不得不哑口无言。

爱德华三世的第四个儿子，兰利的埃德蒙（Edmund of Langley，1341—1402），也就是约克公爵，是一位优柔寡断的平庸之辈，并无可圈可点的功绩可言，因为他缺乏如其兄长们那样的抱负与能量。维多利亚女王统治期间挖掘到的遗体情况显示，他是一位大约只有 5 英尺 8 英寸[1] 的矮壮男人。尽管有其同时代者形容埃德蒙面貌英俊，但他前额倾斜，下巴突出。埃德蒙的身上有好几处伤痕，没有一处在背部，这表明，纵然他的脑筋不是十分灵光，在战场上却绝不是一个懦夫。埃德蒙 18 岁参加对法作战，开始了漫长的军事生涯，不过，在随后的战争岁月里，尽管偶有碰到令他荣耀的时刻，但很不幸，他一直没有得到独立指挥战斗的机会。

在理查二世统治时期，埃德蒙在政治上是一位无足轻重的人物，他的意见之所以会被尊重，只是因为他拥有的皇家头衔而已，实际影响力却微乎其微。埃德蒙酷爱带鹰出猎，生活中这一最大爱好盖过了所有的政治责任。编年史家约翰·哈丁形容埃德蒙是一位乐呵呵的好人，"一辈子也没有干过什么坏事"；不过，这也是由于他的能力与其出身所赋予的角色不相匹配的结果。

埃德蒙坚定地效忠于他的哥哥冈特。1372 年，他娶了冈特第二任妻子康斯坦丝的妹妹伊莎贝拉（Isabella）为妻。她的遗骸也被维多利亚时代的专家们挖掘到。他们发现，她仅为 4 英尺 8 英寸[2] 高，有一副奇怪的叉状牙齿。据说，伊莎贝拉姿色迷人，但名声不佳，情人一大把，其中最出名的是约翰·霍兰德（John Holland），也就是后来的埃克塞特公爵。乔叟在一首名为《战神玛尔斯的抱怨》的诗歌中讽刺了他们的私情，僧侣编年史家把伊莎贝拉描述为"柔美而淫荡的女人，沉迷于色欲与物欲"。她喜好宝器美物，遗嘱中罗列了大量的精美饰品以及浪漫故事的泥金手稿。晚年时，伊莎贝拉变得忠实于自己的丈夫，并转向宗教信仰。1392 年，她在"虔信与忏悔"中死去。伊莎贝拉留下了三个孩子，长子爱德华约出生于 1373 年，成为埃德蒙的继承人，

---

[1]　编注：约合 1.72 米。
[2]　编注：约合 1.42 米。

次子理查约出生于 1375 年，以及女儿康斯坦丝。康斯坦丝嫁给了托马斯·勒·德斯潘塞（Thomas le Despenser），后来的格洛斯特伯爵。

埃德蒙是约克家族的创始人，于 1385 年 8 月 6 日获得理查二世授予的公爵爵位。当年 7 月，埃德蒙协助率领一支军队远征苏格兰，战斗终告失败时曾安营于途中的约克城。尽管埃德蒙原本与这座城市没有什么特殊的联系，但理查二世可能有意建设此城，一来对约克人民最近的殷勤好客表示感谢之情，二来打算把英格兰的首都从伦敦迁到此地——理查当时在伦敦非常不得人心。

爱德华三世的第五个儿子是格洛斯特公爵，伍德斯托克的托马斯（Thomas of Woodstock），15 世纪后，他的后代陆续成为白金汉公爵。

理查二世治下是英格兰历史上最具灾难性的时期之一。它奠定了一直延续到下个世纪的权力斗争的基础，并最终导致玫瑰战争的爆发。理查在少不更事时就被抬到国王的宝座上。他虽然年纪轻轻，但对于自己不可替代的重要性有着强烈的意识。在后来的日子里，他对敢于批评自己的所有人都心怀怨恨。14 岁那年，由于在面对英格兰历史上第一次农民起义时表现勇敢，理查赢得了赞美，这让他更加深信自己是一位天生的领袖人物。

理查身高 6 英尺 [1]，体型修长，皮肤白皙，深色金发垂肩。他的相貌惹人注目，但没有任何军旅经历，也从未参加过格斗比武活动。不过，理查可以说是勇敢无畏的，也可以说是一位充满热情的真挚朋友。但他有时也会举棋不定，有时奢侈放纵、刚愎自用，甚至疑神疑鬼、喜怒无常，显得不负责任、不可信赖乃至残酷无情。理查在政治上的

---

[1] 编注：约合 1.82 米。

幼稚，往往表现为在与人交谈时会做出唐突无理的行为，他时常在议会上大肆辱骂批评者。有一次，理查一怒之下当众拔剑，欲致坎特伯雷大主教于死地，由于众人的强力阻止才避免了一场灾难的发生。

另一方面，理查又是一位受过高等教育的人，他对艺术和文学提供过大量赞助。由于对法国的文化与习俗印象深刻，他还在自己的厨房中配备了法国厨师。但在臣民们看来，这是对敌人表现出来的不合时宜的亲近感，他们更愿意看到军事上的胜利。但理查无心寻求军事上的荣耀。在他看来，与法国的和平关系要比战争更为可取，但这在当时是极其不受欢迎的观点。

理查拥有强烈的美学感受性，他把对君主政体的崇拜与神秘感提升到了一种艺术形式的高度，并在附属的仪式与盛典方面注入了不少心思。他的穿戴夸张炫目，一件外套就花费了 3 万马克，而且非常苛刻挑剔。他还别出心裁地发明了手帕——那是"国王陛下清洁鼻子的小布片"。理查的精致品味及其优雅的宫廷反映出他对艺术的强烈爱好，这种名声还体现在他特意为自己的王冠添加光泽彩料上。

理查在宫殿中配置有冷热自来水的盥洗室、安装彩色玻璃窗，还下令绘制带有纹章的生动壁画，以及铺设五彩缤纷的地砖。从这些方面来说，他可算是一位伟大的皇家宫殿建造者和改良者。理查的统治时期是一个极尽奢华的时代，经由他重建的威斯敏斯特大厅，迄今仍然可以见证那个时代的豪华显赫。

作为国王，理查的个人生活更是穷奢极侈、挥霍无度。在沃尔辛汉姆看来，国王的侍臣们一样贪得无厌，"在床上表现出的勇敢远胜过在战场上"，并指责他们腐蚀了年轻的国王。许多编年史家还强烈批评宫廷中流行的稀奇古怪的服饰，比如，男装的挂肩和领圈、尖头鞋子和紧绷长筒袜，这些都阻碍穿戴者在教堂中跪拜；女性长袖拖地的装束更被贬斥为"充满了邪恶，有如魔鬼"。

在惴惴不安中度过未成年时期之后，1384 年，理查想当然地认为，自己总算到了可以实行个人统治的时候了。然而，他在治国方面的无能，以及对诸如萨福克伯爵迈克尔·德拉波尔（Michael de la Pole）、牛津伯爵罗伯特·德·维尔（Robert de Vere）等宠臣的依赖，在贵族中引发了强烈的不满情绪。理查的首任王后，波希米亚的安妮（Anne of Bohemia），在其一生中曾对理查起过一定的制约作用，但效果并不理想。而且，虽然理查深爱安妮，但他们没有生育能力。

理查对罗伯特·德·维尔的痴迷，简直是一种政治灾难。德·维尔是个胆量过人、野心勃勃又神通广大的年轻人。作为权贵，他在政府中扮演着正当的角色，但许多人认为，他对国王的影响有害无益甚至违反人伦，而他的才能又相当平庸。德·维尔在娶了国王的表妹菲利帕·德·库西（Philippa de Coucy）为妻之后，又与安妮王后一位名为艾格尼丝·德·洛斯克鲁娜（Agnes de Launcekrona）的捷克侍女有了不正当的关系——他诱拐了这个女人，并让她做了自己的情妇。然后，为了达到与艾格尼丝结婚的目的，德·维尔还欺骗性地制造了废止原有婚姻的假证明。这样的丑闻似乎还不够过瘾，另有明显的迹象显示，他与理查之间保持着同性恋性质的关系。沃尔辛汉姆曾指出，理查"对这个男人有着很深的情感，国王栽培他、钟爱他，他们之间存在某种程度上不合礼仪的亲昵行为不是没有可能；抑或权当谣传罢了。此事在其他贵族中间引起了强烈不满，因为在他们看来，他何德何能可以胜出自己一筹"。沃尔辛汉姆在其他地方还提到，理查国王与德·维尔之间的关系是"猥亵的"。

德·维尔触犯众怒还表现在，他不断怂恿理查无视贵族的劝告和议会的法令，理查完全糊涂地依从照办。有人深恶痛绝地抱怨，哪怕是德·维尔颠倒黑白，国王也不会反驳他。德·维尔贪图土地、财富和地位，蔑视自己合法的皇家妻子，对通奸行为根本不当回事，这也激起了理查家族许多成员的愤怒。

国王的堂弟，博林布鲁克的亨利原本像忠于父亲冈特一样效忠国王，此时也对国王的行为深感沮丧。

博林布鲁克的亨利于 1367 年出生在林肯郡的博林布鲁克城堡。他青年时有一大段时间的爵位是德比伯爵（Earl of Derby）——冈特的约翰的一个次要头衔。约在 1380—1381 年间，他娶了亨利三世的后人玛丽（Mary），她也是赫里福德、埃塞克斯和北安普顿伯爵汉弗莱·德·博亨（Humphrey de Bohun）的共同继承人。博亨家族源自古老的诺曼底血统，是英格兰最强大的贵族之一。玛丽的姐姐埃莉诺（Eleanor）是博林布鲁克的叔叔伍德斯托克的托马斯的妻子；托马斯便是后来的格洛斯特公爵。

　　玛丽大概出生于 1369—1370 年间，谈婚论嫁前几乎情窦未开。她在与世隔绝的环境中长大，但冈特看中她有一半博亨家族的继承权，便为儿子求娶她。两个年轻人情投意合，马上很不明智地未婚同居，结果玛丽的第一个儿子在 1382 年出生时即告夭折。五年后，她才生下了另一个孩子，蒙默思的亨利（Henry of Monmouth）。此后，她又生育了其他五名子女：1388 年生下托马斯，1389 年生下约翰，1390 年生下汉弗莱，1392 年生下布兰奇，1394 年生下菲利帕。玛丽的生命止步于最后一次分娩。妻子的死亡给亨利带来了极大的悲痛，他真诚地哀悼她。亨利对妻子的忠诚在欧洲的宫廷界得到了普遍的赞誉。

　　博林布鲁克的亨利中等身材，英俊、匀称、健硕。1831 年进行的尸检表明，他有一副很好的牙齿，头发为深褐色。在生活中，他喜欢留卷曲的小胡子或叉开的短山羊胡。他极具才智，充满活力，勇敢顽强。亨利拥有一种超凡的人格魅力，诙谐幽默、彬彬有礼、性情平和，有时显得凝重而威严。但有时候，他也会表现出倔强固执和意气用事的一面，抑或说不够深谋远虑。

　　亨利受过良好的教育，精通拉丁语、法语和英语。他偏好讲诺曼法语，这也是传统的英格兰宫廷语言。他也是一位技艺娴熟的竞技者，热衷比武，而且战绩非凡。作为一位武艺高强的骑士，亨利的声誉如雷贯耳。他还热爱音乐，喜欢结交鼓手、号手和风笛手等音乐能人，无论走到哪里，身边总有他们相随。亨利本人也是一位有名的音乐家。像他父亲一样，亨利讲究宏大豪华的排场，随从队伍声势浩大。

在宗教信仰方面，博林布鲁克的亨利是非常正统而虔诚的。他好善乐施，对于慈善事业十分慷慨。亨利曾两次参与东征：第一次是在1390 年，与日耳曼条顿骑士团一起征战波兰的立陶宛异教徒；第二次是在 1392 年，征战耶路撒冷。亨利深得人心，受人尊重，因此成为理查二世潜在的强大对手。

为了抵制德·维尔造成的威胁，并对抗纠集在国王身边的一帮宠臣，博林布鲁克的亨利与他的叔叔伍德斯托克的托马斯、阿伦德尔伯爵理查·菲茨艾伦（Richard FitzAlan）、诺丁汉伯爵托马斯·莫布雷（Thomas Mowbray）和沃里克伯爵等人结成联盟。由于正在向理查二世上书，提出重建理想政府的诉求，他们便自称为"贵族上诉人"。1387 年，博林布鲁克的亨利及其盟友在牛津郡的拉德克特桥（Radcot Bridge）击败了德·维尔，并导致牛津伯爵被迫流亡。这次战斗之后，除了服从胜利者的要求，理查已经别无选择。1388 年，在"冷酷无情"的议会上，"贵族上诉人"要求将国王的其他宠臣绳之以法，并没收德·维尔的财产。当时的理查对此无可奈何，但他早晚要采取报复行动，只是时间问题罢了。

1389 年，理查从"贵族上诉人"手中夺回了政权，并在接下来的八年中相当明智地统治着英格兰。在爱尔兰树立权威方面，他也取得了一定成果。1394 年，波希米亚的安妮过世。妻子死后，国王更无约束，他听不进任何人的忠告，开始了越来越独裁的统治。

在一次狩猎中被野猪咬伤之后，德·维尔于 1392 年死在比利时鲁汶，死的时候一贫如洗。1395 年，国王把用香料防腐过的德·维尔遗体运回英格兰安葬。绝大部分权贵都拒绝参加葬礼，参加者则为理查在现场的荒唐行为感到震惊：他命人打开棺椁，以便再看德·维尔一眼，并亲吻了死者的手。

1396 年，理查与法国签订了 28 年的停战协定，并秘密迎娶了法国国王查理六世只有 6 岁的女儿伊莎贝拉。然而，英格兰人对于理查带来的和平与婚姻并不买账，他们希望看到的是重申英格兰对法国的主权。但从后见之明的历史角度来讲，我们现在能够明白，停战协定是国王做出的明智之举，因为他深知，英格兰的资源已经无力支撑另一场漫无尽头的战争。

面对来自其他权贵的激烈反对力量，理查迫切希望挽留冈特对自己的忠诚，于是就在这一年，他说服教皇博义九世（Pope Boniface IX）颁布敕令，赋予冈特与凯瑟琳·斯温福之间的婚姻关系以及博福特家族的合法性。1397 年 2 月 9 日，冈特携家人站在上议院被称为"新人头上的蒙巾"（care cloth）的华盖下——那是在贵族身世合法化的庆典上所使用的——国王颁布了特许证书和圣旨，宣布博福特家族在英格兰法律之下合法，并将在日后的议会法案中予以确认。此后不久，国王授予冈特与凯瑟琳的长子约翰·博福特萨默塞特伯爵头衔以及嘉德骑士称号；伯爵后来升至侯爵。1398 年，国王又让年迈的林肯主教离开主管的教区，为冈特家的次子亨利·博福特腾出了主教职位。

根据《柯克斯托尔编年史》（the Kirkstall Chronicle）的记载，1397年，国王仿佛变了一个人似的，实际上，也就是在这个时候，他开始显露出明显的妄自尊大，甚至是精神错乱倾向。他越来越偏执和脱离现实，这让身边的人十分担忧。大家都认为，理查可能出现了某种程度的精神崩溃，或患上了精神分裂症。

这具体表现为：1397 年后，理查决意做个一手遮天的专制君主，实行脱离议会的独裁统治。同年，他不择手段地往议会中塞进足够的支持者，以便投票支持他获取充足的资金，确保他不再受到议会的制约。随后，理查解散了议会。理查实行的暴君统治可以轻易清除违逆他的权贵，他公然宣布自己的意志就是英格兰法律，臣民们的生命与财产便任其喜好被随意处置。这种不计后果的做法让这个国家不知不觉中陷入灾难境地。

理查还篡改了议会的卷宗，以便无须经过司法程序即可剥夺对他怀有敌意者的财产权和公民权。他纠集了一支庞大的私人军队，用以威慑敌对势力和保护自身安全。他非法课税敛财；他无法维持地方层面的秩序；他企图加冕为神圣罗马帝国皇帝，但终告失败；他变得喜怒无常、难以捉摸和背信弃义。请愿者，甚至连坎特伯雷大主教都不得不跪在理查面前向他摇尾乞怜，而他有时在宝座上一待就是好几个小时却一言不发，任凭宫廷百官静候其周围而不顾。要是他的目光落到谁身上，那个人必须向他顶礼膜拜。

也是这一年，理查认为自己已经具备了铲除小叔叔伍德斯托克的托马斯的力量。理查从未忘却在拉德克特桥战斗和驱逐德·维尔行动中结下的仇怨，便授意堂弟拉特兰伯爵爱德华（约克公爵之子），让他在格洛斯特安排谋杀行动。据说，爱德华派遣两个差役前往他叔叔在加来下榻的客栈，用床褥将其闷死。

在国王的感情生活中，此时的爱德华已取代了德·维尔的角色。爱德华很可能也是一个同性恋者，因为他与妻子菲利帕·德·莫恩（Philippa de Mohun）并未孕育后代。从外表与性格上来看，爱德华很像他那来自西班牙卡斯蒂利亚的母亲：他聪明伶俐，相貌不凡，但后来却变得非常肥胖。他的主要本事就是溜须拍马，但也算是一个受过教育的人，能写有关狩猎的流行专论。理查"极其爱他，胜过王国中的任何其他男人"，根据法国编年史家让·克雷顿（Jean Creton）的记述，爱德华迅速升迁成为朝廷中最具影响力的人物。

理查接下来准备处置的是另一位前"贵族上诉人"。托马斯·莫布雷秘密警告博林布鲁克，说国王正打算将他们全部消灭，矛头首先指向兰开斯特家族。博林布鲁克向父亲冈特吐露了秘密，震惊之下的冈特竟随即跑去觐见国王，并向他复述了莫布雷的警告。国王自然不会承认。于是，博林布鲁克指责莫布雷有叛国图谋，莫布雷则矢口否认，并针锋相对地谴责博林布鲁克才是叛国者。国王顺水推舟，提议将这场谁也说不清楚的争议交给贵族组成的陪审团来定夺。1398年4月，贵族们做出了决定：这个问题应该"根据骑士规则"，也就是决斗审判法来解决。这是一种古老的欧洲习俗，即在上帝干预下决斗，胜出者被认为是正义的一方。

9 月 16 日的考文垂，在国王以及全体大臣的见证下，两位公爵准备展开生死对决。博林布鲁克骑着他的白色战马，一身戎装，气宇轩昂地出现在决斗场。白马身披蓝绿相间的天鹅绒罩袍，上面绣有羚羊和金天鹅。天鹅是博林布鲁克的纹章。莫布雷也毫不逊色，骑着身披深红色天鹅绒罩袍的战马华丽登场。

正当决斗即将开始时，国王从宝座上扔掉他的司令棒，下令停止决斗。他在王座上沉思默想了将近两个小时，两位公爵就在坐骑上焦躁不安地等待着。然后，理查好像突然缓过神来，直截了当地判处他们两人流放：博林布鲁克流放十年，莫布雷流放终身。沃尔辛汉姆对此评论说，这种审判"无论怎么说都没有法律根据"，"有悖于公正"，无非是想要清除这两位对手的一种由头罢了。剩下的"贵族上诉人"也都无法逃脱国王的报复：阿伦德尔当年即被处死，沃里克被处以终身流放。

在这次审判之后，国王把博林布鲁ID 10 岁的继承人蒙默思的亨利召唤进宫，名为因其父的良好品行予以提携，实为欲将其作为人质加以管控。之后，博林布鲁克在巴黎寻求避难，借住于一位法国贵族的宅邸。莫布雷则从此再也没有回到英格兰：他前往耶路撒冷开始朝圣之旅，在回家途中死于黑死病。

由于王后伊莎贝拉多年一直未曾生育，国王无后是臣民们极为担忧的一个问题。理查将罗杰·莫蒂默（Roger Mortimer）——第四任马奇伯爵，安特卫普的莱昂内尔（爱德华三世的次子）之外孙定为自己的继承人。1398 年，24 岁的罗杰接替了父亲曾经担任的角色——爱尔兰总督，尽管他未能把野蛮的爱尔兰部族派系纳入自己的掌控。在这年 6 月，罗杰试图在爱尔兰那些疏于控制的区域加强权威，但在行动过程中于伦斯特郡的肯利斯（Kenlis）遭到爱尔兰人的伏击并被杀害。他留下了一个只有 7 岁的儿子埃德蒙，这个孩子成了父亲的伯爵爵位继承人，也成了爱尔兰的最高统治者。

此时，理查二世与冈特的关系实际上日趋疏远。儿子被流放让冈特黯然神伤，不久便一病不起。1399 年，他在莱斯特城堡中去世，埋葬于圣保罗大教堂，就在兰开斯特的布兰奇身边。[1] 冈特至死仍深爱凯瑟琳·斯温福，并在遗嘱中称她为"我亲爱的伴侣"。凯瑟琳比他多活了四年，死后葬于林肯大教堂。

冈特的死给理查带来了沉重的打击。尽管他们之间存在分歧，但冈特始终是君主政体的忠实捍卫者，现在他撒手人寰，这也就意味着，国王与博林布鲁克之间的冲突局面从此丧失了一个缓冲地带。

父亲去世的噩耗传到了远在巴黎的博林布鲁克耳中。然而，自国王对他下达流放判决才过去一年，也就是说，他在未来的九年中仍不得返回英格兰。无法重返故土为父亲送终让博林布鲁克悲痛万分，不过他从其他消息中获得了些许慰藉：他现在已是兰开斯特公爵；由于兰开斯特的家族遗产在眼下的英格兰无人可以匹敌，从财富规模来说，他堪称王国第一贵族。而在离开英格兰之前，国王曾经颁布过一道保证博林布鲁克财产安全的特许令。

但是，博林布鲁克随后听到了一个令他震惊万分的消息：理查已经撤销成命，没收了他所有的土地，并将其分配给了自己的拥护者。更让博林布鲁克忍无可忍的是，原先的十年流放判决被改为终身流放。这种背信弃义的行为逼得博林布鲁克没有退路，他决定重返英格兰，与理查做一个彻底了断。

至于爱尔兰，自罗杰被杀之后，那里的局势变得更为骚乱不安。1399 年 5 月，理查二世坐船前往爱尔兰，试图亲自去平息动荡局面，但未成功。出发前他已宣布将罗杰年幼的儿子作为自己的假定继承人，同时任命约克在他外出期间代为摄政。拉特兰陪同理查前往爱尔兰。理查并未意识到，离开英格兰对他来说是致命的。

---

[1] 他们的坟墓在伦敦大火中被毁。

7月4日，博林布鲁克在约克郡的鸦岔口（Ravenspur）悄悄登陆，这是一个由于长期以来的海岸侵蚀而业已消失的口岸。一下船，博林布鲁克就双膝跪地，含泪亲吻故土。他此次潜回英格兰，是要与经由合法加冕并受以膏油的君王做一番较量，尽管他最初宣称只是为了维护兰开斯特家族的遗产并改革政府。事实上，博林布鲁克也的确承认理查作为国王的地位，也承认马奇伯爵的王位继承权。

进入英格兰后，博林布鲁克发现反对理查的呼声异常高涨，尤其是在伦敦，他自己在伦敦则受到了极大欢迎。而留守的约克不具备将理查剩下的少数拥护者凝聚在一起的能耐，博林布鲁克的到来让他陷入了进退两难的尴尬境地：一边是他的皇侄，另一边是他最喜爱的哥哥冈特之子。在这紧要关头，约克不得不面临在两者的忠诚之间做出选择的局面。直到三个星期后，他仍然无法做出最后的抉择。

当博林布鲁克向南方前行时，他欣慰地发现竟然有那么多人正准备支持他。贵族和平民蜂拥而至，聚集在他的旗帜下，于是，他迅速召集起一支规模庞大的军队，而且所到之处几乎没有遇到什么阻力。教会的首领们也为他提供了有力的支持：坎特伯雷大主教郑重宣告，所有加入博林布鲁克队伍的人都将得以豁免罪孽，并能进入"天堂福地"。在英格兰西部港市布里斯托尔（Bristol），博林布鲁克发现了几个为理查出谋划策的可恶顾问，他立刻下令将这些人斩首，这让民众感到大快人心。

由于天气恶劣，博林布鲁克谋反的消息经过了一段不短的时间才传到身在爱尔兰的国王耳中。理查惊悉这一可怕的事实后便立刻坐船回府，并决定招募一支军队到战场上迎击他的堂弟。7月下旬，理查在威尔士南部上岸，但大势已去，响应者寥寥无几。事实上，还有许多往日的追随者舍他而去，其中就包括拉特兰——他解散了国王残存的士兵，自己则骑马逃离，加入了博林布鲁克的阵营。此时，约克也最终决定支持博林布鲁克。被抛弃的理查在惊慌失措中伪装成一名化缘的修士逃往康威城堡。在那里，他向博林布鲁克派遣了一位代表，缴械投降。在被押解回伦敦的路上，途经利奇菲尔德（Lichfield）时，理查从被关押的塔楼窗口爬出来试图逃跑，但在庭院中又遭捕获。此后，他再也没有单独行动的机会，一直被一二十个武装人员严加看守。

9月2日，进入伦敦的博林布鲁克受到了空前的欢迎。理查二世现已成为戴着镣铐的囚犯，过街时，迎接他的是一片嘲弄之声以及从屋顶上扔下来的雨点般的垃圾废物。就在当天，他被监禁于伦敦塔。毫无疑问，此时所有人心中都已明了，接下来英格兰将会由谁来主宰。然而，博林布鲁克的亨利却在康威发誓，理查应该"维持其王权和统治权"。

整个9月，理查一再要求在议会上接受公开听审。就连兰开斯特王朝之前的编年史家，厄斯克的亚当（Adam of Usk）——当时去监狱探望过理查——也对昔日的国王表示了怜悯之心，并写道："他的精神显然出了问题，只听见他在不停地絮叨着英格兰君王们的命运。"对于爱德华二世命运的联想，很可能搅得理查心神不宁：爱德华二世在被废黜后，于1327年被人杀害。

与此同时，博林布鲁克忘记了曾经的承诺，指定了一个委员会去考虑由谁来当国王。许多权贵对博林布鲁克的继位前景感到不悦，委员会中也有几个贵族在审核了博林布鲁克提出的可凭世袭权而获得王位的诉求后，认为其中存有纰漏。然而，正如厄斯克的亚当所指出的，对权贵们来说，唾弃理查的理由更多，他"背信弃义、亵渎神明、违背自然、勒索臣下、如同对待奴隶一般压榨人民，对外则是怯懦而软弱"。而合法的继承人马奇还只是一个未成年的孩子，看起来，亨利是唯一现实的国王人选。厄斯克的亚当还指出，要说理查"准备放弃王位"，那只是兰开斯特家族的谎言。不过，无论如何，更为保险的做法是，让神职人员和普通民众行使权利来决定国王的去留问题。为了达到这一目的，在"米迦勒节"（Michaelmas Day，10月10日）那一天，以国王的名义，他们被急速召集开会。

事实上，理查绝不情愿放弃王位，博林布鲁克也深知这一点。博林布鲁克采取的第一个动作，就是让理查在英国议会中接受审讯，但这一举动史无前例，很可能未曾达到预期的结果——王权的神秘感就在于此。博林布鲁克在自己的权力范围之内使尽浑身解数，想要迫使理查退位，与此同时，他也渴望为免去堂兄的王权和自己继位找到应有的法律依据。由于理查处于风雨飘摇之中，所以，官方认为恶政是导致他被废黜的充足理由，但继承法中恰恰没有涉及这一点。

尽管理查起初并无退位之意，但他很快意识到已经别无选择。这一个月以来，为了迫使理查合作，软磨硬压各种手段几乎在他身上用尽，到最后，理查因极度疲惫而崩溃，不得不屈服。根据他的支持者，一位名为理查德·弗里斯比（Richard Frisby）的方济会修士的说法，国王之所以同意逊位，"是因为被迫无奈，是因为他当时是一名阶下囚，这不是一种依法有效的退位。假如处于自由状态，他绝不会让位"。

1399 年 9 月 29 日上午，在律师委员会的随同下，一些贵族聚集在议会大厅，等待着从伦敦塔出来的理查。直到下午，国王才被带到现场。他面带笑容签署了退位文书，并在其中申明由他的堂弟博林布鲁克继任王位。作为友好的象征，理查将自己的纹章戒指赠予博林布鲁克。

第二天早上，议会在威斯敏斯特大厅举行。理查事先提出，他不想以囚犯的"可怕模样"出现在会场，这一要求得到了许可。进入大厅后，他茫然地站在空王座之前，缓缓地取下王冠放在地上，从此"把他的权力交还给了上帝"。然后，理查做了简短的演讲，表达他对博林布鲁克寄予的希望，以期博林布鲁克会是一位能够善待他，并确保为他提供舒适生活的好君主。这之后，会场上大声宣读了对理查的33 项指控，此时已不由他再发出任何声音——即便是为自己辩护。

关于这次程序，官方在议会卷宗中说，理查喜气洋洋地宣读了退位文书，但是，这与厄斯克的亚当以及伊夫舍姆（Evesham）的一位僧侣编年史家提供的证据大相径庭。他们认为，当时理查绝不可能是快乐的。在此之后，卡莱尔主教发出抗议，认为理查应该拥有机会针对指控进行辩护，但这俨然已成苍白无力的呼声。

这次以国王的名义召集的"议会"从严格意义上来说，并不是完全合法或正式的议会。会上没有议长，而且有一大群充满敌意的伦敦人被允许进入会场，他们可能是来威胁前任国王的。

理查被押回伦敦塔之后，在场的贵族们公然宣布废黜了他。把理查从王位上拉下马，成了后一个世纪王朝动荡的催化剂。几天后，当博林布鲁克在四个儿子以及坎特伯雷大主教和约克的陪伴下步入威斯敏斯特大厅时，鸦雀无声的人群中突然响起了托马斯·珀西爵士的口号："万岁，兰开斯特的亨利，英格兰的国王！"这顿时引起全场潮水一般的响应："万岁！万岁！我们要亨利做我们的国王，不要别人！"

答谢了人们的欢呼后，博林布鲁克径直走到冈特生前的座位前，以兰开斯特公爵的身份坐在父亲的位置上。此时，两位大主教拉着他的手，领他坐到空王座上。会场一片寂静。他起身说道："以圣父、圣子和圣灵的名义，我，兰开斯特的亨利，向英格兰王国和王权发起了挑战，因为我继承的是英明的亨利三世的直系血统。通过他，以及上帝赐予我的恩典和亲朋好友们的襄助，在这治理缺失和良法废弛的时刻，让我有幸重新获得了王位。"

讲完话后，他向众人出示了理查赠予的纹章戒指，以此证明前国王已经指定自己为继任者。掌声雷动，无论是上层贵族还是平民百姓，都满腔热情地承认博林布鲁克为英格兰和法兰西的国王。会议结束后，关于理查业已退位，并由博林布鲁克继位成为亨利四世的公告昭示天下。但是，公然的抗议声时有浮现，这种声音所代表的，正是日后敌对势力生长的最初萌芽。

3. 篡位的王朝

　　理所当然，亨利四世及其兰开斯特家族后继国王均是篡位者。由于亨利是通过废黜英格兰的合法君主而获取王位的，所以，他的王位合法性仍是一个敏感的问题。编年史家厄斯克的亚当认为，亨利四世宣称自己拥有获得统治权的血统依据，实为一个别出心裁的谎言，而且这种说法也已遭到一个由贵族和神职人员组成的委员会的驳斥。亨利声称，第一任兰开斯特伯爵埃德蒙·克罗奇贝克（Edmund Crouchback）事实上是亨利三世的长子，而不是其次子。他之所以被忽视，是因为身体残疾而让位于"较年轻的"弟弟爱德华一世，也就是自己父亲，约翰的冈特的祖宗。这种说法存在严重的问题，因为假如其被认可，那么，自爱德华一世之后的所有国王都将被视为篡位者。这同时也表明，约翰的冈特后来的妻子们所生育的孩子，特别是博福特家族都将被排除在王位继承权之外。亨利用这种说法无非是因为经由母系的传承要比经由父系的传承对他更有利，他认为自己经由母亲——兰开斯特的布兰奇传承了埃德蒙·克罗奇贝克的血统。

　　亨利企图公然篡改皇家血统，以证明自己继位的正当性，但这蒙骗不了任何人。尽管对于一位国王来说合法性关系重大，但他毕竟已经获得了英格兰国王的头衔。亨利的出身、财富、能力以及拥有四个高大健壮的儿子的事实，都足以令臣民信服：他本来就应该是空缺王位当之无愧的候选人；他也是能够恢复法律与秩序、实现国家稳固治理的不二人选。亨利声称，他的统治权受命于神的指令：上帝赐予他胜利，并要求他登上国王的宝座。他当然明白，自己的王位并非是由议会选举产生的，议会只是承认他为国王而已。亨利以及同样得到所有重要政教机构认可的兰开斯特家族继任者们，在其加冕典礼上都被抹以圣油而得到神圣化，他们都在发誓效忠的权贵的喝彩声中被拥立为王。然而，亨利开创了一个危险的先例。也就是说，尽管并不具备继承王位的合法权利，他却凭借武力摘得了王冠。时过境迁，终究会有别人要以他为榜样。接下来，让我们看看，亨利四世是否能够成功地坐稳宝座。

在这整个过程中，没有人想到要去支持具有优先权并且合法的一般继位人——7岁的马奇伯爵。从权威和权力上来讲，此时的亨利极具声望并颇受人们欢迎，而马奇只是一个默默无闻、尚未涉世的小孩。阿伦德尔大主教在布道过程中反复宣扬一个观点，事实上是在有意识地把这个男孩的继承权排除出去：大主教说，从今以后，英格兰将由男人而不是小男孩来统治。马奇被忽略的事实所带来的一个后果是，有关王位继承人诉求的合法性问题自亨利四世登基之后被搁置了六十年，尽管针对兰开斯特家族的威胁无时不在，这一问题也始终是蓄意谋反者以及不满现状者手中的一个把柄。亨利四世本人事实上是将年轻的马奇视为危险的竞争对手的，我们很快就会看到其中的充分理由。

10月13日，在威斯敏斯特大教堂举行了亨利的加冕大典，加冕典礼上照常要对他施以圣油。据说，圣油是由圣母玛利亚传给圣托马斯·贝克特（St Thomas à Becket）的，使一位重获其祖先失地的国王神圣化。不幸的是，在准备受膏的神圣时刻，大主教发现国王头上满是虱子。而在奉献仪式中，当亨利扔下他的金币时，这枚金币恶作剧一般不知滚到哪里去了，怎么也找不到。迷信者把这些看作不祥的预兆。

亨利在加冕典礼上推出了一个标志性举措，就是创立新的骑士秩序：把巴斯勋位（the Order of the Bath）视为最高荣誉，而首先享有此荣誉的是他的四个儿子。国王在加冕两天之后，就宣布订立 12 岁的长子，蒙默思的亨利为法定王位继承人，并授予他威尔士亲王、康沃尔公爵和切斯特伯爵等头衔。这些头衔原本属于黑太子，在黑太子之后，一直被授予在位君主的长子。

亨利继位之后，约克由于身体不佳而退隐到他钟爱的位于兰利（Langley）的庄园中。亨利专门授予约克皇家马厩和猎鹰队掌门人的称号，为他在退隐后纵情放鹰捕猎的强烈爱好提供机会。人们认为，后来约克派徽章上的"猎鹰和镣锁"标记即来源于此。约克死于 1402年，他的儿子拉特兰继承了爵位，成为第二任约克公爵。

拉特兰曾因支持亨利四世而遭罪。20 位同情被废黜的国王理查的朝臣们，曾把自己的帽冠扔到拉特兰的脚边以示挑战。拉特兰受人蔑视和憎恨，在宫廷中露面的时候，常常会遭到辱骂或被怒目而视。现在，他却得到了国王的宠爱，亨利保护他免受对手的伤害，尽管国王一直密切提防着这位曾经如此亲近理查二世的人。

亨利四世很快就发现，巩固王位要比篡夺王位更加不易。尽管曾承诺带来良好而公正的政府治理，但由于国王头衔所存在的不确定性，在统治期的第一个十年里，他一直陷于企图推翻自己的阴谋的困境之中。他不敢效仿理查二世，只是听信身边宠臣的谗言，而是采取措施确保让人明白，他的统治方略来自议会的建议和支持。为了争取议会的力量，亨利从法律上赋予议会前所未有的权力，创立了自由辩论的习尚，豁免了被监禁的人员，并让他们拥有可以随心所欲批评国王的自由。

为了提升因篡位而被削弱的声望并维持支持者的忠诚，摆在亨利面前的任务十分艰巨。人们曾为他的超凡魅力吸引，不顾一切地追随他，并令他达到最终目标，但是，那种光环以及拥戴他为王时爆发出来的人气热潮，在他继位之后已经明显消退，尤其是人们意识到，理查的恶政不可能在一夜之间就被纠正过来。亨利是一位勤勉的实干家，而且在处置叛乱分子时绝不手软。然而，由于资金长期短缺，而且平定叛乱的耗费使之更加恶化，一些权贵也并不信任亨利，存在的诸多问题，都不容易解决，因此，亨利的统治时期一直处于胶着紧张的状态之中。他确保了教会的支持，并授权颁布关于"镇压异端邪说者"（De Heretico Comburendo）的法令，根据此法令，定罪的异教徒要被活活烧死。这一法令主要针对罗拉德派，亨利之所以认为此教派对他的宝座是一种威胁，很大程度上不是因为他们的宗教信仰，而是因为其中许多人是理查二世的支持者。[1]

为了确保王位，亨利四世从兰开斯特公爵领地以及德·博亨家族（de Bohuns）抽出巨额财富，用以填补王国出现的经济漏洞，但仍然捉襟见肘。为了获得更多的资金来源，亨利不得不将这一难题提交给议会。实际上，我们不妨这么说，就造成君主政体不稳局面的根本原因而言，兰开斯特诸王的家产空虚，其后果更甚于他们篡夺王位的现实。

自 1399 年以来，查理六世执政的法兰西政府便决不承认亨利四世为英格兰的国王，对其拥有的最高统治权的合法性进行公然抨击，并认为他是一个叛国者。在会见来访的英格兰使节时，提到亨利四世，法王称其为"差遣你来的主人"。这种局面导致英法"百年战争"在 1401 年重启。当时，法国的瓦卢瓦王朝中形成了对立的两大派系：一派以勃艮第公爵为代表，另一派以奥尔良公爵为首领，他们都是查理六世势力强大的亲戚。当时，虽然英格兰已向法兰西宣战，但在亨利四世统治期间针对法国的实际战事很少发生——亨利本人驾轻就熟地在这两位贵胄之间玩着挑拨离间的把戏。

[1] 译注："镇压异端邪说者"（De Heretico Comburendo）法令是为镇压罗拉德派（Lollards）、制裁反对天主教学说的演说和著作而于 1401 年制定的一部英格兰法。法案授权主教逮捕和监禁被指控或有严重嫌疑的持异端邪说者，直到迫使他们宣誓证明自己无罪。如果被定罪，则要课以罚金或遭囚禁。拒绝放弃异教学说或放弃后又有反复者将被囚禁并处以火刑，以警示他人。此法令之动议源于主教，激起了民众的怨恨。1414 年的一项法令将上述逮捕权力赋予世俗官员，但保留了教会的审判权。该法令曾被亨利八世取消，玛丽女王将之恢复，后又被伊丽莎白女王取消。

　　与此同时，前国王理查在托马斯·拉普森爵士（Sir Thomas Rempson）照料下，仍然作为囚犯被羁押在伦敦塔内。托马斯·沃尔辛汉姆大肆赞扬亨利四世到此时仍为理查提供着礼貌周到的待遇。但时隔不久，根据厄斯克的亚当的描述，理查即被戴上镣铐受到严格控制。

　　1399 年 10 月 21 日，下议院向议会请求，针对理查的指控应当给予其辩护的权利，但没能如愿。也曾有一位权贵提议，应当处死理查以确保亨利王位的安全，但遭到亨利的坚决反对。10 月 23 日，议会召集秘密会议，专门讨论应该如何处置理查，最终认为让理查在公众场合露面是危险的，因为他很可能成为引发叛乱的自然焦点。于是，通过多数人的投票，议会决定将前国王永久监禁于一个无人可以营救的秘密地点。四天之后，议会宣读判决，理查丧失了为自己申辩的任何机会。10 月 28 日，他被伪装成一个护林人，从伦敦塔沿河被秘密运送到格雷夫森德（Gravesend），然后被转移到位于肯特郡的利兹城堡（Leeds Castle），那是一座作为英格兰王后嫁妆的豪华宫殿。但他在那里没有舒服几天，又被带往北方，先是到达位于约克郡的皮克林城堡（Pickering Castle），然后是纳尔斯伯勒城堡（Knaresborough Castle），最后抵达庞特弗雷克特城堡（Pontefract Castle）。在那里，理查始终处于托马斯·斯温福爵士（Sir Thomas Swynford）的监管之下。爵士是兰开斯特公爵夫人与其第一任丈夫所生的儿子，也是一位忠诚不渝的兰开斯特家族的拥护者。

　　理查仍有身居高位的朋友，他们还在力图恢复理查的国王身份，以期挽回昔日的势力。这群人佩戴理查的"白鹿"纹章，自称"理查的婴儿"，甚至有人冒充理查，比如一位名叫理查·莫德林（Maudelyn）的牧师就这么做过。圣诞节之后，索尔兹伯里伯爵、格洛斯特伯爵、埃克塞特伯爵和萨里伯爵还谋划了一次企图刺杀亨利四世及其子的行动。但是，原本参与行动的拉特兰将谋杀计划出卖给了国王。亨利立刻召集一支庞大的军队捕获了这些谋反者。其中三位反叛贵族被私刑处置，并遭到敌对暴徒的斩首；其他 26 人，包括莫德林，则通过法律程序被处决。国王带着叛乱者的尸首回到威斯敏斯特，并将其悬挂在伦敦街头示众，以此警示其他潜在的反叛者。亨利被此次叛乱深深震撼，并开始意识到，只要理查还活着，自己的王位就不会稳固。

在理查的朋友于 1400 年 1 月被处决之后，也许谋杀理查的命令也就很快抵达了庞特弗雷克特。厄斯克的亚当说，死亡即将悲惨地降临到前国王身上，"他身戴镣铐被监禁在庞特弗雷克特城堡，正在饱受托马斯·斯温福爵士不给饭吃的折磨"。一份来自法国的资料描述了理查忍饥挨饿时的具体细节：在极度的饥饿中，他用牙齿撕下了自己胳膊和手上的肉条，并且狼吞虎咽起来。同时代的大多数人相信，理查是被蓄意饿死的。尽管政府在宣布他的死因时声称，理查在获悉复辟阴谋败露之后悲痛欲绝，想绝食了结生命但突然改变主意，然而为时已晚，他的喉咙已经收缩得再也无法吞咽食物了：因此他不用犯灵魂永堕地狱的自杀罪了。17 世纪时，一个著名的古文物研究者小组对理查的颅骨进行了检验，结果显示并无被击打或受创伤的痕迹，因而也打破了其他同时代人认为理查是被木棍活活打死的传言。

不出所料的是，有关理查命运的正式证据少而又少，甚至连他死亡的确切日期也不得而知。1400 年 2 月 9 日的枢密院备忘录中记述道，假如理查仍然活着，他应该继续受到严格的限制；如果他已死了，他的遗体应该会向民众展示。这种措辞意味着，他实际上已经死亡，或正在经历漫长的死亡过程。不过，可以确定的是，理查在 2 月 17 日之前业已死亡，因为正是在这一天，财政大臣下拨了将遗体运回威斯敏斯特所需的费用。

对于亨利四世来说，理查的死亡至关重要，而且必须将此事昭告天下。只有这样，理查的支持力量才可得以遏制。于是，在 2 月 27 日那天，理查的遗体被运往伦敦人口极为稠密的地方，向沿路民众展示（其间的花费为 80 英镑）。最后，遗体在圣保罗大教堂停放了两天，任人凭吊。遗体只有从额头到喉咙的面部被暴露在外，其余部分则用铅包裹起来。在遗体下葬前供人吊唁时，亨利出席了一场在大教堂举行的庄严的安魂弥撒，并在灵柩上盖了一块昂贵的棺罩。他还吩咐歌祷堂的牧师做上一千次弥撒，以便让理查的灵魂安息。3 月 12 日，前国王被下葬在位于兰利的一座教堂内，这座教堂是由一群多明我会修道士（the Dominican Friars）修建的。坟墓富丽堂皇，外观装饰的纹章盾牌更使其生色不少，如今人们仍可在那里见到这座墓。

1400 年的春天，亨利四世可能觉得自己的宝座已然安稳，但这种安然的错觉很快就被打消了。

当理查的死讯传到他那仅仅 10 岁的遗孀耳际时，她顿时陷入极度悲痛之中，两周卧床不起。理查对她十分体贴，于是年纪轻轻的她思量着，谁该为剥夺丈夫的生命负责。

次年，当这位年轻的女士准备离开英格兰返回法兰西时，"身上穿着丧服。见到亨利国王时，她紧闭双唇，向他投去了愤怒与恶意的眼光"，厄斯克的亚当写道。八年后，她嫁给了一直仰慕自己的奥尔良公爵 [1]，后死于难产。

理查二世死后要比在生前受人欢迎。关于他依然活在人世的坊间谣传，在其被害之后近二十年里一直不绝于耳。有人对这种传言坚信不疑，力图煽动叛乱，并不惜冒叛国者的死亡风险，以期恢复理查二世的王位。一些人时刻准备冒充理查，因为他们深信，理查依然活在某个地方，一旦兰开斯特篡位者出事，他就会突然出现。还有人试图谋杀亨利四世：1401 年 9 月，在亨利床边发现了三枚带毒的锋利鞋钉。不久之后，法国政府要求法国编年史家让·克雷顿（Jean Creton）查明有关理查的真相。克雷顿向政府提交了他从英格兰某些高层人物那里

---

[1] 编注：这位遗孀是瓦卢瓦的伊莎贝拉（Isabella of Valois）。奥尔良公爵名为查理（Charles，Duke of Orléans），写有超过 500 首诗，是一位才华洋溢的中世纪诗人。

获得的证据，证实前国王确已死亡，法国官方至此才告死心。不过即便如此，还是有许多人不以为然。

1402年，修道士理查·弗里斯比（Richard Frisby）密谋恢复理查二世的王位，以使亨利做回"他原本的兰开斯特公爵"。然而，未等着手行动，弗里斯比及其同谋者就被逮捕。在审讯中被问及假如理查仍然活着，他要干什么时，弗里斯比回答说他要为理查战斗到最后一息。修道士直面亨利四世，说：

> 我并没有说他还活着，但如果他还活着，他是真正的英格兰国王。你篡夺了他的王冠。如果他死了，那么是你杀害了他。如果你是他的死因，那么，你就该放弃可能拥有的一切头衔和权利。

这番话注定了弗里斯比的命运：他身穿惯常的修士装束勇赴刑场，迎接绞刑和五马分尸。

根据沃尔辛汉姆的记述：

> 1407年，伦敦街头出现许多传单，上面写着：理查国王仍然活着，并将在辉煌与荣耀中返回英格兰重掌王国。但没过多久，散布谣言者即被缉拿归案，他承认因鲁莽的行为而犯下罪过，并受到了惩罚。他的谣言又让许多人空欢喜了一场。

在此期间，曾有一个装扮成理查的人不时在伦敦市区转悠，市长理查·惠廷顿爵士（Sir Richard Whittington）不由分说将其拿下。从此以后，谣言一度销声匿迹。尽管谣言传播者在当时要被定为死罪，但是，有关理查尚在人世的猜想仍在民间继续发酵，尤其是在英格兰北部。多年来，有人一直坚信理查仍然生活在苏格兰。苏格兰人还将一个疯癫者训练成一名"哑剧演员"，把理查模仿得活灵活现，这个恶作剧让一些人信以为真。尽管亨利四世不至于受骗上当，但这个有名的

"替身"还是被苏格兰人一直保留到 1419 年。

亨利四世必须与之斗争的，还不只是这些对于阴魂不散之死敌的模仿者。按照莎士比亚的说法，亨利统治的最初十年是"穷于应对和骚乱不宁的年代"，在此期间，出现了一连串针对国王的叛乱。

年幼的马奇乃是亨利的一块心病，亨利担心他会成为不满现状者起事的绝好理由，为此，国王下令把这个男孩软禁起来，但要善待他，并配备了一位女家庭教师照料他的日常生活。亨利指派了自己的堂妹，约克的康斯坦丝（Constance of York）来担当女家庭教师，她是格洛斯特伯爵夫人，丈夫在 1400 年因企图谋害亨利而被处死。正如我们将看到的，对于亨利来说，这是一个不明智的选择。

此时，更大的威胁来自威尔士。当时有一个名不见经传的威尔士人欧文·格兰道尔（Owen Glendower），引发了很大的麻烦。他是波厄斯亲王（Powys）的后裔，曾在伦敦研习法律，后来担任博林布鲁克的侍从，曾展示出非凡的军事才干。1400 年之前，他与妻子以及一群孩子居住在威尔士塞卡斯（Sycarth）一个用木头防护的领主庄园里。就在那年，他就边界地区一块规模不大的地产归属问题，与国王的一位顾问格雷·德·里辛勋爵（Grey de Ruthin）发生了争执。此事使他与亨利四世之间产生了严重裂痕。格兰道尔呼吁威尔士人支持他，并开始以威尔士亲王自称，于是国王宣布他为反叛者。从此以后，格兰道尔号召威尔士人民起来反抗英格兰的统治，并努力把入侵者赶出威尔士。英格兰人既憎恨又惧怕他。格兰道尔的游击战术及狡猾而致命的策略，为他赢得了军事奇才的声誉。

欧文·格兰道尔是一位极具才智和魅力的人物，到了 1404 年，他的影响力已经达到可在威尔士召集议会的地步。同年，他与法兰西签订了一项条约，从而可与法国人联手抗击英格兰人。

1402 年 6 月，在拉德诺郡的比利斯（Pilleth）战役中，格兰道尔大胜英格兰人，而且侥幸抓获了马奇的叔叔埃德蒙·莫蒂默爵士。莫蒂默是边界地区的一位权贵，此时成了重要的战利品，一个潜在的讨价还价的筹码，因此受到抓捕者们极为友善的对待。爵士本就对亨利四世无视侄子的权利心有怨恨，所以很快就为格兰道尔的魅力所吸引，并最终放弃效忠亨利四世，转而与格兰道尔结盟，并将女儿凯瑟琳许配给他。

另一方面，亨利四世并无急于赎回莫蒂默的动作，这在很大程度上惹恼了年事虽高却势力强大的诺森伯兰伯爵亨利·珀西（Henry Percy）及其子。亨利·珀西是个有勇无谋、性子暴躁的人，绰号"鲁莽蛋"，妻子是马奇的姑妈伊丽莎白·莫蒂默。珀西家族属于北方豪族，历来就是亨利的心腹大患。亨利一直担心他们会与心怀怨恨的莫蒂默结为联盟。此时，格兰道尔充分利用亨利没有及时救助亲属的迟疑表现，趁机煽动莫蒂默的强烈不满情绪。果不其然，亨利的忧虑变成了现实。

1402 年 12 月，以拉德诺郡作为行动的中心，莫蒂默向他的佃户和支持者们发出通告，说他准备与格兰道尔一道前去营救理查二世，并恢复其王位，同时确保格兰道尔在威尔士的权利。如果理查的确死了，那么，"我荣耀的侄子——王位的合法继承人"将被立为国王。然后，莫蒂默请求"鲁莽蛋"的支持，并得到了爽快的回应。没过多久，北方人便开始起兵反抗亨利四世。

这就导致国王与珀西家族之间爆发了公开冲突。"鲁莽蛋"向"兰开斯特公爵"发送了一份正式挑战书，指责亨利没有信守不伤害理查的诺言、征收高额税赋和破坏法律，以及强制议会立他为王，而无视马奇的正当继承权。亨利将此视为叛国行为，派兵对"鲁莽蛋"发动攻击。在 7 月 23 日的什鲁斯伯里战役中，"鲁莽蛋"被杀，反叛图谋就此破灭。国王将他血肉模糊的尸体挖出来，用盐腌制后剁成块放在各个城市示众。亨利·珀西的儿子幸免于难，逃离之后与格兰道尔和莫蒂默结为盟友，计划侵入英格兰腹地。

出乎国王意料的是，马奇的家庭教师格洛斯特伯爵夫人私底下仍然坚守丈夫的信念：按照法律，英格兰王位应该属于已故国王或其真

正的继承人马奇。因为亨利四世托付她照看马奇兄弟，她只得把对兰
开斯特家族的憎恶之情深深地埋藏起来。1404 年，得知格兰道尔控制
了格拉摩根郡（Glamorgan）之后，伯爵夫人便认定，要是能够通过某
种方式把这两个孩子护送到那里，她照顾的对象就会进入可靠者的保
护圈，在他们中间获得自由；这些人正在为他们的事业而战斗。1405
年 2 月，她设法把两个男孩从温莎转移出来并带往西部，一个星期之
后到达切尔滕纳姆。然而，国王很快带着人马追上并逮捕了他们。从
此以后，年幼的马奇兄弟被置于更加严厉的监视之中。

被捕之后，伯爵夫人对她的哥哥——新任约克公爵——进行了报
复，因为他放弃了理查二世。她指控约克公爵为了拥立马奇为王而密
谋刺杀亨利四世，并言之凿凿地说他打算在亨利入睡时下手。于是，
国王逮捕了约克公爵，并将其投入伦敦塔严加看管。为了打发时间，
公爵在监禁期间写了一本有关狩猎的专论《游戏大师》（*The Master of
Game*），并将书稿正式献给威尔士亲王。后来，由于找不出指控他的
任何证据，在被关押了 9 个月之后约克公爵被释放。到了 1406 年，他
重新成了国王"亲爱而忠诚的堂弟"。

经历了这场风波之后，约克公爵把注意力转移到福瑟陵格
（Fotheringhay），那是他的主要居所之一。他想在福瑟陵格教堂内部和
周围建立一个宽敞的唱诗班大厅以及其他建筑物。在福瑟陵格创建一
座奉献给圣母玛利亚和所有灵魂的联合教堂，曾是约克父亲梦寐以求
的理想，但他在生前未能实现。1411 年，约克公爵在此创立了一所牧
师学院，并将其连同位于城堡与新建教区长住宅之间的 6 英亩土地一
起捐了出去。与此同时，亨利四世每年向此学院追加拨款 67.33 英镑。
在 15 世纪，约克家族为了美化和充实这座建筑倾注了不少心力与财力，
并打算将此作为未来的家族陵墓。最终，学院中设有 12 名专职牧师、
8 名教会文书和 13 名唱诗班歌手，所有人均由学院院长领导。他们的
主要职责是为生前的家道富足祈祷，为国王和王后、亨利亲王、约克
公爵以及所有王族死后的灵魂祈祷。

在威尔士，格兰道尔、莫蒂默和诺森伯兰仍在密谋推翻亨利四世。他们拟定，一旦达到这个目的，三人将分别统治英格兰王国的不同地区：诺森伯兰统治北方，莫蒂默统治南方，格兰道尔统治威尔士。1405 年 2 月，他们在北爱尔兰的班格尔（Bangor）签署了一份所谓的"三方契约"。然而，三位同谋者没有充分考虑到威尔士亲王[1]的力量，他英勇好战，带领大军迅速挫败了刚刚开始的叛乱，并逐渐夺回已被格兰道尔占据的土地。

1405 年 5 月 14 日，在希普顿沼泽（Shipton Moor）之战中，亲王不仅打了胜仗，还捕获了叛军的主要支持者之一——约克大主教理查·斯克罗普（Richard Scrope）。他是珀西家族的一位亲戚，曾代表教会对这次反叛行动赐福。国王认为，这是莫大的背叛行为。尽管大主教阿伦德尔向国王请求仁慈对待斯克罗普，但国王坚持对其执行死刑。斯克罗普"丢人现眼地面对着他那匹母马的尾巴"被拖到属于克莱蒙索普（Clementhorpe）修女的麦地里处以极刑。在大多数人看来，国王砍了斯克罗普的脑袋是种暴行，这种残忍的举动使得人心民意发生了极大的转折。要不是当时罗马教廷中的竞争对手们正为争夺教皇的霸主地位而闹得四分五裂，亨利四世几乎肯定会因为处死一位教会重要人物而被逐出教会。许多人传说死去的大主教的坟墓里正在发生着神迹，也有人说国王谋杀了一位圣人。

举事被镇压之后，诺森伯兰逃亡国外，而格兰道尔和莫蒂默则意识到他们的势力日薄西山，便躲进位于哈立克（Harlech）的一座四周有壕沟防护的、几乎是固若金汤的城堡之中。1408 年，诺森伯兰卷土重来，组织武装挑战国王，但在巴尔姆汉姆沼泽（Bramham Moor）一战中被杀。次年，经过六个月的围攻，威尔士亲王攻克了哈立克城堡。在攻进城后，亲王发现莫蒂默在遭受围攻期间已经死亡，"结束了他悲

---

[1] 编注：即亨利四世的长子，后来的英王亨利五世。

惨的日子"。他的三个年幼的女儿以及格兰道尔两个成年的女儿，还在城堡里边。威尔士亲王将她们投入了伦敦塔，她们不久后皆死于狱中。

格兰道尔则至此销声匿迹，也许消失于从中而来的威尔士山林，从此成为传奇。至于他此后的活动或存亡状况，我们所掌握的资料大多语焉不详。他很可能死于 1417 年之前，因为就在那一年，他的儿子获得了皇家赦免。

亨利四世作为国王的地位，在 1406 年议会通过的一项法案中得以确认。1407 年，为了确保未来王朝的安全，国王进一步采取措施排除了他同父异母的博福特同胞兄弟的合法继位权。作为冈特合法生育且唯一幸存的儿子，亨利很可能憎恨博福特家族地位的迅速提升，尽管他也认可理查二世承认他们合法化的相关法令，但他却通过自己的手谕补充了一项修正案，即增添了一条"excepta dignitate regali"的附带条件，这句拉丁文的意思是"除了王室的高位"，从而有效禁止了博福特家族及其后代继承英格兰王位。

这项修正案的合法性遭人怀疑，并引起了一些争议，因为它既不属于议会法案，也未得到议会的批准，但它已经起到了贬低博福特家族地位的效果。不过到了 15 世纪后期，代表博福特家族利益的法学家们坚持主张国王的手谕无法取代议会法案，因此，博福特家族的王位继承权不该被排除在外。1485 年，博福特家族的一个儿子成了英格兰的国王，这证明亨利的禁令已经形同虚设。

博福特家族成员个个都是有能力、有活力和有抱负之人。由于冈特的约翰将土地和头衔都传给了亨利四世，他们没能从父亲那里继承遗产，但他们以忠诚的服务和勤勉的工作从兰开斯特诸王那里获得了土地和财富。约翰·博福特也好，托马斯·博福特也罢，无论是在枢密院还是在战场上，他们皆为亨利四世不可多得的益友和参谋。约翰·博福特的产业主要集中在英格兰西部，他的重要住宅是多塞特郡的科夫城堡和萨里郡的沃金城堡。他还担任英格兰的宫廷大臣和加来最高行政长官。1410年，约翰死于伦敦塔附近的圣凯瑟琳医院，死后葬入坎特伯雷大教堂。他的长子继承了萨默塞特伯爵头衔，但死于1418年。由于膝下无子，父亲的遗产转由次子——另一个约翰·博福特继承。

亨利·博福特则已经成为一位精明能干而极具天赋的法学家，并获得教会的多个任命。在20多岁时，他就已是牛津大法官和林肯主教。1399年，亨利·博福特放弃了理查二世，转而追随兰开斯特的亨利。博福特主教享有巨额财富，生活奢华。从各种意义上来说，亨利·博福特的地位相当于一位红衣主教，禁欲誓约也没妨碍他包养情妇。

1402年，亨利·博福特主教成了国王枢密院的成员；1404年，他接替威克姆的威廉（William of Wykeham），担任在英格兰主教职位中影响力巨大、最富有（年收入为4000英镑）的温彻斯特主教。尽管他年纪尚轻，但此时已然成为英格兰政坛的核心人物，负责重要的外交事务。从教会收益、羊毛出口和庄园租金中，亨利·博福特所获得的财富稳步增长。这个时候，他开始对兰开斯特王朝陆续进行大量而稳健的贷款和赠款，从而扮演起王室首席投资家的角色。

亨利·博福特主教变得妄自尊大、反复无常和盛气凌人，并由此引起了阿伦德尔大主教的敌意。亨利四世后来决定排除博福特家族的王位继承权，阿伦德尔在其中的唆使起到了很大的推波助澜的作用。这种敌意，很有可能是因为博福特把大主教外甥女的肚子搞大了。

博福特兄弟中最年轻的是托马斯，他成长为一位品格与才智俱优的人物。他不像亨利·博福特那样贪婪无度，而是恪尽职守、勤勉工作。在不同的时期，亨利四世曾委托他担任爱尔兰西北部、法国阿基坦和皮卡第（Picardy）的舰队司令，加来的司令官以及英格兰大法官等职务。他被证明是一位出类拔萃的军事家，并在捍卫英格兰在法国的属地方面发挥了至关重要的作用。托马斯的姐夫是势力强大的威斯特摩兰伯爵拉夫·内维尔（Ralph Neville），通过娶内维尔的一位女眷为妻，托马斯结交了这位情谊牢固的伯爵朋友，并因联姻关系获得了内维尔家族强有力的支持。

亨利四世也许会为自己能够得到同父异母的博福特兄弟们的支持而感到庆幸，博福特的后辈们在接下来的六十年中也一直效忠于兰开斯特家族。

到了 1409 年，亨利终于艰难地熬过了成为国王后深为种种叛乱行动困扰的最初十年时光。眼下，他与法兰西和苏格兰之间的关系，以及与自己手下权贵们之间的关系，都进入了比较顺畅而有利的时期，他的王座也因此变得更加稳固。不过，王室财政依然入不敷出，法律和秩序一直处于明显的恶化状态。但是，这些还不是国王不得不面对的全部困境：自 1405 年后，他的健康状况极为不佳。

根据《布鲁特编年史》（*The Brut chronicle*）的记载，紧接斯克罗普大主教被处死，亨利开始遭受麻风病的折磨；而《贾尔斯编年史》（*Giles's Chronicle*）则声称，亨利的麻风病是在斯克罗普死亡的同一时刻爆发出来的。在大多数人——包括国王本人——看来，这种惩罚来自上帝的愤怒。麻风病的首次发作简直惨不忍睹，亨利在痛苦中尖叫，并大声呼喊"我全身起火啦"。除了疼痛之外，更为糟糕的是，麻风病损毁了亨利的外形。

约翰·卡普格雷夫（John Capgrave）说，1405 年之后，"国王丧失了俊美的面容。他是一个麻风病患者，模样显得越来越丑恶"。他的脸上和手上全是"乳头状"的脓疱，鼻子变得奇形怪状，全身皮肤肿胀，且布满皮疹，肮脏污秽得让人不敢瞧他一眼。后来，亨利鼻子下面长出了一个大肿瘤，全身的皮肉也开始溃烂。医生们对他一筹莫展。有关他健康情况的流言四起：法国人说他的脚趾和手指都已烂得掉光了；苏格兰人说他的身体萎缩得只有小孩那么大。

亨利四世到底得了什么可怕的疾病？显然不是麻风病。从现代医学的观点来看，他很可能得的是梅毒，或是结节坏疽，外加丹毒——

此症会产生烧灼感。从1831年对亨利尸体发掘的情况来看，保存完好的尸体面容证明，当时人们对于他的皮肤疾病的描述有些言过其实。在1408年，国王同时出现了轻微的中风，之后，健康状态便每况愈下。亨利还患有晕厥症和某种心脏病。实际上，他完全就是一位病人，在许多情况下，就连行走都已力不从心。

就在国王的健康状况一天不如一天之时，博福特家族在朝廷中的影响力却在与日俱增。急于戴上王冠的威尔士亲王试图联合博福特的叔伯们来夺取政权。这导致父子之间的关系极度紧张，直至最终彻底失和。尽管国王已是老病缠身，但他拒绝退位。即使身体越来越衰弱，他也决意要亲自统治英格兰直到最后。当主政的重负实在让他感到力不从心时，他就只有依靠大法官，也就是阿伦德尔大主教的力量，但这并未成功阻止威尔士亲王以及博福特家族想要夺取政府控制权的企图。1409年，年轻的亨利·博福特用诡计迫使阿伦德尔辞去大法官职务，威尔士亲王及其势力占据了枢密院的主导力量。

1412年，亨利四世对法宣战。尽管打算率领一支军队攻打阿基坦，但实际上他并不想打这场战争。沃尔辛汉姆写道："假如他的身体力量能够跟得上他的精神力量，那么，我相信，他是可以战胜法国的。"

1413年3月20日，国王费力地前往威斯敏斯特大教堂的忏悔者圣爱德华圣坛。在下跪祈祷之际，国王晕厥突发，在痛苦中昏死过去。侍从们将他抬进旁边的"耶路撒冷会议室"——之所以如此称呼，是因为会议室墙上挂有描绘耶路撒冷历史的挂毯。亨利苏醒后，想起自己曾表达过这样的一种愿望：他将继续最后的十字军征战，并死在耶路撒冷。

侍从们将他安放在靠近火炉的一张小床上，火炉的热度并没让他感到温暖，他仍然抱怨自己的手臂和腿十分寒冷。此时，亨利的心中似乎充满了负疚感，因为人们听到了他的喃喃低语声："我有什么权利夺取王冠，只有上帝知道。"倾听国王忏悔的神父到来，他请求亨利为杀害斯克罗普大主教忏悔，为篡取王位忏悔。亨利回答说，关于杀死斯克罗普一事，他已得到了宽恕；至于篡夺的王位，他的儿子绝不会让他发誓放弃。

国王明显处于垂死状态。按照惯例，人们把王冠安放在他身边金线织成的垫子上。没过多久，国王看上去已经死了，于是，人们将一块手帕盖在他的脸上。威尔士亲王受召前来拜见父王最后一面。当他进入会议室，捧起王冠正准备戴在自己头上时，国王突然睁开了眼睛。他向儿子交代了临终遗言，为自己篡取英格兰的王位而深感忏悔，因为这顶王冠对他来说实在是太沉重了。在这最后的时刻，亨利与儿子达成了和解，并在对儿子的祝福中死去。

亨利四世埋在坎特伯雷大教堂主祭坛的背后，其葬身之处紧挨着黑太子的坟墓和圣托马斯·贝克特圣坛。后来，人们因怀念他而在坟墓上竖起了一块精美的墓碑，墓碑上刻有亨利和第二任妻子，纳瓦拉的乔安娜（Joanna of Navarre）的大理石雕像——乔安娜比他多活了 24 年。

亨利离世时的英格兰要比他继位之初更加繁荣、安定。尽管在执政时期没有取得令其荣耀的功绩，但亨利还是成功击败了强大的敌对势力，迫使他们不敢公然挑战王位。尽管仍然有人认为他是个篡位者，王位继承权令人质疑，但是，他的儿子却无可争议地继承了王位。

4. 基督教骑士精神之花

1413 年 4 月 9 日，是耶稣受难日。正是在这一天，蒙默思的亨利在威斯敏斯特大教堂加冕成为国王亨利五世。登基为王对他的影响是极为深刻的：沃尔辛汉姆指出，"当他成为国王之后，就像突然变了一个人似的。由于没有什么值得夸耀的美德，他处处表现得正直、谦逊和庄重"。亨利五世的传记作者蒂托·李维（Titus Livius）说，他成为国王以后一改常态，疏离了原先那些放荡不羁的年轻朋友，注意倾听枢密院中经验丰富的重臣的意见。他在统治初始的主要目标是摆脱父亲的执政风格，从而进一步获得民众的拥戴以及对于兰开斯特家族的拥护。

年轻时，亨利的生活荒淫无度，证据在此就不必列举了，尽管后来对他的描述可能有言过其实之嫌。编年史家托马斯·埃默汉姆（Thomas Elmham）写道："他不像为王之后那样沉着稳重，在无拘无束的年轻时代，他是维纳斯的仆人，过着常见的放纵无度的闲适生活。"亨利五世 15 岁时首次参战，早年就已获得杰出军人和军事战略家的声誉。他还对歌唱有着强烈的爱好，是一位颇具才艺的音乐家。

根据托马斯·埃默汉姆的描述，亨利五世"生有一张椭圆形的英俊面孔，额头开阔，鼻梁坚挺，脸颊和双唇红润，下巴向里回收，耳朵虽小但形状不错，浓密的头发呈棕色，淡褐色的眼睛炯炯有神，身高中上"。他年轻时，胡子刮得干干净净，留着短而笔直的头发，好一派诺曼底军人时尚。他精干刚健，肌肉发达，动作敏捷，孔武有力。法国使臣曾形容他是"一位仪表不凡、威风凛凛的王子。他的表情似乎总流露出自豪"。不过，法国牧师让·夫索利（Jean Fusoris）则认为，他看上去更像是一位牧师，而不是一个军人。

除了热爱音乐之外，亨利五世还是一位热情高涨的运动员，喜欢行猎、钓鱼、摔跤、跳跃和跑步等，"他在这些运动项目上的水平均超越一般人"。据说，他的跑步速度比猎狗甚或箭还要快。出人意料的是，他对马上比武似乎没有多大的兴趣。

书籍是亨利的无上至宝。他拥有丰富的藏书，精通英语、法语、拉丁语和威尔士语。他喜欢阅读历史、神学和狩猎等方面的书籍，以及乔叟、霍克利夫（Hoccleve）和利德盖特（Lydgate）等人的作品。他还是一位艺术和建筑的鉴赏家，尽管程度不及理查二世。

英国编年史家众口一词地对亨利五世大加称赞，不乏溢美之词。沃尔辛汉姆形容他是"审慎稳重的、远见卓识的、宽宏大量的、沉着果断的、矢志不渝的、出类拔萃的"等等。那些认识他的人却觉得，他是一个性情冷漠之人，人们对他的感情与其说是出于爱戴，不如说是出于敬重。他少言寡语、不苟言笑，往往会是一位很好的聆听者，并具有不形于色的睿智。他高度自律，并期望别人也能如此。他的仪态高贵而严厉，令人敬畏，气质中还有一些忧郁的成分，在取得胜利的时刻，往往神情庄严。他总是以积极的心态面对挫折。

亨利具备大量的常识性知识，作为一个富于洞察力的人，他能够做出明智的判断。同时，他的表述极具说服力，若涉及他的权利问题，他的坚韧态度常常还会表现出一定的攻击性。亨利出言慎重，甚至对有些事秘而不宣，但为了维护体面，他会特别注意用最亲切的态度对待每一个人。"他出口开门见山"，一位法国使臣写道。为了炫耀自己的美德，亨利偶尔也会显得伪善与爱卖弄，比如他曾对外公开自己在继位后的七年中一直洁身自好的事实。他最坏的毛病往往是残酷无情地对待那些敢于挑战其权威的人。一次，在围攻的过程中，敌方的一个士兵爬到要塞墙体上手舞足蹈，一边嘲笑国王，一边吹喇叭模仿放屁的声音。破城之后，亨利特地下令要将此人处死。

亨利五世继承了父亲曾经同样面临的不安全感。许多人认为兰开斯特王朝是一个篡夺而来的王朝，马奇才是合法的国王。一些人甚至认为理查二世仍然活着。然而，兰开斯特家族毕竟统治了十四个年头。一般来说，人们已经渐渐适应了新的朝代，与此同时，经过新国王的不断努力，兰开斯特家族也已获得了相当程度的民众认可。

幸运的是，亨利五世拥有一位成功的中世纪统治者要具备的全部特性。他是一位无可非议的正统教义的虔诚信奉者，每天花上几个小时祷告，朝拜过许许多多的圣人圣地。他还有一个抱负，那就是从土耳其人手中夺回耶路撒冷。亨利对待异教徒极为严苛，实际上，他几乎灭绝了罗拉德教派。

亨利怀有"一种维护公正的强烈意愿，为此，贫穷的老百姓热爱他胜过所有其他国王，因为他会尽心竭力地保护他们，使其免受来自大多数贵族的暴力与不公"。对于穷人，他平易近人、慷慨大方。他的公正不偏不倚，没有朋友与敌人之分，没有高低贵贱之别。但亨利并不是一位慈悲的国王，敌人畏惧他的复仇。因为有此声誉作为先导，往往使得征服行动变得更加轻而易举。

亨利五世是一位天生的领袖人物，他以惊人的自信登上王位，并决心为英格兰提供"良好的治理"。就致力于这一目标而言，他是一位娴熟的行政长官和优秀的政治家。亨利认为，王国的繁荣取决于统治者的诚信与道统，针对君主政体的任何威胁，都会动摇神赐良序的社会。因此，就连敌人也不得不称赞亨利是一位圣明的统治者。他对财政支出精打细算，做好预先计划，避免找米下锅。所有这一切都令皇家财政有了显著复苏。亨利还对王室官员进行严密的监管，处置贪官污吏绝不心慈手软。

坚持不懈的努力赢得了权贵的支持与合作，侵略战争政策更将他们紧紧地团结在自己周围，从而也使英格兰成为欧洲政治的中心。与贵族保持和谐的关系，让国王的事业更加得心应手。亨利五世起用了温彻斯特主教亨利·博福特——他"最年长的叔叔和最亲密的顾问"，以取代阿伦德尔的首相职位。但是，他们之间的关系却并不是一路平坦的。1417 年，雄心勃勃的博福特没有按照规则与习俗的要求事先征得国王的许可，便擅自接受了由罗马教皇使节送达的红衣主教的红帽和任命。国王大发雷霆，并强行要求他放弃红帽和任命，从而断送了博福特在欧洲教会中占据重要地位的梦想。

莎士比亚后来把亨利五世描述成兰开斯特家族的维护者，他的功绩与名望完全冲淡了由于篡位而沾染在这个家族上的污点。当然，自爱德华三世时代以来，英格兰的确未曾呈现过如此良好的治理状况。

亨利五世明智地实施了总体上的"怀柔政策"。他一成为国王，就彰显出作为王者的自信：立刻释放了已年满 21 岁、仍处于软禁状态的马奇伯爵，还给"鲁莽蛋"的儿子恢复了诺森伯兰伯爵爵位。在加冕典礼的前一天，亨利在伦敦塔举行的一个仪式上还授予马奇及其弟弟罗杰·莫蒂默（Roger Mortimer）巴斯勋位骑士称号。很显然，他认为马奇已经不是自己的竞争对手，也不承认马奇拥有继承王位的优先权，因为他已指定自己的弟弟克拉伦斯公爵托马斯为王位继承人。马奇在政治上尚是一位不为人知的人物，也不大可能获得来自权贵的极力支持。对于大部分平民百姓来说，他更是一个陌生人。但是，仍有某些身居要职的人觉得，马奇应是英格兰的合法国王，而且也不该受到不体面的对待。于是，亨利五世采取措施矫正了这一情况：让马奇成为伯爵，加入自己的王室，并公认他为自己的核心顾问之一。

对于亨利来说，幸运的是，马奇不见得有多少雄心壮志。也许，早年的经历已经砸碎了他的自信心，他欠缺作为国王必备的品质。马奇讨人喜欢，友善、和蔼，但完全缺乏亨利那种活力。他不信任任何人，对国王也心怀恐惧。

然而，马奇也是个冲动与任性的年轻人。被释放后不久，没有得到国王许可，他就与表妹安妮·斯塔福德（Anne Stafford）——爱德华三世的曾孙女——秘密成婚。亨利恼羞成怒，对马奇课以 6666.67 英镑的罚款。按理说，被处以如此巨额罚款，马奇应该对君主心生怨恨，但是，由于没有任何记载表明马奇曾支付罚款，所以，很可能亨利深知马奇的忠诚是最为重要的，于是给予赦免。国王无非是想让马奇明白一点，若要使你破产，那是易如反掌的事情。

马奇居住在伦敦泰晤士河畔的巴纳德城堡（Baynard's Castle），过着极为奢华舒适的生活。从他个人的往来账目中就可以看出，他是一个积习已深的赌徒。1413—1414 年的冬天，光是玩牌、西洋双陆棋、骰子和斗鸡他就输了 157 英镑。马奇在伦敦东部波普拉区的一处住宅里还包养了一个名叫爱丽丝的情妇，并在她身上花费了大笔金钱。此外，他频繁光顾酒馆，并不反感与下里巴人混迹一堂。

到了 1415 年，马奇已获得了一定的名望。不过，当年访问英格兰宫廷的法国使臣让·夫索利报道说，许多人原先首选马奇而不是亨利作为他们的国王，然而在不久之后，他们的看法就迅速地发生了改变。

就在亨利登基后还不到两个月的时候，威斯敏斯特大教堂的大门上出现了一则用钉子钉起来的告示，宣称理查二世依然生活在苏格兰。威斯敏斯特大教堂的僧侣们一直以来都在支持希望恢复理查王位的人，曾经暗中援助罗拉德教派针对亨利四世的谋反行动，那次阴谋遭到触目惊心的残酷镇压：7 名罪魁祸首被戴上镣铐，在慢燃的火焰上被活活烤死，另有 24 人被处以绞刑。

为了避免祸端，1413 年，亨利五世安排将理查二世的遗骸从兰利迁移到威斯敏斯特大教堂，并在夜晚为其举行了盛大壮观的改葬仪式。在 120 只火把的照耀下，国王以及众多哀悼者目睹灵柩被安放进墓穴中，紧挨着波希米亚的安妮。亨利重新安葬理查并非意在弥补从前的过错，而是向公众重申理查确已死亡的事实。然而，宣称理查仍然活着的反叛行动，在 1417 年，甚至迟至 1419 年又重演了两次。那以后，这种假借被废黜的国王尚在人世为托词以表达不满的荒唐现象，才终于不见踪影。

在坚实地巩固了自己的王位，以及采取种种措施消除了潜在的敌对势力之后，亨利五世将目光转向他做威尔士亲王以来就一直怀揣的远大抱负：完成祖先留下的吞并和征服法兰西王国的夙愿。就这一宏大目标而言，亨利坚信这是一项正义的事业，上帝站在他那一边，他履行的是神圣的职责。他也深知，如能完成这个愿望，自己的地位将会牢不可破，从而确保家族的前途。此外，通过将所有人民团结起来，无论高低贵贱，投身到这一伟大的事业中去，亨利也可达到转移他们的能量与兴趣的目的，从而避免肇事反叛的任何威胁。

权贵以及大多数民众热烈拥护亨利公开宣布的战争国策，议会也毫不犹豫地投票同意为组建入侵部队发放资金。此时几乎是发动战争的理想时机：法国正处于疯国王查理六世的统治之下，朝廷的贵族之间矛盾重重，勃艮第派系与奥尔良派系为争夺查理六世的摄政权混战不休。

由于被狂热的欲望冲昏了头脑，亨利没有意识到他将发动的战争是一种滔天大罪，也没有预见到英格兰的资源无法支撑这项计划取得最后的成功。此时，任何人都不会清醒地意识到，战争国策的成功实现完全是亨利的一厢情愿。

1415 年夏的某一天，战争准备正在紧锣密鼓地不断推进，希顿的托马斯·格雷爵士（Sir Thomas Grey of Heton）受到传唤，前往剑桥伯爵位于约克郡科尼斯伯勒城堡（Conisburgh Castle）的居所。格雷不仅在国王的枢密院中担任重要角色，而且在家乡诺森伯兰郡担任巴姆城堡（Bamburgh Castle）和诺勒姆城堡（Norham Castle）的治安官。他因婚姻关系将内维尔家族与珀西家族连接在一起，在北方乃是一位德高望重而受人尊敬的人物，同时，他身上还展示出非同一般的军事才干。他的儿子已与剑桥伯爵4岁的女儿伊莎贝拉（Isabella）订婚。

剑桥伯爵是约克公爵埃德蒙的小儿子，经由卡斯蒂利亚的伊莎贝拉的关系，也算是国王的表弟。剑桥伯爵大概于1375—1376年间出生在科尼斯伯勒，这座12世纪的要塞经过他父亲的改善之后，成了他的主要据点。剑桥伯爵的名字理查，就是由其教父理查二世的名字而来的。在亨利四世统治时期，他至少暗中支持过一个冒充已故国王的反叛者。1408年6月下旬，他获得特赦后娶了远房表妹安妮·莫蒂默，也就是马奇的妹妹。安妮出生于1390年，在位于威尔士边界地区的威格莫尔城堡（Wigmore Castle）长大。安妮于1411年9月24日生育的第二个孩子是一个男孩，也起名为理查，他长大以后成为玫瑰战争中的重要角色之一。不幸的是，安妮死于这个儿子的生育期间或之后不久，葬在国王的兰利教堂内，墓穴和公公的坟墓紧挨着。妻子死后，理查续弦玛蒂尔达（Matilda），她是约翰·克利福德（John Clifford）——"鲁莽蛋"的妹夫——的妹妹，但他们的结合没有留下后嗣。

1414年5月，亨利五世在议会上批准由理查的兄长继承约克的公爵爵位。与此同时，新的约克公爵要将父亲的剑桥伯爵爵位让渡给国王。国王把这个伯爵爵位授予理查，并与理查签订了契约。按契约要求，理查要为亨利提供2名骑士、57名绅士和160名骑兵弓箭手。新的剑桥伯爵并不富有，维持他的新地位可谓勉为其难。通常情况下，当某人被提升到贵族爵位时，君主往往会为他提供一定的资助，但是，对于新任剑桥伯爵，亨利五世却忽略了这件事情，导致他的伯爵头衔只是徒有虚名而已。野心勃勃的剑桥因此对国王怀恨在心。

剑桥伯爵召唤格雷前来科尼斯伯勒城堡，目的是与其商量叛国事宜：暗杀亨利五世及其兄弟，宣告理查二世——以苏格兰那个"冒充者"的身份——为合法国王。要是那个"冒充者"被揭穿是江湖骗子，就将马奇推上王位。虽说剑桥是最重要的策划者，但他不太可能成为阴谋行动的主心骨。这个角色落到了第三任马萨姆的斯克罗普勋爵（Scrope of Masham）身上。此人 42 岁，出身名门，社会关系良好，而且富有。他是个天赋聪明、极具魅力的人物，和其他共谋者一样，应该也是国王较为信任的人。他是斯克罗普大主教的亲戚，但他之前没有参与谋反行动。勋爵也是一位严肃而虔诚的人，喜欢阅读神秘宗教作品，拥有 83 部手稿，这在当时已是相当惊人的藏书量了。他最大的自豪与快乐，来自拥有一座私人小教堂，其中藏有 90 件基督教教士的法衣。

许多年来，斯克罗普与亨利五世一直非常亲近，有时，他们甚至同睡一张床——但并无同性恋色彩，这被认为是国王特别偏爱他的一种标志。在亨利四世执政时期，斯克罗普曾担任英格兰财政大臣一职，在亨利五世手下则担任王室财务主管一职。蒂托·李维称他为"骑士制度的装饰品"。斯克罗普的第二任妻子琼·霍兰德（Joan Holland）是剑桥伯爵的父亲约克的遗孀——同谋者之间存在着如此深厚的家族关系，这样的关系往往可能超越对王室的忠诚。

斯克罗普为什么要参与密谋杀死国王的行动仍然是一个谜。同时代的大多数人认为，法国政府的金钱诱饵可能是他起事的动因。有人说，法国人为他提供了多达百万英镑的巨资——这一定是夸大其词，不过，法国人确实迫切渴望阻止英国人入侵，哪怕不惜代价。法国使臣借助近期访问温彻斯特王宫的机会，可能已经送来贿金，那之后，他们只是等待下手的时机。斯克罗普后来否认自己是策动者，剑桥也是如此。他们声称自己是受人指使才参与了谋反行动。

诺森伯兰伯爵也牵涉其中，建议剑桥伯爵寻求格雷的帮助，很可能是他的主意。在科尼斯伯勒城堡，剑桥伯爵鼓动格雷参与谋反，并告诉他行动的细节。格雷欣然同意加入密谋行动，并和剑桥一道南下与其他人会面。假如谋反成功，剑桥会是最大的获益者：马奇至此仍然没有子女，剑桥的儿子理查成了马奇的继承人。剑桥伯爵梦寐以求让儿子戴上王冠。

和剑桥到达南安普顿后，格雷找到斯克罗普，并一起参加了几次同谋者会议。到了后来的阶段，马奇也被拉进这次谋反行动。情况似乎是这样的：其他人说服了马奇的牧师，再由牧师出面劝说马奇夺回王位。按照合法继承权，王位本该属于他。由于马奇欠斯克罗普一大笔钱，这很可能成为他参与其中的一个原因。但马奇并不是一个热心的同谋者，他害怕阴谋失败的后果，所以对细节也不是都知情。

同谋者在马奇位于温彻斯特附近的克兰伯里庄园（Cranbury）聚首，他们会面的房间位于南安普顿城墙下方的伊钦河渡口（Itchen）边上。会上提出了五花八门的谋杀国王的建议，比如纵火烧毁国王入侵法国的舰队等，但绝大部分提议都被否决。最终形成的方案是：诺森伯兰在北方募集兵力，马奇则在新福里斯特（the New Forest）摇旗起事，然后向威尔士挺进。到达威尔士之后，他将自称为王，并宣布亨利五世为篡位者。他们还将鼓动苏格兰人和威尔士人支持叛乱，甚至准备邀请传说中隐遁山林的格兰道尔重出江湖，假如能够找到他的话。此外，当时声名狼藉的基督教罗拉德派反叛者约翰·奥尔德卡斯尔爵士（Sir John Oldcastle）正藏匿在威尔士边界地区，他也会配合在英格兰西部诸郡招募军力。刺杀国王的时间定在 8 月 1 日。杀死国王之后，马奇将被加冕成为埃德蒙一世。这是一个安排周密的行动规划，可谓中世纪晚期最危险的阴谋之一，在英国历史上也极为罕见，而且大有获得成功的可能。

然而，由于斯克罗普是一位正统宗教的虔信者，他对马奇将罗拉德派教徒以及异端邪说的污染引入密谋行动愤怒不已。斯克罗普痛斥马奇毁了一切，于是，由于缺乏胆量，马奇转而试图劝阻斯克罗普不要实施暗杀计划。这个请求被充耳不闻，马奇便决定向国王供认一切。

为了准备入侵法国，亨利已经下令组建了一支舰队。8 月 1 日——计划中谋杀国王的日子——他正在波切斯特城堡（Porchester Castle）视察部队。那天晚上，马奇伯爵匆匆赶到，迫不及待地求见国王，并坦白了一切。亨利立刻意识到事情的严重性，认为这个消息是"未来最不吉利的预兆"。国王十分器重斯克罗普，与他情同手足，这种背信弃义当然让他痛彻心扉。当时的大多数人也对此感到不可思议。

亨利当即投入行动，召集追随他的主要权贵。经过紧急商议之后，他们建议国王逮捕和审判叛国者。就在当天晚上，所有的起事者都被捉拿归案，以叛国的罪名被囚禁在南安普顿城堡。在那里，他们招认了自己的罪行。

8月2日，格雷在位于南安普顿繁华大街上的"红色狮子客栈"大厅里受到审判。他就罪行写下了一份忏悔书，随即被指控犯有叛国罪而被处以死刑。他可怜巴巴地请求宽恕，但已于事无补，不过国王仁慈地把处决方式改判为直接斩首。格雷被从法庭带到城墙的北门外，砍了头。他的头颅被运到纽卡斯尔示众，以此向北方人警示叛国者的下场。

就在同一天，作为贵族的剑桥和斯克罗普接受了同僚的审判。一个由20位贵族——包括马奇和剑桥的哥哥约克——所组成的委员会，被指定听取审理。8月5日，两人接受审讯并被判有罪，宣布死刑。在被羁押的南安普顿城堡，剑桥写信给国王乞求给他一条生路，但亨利不为所动。在那天晚些时候，剑桥伯爵被带到城门外斩首。他被埋葬在南安普顿的"天国之门"小教堂内。同一天，国王宣布没收他所有的荣誉、头衔和财产。

格雷和剑桥只是被处以简单的斩首，但斯克罗普就没有得到这份怜悯了，他被视为最邪恶的阴谋者，因此，遭受了为叛国者保留的所有严酷手段。斯克罗普曾立下遗嘱，要求死后葬在约克大教堂，与逝去的亲人们埋在一起，但国王下令把他的头钉在约克郡的米克盖特城头示众。

沃尔辛汉姆说，亨利虽然悲叹剑桥和斯克罗普的命运，但他对于谋反者的无情处置确保了在统治期间没有出现针对兰开斯特家族的更严重的叛乱事件。马奇得到了赦免，从此以后坚定不移地效忠国王，并在亨利手下任职于法国，协助防卫英格兰，使之免受来犯之敌的海上威胁。11 月，议会通过了剥夺已被定罪者的财产权和公民权的追溯性法案，确认了南安普顿法庭的判决。挫败这一阴谋之后，亨利的地位更加牢固。人们倾向于认为上帝之手在护佑他。诺森伯兰也与国王讲和，奥尔德卡斯尔的儿子在其父亲于 1417 年被处死以后亦是如此。

1421 年，马奇的亲戚约翰·莫蒂默爵士试图将他推上王位，最终自食苦果。莫蒂默被捕后囚禁于伦敦塔的地牢里，他曾设法逃跑，不料又被抓获，而受到更加严厉的监控。莫蒂默的冒险行动少有支持者，事实上，也没有多少人把他当回事。1424 年，他在又一次试图逃跑失败后，被判处犯有叛国罪，在伦敦的泰伯恩刑场被绞死后五马分尸。

1415 年夏末，亨利五世率领一支由 1 万人组成的大军，穿过海峡向法国发起进攻。虽然攻下了哈弗勒尔港口（Harfleur），但在围攻的过程中，亨利的人马死伤无数，而且许多人并非死于枪战，而是亡于痢疾。国王随后指挥残部攻占加来。虽然亨利在军中贯彻了严明的纪律，禁止嫖娼和饮酒，但他的部属在进军法国北部的一路上大肆行凶，杀人、抢劫、纵火和强奸几乎无恶不作。亨利本人似乎也没有对法国的平民百姓显示出任何仁慈之心。

10 月，在阿金库尔战役（the Battle of Agincourt）中，英国人战胜精锐的法国骑兵部队，赢得了意想不到的辉煌胜利。亨利的军力在数量上远远不如法国，要不是他高超的指挥和战术才能，胜利肯定属于法国人。此外，如同爱德华三世统治时期在克雷西战役（Crecy）和普瓦捷战役（Poitiers）中的情况一样，英国弓箭手纯熟的技能被再次证明起到了关键性作用。英国人的长弓利箭给法国重装骑兵部队带去了致命打击，骑兵一旦中箭，就立刻坠马落地，往往无法从地面上爬起来重新上马；如果依靠步行继续作战，他们几乎不可能发挥有效的战斗力。亨利采用的战术是：部署自己的重装骑兵静候待命，当法国军队穿过沼泽地带扑来时，先让骑马弓箭手出面迎战；等法国的重装骑兵被弓箭手射杀得人仰马翻，惊慌失措，再出动重装骑兵厮杀。

沃尔辛汉姆说，国王"不仅是一位国王，更是作为一名骑士在战斗，他以身作则、一马当先，第一个杀向敌人，经受着严酷的战争洗礼"。然而，在战斗结束之后，他忘却了作为一个骑士的誓约，下令屠杀所有缴械的俘虏，不管是贵族还是普通士兵。当两百名弓箭手因刀刺、棒打或焚烧俘虏致死时，在一旁观望的步兵无不深感震惊。凯旋后，亨利在伦敦被欢乐的海洋包围，到处都是壮观的庆祝和游行场面。人们涌进圣保罗大教堂参加感恩仪式，最终在伦敦钟声的齐鸣中达到了高潮，整个活动持续了 9 个小时。但在所有的庆祝活动中，尽管人们沉浸在狂欢与喝彩声中，国王却是神色严峻，从未流露出一丝笑容。

阿金库尔战役的重要性不可低估。且不说法国人的士气由此遭受沉重的打击，最主要的是，英国人的想象力因此如烈火般被点燃，亨利五世成为一位广受欢迎的英雄，国民的民族主义情绪也在日益增长。此时，很少有人再去质疑兰开斯特家族的王者地位，因为亨利和他的臣民们均相信，上帝已赋予这次决定性的胜利来证明他的权利。议会感激涕零，非常乐意投票通过追加更多军费以维系战争，尽管现有战争支出已经非常庞大，为原本已负担过重的财政增添了更大的压力。

在阿金库尔战役中，英国人伤亡无几。被杀害的贵族只有约克公爵爱德华一人，他在战斗中指挥的是右翼部队。爱德华是一个大个子男人，身体非常肥胖。据说，他要么因穿着沉重的盔甲窒息而死，要么因在战斗中过分紧张突发心脏病而死。他的尸体被放进一口巨大的坩埚中，用水煮了一整夜，好让皮肉溶化后把骨头运回英格兰。尸骨被埋葬于福瑟陵格的教堂联合会内。后来，为了怀念约克，伊丽莎白一世下令为他建造了一座相当精美的纪念碑，人们迄今仍可见到此纪念碑。

约克没有留下孩子，他死后，公爵爵位的传承就此中止。约克的弟弟剑桥留有一个 4 岁的儿子理查，但因剑桥当年被剥夺公权，理查不能继承伯父约克的爵位。不过，尽管理查也不能继承剑桥伯爵的爵位，他却继承了父亲名下的财产。而且，被剥夺的财产权和公民权通常是可以恢复的，所以，有人预见到，总有一天，这个小男孩不仅能够继承约克公爵的爵位，而且将通过母亲的关系继承莫蒂默家族的巨额财富，因为理查同时是他的舅舅——膝下无子的马奇伯爵——的继承人。然而，就眼下而言，由于父母双亡而成为孤儿的理查，作为一个受到王室监护的未成年人，正在皇家监护人罗伯特·沃特顿（Robert Waterton）的抚养下长大。他们居住在约克郡的庞蒂弗拉克特城堡和密斯里宅邸（Methley Hall）。

1417 年，亨利五世着手策划征服诺曼底的周密方案，这是祖先的遗产。他在当年就征服了卡昂（Caen）和利西厄（Lisieux）这两座法国城市。1418 年，英军征服了法莱斯（Falaise）、东夫龙（Domfront）和卢维埃（Louviers）。1419 年，在经历了艰苦卓绝而旷日持久的围攻之后，英军终于攻陷诺曼底的首府鲁昂（Rouen）。此时，伦敦街头再次出现了盛大的庆祝场面。亨利接下来的目标是攻占法兰西王国的首都巴黎。1419 年，英格兰的盟友，法国的勃艮第公爵遭到法国国王查理六世的继承人——王太子查理的支持者的谋杀。这起谋杀事件驱使勃艮第的儿子新公爵菲利普与英国人之间建立了更加坚固的同盟关系，

这对于亨利来说，是求之不得的有利条件。

战争在持续着，亨利残忍的名声也在与日俱增。在围攻鲁昂的过程中，他严酷对待老弱妇孺这些非参战者的行为，导致 1.2 万人死于饥饿和风餐露宿。圣丹尼斯修道院（the Abbey of St Denis）的一位法国僧侣谴责亨利滥用"国王的权利惩罚不顺从者"。而敌方的任何携带武器者，若拒绝向他投降，也都将被处死。至于己方，亨利曾将手下的一名逃兵当着其同伴的面活埋，这种处置方式让将士们感到惊悚。亨利占领卡昂后，当地更有 2000 人被围赶到商业中心地带惨遭杀戮，死者的鲜血在整个街道上四处流淌。对于那些在劫难逃的民众的哭喊声，亨利充耳不闻。直到他突然发现一个身首异处的妇女，胸前还紧紧抱着

一个犹在吃奶的死婴，才动了恻隐之心，下令停止屠杀。但亨利仍然允许手下掠夺和强奸。当他骑着战马从眼前经过，路人都会恐惧万分，成群结队地下跪乞求怜悯。

到了 1420 年，亨利已经控制了诺曼底、布列塔尼（Brittany）、曼恩（Maine）、香槟区（Champagne）和阿基坦公爵领地（或吉耶纳[Guienne]）等区域。但是，英格兰国内却出现了强烈反对战争的声音。对于士兵们来说，战争的艰苦以及国王的严酷让他们感到厌倦，当年阿金库尔战役带来的胜利喜悦已黯然褪色，他们效忠国王在法国服役的热情也渐渐消退。一些士兵从军中逃跑，回到英格兰后都走上了犯罪的道路。

眼看最大的战利品几乎唾手可得，亨利五世哪里还顾得了这些。1420 年 5 月 21 日，英国国王和法国国王在特鲁瓦（Troyes）签订了一项和平条约，条款中规定：亨利五世及其继承人将成为法国查理六世的合法继承人；诺曼底正式割让给亨利；亨利被任命为法国摄政王，其权利一直延续到他愿意将它传递给下一个继位者为止。《特鲁瓦条约》实际上剥夺了瓦卢瓦王朝以及法国王太子查理的继承权，标志着亨利五世在法国的成就到达了顶峰。然而，一切跟战争时期没有多大的差别，敌对状态一如从前。至于流亡中的法国王太子查理，尽管囊空如洗，仍然在布尔日（Bourges）建立起与英格兰敌对的朝廷。

《特鲁瓦条约》还确定了亨利五世与查理六世最小的女儿，瓦卢瓦王朝的凯瑟琳的婚姻关系。6 月 2 日，他们在特鲁瓦大教堂举行了"盛大华丽的订婚仪式"。这桩王朝婚姻被看作亨利想借此增添他作为法国王位继承人的一个凭证。根据一位编年史家的描述，当亨利出现在婚誓现场，"在那一刻，他仿佛是整个世界的国王"。

自 1414 年以来，凯瑟琳的婚事一直处在酝酿之中。按照《马丁编年史》的说法，凯瑟琳"热切渴望"嫁人。从见到亨利的那一刻起，她便"不断地恳求母亲，直到举行婚礼"。无疑，即便称不上美艳绝伦，凯瑟琳也算得上漂亮动人，然而，亨利可能并不在乎她姿色如何。

对他来说，凯瑟琳代表了法国。他绝不是一个会去宠爱妻子的丈夫，凯瑟琳对他几乎也是带着敬畏之心。实际上，这桩婚姻就是一种王朝的配对，其中并无多少爱情可言。

凯瑟琳于 1401 年出生在巴黎，是精神错乱的父亲与荡妇母亲——巴伐利亚的伊莎贝拉（Isabeau of Bavaria）——婚姻的结晶。她的童年十分不幸：她和姐姐米歇尔根本无法得到父母的精心照料，没有人在意她们幸福与否。姐妹俩整天脏兮兮的，吃饭总是饥一顿饱一顿，拿不到薪水的侍者也常常弃她们于不顾。两位公主常常去捡别人的残羹剩饭来充饥，或者依靠几个仅存仆人的施舍为生。

她们的父亲令人生畏，是个不时会使用暴力的疯子，根本谈不上爱护她们。但有一次，当他处于清醒状态时，他想知道女儿们为什么如此蓬头垢面。女家庭教师告诉了国王真相，于是他给了女家庭教师一个金杯，让她去变卖，以便为公主们换取生活必需品。王后伊莎贝拉偶尔也会来看望她们，但是，由于她花费太多时间周旋于众多情人之间和沉浸于政治阴谋中，无暇顾及一大帮子女的安危冷暖，她的孩子也并非都是国王的。最后，凯瑟琳被打发去了普瓦西（Poissy）的女修道院接受教育。在那里，要说她没有学到其他什么知识的话，那么，她至少学会了一种语言。凯瑟琳似乎不是一个特别聪慧的女孩，天性也不活泼，但她在修道院里所显露出来的美貌、高贵、早熟的性感以及十分优雅的举止，却得到了人们的赞扬。勃艮第的编年史家让·德·沃伦（Jean de Waurin）称她为"一位非常漂亮的女士，有着妙曼的身段和迷人的面容"。威斯敏斯特大教堂中有她的墓碑雕像，显示她拥有长长的脖子，很好的骨骼结构，以及笔挺的瓦卢瓦家族的鼻子。

1420 年 12 月，亨利满怀胜利的喜悦，携凯瑟琳返回英格兰，他们下船时，是被五港同盟[1]（Cinque Ports）的首脑们用肩膀抬上岸的。

---

[1] 译注：五港同盟是为增强英国海防，于 1278 年成立的五港联防，包括英格兰东南部的黑斯廷斯、罗姆尼、海斯、多佛和桑威治 5 个港口。

人们按照惯例准备为他安葬——他的内脏仍然留在体内。[1] 为了让尸体在运回英格兰的途中不至于腐臭，人们用芳香草药将其浸泡之后，裹上打过蜡的亚麻、铅和绸布，再放进棺材中。在用黑色布帘覆盖着的灵柩上面，捆绑着一具他身穿王袍、头戴王冠的雕像。哀悼的民众人山人海，一路护送灵柩离开法兰西。然后，亨利的遗体跨越大海，回到了英格兰的最后安息之地。作为丧主的王后托人用波白克大理石（Purbeck marble）为国王建造了精美的坟墓。为了突出亨利死后的声望，坟墓设在威斯敏斯特大教堂一个新的祈祷堂内，紧挨着忏悔者圣爱德华的圣坛。在坟墓上安放有一个镀金和银的木质雕像，头部用实心银打造。在 16 世纪 30 年代的宗教改革运动期间，亨利八世治下的地方长官扒掉了银制的头部，只留下一个无头无脑的雕像。这种状况持续了四百多年，直到 20 世纪 30 年代，一个依据亨利当年肖像制作的新头才被补上。

　　作为一位国王，亨利五世可以说是非常成功的：他通过坚定、公正和宽容的治理使国内保持安宁，把臣民们紧紧团结在自己周围，以实现共同的目标。他所取得的种种胜利，足以让兰开斯特家族的声名熠熠生辉。他重塑了王权的威望与权威。事实上，亨利的成就在其同时代人看来简直就是奇迹，他的早期传记作者们极尽阿谀奉承之能事，把他推升到了一种赋予传奇色彩的英雄王者的地步。正如我们所看到的，莎士比亚的戏剧对亨利进行了极致的呈现，这种传奇色彩的光环一直笼罩至今。到了 20 世纪之后，一些有关理亨利五世的不那么合乎人们胃口的真相才渐为世人所承认。

　　对于英格兰来说，亨利的死是一个不折不扣的灾难。战争尚未结

---

[1]　编注：中世纪时，当君主于外国去世，需要运送尸体回国时，为防止尸体在长途运输中腐臭，一般会将内脏挖出埋在当地，采取一定措施处理尸体后将之运送回国。

束，还有那么多的法兰西土地尚待征服，对于亨利那样强悍的统帅来说尚且是一个令人望而生畏的宏大目标，更不用说此时的统治者是一个乳臭未干的小毛头。任凭摄政者们如何费尽心力，英格兰已无望赢得战争的最终胜利，因为国家的财力无以支撑。同时，尽管亨利五世已经收获很多战果，但也因此付出了巨大代价。在其生前，抱怨之声就已开始弥漫。议会已经不大情愿再为战争提供资金，并拒绝进一步征税。所以，在最后的几年里，亨利是不得不依靠贷款来维持其战争所需费用的。沉重的债务已使这个王朝面临破产的危险，也给这个国家带来了严重的后果。亨利都已经到了无法支付其侍从报酬的程度，那么，实现英国征服法国之目标所需的经费又能从何而来？

亨利五世重启百年战争，目的在于推动英格兰进入繁荣与辉煌的新纪元。而事实恰恰相反，他让英格兰背负了数十年的耗损与耻辱，这一切可能最终导致王朝毁灭。即便英国与法国遵循《特鲁瓦条约》建立起二元君主国家，这种体制也将会风雨飘摇，亨利不见得能够维持很久，就算他活着。法国人憎恨这种制度，法国的大部分地区也还未被征服。实际上，亨利五世入侵法国的行为，其重要性莫过于催生了对方不断觉醒的民族意识。

亨利死后，在是否继续征战法国这一问题上，英国权贵们的意见不可避免地出现了分歧，从而产生了两大派系：一边的观点是，追随已故国王的榜样继续推进战争；另一边则认为，和平结束战争至关重要。在之后的半个多世纪里，这样的分歧一直贯穿于政府的不同派系之中，动摇了英国的法律与秩序的基础，从而给王国甚至是王权本身带来极大的不稳定性。更为糟糕的是，此时的王位已从一位强大而受人推崇的巨人手中传给了一个尚不能自立的孩子。这种由未成年人执政的政府，致使英格兰的命运充满变数。人们之所以会普遍哀叹"这是你的灾难，噢，我的王土，因为你的国王还是一个幼童"，并不是没有道理的。

5. 幼童国王

1422 年 9 月 1 日，仅 9 个月大的亨利六世继承了父亲的王位。10 月 2 日，他的外公查理六世结束了在这个世界上的悲惨人生，依据《特鲁瓦条约》的规定，亨利也被宣布为法兰西国王。然而，大多数法国人拒绝承认他为王，而认为法国王太子才是继位者。但在眼下，英国势力占据优势地位，勃艮第在法国已成为叱咤风云的人物，而他又是英国的坚实盟友。

亨利五世曾表达过这样的痴心梦想：总有一天，他的儿子将去攻打君士坦丁堡，并"大举消灭土耳其人"。人们也热切地渴望着这位稚嫩的国王快快成长，并能处处以他的父亲为榜样让英格兰更为富强。正如编年史家威廉·伍斯特（William Worcester）所表述的，他的生命乃是英格兰的福祉所系。

1422 年，最棘手的问题是如何来建立摄政政府。若按照亨利五世的遗愿，贝德福德将成为诺曼底的统治者和法兰西的摄政者，格洛斯特公爵汉弗莱则是英格兰的保护人和年幼国王的监护人，沃里克伯爵辅佐汉弗莱。然而，一位已故君主的遗愿并不具备法律效力。

9 月 28 日，权贵们宣誓效忠于亨利六世。然后，他们以国王的名义召集议会，设立由王国中最具威望的贵族和主教担当的摄政枢密院，并着手组建政府。格洛斯特被指定为英格兰王国和教会的保护人、守卫者和枢密院首脑，直至年幼的国王到达法定的登基年龄。这一任命符合国王的遗愿，但是实际上这意味着枢密院可以随时撤销这种任命。

上议院不大愿意让格洛斯特拥有君主的权力，即不允许他拥有"那种显然含有统治权意味"的头衔。所以，他的权力被限制在维持治安和召集或解散议会等方面，而当贝德福德回到英格兰时，贝德福德将会被优先考虑。格洛斯特一再宣称，亨利五世原本就希望他享有君主的权利，但无济于事：枢密院的贵族们坚决认为，他只是充当名义上的摄政者，需要得到枢密院的许可才能行事。格洛斯特把造成这种事态的根源归诸他的叔叔博福特主教。主教的影响力绝不可被低估，他本人也很想被任命为摄政者。格洛斯特曾为此与博福特发生过激烈的争吵，并确信博福特是在报复他。实际上，在国王的未成年阶段，枢密院代表国王行使最高统治权，自然，这背后也体现了权贵们一定的自身利益。

王后在摄政统治中没有扮演任何政治角色。按照亨利五世的交代，年幼亨利的叔祖们——埃克塞特公爵托马斯·博福特和博福特主教负责国王的安全保护和培养教育。

上议院批准任命贝德福德为法兰西摄政者。这是个吃力不讨好的差事，因为他必须守卫被亨利五世征服的土地，维护二元君主国的利益，以及继续征战法国那些尚未臣服于英国统治的地区。为了完成在法国的使命，贝德福德指望得到英格兰的盟友，勃艮第的菲利普的支持，因为菲利普本人有颠覆瓦卢瓦王朝的意愿。

贝德福德，也就是兰开斯特的约翰，出生于 1389 年，1414 年成为贝德福德公爵。1423 年，贝德福德娶勃艮第公爵的妹妹安妮为妻，从而奠定了他与勃艮第之间的情谊。他在政府治理方面积累了相当的经验，亨利五世十分信任这个弟弟。在克拉伦斯公爵死后，亨利曾经任命贝德福德为自己征战法国期间的英格兰摄政王。作为诺曼底的统治者，贝德福德实行的是一种"怀柔政策"，他明确表示，将会尊重直辖领地的古老传统。他是一位精干、公正、开明和受人尊敬的政治家，同时也是一个英勇的军人，属下无不佩服其正直的为人。贝德福德的主要意图是让法国人逐渐接受英国人的统治，对于那些骚扰穷苦百姓的人，他会立即给予严厉的惩罚，他在法国的治理由此得以稳步地前进。在贝德福德任职期间，英国在法国的利益得到了极大的保障。尽管如此，弟弟格洛斯特却出于嫉妒，从未停止对哥哥的非难，有时还会竭力破坏他与勃艮第之间极其重要的联盟关系。格洛斯特不是一个注重实际的人，后来，事实证明他最大的敌人是自己。

格洛斯特，也就是兰开斯特的汉弗莱，出生于1390年，1414年成为格洛斯特公爵。他很可能上过牛津大学的贝利奥尔学院，是中世纪英格兰接受过最好教育的亲王之一。他钟爱古典学问，是一位世界闻名的人文学者和作家赞助人，费利的蒂托·李维（Titus Livius of Forli）、利奥纳多·阿瑞提诺（Leonardo Aretino）、约翰·利德盖特（John Lydgate）和约翰·卡普格雷夫（John Capgrave）等人均接受过他的赞助。格洛斯特曾向牛津大学捐赠263种典籍，作为牛津大学图书馆汉弗莱公爵图书室的基础，但这一收藏在16世纪被分散存放了。

格洛斯特雄心勃勃，唯一的人生目标就在于自抬身价。尽管事实上已经享有相当大的权利，但他从不满足，同时始终嫉妒赋予贝德福德的优先权，以及博福特主教的财富和威望。格洛斯特刚愎自用、无责任感、喜怒无常，一心专注于增进个人的利益，不管是否有悖于国家的共同福祉，这一切成了他实现抱负的障碍。

格洛斯特曾参加过阿金库尔战役，并在战斗中负伤。在征战法国的后期，他一直是亨利五世的助手。他也是一名勇敢的战士，热切渴望赢得军事上的荣耀。亨利五世一直是他心目中的英雄，他向往大哥的声誉，并决心继续遵循其战争国策。格洛斯特还是一个虔信之人，虽说他也是一个滥交者。据说，他在30岁时就因纵欲过度而损坏了健康。同时，他却举止优雅，对待所有的阶层都和蔼可亲，为此他受到了百姓的欢迎，被称为"汉弗莱好公爵"。而对他有更多了解的权贵，对他的称呼很可能就截然不同了。

格洛斯特的主要竞争对手博福特主教是一位世故而精明的政治家，他的智力远优越于格洛斯特。与他较量，格洛斯特很少有占上风的时候。博福特主教也是冈特与凯瑟琳·斯温福所生儿子中最具活力的一个，他从根本上把自己看作欧洲教会中的领袖人物。博福特的重要志向是成为教皇。他在 1426 年升为红衣主教，但成为教皇是他永远无法现实的一个梦想。

编年史家爱德华·霍尔形容博福特主教的财富"不可估量"。他从羊毛贸易中获得了巨额收益，同时，他善于利用财富搭建通向权力的桥梁。博福特曾在 1406—1446 年间总计货款给王室超过 21.3 万英镑，用以支撑枯竭的皇家财政。格洛斯特试图指控博福特从贷款中获取暴利，因为从教会的角度来说，这是一桩不可饶恕的大罪，但是他找不到博福特从中收取利息的实际证据。直到最近，研究者在考查主教的账户时才发现，他确实从中赚取了高额利润。博福特不仅借此获得财富，还利用财富购买权力，用以挑战格洛斯特在枢密院中的领导地位，并为自己谋求政治上的霸权地位。

博福特主教对年幼的国王产生了巨大的影响力。在国王看来，博福特是"我非常亲爱的叔叔，对我最为慷慨大度"。在国王的整个未成年时期，博福特家族联合成一个强有力的集团。埃克塞特是国王的监护人，他的侄子埃德蒙·博福特是枢密院的成员之一（埃德蒙的哥哥萨默塞特当时是法国人的俘虏），而红衣主教则掌控着全局。

根据亨利遗嘱的规定，王太后凯瑟琳不得在摄政中承担任何政治角色，但她被允许在儿子年幼时期与其相伴。在亨利五世的葬礼之后，她带着婴儿前往温莎，并与儿子一起在那里隐居了一年。此后，他们大多居住在赫特福德城堡（Hertford Castle）或沃尔瑟姆宫（Waltham Palace），只在遇到国事典礼的时候才会在威斯敏斯特宫驻留。凯瑟琳尽善尽美地扮演着孀居太后的角色。她从不参与政治，反而因为高贵与超脱而赢得了种种荣誉。她专心照顾家庭，社会角色纯粹是仪式性的。

格洛斯特和枢密院担心太后的未来，因为她毕竟是一位只有二十岁出头、极具吸引力的女性，如果说她此后永不再嫁，那是匪夷所思的。这里的难题是，如果有朝一日她要再婚，嫁给谁呢？孀居太后再嫁在英格兰没有先例，假如凯瑟琳嫁给一位英国贵族，那么他必定会产生政治野心，并对年幼的国王带来影响。要是她嫁到国外，同样可能导致严重的政治后果。所幸的是，到目前为止，王太后专心照顾儿子，看不出有再婚的动向，所以此问题暂且被搁置。

　　摄政枢密院约由 20 位贵族和主教组成。其中一个非正式的优先权是维护权贵们的利益，成员可以通过投票同意获得可观的俸禄以及特种津贴的奖赏。除此之外，很少会出现贪污腐败的行为。大多数成员真正关心的是如何正确治理王国，以及如何捍卫国王的权力。为了凝聚贵族和普通民众的心，枢密院尽其所能地维持亨利五世时期的政策，并取得了一定的成效。然而，国王的未成年时期为已经非常强大的贵族阶层提供了理想的机会，便于他们进一步扩展自己的权力基础，枢密院中也形成了不同的贵族派系，竞争对手们贪婪地争夺着要职。

　　格洛斯特和博福特主宰着枢密院的核心权力，但他们之间的相互争斗影响了后来 25 年的英国政治。两者之间的对抗激烈而致命，双方或利用诡计，或凭借实力，都想击败对方。他们势不两立，到了 1424 年，最终导致枢密院分裂。格洛斯特确信，对法战争应该坚持不懈；而博福特则在 1430 年认定，鉴于法国军队在圣女贞德（Joan of Arc）的领导下所取得的节节胜利以及国内财政的拮据状况，体面的和平结局才是最佳解决方案。贝德福德在英格兰期间，试图调解格洛斯特与博福特之间的分歧，但收效甚微。不过，大部分枢密院成员同样不想看到他们两人之间的争斗妨碍政府正常运作的局面，因而迫切希望在枢密院建立起统一战线。许多人也对社会的治安与秩序在地方层面上日渐恶化的情况深感担忧，尽管这在当时尚未成为主要的问题。至于马奇伯爵，在与格洛斯特发生争端的时候，为了有利于团结，他知趣地离开了枢密院,到爱尔兰去做他的国王代理官员,就像之前他的父亲和祖父那样,并享受着每年高达 5000 马克的俸禄。

于是,出人意料的是,国王的未成年阶段竟然如此平静:既没有冒出挑战国王头衔的任何声音,也没有出现任何谋反叛乱事件。针对所面临的种种问题,摄政枢密院都能恪尽职守、认真负责,国家治理情况也相当不错。

1423 年年初,德高望重的沃里克伯爵理查·德·比彻姆被任命为国王的法定监护人。2 月 21 日,爱丽丝·巴特勒夫人——一位被描述为"专业而博学"的女士——被指定为国王的女家庭教师,枢密院以国王的名义赋予她"有时可以合情合理地惩罚我们的君主"的权力,因为"在幼稚的年龄段,这将有助于他学会或懂得作为君王所应具备的礼貌、教养以及其他事理"。在以后的年月里,爱丽丝夫人也不至于因惩处过其君主而"遭受干扰、伤害或麻烦"。

亨利六世的首次公开亮相,是在当年 11 月举行的议会开幕式上,此时他将近 2 岁。11 月 13 日星期六,太后凯瑟琳把儿子带出温莎城堡,并在斯塔内斯(Staines)的一家客栈逗留过夜。星期天早上,亨利被抱上等候在门口的一顶轿子,准备前往金斯顿,但是,"他发出惊叫,痛哭流涕,挣扎不已,不愿意上轿被抬走。太后除了哄他高兴之外无计可施"。亨利哭闹得如此厉害,以至于太后寻思儿子是否病了。无奈之下,"他们只能把他抱回客栈又住了一天。星期一,他被抱上母亲的轿子,开心满怀地嬉笑着。他们终于来到了金斯顿"。

11 月 16 日星期二,"他在车中被母亲抱在膝前,兴高采烈地来到伦敦,穿过大街后抵达威斯敏斯特。就这样,他于次日被带上议会",坐在一个饰有白马的可移动的宝座上,同样被母亲抱在膝前。"这是一幅奇特的景象,在英格兰还是第一次看到,一个坐在母亲腿上的婴儿在知晓何为英格兰之前就已公然在议会上显示作为未来最高统治者的地位了。而太后借助儿子登场的机会，也在公共大会面前展示了无比的荣耀。"

以上的有关描述，出现在 1430 年前后一份伦敦编年史料中，后来被用以证明亨利六世对于神圣性表现出来的早期倾向，因为人们相信，拒绝周日旅行即预示着他初始的圣德。现代家长很可能会将这种行为看作一个 2 岁孩子典型的乱发脾气，然而，15 世纪的人们却倾向于从这样的平常事件中窥视出某种预兆。

1425 年 1 月，马奇伯爵在爱尔兰的特里姆城堡（Trim Castle）死于瘟疫，年仅 33 岁。他的遗体被运回英格兰，埋葬在位于萨福克郡斯托克 – 克莱尔城（Stoke Clare）教堂联合会内的祖宗坟墓旁边。他是莫蒂默家族最后一位男性直系，生前无后，所以，按照法律规定，他的王位权、财产、土地以及马奇和阿尔斯特的伯爵爵位等，应该由他妹妹安妮 14 岁的儿子，剑桥的理查来继承。然而，枢密院于 1425 年 5 月通过决议，决定将马奇的土地交由博福特主教监管，而将他的巴纳德城堡（Baynard's Castle）交由凯瑟琳太后保管。鉴于其父已被剥夺财产权和公民权，理查对此无可奈何。后来，莫蒂默的遗产实际上掌握在皇家手中。至于另一个更加危险的诉求——理查本应该从他的舅舅莫蒂默那里得到作为理查二世继承人的王位权——更是得不到任何人的承认，而且，此事在以后多年都无人问津。

到了 1425 年 2 月 2 日以后，作为在阿金库尔战役中死去的伯父的继承人，理查被允许以约克公爵称呼。这个时候，年纪不大的他已经成婚。在 1424 年 10 月 18 日之前的某个时间（确切日期不详），理查娶了威斯特摩兰伯爵拉尔夫·内维尔（Ralph Neville）最小的女儿塞西莉·内维尔（Cecily Neville）为妻。拉尔夫是经由乔安娜·博福特的关系而成为伯爵的。塞西莉于 1415 年出生在达勒姆郡（County Durham）的雷比城堡，因为美貌而被大家称为"雷比玫瑰"。她是威斯特摩兰伯爵的第 22 个孩子，许多兄弟姐妹的婚嫁背景都十分显要。这样一来，理查凭借这桩婚姻与英格兰许多重要权贵建立了势力强大的姻亲关系，这种关系在后来被证明是非常有用的。

因为理查小时候由皇家负责监护，所以，塞西莉的父亲只得花费 3000 马克的本钱从皇家购买理查的婚姻。1423 年 12 月，理查来到雷比城堡，与威斯特摩兰伯爵几个年幼的孩子生活在一起，从此熟识了他的新娘。伯爵每年付出 200 马克给他做生活费用，大概认为这些钱花得很值：鉴于理查的出身以及将来有希望得到的遗产继承，他具有巨大的联姻价值。枢密院无疑认为，威斯特摩兰伯爵是约克公爵理查可以托付其抚育的合适人选，因为自 1399 年以来，他一直都是兰开斯特家族的忠实支持者，而且，以这样一种抚养方式可以防范理查长大以后产生有关其王朝身份的任何想法。

1425 年 4 月，太后再次把国王带往伦敦。当他们一行停留在圣保罗大教堂时，格洛斯特将亨利从轿上抱了下来，然后与埃克塞特一起领着 3 岁的国王来到圣坛前。国王一本正经地做了祷告，并严肃庄重地环顾了四周。祷告结束后，他被带进众人聚集的教堂院落。为了让民众开心，他又被放在马背上，"骑"着马与游行队伍一道穿过这座城市。两天后，他与母亲一起参加议会。亨利极其引人瞩目，以至于观望的人群大声地呼喊着他们对于国王的祝福，人们都说亨利活似他伟大的父亲，并希望小国王长大以后也能彰显犹如其父一般的战争热情。

大约在这段时间，枢密院认为，国王需要一些同龄的伙伴，于是下令把所有在皇家监护下的贵族男孩与亨利一起带进宫廷。1426 年 5 月 19 日，贝德福德授予国王骑士爵位，他还将骑士身份授予国王的一些少年同伴们，其中包括剑桥的理查，且在同一天正式恢复了他的约克公爵爵位。同年晚些时候，负责养育国王的埃克塞特公爵去世了。

1427 年，枢密院为亨利指派了第一任"导师"，他名叫约翰·萨

默塞特，是为格洛斯特服务的一位神职人员，但在亨利9岁时，他就
离世了。萨默塞特教会亨利法语和英语，激发了亨利对于基督教信仰
的热爱，以至于他能够背诵所有祈祷文。萨默塞特为亨利购置了许多
书籍，其中包括信仰方面的专论、比得（Bede）的《英国教会史》和
一本《君王的守则》——此书阐述了作为国王所应遵循的行为准则以
及如何成为臣民们的道德楷模。亨利不是唯一受益于这种教导的男孩，
皇家监护的每一个孩子都各有一位指派的导师，从而形成了一种专属
而独特的教育形式。

　　1427年，当年幼的国王将近6岁的时候，他脱离了女人们的照料，
开始轮流居住于温莎城堡、伯克翰斯德城堡、瓦林福德城堡或赫特福
德城堡等地，见到母亲的机会也就很少了，尽管他们之间关系亲密。
亨利从来不会忘记在新年时送给母亲漂亮的礼物，比如，1428年他把
贝德福德赠予自己的红宝石戒指当礼物送给了母亲。

　　1428年6月1日，国王的监护人沃里克伯爵也被指定为他的管理
者和导师，专门负责少年君王的日常事务，并按照枢密院的要求培养
亨利优良的礼仪与举止，教他字母和语言。像之前的爱丽丝·巴特勒一
样，沃里克被授权"可以根据自己的建议和灵活性不时地惩罚我们的
君主"。沃里克可不会溺爱孩子，而亨利六世因此拥有了接受当时最优
秀人物之一的良好教育的有利条件。

　　沃里克的父亲是一位"上议院申诉人"——他曾于1388年反叛理
查二世。在诺曼底战役中，沃里克曾是亨利五世手下最重要的将领之
一。亨利五世死后，他留在法国，以同样的忠诚和才智辅佐贝德福德。
神圣罗马帝国的皇帝西吉斯蒙德（The Emperor Sigismund）在英格兰
见过沃里克，他的骑士精神给皇帝留下了深刻的印象，以至于皇帝称
他为"礼仪之父"。有礼貌当然是做人的行为准则之一，还有仁慈和虔
诚，沃里克把这些点点滴滴地灌输给了年少的亨利六世。正因为此，
沃里克伯爵享有崇高的声誉，他还实现了富有挑战性的耶路撒冷朝圣
之旅。

15世纪80年代，历史学家约翰·劳斯（John Rous）在《劳斯名册》（the Rous Roll，或称《英格兰列王史》）一书中缅怀了伯爵的事迹，并在书中白描了沃里克一身戎装怀抱亨利六世的画面。他写道，沃里克的确是一位值得尊敬之人，他信奉纪律与品格的训练。沃里克对亨利的教养严格而公正，亨利在受教于这位导师后不久便对其肃然起敬。沃里克让亨利学会了"克制忍耐，尽力少犯错误，并以更大努力去追求美德和学识"。年少的国王从他那里不仅学到了文化知识和多种语言，也学到了骑士所必备的马术、剑术、枪术、防身术以及军事战略等素养——沃里克完全有资格教授亨利所有这一切。虽然后来亨利对于这些技艺并没有表现出太大的兴趣，但是沃里克的教导使他受益终身，并给予他面对逆境与屈辱的力量。

在1425年到1429年之间的某个时候，凯瑟琳太后浪漫地爱上了一位名叫欧文·都铎（Owen Tudor）的威尔士男人。他们之间的恋情充满了迷雾。外人对凯瑟琳的私生活知之甚少，尽管她与侍从们至少于1430年之前一直生活在王室，并可能在此期间为都铎生育了不止一个孩子。不过，掩饰怀孕几乎不是什么问题，因为当时女人穿的是前部打褶的高腰连衣裙。

后来的许多编年史家宣称，事实上，凯瑟琳与都铎已经秘密结婚。直到17世纪，人们才对他们结合的合法性提出了质疑，认为这种婚姻关系具有欺骗性。很有可能婚礼是秘密举办的，因为太后嫁的是一个地位远低于她的男人。根据都铎王朝时期的编年史家爱德华·霍尔的说法，"太后更多的是遵从自己的欲望，而不是考虑公然的名誉"。1438年的《格里高利编年史》最早提及这段婚姻，书中认为，老百姓对此一无所知。不过，几乎可以肯定，枢密院和国王对于他们的事情应该心知肚明，之所以让这对鸳鸯安然无事，是不想让王室沾上流言蜚语。

正如后来世人所知的，都铎家族是来自北威尔士安格尔西岛

（Anglesey）的一个富裕上流家庭。他们曾经支持过格兰道尔的叛乱行动，结果被剥夺了所有的土地。家族中较年长的一系，其位于帕尼美尼德（Penmynydd）的地产最终得以归还，并改名为希欧多尔（Theodore）。他们在那里默默无闻地生活到 17 世纪，一直被他们更出名的亲戚们忽视。

　　欧文·都铎曾作为沃尔特·亨格福德爵士（Sir Walter Hungerford）的随从服务于法国，爵士后来成了亨利六世的管家。都铎很可能是通过这层关系获得了太后行头管理人的职位。霍尔形容他是"一位优秀的绅士，面貌英俊，身上带有许多自然的天赋"。然而，格里高利称他"生而不像个男人，又不会营生"。他连骑士爵位也未曾获得，每年的收入最多为 40 英镑。他于 1432 年才得到英格兰国籍，此后成为亨利六世时期的英格兰臣民，但他在 1459 年之前一直没有采用其姓名的英文形式"Tudor"（都铎）。

　　瓦卢瓦的凯瑟琳与欧文·都铎之间的恋情被赋予了许多并无事实依据的想象成分。大部分故事是浪漫化的，还有一些耸人听闻，几乎所有的传说都可能是杜撰的。然而，这些故事仿佛都透露出这样的迹象：据说，凯瑟琳由于欲火中烧而不顾所有闺蜜的警告——都铎并不是她的合适对象——主动勾引了这个男人。现在不可能去证实是否发生过这样的事情，比如，在他们跳舞跳得如胶似漆时，男方突然拜倒在女方的石榴裙下；又比如女方看到男方裸体游泳的场景，于是情欲难耐。传说的朦胧面纱始终笼罩着他们之间关系的真相。

　　可以肯定的是，凯瑟琳为都铎生育了好几个孩子，那些有幸存活下来的孩子都成为兰开斯特家族的坚定拥护者。最大的孩子是埃德蒙，大约于 1430 年出生在赫特福德郡的马奇－哈德哈姆宫（Much Hadham Palace），这是一座砖砌的 12 世纪的古老庄园，八百年来一直为伦敦的主教们拥有，保存至今。第二个儿子是贾斯珀（Jasper），大概于 1431 年出生在赫特福德郡的哈特菲尔德庄园，此庄园属于伊利主教（the Bishop of Ely）。1432 年，凯瑟琳怀上第三个孩子。临产时她前往威斯敏斯特看望国王，意想不到的是，分娩时间提早了，于是她不得不求助于威斯敏斯特教堂的僧侣，帮忙生下了这个儿子，并取名为欧文。婴儿一出生就被带走，由兄弟会抚养长大。维吉尔说，这个孩子后来成了本笃修士会的僧侣，改名为爱德华·布里奇沃特（Edward Bridgewater）。他死于1502年，葬在他服务的修道院内。维吉尔又提到，凯瑟琳还生有一个女儿，后来成为一名修女。除此之外，再也没有其他有关的消息了。

15世纪的整个20年代，在贝德福德的领导下对法战争仍在继续。1423年，英国人在克拉旺战役（Cravant）中取得胜利，又于1424年在韦尔纳伊战役（Verneuil）中再次获胜。到了1425年年底，英国人已控制了曼恩（Maine）和安茹（Anjou）地区。

1428年，索尔兹伯里伯爵无视贝德福德的警告，擅自大举进攻法国王太子的主力，试图围攻重兵把守的奥尔良城。贝德福德因此心神不安，他意识到，尽管英国政府在大力动员民众支持战争，但此时支持继续对法作战的英国人已经越来越少了。由于国内资源日趋匮乏，议会也拒绝为战争提供财政支援。

当时，法国王太子只控制有卢瓦尔河以南，以及属于英国人的阿基坦直辖领地之外的小部分法国领土。1428年，王太子正处于低迷状态，人民正在丧失信心。此时，他的宫廷中突然冒出了一个乡下女孩——圣女贞德（Joan of Arc），她自称听到了天籁之音，启示她去为法国人争取自由。最终，王太子被说服，让她去领导奥尔良的防卫战。结果，法国人获得了辉煌的战果，此战标志着法国人命运的一个转折点。相反，由于圣女贞德的出现，英国人在法国的控制力从此衰落。1429年奥尔良战役的失利，是英国人在亨利五世去世后遭受的第一次重大挫折。而英国人更大的惨败还在后面。

1429年，继另一场战役——帕泰（Patay）战役的胜利之后，圣女贞德将王太子带到了位于法国东北部的兰斯城（Rheims）。兰斯大教堂一直以来都把王室祖先视为神圣，6月18日，在圣女贞德的见证下，王太子在那里受膏、加冕成为国王查理七世。当时英国人尚有挽回颓势的希望，但最终没能成功，原因很简单：他们为战争不遗余力的全部努力，在枢密院权贵的激烈争吵中付之东流。

11 月 5 日，英格兰也举行了加冕典礼：亨利六世在威斯敏斯特大教堂成为国王。对于一个不到 8 岁的孩子来说，这意味着漫长而严酷的考验，戴着沉重的王冠让亨利备感不适、厌烦至极。这次庆祝活动并不隆重。在伦敦，由于枢密院力图避免国王在街上撞见醉汉，管道中也没有照惯例[1]为人们提供免费葡萄酒，而代之用杯子盛酒分发给每个人。尽管如此，街道两旁还是人山人海，有人甚至窒息而死。有些小偷在这天蹲了监狱。在史密斯菲尔德区（Smithfield）却是另一种场景：一个异教徒被绑在火刑柱上活活烧死，人们将此权当娱乐。

虽然加冕仪式应该被视为亨利实行个人统治的起始，但很显然，他还太年轻，无法行使最高权力。在之后数年中，枢密院继续替他行使权力，实权掌控在格洛斯特和博福特手中，而他们两人一如既往地相互抬杠。不过，加冕典礼似乎让年轻的亨利变得趾高气扬，不久之后，沃里克向枢密院抱怨，说亨利越来越意识到自己的君主身份，"这种意识导致他极不愿意接受管束"。于是，枢密院将国王带到大家面前，并警告他，无论是不是国王，他都必须服从管教者。但沃里克并不总是表现得严厉苛刻，他似乎对这个被托管的孩子有着深厚的感情。1430 年，他为国王的坐骑制作了一套饰有黄金的小马具，并为他购置了一些玩具宝剑等，他知道，"国王尚处于贪玩的年纪"。

1430 年，传来一条让英国人喜出望外的消息：勃艮第公爵捕获了圣女贞德，并把她出卖给了盟友贝德福德。1431 年 5 月，贞德被判使用邪恶巫术罪，由教会移交到世俗当局，并在鲁昂被绑在火刑柱上烧死。红衣主教博福特见证了这一场面。然而，她的死并不预示着英国

---

[1] 编注：依中世纪英国传统，在王室成员的重大纪念日一般会通过伦敦的城市给水管道提供免费葡萄酒。

人在法国的命运会有逆转。

亨利六世在鲁昂出席了对圣女贞德的审判，但没有光临对她执行死刑的现场。此后不久，他与红衣主教一起到达巴黎。贝德福德迫切渴望在为时不晚的情况下，能够挽回英国人在法国的不利局势，于是做出决定，应该在巴黎为亨利加冕，使他成为法国国王，以达到与年前加冕的查理七世相抗衡的效果。1431 年 12 月 16 日，在巴黎圣母院为亨利举行了登基仪式。

法国人不想让一个英国人成为国王。新的民族主义情绪因此而汹涌澎湃，他们决心驱逐入侵者，拥护查理七世作为统治者。正当亨利在巴黎被加冕为王的时候，街上出现抗议骚乱，一些贵族见机迅速加入查理七世的阵营。在法国为亨利加冕是贝德福德为数不多的失策之一，他也深知这一点。鉴于如此危险的抗英情绪，他立刻把亨利送回英格兰，从而终结了国王的首次也是唯一一次出访海外之旅。

顺利回家之后，亨利又安定下来专心致志于学业。他进步很快，研习了众多关于英国历史的书籍，并对阿尔弗雷德大帝极有兴趣。他后来试图将阿尔弗雷德封为圣人，但未能如愿。1432 年，12 岁的亨利仍然太过任性，以至于无可奈何的管教者再一次向枢密院提出投诉。枢密院向沃里克保证，他们会支持他对国王的管教。亨利认为自己身为国君，却要因为行为不端而挨揍，因此似乎愤愤不平。亨利时常威胁沃里克，到了法定年龄他一定会对沃里克进行可怕的报复。枢密院竭力让国王明白，沃里克的惩戒措施全都是经过批准而必须强制执行的。枢密院还授权沃里克伯爵可以辞退任何一个分散国王学习注意力或对他产生不良影响的同伴。

1432 年，约克公爵理查已经到了 21 岁的法定年龄。两年前，他被委以英格兰治安官的重要职务，承担英格兰军事防卫的责任。1431 年，他随同亨利六世前往法国。5 月 12 日，根据世袭权利，约克作为马奇伯爵、阿尔斯特伯爵和剑桥伯爵的身份得以承认，尽管他父亲的财产权和公民权已被剥夺。但是，他必须同意在 5 年之内向国王支付总计约为 1646 英镑的款项，之后才可取得家族财产的所有权。1433 年，他被授予英国最高勋位——嘉德爵士的称号。

尽管约克拥有巨额财富，以及与皇室的亲近血缘关系——可能正是因为这一点——他并没有在国王的枢密院和王国的政府部门得到任职。国王担心，要是赋予约克过多的权力，他难免会觊觎王位，所以决定给予他可以施展军事才能的职位。

此时的约克已是一个非同小可的土地所有者，在威尔士、爱尔兰和英格兰的 13 个郡拥有大片土地。他的地产主要集中在威尔士北部的边界地区。约克从舅舅马奇那里继承了莫蒂默家族的巨额财富，从而成为英格兰最富有的大亨和最大的地主。他还在勒德洛（Ludlow）和福瑟陵格拥有规模宏大的城堡，在伦敦拥有巴纳德城堡。1436 年，约克的收益至少达到 3231 英镑，也很有可能是这个数字的两倍。在 1443—1444 年间，单是他作为边界领主这一项的净收入，就上升到 3430 英镑。尽管约克效忠于国王，但如此庞大的财富及强大的家族关系，使他成为一股不容小觑的潜在势力。

1433 年，兰开斯特王朝历史中出现了两个灾难性的动向。第一个动向是，勃艮第与英格兰的友善关系在走下坡路。在贝德福德的妻子，也就是勃艮第的安妮于 1432 年死于难产之后，贝德福德续弦娶了圣波尔伯爵（St Pol）的漂亮女儿，卢森堡的雅克塔（Jacquetta of Luxembourg）。出于各种政治原因，勃艮第极力反对这桩婚姻，英格兰与其最大盟友之间的亲热关系从此开始冷淡。

到如今，英格兰显然再难获得用于支持战争的资源。贝德福德病倒了，他此时的主要愿望是，在英国人尚未被可耻地击败之前，体面地与法国人进行和平谈判。贝德福德试图说服枢密院，最好的行动方案是结束战争，但可以预见格洛斯特会百般阻挠贝德福德，他深知，如果贝德福德回到英格兰，自己的权力将被取而代之。到了 1434 年，勃艮第公爵已开始与查理七世内部讲和。就在年内，勃艮第写信给亨利六世，正式宣布终止联盟关系。年轻的国王看到勃艮第在来信中没有尊称他为法国国王时，失声痛哭。勃艮第公爵背信弃义的消息在伦敦引起了暴乱，有人将伦敦的外来户佛兰德人私刑处死——他们是勃艮第的臣民。然而，很明显，没有勃艮第的支持，英国人在法国的事业将前功尽弃。

博福特红衣主教以及枢密院中的其他许多成员都同意贝德福德的意见，认为与法国和谈是唯一的解决方案。但是，格洛斯特态度强硬，坚称必须要把亨利五世的政策进行到底，直到实现最后的目标。于是，枢密院又陷入了僵局。

第二个动向是，宫廷中出现了萨福克伯爵威廉·德拉波尔（William de la Pole）这个对皇室产生支配性影响的人物。萨福克以慈祥长辈的形象赢得了年轻国王的情谊与信任，在 1433 年被任命为王室管家。但他极度贪婪，野心勃勃并且追逐私利，他把这一任命视为中饱私囊的理想机会。

德拉波尔家族是英格兰东部港口城市赫尔一个商人的后人，这个商人因曾借钱给爱德华三世而获得王室的好感。萨福克的祖父迈克尔·德拉波尔（Michael de la Pole）与理查二世特别投缘，理查甚至授予其萨福克伯爵爵位。第二任伯爵，即他的儿子，曾因 1399 年支持博林布鲁克而获得大量英格兰东部的土地作为奖赏。他于 1415 年死在哈弗勒尔（Harfleur）。他的儿子、第三任伯爵战死于阿金库尔战役。

威廉·德拉波尔是第三任伯爵的叔叔。他效忠于兰开斯特家族，17年来一直在法国任职，并在那里与红衣主教博福特的支持者索尔兹伯里伯爵建立了深厚的友谊。1430 年，索尔兹伯里去世之后，萨福克娶了他的遗孀爱丽丝·乔叟——诗人杰弗里·乔叟的孙女——从此与博福特派系结成联盟。1434 年，他也是主张与法谈和的热心倡导者之一。

萨福克是个外表与举止和蔼可亲的人，同时，也是一位充满骑士理念的称职军人。但像许多权贵一样，他往往把自身利益置于王国利益之上，尽管他笃信和平的必要性，这也是他唯一一贯坚持的政策。至于他热衷的其他政策，那就得取决于它们是否受到他的支持者和公众的欢迎了，因为他根本不想做有损于自己地位的事情。

萨福克之前获得的土地并不是很多，这就是他急于致富的原因。他希望通过自己对国王产生的影响力来达到目的。这个不谙世故的男孩完全被萨福克的诱哄蒙蔽，给了他源源不断的土地和有利可图的职位任命。

多亏了沃里克的全面培养，亨利的政治兴趣十分早熟，但这却使枢密院大感不安，权贵们并不想让一个 12 岁的孩子过早涉入政治，纵然他身为国王。此外，显而易见，国王很容易受人诱导。觉察到这一点之后，枢密院于 1434 年明确告诫他不要卷入宫廷阴谋和受到别有用心者的摆布。国王偶尔会去参加枢密院的会议，还曾在格洛斯特与博福特之间充当调解人。和其他人一样，他对叔祖们之间的相互敌意深感厌烦，有一次甚至强行命令他们停止争吵彼此的权限问题。

到了 1435 年秋天，很明显，法国已经推翻《特鲁瓦条约》，英格兰国内就如何应对进入了更为白热化的争执过程。格洛斯特想要通过发出威胁来维持条约，而博福特则更为实事求是地力主和平。其间，欧洲列强在法国北部的阿拉斯（Arras）举行了一次和平会议，英国也派遣了一个使团前往参加。然而，各国使臣都提出了各自的不合理要求，当进入亨利六世的法国王位诉求议题时，大家各执己见，会议气氛顿时激化。盛怒之下，使臣们离开会场，却留下勃艮第和法国可以自由地商谈和平条约。此事使英格兰主和派的可信度遭受了极大打击，从而让格洛斯特暂时处于优势。

正当勃艮第与法国商讨他们的联盟关系时，贝德福德于 1435 年 9 月 14 日夜晚在鲁昂去世了。6 天后，菲利普与查理签署了《阿拉斯条约》，它预示着兰开斯特王朝在法国统治的终结。当亨利六世听到这个消息，他竟失控地抽泣起来。

圣女贞德的胜利、勃艮第的离弃、贝德福德的死亡等一连串事件，毁灭了英国人在法国的命运，同时也标志着金雀花帝国的崩溃。贝德福德的死是英格兰的灾难，因为除了他，没有人可以牵制格洛斯特与博福特之间的竞争和野心。贝德福德死后，他们之间的明争暗斗变得更加激烈，特别是格洛斯特，由于取代了他的哥哥成为假定的王位继承人，他觉得这一点可以确保自己的适当优先权。

这里还有一个问题：在这个关键时刻，由谁来接替贝德福德在法国的位置。当下几乎挑不出可与贝德福德的才干相提并论的人选，而且，决定这一人选也不宜操之过急。此时，格洛斯特的主张占据了上风，在他的唆使下，留守的英国军队突然对法国被占领地区发动凶猛的袭击，目的是恐吓当地造反民众并使之归顺。这种"焦土政策"虽然一时之间节省了英国人的费用，但从长远来看代价巨大，因为它更加坚定了法国人想要彻底摆脱英国统治的决心。

1435 年秋天的一系列事件，促使此时将近 14 岁的年轻国王想就国策表达自己的主见，他对政治表现出更大的兴趣。博福特和萨福克努力说服他，他父亲的政策已不能再持续下去了，和平才是解决问题唯一现实的途径。

1436 年年初，枢密院做出决定，由约克来接替贝德福德成为诺曼底最高行政长官和法国的摄政者。虽然年纪轻轻，但约克是王国的超级贵族，他的地位决定了要为其配置显要的职位。枢密院认为，这一任命很可能会满足约克的雄心，并可借此防止他介入英格兰国内政治的企图。然而，约克在军事事务方面缺乏经验，也没有得到枢密院或议会的大力支持：议会一直不同意为他拨发足够的经费。大家反而指望他本人能够自掏腰包养活手下人、发动战事以及承担行政管理所需的费用。约克在法国的战事方面几乎毫无作为，相反，1436 年4 月，法国人收复了巴黎，英国的职能机构被赶到诺曼底、加斯科尼（Gascony）、阿基坦和加来等地。约克在这段经历中的最大收获就是军事经验，这让他在未来非常受用。

1436 年，亨利感觉到母亲已处于病危状态——如今看来可能是得了癌症——但这对于他来说好像并不是一个太坏的消息。就在当年的某段时间，凯瑟琳太后还怀着她的最后一个孩子，在姐妹们的照顾下，躲在位于伦敦南部的柏孟塞修道院（the Abbey of Bermondsey）。那是一个贵妇人喜欢光顾的地方。她把与都铎所生的孩子们托付给萨福克关照，国王会随时了解母亲的一切状况。后来，传说枢密院发现太后秘密结婚后将她监禁于柏孟塞修道院作为惩罚，但尚无确凿证据支持这种说法的真实性。

然而，尽管太后小心翼翼地躲在柏孟塞修道院，王室仍然无法完全逃脱绯闻的纠缠。在贝德福德的年轻遗孀雅克塔于 1436 年嫁给北安普敦郡乡绅理查·韦德维尔（Richard Wydville）时，这件事引起了巨大的轰动，因为两者之间的地位相去甚远，看起来，女方只为男方的外貌所吸引。后来，流言蜚语日渐平息，这对夫妇最后在格拉夫顿（Grafton）定居下来，并在那里生育了 16 个孩子。但是，史书中见不到对韦德维尔家族此后所发生事情的记述。

在柏孟塞，太后的健康状况迅速恶化。1437 年 1 月 1 日，她意识到自己正在接近死亡，正如她在遗嘱中所描述的"在经历了漫长而痛苦的疾病之后终将归于寂静"，于是立下了最后的遗嘱。她在遗言中没有提到欧文·都铎以及他们的孩子。相反，她提名亨利六世作为遗嘱执行人，并要求他保证"以善意与有利的方式来实现我的意愿"。至于意愿的具体内容并未指明，但他一定心知肚明。在她病重期间，亨利必定前去看望过母亲，在这种时候，她肯定也会向他提及自己的孩子们以及丈夫的事情。

太后最后生了一个女孩，但并没存活多久。1 月 3 日，在经历了病痛的折磨之后，她凄惨地离开了人世。人们把她去世的消息告知国王后，他亲自召集议会哀悼母亲。凯瑟琳享以皇家的礼遇，被埋葬在威斯敏斯特教堂中的"圣母堂"。亨利为纪念母亲而建造的精美坟墓，在 1509 年为了腾出空间修建亨利七世的礼拜堂而被拆除，从此之后，她的遗骸一直被保存在地面上一个开放的棺材内，作为古董供心怀好奇的游客参观。1669 年，日记作家塞缪尔·佩皮斯（Samuel Pepys）[1] 见到遗骸后，竟然无畏地俯身拥抱亲吻它，以此"表明我的确亲吻过一位王后"。到了 18 世纪，凯瑟琳的尸骨依然坚固完整，身上尚保持着一层类似油鞣革的皮肉。直到 1878 年，她的尸骨才被体面地安放于亨利五世礼拜堂内一个古老祭坛的石板下面。

凯瑟琳死后，欧文·都铎试图回到威尔士，不料被格洛斯特的手下抓获，并被投入纽盖特监狱（Newgate）。至于他因何罪名遭受监禁，没有任何相关的文字记述。事实上，整件事均在保密中进行。这可能是因为在国王的母亲活着的时候，枢密院为顾忌影响不愿对都铎下手，而此时则要让他为损害太后的名誉受到惩罚。这也是亨利七世（都铎的孙子）统治时期的维吉尔在其作品中所提到的理由。不过，枢密院想借此来掩盖事实真相是徒劳的，都铎被关进纽盖特监狱后，有关他被捕的消息便迅速成为众所周知的新闻，就像他与已故太后的婚事一样。

在此之后，凯瑟琳与都铎所生的子女由萨福克的妹妹、巴金女修道院（Barking Abbey）院长凯瑟琳·德拉波尔（Katherine de la Pole）负责照料。埃德蒙（Edmund）和贾斯珀（Jasper），可能还有他们后来成为修女的妹妹，住进了位于埃塞克斯郡的巴金女修道院，院长获得了 50 英镑的抚养经费。院长为孩子们提供食物、衣服和住所，两位男孩还被允许接受仆人的服侍，这表明他们享有与国王的同母异父兄弟身份相适应的优越待遇。

到了 1437 年年末，由于派系之间的长期争斗，枢密院无法有效地治理国家。在许多地方政府中已普遍出现的腐败和低效，开始殃及中

---

[1] 译注：塞缪尔·佩皮斯（Samuel Pepys），17 世纪英国作家、政治家，著有《佩皮斯日记》。

央政府。萨福克对于王室的影响力已扩展到了枢密院，他在那里凝聚了一股对法主和的力量，由一直倡导英法和平的博福特红衣主教执牛耳。战争耗空了国库，王室濒临破产，税收下降了三分之一还多。国王则欠下 164815 英镑的债务无力偿还，因为他的年收入只有 75100 英镑。枢密院对此无计可施。

英国人在法国的事态上也不比国内理想，可以预见的是，英国人被从他们目前仍然占据的法国领土上驱逐出去，只是时间的早晚问题。在重要的军事战略家什鲁斯伯里伯爵约翰·塔尔博特（John Talbot）的帮助下，约克已设法将法国军队赶出诺曼底，枢密院知道他的任期到 1437 年 4 月即将结束，便想让他留任。考虑到所需经费严重不足，并对政府未能偿还所付出的资金而感到恼怒，约克拒绝留任并回到了英格兰。枢密院再一次遇到了派谁前往法国主政的难题。

现在，16 岁的亨利六世不仅要面对这些麻烦，而且要在曾执政如此之久的枢密院中确立自己的权威。1437 年 11 月 12 日，他公然宣布自己已经成年，并要亲自行使国王的权力。在过去 15 年的主政过程中，枢密院的权利曾被无限放大，如今随着国王未成年期的终结，枢密院恢复了作为国王咨询机构的传统角色。亨利六世确立起主导地位后，便着手重新任命枢密院成员原先的职位，而每一位获得任职的大臣必须接受一个前提条件：事先未经请示国王，任职者无权定夺国家的重大事宜。亨利的成年让沃里克从管教者的职责中解脱出来，尔后他代替约克被任命为国王在法国的行政长官，并在这个职位上尽心尽力，一直坚守到 1439 年去世。

年轻的国王虽然坚决支持博福特的和平政策，但他既不准备放弃仍然被英国人占据的法国土地，也不愿意放弃法国国王的头衔。但他毕竟羽翼未丰且缺少经验，与格洛斯特相抗衡显得有些势单力薄，尤其是，格洛斯特抬出亨利五世来压人，希望亨利六世能够实现伟大父亲的遗愿。为了巩固自己的地位，亨利通过赠予奢侈礼物、划拨土地和输送金钱等途径，试图笼络那些他认为是朋友的支持者。枢密院对于这种恣意慷慨大感震惊，于是马上警告他不要过度大方，提醒国王需要节约钱财。

如果此时英格兰能出现一位坚定而强大的统治者，还有可能挽救局势：贵族的权力可被转移到其他有益的事业上去，法律与秩序可得到有效的贯彻，甚至连对法战争都可顺利地进行或获得值得夸耀的结局。但是，此时的亨利六世并不是一位强有力的国王，将来可能也不是。他对赢得军事荣耀几乎不感兴趣。这就是兰开斯特家族的悲剧之所在。

6.一个简单而正直的人

1910 年，亨利六世的遗骨在温莎被挖掘出来。经考查显示，他曾是一个体格强健的男人，高约 5.9 英尺 [1]，有着棕色的头发和小小的脑袋。温莎的"皇家珍藏馆"中保存有一幅他年轻时的肖像，约绘制于 1518—1523 年间，可能是真实画像的一个复制品。画面中的国王有着一张胖乎乎的脸，不蓄胡子，身穿貂皮面料的黑色长袍，配以深红色的袖子和金色的领口，头戴一顶小黑帽。一位同时代人称国王有着一张孩子般的脸，画像印证了这一说法。

"国家肖像艺术馆"中保存了国王后来的另一幅肖像，上面是一张非常消瘦而疲惫的脸：眼神呆滞，紧闭双唇，头部前倾。

年轻时，亨利六世喜爱穿时髦的服装。在某种场合，他会身穿一袭被称为胡普兰衫（houppelande）的浅蓝色长袍，这是当时流行的一种款式，衣长垂地，领子高耸，袖子紧绷，配以鲜红的垫肩、深红的腰带以及黄金带扣，外加一件紫色的宽大斗篷或披风，头戴大而圆的披肩饰巾。但是，上了年纪之后，亨利开始相信，富丽堂皇的装束只是世俗的虚荣，于是他在公开露面时改穿朴素的束腰长衫，脚蹬农夫式的宽头鞋子，头上则是一顶像他的侍臣戴的那种圆形风帽，颜色均为深灰。朝臣们都抱怨说，他的穿着"像一介平民"。臣民们对此心存不满，因为他们总是愿意看到他的外表与打扮像个国王，以此显示出

---

[1]　编注：约 1.79 米。

君主的华贵与威严。亨利对于自己的穿戴变得毫不在乎，在 1459 年更是将最好的一套长袍赠予圣奥尔本斯的修道院院长。结果国王的财务大臣发现，他已经没有适合国事场合穿着的其他礼服，也已没有钱去购置新衣，只得非常尴尬地花费 50 马克赎回了那件送给修道院院长的礼服。亨利对此大为不快。

圣奥尔本斯的修道院院长约翰·维特汉姆斯特（John Whethamstead）描述的亨利是一个简单而正直的人。科米纳称他"单纯得近乎无知"。就连约翰·布莱克曼（John Blacman）——曾受命于亨利七世编写一本有关亨利六世的圣徒传记——也用"简单"一词来描述他。1461 年，维特汉姆斯特曾责备亨利"行为举止的过分简单化"。在不同情况下，"简单"一词既可以被理解为容易上当受骗，也可以说是耿直坦率的意思。但到了 17 世纪，"简单"一词往往形容弱智者或白痴。容易上当受骗并不是作为王者的理想品质，沃伦（Waurin）说，在亨利六世统治时期，之所以所有的邪恶纷纷降临于英格兰，皆应归咎于国王的简单性和情感型智弱。

尽管接受过全面教育，阅读过大量书籍并热爱学习，但亨利并不是特别聪慧。约翰·哈丁说他"智商不高"。他缺乏洞察力，有一次甚至赦免了 4 位犯有叛国罪的贵族以及密谋杀死他的另外 3 人。

亨利六世还有一种强烈的公正心，希望公正对待所有的一切，以此确保与臣民之间的亲近感。"他没有存心制造任何不公正，"布莱克曼写道。有一次，亨利骑着马穿越伦敦时看到城门上用长钉挂着一个黑乎乎的东西，便问那是什么。有人告诉他，那是一个试图谋害他的叛国者被肢解后的部分尸体，他立刻命令将其卸掉，并说："我不会让任何信仰基督的人因为我而遭受如此残忍的处置。"然而，亨利在 1450 年目睹 34 名反叛者被集体处以绞刑时，却又没有显示出类似的内心不安。

总的来说，亨利有着一颗善良的心，他文雅、慷慨，坦率并充满善意。尽管有时显得太过善良与卑微，但他踏踏实实地统治这个国家，不至于使之陷入无序状态。他从来不发脾气，善待仆人，对获取财富毫无兴趣，首要关切的是灵魂的救赎。当某个贵族送他一件昂贵的黄金饰品时，他几乎是看也不看一眼，反而对赠送者表示气愤。亨利的品质是多面性的，但它们并不是作为君王所必需的素质。

亨利在早年并没有显露出精神状态不稳定的现象，但在成年早期的一段时间里，他表现出过度的忧郁与沮丧，甚至妨碍了正常的生活能力。15 世纪 40 年代，有人形容他"不像其他国王那样具有坚定的智慧"。在 1453 年之前的某年，他的精神疾病首次真正发作。好几个老百姓因谈论国王是个疯子，甚至说他是个幼稚的孩子而被抓到法官面前，并接受了惩罚。鉴于英格兰当时的状况，他们的行为可能得到了原谅。亨利六世虽然不是疯子，但我们可以肯定地说，他的精神健康并不十分稳定。

亨利的敬神态度充满了传奇的说法。但我们现在要问的是：他被后来的作家们描写得那样虔诚，是为了顺应亨利七世的要求而刻意将他塑造成兰开斯特家族的一位圣人吗？对于这个问题，答案恐怕是否定的。

毫无疑问，亨利六世的确是一位虔诚的教徒，他的敬神态度诚心诚意、发自内心。按照布莱克曼的描述，除了在重要的节日，"特别是在那些规定的重大场合，他会戴上王冠"之外，一年当中的其他日子里他几乎是穿着苦行僧的粗糙衣服。他是"一位上帝的勤勉而真诚的敬拜者，宁愿多花时间来做衷心的祈祷，也不愿浪费精力去料理凡事俗物，或从事无聊的运动和消遣。他鄙视这些世间琐事"。亨利敬畏上帝，回避邪恶。在星期天或宗教日子里，他不愿处理任何事务，不允许朝臣在他事神期间发出声音，也不允许带猎鹰或佩带宝剑和匕首进入教堂。他本人双膝跪地，低垂着头，在纯然的静默中忘我地侍奉着上帝。亨利在行使日常职责时，也时常会沉浸于冥想和祈祷之中。他愿意退隐到自己的世界里，借以逃避政治生活的严酷现实。

的确，亨利六世的虔诚之心非同寻常，不过在那个年代，他那样的敬神者为数并不少，只因他是国王，其虔诚举动更易引人注目而已。在 25 岁的时候，国王的敬神精神在整个欧洲闻名遐迩，罗马教皇尤金四世（Pope Eugenius IV）对他印象深刻，并鉴于他对穷人的慈悲和关心，授予其最高宗教荣誉——金玫瑰。然而，教皇授予亨利这个奖项还有另一个更具讽刺性的原因：他想向英格兰教会要钱，希望亨利能够帮助他达到目的。

一般来说，国王的虔诚之心让他的臣民感到亲近，不过有人在私下里认为他更适合做僧侣而不是做国王。亨利总是劝诫手下的大臣要诚心祷告，他们也深知亨利对于宠爱的人会表现得非常慷慨，按照国王的意思去做会有不少好处，于是都顺从国王。

亨利的父亲也是一位虔诚的教徒，两人都对罗拉德派以及其他异教徒十分残酷无情。在亨利六世统治时期，许多异教徒被绑在火刑柱上活活烧死。跟亨利五世有所不同的是，亨利六世没有修建任何宗教场所或大笔捐赠教堂。在亨利六世的统治时代即将结束的时候，凡要在他面前说教布道，都要接受枢密院的预先审查，以避免国王面临遭受批评的尴尬局面。

可以公允地讲，亨利把自己看作公共道德的守护者。他从不滥用上帝的名义，非常厌恶对神起誓，难以忍受别人在他面前发誓赌咒，而是谆谆诫勉或严厉责备任何贵族忤逆这样的敕令："信誓旦旦之人令他讨厌。"他最具分量的誓词莫过于"噢，圣约翰"或"确实，确实"。

他对无常的时尚变幻不感兴趣，认为当时袒胸露臂的服饰导致人们的淫乱行为，这也是同时代的许多道德家共同持有的一个观点。布莱克曼写道："他不仅要让自己保持纯洁，而且对仆人也有同样的要求。"亨利极力预防在宫廷中发生任何伤风败俗之事，到了不惜"透过房间中隐蔽的窗口仔细观察"进入宫殿的女人的地步，以便"时刻防范女人们的愚蠢无礼举动导致其家人的堕落行为"。

国王十分正经，裸露的身体往往会引起他的极大不悦。对此，他经常引用彼特拉克（Petrarch）的一句话："动物的赤身裸体让人类感到厌恶，合乎礼仪的服饰才使人类显得端庄稳重。"有一次，亨利在参观位于巴斯（Bath）的一处罗马澡堂时，看到男人们全部赤身裸体，感到极为不快，于是逃离了这难堪的场景，"他憎恶赤身裸体，并将其视为极大的犯罪"。在一次圣诞节期间，某个贵族很可能是出于恶作剧而"带国王去参加舞会，并招呼了几个袒胸露臂的年轻女士来到国王面前，准备陪他跳舞。国王非常生气，立刻移开目光，背对她们。他跑出舞厅回到房间以后，即说：'呸，呸，真不要脸！'"

在亨利 23 岁结婚之前不久，访问英格兰的教皇使者说他"不近女色"，更像僧侣而不是一位国王。布莱克曼写道，他在青年时期仍然"纯洁得像一个未成年人"。"自登基以来，他一直保持着纯净的节操；在年轻时期，他回避所有放荡不羁的言行。"他喜欢阅读道德文集以及其他富有教化意义的文献，并坚信在臣民中传播这些作品，将使他们的行为更具德性。他的管家理查·汤斯顿爵士（Sir Richard Tunstall）对国王如何花费大量的空余时间来阅读各种书籍和编年史，或在宗教节日里阅读经文的情况，均有详细的记述。

像他的父亲一样，亨利也是一位音乐赞助人，是首位为皇家礼拜堂的孩子们委派导师的国王。在他的推动下，剑桥大学有史以来第一次授予音乐方面的学位。亨利本人也是一位颇具水平的作曲家，他创作的《圣哉经》（Sanctus）手稿至今仍然保存于剑桥大学的国王学院。

教育是亨利最为关切的主题之一，他尤其渴望推进臣民们的文化普及，热心于教育更甚于治理王国以及纠正国家的不公状况。他对学生的资助十分慷慨，是牛津大学和剑桥大学的重要捐资人。亨利在执政期间创建了大量文法学校，以满足新兴中产阶级男孩接受教育的需求。至于穷人的孩子，尽管他们无法获得良好的教育，但可能会从慈善机构中得到一定的教育机会。

亨利对伊顿公学和剑桥大学国王学院这两大学术机构情有独钟。他不但创建了这两个基地，而且对它们倍加关爱，为它们的建设倾注了大量财力。布莱克曼指出，他"大驾光临奠基现场，并以虔诚之心将它们奉献给万能的上帝"。

自 17 岁以来，亨利就希望建造一所慈善性的学院，以便让贫困家庭的男孩可以受益于其中的免费教育。"位于温莎宫附近的国王学院——我们的伊顿夫人——"落成于 1440 年，当时的全部人员包括 1 名教务长、1 名教师、10 名牧师、4 名办事员、6 名唱诗班歌手、25 名贫困的学生和 25 名穷苦衰弱的老人。学费全免。1443 年，国王将贫困学生的数量增加到 70 人，把穷苦老人的数量减少为 13 人。传承至今的伊顿公学初级学校就起始于这个时候。学院的大厅和小教堂则建造于几年之后。由于学院临近温莎宫，亨利非常担心"天真无邪的年轻人会受到朝臣们的腐败行为和习惯的侵蚀"。一旦发现孩子们进入城堡的边界，他会立刻将他们送回学校，并告诉他们，宫廷不是年轻人去的地方。亨利最大的喜好莫过于到伊顿公学走走，他时常给学生们送些钱，并嘱咐他们要做好孩子，"温文而驯良，将来成为上帝的仆人"。

成立于 1441 年的剑桥大学国王学院，为在伊顿公学完成学业之后的孩子们提供进一步的教育。国王学院的建筑和小教堂至今仍被视为剑桥大学的标志性荣耀。从某种意义上来说，亨利对这两所学院做出的奉献是在为来世积聚财富。此外，他之所以给予这两所学院如此慷慨的资助并倾注巨大的心血，是因为他旨在超越前人兴建的类似教育机构，比如威克姆的威廉（William of Wykeham）在 14 世纪创建的学校和学院。

亨利在他的教育项目和宫殿上，尤其还在他的宠臣们身上大手大脚地花钱，很少顾及国库已经耗尽。一方面，他很容易受到那些寡廉鲜耻的朝臣的摆布，这些人极尽利用国王过度慷慨的个性。另一方面，他本人又缺乏感知力，无法判断受益者是不是值得他为之付出。亨利基本上是一个不谙世故之人，羞怯而天真，不擅长与人打交道。他太过单纯、坦率和诚实，缺少狡猾和掩藏的能力，根本不宜充当政治人物。但可以理解的是，亨利对兰开斯特家族的君主头衔以及限制皇家权威的企图又十分敏感，这可能与他经历的漫长的未成年期以及在获得权力时遭受的磨难有关。作为一个人，他是一个善良的好人，但作为一位国王，他意味着一场灾难。

亨利六世的重大弱点体现在他极易受到政治派系的操控。他们经常驱使国王做出不明智的决策，首要关心的也是如何增进自身的利益。国王明显缺乏政治判断力，簇拥在他周围的全是一帮最为贪婪的、追逐私利和不得人心的权贵，国王对他们言听计从，即便是那些不合心意的主张，也不会竭力拒斥。谁支配了国王，就等于控制了国家。因此，在亨利整个统治期间，英格兰的政治局势取决于某个派系在某个特定时期对国王的主导力。

很少有国王会像亨利那样，在执政期间堆积了如此之多的问题：王国濒临崩溃，枢密院四分五裂，法律制度遭到地方权贵及其家臣的恣意践踏，贵族势力日益强大但失去诚信，战争渐渐耗尽国家的财力却永远也看不到胜利的希望。这些困境不全是亨利的错误导致的，但是无法有效地解决这些问题，反而使之不断升级的责任完全在他。

"如英格兰这样的一个王国"，尽管亨利的管家汤斯顿说，亨利花费了大量的时间"与他的枢密院一起，勤勤恳恳地处理王国的事务"，但他将许多政府事务留给得宠的那个派系来处置。而当亨利宣称要自己掌控大局之际，往往就会是他铸成大错之时。无论在顺境或逆境中历来忠诚于亨利的最高法院首席法官弗特斯克，曾对君主的局限性做过非常现实的评估。他在其《英格兰政府》（*The Governance of England*）的专论中强调，英格兰需要一个强大而团结的枢密院，来阻止国王的愚蠢与浪费，特别是在他任意赠送或割让王室土地的时候。

人们难免会拿亨利六世与其父相比，通常还是以他的不利方面，但社会上很少出现公然批评。由于亨利的美德和固有的善良，就连最不守规矩的贵族也要对他敬重三分。一位受膏的君主受到世人的普遍尊敬，对那些本想反叛的人来说显然起到了抑制作用。而对于锐意图治的反对派，他们怨恨的对象往往是操控国王的权臣，而非亨利本人。尽管亨利非常在乎外界对他及其为王能力的非议，但他的宠臣们自然会千方百计地屏蔽种种外来怨言。结果亨利往往会被那些敢于以其不足之处说事的人激怒，比如起初的格洛斯特和后来的约克，进而深深地怀疑他们的行为动机。对于这样的人，亨利很可能会绝不手软地采取惩处性行动。

一位国王最重要的作用，就是保护与捍卫臣民，因此，他必须是一位具备策划战争并赢得战斗之能力的称职的勇士和将领。亨利六世与此大相径庭，他断然拒绝与同样信奉基督教的教友兵戎相见。国王根本不像某些权贵对军事企图抱有极大的热情，他们也为此感到震惊与诧异：亨利五世英勇尚武，其子亨利六世对于军事荣耀竟然如此缺乏兴趣。在玫瑰战争期间，尽管亨利也曾策马率领过军队，但是，在战斗激烈而未分胜负的时候，他一如既往地将战略部署等统帅任务留给指挥官。亨利从未上过法国战场，因此赢得了一项这样的"殊荣"：自1066年"诺曼征服"以来，他是首位没有指挥过军队在战场上与外国敌人打仗的英格兰国王。

相反，尽管按照自己的愿望想与法国和平共处，但亨利并没有为获得他的法国臣民们的喜爱做出多少努力。1431年之后，他更是从未踏上过法兰西的土地。从个人层面上来说，亨利没有履行当时的君主政体所期待的职责，这无疑是致命的失策。

不像理查二世当年寻求对法和平是因为担心无止境的战争将给王室财政带来可怕的后果，亨利六世希望和平，是由他的虔诚之心以及对战争的杀戮和浪费厌恶之情所驱使的，尤其是他深受叔祖博福特红衣主教的主张影响。在当时的政治氛围中，主张和平政策应是一个大胆的举措，可以预见的是，它在英格兰根本不受欢迎。受到亨利五世的胜利以及在法国称王的大好形势所激励，绝大多数英格兰人都渴求进一步征服法国以获得更大的荣耀。人们相信，只要策略对路，眼下的战争颓势完全可以扭转。他们还认为，唯一可以从和平政策中获利的人，就是查理七世。宫廷上下为此闹得不可开交，这也许的确是查理七世从中受益的时候，因为此时的英格兰权贵更热衷于在会议室里互相争斗，而不是在法国战场上迎击敌人。

与后来约克派的宫廷和都铎王朝相比，亨利六世的宫廷沉闷而乏味：如中世纪的所有宫廷一样，它是巡回式的，在一年之中会从此处搬到彼处，腾空了的皇家住所则打扫卫生，以及为食品柜储备新鲜货源。

威斯敏斯特是皇家的首要居所和政府的行政中心。宫内设有国库、普通诉讼法庭和王座法庭（最高法庭），同时它也是一处奢华的王室宅邸，其中最显眼的是圣史蒂芬小教堂（St Stephen's Chapel）和亨利三世的寓所：前者在 1350—1361 年间做的内装是描绘爱德华三世家庭生活的大型壁画，后者的墙上则满是取自《圣经》故事场景的壁画，漂亮程度让游客们无不为之惊奇。然后是爱德华三世所建造的壮观的"星室法庭"（the Star Chamber）。它之所以叫这个名字，是因为大厅的天花板上描绘了蓝色的夜空和镀金的星星图案。王室成员的私人房间也非常富丽堂皇：床上垂挂着金线织物或缎子织品，铺着厚厚的羽毛床垫，还有貂皮床单，枕头上则绣着英格兰纹章。这所"国家公寓"作为这个岛国的财富与权势的象征，在外国来宾的眼里，其整体效果可称灿烂辉煌。[1]

威斯敏斯特宫共由三大部分组成：一是大王宫，为政府大臣们的办公场所；二是作为国王生活寓所的；三是亲王宫，通常用于王室成员居住。这三部分均为两层楼高的石制建筑。朝臣和仆人一般居住在相邻的木制住所中。宫殿前面伫立着从忏悔者爱德华到理查二世的 13 座

---

[1]　译注："星室法庭"（the Star Chamber）因设立在威斯敏斯特王宫中一座屋顶饰有星形图案的大厅中得名。当时用于惩治不效忠国王，甚至阴谋叛乱的贵族。成员由枢密院成员、主教和高级法官组成，直接受国王领导。法庭后来职权范围不断扩大，刑罚手段非常残酷。革命前它成为专制王权用来迫害清教徒的工具。英国资产阶级革命爆发后，"长期国会"于 1641 年 7 月 5 日通过决议撤销这一专断暴虐的机构。关于星室法庭创建的时间说法不一，有说是由爱德华三世建造，有说是由英王亨利七世创设于 1487 年。

英格兰国王石制雕像，这些石雕是由理查二世授意塑造的。理查还建造了一个带有大理石柱子和钟楼的新大门。

宫中设有两个大厅，分别是大法官法庭的所在地白色大厅，和威斯敏斯特大厅。在亨利八世统治时期，宫殿中的绝大部分建筑毁于大火，唯有威斯敏斯特大厅以及 14 世纪的珍宝馆（藏有数顶王冠）幸免于难，成为留存至今的中世纪宫殿建筑。威斯敏斯特大厅的雏形是威廉·鲁弗斯（William Rufus，11 世纪的威廉二世）建造的一座罗马风格的大礼堂，礼堂内壁饰满壁画，后由理查二世重建成为威斯敏斯特大厅。负责设计和建设的伟大建筑师是亨利·耶维尔（Henry Yevele）和休·赫兰德（Hugh Herland），赫兰德也是现存的华丽的悬臂托梁屋顶以及高窗的设计者。重建后的威斯敏斯特大厅成为欧洲最宏大的厅堂之一，厅内饰有象征理查二世的白鹿标志，凡宫殿的重大仪式均在此举行。

理查二世对皇家寓所进行了大规模修缮，墙壁得到更新升级，或换了壁画，或镀上了黄金。其实威斯敏斯特、温莎和伦敦塔的皇家寓所墙壁上均饰有色彩绚丽的纹章或寓言图案，但遗憾的是，这些壁饰所剩无几，而且残破不全。理查还修葺了位于肯特郡的埃尔特姆宫——自 14 世纪初以来，那里一直深受英格兰王后们的喜爱。他新建了一个澡堂、一间画室和一间舞室，房间窗户装有彩色玻璃，四周是大片花园和草坪。为了让来访的权贵有个落脚之处，理查还在宫内新建了许多客间。在护城河旁边，他增设了一个初级法院，并添加了一些内室，包括一间香料房和一间酱料房。

亨利六世对埃尔特姆宫也是情有独钟，他在此修建了一间书房，用以收藏珍贵的书籍。这间书房拥有 7 个大窗户，上面装的彩绘玻璃足有 42 平方英尺，窗面上绘有鸟类和怪兽等图案。1450 年 2 月的一天傍晚，雷霆闪电击中了宫殿，摧毁了大部分建筑，包括大厅、一间储藏室、一间厨房以及一些房间。唯有亨利的书房似乎得以幸存。

在伦敦塔的皇家寓所中，理查二世更是安装了 105 平方英尺的彩色玻璃，上面绘有鸢尾花和英格兰皇家纹章等图案。那里的地面用瓷砖铺设而成，上面绘有豹纹和白鹿等，墙壁上则饰有鹦鹉和鸢尾花等图案，所用的涂料包括金粉和朱砂。

到了14世纪末，在皇家和贵族住宅中，墙壁上经常使用挂毯装饰，尽管有时会阻挡门窗处的穿堂风，但挂毯通常可为砖石和泥灰建筑增添色彩与豪华感。最受欢迎的挂毯图案包括战争场面、英雄场景、寓言和神话中的人物像，或以宫廷娱乐、宗教等为主题。

亨利五世拥有众多挂毯，图案主题包括忏悔者爱德华、传奇的亚瑟王、查理曼大帝、罗马皇帝屋大维、传说中的法兰西之王法拉蒙德（Pharamond），以及诸如"爱的生活"或"青春之树"、"帐篷里的女人"、"天使报喜"、"圣母玛利亚的五大乐趣"和"科隆的三个国王"等寓言主题。这些挂毯仍然悬挂在亨利六世的宫殿里。

一年之中有好几个宗教节日，国王往往借此展开盛大的国事活动。他头戴王冠出现在这些场合，数以百计的贵族、绅士、骑士和地方官应邀从全国各地赶来参加宴请。吃住的全部费用均由王室支出。那些希望获得机会接近国王的人，很可能会为此等上几周时间。君主握有授予官职或赐予恩惠的权力，尽管可能被强取豪夺的权贵操纵，但他毕竟处于错综复杂的权力关系网的中心，形形色色追逐权力和恩惠的人簇拥在他的周围，也是自然不过的事。别有用心的朝臣常常借此机会拉帮结派、培植势力，因而使这种场合笼罩在怀疑、戒备和阴谋的氛围之中。

一般来说，宫廷是创造新的礼仪、服饰和审美等方面准则的地方，君主则是时尚的裁决人，但亨利六世不屑于这些世俗的浮华，而更热衷于激励公共道德和个人虔诚。尽管他竭尽全力地赞助文学、音乐、艺术和建筑等领域，但他的宫廷并没有像后来的一些宫廷那样，被描述成文化或知识的中心。

亨利六世的王室是一个庞大臃肿、腐败堕落的群体，成员滥用国王的恩惠，糟蹋皇家财源，以至于导致王室财政的灾难性后果。权贵对于王室成员的作为往往极其敏感，因为大多数权贵自身无法介入这个享有特权的圈子。在国王未成年的 1433 年，王室的年开销是 1.3 万英镑；到了 1449 年，年支出为 2.4 万英镑。而早在 1433 年，王室的债务已达 1.1 万英镑，此后，这个数字逐级上升。议会下院时常抱怨王室成员的做派对国王产生了不良影响，比如国王毫无节制地向王室官员赠送奢侈的礼物，国王对于他们的过度恩惠破坏了皇家法庭的公正性。然而，亨利对此不以为然。只要他的基金中拥有足够的储备，他就心满意足了。为了缓解王室越积越多的债务，他时常会给财政大臣施加压力，尽管拿不出什么刺激性措施。至于他本人，国王拥有稳定的收益，主要来源于兰开斯特公爵领地。议会为此深感忧虑，1440 年，他们收到一份来自皇家仆人的请愿书，声称王室长期拖欠工资。出于无奈，议会只得决定，在接下来的 5 年中，每年必须新增 1 万英镑的税收，以此帮助王室清付债务。为此买单的臣民当然心中不悦。

1438 年 1 月或 2 月的一个夜晚，在一位牧师的帮助下"伤害了看守"之后，欧文·都铎从纽盖特监狱逃脱。3 月份，他被再次抓获并投入监狱，并在 7 月份转由温莎城堡的治安官来监管。1439 年 7 月，都铎交付了 2000 英镑的巨额保释金，在拘押了两年之后被保释出狱，但都铎必须接受一个前提条件:不得接近威尔士。11 月 10 日，国王被"异常原因所感动"，对都铎在 10 月之前的所有罪行给予大赦，不过，对他原犯罪行未做具体说明。

从此以后，欧文·都铎就只有听天由命了。"出于特别的恩惠"，国王从自己的私用金中每年发给他 40 英镑津贴，于是，都铎在安定舒适却默默无闻的生活中度过了 20 年。在王室中居住到 1455 年左右，他又得到了国王，也是他继子的尊敬与仁慈的对待。国王几次赠予这位继父土地，并在 1459 年将他的年金增至 100 英镑。1460 年 2 月，欧文·都铎被指派为位于威尔士北部登比城（Denbigh）的国王公园的看护人。由此可以看出，在这之后，他才被允许返回故乡威尔士居住。

除了供养继父，亨利六世也照顾着同母异父的兄弟埃德蒙·都铎和贾斯珀·都铎。在 1442 年 3 月之后的某个时候，国王安排人员将他们从巴金修道院带入宫廷生活。布莱克曼说，亨利六世对他们煞费苦心，"在埃德蒙和贾斯珀的青少年时期，为他们提供了最严密、最安全的监护，委托德高望重的牧师来照看他们，并教导他们文化知识以及正确的生活与社交方式，以免青年人因缺乏教养而任由其行为习惯中枝蔓恣意生长"。对于这两个生性活泼的男孩来说，这种管教过程是枯燥乏味的。虽然没有什么资料可证明他们曾经接受过任何骑士训练，但他们肯定受到过这方面的锤炼，因为两人后来均被赋予军事指挥的重任。对于国王来说，他在埃德蒙和贾斯珀身上倾注了自己用尽心力的关怀和感情，并培育了受用终身的兄弟情谊。

自亨利六世于 1437 年取得对政府的控制权以来，红衣主教博福特及其家人从此飞黄腾达。从来没有哪位国王如此慷慨大方地对待自己的亲属：到了 1441 年，博福特家族有 11 位成员被任命为郡治安官，他们的影响力遍布英格兰的 11 个郡。红衣主教的盟友萨福克被推举为他在政治上的继承人。萨福克从这种慷慨的恩赐中受益匪浅，在那些年里，他的财富和势力得到了大幅提升。

而格洛斯特，在 15 世纪的整个 30 年代，他一直力争推动与法国之间的百年战争，此时发现自己在枢密院中的支持者越来越少。由于国王的热心支持，博福特的主张占据了上风，导致格洛斯特实际上处于政治孤立状态，对国王的影响力也日渐消退。格洛斯特的枢密院同道明显意识到，他的政策太不切合实际而无成功之可能，而且，自签订《阿拉斯条约》(the Treaty of Arras) 之后，英格兰想要征服法兰西的希望几乎等于零。[1]

---

[1] 译注：1435 年签订的《阿拉斯条约》(the Treaty of Arras) 是法国在百年战争末期的重大外交成就，它化解了法王查理七世与勃艮第公爵菲利普之间的长期矛盾关系。由于打破了勃艮第与英格兰之间的同盟，查理七世巩固了他作为法国最高统治者的地位，从而可以对抗英王亨利六世。除此之外，法国早已与苏格兰结为同盟关系，英格兰因此被孤立。自 1435 年后，英国在法国的占领地陆续减少。

1439 年，博福特派出第一个和平使团，试图与查理七世谈和，但以失败而告终。红衣主教认为，英格兰必须提供更好的条件并做出更大的让步，同时还应利用皇家联姻来确保和平。那一年，作为沃里克的临时替代者，红衣主教的侄子萨默塞特伯爵约翰·博福特被任命为驻法最高统帅，并获得 7200 英镑的超高年薪。

1440 年，英格兰释放了瓦卢瓦的查理。他是奥尔良公爵，自 1415年的阿金库尔战役被俘以来一直被关押在英国。英格兰人希望通过先让一步的办法使法国人回到和谈桌上来。格洛斯特极力反对这一举措，他质问枢密院：假如是亨利五世，他会不会在没有获得巨额赎金的条件下释放这位公爵？

约克公爵对英格兰内部的派系争斗，以及政府任由法国事态不断恶化的现状大失所望，他表示支持格洛斯特。得到了约克的支持，更有底气的格洛斯特指责红衣主教及其党羽对国王施加影响，以此与他和约克作对。但抗议已是徒然，此时的枢密院完全处于博福特及其亲信的掌控之下，这些人包括萨福克、约克大主教约翰·肯普（John Kempe）、奇切斯特主教亚当·莫林斯（Adam Moleyns）、诺森伯兰伯爵、斯塔福德伯爵和亨廷顿伯爵等人，而国王对于叔叔格洛斯特那不合时宜的政策也已失去耐性。

无论如何，约克是可以被安抚的。1440 年 7 月 2 日，枢密院再次任命他为驻法最高统帅，任期为 5 年，年薪涨至两万英镑。约克也许是具备相应地位和级别来替补沃里克的唯一人选。他已在之前驻法任职时积累了一些经验，同时也了解所面临的各种困难。不管他本人对红衣主教的政策抱有何种意见，他此行的任务是与查理七世进行妥协，努力争取通过谈判达成期望的和平条约。与此同时，他还在获得国内最小支持度的状况下，去应对法国的英占区迅速恶化的局面。至于经费，从来不曾兑现过。

时任驻法统帅的萨默塞特伯爵并不愿将他那已经得手且有利可图的职位让给约克，而且，在约克被任命之后的一段时间里，他还继续

领取薪水。然而官方对于约克的任职没有异议，他于 1441 年 6 月 23
日带领 500 名士兵抵达诺曼底赴任。萨默塞特只得放弃原先的任职，
没等正式交接便离开法国返回英格兰。

约克在主政法国期间取得了令人钦佩的治理成效，沃伦对此写道：
"他在法国任职期间获得了很多令人瞩目的成功，所作所为皆得到高度
赞扬。他不仅增进了英格兰王权的荣耀，而且也因对亨利六世表现出
来的尊敬与忠诚而受其赏识。"为了巩固在法国的地位，约克逐渐与那
些有影响力的英国驻法人士建立起亲和关系，比如，曾在贝德福德手
下任职的威廉·奥尔德海尔爵士（Sir William Oldhall）等人，令这些人
同样效忠于他这位继任者。最重要的是，这批人都非常厌恶伦敦政府
对待战争的暧昧态度，他们相信，即使是在眼下，事态也并未到无可
挽救的地步。

在英格兰国内，格洛斯特大声嚷嚷的抗议也是令人尴尬的一大干
扰，假如这种情况被不恰当地透露出去，很可能就会危及预期的和平谈
判。这样一来，主和派必须采取行动让他闭嘴，或者至少要败坏其信誉。

抹黑格洛斯特公爵声誉的计策，几乎肯定要由他的宿敌博福特红
衣主教来牵头。博福特背后毕竟拥有坚实的党羽后盾，其中包括肯普
大主教，更为重要的是，他深得国王信任。计谋的思路是，利用亨利
六世在其特权受到挑战时可能产生的报复心理。

格洛斯特有着复杂的婚史。他先是不惜冒重婚的罪名，与已婚的
艾诺的杰奎琳（Jacqueline of Hainault）姘居，但她没有为格洛斯特生
育孩子。格洛斯特厌倦了杰奎琳之后抛弃了她，随即娶一位名为埃莉
诺·科巴姆（Eleanor Cobham）的情人为妻。这是一个骑士的女儿，为
格洛斯特生过两个私生子。博福特的计策是，在公爵夫人埃莉诺身上
找出攻击格洛斯特的突破口，因为埃莉诺的身份很容易让她背上坏女
人的名声。埃莉诺果真落入红衣主教的圈套。她不但不满足于成为格
洛斯特公爵夫人，而且还做起黄粱美梦：如果国王死了，她的丈夫很
有可能登上王位，而她自己则将成为英格兰的王后。埃莉诺甚至敢玩

弄危险的巫术，用自己的星座来预测未来会不会梦想成真——这是一种极度冒犯教会的行为。更为糟糕的是，她还制作了一个国王蜡像，用火将其熔化。

1441 年 6 月，埃莉诺在伦敦出席晚宴时，因玩弄巫术之罪名而被逮捕。在一个教会法庭上，她与几名共犯一起受到审讯，最后，所有人都被认定有罪。埃莉诺的跟班罗杰·博林布鲁克（Roger Bolingbroke）被处以绞刑并五马分尸，而以"巫婆的眼睛"著称的玛杰里·乔德曼（Margery Jourdemain）则被绑在火刑柱上烧死。埃莉诺逃过大难，只被从轻判处执行 3 次当众补赎。然而，在她的教会判处执行完毕后，世俗法庭又以叛国罪判处她永久监禁。埃莉诺最初被监禁于切斯特，接着是肯尼沃斯城堡——一处豪华的皇家住所——最后是在英国属地曼岛（the Isle of Man）等地。埃莉诺最终死于 1446 年，也可能是 1457 年，当时她仍然处于监禁之中。

格洛斯特意识到自己的地位已经岌岌可危，心中猜想，假如他公开支持妻子，敌人一定会以同谋犯的罪名来指控自己，所以，在埃莉诺的受审和定罪过程中，他只有保持沉默，尽管他肯定知道是谁在幕后作梗。

虽然没有任何证据表明格洛斯特涉及埃莉诺的犯罪活动，但自妻子被定罪之后，他的政治信誉和影响力便一落千丈。格洛斯特在枢密院中的地位变得无足轻重，此后就连会议也很少参加。他并没有彻底中止责难国王的和平政策，不过此时他的声音已经微不足道。20 年之后，博福特终于击败了这名对手。

7. "不值 10 马克的王后"

随着格洛斯特一蹶不振，博福特红衣主教现在可以全神贯注于期盼已久的对法和平计划了。1442 年，他几乎整年都在为此奔波操劳。但是，到了 1443 年春，前景看起来仍然十分渺茫：和平谈判再次受阻，几乎看不到重启的希望。这种令人不快的情势主要归咎于英国人坚持要法国人承认亨利六世作为法国合法国王的顽固态度，即使法国很明显在战争中占据优势地位。夺回被英国人占领的所有领土是查理国王的最终目标，但是眼下他就要求英国人承认他对这些地区的领导权，亨利六世对此当然不予接受。

就在此时，查理及其子王太子路易率军攻入加斯科尼（Gascony），那里属于阿基坦公爵的领地。英国人意识到，他们已经无法阻挡法国人向南进军的脚步，进攻诺曼底已经在所难免，于是全力以赴地准备防御。1443 年 4 月，枢密院无视约克，任命萨默塞特为阿基坦地区的最高行政长官和统帅。约克对于自己受到冷落怒不可遏，他认为自己才是英国在整个法国的最高行政长官。更加糟糕的是，萨默塞特的军事生涯一直平淡无奇。他曾于 1421 年的博热战役（the Battle of Bauge）中被俘，作为囚犯在法国度过了 17 年。他对战争或政治并无多少经验可言，事实也证明他是一个外行并且不称职的指挥官。

1443 年 8 月，萨默塞特被授予萨默塞特公爵、肯德尔伯爵以及一支远征军的司令等头衔，他将率领这支远征军挺进加斯科尼，而约克对此事又是一无所知。为了缓和相互之间的关系，萨默塞特捎信给约克，说"自己只不过是你与敌手之间"的一面盾牌，并向约克保证，无论如何，自己并无意图"去做任何可能侵害国王赋予我的约克表哥在法国以及诺曼底的权力的事情"。但在约克看来，萨默塞特是在故意嘲弄自己。更为不妙的是，伦敦政府对约克的财政援助少得可怜，而在资助萨默塞特的远征军时慷慨大度。

让人更加气愤的事情还在后面。约克一直焦急地期盼救兵增援诺曼底，但他很快得知，萨默塞特已经率军去攻打加斯科尼，而且一败涂地，此前更还惹火了英格兰的盟友布列塔尼公爵。带着一事无成的羞愧心情，萨默塞特被迫返回英格兰。

身在鲁昂的约克义愤填膺。由于英国政府未能兑现两万英镑的年金，他的财务状况处于严重困顿之中，这不仅意味着他本人不能获得薪水，也意味着他的士兵和行政人员同样无法得到报酬。在这样的窘境下，他不得不自掏腰包，以免面临手下逃跑或叛乱的危险。枢密院还得意扬扬地以为约克在诺曼底的征税状况很不错，事实上，约克公爵根本无法从税收中得到多余的收益，因为税收所得的资金用于其他必要的支出都还不够。

当约克获悉，政府竟然批准为一无是处的萨默塞特提供 2.5 万英镑的俸禄，他更是怒火中烧。一怒之下，他给国王写信，要求根据当初接手任职时所签订的条款约定立即支付应得的俸禄。亨利六世大言不惭地回信说，由于已为装备和补给萨默塞特的军队花费了太多钱，所以，他希望约克"再耐心和克制地等待一段时间"。约克不依，一而再再而三请求国王支付年薪以及王室欠他的钱，但都毫无结果。他已在两期任职中为诺曼底政府和军事行动垫补了大量资金，眼下的拮据处境又迫使他典当了一件极其珍贵的财宝——一副超重的金项圈，上面饰有宝石和搪瓷白玫瑰，还挂着一颗矛头状的硕大钻石。在英格兰，这副项圈可算得上是仅次于王冠的无价之宝了。约克本来是亨利六世手下最富有的权贵，如今却在为主人服务的过程中落得个向其讨钱的地步，如果不是万不得已，他怎么可能会依靠典当心爱之物来度日？

约克的请求被置之不理。但是在政府有钱、手头宽裕的时候——虽然这种情况难得出现——却会优先支付萨默塞特的俸禄，而不是清偿欠他的债务。这总算让约克明白，萨默塞特毫无用处却得到了国王的恩宠，自己已被置于政治的荒野之中，他的不满与委屈根本无人理睬。于是，约克把愤怒与失意转化为致命的敌意发泄在萨默塞特身上。在他看来，萨默塞特就是自己的主要政治对手。约克与博福特家族之间的不和由来已久，如今要解决这种敌对关系，除了鱼死网破地一决胜负已别无他途。

到了 1441 年，亨利六世萌生了"一种想要过上神圣的婚姻生活的真切愿望"。就像所有年轻人一样，他也热切渴望找到一位美貌优雅的女子做新娘，为此，他坚持要求先看一看合适人选的肖像。遗憾的是，这些肖像没有一幅能够留存至今。

在他人的劝说下，亨利也意识到他应该通过联姻来奠定正在期盼中的英法之间的和平关系。在 1441 年到 1443 年，为国王物色的婚配对象是勃艮第的对手、阿马尼亚克伯爵（the Count of Armagnac）的女儿。到了 1443 年的秋天，博福特红衣主教提议，查理七世的远房侄女、安茹的玛格丽特（Margaret of Anjou）才是最佳婚配人选，这个主意得到萨福克的热烈支持，他轻而易举地说服了枢密院同意此事。早在 1436 年，勃艮第的菲利普就曾建议过玛格丽特这桩婚事，但当时查理七世断然否决了它。而眼下，奥尔良公爵显然正在极力促成此事。由于这是博福特的主意，格洛斯特自然反对这个提议，但国王并不在乎格洛斯特的想法，而是热切期待着迎娶玛格丽特的美好前景。

英格兰官方由博福特红衣主教亲自率领主教使团与查理国王进行接洽。年轻的国王本人也在想方设法寻求未来新娘的有关信息。当时，伦敦的监狱里关押着一位来自安茹地区的法国骑士，名叫尚舍维尔（Champchevrier）。他是被约翰·法斯特尔夫（Sir John Fastolf）爵士抓获的，亨利六世认识这位骑士。博福特和萨福克知道此人见过玛格丽特，便交代他在亨利面前替未来的新娘美言几句。尚舍维尔对玛格丽特大加赞美，说公主具有世间罕见的天然禀赋，令她没有嫁妆的短板变得无足轻重。在能说会道的尚舍维尔如此一番描述之后，亨利立刻眉飞色舞、心旌荡漾。

亨利还想获得一张玛格丽特的小像，亲眼看看这位公主到底是个什么模样，但这件事不那么好办，因为英国的使团尚未开始正式谈判，提亲一事是否被接受也不确定。所以，整个事件还有待于进行谨慎的外交操作。于是亨利便派遣尚舍维尔前往玛格丽特和双亲居住的洛林宫廷（Lorraine），以便秘密获取一张准新娘的肖像。

约翰·法斯特尔夫爵士得知他的俘虏没有支付赎金就逃回法国后，便追问查理七世，是否能交还他的俘虏。作为一位骑士，尚舍维尔这样回到法国显然违背了假释誓言，是一种最不名誉的行为。由于没有得到赎金，法斯特尔夫有权追问查理七世，这也是骑士制度的一个准则，法斯特尔夫无非是照章办事。法国士兵随即逮捕了尚舍维尔，此时他已经获得了玛格丽特的一张肖像。在被遣送回英格兰的途中，他请求拜见查理国王，请求得到了准许。在见到查理时，尚舍维尔便把此次返回法国的原委和盘托出。查理七世闻之窃喜，因为他也意识到了英法联姻的优势所在。法国方面立即释放了尚舍维尔，并要求他火速重返英格兰。查理还特别交代他一定要给亨利六世留下一种印象：与安茹的玛格丽特结合会带来诸多的好处。

亨利如期收到玛格丽特的肖像。这是一张微型缩影般的小像，由一位受雇于萨福克的著名法国艺术家绘制。他立即爱上了画中人。1443年10月，亨利写信给萨福克，形容玛格丽特"靓丽迷人、极其聪明"。

安茹的玛格丽特于1429年3月出生在洛林的蓬塔穆松（Pont-a-Mousson）。她的母亲伊莎贝拉是洛林公爵"大胆的查理"（Charles the

Bold）的女儿，父亲是安茹公爵雷内（Rene）——那不勒斯、西西里和耶路撒冷名义上的国王。玛格丽特在图尔（Toul）受洗，婴儿期由父亲的老保姆（Theophanie la Magine）抚养，早年生活在位于罗纳河畔（the River Rhone）的塔拉斯孔城堡（the castle of Tarascon），有时是在位于那不勒斯的加普亚（Capua）老王宫。她的母亲洛林女公爵伊莎贝拉是一位才华横溢的女性，非常注重对女儿的教育，不仅亲自辅导她，而且还可能安排了学者安托万·德拉萨尔（Antoine de la Salle）给她上课。这位学者也是玛格丽特的兄弟们的老师。在童年时期，玛格丽特即以"聪明的小精灵"而著称。

　　至于安茹的雷内，说起来他集许多王冠于一身，但实际上他的王国有名无实。雷内生于 1408 年，早期的政治生涯曲折多变。他于 1434 年继承了安茹的公爵领地，但就在此时，安茹被英格兰人吞并。1435 年，他自称为那不勒斯国王，后来不得不将此头衔让给阿拉贡的阿方索。雷内不仅以那不勒斯和西西里的国王自称，而且，还以耶路撒冷和匈牙利的国王自诩，只不过这些头衔都是空名头。[1]

　　1441 年，雷内回到了法国。由于他妹妹玛丽与查理七世的婚姻关系，他在法国宫廷中也拥有一定的影响力。查理与雷内之间的情谊可以追溯到童年时代，当时，在雷内父亲的昂热宫廷中，他俩亲如兄弟。如今，雷内有幸成为国王枢密院的成员和朝臣，在竞技比武、宫廷仪式和设宴招待等重大场合上，时常陪伴在查理的左右。为了法国国王

---

[1]　编注：安茹的雷内从那不勒斯和西西里女王，耶路撒冷女王，匈牙利女王乔万娜二世那里继承了王位。乔万娜二世曾与教皇发生冲突，在对抗教皇时倚仗西班牙国王阿拉贡的阿方索，并允诺他王位。后来因为与阿方索关系恶化，改将王位传给雷内。在乔万娜去世后，雷内无力抵抗阿方索，将那不勒斯和西西里国王的头衔让出。

　　耶路撒冷国王一衔在 1291 年之后实际上是没有意义的，安茹的查理任那不勒斯国王时自称耶路撒冷国王是象征性的，并无统治权，传到雷内时也是如此。而在乔万娜自称匈牙利女王时，匈牙利的统治者是神圣罗马帝国皇帝西吉斯蒙德，他是真正的匈牙利国王，因此雷内自诩的匈牙利国王仅表示继承权来源，并无实质意义。

的利益，他曾率军前往诺曼底和洛林作战。尽管没有什么领地，但到了1444年，雷内在法国宫廷中已然拥有相当大的权力，米兰使臣更是察觉到，他是"一位掌控着整个王国的人"。

雷内的生活方式颇具格调，他特别喜爱从遥远的中国进口的丝绸和瓷器等奢侈品。他极有教养、才华横溢，也是一位天赋极高的艺术家和诗人，他保存的泥金装饰手稿无疑是当时的精品。雷内还是一位小有名气的音乐家。他的宫室规模虽小但熠熠生辉，成为各类英才俊杰的聚首之所。最重要的是，由于雷内创设了各种艺术的比赛形式，还在从意大利席卷整个欧洲的新人文主义的启发下倡导田园牧歌的艺术创作，他的寓所变得更加著名了。

雷内共有5名子女，包括他的继承人——卡拉布里亚的约翰（John of Calabria）、约兰德（Yolande，她嫁给了一位勃艮第贵族）和玛格丽特。按照勃艮第的编年史家盎格朗·德·蒙斯特雷（Enguerrand de Monstrelet）的说法，玛格丽特是几位小女儿之一。在玛格丽特的童年时期，雷内就曾为她考虑过几位合适的丈夫，其中包括腓特烈三世（Frederick III）。1443年，他把女儿送到法国宫廷，与姑妈玛丽王后一起生活。1444年年初，雷内本来在考虑将女儿许配给勃艮第公爵的儿子夏洛来伯爵查理，但由于祖传领地曼恩和安茹还在英国人手中，所以，得知亨利六世对自己的女儿有兴趣后，雷内立即意识到这是一个要回领地的途径。

玛格丽特在法国宫廷中度过了一年的时光，她的美貌和性格在那里赢得众口赞美。勃艮第编年史家巴朗特（Barante）写道："在信奉基督教的国家中，没有哪位公主的教养可与我的安茹的玛格丽特小姐媲美。她已经以美丽和智慧以及勇往直前的豪情壮志蜚声法国。"按照宫廷传统，她已经拥有一位爱慕者：皮埃尔·德·布雷泽（Pierre de Breze）。布雷泽是安茹的总管，始终对玛格丽特怀有带着骑士风范的、完全正派的强烈感情，自称是她的"骑士仆人"。

1444年1月，眼看英格兰就要实现与法兰西之间的和平关系。就在这个月，亨利六世、查理七世和勃艮第的菲利普之间达成了一项协议，他们将很快派出各自的代表在图尔磋商有关和平条款，以及英法之间可能达成的联姻关系。届时，安茹的雷内，也就是准新娘的父亲也将出场。

2月，英格兰准备派遣以萨福克为首的使团前往法国宫廷。萨福克对自己承担的使命似乎并不热心，很显然，因为他意识到与法谈和是一件不得英格兰人心的差事，因此，他并不想参与。萨福克为此恳求国王另派别人，但亨利这一次却坚持己见。国王对他完成此项任务的能力充满信任，因此，萨福克没有选择的余地，只得从命。至此，即便是格洛斯特也意识到，延长战争希望渺茫。不过虽然他转而敦促国王与法国达成有利的和平局面，但仍然要求向对方开列条件。亨利却认为，这个时候只有对法国人做出让步才能实现和平，如果需要可以秘密地进行。格洛斯特对此感到非常震惊。

1444年3月，萨福克及随行人员抵达诺曼底地区的哈弗勒尔(Harfleur)，财政大臣花费了巨大的代价为他们置办华丽的行头。4月，一行人受到雷内和查理的隆重欢迎，排场堪比国家盛事。接下来，开始和平谈判。萨福克代表亨利正式向安茹的玛格丽特求婚，雷内欣然同意，但他同时提醒萨福克公爵，自己一贫如洗，无法按照惯例为女儿提供嫁妆。然后，他还直截了当地提出，作为联姻条款的组成部分，英格兰必须把曼恩和安茹的领地归还给他。这一要求得到了查理国王的首肯。萨福克很清楚，以出让曼恩和安茹为代价换取一位无法带来丝毫财务利益的王后，在英格兰肯定不得人心，但他不得不答应将这件事反馈给英格兰枢密院。亨利六世此时恰巧得知，纳韦尔伯爵（the Count of Nevers）为了赢取玛格丽特而愿意满足雷内的任何索价，于是决意必须迅速采取行动。

萨福克事后推说，是莫林斯（Moleyns）主教力劝亨利接受法国方面的要求，但主教在临终之际宣称，萨福克本人也在说服国王之列。无论萨福克在其中起到了多大的作用，最终的决定权当然在亨利本人手中。毋庸置疑，国王及枢密院都很清楚，一旦得知国王毫无顾忌地将来之不易的曼恩和安茹归还法国，英格兰人将会如何目瞪口呆。鉴于这种顾虑，亨利和枢密院在向法国方面转达愿意接受条款的同时，坚持要求在秘密状态下签订协议，直到此事成为既定事实。他们寄希望于英国人到时候也许会看到与法国结盟带来的好处。总之，格洛斯特肯定不知道协议的签订。

于是，萨福克被授权在协议上签字，同意把曼恩和安茹归还法国。作为交换条件，英国人仍然保留了阿基坦、诺曼底以及亨利五世征服的其他所有领土。亨利六世还同意放弃玛格丽特的嫁妆，并用王室专用金来承担婚礼所需的费用。眼看谈判达到了预想的圆满成果，国王开始全力以赴筹集资金为婚礼做准备。在图尔，萨福克打算拟一份为期两年的休战协定，然而，查理国王希望把联姻关系作为和平条约的基石，要求首先确定婚事再来商讨和平条约。

在整个谈判过程中，玛格丽特与母亲一起住在昂热城堡。5月初，她们两人来到图尔，与雷内一道寄宿于图尔的博蒙特（Beaumont-les-Tours）修道院。5月4日，萨福克拜访了他们，以示对未来王后的敬意，很显然，玛格丽特的美丽和举止给他留下了深刻的印象。22日，就亨利六世与安茹的玛格丽特的婚姻关系，双方签署了《图尔条约》，条约中包括英国出让曼恩和安茹的秘密条款。在最后的时刻，雷内向安茹的神职人员表示，同意拿出领地的十分之一和税收的一半作为新娘的嫁妆以及支付订婚仪式所需的费用。

两天后，玛格丽特与亨利六世在图尔正式订婚。宫廷中举行了场面华丽的庆典仪式，查理和雷内还带领法国贵族列队穿过整个城市。教廷使节布雷西亚主教（Bishop of Brescia）皮耶罗·达·蒙特（Piero da Monte）主持仪式，萨福克作为亨利的代理人出席。在接下来的盛宴上，玛格丽特享受了作为英格兰王后所应享有的一切礼遇。

此后，萨默塞特公爵约翰·博福特回到了英格兰，但于 27 日在多塞特郡的温伯恩（Wimborne）意外死亡，死后葬于附近的教堂中。有传言称，由于公爵在法国没能达成协议，于是带着失败的屈辱了结了自己的生命。他没有儿子，但有一个年幼的女儿玛格丽特·博福特，出生于 1443 年 5 月 31 日。后来，正是经由她的关系，都铎王朝的君主们最终得到了英格兰王位的继承权。萨福克成为玛格丽特的监护人，把她带进宫廷生活，并打算把她许配给自己的儿子约翰·德拉波尔。

约翰·博福特的弟弟埃德蒙·博福特没有继承萨默塞特的公爵爵位，而是得到了萨默塞特伯爵的头衔。此时 37 岁左右的埃德蒙，后来在 1442 年成为多塞特伯爵，又在 1443 年成为侯爵。他的迅速升迁在很大程度上有赖于叔叔博福特红衣主教的提携，红衣主教的用意在于确保他的政策和家族抱负在自己死后能够后继有人。正如哥哥约翰，埃德蒙也被看作一位王族成员，正因为如此，他很快就在宫廷中变得有权有势，并得到了国王的高度恩宠。在后来几年中，萨默塞特伯爵在宫廷中起到了核心作用，这也反映出博福特家族在 15 世纪英国历史中对于宫廷和政局的重要性。

萨默塞特的死，使得他的盟友萨福克的地位显得更为重要。在十多年的时间里，萨福克一直深得亨利六世信任，他也逐渐变得富裕而且权力更大，并在王室以及全国各地创建了一个广泛的支持网络，拥有了将支持者们提升到显要职位的力量——无论是在地方层面还是在中央政府层面。1445 年，萨福克行使权力将自己的盟友亚当·莫林斯推上了奇切斯特主教这个重要位置，他在王室中的巨大影响力由此可见一斑。而莫林斯也并不是萨福克扶持到主教职位的唯一人物。

萨福克在国王身上以及枢密院中拥有巨大的影响力，主要受惠者当然是他本人。到了 1444 年，他成为国王的首席政治顾问。虽然他真诚支持和平政策，但这种态度却和他明显的利己主义以及政治上的前后矛盾性招致普通民众的厌恶，人们称他为"傲慢的家伙"。勃艮第编年史家乔治·夏特兰（Georges Chastellain）形容萨福克为第二国王。

很显然，他操控国王，拥有授予官职或赐予恩惠的权力。萨福克嫉妒国王的特权，对权臣们心存戒备，时常在事先没有获得所谓的犯罪证据的情况下就指控政治竞争对手。他很可能曾经极力怂恿博福特破坏格洛斯特在国王心目中的印象，使国王形成了"格洛斯特具有危险的野心"这种偏见。

萨福克并不是平步青云的唯一明星。到了15世纪40年代中期，就像博福特家族、斯塔福德家族和霍兰德家族这些与国王有亲缘关系的贵族一样，另外一些贵族，比如内维尔家族及其竞争对手珀西家族等的影响力与势力也在不断扩大。至于亨利六世的直系亲属，包括他的叔叔格洛斯特、博福特红衣主教及其同母异父的都铎兄弟们，由于国王依赖兰开斯特家族的延伸关系来支撑王位，这些家族成员都被安排到了宫廷和王室的重要职位上。

15世纪40年代，亨利分别授予这些亲戚们公爵爵位以示厚爱：授予博福特家族萨默塞特公爵爵位，授予斯塔福德家族白金汉公爵爵位，授予霍兰德家族埃克塞特公爵爵位。至此，除了极少数例外，公爵爵位都授予了皇家直系成员。有充足而令人担忧的证据显示，这些新公爵均把自己看作皇家亲王。

1444年6月27日，萨福克回到伦敦，并受到了隆重欢迎。《图尔条约》以及休战协定被提交至议会有待批准，格洛斯特的派系对这两项协议大声抗议，而汉弗莱公爵不但没有提出批评意见，还在议会上发表演讲，感谢萨福克对此所做出的努力。他还认为，在没有做出重大让步的前提下，两国之间的停战和联姻有利于英格兰。亨利六世授予萨福克侯爵爵位以示嘉奖。

没过多久，迎接玛格丽特到英格兰的事宜被提上议事日程。在此期间，英法两国君主之间保持着诚挚的书信来往，查理七世正准备为玛格丽特的行程发放安全通行证。11月7日，萨福克再次率领使团前往法国，阵容一如上次那样豪华。此次随行的还有什鲁斯伯里伯爵和索尔兹伯里伯爵，以及萨福克的妻子爱丽丝·乔叟——作为主要侍女，她负责护送王后去英格兰。抵达法国之后，萨福克一行前往法国东北部城市南锡（Nancy），并于次年 1 月抵达。

玛格丽特很可能在法国宫廷中度过了等待的几个月。2 月，为了筹备代理婚礼，她到达南锡。3 月，查理七世和雷内到达南锡，当时他们刚刚成功镇压了一场由勃艮第人煽动的梅茨（Metz，法国东北部城市）民众的叛乱行动。几天之后，代理婚礼如期举行。萨福克又一次代理君主出席婚礼，仪式由图尔主教路易·德·赫朗克（Louis de Herancourt）主持。新娘身穿白色缎制礼服，礼服上用金线和银线绣着象征玛格丽特的雏菊——这一标识在服饰、帘布、天篷和横幅上无处不在。

婚礼之后举行了一场盛大的宴席，参加者包括法国国王和王后、王太子、雷内以及大批法国贵族。整个庆典活动持续了一个星期，其间不断上演圣迹剧，并举行了为期 8 天的比武赛事，由雷内和查理七世那被称为"美丽夫人"的情妇艾格尼丝·索雷尔（Agnes Sorel）主持。为了对新娘示以敬意，所有参赛人员都身戴雏菊花环或装点着雏菊图案，玛格丽特的爱慕者皮埃尔·德·布雷泽则与萨福克上场比试对决、切磋技艺。

整个庆祝活动落下帷幕之时，即是玛格丽特离开故土前往英格兰之际。从南锡启程，查理七世非常正式地护送玛格丽特走了两英里。他不无担忧地说，万不该把她强加于一个并不值得她去冒险的、欧洲最强大的权力中心的位置，他只有将她托付给上帝了。在这临别时刻，叔叔和侄女都泣不成声。在巴勒迪克（Bar-le-Duc），玛格丽特同父母道别。这是一个催人泪下的告别场面，雷内难过得一句话都说不出来。

3 月 15 日，玛格丽特进入巴黎。次日，她在巴黎圣母院接受了一场庄严而隆重的欢迎仪式。那天晚些时候，她的哥哥、卡拉布里亚的约翰正式将她交托给萨福克。约克公爵带着 600 名弓箭手前来护送新娘。面对玛格丽特，他情不自禁地说，自己谨代表亨利国王对新娘表示热烈的欢迎，并为她送上来自丈夫的一份礼物：一匹驯马，马衣看上去华丽无比，深红色的金丝绒上缝制着若干朵金玫瑰。当王后的行列穿过巴黎时，致意的礼炮和教堂的钟声响彻云霄。

17日，奥尔良公爵与英国人随行来到诺曼底边界的普瓦西 (Poissy)。然后，约克公爵护送一行人渡河抵达英国人在法国的首府鲁昂。第二天，玛格丽特在蓬图瓦兹出席了由约克款待的两餐国宴。此时，33岁的约克公爵与15岁的王后关系十分融洽亲切，根本显示不出未来有一天将会成为死敌的任何迹象。

议会投票同意拨发5129.12英镑经费，用于将新王后迎回英格兰，同时枢密院派遣了由56条船组成的声势浩大的船队加以护送。4月3日，玛格丽特一行来到哈弗勒尔，然后沿着海岸前行到达法国西北部港口城市瑟堡 (Cherbourg)，英国船队已在此迎候他们。

在离开法国之前，萨福克尽最大努力让玛格丽特为扮演未来的角色做好准备，并就对她的期望提出了一些忠告。不管怎么样，他都为王后的贫困深感忧虑。尽管亨利六世不会在乎娶回一位没有嫁妆的王后，但英格兰上下已经出现诸多抱怨，认为拥有如此华丽头衔的雷内"怎么会寒酸得无法将女儿体面地嫁给她身为国王的丈夫"。格洛斯特对这桩没有嫁妆的联姻公然表示不满，并指摘议会"花费重金买回了一位不值10个马克的王后"。

实际上，雷内还是为女儿准备了一些嫁妆的。一位毛皮商提供了120张白色毛皮用于新娘礼服的边饰；一位昂热商人提供了11厄尔[1]的紫罗兰色和深红色的金线织物（每厄尔价值30克朗）以及一千块较小的皮毛。但所有的嫁妆也就不过如此了。在离开法国之前，玛格丽特还不得不将银盘典当给萨默塞特公爵夫人，以便支付船工们的报酬，

---

[1] 译注：厄尔 (ell)，旧时英国等欧洲国家量布的长度单位，1厄尔等于45英寸；现代荷兰1厄尔等于1米。

然后在鲁昂购买便宜的二手货取而代之。不过，她在路上还是得到了很好的服侍，因为陪同人员中不仅有她的亲人，还有雄壮的护送队伍，包括 5 位男爵和男爵夫人、17 名骑士、65 名护卫、174 名贴身男仆以及至少 1200 名杂役，比如仆人和赶驮马的人。

漂洋过海前往英格兰不是一件轻松的事情，汹涌的海浪和颠簸的船只使玛格丽特呕吐不已。9 月 9 日，她的船"雄鸡约翰号"（Cock John）在汉普郡的波切斯特靠岸，但没有人前来迎接王后，因为她到达的时间不可预期。接到告知后，市长带着当地名人急忙在海滩上铺起地毯，人群蜂拥而至，对她表示欢迎和致意。但由于玛格丽特晕船晕得厉害，无法下船行走，萨福克公爵不得不抱她上岸。根据在场政要们的描述，她的服饰显得污秽不堪。公爵将她抱到附近的一间小屋，当时她尚处于不省人事的状态。之后，王后又被送到一座女修道院中休息恢复。第二天，等她充分复原，便坐船前往南安普顿。这次，一到岸边她就受到了从两条大帆船的甲板上冒出来的 7 名热那亚吹鼓手的热情欢迎。萨福克十分在意王后没有像样的装束，因此立即召来一位伦敦女装裁缝师玛格丽特·查布莱恩（Margaret Chamberlayne），好修饰她的服饰。

亨利六世迫不及待地想要见到他的新娘。根据米兰使臣的记述，国王故意穿得像一个侍从，把一封信交到王后手上，并说信是英格兰国王写给她的。王后在阅读这封信的时候，国王一直在打量她。也就是说，在读信的时候，她可能正在接受仔细的审查。王后根本没有注意到眼前的人会是亨利，她全神贯注地在读信，没有看一眼这位穿着侍从服装一直跪地的国王。国王走后，萨福克问道："最尊贵的王后陛下，您认为这位捎信的侍从如何？"王后答道："我没有注意到他。"萨福克说："最尊贵的王后陛下，这位打扮成侍从的人，就是最尊贵的英格兰国王。"王后为此深感愧疚，因为她的不知情，读信时一直让国王跪着。事后，国王又给她写了封信。这场婚姻从一开始就获得了巨大的成功。

　　然而，他们的见面注定要被进一步推迟：玛格丽特在抵达南安普顿后不久又生病了，被送往另一座女修道院加以护理。亨利写信给大法官说："我最心爱的妻子——王后——由于海上的劳顿与不适而得病，同时还爆发了水痘，鉴于此，我们也许不能按照自己的意愿继续在温莎城堡举办纪念圣乔治的筵席了。"所幸的是，玛格丽特在几天之内就恢复了健康，并在康复过程中与裁缝师一起修整了自己的嫁衣。与此同时，为了奖赏"雄鸡约翰号"的船老大"将他亲爱的配偶安全地护送到英格兰"，国王下令恩赐他终身享受每年 21 马克的俸禄。

8. 雏菊花

尽管亨利已经费尽心思，但筹集到的钱还是不足以支付举办婚礼所需的费用。他先是被迫典当了王冠上的宝石，随后意识到婚礼大典上需要用到王冠，上面当然得有宝石，于是不得不又典当一些个人珠宝和金碟子将宝石赎回。

1445 年 4 月 23 日，亨利六世在汉普郡蒂奇菲尔德城（Titchfield）的普雷蒙特雷修会（Premonstratensian）大修道院娶到了"最高贵的夫人玛格丽特"，那是一场非常低调的典礼。国王的忏悔者——"德高望重的院长、索尔兹伯里主教威廉·埃斯库（William Ayscough）"主持了婚礼，并为这对年轻夫妇祈福。亨利将一枚镶有巨大红宝石的戒指戴到玛格丽特手上。这枚戒指是博福特主教在国王的加冕典礼上赠予他的。玛格丽特还收到一件由不明身份的爱慕者献上的特别礼物——一头狮子。狮子被送到大修道院的婚礼现场，然后立即被运往伦敦塔的皇家动物园，为此还花了不少费用。

婚礼之后，国王与王后在蒂奇菲尔德的大修道院中度过了好几个晚上。根据"特许状卷宗"的记载，男女修道院长皆因他们的热情好客而得到了丰厚的奖赏。在编年史家约翰·卡普格雷夫（John Capgrave）看来，亨利六世的选择或许无可厚非，他预言，"这桩婚姻将讨上帝和王国的喜欢，它会给我们带来和平与丰产"。不过这桩婚姻本身看起来不那么"硕果累累"。此时亨利 23 岁，玛格丽特 16 岁，他们在新婚之夜似乎并未碰撞出多么火热的激情，因为国王的忏悔者埃斯库主教曾告诫他不要自我放纵，不要"游戏"新娘，并提议他"不要接近她"，除非出于生育继承人之需要。由于玛格丽特婚后8年不曾生子，所以我们可以得出结论：亨利将忏悔者的建议铭记于心。

玛格丽特的魅力有目共睹，同时代的所有资料均认为她是一位美丽的女性。夏特兰（Chastellain）称她"完美无瑕"，是世界上最漂亮的女人之一。"她的确是一位美人，外貌迷人，气质非凡。"他还补充说，她仪态举止端庄、高雅。一位米兰使臣形容玛格丽特是"一位最靓丽的女性，尽管稍许黑了一点"。他这里所谓的黑，是指她那头飘逸的长发，还是指她的皮肤呢？我们不得而知，幸存下来的有关玛格丽特形象的手绘图稿，都将她描绘成皮肤白皙、金发（或赤褐色长发）碧眼的相貌，但这位使臣毕竟目睹过玛格丽特的芳容，而肖像画家可能并未见过她本人。

有关安茹的玛格丽特的形象，尚存于世的最佳表现形式，莫过于1463年由彼得罗·迪·米拉诺（Pietro di Milano）创作的包括头部和肩部的侧影浮雕。它刻在一枚纪念章上，如今收藏于世界上最大的装饰艺术和设计博物馆——维多利亚和阿尔伯特博物馆。巴黎的法国国家图书馆保存有复制品。这两件藏品展示的都是头发向上梳起并戴着一顶王冠的玛格丽特。这种形象使人联想到安茹的雷内绘制的一幅以比武为场景的贵妇肖像画。这幅画出现在雷内的手稿《比武手册》（*Le Livre de Tournois*）中，现今保存于法国国家图书馆。两种创作之间似乎存在着并非偶然的相似性。雷内描绘的这位夫人显然身份高贵，因为在她出现于比武现场时，有一群穿着考究的女士陪伴在她周围。书页的右边，显示她正在检查竞技用的头盔。莫非雷内在此描画的是自己的女儿？人们不禁会如此认为。

玛格丽特还出现在其他一些被证明可信的手稿插图中。最著名的插图是她与亨利六世出现在约翰·塔尔博特（John Talbot）的饰金手稿《诗歌与浪漫史》（*Poems and Romances*）中。手稿约可追溯到1450—1453年间，现今保存于大英图书馆有关国王的海量存储系统MSS中。

在 MSS 中，还有一幅想象中的玛格丽特结婚时的画像。在拉努夫·希格登（Ranulf Higden）的手稿《波利编年史》（*Polychronicon*）里，有一幅她与亨利跪在伊顿公学小教堂圣坛前的生动画面，手稿现保存于伊顿公学图书馆。在"尊贵的伦敦市皮货商行会"所拥有的一本手稿中，还呈现了玛格丽特戴着头巾正在祈祷的较为年老的形象。这间行会当时又称"圣母升天"互助会，玛格丽特曾是其赞助人。

在伦敦的兰贝斯宫（Lambeth Palace）[1]，还保留着 15 世纪的亨利和玛格丽特的雕像。在亨利 – 雅顿（Henley-in-Arden）教区教堂的门廊托臂上所雕刻的头像，据说也是玛格丽特。她和亨利的头像浮雕还出现在一口有五百多年历史的大钟上，这口钟曾经悬挂于威尔士北部的十字架山谷大修道院（Valle Crucis Abbey），如今落脚于什罗普郡（Shropshire）的内斯大教堂（Great Ness Church）。在附近的罗克沃丁教堂（Wrockwardine Church）中，有一把古老的椅子，上面雕刻着玛格丽特王后面对一名强盗的图案，取自玫瑰战争期间的一起著名事件。最后，在昂热的方济各会修士教堂（the church of the Cordeliers）的一面彩色玻璃窗上，绘有玛格丽特跪地祈祷的情景，不过人们现在所见的是 15 世纪原作的 18 世纪复制品。

玛格丽特的母亲和外婆皆是坚强、能干的女性，玛格丽特在许多方面与她们很像。她聪明、勇敢，具有坚定的意志，这些品质在她年轻时就已显露无遗。在奥尔良公爵查理看来，"这个女人非同一般，无论是美貌还是智慧，她所具备的志向和果敢，更像一个男人而不像一个女人"。玛格丽特才华出众、胆识过人，但也继承了她那些王室祖先妄尊自大的性格，往往显得飞扬跋扈、残酷无情、专横独裁、气血过盛和冲动任性。她脾气暴躁，多变的性情常常会让与她共事的男人们感到无所适从。他们抱怨王后的心情总是变化无常，"就像风向标"。

---

[1]　译注：兰贝斯宫（Lambeth Palace），为英国坎特伯雷大主教在伦敦南部的宅邸。

她的复仇心很强，哪怕是受到一点儿轻蔑或侮辱，也会立刻进行报复，因此不是一个可以随便招惹的人。

玛格丽特的母语是法语，但为了适应新的生活环境，她运用自己惯常的学习能力，很快就能讲一口流利的英语。她有很深的文学修养，尤其喜爱薄伽丘的作品，爱读些轻松愉快的书，与丈夫专注的那些敬神读物大相径庭。

在婚姻生活中，玛格丽特迅速成为占据主导地位的那一方。她精力充沛、进取心强，亨利心甘情愿接受她的指导。毕竟，自幼年以来，他一直受到一系列强势人物的支配，而玛格丽特的处境与他大不相同。布莱克曼说，亨利"完全而真诚地信守他的婚姻誓言，即使是在夫人不在身边的情况下"，这指的是他们在后来的岁月里"有时要分开很长的时间"，尽管是迫于环境的无奈之举。"在他们共同生活的时候，他对妻子极尽诚挚而庄重，从来不做不得体的举动。"作为一位丈夫，他对妻子慷慨豁达，恨不得能让玛格丽特过上最心满意足的日子。玛格丽特对亨利似乎也产生了真挚的情感，她在后来的信件中称呼他为"我最可敬的主人"。

他们在很多方面是不和谐的，比如玛格丽特的态度常常与亨利完全对立，她很可能认为，亨利愿意原谅敌人和对手是一种软弱的表现。出于本能，她开始承担起丈夫的义务与责任。而亨利呢，他巴不得有人分担职责，所以也乐于让妻子行使主动权。不过尽管如此，他们仍然从一开始就深深地忠诚于对方，并尽可能守在一起。

至于其他方面，至少对于亨利来说，婚姻中的生理需要无足轻重，但这恰恰是作为国王的失职之处，因为国王应有生育继承人的义务。这一状况对玛格丽特产生了意想不到的不利影响，在她这个年龄，久婚不孕被认为是妻子的一大失职。对于一位王后来说，这种缺憾更意味着国家的灾难，因为继承人问题事关重大，它是王国的福祉和稳定之所系。

回到这桩婚姻本身，王室联姻是博福特和萨福克的一大成功，但英国人普遍不想看到英法之间的和平结局：他们希望取得更加辉煌的胜利，并彻底征服宿敌。英国人认为，把年轻的玛格丽特看作和平的象征是件耻辱，他们不喜欢以她代表和平。后来，当英国人在法国的局面一天不如一天，人们更将这种失败和屈辱也归咎于玛格丽特。这是不公平的。此外，也是玛格丽特对议和政策的信念坚定了亨利不顾公众的反对去寻求和平的决心。

这个问题说来话长。由于玛格丽特不能给亨利六世带来任何财富，格洛斯特一直极力反对这桩婚事。一开始，他的敌意并不是针对玛格丽特个人的，但他挖空心思让英国民众对她产生不信任感。鉴于这层原因，加上英国人天生的仇法心理，这桩婚姻变得极不受人欢迎。格洛斯特以及其他很多人都觉得，休战对英格兰构成了威胁，它会给法国人带来重整旗鼓的时间，以便最终向英国人占领的法国领土发动决定性猛攻。这样的后果不难想象，要知道，在停战的几年里，由于缺乏始终如一或切实有效的领导力量，也没有受到法纪的严格约束，驻扎在法国的英国军队几乎处于无序状态。

同时，王室联姻也导致宫廷派系的纷争进一步加剧。玛格丽特一开始就旗帜鲜明地认同博福特派系，她认为，只有这样才能帮到丈夫。王后对一个特定派系表现出来的一边倒态度，激化了宫廷和王室中的矛盾分歧。自然而然，她将自己置于格洛斯特和约克的对立面，并把他们两人树为敌人——可能是由于她年轻无知。

但在奥尔良公爵看来，"没有谁能比安茹的玛格丽特更配得上英格兰国王了。这仿佛是上天所赐，由她来弥补王夫成为一位伟大国王所需的品质"。米兰使臣在相关记述中，以敬畏的口吻称玛格丽特为"尊贵的英格兰王后"。玛格丽特在方方面面都表现出作为王后那不可一世的傲然气势和凛凛威风。她的宫廷规矩极其正式而严厉。公爵夫人们，甚至连皇亲都得跪在地上才能靠近王后。有一次，考文垂市市长就突然意识到，当他在自己的城市迎驾玛格丽特时，应该随身携带职位权杖才不至于得罪王后。之前只有在国王大驾光临时才会出示此权杖。

　　玛格丽特一边信奉"做个谦逊而忠诚的人"，另一边却出于自身利益的考虑，雄心勃勃并酷爱权力。她利用地位和影响确保宠臣们能够得到不断的升迁，从而保证她所依赖的宫廷派系始终维持主导地位。玛格丽特任性刚愎而又缺乏阅历，无法预见所做的一切将对自己的声誉带来何等的损害。她是在法国和意大利度过的性格形成期，在这两个国家，派别统治被看作一种"必要之恶"而加以认可，英格兰人却对此极为痛恨。不幸的是，玛格丽特并未学会理解丈夫的臣民表现出的成见与担心，即使有所顾忌，也没有把他们当回事。在她看来，平民百姓没有必要关心由比他们高明之人做出的决策。

　　自14世纪早期人称"法国母狼"的爱德华二世之妻伊莎贝拉以来，没有哪位英格兰王后敢于冒险深涉政坛。而玛格丽特从一开始就明确表示，她不是一个被动的配偶，决不生活在丈夫的影子里。她头脑精明，而且也打算好好加以利用，即使治理国家在当时被认为是男人的事情。在国王的名义下，玛格丽特采取主动，极力表现自己。她的所作所为证实了一些人的怀疑：在他们看来，她之所以总是愿意让窝囊的亨利集中精力去做他的祈祷、专注于他的基金项目，是因为可以让自己放开手脚投身于统治英格兰的宏大事业中。

　　王后本人的涉政愿意引来了所有阶层的负面评论。自然，这一切并不是发生在一夜之间，而是一种渐次行进的过程。她愈加发现亨利的无能，就愈发越俎代庖地做出自己的决定。当然，王后对自己的决断拥有十足的自信。到了1453年，整个政治局势发生了微妙的变化，尽管玛格丽特的政敌仍在对她进行攻讦，但已并不过度担心她的影响力，因为她没有生育子女。也就是说，一旦国王归天，她的权力便告终结。王后本人似乎也意识到了这一点，在认识到自己未来的不安全处境以后，她的行事作风变得相当谨慎。

　　玛格丽特善于充分利用自己所处位置的财政优势。无论国库多么拮据，她从不缺少物质享受，尽管她本人并不奢侈。她不失时机地取得了出口许可证，将羊毛织物和锡等商品销往她喜欢的任何地方，而且她可以避开关税以及加来地区大宗商品贸易的严格规则。正如《帕斯顿信札》（*the Paston Letters*）中所说的，"她会运用手中的权力，全力以赴地去实现自己的意图"。她的大胆尝试的确取得了一些成功，比如，通过从佛兰德斯和里昂等地引进技术人员，极大地提高了英国的羊毛织品贸易水平；她设法把丝织工艺引入英格兰，招聘外国织布工，鼓励女性参与贸易，并成为"丝绸行业姐妹会"的赞助人——这个行业公会位于伦敦东区的斯皮塔佛德（Spitalfields）大集市[1]；玛格丽特还出资装配船只，从此以后，英国商船开始驶向地中海的不同港口。

1452—1453 年间王后的"行头账册"幸存至今。账册显示，玛格丽特并没有在服饰上耗费大笔钱财，购置的物品为几匹丝绸和金线织物，这些商品是从威尼斯进口而来的，价值约为 72.62 英镑。她还买了一些珠宝和金器，价值约为 125.50 英镑。

当然，这些物品都属于奢侈品，但从某种意义上来说，作为一位王后，总是需要与其身份相称的盛装打扮，这毕竟是一个十分注重外表的虚华时代。

除了宗教节日或皇家纪念日之外，玛格丽特每天做弥撒，每次都会捐点小钱。在重大节日时，她会捐得多些。她经常光顾众多慈善机构，并提供慷慨的赞助。她会在家人患病或结婚的时候提供经济上的帮助，还会对遭受厄运之人解囊相助，比如，在一次王室访问期间，得知两个纽马克特（Newmarket）男人的马厩被火烧毁后，她给了他们约 13.33 英镑的经济援助。

玛格丽特常被誉为剑桥大学皇后学院的创始人，并因此名留青史，但从严格意义上来说，事实并非完全如此。皇后学院由剑桥的圣伯纳德修道院院长安德鲁·多科特（Andrew Docket）创建于 1446 年，诞生之初名为圣伯纳德学院（St Bernard's College），次年，他恳求玛格丽

---

[1] 斯皮塔佛德的丝绸工业在 19 世纪早期仍然十分兴旺。

特做学院的资助人。玛格丽特便请求国王给予学院新的特许，并将其更名为"皇后学院"。1448年，亨利欣然同意，并捐赠了一笔200英镑的款项，不过学院基金的绝大多数份额是由多科特出资的，而且也没有证据表明王后曾为此学院提供过任何捐助。不过王后显然对它很感兴趣，还曾于1448年派遣管家约翰·文洛克爵士参加学院小教堂的奠基仪式。

在玛格丽特的"行头账册"中，文洛克被列为她的内侍之首，享有每年40英镑的俸禄。王后维持着庞大的王室服务系统，但实际上很难负担这个系统带来的沉重成本，因为她总是大方对待伺候她的人员，并尽最大可能提升他们的地位。为王室服务的神职人员也非常现实地希望以良好的侍奉获取一份俸禄或被提升为修道院院长之类的职务，比如，威廉·布斯和劳伦斯·布斯（William and Lawrence Booth）两兄弟就是在王后的关照下相继成为约克大主教。

王后内室的其他工作人员还有衣橱管理者、私人秘书、印章管理者、珠宝管理者以及提供膳宿服务的两名骑士。两名骑士每人年薪为40马克。玛格丽特有5名女侍者，其中一位是伊丽莎白·格雷爵士夫人（Dame Elizabeth Grey），她是理查·韦德维尔爵士（Sir Richard Wydville）的女儿，约翰·格雷爵士（Sir John Grey）的妻子。当时根本没有人能预料得到，这位伊丽莎白有一天会成为英格兰的王后。[1] 还有一位女侍者也叫伊丽莎白，她是威尔特伯爵詹姆斯·巴特勒（James Butle）的妻子。巴特勒颇具势力，是宫廷派系中最重要的人物之一，亦是王后的热烈崇拜者。

地位较低的服务人员还包括10名年轻侍女、2名内室女侍、马夫、礼服侍从、铺床侍从、面包房侍从、助厨、配膳和储藏食品的厨工、园丁（年薪约为5英镑）、27名绅士（每人年薪约为143.22英镑）和

[1] 编注：伊丽莎白在格雷爵士死后嫁给后来的爱德华四世，生育了众多子女。她被认为是亨利八世之后所有英格兰王室的祖先，詹姆斯五世之后所有苏格兰王室的祖先。

27 名贴身男仆（每人年薪约为 93.77 英镑）等。为了维持内室的日常运转，王后每天要向国王的王室财务主管交付 7 英镑经费。她一般先用嫁妆钱来垫付，这常常叫她沮丧，随后经由议会的批准，国王再补发她应有的所得。因此，王后不得不从长计议，仔细使用有限的财力。

玛格丽特让宫廷成为上流社会的中心。结婚那年，亨利六世下令改建埃尔特姆宫的王后寓所，并增加了新的大厅、炊具碗碟存放室以及许多房间，以便供她在加冕之前使用。国王不得不对其他皇家宫殿也加以整修，因为它们都有十多年无人入住了。这些经过翻新的华丽皇宫成为玛格丽特款待宾朋的绝佳场所，并由此营造出一种丰富多彩的宫廷气氛。她喜欢狩猎，并拥有自己的森林里面专为她保留和使用猎物，她还有经过特别训练的猎犬。

萨福克是玛格丽特婚后的首要导师，不久便出现了他们之间关系暧昧的流言。后来，格洛斯特还指责博福特红衣主教对这一情况视而不见，甚至鼓励这种不名誉的行为。但是，哪怕是怀有敌意的编年史家也没有他们之间存在不合礼仪关系的任何记述甚至暗示。

初见 15 岁的玛格丽特时，萨福克 48 岁。他温文尔雅、深谙世故，是一个富于修养和魅力的男人，而玛格丽特则是一个涉世不深的年轻女孩，为了一位陌生的丈夫和新生活，正准备离开家人和故土。萨福克对她亲切而慈祥，他毫不掩饰地赞美她；而玛格丽特也能感受到他的殷勤与恭维，并为此喜悦和感动。正因为是萨福克的党羽安排了玛格丽特的婚姻，她自然就与萨福克站在一边。

萨福克甚至以浪漫的诗句寄情于玛格丽特：

> 哦，我心中的情人，美丽的花朵……
> 我整个的心已经全部地臣服于你
> 我将用最卑微的才智侍奉这花朵
> 并以人世间求之不得的真情实意
> 我侍奉你，绝无半点假装或怠慢。

你智慧无边，恰似我的至福境地

看，这鲜嫩的花朵正在徐徐绽放

而且散发出色彩斑斓的迷人芳香。

这首诗是典型的宫廷打油诗，诗体在当时的上流社会非常时兴，用作骑士或贵族对某位心仪却又被社会等级阻隔而不能进一步靠近的女士表达情意。玛格丽特和萨福克的敌人蓄意从他们之间的友爱关系中找出政治资本，并借以大肆传播庸俗下流的损人谣言。

玛格丽特对萨福克本人及其党羽的信任与支持，为萨福克创造了政治上的有利条件，萨福克也充分利用了这一优势。作为报答，萨福克处处维护玛格丽特的形象，使其免受诟病，往往有意不让她知晓民众的舆论以及来自枢密院和议会的反对意见。他们共同形成了一个强有力的政治团队，以博福特和萨福克为首的宫廷派系几乎控制了国王和政府。萨福克甚至操纵他的追随者，确保一些重要决策可以避开枢密院得以贯彻。

1445 年 5 月 28 日星期五，王后骑马从埃尔特姆宫前往伦敦郊区的布莱克希斯（Blackheath）。在那里，她受到了伦敦市长以及市政议员、治安官们的正式迎候。所有官员都穿着猩红色的礼服。随同前来的还有同业公会的会员，他们身穿带有绣花袖子和红色兜帽的蓝色长袍。然后，由格洛斯特率领 400 名家臣护送她来到位于格林尼治的普拉森宫（palace of Placentia）。

第二天，玛格丽特前往伦敦。她先是坐驳船沿河而上到达萨瑟克区，上岸后经过伦敦桥进入伦敦市区。伦敦桥上方还悬挂着象征着"和平与富足"的醒目图案。然后，她穿过首都的大街，街道两旁装点着五彩缤纷的雏菊以示敬意，凯旋门下和喷泉旁边喷洒着麦芽酒和葡萄酒。列队在前行的过程中几经停顿，为的是让王后可以驻足观看神迹剧和露天表演。表演中的诗作是由利德盖特（Lydgate）创作的。尽管王后的现身是一道亮丽的风景——她身穿白色锦缎礼服，头戴饰有黄金、珍珠和宝石的冠冕安坐于战车中，马车由两匹覆以白色锦缎马衣的白马驱动——但一些人对新王后并不满怀热情，他们已受到格洛斯特支持者的蛊惑，对玛格丽特没有嫁妆的情况深感愤怒。不过，其他人还是在帽子或风帽上别着雏菊，兴高采烈地迎候着她的到来。

5月30日星期天，玛格丽特在威斯敏斯特教堂接受斯塔福德大主教的加冕。加冕仪式之后，威斯敏斯特大厅举办了一场丰盛的宴会，同时，英格兰开展了为期3天的比武活动。

议会授予王后每年收入为2000英镑的土地作为彩礼，以及约4666.67英镑的年金。这笔钱的总额相当于瓦卢瓦的凯瑟琳获得的年金，将从兰开斯特公爵领地和康沃尔公爵领地的税收、关税以及国库中支出。

6月2日，萨福克向议会宣布，法国外交使团很快就要来到，目的是商谈以永久和平取代1446年4月即将期满的短期停战协定等事宜。当然，其中还包含了一个议会一无所知的隐藏议程。7月13日，法国使团莅临英格兰，这也就意味着，依据《图尔条约》的规定，亨利六世必须立刻把曼恩和安茹归还雷内。眼下，婚姻大事已经尘埃落定，到了亨利履行条款的时候了。在这个过程中，尽管法国使臣也曾奉上查理国王给亨利与王后的信函，信中敦促他要兑现诺言，并说此举乃是实现永久和平的最佳途径，但亨利一直犹豫不定、闪烁其词。他这种优柔寡断、支吾搪塞的态度，唯一的收获是为休战多拖延了3个月——直到1446年7月。

与此同时，格洛斯特明确表态反对与法谈和，这让国王陷入非常尴尬的境地。7月15日再度会晤法国使团时，亨利谈起这位叔叔时态度十分轻蔑，萨福克便告诉法国方面，国王已经不再理会格洛斯特公爵的意见。这代表在对法策略问题上，亨利与格洛斯特公开决裂了。

1445年夏末，亨利将5年任期已满的约克从诺曼底召回，很明显，他无缘于下一届任职。一直以来，约克的对手们也是不得空闲。沃伦（Waurin）说，尽管约克十分称职，但鉴于他所获得的名望与成功，英格兰的王公贵族中不乏心生嫉妒者。而且，他的成功极大地刺激了那些希望有机会为国王和国家利益建功立业的人。最重要的是，萨默塞特亦对约克公爵怀有嫉妒之心，他在内心鄙视约克，而且还想方设法去损害约克。萨默塞特深得王后喜爱，通过王后对国王的影响力，萨默塞特的建议得到了国王的认可和其他追随者的支持，最终导致约克公爵被召回英格兰。也就是说，约克由此被完全剥夺了管理诺曼底的权力，尽管他在英国人征服法国的整个过程中尽己所能地取得了值得赞赏的业绩。

对于约克来说，情势显然已发生了转折。实际上，早在年初，萨福克的亲信托马斯·胡爵士（Sir Thomas Hoo）就被任命为了诺曼底最高统帅，他也是对约克怀有敌意者。

约克于秋天返回英格兰。英国王室欠他的38677英镑债务至今未还。他依然富裕，但政治上遭遇的挫败使得经济上的问题加剧了他心中的怨恨。而更为糟糕的是萨默塞特将取代他在整个法国的地位，这项任命就像一记重重的耳光狠狠地打在了他的脸上：对于一个恪尽职守并且取得了不错的成效，原本有望获得第二期任职的人来说，这简直是莫大的侮辱。从军事角度来看，这项职位任命也是一个灾难性的错误，因为萨默塞特作为指挥官可以说毫无实战经验。

约克依然坚信，假如英格兰政府能够给予自己充分的支持，他完全可以在诺曼底取得更大的成就，但宫廷主和派根本不可能让他继续从事征服法国的行动。沃伦说，萨默塞特和玛格丽特曾对亨利六世说得很明白，"为了保住诺曼底，他已消耗了大量财力为驻军发饷银"；他们甚至建议国王，"为了省去所有这些费用，此直辖领还是归还法国为宜"。尽管亨利尚未打算让步到如此程度，但他肯定不想让约克赢得高度赞誉。

约克深感冤屈，但他在英格兰已经难以获取同情或支持。宫廷中的大多数人公开表示拥护国王的和平政策，不大愿意认同在外交政策方面抱持更具侵略性立场、支持格洛斯特主张的约克。再一次被冷落之后，约克只能在忠诚于自己的朋友小圈子里寻求支持。这些人在诺曼底一直忠心耿耿地追随他，也为他受到国王和枢密院如此不公的对待而感到愤愤不平，在他们看来，国王和枢密院应该感激约克才是。

但是，约克的厄运远非至此。在议会上，莫林斯主教（Bishop Moleyns）甚至指控约克在诺曼底治理不善、财务舞弊。宫廷党并不希望约克以类似进入宫廷或枢密院的形式介入政治，而且，他们大胆且理所当然地谴责约克：从严格的法律意义上来说，像他这样一位犯有罪行的人，顶多只能当王位的第二顺位继承人。约克心知肚明，这是萨福克在背后捣鬼。处于他这种位置，几乎不可能不知道其中的阴谋。从此以后，在法国时曾经那么友好的约克与萨福克之间的关系降到了冰点。

针对莫林斯的指控，约克巧妙地为自己辩护：他召来诺曼底的官员为自己做证，这些官员指证莫林斯主教大人曾贿赂约克的士兵，让他们出面诬陷约克没有给自己支付报酬。约克的嫌疑由此意外地得以澄清。但约克仍然深知，只要宫廷党操纵着国王，他就永无出头之日。

1445 年 10 月，安茹的雷内写信给亨利六世，催促他归还曼恩和安茹。就在这个月，法国方面第二次派出使团来到伦敦，准备就亨利进一步延长休战期限的请求进行磋商。

在父亲和查理国王的敦促下，玛格丽特王后开始对亨利施加压力，希望他能够信守诺言并履行条约。她先是用甜言蜜语恳求和劝诱，然后是唠叨、责怪和大发雷霆。但无论王后如何软磨硬泡，亨利还是依然故我、支吾其词。12 月 17 日，玛格丽特写信给查理国王，说她保证会竭尽所能让亨利顺从于自己。最后，她招数用尽，总算有所成效：

到了 12 月 22 日，亨利本人向查理做出了郑重的书面承诺，决定在 1446 年 4 月 30 日之前将曼恩和安茹归还雷内——"在妻子的不断请求之下，也为了让法国国王满意"，亨利不得不做出以上承诺。

一如往常，亨利懒得告知驻守曼恩和安茹的官员即将发生的一切，也不屑于等待枢密院的认可。但是，不知何故，有关秘密约定的传言不胫而走，因此引发了暴风雨般的抗议。上至汉弗莱公爵，下及普通百姓，臣民们都认为他们被出卖了。人们把这种耻辱大部分怪罪于萨福克，因为《图尔条约》是他一手筹划而成的。

亨利始终无视这场抗议风暴，也未采取任何应对措施。到了 4 月 30 日那天，他实在感到已经不能再拖延，便命令曼恩和安茹的行政长官撤离这两个地区，准备将其交还给法国。传言得到证实之后，一场更加强烈的抗议浪潮随即汹涌而至。当两地的行政长官违抗国王并拒绝服从命令时，英格兰上下欢声雷动。对于如此猛烈的民众情绪，亨利再也不敢漠然视之。

玛格丽特并非胆小怕事之辈。到了 5 月，她再次提醒国王对查理七世做出的承诺，不断恳请他要遵守诺言。国王充耳不闻，他很害怕臣民们的激烈反应。尽管玛格丽特顶着压力承受来自法国国王的一再催逼，但她对丈夫的态度无可奈何。有关曼恩和安茹领土归属问题的谈判反反复复地延续到年终，也没有达成令双方皆感满意的结果。查理七世对亨利六世的拖拉做法越来越恼火，到了冬天，他想方设法试图迫使亨利交出属于法国的领土，但还是无济于事。在摇摇晃晃的胡萝卜的诱惑下，休战期限被不知不觉推迟到 1448 年 1 月。亨利依然如故，仍旧犹豫不决。

在这段时间里，玛格丽特曾想撮合约克 4 岁的继承人，马奇伯爵爱德华与查理七世的女儿玛德琳（Madeleine）联姻，以期进一步夯实英法休战关系。萨福克极力支持王后的提议，但是无疾而终。然而，这项提议等于默认了约克在王朝中的重要性，同时，也是一种希望借之转移约克公爵对法国政治的兴趣的手段。

　　1446 年 12 月发生的一件事，给了宫廷党怀疑约克想密谋篡夺王位的理由。约克的军械士约翰·戴维斯（John Davies）有一个农奴徒弟，名叫威廉·卡特尔（William Catour），他声称听到戴维斯说按法律王位应当属于约克。萨福克将此人带上枢密院，要他当众复述之前的话。约克意识到其他人也许会就此相信，或在尚无真凭实据的情况下认定他本人与戴维斯的反叛说辞有牵连，便要求抓捕军械士归案受审，并绳之以法。戴维斯矢口否认曾经说过类似的话，但审理法官还是宣布，判他使用木棍与卡特尔决斗。决斗在史密斯菲尔德进行，国王、王后以及全体宫廷大臣亲临现场观摩。最终卡特尔胜出，这被认为是上帝做出了裁决。戴维斯被处以绞刑，尸体被烈火烧毁。自此以后，王后及其党羽开始以怀疑的目光审视约克和他谋取王位的意图。

　　当格洛斯特发现萨福克似乎未经枢密院或议会同意就暗地许诺将曼恩和安茹归还法国时，他怒不可遏，大叫大嚷抗议宫廷党的政策。他这种大肆渲染的激烈态度在那些幻想破灭的民众中赢得了不少人气，民众把格洛斯特视为代表他们愿望的斗士。一些人心里很明白，格洛斯特的暴怒并非冲着萨福克而来，而是针对国王去的，他们认为应该制止这位"汉弗莱好公爵"的公开演讲，以免他四处煽风点火，激发民众对于宫廷的公愤，以至于威胁到王权本身。

　　但格洛斯特根本不听警告，不仅没有收敛原先的批评态度，反而变得越发直言不讳。到了 1446 年 12 月，国王以及宫廷党意识到，必须采取行动让他闭嘴，免得他泄露和传播真相。与此同时，他也激发了王后的敌意。在王后看来，格洛斯特的责难是对她本人的冒犯，不可原谅。格洛斯特也因此与大部分追随者闹翻，似乎并没有意识到自己所处的危险境地。圣奥尔本斯的修道院院长维特汉姆斯特德（Whethamstead）指出，"撒旦的随从们"已毒害了亨利的大脑，使他成心要对"深受人民的尊敬与爱戴，并忠诚于国王的"叔叔痛下杀手。

格洛斯特公爵给国王造成了巨大的麻烦，亨利六世对他心生恨意，决定让他彻底沉寂。他得到了王后玛格丽特、萨福克、年迈的博福特红衣主教、萨默塞特等人的支持，他们设法使国王确信，格洛斯特在策划政变，企图拥立自己为王，并打算将亨利和玛格丽特监禁到修道院。玛格丽特确信他意图邪恶，请求亨利下令逮捕格洛斯特，但是国王决定先传唤他的叔叔到议会上回应某些指控。

1447 年 2 月，议会在萨福克郡的圣埃德蒙兹伯里（Bury St Edmunds）举行，在这个议会选区中，德拉波尔拥有极大的影响力，而格洛斯特几乎没有什么势力。10 日，天气寒冷刺骨，国王和王后率领一支大军浩浩荡荡地来到会议所在地。议会在圣埃德蒙大修道院的餐厅中召开，国王亲临会场。次日的议程表面上是专门讨论国王指定遗产以便王后在其死后继承的问题。

格洛斯特得到通知后像往常一样准备出席议会，万万没有想到会议的真实目的是指控他谋反。11 日到达圣埃德蒙兹伯里后，格洛斯特十分惊讶地接到一个命令，要求他刻不容缓前去觐见国王。格洛斯特来到国王面前，发现自己面对的不仅是不苟言笑的君威，还有包括王后、博福特红衣主教、萨福克、萨默塞特在内的敌对阵势。萨福克直奔主题，指控格洛斯特密谋背叛国王和王国，散布谣言诋毁王后的名誉，恶意诽谤萨福克是她的情人。格洛斯特断然否认所有指控，玛格丽特对此冷冰冰地回应道："国王清楚你的功劳，我的大人。"

格洛斯特获准回到自己的住所后，国王开始考虑如何处置他。他一到达住处马上被几位随后追至的贵族逮捕，其中包括白金汉公爵和王后的管家博蒙特子爵等人。博蒙特也是英格兰治安官，他以国王的名义宣布格洛斯特犯有叛国罪，并将被软禁。

1447 年 2 月 23 日，在被拘押了 12 天之后，格洛斯特死于住所内。关于他的死因，从来没有确凿的说法。当时有传言称，他是被人用一条羽绒褥垫闷死的。也有传言说，"有人将一把滚烫的烤肉叉强力插入他的肠道"而置其于死地。没有人会把怀疑的矛头指向国王或王后，而是认为萨福克应对这起可能的谋杀负责，因为格洛斯特是他的宿敌。但如果萨福克真的与格洛斯特之死脱不了干系，那么，没有国王的首肯他几乎不可能有这种胆量，格洛斯特毕竟是一位王族以及假定的王位继承人。同样，假如不经亨利本人的允诺或认可，玛格丽特王后或博福特红衣主教也不敢下达秘密杀害格洛斯特的指令。

然而，格洛斯特被谋杀的证据无迹可寻。格洛斯特的挚友维特汉姆斯特德相信，他是自然死亡的，现代历史学家也倾向于认同他的观点。公爵死时 57 岁，长期过度纵情于酒色已经毁坏了他的身体。毫无疑问，突然被捕对他震动极大，很有可能成为他加速死亡的一个动因。格洛斯特也许死于中风，因为他在死前 3 天一直处于昏迷状态。不过，他确实死得比较适时，许多身居要职者必定希望摆脱当前这种令人难堪的局面和他这个政治上的累赘，比如曾发生过格洛斯特的妻子借助巫术试图让他登上王位的事，格洛斯特本人与此事无甚瓜葛，但很明显亨利六世由此不再信任他，而是容易轻信贬损格洛斯特者的谎言。

格洛斯特如愿葬于圣奥尔本斯修道院内，他的坟墓至今尚存。他身后没有留下有关合法继承人的问题。在他死后，"汉弗莱好公爵"变成了一位富有传奇色彩的人物。人们只记得他慈善亲民、慷慨大方，也记得他的爱国精神，却忘了他也自私自利、野心勃勃，还有他那些不合时宜的政策。而被普遍认为谋杀了格洛斯特的那个人，从此被视为全民公敌。

9. 海上谋杀

格洛斯特死后，约克成为下一位假定的王位继承人，除非王后生下儿子，或亨利指定萨默塞特为他的继承人。

无论从哪个方面来说，约克都是一位完美的假定继承人：不仅富可敌国、德高望重，有丰富的战争和治理方面的经验，而且是一位子女满堂的父亲，不乏健壮的儿子。他原本比亨利六世更有资格获得王位，不过很少有人敢这么主张。约克公爵本人一直以来对国王忠心耿耿，更是已经证明他并无垂涎王冠之意。正如宫廷党心照不宣的，如果约克有此意图，凭他所具备的财力与能力早该有主张权利的表现了。不过，约克还是没有被作为亨利的继承人加以考虑，博福特家族的王位继承权问题反倒被提上议事日程。虽然此事最终悬而未决，但约克的权利再一次被忽视，则是明摆着的事实。

格洛斯特的死让约克感到沮丧，因为他由此更加势单力薄，已经无法形成与宫廷党抗衡的力量了。在他看来，宫廷党正在对王国造成不可估量的损害。作为格洛斯特的政治继承人，约克深知自己正处于格外脆弱的险境：萨福克不就是想说服国王以叛国罪指控已故王叔吗？势力过大的萨福克接下来会用什么方法来对付自己呢？"莫林斯事件"已经证实，什么样的阴险手段宫廷党都可能使得出来，因此，约克改变了格洛斯特那种激进立场，从此以后，一方面行事谨小慎微，密切警惕对手的动机，另一方面又积极地改良现有政体，并在枢密院争取发言权。

从体貌上来看，约克并不是一个多么有魅力的男人。他身材矮胖，长着一张方形脸，头发乌黑。据说，约克的幼子，也就是后来的理查三世与他酷似。约克的真实肖像没有幸存下来，有两种形象画传世，不过真实程度就令人琢磨了。一种形象绘制在一面彩色玻璃窗上，由约克的两个侍从于 1443 年之前捐赠给了赛伦塞斯特教堂（Cirencester Church）。这是一幅胸像，约克头戴一顶小冠冕，脖子上是他那著名的饰有瓷釉玫瑰花的金项圈。约克深受亨利五世的影响，胡子刮得干干净净，发式彰显军人风范。他有着垂睑的双眼，鼻子较大，嘴巴小巧。另一种形象体现在坎伯兰郡彭里斯教堂（Penrith Church, Cumberland）的一件版画上，画面显示公爵有一头长发和分叉的胡须。这幅画是遗失原件的复制品，真实性有待证实。

约克智商极高，能说会读拉丁文。他清高、严肃，简朴得像个苦行僧，政治上趋于保守。至于行为举止，则冷淡、孤傲，不轻易流露真情。他之所以在权贵中间不是很受欢迎，是因为他觉得没有必要与这些人培养友谊。约克刚出生不久，母亲就离开了人世，4 岁时父亲被处以死刑，这些不幸的经历可能在某种程度上塑造了他的冷僻性格，以及坚持自己主张的个性。有时，约克也会因为听不进其他人的劝告而刚愎自用，往往酿成不堪设想的后果。偶尔的犹豫不决和反复不定是他的另一个弱点。在战斗中，约克是一位勇敢的战士和出色的指挥官，但他难免也有倔强与鲁莽的时候。妄自尊大往往是他在各个方面取得更多成功的最大障碍。

像格洛斯特一样，约克渴望看到政府对法国采取侵略性的战争政策，这也是亨利五世生前希望的。他真心实意地为宫廷党的治国无方而担忧，并决心消除地方普遍存在的腐败状况，以及王权任意封官授爵的混乱局面。当然，其中也包含对自身利益的考量，因为约克遭到宫廷党的公开贬抑。但若想赢得权贵的支持来改变目前的状态，看起来困难重重：大多数人要么对占据支配地位的私党心有畏惧，要么希望通过迎合他们而捞到某些好处；另一些人则认为，不去支持受到国王如此公然眷顾的派系，未免有不忠之嫌。

然而，约克把效忠国王与效忠某个派系截然区分开来，他不愿意忠诚于某个派系。在他看来，忠心于国王意味着要求重组政府，清除所有的腐败谋士以及身居高位的趋炎附势者，因为他们的胡作非为使君王的声誉蒙上污点。假如国王对于因管理不当所导致的恶劣局面认识不清，那么，约克及少数几个支持者是有能力也有意愿挺身而出改变现状的，借此他们还可增进自身的利益。

此时，约克开始扮演起治理与改革的领军人物，而且迅速引起了人们对他的关注，并受到平民百姓的欢迎。不过，有些人对约克从事改革的诚心表示怀疑。政敌们指责约克与其他贵族一样有罪，都是通过胁迫来压榨佃户以及贪赃枉法。持此观点者往往以约克在怀特岛的管家的说辞来举证，这位管家称约克生活得"像个王公，家中的葡萄酒多得令人难以想象"，以此作为他强取豪夺和贪污腐败的证据。但是，实际上几乎没有什么证据证明这种不公不义普遍存在于约克的私有领地中。当然，约克的行为免不了包含某种程度上符合自身利益的动机，不过，后来有关他的记述表明，他对国王一帮人不善治国的表现确实深感忧虑。

约克最喜爱的住所，似乎是其位于北安普敦郡的福瑟陵格城堡。这座城堡雄伟壮丽，地处内内河（the River Nene）上游，附近有一个繁华的集市。如今残留的遗迹依然能显示出这座城堡以及相邻的教堂联合会的壮观轮廓。教堂南面的土堆曾是教士团的方形院落和藏书室。这里的教堂作为约克家族的纪念馆留存至今，其中装饰着约克的个人纹章——猎鹰和镣锁。这里也是约克家族的墓地，可能还是他本人的安息之所。

约克拥有的最坚固的堡垒是勒德洛城堡（Ludlow Castle），那里是古老的莫蒂默家族的大本营，坐落于威尔士边界地区一处居高临下的战略要地。在玫瑰战争期间，勒德洛城堡成为约克家族的重要指挥部。这座城堡的历史可追溯到"诺曼征服"时期，如今尚存大量遗迹。

　　泰晤士河畔的巴纳德城堡（Baynard's Castle）是约克在伦敦的住所，位于黑衣修士桥与圣保罗码头之间的上泰晤士河街，不远处就是弗利特河（the River Fleet）与泰晤士河的交汇口。这座城堡建于 11 世纪，由"征服者"的伙伴、一个名叫巴纳德的骑士所建造，它曾落入势力强大的德·克莱尔家族（de Clare）手中。12 世纪时，人们用石块重建了城墙和壁垒。后来，巴纳德城堡归格洛斯特所有。1428 年遭遇了一场损失惨重的火灾后，格洛斯特对城堡进行了重建，并添加了城垛和坚固的防御工事，因而看起来很像沃里克城堡。格洛斯特公爵死后，城堡被国王收回。后来，亨利六世将城堡赐予约克，约克在此居住的最早时间记录为 1457 年。[1]

　　在这些寓所中，约克公爵与夫人塞西莉·内维尔（Cecily Neville）过着相当显赫的生活。公爵夫人是一位以身体强健为傲的女人，共为约克生育了 13 个子女。她活到了 80 岁，在那种年代，此寿数可谓十分罕见。塞西莉见证了 4 任约克公爵的死亡，以及未来成为亨利八世的第六任公爵的诞生。理查与塞西莉几乎是一对和悦甚至幸福的夫妻。在约克所有的海外履职过程中，塞西莉始终陪伴在他身边，他们有几个孩子就出生在国外。塞西莉的虔敬行为颇具传奇性。年老之后，宗教事务和祈祷在她的生活中越来越占据主导地位，她早上 7 点起床，参加 8 场侍奉活动，每晚 8 点入睡。塞西莉偶尔也会喝点葡萄酒，或纵情于"真诚的欢乐"之中。后来，有政治宣传指责她对丈夫心有不忠，曾与一个名叫布莱博尼（Blaybourne）的法国弓箭手关系暧昧，并将两个私生子强加给约克公爵。但她广为人知的虔诚态度表明，这是无中生有的谣言，她本人也对这种不公的诽谤表示了强烈抗议。

---

[1]　巴纳德城堡在玫瑰战争之后得以重建，但毁于 1666 年的大火。1972 年，在为建造一座办公大楼而挖掘地基的过程中，城堡的古老屋基被人发现。此发现表明，这座城堡是沿着一种不规则四边形的地基建造而成的。从幸存下来的版画来看，这座建筑物呈长方形结构，带有两个天井，屋顶上矗立着一个六角形状的高塔。在靠河一侧，城墙直入水底；房屋的两侧则是用柱子支撑起来的架空构造。

约克的 8 个儿子和 5 个女儿出生于从 1438 年到 1455 年的 17 年间，其中 4 个儿子亨利、威廉、约翰和托马斯，以及两个女儿琼和厄休拉（最小的孩子）幼年夭折。存活下来的孩子有：安妮，1439 年生于福瑟陵格，在 1447 年前嫁给埃克塞特公爵亨利·霍兰德；爱德华，1442 年生于鲁昂，约克在世时他被称为马奇伯爵；埃德蒙，1443 年生于鲁昂，1446 年成为拉特兰伯爵；伊丽莎白，1444 年生于鲁昂；玛格丽特，1446 年生于福瑟陵格；乔治，1449 年生于都柏林城堡；理查，1452 年生于福瑟陵格，出生时极其孱弱，他能幸存让每个人都感到意外。塞西莉在 1494 年的遗嘱中不可思议地提到了"我的孩子，凯瑟琳和汉弗莱"，但在当时的约克子女的名录中，这两个名字不曾出现过，因此很可能指的是孙辈中的凯瑟琳和汉弗莱·德拉波尔。理查与塞西莉所生的孩子系爱德华三世的后代，这期间经历了安特卫普的莱昂内尔、冈特的约翰和兰利的埃德蒙等三代人。

至于格洛斯特，他死后家产即被他人蚕食。王后得到了他位于格林尼治的普拉森宫（palace of Placentia），这是一处镶嵌在秀丽如画的"快乐花园"之中的富丽建筑。玛格丽特立刻进行了规模宏大的工程改造：墙壁上新装了格子状的窗户，原先的玻璃窗被重新上釉，赤陶地砖上绘制着由王后姓名的首字母组成的组合图案，屋外立起了雕有雏菊标识的崭新柱子。王后还专为自己建造了一个宽敞的房间和客厅，还有一条带有凉亭并可以俯瞰花园的长廊。房间墙壁上也挂上了新挂毯。翻新之后的豪宅变成了一座宫殿，时常上演一些"伪装剧"或神秘剧供国王和宫廷大臣们娱乐。

在格洛斯特死后，他那些最大的竞争对手并没享受多久胜利时光。红衣主教博福特此时已经年过七十，在世的时日屈指可数。到了 1447 年，尽管门下的派系在门徒萨福克和萨默塞特的领导下仍然占据主导地位，博福特本人几乎已退出历史舞台。1447 年 3 月 15 日，博福特在温彻斯特的沃尔斯宫（Wolvesey Palace）离开人世。他被安葬于附近的大教堂中，墓前伫立着一座头戴红衣主教帽的精致雕像。

随着博福特去世，政府失去了主要的财政支柱。红衣主教为国王留下了 2000 英镑的最后一笔遗赠，但亨利拒绝接受这笔遗产，因为他觉得叔叔在一生中已经为他付出得够多了。"上帝也必赏赐他。"亨利说。博福特的遗赠执行人对此感到为难，只好劝说国王将这笔钱用于其教育基金。让他们感到欣慰的是，亨利同意了这种建议。

此时，萨默塞特成了权力强大的博福特家族的核心人物，他也是国王的兰开斯特家族最近的亲戚。尽管前任国王颁布诏令剥夺了博福特家族的王位继承权，但还是有传言称，他将被命名为国王的假定继承人。萨默塞特在继承了叔叔的财产之后变得非常富有，又因为他属于正宗王族，拥有了王位的优先继承权。国王对于这位顾问十分依赖，赠予他大量资产和荣誉，这激起了其他权贵的怨恨，尤其是约克，他理所当然地把萨默塞特视为自己的威胁者。

萨默塞特与萨福克一道主宰了宫廷党，两人赢得了国王和王后的充分信任。萨福克也步入了权力巅峰时期：他先后获得了英格兰宫廷大臣，加来的统帅，"五港同盟"的最高行政长官，位于特伦特托以北的兰开斯特公爵领地的总管，切斯特、弗林特和北威尔士的首席法官，以及整个国家矿山的主管和测量师等位高权重的职位。

格洛斯特死后，抗议归还曼恩和安茹的骚动失去了领袖人物。于是，1447 年春法国再度派遣使团要求了结此事。这又一次引发了一场风暴，但臣民们的爱国主义怒潮并不针对国王本人，而是指向了萨福克，他被普遍视为万恶之首，成为亨利及其政务顾问的替罪羊。如果说萨福克原本就已不得人心，那么他此时就是遭人深恶痛绝。人们谴责他造成了英格兰在法国命运的急剧下滑，认为他是用亨利五世征服的土地换取一位毫无嫁妆王后的罪魁祸首。

5 月，萨福克就自己的行动向枢密院提交了一份让人满意的解释，但这并不能平息平民百姓对他的怨恨。人们把王国的一切弊端都归咎于萨福克，比如，英格兰政府未能给驻扎在法国的士兵支付费用，强行禁止怀有敌意的勃艮第公爵进口英国布料，王国的财政处于几近崩溃的边缘。尤其是枢密院中派系相互倾轧的局面，人们认为萨福克对此负有一定的责任。

7月27日，英法之间旷日持久的谈判终于落下帷幕。亨利六世同意于11月1日将曼恩和安茹归还法国，条件是法国方面要为该地区的英国驻军支付赔偿。次日，亨利任命了英国政府的特派员，负责把曼恩和安茹移交给查理七世。

宫廷党不得人心，王后与此脱不了干系。6月，格洛斯特城堡的看守逮捕了一名男子，因为有人偶尔听到他在为王后来到英格兰而哀叹——这可能是许多平民百姓抱有的一种情绪。在这些民众看来，玛格丽特显然与萨福克串通一气，造成了曼恩和安茹的丧失。就连到目前为止都是王权忠诚拥护者的商人也改变了立场，他们认为，无论是王后还是萨福克伯爵都没有在规避羊毛出口关税方面提供帮助。

格洛斯特和博福特死后，王后的权力与日俱增。她要求知晓国家的所有政务，特别是与法国之间的谈判状况以及军事和财政等方面的事务；每件原本由国王签署的信函，现在都需要王后的认可才能生效。有关扰乱治安者的文稿和报道，也必须交由她来审查。未经玛格丽特的许可，无论是萨福克、萨默塞特还是红衣主教肯普、奇切斯特主教、塞伊等，都不得自作主张、擅自行动。因此，"英格兰实际上被一位18岁的女孩统治"从某种程度上来说并非虚言。

由于王后登上了政治舞台，到了1447年年末，很明显，一个新的派系由此形成，它取代了分别以格洛斯特和博福特为首的派系。原来以博福特为代表的主和派，已经演变成由王后、萨福克和萨默塞特为核心的宫廷派，他们控制了国王和政府。与之相对立的派系由那些出于各种原因被排除在执政派这个小圈子之外的一帮贵族所组成，他们秉承了格洛斯特在其大部分政治生涯中为之奋斗的理想或对执政派心怀不满。反对派现在指望约克出面当领头羊。

宫廷党对约克心怀畏惧，一直以来都在阻挠约克的参政意愿，并千方百计地消解他的政治影响力。像对付格洛斯特一样，宫廷党也想拔掉约克这根刺。1447 年 12 月 9 日，约克被任命为国王派驻爱尔兰的最高行政长官，任期 10 年。这是萨福克想出来的鬼点子，对于约克来说，这显然无异于判处 10 年流刑。因此，约克寻找种种理由推迟赴任，时间一晃过去了两年。

约克对国王曾是那么忠心耿耿，为了王国的利益不惜倾囊相助。他也从未表示过自己拥有优先王位继承权。然而，亨利及其谋士却无端把他置于对立面，全然不合情理地怠慢这样一位王族和整个王国的首富——约克被逼成了他们的敌人。

11 月来了又去，亨利六世还是没有交出曼恩和安茹。由于厌倦了亨利的推诿搪塞，1448 年 2 月 8 日，查理七世率军进入曼恩地区，并围攻勒芒城（Le Mans）。直到驻守的英军宣称实在无法抵御，亨利才同意正式投降，此时已是次年的 3 月 16 日。同时，根据双方协商，停战时间被宽限至 1450 年 4 月。在英格兰国内，这次投降行动再一次引发了民众的愤怒情绪。王后担心事态恶化，于是敦促亨利承诺给予从曼恩返回的英国军人经济补偿。国王同意照办，但金钱无法兑现，这激发了民众更大的不满。在进攻曼恩的时候，王后的父亲曾与查理七世并肩作战，这一事实加剧了英国人对玛格丽特的反感，尽管这件事对她来说其实是极大的苦恼。玛格丽特和萨福克理所当然地成了英国民众的众矢之的。

1448 年春，国王授予埃德蒙·博福特萨默塞特公爵爵位，授予威廉·德拉波尔萨福克公爵爵位，以示对宫廷党核心成员的充分信任，这一任命同时意味着，埃德蒙 12 岁的儿子亨利由此享有多塞特伯爵的地位。公爵爵位被授予王室成员或亲属以外的人，尚属首次，这反映出萨福克拥有的巨大权力与威望已到何种地步。也许亨利此举是希望通过提升二人在宫廷中的地位来抗衡约克。可能是对此的回应，约克开始启用"金雀花"（Plantagenet）的姓氏。自 12 世纪以来，这个出自亨利二世的父亲、安茹的杰弗里伯爵[1]的姓氏一直归属不定，约克借此来凸显了自己的王族渊源以及与君主之间的亲近程度。他或许是在暗示，为国王出谋划策的人本应该是他，而不是萨福克这样一个暴发户，或如萨默塞特那样因私生子出身而沾有污点的权贵。不过，没有证据表明这个时期的约克对王座怀有觊觎之心。在此后的十多年时间里，他也一直不曾与亨利争夺过王位。

　　1448 年，约克最担心的是，国王很可能会放弃亨利四世曾经的诏令，而宣布让萨默塞特成为继位者。他很清楚，国王提拔萨默塞特是处心积虑的行动，目的在于阻止自己在政治上和王朝中的抱负。约克也深知，把他逼上政治流亡之路的责任在于萨福克和萨默塞特，而非国王。约克因此与这两人进入势不两立的状态，这种对抗关系为后来的 20 年带来了严重的政治后果。情势变得如此微妙，以至于一个人不可能在支持一方的情况下，不被另一方当作敌人看待。

　　萨默塞特和王后随即发动了一场政治诽谤运动，他们大肆散布谣言，说约克自称金雀花是密谋叛国行为，意在发动政变夺取王位。生性多疑、高傲自大的约克此时才发现，想赢得其他权贵的支持已经变得越来越困难。沃伦写道，1449 年，约克终于"被赶出宫廷流放到了爱尔兰"，这是"萨福克公爵及其派系的其他成员（包括萨默塞特）之所为"，他们"功不可没"，并为约克公爵的离去"欣喜若狂"。约克的岗位并非闲职，当时的爱尔兰由于部落之间的纷争而四分五裂。尽管成就不是那么显著，但在治理过程中约克赢得了盎格鲁－爱尔兰定居者甚至一些本土爱尔兰人的好感与喜爱，爱尔兰人与约克家族之间因此建立了长期的亲和关系。

---

[1] 杰弗里常在自己的帽檐上插一根金雀花嫩枝，在他采用金雀花象征后，遂被人称为"金雀花"。尽管他的儿子以及后续直到 15 世纪中期的国王们组成了金雀花王朝，但事实上他们当中没有人真正使用过这个姓氏。

同年，萨默塞特被任命为诺曼底总督和英国驻法军队总司令，享受 2 万英镑的年薪，定居于直辖领地首府鲁昂。关于他的任命，沃伦说道，这"是王后以及一些在位的权贵极力促成的"。此时，英法之间仍处于休战时期，但就算爆发战争，萨默塞特公爵的津贴也将得到保证。不过没有什么证据显示他曾拿到过这份报酬。

作为总司令，萨默塞特是个失败者，他既无能耐又无才干承担这一职务。沃伦写道，"他根本无法胜任这份工作，以至于后来由于他的失职，使所有占领地都回到了法兰西国王的控制之中"。正是他的任职标志着英国人占领法国土地的终结。1449 年 3 月，在萨福克的敦促下，亨利六世亲自撕毁了英法之间的休战协定，双方重新进入敌对状态。亨利批示向富热尔的布列塔尼发动进攻，英军迅速占领了此城。这次攻击行动无疑相当于英国重新对法宣战，亨利大肆吹嘘的和平愿望就此成为无稽之谈。这正好给了法国人一直在等待的时机。6 月，法国对诺曼底发起全面进攻，誓要从英国人手中夺回这块土地。7 月，查理七世向英国正式宣战。

英格兰的舆论开始表示担心：法国人的猛烈攻势将导致诺曼底——这个"曾经得到上帝护佑"的英国在法国的权力中心——"不体面地丢失"。到了 8 月 15 日，根据编年史家亨利·贝尼特（Henry Benet）的记述，"诺曼底大约丢失了 30 个设防的城镇"。查理七世在欧洲君主中的地位由此骤然上升，他的胜利为他及其臣民争取最后的成功注入了新的信心与动力。

1449 年夏末，查理的军队占领了诺曼底，并准备向鲁昂发动进攻，此时距这座港口城市被英国人控制已达 30 年之久。萨默塞特提议，假如法国人同意由英国人继续控制诺曼底海岸城镇，他愿意与法国商讨条款并撤离鲁昂。他的建议得到了法国方面的认可。10 月，萨默塞特公爵将鲁昂拱手奉还给一路凯歌的法国人，并把作战经验丰富的老将约翰·塔尔博特（John Talbot）和什鲁斯伯里伯爵等人作为人质交给法国。当地民众欢呼雀跃，他们把查理七世视为大救星，敞开城门欢天喜地地迎接他和军队的来到。贝尼特说，萨默塞特"灰溜溜地逃往卡昂（Caen）"。此时法国人胜券在握，没过多久便废弃了他们与萨默塞特签订的协议。12月，查理七世收复了翁弗勒尔港（Honfleur）和亨利五世付出很大代价才拿到手的哈弗勒尔港（Harfleur）等港口。

迄今为止，和平政策带来的灾难性后果显而易见，英国人的情绪反应也是不留情面的。四处传播的谣言称，玛格丽特并不是雷内的女儿，而是一个私生女，因此她不适宜做英格兰王后。公众的怒火也被高涨的食品价格和恣意的王土赠予点燃。7月，议会曾斗胆提出一项财产"回收法案"（Act of Resumption），以期废除自国王登基以来赠予的所有土地和俸禄，但是，被受益者操控的亨利不仅没有批准这一法案，反而解散了议会。

萨福克成了人们憎恨的真正目标。在这一时期，枢密院的议事备忘录记载下来的内容非常稀少，这表明，萨福克公爵常常独立于枢密院行使职能，亲自承担了政府的许多重要事务。他这样做无益于兰开斯特家族，因为人们公认，国家的繁荣昌盛有赖于一个齐心协力、处事公正的枢密院。萨福克的行事方式在很大程度上加剧了派系内讧，从而严重妨碍了国家重大事务的决策，以至于许多人对枢密院完全失去了信心，认为它纯粹是拥有土地的权贵聊以实现个人野心的控制中心。

民众对萨福克的痛恨与攻讦让王后极为惶恐，于是她促请亨利采取有力措施去安抚怒气难消的臣民。亨利打算在11月6日召集议会，同时希望就法国的危急状况进行商议。许多人意识到，在这场新的政治风暴中，萨福克不太可能毫发无损地继续把控手中的权力。他的支持者们推测，萨福克的政治前途可能就此止步，于是想要尽快与他撇清关系，有人甚至辞去了在王室中担任的职务。萨福克的敌人正准备置他于死地。

上议院和下议院联合了起来，欲将萨福克拉下马。萨福克的宿敌克伦威尔勋爵在议会上愤然起身，公开指控萨福克的侍从威廉·塔尔博伊斯爵士（Sir William Tailboys）密谋杀害自己，一场针对萨福克的行动由此拉开序幕。萨福克申辩说对此一无所知，但他的否认无助于塔尔博伊斯：人们还是认为他有罪，他因此被处以 3000 英镑的罚款。

身在爱尔兰的约克对于英格兰发生的一切了如指掌，他严阵以待准备加入这场打倒萨福克的行动，以期国王宠臣的倒台可以为自己进入枢密院提供一个峰回路转的机会。眼线已告诉约克，与他抱持共同想法者大有人在，他们也迫切渴望改革国家的治理方式，并乐于看到萨福克下台。

12 月 9 日，奇切斯特主教亚当·莫林斯（Adam Moleyns）辞去了掌玺大臣的职务。这位莫林斯与其说是神职人员，不如说是一个投机政客。他原本是宫廷党成员之一，曾是萨福克的强力支持者，眼下也意识到，萨福克公爵滥用权力应该被赶下台。次年 1 月 9 日，在朴次茅斯港口，莫林斯试图向一群愤怒而暴烈的船员解释萨福克的不端行为，当时他们正准备起航前往诺曼底。莫林斯随身带着长时间未支付给船员们的薪水，但当他把钱递给他们，船员们却发现金额远低于应得的报酬。于是，船员们对着主教破口大骂，辱骂他是英格兰的叛徒。莫林斯傲慢地提醒船员们，他们侮辱的是一位属神之人，这种态度更加激怒了船员们。他们痛打主教，打得他身受重伤，生命垂危。据说，在弥留之际，莫林斯指责萨福克对曼恩和安茹的丧失负有不可推卸的责任。由于惨案之后就是圣诞节，议会正值休会期间，因此拒绝就此事特地召集会议，而暴力事件就在 1450 年这个转折点开始蔓延。

萨福克发疯似的想要巩固自己的地位。1450 年年初，在王后的撮合下，他为儿子约翰收获了婚姻方面的大奖：与受萨福克监护、年仅 7 岁的玛格丽特·博福特订婚。她是一个非常富有的小女孩，也是冈特的约翰的直系后代。许多人预计她的叔叔萨默塞特公爵将成为假定的王位继承人，她比叔叔享有更优先的王位继承权。当时，玛格丽特的权利在很大程度上被忽略了，因为她是女性，更是一个孩子，但一个雄心勃勃的丈夫，只要有目标和决心，就可以很好地去利用她拥有的权利。

这桩婚约的重要性不能不引起同时代人的关注，一些人由此得出了一个不大可能的结论：萨福克企图推翻亨利六世，让自己的儿子登上国王的宝座，从而在英国建立德拉波尔王朝。另一些人则认为——也许是正确的——萨福克公爵希望说服国王认可玛格丽特·博福特成为继承人。不管怎么说，围绕着未来王位继承人问题所呈现出的混乱现象，说明当时的英国民众对于谁最有权利成为膝下无子的亨利六世的继位人根本没有明确的概念。

议会终于在 1 月 22 日重新召开。萨福克感到有必要为自己的行为进行辩护，提醒全体参会人员，无论是在英格兰本国还是在对阵法国人的过程中，他的家族始终效忠于王权。萨福克还宣称，人们对他误解很多，他最近已然成为"巨大的耻辱与诽谤"的受害者。他发誓从未背叛自己的国王或国家：他怎么可能会为了"法国人的许诺"而不计后果呢？

下议院不为所动。萨福克的日子一去不复返，而眼下正需要找一个替死鬼，为在法国的败局与耻辱，以及在国内因治理不善导致的滔天民怨承担罪责。1 月 26 日，愤怒的议会请求国王逮捕和弹劾萨福克。公爵被关进伦敦塔。下议院随即着手拟定起诉书，上议院则在具体指控形成之前一直保持低调。萨福克公爵被关押进伦敦塔后，整个伦敦戒备森严，武装人员日夜巡逻，"平民百姓为将要发生的事情感到疑惑与恐惧，因为权贵们出入威斯敏斯特参加议会时，都要随身带领一大帮临阵待命的武装人员"。在此期间，由于约克的影响，枢密院派遣军事指挥官前往诺福克郡，有效制止了当地由萨福克的亲信托马斯·塔登汉姆（Thomas Tuddenham）和亨利·海登（Henry Heydon）发动的暴行。

2 月 7 日，下议院正式向国王提交了一份控告萨福克的起诉书。在诸多罪名中，最为严重的叛国行为，是萨福克曾于 1447 年 7 月与法国使臣密谋过入侵英格兰，并向法国方面泄露了英格兰的秘密情报。他早已许下诺言，"无须你们使团其他人的赞同、劝告或知晓"，定将曼恩和安茹奉还查理七世，这直接导致鲁昂以及诺曼底其他城镇的丧失。

他企图假借"玛格丽特·博福特主张自己的王位继承权"的方式，达到推翻亨利并由已与玛格丽特·博福特订婚的儿子约翰取而代之的目的。起诉书未曾提及王后的名字。

2月12日，下议院表示希望萨福克到上议院审判席对簿公堂，但是国王使用君主特权，决定由他本人来定夺对于萨福克的指控。然而，一个多月过去之后，亨利仍然迟疑不决。下议院对此深感沮丧，并于3月9日在原先的起诉书上追加了萨福克的其他罪状，指控他"贪得无厌"，侵吞王室的资金和税款，从而导致国库贫瘠虚空，并左右了对治安官职位的任命——他们"往往按照萨福克的意图行事"。他委任的"尽是些可恶的敲诈勒索者和谋杀犯；鉴于他在您的王国的每个方面所拥有的强大权势，杀人者、暴徒以及受百姓唾弃的行为不轨者都与他为伍，而他践踏法律，维护和支持他们胡作非为，以至于您真正的臣民怨声载道"。当然，其中的许多指控是有正当理由的，但是，并无证据显示萨福克想让他的儿子做国王，或与法国人共谋叛国。至于明目张胆地贪污受贿，也不只是他一个权贵所为。

亨利六世拒绝由议会正式审讯萨福克。相反，3月17日，他要求萨福克出来回答议会提出的问题。萨福克公爵极力否认所有指控，认为"他们可怕得无言以对，竟然会将如此不实的罪名强加在我身上，简直令人难以置信"。当时，大法官告知他，国王并没有因"第一份起诉书中所提及的事项"，而"断定和指控"他为叛国者。下议院大声疾呼对萨福克表示强烈不满，国王只得做出让步，认为第二份起诉书中涉及的指控可能存在某种真实性。王后则是救人心切，因为萨福克不仅成全了她的婚姻，而且一直以来待她如父，始终是她的得力支持者，所以她欲说服亨利判处萨福克流亡，认为这应该足以应付下议院的呼声。等时过境迁、风平浪静，再找个适当的时机召萨福克回来，她依然可以恢复对他的宠爱。国王对此表示赞同，并判处萨福克流亡5年，从5月1日开始。

下议院以及民众群情激奋，在他们看来，议会制度的司法裁决似乎已被弃之不顾。议会本来以为，要是萨福克公爵受到审讯，那他无疑会被定罪为叛国者而处以死刑，但由于国王的干涉，萨福克保住了性命。上议院之所以也会表示愤怒，是因为国王等人没有就萨福克的命运问题征询他们的意见。伦敦人对于这样的判决更是难以忍受。3月28日，萨福克公爵从伦敦塔被释放。在他回到位于圣吉尔斯（St Giles）的宅邸为流放生活做准备时，一帮盛怒的民众强行闯入，打算动用私刑处死他，所幸他从后门逃离了现场。受挫的伦敦人没有捕获猎物，却逮住了他的马，殴打他的仆人出气。公爵狼狈出逃以后，躲进了位于萨福克郡温菲尔德的乡间住宅，在那里度过了流放之前的6个星期。萨福克留给儿子一封充满感情的告别信，信件幸存至今，他在信中告诫儿子，一定要忠诚于上帝和自己的君王。

4月30日星期五，萨福克从英格兰东南部的伊普斯威奇港口（Ipswich）坐船启程，准备流亡到加来。有个叫威廉·洛姆诺（William Lomnour）的伦敦人在5月5日写给诺福克的约翰·帕斯顿（John Paston）的一封信中证实了此事。在此之前，萨福克已指派一条小帆船预先捎去若干信件到"加来那边一些值得信任的人，想知道是否有人愿意接纳他"。那天晚些时候，就在多佛海峡，萨福克公爵的船被一群一直埋伏着的小船截获，"在那里，迎接他的是一条名为'尼古拉斯塔楼'的船"。根据后来一些历史学家的说法，"尼古拉斯塔楼"并不是一条海盗船，编年史家贝尼特更将其描述为"一艘大船"。实际上，它属于英国皇家船队，船老大是一个名叫罗伯特·威宁顿（Robert Wennington）的达特茅斯船主。

后来传闻，萨福克见到这条船靠近时问起船号，有人便问他是否还记得一位老预言者曾经说，如果他能从伦敦塔的危险中逃脱出来，他应该会平安无恙。当时，"他已吓得魂不附体"。"尼古拉斯塔楼"的船老大"知道萨福克公爵船只的来路"，于是派一条小船靠近萨福克。船老大的手下对萨福克说，"他必须前去与他们的主人谈话，于是，萨福克随身带了两三个人上了这条小船，来到'尼古拉斯塔楼'。他一进船舱，船老大便向他抛出一句问候：'欢迎光临，卖国者！'"萨福克在"尼古拉斯塔楼"上"一直待到星期六。有人说，船员们仿照司法程序，根据各项指控对他进行了审讯，并判处他有罪。然后，在众人的注视之下"——萨福克的小型船队大概一直跟随在后——"他被从大船上拖到一条小船上，小船上备有一把斧头和一根木棍，其中一个最粗俗的人命令他把头低下"。一个船员对萨福克说，如果他能合作一点，"那他便可以受到公正的处置——用剑毙命"。说罢，这个船员拔出了"一把锈迹斑斑的钝剑，对着他猛砍了五六下才砍落了他的头颅。然后，脱下他身上的赤褐色长袍和天鹅绒紧身上衣，并将尸体扔到了多佛海滩上。有人说，他的首级被挂在尸体旁边的一根杆子上"。萨福克的头颅和尸体暴露在海滩上腐烂了一个来月，直到国王下令将其运回温菲尔德教堂安葬。

　　萨福克是一个遭人痛恨者，许多人对他的结局欢欣鼓舞。人们编造政治歌谣訾毁他的名声，幸灾乐祸地说他终于完蛋了。杀人者的身份从未被查明，想必他们也是奉命行事，因为有人觉得萨福克公爵必须成为替罪羊，或者有人希望看到他因所犯罪行而受到正义的惩罚——既然正当的法律途径已经失效。

　　萨福克的遗孀爱丽丝·乔叟是个不愿意沉默的女人，她立刻把丈夫的死讯告诉王后。王后得知此事之后悲痛欲绝，以至于三天茶饭不思，一段时间里时常以泪洗面。从此以后，王后心生愤怒和报复之心。萨福克虽然不在了，但她仍然拥有萨默塞特以及其他强有力的支持者，可以帮她报此一箭之仇。不过，宫廷党无可挑战地控制整个政局的日子已经屈指可数，因为存在于约克与萨默塞特之间的致命敌意，俨然已成为打破派系之间和平争斗格局的最大威胁。

10 . 杰克·凯德事件

　　到了 1450 年，兰开斯特政府的公信度大幅下降，而且经济上也濒临破产:债务总量达到 37.2 万英镑，并以每年 2 万英镑左右的速率递增；同时，尚欠约克 3.8 万英镑无力偿还。维持王室所需的经费数额惊人，每年高达 2.4 万英镑，这是 20 年之后费用的两倍，而国王每年的基本收益仅为 5000 英镑。其他杂七杂八的经济来源加在一起，国王的年度收入也不过 3.3 万英镑，除了应付日常需要之外，根本不具有偿还债务的能力。因此，王室日益债台高筑，支付能力却不断下降。迄今为止，政府只能依靠从意大利的商人和银行家那里贷款度日，但即便是他们也变得谨慎起来，因为人们已经意识到这个国家的财政状况岌岌可危。在 1450 年之后的十来年里，新增借款总计仅为 1000 英镑。议会无法通过投票征收更多的税款，以满足王室的债务需求或资助在法国的战争费用——这依然是一笔主要的经济支出。甚至连王室成员的报酬亦是拖欠不付，以至于他们不得不请求议会发放薪水。

　　与此同时，在宫廷党的影响下，亨利六世赠送皇家土地和不动产的规模却达到了空前的程度，从而丧失了大量地租收入和房产收益。资助伊顿公学和剑桥大学国王学院时，他依然出手大方，因此受到议会的批评。宫廷党几乎榨干了这个国家的油水，他们显然是亨利那份慷慨的主要受益者，于是千方百计抵制议会通过资产"回收法案"，因为这意味着将会剥夺他们的不义之财。鉴于这样的状况，想要让王室的财务困境立竿见影地得到改善，几乎没有任何可能性。

英格兰人极其渴望看到政治清明、政府稳健和治安完善的局面。然而他们意识到，宫廷党把持着有利于成员个人及其亲信的行政执法，他们对国王和枢密院的高度操纵几乎到了无法有效形成任何对抗势力的程度。一种"英国记事报"的某位不知名的编年史家如此写道："在当时，以及之前的很长时间里，英格兰实行的是一种在不正当顾问的指导下的统治，公共利益受到了极大的损坏与侵害，平民百姓饱受苛捐杂税以及其他压榨之苦，以至于到了只依靠手工艺和耕种田地可能难以生存的地步，所以他们极度仇恨那些国家支配者。"

对地方治安的混乱状况的谴责最为强烈的，是有钱有势的伦敦商人，他们特别期盼政府能够恢复稳定，经济得到复苏。他们自然同情那些与宫廷党唱反调的派系，也正因为此，他们后来加入了约克对决宫廷党的阵营之中。

民众也为发生在法国的形势感到震惊。1450 年年初，英国军队开始从诺曼底撤退，未等查理七世的军队发起进攻，许多人便已逃之夭夭。这些三五成群的逃兵"穷困潦倒"，他们从英吉利海峡的不同港口沿路艰难跋涉，走到哪里，就乞讨或偷窃到哪里。回国之后，他们挨饿受冻，状况依然凄惨，有些人只能靠威胁和敲诈乡里为生，结果被逮捕或处以绞刑。另一些人则因成为"可耻的失败者"而处处遭人唾弃，于是更加剧了他们对政府的不满情绪。

在威尔士，由于一些在外土地业权人疏于治理，或由于当地一些掠夺者的无情盘剥，这些人包括拉格伦的威廉·赫伯特（William Herbert of Raglan）等，部分地区的局势越发动乱不安，这给当权者提出了另一个难题。赫伯特是约克在威尔士东南部的领地厄斯克（Usk）的管理人，他野心勃勃、贪婪无度，做起事来简直肆无忌惮。同时代的编年史家对他的描述极为负面：格洛斯特大修道院的编年史者称他"无恶不作、冷酷无情"；《简要拉丁纪事报》的编年史者形容他是"一个罪孽深重的压迫者和掠夺者，多年来对神职人员以及其他许多人进行着残酷的剥削"。赫伯特并不是威尔士唯一的压迫者，土生土长的格鲁菲德·阿普·尼古拉斯（Gruffydd ap Nicholas）对皇家权威的破坏力几乎达到了毁灭性的效果。

糟糕的是，亨利六世没有行使权威去管束。他的做法一如往常，只是频繁督促手下官员去处理好这些麻烦事，但想要从根本上改变宫廷党不理朝政和贪污腐败的积习，谈何容易。亨利显然并不具备掌控手下权贵的能耐，再加上丧失在法国的占领地，民众对他的有效执政能力失去了信心，对于兰开斯特家族的忠心也因此开始动摇，尽管敢于公开非难国王的人少而又少。1450 年 7 月，两个萨福克郡的农民因为"错误地说国王是个天生的傻瓜，这个国家应该由别的国王统治，也就是说，现任国王无法胜任统治英格兰"而遭逮捕。事实确实如此，率真的表白者却要受到无情的惩罚。不过，总体来说民众对亨利六世仍然怀有极高的崇敬之情，诸如此类的冒犯言论只是孤立的个别事件而已，千夫所指的焦点是宫廷党。

由于国王懦弱无能、枢密院权威逐渐衰弱以及议会四分五裂，中央政府变得软弱、无效，因而丧失了控制贵族政体的能力，而控制力的一个主要功能就是发动战争。这并不是说议会和枢密院已完全停止运转，而是说，在这样的状况下形成的政府实际上几乎无法有效阻挡席卷全国的骚乱动荡和法律沦丧的潮流。到了 15 世纪 50 年代，有人如此描述英格兰：

> 由于国王头脑简单，他听信身边贪婪之徒的谗言，英格兰王国根本谈不上治理良好，财政上陷入入不敷出的泥潭。他的债务与日俱增，却已毫无偿还能力。从老百姓那里强征而来的各种税款不知如何被他消耗殆尽，甚至落得无力支付王室人员薪酬和维持战争所需费用的绝境。

萨福克被谋杀激怒了许多国王的拥护者，其中包括肯特郡治安官威廉·克罗默（William Crowmer）和残忍贪婪的英格兰财政大臣塞伊勋爵（Lord Say）。这两个人确信，肯特人参与了谋杀行动，于是整个肯特郡由此谣言四起，传说这两位权贵发下毒誓，要将该郡变成驯鹿公园。肯特是一个极易受到刺激而奋起反击的地区，因为它曾经历过无数次法国海盗的海岸袭击，沿岸港口的贸易受此打击而衰落。同样也是这些港口以及四周相连的道路，见证了那些从法国返回的、象征"英格兰耻辱"的衣衫褴褛并心怀怨恨的士兵们，他们源源不断地沿途经过。

1450 年 5 月 24 日，就在萨福克死去 3 周之后，全国各地都在庆祝"圣灵降临节"，在肯特郡，人们也一如既往地聚集在一起庆贺节日。但是，此次聚会意义非同以往，因为它标志着一次影响巨大的政治反叛的形成。这次行动由一批具有聪慧政治头脑的人精心谋划，他们意识到，广大民众对于王室的贪官污吏和宫廷党内权贵滥用职权的状况积怨已久。在肯特郡的威尔德（the Weald）以及周边地区，许多村镇的健壮男人全副武装、待命出发，这一天，叛军首领们在阿什福德（Ashford）召集了成百上千的人马，他们戴上臂章，向伦敦挺近。杰克·凯德（Jack Cade）是领袖之一，他煽动民众起来反抗的公然理由是：王后为了替她的情人萨福克报仇雪恨，要将肯特农民的房屋夷为平地。

于是，一场经过周密计划和组织的、著名的"凯德起义"由此开始，并对政府构成了严重威胁。得知起义军抵达伦敦的消息时，国王以及宫廷大臣正在莱斯特（Leiceste）出席议会。亨利六世很幸运，大臣以及他们的近卫队就在眼前，因此，轻易就聚集起一支庞大的军队立刻赶往首府迎击起义军。国王本人甚至穿上盔甲、骑上战马，亲自率领军队朝伦敦进发。浩浩荡荡的队伍穿过伦敦街道时，他这一次——仅此一回——的威武雄姿给市民们带去了莫大的激励与安慰。

杰克·凯德是一位成功的绅士，贝尼特形容他是"一个极其英勇而敏锐的男人"。肯特人之所以选择他作为领袖，是因为他在当地享有极高的地位和声望。从后来的逮捕令中可以看到，凯德出生于爱尔兰，曾在苏塞克斯一个骑士家中供过职。逮捕令中称，他曾谋杀一位孕妇，但这项指控没有真实性，无非是想把凯德描绘成一个恶毒的罪犯，以此来摧毁民众对他的支持。从凯德作为一位军事领袖的才能来看，他很可能在法国战场上服过役。一开始他就严格治军，禁止手下打家劫舍，并下令绞死违令者，因此，作为一名指挥官，他很好地控制着自己的军队。

凯德为自己编造了一些朗朗上口却具有某种政治意义的名字，以此激发广大民众对他的想象力。他首先使用的是一个牧师别名："艾尔默博士"（Dr Aylmer）；然后，他称自己为"约翰·阿门德－奥尔"（John Amend-All）；最后，他为自己取了个更具刺激性的名字"约翰·莫蒂默"，凸显了他对约克公爵以及其他朝廷政敌的支持。通过使用"莫蒂默"这个名字作为战斗口号，他仿佛正在提醒民众：现政权是可以被替代的，兰开斯特家族篡夺了王位，而理查二世真正的继承者却被废弃了。这个名字还意味着他与约克之间的象征性亲属关系，当时甚至有许多人按照字面理解，认为他们真的有亲属关系。

凯德发表了一份声明，罗列了针对政府的种种不满现象。他的声明道出了大多数下议院议员以及一些权贵的心声，也在很大程度上代表了全国民众的呼声。他列举了王室土地被大肆赠送，苛捐杂税残酷无情，王国财务状况一塌糊涂，任命地方政府官员时出现贪污受贿，王室宠臣在司法过程中贪赃枉法，议会选举被人为操纵，英格兰在法国的领地丧失，宫廷党腐败堕落，约克遭受贬抑，政府在打击袭击英格兰海岸的海盗时不作为，等等。同时，他谴责了某些个人，例如，托马斯·丹尼尔（Thomas Daniel）和约翰·特里维廉（John Trevelyan）等萨福克的前支持者、王后的财务主管威廉·布斯（William Booth）、治安官克罗默和塞伊勋爵等。

凯德要求：为了纠正这些不良状况，国王应该收回已经赠予的所有土地，并将萨福克的支持者从枢密院中清除出去；国王应该下令对司法制度进行大刀阔斧的改革，同时提高任职人员的薪水限制标准；

政府开支应该严加控制，并对英国丧失在法国的占领地是否由叛国行为所致进行调查；杀害格洛斯特的凶手要被绳之以法——民间依然普遍认为，格洛斯特公爵乃是死于非命。这些要求谈不上是革命性的，无非是些合理而温和的诉求，它们的主要目标也不是指向国王，而是针对他手下的腐败官僚。

凯德的行动并未得到广大农民的支持。此次行动毕竟不是第二次农民起义[1]，而是由一帮见多识广、注重实际的有识之士所发起的反抗行动。他们对希望实现的诉求有着非常现实的目标，坚信自己的事业是正义的，而且把自己看作竞争者和持异议者，而不是谋反者。其中一些人是约克的支持者。很少有人遭遇特定的经济困境：肯特郡不但不存在农业萧条的问题，而且近年来肯特农业劳动者的收入还有增无减。从暴动发生后发布的赦免人员名单来看，凯德的军队由社会各阶层人员所组成，据贝尼特估计约为 5000 人，其中包括 1 名曾参加过阿金库尔战役的骑士、74 名绅士、3 名治安官、2 名议会成员、18 名侍从，以及大量地方官员、水手、神职人员、商人和自由民。他们主要来自东南部各郡，不过，他们的诉求体现的是整个王国各地民众的共同呼声。

亨利六世认为，约克是凯德叛乱背后的原动力，他在位于都柏林的安全基地唆使了这场行动。亨利还确信，叛乱的意图是想立约克为王。由于约克公爵对现政权持批评态度人所共知，亨利把这场行动与约克联系在一起不足为奇，但目前并无证据证明，约克或他的亲信以任何形式与凯德的起义有关联。不过，毫无疑问，约克迫切想要通过他在英格兰的朋友关系及时了解这次行动的进展情况，毕竟，凯德在他的要求中提到应该恢复约克在枢密院和宫廷中的应有地位。

6 月初，身穿猩红色战袍的凯德率领训练有素的军队抵达伦敦郊外的布莱克希斯（Blackheath），然后在此安营扎寨严阵以待。寄住在克勒

---

[1]　译注：英格兰历史上的第一次农民起义，指发生于 1381 年的一次持续了 1 个月的重大起义，农民们因无法忍受沉重的赋税而奋起反抗。

肯维尔（Clerkenwell）的圣约翰小修道院中的国王，派出了他的代表欲与凯德进行谈判，而凯德托他们给国王带去了一份声明。亨利将声明递交枢密院进行商议，结果成员们立即拒绝了声明中的所有要求。与此同时，伦敦人正在紧锣密鼓地备战自卫，泰晤士河沿岸架起了大炮，驳船封锁了河道。两万皇家大军正集结于城墙外克勒肯维尔一带的旷野。

国王命令叛军解散回家。凯德考虑到，他虽然可以向皇家军队发起进攻，但没有获胜的希望，于是便下令将部队撤退到肯特郡的塞文欧克斯（Sevenoaks），在那里等待从苏塞克斯赶来的援军。宫廷党知道，虽然亨利具有优势，但他不愿意对臣民们发动攻击。他的谋士们便进言，采取攻击行动将有助于国王的事业：君主亲自率领千军万马的豪迈气概和王旗迎风招展的壮观景象，即使对最为强硬的叛军来说也足具震慑力。

正当亨利准备率军追击时，有人说服亨利将他的军队一分为二。这个人很可能是王后，她担心丈夫的安全而拒绝从他身边离开。分兵后，国王将带领部分部队守护布莱克希斯，而其余部队则由汉弗莱·斯塔福德爵士及其弟弟威廉指挥，他们将向塞文欧克斯发起进攻。双方在塞文欧克斯进行了一场持续两个小时的血腥战斗。起义军损失惨重，但仍然成功打败了皇家军队。斯塔福德兄弟被杀，他们手下的将士不是战死，就是在慌恐之中四处逃窜。

这一灾难性的消息传到布莱克希斯后，国王手下的将士发动兵变，他们宣称自己是凯德的人，在整个伦敦城里胡作非为，焚烧和打劫宫廷派支持者们的房屋。叛军大声喊叫，说要割下国王那些邪恶谋士的头颅。这样的场景让亨利措手不及。在玛格丽特的劝说下，他们准备逃往格林尼治。王后想让塞伊勋爵一同前往，但被他婉拒。塞伊知道，起义军很可能会继续追击自己而危及国王夫妇。

次日清晨，正当一些气急败坏的贵族试图在布莱克希斯重新召集皇家军队残部时，他们听到有人呼喊"国王身边的卖国贼们，你们是毁了我们的罪人"，于是被吓得不敢轻举妄动。接着又有人大声疾呼，要塞伊勋爵、托马斯·丹尼尔以及宫廷党其他成员的命。与其说是取悦起义军，不如说是为了自身安全，国王下令逮捕塞伊勋爵和治安官克罗默，并将塞伊羁押于伦敦塔，把克罗默关押在弗利特河畔的债案犯监狱。同时，为了谨慎起见，坎特伯雷大主教以及枢密院的大部分成员都被送进伦敦塔暂避风头，当时伦敦塔处于皇家统帅斯凯尔斯勋爵（Lord Scales）的掌控之下。

国王随即颁布一则公告，大意是所有的卖国者都将被逮捕，并会成立一个委员会，其成员受命于国王，专事把凯德和肯特人谴责的勒索者以及腐败的顾问和官员绳之以法。但是，贝尼特说，"凯德和肯特人并未因此姑息让步"。6月25日，国王离开伦敦前往凯尼尔沃思（Kenilworth），只留下由大主教们和韦恩福利特（Wayneflete）为首的枢密院成员去应对眼下的危难，但他们战战兢兢，起不了什么用。很明显，国王的撤离为凯德再度进军伦敦提供了便利。

至此，整个英格兰东南部的反叛力量正在蓬勃壮大。人们从埃塞克斯、苏塞克斯和萨里等地成群结队地涌来，加入凯德的阵营。他们被凯德非凡的领导才干激励，深信他将带领人们走向胜利。不过，几乎对于所有人来说，他们仍然忠于国王，认为国王只是受到掌权者，也就是反叛力量所要打击的对象的误导与欺骗。皇家政府几近崩溃，枢密院无计可施，且不愿面对凯德。与此同时，威尔特郡和怀特岛也爆发了起义，在这些地方，兰开斯特官员成为群众暴动的目标。

6月29日，起义军意气风发地回马伦敦，队伍因皇家军人的不断倒戈而空前壮大。未等伦敦人搞明白到底是怎么回事，他们就已迅速占领了布莱克希斯。此时的凯德头戴神气的头盔，身穿点缀着镀金钉扣的锁子铠，俨然一副王者威姿。他的靴子上还佩戴着汉弗莱·斯塔福德爵士失窃的马刺。

就在这一天，索尔兹伯里主教威廉·埃斯库（William Ayscough）正在威尔特郡的爱丁顿教堂的圣坛边主持弥撒。埃斯库是萨福克的密友，也是国王与王后的主婚人，人们普遍把这对夫妻没有生育继承人的责任怪罪于埃斯库。众所周知，埃斯库以专职教士的身份，一直劝导国王尽可能避免夫妻间的性生活。在其他方面，埃斯库其实是一位极为世俗的主教，他不情愿花哪怕最少的时间待在自己的教区，反倒很乐意花最多的时间在宫廷里，因为他在那里更容易得到高升。他是社会上知名的宫廷党成员，贪婪无人不晓，因此，民众认为他是"魔鬼缠身"。

埃斯库在民众心目中的形象极其邪恶，以至于在他现身圣坛时，聚会的群众怒从中来，把他从教堂拖到附近的一个山坡上。暴怒的群众在那里把他活活砍死，然后剥光他的服饰，将沾满血迹的衣衫撕成碎片。随后，这群人还"吹嘘自己的邪恶"，并尽最大可能拿走了主教的财物。

几乎可以肯定是，这起杀人事件是反叛力量有组织地派人在西南各郡民众中煽动不满情绪造成的结果。法官加斯科因（Gascoigne）认为，埃斯库之所以被杀，"是因为他作为亨利六世的忏悔神父，既不能弥补国王身上的不足之处，又没有明知其缺陷的不可救治而从其身边离开"。他的被杀证明了民众情绪的可怕力量。也就是在这个时候，利奇菲尔德主教（Lichfield）和诺维奇主教（Norwich）同样受到了愤怒群众的暴力威胁。

7月1日，起义军抵达泰晤士河的萨里河岸，仍以"约翰·莫蒂默"自居的凯德，在伦敦萨瑟克区的"白鹿客栈"住了下来，这里也成了他的指挥中心。同时，埃塞克斯的起义军聚集在阿尔德盖特城门外。许多伦敦人，包括穷人、几个市政议员和一些富裕商人（他们中有人已为凯德提供了资助），都拥护起义军的各项诉求，赞成为他们打开城门。市长急忙就是否开放城门一事咨询市政议员，其中只有一个议员罗伯特·霍恩（Robert Horne）对此表示反对，这使他变得极其不得人心，以至于市长出于自身安全的考虑把此人投入了监狱。

2日午后，伦敦桥远端的吊桥缓缓降落，杰克·凯德率领一队人马穿过桥头。过桥之后，凯德聊作停顿，拔剑斩断了吊桥的绳索。他来临的姿态活像一个征服者：身穿一袭蓝丝绒长袍，外加一套锁子铠，闪亮的头盔和靴子上的镀金马刺格外耀眼。凯德手持镶嵌金扣的盾牌和一把出鞘的剑，他的贴身护卫握剑走在前面，仿佛手中握的是国王那一把。

凯德进入伦敦时，人们授予他"城市之匙"；许多人从观看队伍中突然窜出，跑去加入他的队伍。然后，他率领部队沿着坎农街（Cannon Street）前往位于烛芯街（Candlewick Street）的"伦敦碑"（the London Stone）。[1] 凯德用宝剑轻击石碑，大声喊道："现在，莫蒂默是这座城市的主人！"随后，他与市政当局人员共进晚餐。有一位绅士为他切肉，他受到了贵族般的款待。入夜，凯德回到萨瑟克区歇息，那里是他的大部分部队的扎营之处。有一些人马则驻扎在伦敦市中心，他们做出了一些威胁性的行为，对伦敦市民造成了恐吓。

次日上午 11 点，贝尼特说，"凯德再次来到伦敦，他骑马穿过城区，手中挥舞着宝剑"。他穿着同样的蓝色丝绒长袍，披着黑貂毛皮，头戴一顶草帽。这一次，他带着更多的兵力，群情激愤并决定针对塞伊勋爵和治安官克罗默展开报复。凯德带领一队人马到弗利特河畔的债案犯监狱去捉拿克罗默，另一队人马则赶往伦敦塔，斯凯尔斯勋爵不得不屈服于他们的要求，交出了塞伊勋爵。塞伊被强行押至伦敦市政厅，他与其他二十来个已被凯德手下围捕的人一道，以犯有叛国罪和敲诈勒索罪的指控被带到法官们面前。塞伊勋爵傲慢地向审判法官提出了他作为贵族所享有的特权，但是，贝尼特说，"他的态度顿时激怒了在场群众，他们希望当着法官的面立刻把他杀了"。一位牧师被迅速传唤到场，塞伊勋爵"在做过忏悔之后，被下级士官以及肯特人带到齐普赛街（Cheapside），在那里，他立即被斩首"。与此同时，经由阿尔德盖特城门，克罗默已被带到迈尔－恩德路（Mile End），在那里，他同样接受了身首异处的命运。

凯德将两人的首级穿在长矛上，下令剥光塞伊尸体上的衣服，并

---

[1]　一座罗马纪念碑，历史学家们认为，此碑为城市道路系统中心点的标志。

用绳子把尸体的脚踝绑到一匹马上，马匹拖着双臂张开的血淋淋的躯干，穿过这座城市的大街，反叛者们紧随这令人毛骨悚然的战利品欢呼呐喊。在阿尔德盖特城门口，他们受到埃塞克斯的士兵们的热烈迎候，几个举着可怕首级的人做出"亲吻"的逗乐动作，引来人们阵阵狂笑。随后，凯德下令将两个首级悬挂在伦敦桥上示众，就像通常处置叛国者那样。塞伊的尸体最后被送往萨瑟克的圣托马斯医院下葬。

此时，凯德队伍中的许多人已处于失控状态，给城市造成了严重的破坏。凯德本人也因胜利而自我膨胀，对管教士兵不再感兴趣。他默许手下的肯特人洗劫了一位富有的市政议员菲利普·马尔帕斯（Philip Malpas）的家，不过事先有人已告诫过马尔帕斯要提防着点，他本人以及大部分贵重物品已设法转移到了一个安全的地方。凯德本人也加入了掠夺者的行列，劫得的一些珠宝是约克典当在马尔帕斯那里的。大概因为不识货，凯德把这些东西都扔了，后来它们被重新找到并还给了市政议员。

凯德的队伍中也有许多人格高尚、诚实正直的追随者，他们从不参与杀人或抢劫的行为。因此，看到自己的领袖堕落成一个盗贼，他们万分惊愕。从那一刻起，凯德的威望一落千丈，他那正义捍卫者的形象由此消散。贝尼特说，"当伦敦人意识到凯德正在违背他在公告中许下的承诺，便开始与他反目为敌"。

眼下，由于已无力支付手下人马的费用，凯德急需资金。他曾向在伦敦的外国商人讨要武器和现金，但遭到拒绝。现在，他既然破坏了自己的行为准则，也就无法阻止下属偷窃与抢劫。在百般无奈之下，凯德本想强行从一位城市商人马斯特·柯蒂斯（Master Curtis）那里弄些钱，但为时已晚。就在凯德的军队返回萨瑟克的营地时，市长以及市政议员们已会见了斯凯尔斯勋爵，共同商议如何防止凯德带着乌合之众返回伦敦市区。

次日晚上 10 点光景，伦敦塔驻军在队长马修·高夫（Matthew Gough）的率领下偷偷前往伦敦桥，对试图进入城区的凯德兵马展开了猛烈的阻击，一场激战由此爆发，一直持续到第二天早上 8 点。

伦敦桥并不适宜于作为战场。桥梁两端尽是商店、房屋，还有一座小教堂，通道中央也不过 8 英尺宽。双方在此短兵相接，难免造成可怕的后果。市民们在惊恐中失声尖叫，房屋摇摇欲坠，惊慌失措的母亲环抱婴儿跳入河中。虽然高夫在交战中阵亡，但即便如此，凯德还是意识到自己的军队已遭重创，于是下令烧毁吊桥，切断了伦敦塔驻军与自己军队之间的对战，并撤回萨里河岸。42 名伦敦人和 200 名肯特人在这次交战中死亡，其中一些人是被推入泰晤士河而丧命的。

尽管斯凯尔斯已经下令关闭伦敦城门，但他还是担心凯德下一步可能采取的行动，于是遵照王后和几位主教的建议，派遣红衣主教肯普与凯德谈判。被授权代表政府的红衣主教承诺，如果能够放下武器返回故里，那么，凯德及其跟随者将获得"特赦证明书"。凯德表示同意，但前提条件是，他在宣言中的要求必须得到满足。肯普向他做出了肯定的保证，并承诺，国王将成立一个委员会，专门调查让大家感到不满的所有根源。

政府职员马上着手工作，首先是迅速拟出业已承诺的赦免书——在这份赦免书上，凯德的名字是"约翰·莫蒂默"。大部分反叛者随即散伙回家了，但凯德却告诉余下的追随者，在议会认可他们的要求之前，他们的事业不能算已取得胜利。7 月 8 日，凯德率领小股力量，坐船沿泰晤士河撤退到罗彻斯特（Rochester），随行驳船中装满了偷盗抢劫而来的赃物。第二天，他试图围攻位于谢佩岛（the Isle of Sheppey）的昆伯勒城堡（Queenborough），但未获成功。此时，埃塞克斯的治安官正带着一大帮人在追捕他。7 月 10 日，凯德被公开宣布为叛国者，悬赏金额为 1000 马克。在萨瑟克授予他的特赦令也被撤销，依据的是一个荒唐的理由：特赦令的颁发对象是约翰·莫蒂默，而不是杰克·凯德。

凯德的许多追随者弃他而去，当局正在密切追寻他的踪迹。他逃到路易斯城（Lewes）南部的苏塞克斯，藏身于周围的树林中。后来他又转移到希思菲尔德，藏匿在当地的园林中。然而，在这里，凯德被肯特郡的治安官亚历山大·艾登（Alexander Iden）带领的武装人员围困得走投无路。他顽强抵抗，但很快就被制服，治安官还给他造成了致命伤害。带着流血的伤口，凯德被连拖带推地押往伦敦，但他死在了途中。于是，他被剥光衣服，装在一辆运货马车上拉到了伦敦。但是，很显然，枢密院对死人是否是凯德有所怀疑，直到尸体经由萨瑟克的"白鹿客栈"老板的妻子验证之后，才予以认可。刽子手砍下尸体的头，头颅被放进锅里煮得只剩颅骨，然后被一枚长钉钉在了伦敦桥吊桥的上方，面朝肯特方向，以此警示未来的叛军。凯德的躯干被锯成了四大块，悬挂在疑有叛意地区的城头示众。治安官艾登由此获得终身享受数目可观的俸禄的奖赏，并被任命为罗彻斯特城堡的管理人。贝尼特说，凯德被处以极刑，"依照的不是法律，而是国王的意志"。

亨利的确一心想要报复。在枢密院恢复秩序之后，国王和王后于7月10日返回伦敦。接着，亨利主持了对其他被肯特当局抓获的叛军的审判，他本人逐一宣布了对个人的死亡判决。8人在坎特伯雷被执行死刑，26人在罗彻斯特被处死，国王亲自去了每一个所谓的"收获头颅"的现场。

此次起义可谓一事无成。国王的委员会被解散，一切恢复原状，宫廷党依然掌握最高权力。不过，凯德的起义已经明显地暴露出国王和枢密院根本无法成功应对诸如此类的危机。一个国王本应该率领他的军队，保护人民和执行正义的制裁，但这位国王却临阵脱逃，群龙无首的王国政府几乎被倾覆。此外，明显让人感到震惊的事实是，反叛力量想要占领首府是如此轻而易举。

尽管凯德起义并不意味着玫瑰战争的爆发，也不属于那场战争的组成部分，但这次事件所导致的挫败感，无疑为日后的战争埋下伏笔。由杰克·凯德所表达出来的不平和诉求，乃是约克公爵理查在不久之后发出的同样的呼声。因此，此次反叛行动可被视为玫瑰战争的前奏。当然，它也是亨利统治迄今为止所经历的一次最严峻的危机。

11. 约克与兰开斯特家族之间的巨大裂痕

英国在法国的前景日趋黯淡。1450 年 7 月，萨默塞特将卡昂城 (Caen) 连同英国军队的大炮一道移交给了法国人。英格兰国内的大多数人认为，大可不必这么做，这简直是名誉扫地，但萨默塞特意识到，英国人在法国的事业已走到了尽头。他也很清楚，这些部署在法国的大炮已经再无用处。8 月 1 日，他"随身带着许多可怜的士兵"，骑着马进入伦敦市区。

得知萨默塞特投降之后，与其他许多人一样，约克认定是萨默塞特公爵的无能而导致诺曼底蒙受如此重大的损失，他给国王写信，要求将这位对手作为叛国者逮捕。亨利极不情愿地同意了他"亲爱的表兄"的请求，并召集了议会。萨默塞特知道这一情况后，立刻恳求王后帮他做主。王后对他深表同情，并承诺不会允许任何人对他提出指控。亨利不仅屈服于妻子的意愿，还对萨默塞特在法国的履职给予奖赏。结果，萨默塞特不但没有被投入伦敦塔，反而被任命为英格兰治安官，并被重新接纳进入枢密院。于是，对玛格丽特怀有敌意者迅速散布谣言，说她与萨默塞特有私情，给国王戴了绿帽。

从法国传来的消息更让英国人扫兴。8 月 15 日，法国人在福尔米尼 (Formigny) 彻底击败了由托马斯·克瑞尔爵士 (Sir Thomas Kyriell) 领导的小部英国军队。至此，整个诺曼底落入查理七世的手中，只是时间早晚的问题了。到了 8 月底，诺曼底最后的英国驻军向法国人投降，宣告这一英国直辖领地最终回到了法国的怀抱。现在，英格兰在法国所剩下的领地，只剩下爱德华三世于1347年占领的加来，和从属于英格兰王室的阿基坦直辖领地——那是于12世纪通过亨利二世与阿基坦的埃莉诺（Eleanor of Aquitaine）的婚姻关系获得的。[1] 对于英格兰来说，阿基坦的经济重要性非同小可，因为它是波尔多葡萄酒贸易中心的所在地，是几个世纪以来许多伦敦商人借以发财致富的天堂。

"丢了瑟堡（Cherbourg），"有人在《帕斯顿信札》中哀叹道，"我们在诺曼底已无立足之地。"诺曼底的丧失，标志着英国在法国的主权以及二元君主制的终结，尽管在乔治三世统治之前，英国君主们仍然继续以法国国王或女王自居。[2] 诺曼底得而复失，被认为是丧权辱国的惨败，英国因此而蒙羞，在绝大多数英国人看来，这是绝不应该发生的。此外，政府的公信力也遭到了致命损坏，因为这种失败皆由英国政府的政策不力所导致。

萨默塞特回到英格兰并大受款待的消息让约克非常气愤，获悉英国民众也为此愤愤不平后，他很快下定决心从都柏林返回伦敦以巩固自己的地位，最终目的则是争取自己已被长期否认的权力与影响力。与此同时，他却得到了令人不安的报告，说宫廷党正在密谋以叛国罪对他提出指控，于是，在没有请求国王许可的情况下，约克擅离职守，坐船抵达威尔士海岸，然后，从那里出发骑马前往勒德洛（Ludlow）。在勒德洛，由于达德利勋爵（Lord Dudley）和格洛斯特修道院院长的加盟，约克迅速召集起一支拥有4000人的武装力量，然后向着伦敦进军。他的归来引发了巨大的轰动。约克深受众人欢迎，他的队伍也因支持者的积极参与而迅速扩大，以至于编年史家贝尼特描述说，在到

---

[1] 译注：阿基坦的埃莉诺（Eleanor of Aquitaine，1122—1204），法王路易七世之妻，法兰西王后（1137—1152）；后嫁给英王亨利二世，成为英格兰王后（1154—1189）。

[2] 编注：乔治三世的统治时期为1760—1820年间，其间法国先后经历了路易十六被推翻、法国大革命以及拿破仑的统治，这已经不是英国主张统治权的法国了，因此在这之后英国才不再自居为法国统治者。

达伦敦时他的军队已发展到 5 万多人。这一数字难免有言过其实之嫌，不过，人们可以从中得到关于当时民众的情感力量的某种印象。

当时的议会会长托马斯·特雷瑟姆（Thomas Tresham）是应邀加入约克阵营的人物之一。接到约克的召唤之后，他立刻从位于北安普敦郡的塞维尔庄园（Sywell）骑马出门，但在路上遭遇一群伏击匪徒而被谋杀。验尸陪审团在调查案情的时候，被这帮匪徒威胁：除非他们对死者做出自杀判决，否则就会有生命危险。陪审团成员都非常害怕，以至于没有人敢做决定逮捕这帮杀人元凶。

平民百姓希望约克出面铲除诸如此类颠覆司法公正的暴徒。尽管萨默塞特的政治地位显赫超群，但约克是一位拥有更大领土权利的权贵，人们认为他应该更有办法战胜敌人。所有深受宫廷党人强取豪夺和腐败堕落之害的人民都把约克当作救星来期待，渴望他能够整治英格兰政治上的混乱局面。然而，在宫廷党和王后看来，他的归来将对权力造成比丧失诺曼底更大的威胁。

得知约克正在前往伦敦的路上后，枢密院派出了一支武装力量准备去捉拿他，但被约克成功地避开了。1450 年 9 月 29 日，约克抵达威斯敏斯特后直奔宫殿求见国王。当时，亨利寓所的房门已经关闭，但约克不顾一切地敲门，坚决要求觐见，最后亨利无可奈何，只好同意他进了内室，并"彬彬有礼地"接待了他。约克首先向国王表达了自己的一片忠心，然后话锋一转，敦促国王实施改革，同时，针对败坏的司法状况发了一通牢骚。他坚持要求国王开除身边那些腐败堕落的顾问，并召集议会处理政府官员滥用权力的问题。约克还毛遂自荐，称自己可以为国家大事的咨询出一份力。尽管亨利在口头上答应指定一个委员会考虑约克提出的建议，但实际上，他压根无心去做这些麻烦事。

关于约克与国王这次私下面谈，《帕斯顿信札》是这样描述的："整个王室都极为害怕；我的主人提出了许多广大民众期盼的愿望，它们皆与公平正义有关，并要求所有因遭指控而被捕的人都有权接受担保或保释，并依据法律进行审判。"

约克之所以广受拥戴，是因为他一直以来坚持创建一个健全政府的鲜明主张给民众留下了良好的印象，人们指望他来恢复英格兰的荣誉，让国王从那些腐败顾问的控制中摆脱出来。约克在广大民众中间享有相当高的支持率，同时，他也发现，所有受到现政权怠慢或失宠的贵族和绅士都拥护自己。诺福克公爵就是其中一员，他一直是约克的坚定支持者和忠实朋友。还有一些人前来向约克申诉萨福克的老仆人塔登汉姆（Tuddenham）和海登（Heydon）的霸道行径，说在英格兰东部，"人们对他们怨声载道，叫他们敲诈勒索者，因此，恳求我的主人对他们加以严惩"。

重要的一点是，当时约克并无争夺王位的企图。他只是希望引领一个反对党借以改革政府，并获得进入枢密院的权力。然而，王后以及许多权贵认为，这之中潜藏着更为险恶的动机，因此他们对约克采取了相应的敌对行动。约克此时的最大愿望，无非是想要被正式承认为假定继承人，毫无疑问，他确实担心萨默塞特会被命名为王位继承人，取代自己的位置。

9月30日，约克向国王提交了两份诉状。在其中一份诉状中，约克向国王倾吐了心中郁积已久的不平之气。很明显，他试图先发制人，预防自己的公民权和财产权被剥夺。在诉状中，约克陈述了自己作为假定继承人的权利，要求王室偿还依旧欠他的3万英镑债务（王室最初欠约克3.8万英镑，已偿还了8000英镑），并抱怨自己被无端排除在国王的枢密院之外。另一份诉状基本上是反映英格兰的民怨。为了赢得民众的支持与同情，通过重申在凯德宣言中强调的政府官员滥用权力的问题，以及把自己的不平遭遇与国王的臣民们的悲惨处境联系在一起，约克正在公然向国王叫板。挑战书既已发出，接下来便是隐遁于福瑟陵格城堡中静候亨利的回应了。

约克希望自己被认可并提出实施改革的要求，加上丧失诺曼底带来的耻辱，亨利最后认识到，既然他的表兄一片忠心，那么，对约克做出一些让步有何不可？于是，亨利终于让约克进入了一个新组成的"乌烟瘴气、人数众多的"枢密院。不过，亨利有言在先：约克公爵不可按照个人意愿独立行事（尽管之前他曾与萨福克势不两立，现在他又与萨默塞特你死我活）；在此前提下，枢密院会讨论他提出的改革建议，大家认为合适的就会实施。换句话说，约克虽然终于获得了政治上的发言权，但外界不一定能够听到他的声音。

这时的政治格局变得更加复杂了：约克与萨默塞特这两个死对头，现在在英格兰的核心部门共事，形成了一种潜在的危机局势。约克发现，眼下他虽然获得了议会下议院以及民众的大力支持，但在枢密院或议会上议院中支持者却寥寥无几，因为他们厌恶他的傲慢自大。

11月6日，亨利六世在威斯敏斯特召集议会。约克竭力利用影响力让自己的亲信当选议员，结果，他的势力成了占据主导地位的派系。每个与会权贵都带着大批武装随从，他们塞满了伦敦，全城的旅店变得供不应求。而不出所料的是，亲约克势力与亲萨默塞特势力之间每天都会发生械斗。在约克的支持者中，有其势力强大的妹夫诺福克，他来到伦敦时，带着一大帮武装随从，并"吹着6个号角在行进的队伍前制造声势"。这是有关"约克派与兰开斯特派之间出现巨大裂痕"的首次记载，对阵在大街上引起了一片骚乱。到了11月下旬，当约克从福瑟陵格来到伦敦时，他也随身带着3000名武装家臣。

议会试图保持中立，无意谈论国王顾问们的是非曲直，而是准备商讨如何保证王室的固定收益。然而，支持约克的下议院通过选举，把约克的拥护者威廉·奥尔德海尔爵士推为下议院议长。奥尔德海尔是诺福克郡一个富有的土地所有者，他与约克公爵相识已有不少年头，约克在诺曼底履职时，他曾作为顾问为约克服务，后来又成为约克的管家。奥尔德海尔是一个极具影响力的人物，拥有实力强大的亲朋好友。

在奥尔德海尔的主持下，下议院提议并通过了"回收法案"，即归还过去20年中由国王赠予的所有王室土地；同时，建立一个委员会，监督未来被提议的王室拨款的用途。他们还得到了国王的承诺，将努力恢复各郡的法律与秩序。

蹊跷的是，在议会召开期间，每天夜晚伦敦城里都会到处神秘地出现约克的猎鹰和镣锁纹章，而到了早上，就被卸掉代之以王室纹章，到了夜里王室纹章又被撤下。市长大人焦急万分，为了维护秩序，他每天都身穿盔甲，带领一队全副武装的士兵骑马巡视整个市区，"随时做好应战准备"。他还发布了一则令人哭笑不得的告示：禁止人们议论或干预"议会中发生的任何事情"。

在议会中，约克公然抨击政府无视人民要求的政策，认为民众背负了沉重的税赋，而王室宠臣却从中获利，让已经极为富有者拥有大量财富。但假如约克想要通过法律途径来铲除敌手，那他注定是要失败的。

约克的陈述被置之不理，让许多人感到愤怒。11月30日，贝尼特说，当大批伦敦人以及与权贵一同前来的武装人员得知，无论国王还是权贵都没有提及如何惩处卖国者的问题——在英格兰，有关他们的丑行，流言蜚语早已满天飞，尤其是萨默塞特公爵，他对诺曼底的丧失负有不可推卸的责任——于是，这些人在威斯敏斯特大厅对着在场所有王公贵族大声呐喊："还我们正义！严惩卖国贼！"

萨福克死后，王后不得不借力于"我们最亲爱的堂弟埃德蒙，萨默塞特公爵"，令他接替萨福克原来的位置，成为宫廷党的领袖角色。她不仅与萨默塞特情谊深厚，而且还与他的妻子埃莉诺·比彻姆（Eleanor Beauchamp）关系亲密，埃莉诺也是王后的闺中密友之一。在两年时间内，王后每年发给萨默塞特大约66英镑奖金，以奖励他"在紧急事务方面给予的良好而值得称赞的忠告"。偏爱萨默塞特等于疏离约克，不过王后早已把约克当作敌人，在约克从爱尔兰返回的时候，她就说得很清楚，萨默塞特，只有萨默塞特，能够得到她的偏袒和国王的恩宠，可在政府中独占鳌头。

然而，约克眼下的影响力占据上风，甚至超越了王后。12月1日，萨默塞特受到议会的弹劾，议会宣布将他监禁于伦敦塔，并在当天就带走了他，约克准备按照自己的意思行事了。在他看来，既然最大的那条鱼已经落网，就是时候趁势把宫廷党其他成员一起扳倒了，但国王和王后拒绝接受议会的宣判。仅在萨默塞特被监禁的几个小时之后，玛格丽特就下令将其释放。

约克的支持者们被惹怒了。当天下午，萨默塞特回到他位于黑衣修士桥（Blackfriars）的寓所之后，贝尼特说，大约有一千来名约克的支持者以及一群愤怒的市民赶到他的住处，欲将其杀死。他们把萨默塞特拽到在外等待的一条驳船上，"但德文伯爵（the Earl of Devon）按照约克公爵的吩咐前来安抚他们，慎重逮捕了领头者，并将此人秘密地关进伦敦塔，以免激怒民众"。萨默塞特回到家后发现，屋内所有家当已被洗劫一空，而且抢掠者们还打劫了他好友的住所。

12月3日，国王为其宠臣竟然遭受如此境遇而感到激愤，于是，他穿上盔甲，骑着马，亲自率领一队贵族、骑士和1000名士兵，穿梭于市区的大街小巷。这种示威行动可以暂时达到平息骚乱的效果，但不能起到安抚臣民的不满情绪的作用。萨默塞特仍旧得到国王的高度恩宠，没过不久还被任命为王室管家。

1451年1月，圣诞节之后议会重新召开。愤怒的下议院向国王提交了一份请愿书，要求将29人从宫廷中清除出去，因为他们"对您的皇家以及在其他场合存有不端行为，他们通过种种不正当的手段，让您的财产被大量侵吞（滥用），您的法律不能实施，您的王国的平安无法确保"。在这份名录中，萨默塞特名列榜首，此外还包括萨福克的遗孀爱丽丝·乔叟、切斯特主教威廉·布斯、托马斯·丹尼尔、约翰·特里维廉、托马斯·塔登汉姆和亨利·海登等人，其中提到的许多人也是凯德宣言中所谴责的对象。下议院请求，不仅要把这些人从宫廷中驱逐出去，还要剥夺他们的土地和房产。

恼羞成怒的亨利六世公然声明"根本没有足够的理由要他以这样的方式来驱逐宠爱的顾问"，但他最终还是被勉强说服，同意清除名单上提到的几位私仆，并且答应，在一年之内免去剩余人员的宫廷职务。在约克的影响下，声名狼藉的塔登汉姆、海登以及萨福克的几位前支持者被带到东安格利亚的司法调查委员会，以犯有敲诈勒索或其他罪行被提起指控。约克也曾试图起诉杀害托马斯·特雷瑟姆爵士的凶手，但未获成功。至于清除切斯特主教威廉·布斯，那更是不可能的事，枢密院反而把他提升为约克教区的大主教。亨利最后并没有遵守自己的诺言，贬谪他那些腐败堕落的顾问。

议会上议院的大多数成员都属于宫廷党，他们清楚地知道，假如约克全面控制政府，他们中的许多人将会被政敌取而代之，比如诺福克的莫布雷家族（the Mowbrays of Norfolk）、牛津的德·维尔家族（the de Veres of Oxford）、霍华德家族以及与约克关系密切的所有权贵。这意味着，无论是国家层面还是地方层面，权力平衡都将发生巨大的转折。这对既得利益集团来说事关重大，所以，上议院将不惜一切代价防范这种危险的发生。

没有大多数贵族的支持，约克发现，来之不易的权势将从他的手中渐渐消失，而宫廷党会逐步恢复对国王以及政府的控制力。看到约克的势力与日俱减，亨利六世大胆拒绝贬谪萨默塞特，萨默塞特很快重拾往日在宫廷中的显赫地位。1451年年初，亨利还任命他为加来的最高行政长官，这是一个极其重要而且权力巨大的职位。萨默塞特对丧失诺曼底的可耻后果难辞其咎，现在却掌控了英格兰君主最大的海外驻军。到了1451年5月，以萨默塞特公爵和红衣主教肯普（他也是大法官）为首的宫廷党重新掌握大权，尽管此时法国的形势不断恶化，法国人正在对驻扎于加斯科尼（Gascony）和阿基坦的英国军队发动猛烈攻击。

当时的民众情绪显而易见。约克有位支持者名叫托马斯·杨（Thomas Young），他是约克顾问班子中的一位成员，也是布里斯托尔市（Bristol）的一位下议院议员，敦促下议院向国王提交了一份请愿书，请求内容是："因为国王没有后代，为了王国的安宁起见，应当把未来的法定继承人早日确定下来公之于众，并提名约克公爵。"托马斯·杨天真地希望以此来转变国王可能把萨默塞特定为继承人的想法，但他的提议在上议院引发了一场可怕的骚动，招致国王罕见的不快。结果，不幸的托马斯·杨很快就让自己变成了伦敦塔中的囚犯。这侵害了他作为下议院议员拥有的公正言论自由的权利，下议院为此群情激奋，并请求立即放人。国王把要求放人的请愿书交到枢密院，枢密院驳回了请求，而亨利则突然解散了当月的议会。

托马斯·杨的案例表明，派系倾轧正在干扰议会的议程，政治见解的分野也完全取决于支持兰开斯特派还是支持约克派。至于约克本人，在议会解散后，他发现自己孤立无援，比以往任何时候都更不得国王以及大部分权贵的信任。

1451年6月30日，法国人占领了阿基坦的首府波尔多。市民们并没有把他们的"解放者"当作朋友，因为他们认为自己是英国人，毕竟此城300年来一直是金雀花王朝王冠上的一颗明珠。几周之后，法国人攻克了阿基坦的另一座城市巴约讷。8月23日，整个阿基坦直辖领地回归查理七世手中。这一消息在英格兰国内引起了巨大的震动与惊慌，特别是在商人群体当中，他们为葡萄酒贸易的利益前景深感忧虑。

英格兰处于高度紧张的状态下，不间断地暴发着骚乱，主要发生在英国西南部各郡。到了1451年秋，很显然，亨利六世根本无意实施任何政府改革计划。他几乎对所有投诉内容都充耳不闻，并以短浅的目光知足于让一切得过且过。英国在法国的占领地几近全盘尽丧，亨利任由英格兰政府彻底腐败与堕落，地方政府和司法名存实亡，整个王国陷入一片混乱和无政府状态。亨利对事态的严峻性似乎真的浑然不觉，他的谋士和顾问们则忙于追逐自己的利益而无暇顾及国事。有关王位继承人的紧迫问题也被束之高阁。

国王仍然负债累累。王室到底潦倒到何种程度，在圣诞节期间发生的一幕戏剧性场景足以令人瞠目：在每年 1 月 6 日纪念耶稣显灵的"主显节"那天，国王和王后一如往常在宴会上入座，此时心烦意乱的王室管家走来，向他们透露，宫中已经没有吃的了，因为供货商不再愿意为王室赊账供应更多食物。

而约克这边，他因为面临的残酷现实，不得不明白一点：推动亨利"有所事事"的唯一办法，就是使用武力。尽管极不情愿，但他意识到，事到如今已经别无选择。这个秋天，当约克准备与国王，更准确地说是与宫廷党开始正面交锋时，内战的幽灵悄然而至。

有关对立派系之间的武力冲突一触即发的传言，已经甚嚣尘上，而约克公爵想要充分利用全国上下的恐慌心理。于是，他迈开了约克派诸多政治攻势的第一步。9 月，约克开始写信给诺福克郡那些有影响力的人物，以期唤醒他们通过和平或其他方式来支持改革政府。当时，诺福克郡正处于极度混乱与不公状态下。11 月，约克派出威廉·奥尔德海尔爵士鼓动英格兰东部民众起来抗议政府官员滥用职权。然后，他放出了有可能举事造反的警告信号。

王后既憎恨又惧怕约克。1452 年伊始，她和萨默塞特设法让国王确信，约克公爵正在策划政变，最终目的是夺取王位。事实上，也正如约克派去执行使命的人宣传的，"国王与其说是君主，不如说是修道院中的修士，他把王国的事务全盘交到一个女人手中。从某种意义上来说，他的王权早已被废黜，王后只是在利用他的名头掩饰篡位的实质——因为根据英格兰法律，王后没有权力，只该是一个头衔"。这样的宣传只会更加激怒玛格丽特，但这种说法不无道理。正如一项有关王后 1452—1453 年间的"行头账册"的研究所显示的，从"王后的顾问班子建议"发放的拨款数目中，就可以看出她对政府的影响程度了。

得知约克正在筹划某种对抗行动之后，玛格丽特也决定采取措施。这年冬天，乘苏格兰的道格拉斯伯爵到访宫廷之机，她贸然地争取与他建立友情关系，因为王后知道，他有能力调动苏格兰三分之一的军事力量。道格拉斯对王后的忧虑心领神会，便应允，如果国王无法战胜约克，那么他会率领军队前来援助。

征募道格拉斯当援军这件事可以说明，玛格丽特对英国人的固有成见一无所知。这是一个率直的女人，她哪里感知得到，虽然对于她来说，苏格兰人是自己急需的盟友，但是，对于她丈夫的臣民来说，他们却是传统的敌人。几个世纪以来，苏格兰军队出现在英格兰土地上总是一件令人害怕和遭人抗拒的事情。对于王后来说，也许幸运的是，道格拉斯在回到苏格兰后不久就被人谋杀了，这意味着，她不再可能依赖苏格兰军队的大力支持。

约克的政治宣传开始初见成效。国王派人送信给当时正在勒德洛城堡的约克公爵，信中说，约克对国王那些非常值得信赖的顾问的品行大肆诽谤，这让国王最为不满。收悉此信后，约克约见了什鲁斯伯里伯爵约翰·塔尔博特（John Talbot）和赫里福德主教雷金纳德·布勒斯（Reginald Boulers），并向他们郑重声明他是国王的真正的臣子，并要求他们向亨利六世转达他心甘情愿效忠于国王的意愿。如果国王乐意，敬请国王派上两三个贵族到勒德洛，见证他在圣礼上宣誓。但事与愿违，1452 年 2 月 1 日，亨利从威斯敏斯特派遣枢密院的行政秘书前去通知约克，要求他参加将在兰开斯特家族的坚实后盾考文垂举行的枢密院会议。约克感到其中有诈，于是拒绝服从传唤。

玛格丽特王后得到密探的报告，说约克正在召集一支武装力量，于是她力图敦促亨利准备军力，防患于未然。国王不愿照办，无奈之下，王后只好以情感来勒索，她问他：万一你惨遭不测，那么，我该何去何从？国王只好勉强同意发布招募皇家军队的动员令。

2 月 3 日，约克向什鲁斯伯里的平民百姓发出一则告示，上面写道："我有重要事宜敬告大家，在全能的上帝、圣母玛利亚以及所有在天之灵的帮助与支持下，经过长时间的忍耐和拖延之后，我看到（萨默塞特）公爵一直以来操纵着国王——我并非有意冒犯我至高无上的君主，但照此下去，这个国家终将毁于一旦。所以，我充分认识到，必须依靠我的亲朋好友们的襄助，立即行动起来反对他。"他接着指出，萨默塞特应对英格兰在法国的灾难性损失，以及国王未能就约克在年前提交的诉状做出反应负有罪责。他还诉苦说，萨默塞特不断挑拨国王，逼得自己无路可走。最后，为了这一事业，约克恳请什鲁斯伯里城能够赐予他"尽可能多的、优秀并大有作为的战士"。为了寻求可能提供的支持力量，约克也把内容类同的信件发向了其他城镇。

在科巴姆勋爵（Lord Cobham）的伴随下，约克离开勒德洛，并率领军队向伦敦进发。他的目标是控制首府，于是派出传令官打先锋，请求市民们允许他的军队和平通过。伦敦人对此的回应是加强防御。他们非常清楚，在政府看来，支持约克就意味着叛国。由于缺少强有力的领导，伦敦人自然不会轻易投身于叛乱。2月12日，枢密院行政秘书回到威斯敏斯特，禀报约克蔑视国王召唤的行为，并提醒亨利要警惕约克公爵正在进行的计划。同时，枢密院得到消息，称德文伯爵也正在英格兰西南部各郡招兵买马，准备加入约克的阵营。两天后，国王任命白金汉公爵和邦维尔勋爵（Lord Bonville）为特派行政长官，负责平定西南部的叛乱。

皇家军队也已集结完毕，16日，国王、王后以及所有宫廷大臣随着部队昂首阔步从伦敦出发前往考文垂，希望截获约克。第二天，枢密院发现约克鼓动了7个城镇起来谋反，其中包括坎特伯雷、梅德斯通（Maidstone）和桑威治（Sandwich）。凯德曾在这些地方发动叛乱的痛苦记忆，依然历历在目。国王十分气愤地给科巴姆勋爵发去了一份强制执行令，责骂他未能响应皇家召唤组织兵力，命令他刻不容缓前来侍奉君主。

2月19日至23日，英格兰东部出现了支持约克的公众集会和示威行动，但因为皇家军队正位于示威者与约克之间，所以支持者们无法加入约克的队伍。然而，约克公爵设法避开了皇家军队，继续向伦敦方向推进。当时正寄宿于北安普顿的国王得知此事之后，便与他的贵族们商议对策，他们建议国王赶紧折回邓斯特布尔（Dunstable）和伦敦。至此，亨利的阵营已变得非常强大，有相当多权贵都加入了国王的队伍，其中包括埃克塞特公爵、白金汉公爵和诺福克公爵（他无法说服自己冒着可能被视为叛国者的风险去支持约克的谋反行动）、索尔兹伯里伯爵、什鲁斯伯里伯爵、伍斯特伯爵和威尔特伯爵，以及博蒙特勋爵、德·莱尔勋爵（de Lisle）、克利福德勋爵（Clifford）、埃格蒙特勋爵（Egremont）、莫林斯勋爵、斯托顿勋爵（Stourton）、卡莫伊斯勋爵（Camoys）和比彻姆勋爵等人。他们共同促请国王给约克去信，严禁约克采取可能被解读为谋反的任何行动。亨利采纳了大家的意见，并派温彻斯特主教、鲍彻子爵（Viscount Bourchier）和斯托顿勋爵去送信。第二天，他又发信给伦敦市长，不准他放约克进城。

约克在金斯顿（Kingston）驻扎了 3 天，试图探明皇家军队的实力，同时也可能在等待增援部队的到来。然后，他率领军队从金斯顿桥穿过泰晤士河，向达特福德（Dartford）方向进发。国王的军队对约克展开追击，2 月 27 日，皇家军队穿越伦敦市区后，在萨瑟克安营扎寨。亨利本人当晚下榻于温彻斯特主教位于萨瑟克的圣玛丽·奥弗丽修道院（the Priory of St Mary Overie）旁边的宅邸，准备第二天再追上部队。

2 月 29 日，约克到达达特福德。3 月 1 日，他的军队在达特福德周边建立营地。在这里，约克按照作战要求——他们当时所掌握的"战争"配置——部署兵马，把军队分为三大军团，他本人指挥中心军团，德文指挥南翼军团，科巴姆指挥离泰晤士河南岸最近的北翼军团。军队前方排列着大量大炮，打算用以对付可能在惠特灵大街（Watling Street）出现的皇家军队。维特汉姆斯特德说，约克还挖了地道以及其他防御工事。

3 月 1 日，国王和他的军队移师至布莱克西斯，在那里翻越了"射手山"（Shooter's Hill）到达肯特郡的威灵（Welling），然后扎营过夜。第二天，皇家军队已深入到约克所在位置的 3 英里之内。

约克有一支装备精良的军队，防御阵形十分坚固。贝尼特认为，约克是以 2 万兵力抗击国王的 2.4 万兵力。一位姓名不详的作者在一份英格兰记事报上说，约克的军队"完全不敌国王的实力"，此说法大概来源于不大可靠的小道消息。根据阿伦德尔海量存储系统（MSS）中的资料记载，两军势均力敌，但约克拥有"强大的武器装备"。他还有7条满载供应物资的船只守候在附近的泰晤士河，万一需要，便可用于军队逃离。但是，约克缺少贵族的支持，国王则能随时得到他们的有效配合。此外，约克盼望的来自肯特的增援力量，也未如期到达。

虽然双方严阵以待，战斗一触即发，但谁都不想迈出第一步。约克心想，他的武力展示必定会被视为旨在针对国王的叛国行为。3月2日上午，王后派来伊利主教、温彻斯特主教，以及索尔兹伯里伯爵和沃里克伯爵，希望通过和平谈判解决问题。此时他才松了一口气。他们以国王的名义要求约克恢复对于国王的忠诚态度。约克表示，他十分愿意遵从国王的吩咐，但前提是，萨默塞特要为他对国家犯下的罪行受到惩处。他说，"必须撤除萨默塞特公爵，否则宁愿战死沙场"，而且，他还要求国王承认其王位继承人的地位。谈判者同意将他的要求呈给国王。

返回皇家营地后，两位主教在向国王汇报情况时，让红衣主教肯普找借口把王后支开。在王后不在场的情况下，他们力促亨利同意约克的要求。国王最后决定答应，并下令拟定针对萨默塞特的逮捕令。没有人告诉王后正在发生的事情。两位主教随即再度拜访约克，并告诉他国王已同意要求，但条件是约克必须立即遣散军队。约克以为自己已取得胜利，于是下令解散部队，属下们也开始收拾行囊，迫不及待想要赶回家园。这天晚上，皇家军队撤到了布莱克西斯。

第二天早上，萨默塞特被捕。王后看见他突然被抓，便想知道到底是怎么回事。公爵告诉了她事情的原委，玛格丽特顿时勃然大怒，命令卫兵放开萨默塞特。然后，她拉着萨默塞特一起赶到亨利的营帐。几分钟后，大约在中午时分，约克在德文和科巴姆以及40名骑兵的陪同下来到国王的营帐，本打算前来与亨利讲和。令他惊愕与失望的是，他万万没有想到萨默塞特和王后也会在场。但他控制住了自己，并跪在国王面前，呈递了一份指控萨默塞特的罪状。然后，他突然明白，由于自己的到来而打断了国王与王后之间正在发生的一场激烈口角。这场争吵被他打断了片刻，立即又当着他的面继续进行。他发现，争执的内容与自己密切关联，甚至连萨默塞特也加入了争论。此刻，约克才惊恐地意识到，自己已成敌人砧板上的肉。王后厉声要求捉拿约克，国王拒绝照办，但他却同意恢复萨默塞特的自由。

在国王的命令下，约克被迫与宫廷大臣们一道返回伦敦。他骑着马走在队伍前头，活像一个囚犯。最后，他还不得不在圣保罗大教堂当众庄严发誓"他绝不违抗国王，将来也不会违抗国王"。之后，约克被准予回到勒德洛。他之所以没有因此被监禁或处死，既因宫廷党害怕冒风险起诉这位百姓眼中的英雄可能导致不堪设想的后果，也因为容易上当受骗的枢密院刚刚收到报告，称约克的继承人马奇伯爵已召集了 1.1 万兵力正向首都挺进。假如他们知道此时马奇尚不足 10 岁，恐怕不至于对显然是约克的支持者们散布的政治谣言做出如此轻率的反应。

约克派与兰开斯特派在 1452 年的这次剑拔弩张的武装对垒，可以被认为是后来举世闻名的"玫瑰战争"最初的军事交锋。绝大多数士兵是第一次参加实际战斗，这场流产的战斗为日后的战争确立了某种先例。最为重要的是，交战双方在展示了各自的武装力量之后，还可以通过谈判来极力避免战争的发生。这种模式往往是玫瑰战争的一大早期特征。

约克失败的原因在于，他未能把由他本人鼓动起来的那些相互孤立的政治力量紧紧拧成一股绳，而亨利却有了什鲁斯伯里的塔尔博特这位法国战场上的著名英雄的支持，这无疑为他稳操胜券增添了一大筹码。

4 月 7 日，国王颁布一项大赦令，宽恕所有曾经起来反抗他的人们，约克也不例外。同样本着和解的精神，亨利在随后一年一度的出巡期间于 8 月 12 日亲自到勒德洛城堡探望约克。但宫廷党无意向约克伸出友谊之手。相反，他们成功地将其拒斥于枢密院之外。约克公爵因在政治上再度陷入孤立而感到屈辱与羞耻。在接下来的一年左右时间里，以萨默塞特为首，并有红衣主教肯普——他于1453年成为坎特伯雷大主教——撑腰的宫廷党又一次占据了支配地位。

自1452年以来，王后尽力想让自己受到民众欢迎。在她看来，实现这一目标的最好途径莫过于重新夺回法国的阿基坦，以及恢复令亨利感到焦虑的地区和平。1453年3月，国王收到一封来自被法国人占领的波尔多市市民的来信，信中请求国王将他们从法国征服者手中解救出来。可是，王室根本无力为这样的远征行动提供经济支撑。尽管英格兰拥有大量精兵良将愿为维护国家荣誉而出征，但没有经费一切皆为空想。玛格丽特便给法国的亲戚、勃艮第的菲利普去信，向他说明有关难题，得到对方热情的回应：菲利普送了她一大笔钱用于支付军队所需的费用以及一支船队。有了这些，国王指派塔尔博特率领规模虽然不大但是非常精悍的3000兵力前往法国。10月17日，塔尔博特率军攻入波尔多，并在当地民众的大力支持下把驻守城中的法军驱逐出去。波尔多重新回到了英国人手中。这个意想不到的胜利成果，加上查理七世与勃艮第之间的友谊正在恶化的消息，让英格兰民众心情为之大好。继攻克波尔多之后，塔尔博特又一鼓作气拿下了加斯科尼西部的其他城镇，伯爵的军队受到了热烈的欢迎。至此，对法战争的趋势似乎发生了逆转。

进入冬季，战事消停。国王突然想到了两位同母异父的弟弟埃德蒙·都铎和贾斯珀·都铎，对于他来说，他们算是最为亲近的亲人了。此时，二人都已二十出头，到了派上用场的时候了。1452年春，他俩陪同王后前往英格兰中西部旅行，途中看望了诺维奇的帕斯顿家人和沃灵福德（Wallingford）的爱丽丝·乔叟。然后，兄弟俩又成为国王的贴身随从。11月23日，亨利授予他们贵族头衔：埃德蒙为约克郡的里奇蒙伯爵（Earl of Richmond），贾斯珀为彭布罗克伯爵（Earl of Pembroke）。这些皇家头衔此前分别属于国王已故的叔叔贝德福德和格洛斯特，因此，这意味着都铎兄弟俩享有了仅次于公爵级别却超越于所有其他英国人的显赫地位。

在格林尼治度过圣诞节之后，国王和王后回到了伦敦。1453 年 1 月 5 日，在伦敦塔举行的一场浩大的仪式上，亨利为两位同母异父弟弟挂上了象征伯爵身份的饰带，并赐予他们天鹅绒和金丝织物制成的华丽礼服、皮衣、马鞍和精美的马衣。20 日，两位新伯爵被首次召集参加议会。从此以后，他们在政府中享有了一席之地，而且还被吸收进入国王的枢密院。

亨利对这两位同母异父的弟弟关怀备至，出手也十分大方，既拨地产又赠款给他们。两人每年可以享用大约 925 英镑的俸禄。埃德蒙被赋予和新头衔匹配的里奇蒙范围内的大片土地，但贾斯珀不得不等待彭布罗克范围内的土地归属，因为这些土地当时尚在别人名下。他们在伦敦生活时，埃德蒙被允许使用后来成为约克居所的巴纳德城堡，而贾斯珀则居住在布鲁克街的一幢房子里（位于伦敦东面的斯特普尼）。在取得里奇蒙伯爵身份之后，埃德蒙在林肯郡的波士顿从出口羊毛的贸易中获利丰厚。贾斯珀后来获得的地产主要位于威尔士南部，因此，他的财富来源于煤矿业以及米尔福德港（Milford Haven）的港口贸易。

作为报答，这两位弟弟自始至终绝对忠于亨利六世，维护国王在他们的控制区域内的利益，并尽心尽责地服务于国王的枢密院，直到生命终结。他们也支持国王反对约克。由于父亲的关系，贾斯珀在威尔士尤为受人欢迎，在他治下，这些地区成为兰开斯特家族的坚固地盘。因为约克在威尔士也拥有巨大的领地利益，所以，威尔士后来在玫瑰战争中发挥了重要的作用。

1453 年年初，英勇的塔尔博特一路高歌猛进，打下一个又一个城镇，很快就收复了波尔多周边地区。在近 30 年中，英国人首次享受到这种胜利的喜悦，这再度激发了他们对于法国形势的谨慎乐观的情绪。等到春天来临，塔尔博特写信给王后，请求她派遣增援部队，议会却迟疑不决，并制造种种借口。在塔尔博特看来，这完全是多余的搪塞推诿，他的斗志大受挫败，并为此深感恼怒与沮丧。

然而，塔尔博特在波尔多地区所取得的节节胜利，还是暂时强化了政府对议会的主导作用，约克的势力因此大受打击。议会于 3 月 6 日在雷丁举行时，约克的支持者们几乎全被清除出了议会，剩下的基本上属于兰开斯特家族的拥戴者。都铎两兄弟出席议会时，落座于英格兰最高伯爵的席位。下议院提议国王承认这两位同母异父弟弟的合法性，也就是说，请求国王确保他们不会因为父亲是威尔士人而以任何方式在法律上遭到歧视。国王欣然接受了这些请求，并赐予贾斯珀与彭布罗克伯爵爵位相应的地产——因为贾斯珀迄今为止仍是一个有名无实的彭布罗克伯爵。

本次议会比上一次开得更顺利。它通过了"回收法案"，但是，此法案只适用于约克及其支持者。然后，经由投票通过，从关税以及即将收归王室的优良地产中，为国王及其直系亲属提供正当的收益。当然，王后也从中受益匪浅，她获得了大量的新拨土地，作为其丈夫假定遗产的一部分。

最后，议会就下议院提交请愿书做出回应，拟定了一项剥夺约克的管家，也是本届下议院议长的威廉·奥尔德海尔爵士财产权和公民权的法案。从表面上看，爵士被指控的罪名是 1450 年支持了杰克·凯德的谋反行动，并偷盗了萨默塞特的家产。但实际上，原因是他在 1452年支持约克而冒犯了约克的政敌，约克的名字在此项剥夺公权的法案中未被提及。

奥尔德海尔逃往位于伦敦西门纽盖特监狱附近的圣马丁－勒－格兰德修道院（the priory church of St Martin-le-Grand）的至圣所避难，他原本以为那里会很安全，但他想错了：一天晚上，宫廷派的一帮贵族砸开至圣所，"非常暴力地"将他拽了出来。圣马丁修道院院长对于这种违反至圣所神圣法则的行为极为愤慨，向亨利提出强烈投诉，于是，国王命令这伙颇为不服的人释放奥尔德海尔，并允许他返回教堂。但是，剥夺奥尔德海尔财产权和公民权的法案已经发布，因此他的财产仍然要被充公。奥尔德海尔的政敌对剥夺而来的财产恣意分赃，萨默塞特就分得了奥尔德海尔位于汉斯顿（Hunsdon）的资产。

很显然，议会担心约克再次举事谋反，所以授权国王向全国各地征募 2 万名弓箭手以备不时之需，并筹备了 6 个月服役期所需的经费。3 月 24 日，玛格丽特·博福特与约翰·德拉波尔之间的婚约最终被取消，而由埃德蒙·都铎和贾斯珀·都铎来做她的监护人。亨利很可能已经决定把她嫁给埃德蒙，借此可以让埃德蒙从她那里获得丰厚的遗产。

1453 年 2 月，王后因为母亲，也就是洛林的伊莎贝拉在经历了漫长的病痛之后过世而陷入极度悲伤之中，终日身穿深蓝色的丧服。然而，到了 4 月，王后迎来了好消息：她终于怀上了丈夫的孩子，而且很有希望是一位男性继承人。说来也怪，王后并没把这一消息直接告诉亨利本人，而是通过他的管家理查·汤斯顿（Richard Tunstal）向国王转达。正如亨利后来说的，汤斯顿"转告我说，陛下的爱妻——我们最尊贵的王后——已身怀六甲，这对于我们来说，真是天大的喜讯，对于君主所有真正的臣民来说，也是莫大的喜悦和安慰"。国王闻讯非常高兴，赐予汤斯顿 40 马克的年金奖励。然后，他委托伦敦的珠宝商约翰·韦恩（John Wynne），特别为妻子定制了一枚起名为"半个便士"（demi-cent）的宝石，并吩咐他送到"我最最亲爱的、最最珍贵的妻子——我们的王后"手中。此款宝石价值 200 英镑，在当时可算是极为贵重了。

与此同时，亨利悄悄恢复了之前迫于约克的压力而贬谪的王室官员的职位。约克、凯德以及其他人诟病的许多源头，本就来自这些人的不端行为，但亨利从来不善于从沉痛的教训中汲取经验。到了 1453 年 7 月，这些人已全部重掌昔日权势。

这是一个不安与阴郁的初夏，尽管王后的妊娠平安顺利。在北方，珀西家族与内维尔家族之间长期不和，关系变得极为紧张。塔尔博特在加斯科尼也遭到法国人的各面围困。整个王国处于动荡与混乱之中。

对于塔尔博特急需增援兵力的请求，议会仍然迟迟不做表态。1453 年春，查理七世利用这个有利时机，调动三大主力一齐向阿基坦进军，所有火力从不同方向集中扑往波尔多。到了 6 月中旬，法国军队已经攻到卡斯蒂隆（Castillon），当地居民不顾一切地求救于塔尔博特。塔尔博特伯爵的直觉告诉他，手下军官们也奉劝他应当谨慎行事，但他那行侠仗义的骑士风范容不得他置那些身处危难而有求于他的人们于不顾。7 月，塔尔博特率军首先占领卡斯蒂隆。时隔不久，他得到法国军队正在回撤的情报，但实际上这一消息并不属实。7 月 17 日，塔尔博特率领兵马离开此镇，转而追击"撤退"中的法国军队。就在此时，法国军队突然转身与他正面遭遇。法国人使用了新型大炮，给予塔尔博特毁灭性的打击，把英国人逼到了多尔多涅河畔（the River Dordogne）。就在此地，塔尔博特被法国人的战斧劈成了碎片。英国士兵眼见塔尔博特已死，很快举手投降了。

塔尔博特的惨死让英格兰失去了一位最杰出的指挥官，他原本是唯一一位可以力挽法国人攻占波尔多之狂澜的战将。法国战场上的灾难性消息，以及英格兰最伟大的战斗英雄的死讯，让玛格丽特王后惊慌不已，于是她急忙召集了议会。此时此刻，议会才开始行动，但已为时太晚。根据国王的要求，议会投票决定大力筹措资金，准备为征募 2 万名弓箭手奔赴法国战场提供足够的经费，他们将被全速派往加斯科尼，希望借此拯救波尔多的命运。但是，腐败透顶的官僚作风和低能无效的地方政府成事不足败事有余，弄得愿意入伍的参战者空无一人。1453 年 10 月 29 日，查理七世耀武扬威地进入波尔多，并优雅地允许英国军人安然无恙地坐船返回家园。英国人统治阿基坦长达 300 多年的历史就此宣告终结。同时，自 1340 年以来发生在英法之间的百年战争——这场英国人永远也看不到胜利的希望，断断续续如马拉松一般的战争，也从此画上了句号。

至此，英国在法国的占领地仅剩加来，但这也只是法国人目前不愿意动它而已，因为他们事先同意不跨越属于勃艮第公爵的领地，加来与这片领地接壤。实际上，随着羊毛贸易的衰落，加来的经济意义已逐渐消失。贯穿整个玫瑰战争时期，加来一直维持原状。但从战略上看，加来仍然是一个重要的军事基地，在玫瑰战争时期，英国人将它作为跳板使用，然而不是为了入侵法国，而是为了攻打英格兰本身。[1]

不可回避的事实是，这场败仗的全部责任应当归咎于国王本人。亨利六世的臣民们认为，假如他具备一点如其父那样的尚武精神，英国人在法国的领地也不至于丧失殆尽。如今，整个英格兰为此感到羞愧与耻辱。这其中，没有人比约克更加愤怒：为了巩固亨利五世的战果，他曾披肝沥胆，倾囊而出。更具侮辱性的伤害是，议会未能投票通过措施，以救助生活在曾为英国占领地上的忠诚居民们，他们现已一无所有，那些血洒疆场战败而归、如今茫然不知所措的将士也无法得到任何经济补偿。

伴随着"百年战争"的终结，玫瑰战争爆发了，这绝非巧合。前者之果恰是后者之因。

---

[1] 编注：指约克的儿子，也是后来的爱德华四世曾逃往加来，并多次从加来发起对英格兰的突袭。

12. "突然而莫名的恐慌"

1453 年 8 月初，亨利六世明显身体不适。最近几个月可谓多事之秋，应付内忧外患的危急局面让他身心俱疲。8 月 15 日，国王到位于威尔特郡索尔兹伯里附近的克拉伦登（Clarendon）"狩猎者小屋"休息调养。当天，他数次抱怨，自己在晚餐时非常反常地昏昏欲睡。到了第二天早上，国王看上去已经完全失去了知觉：他懒洋洋地耷拉着头，既不能移动，也不能与人交流。根据《帕斯顿信札》中的描述，他感到"突然而莫名的恐慌"，这让他身边的人深为困惑。国王生病了，病因很有可能是卡斯蒂隆战败（Castillon）的消息对他打击太大。

对于形势的变化，王后和枢密院提心吊胆，尤其是虽已过去好几个星期，亨利的健康状况仍不见任何改善迹象。玛格丽特把他带回威斯敏斯特，千方百计尽可能长久地对臣民隐瞒国王已无行为能力的真相。她尤其担心，一旦约克知晓此事，他必然会试图夺取政权。

此时已有 7 个月身孕的玛格丽特认为，自己应该为英国政府完全担负起责任。起初，她希望与丈夫一起待在威斯敏斯特，但她很快就意识到，把生病的丈夫转移到温莎可能更为妥当。

亨利六世在 1453 年出现的状况完全是一种精神崩溃现象，从他的个性及其统治时期遭遇的异常灾祸和巨大压力来看，产生这样的症状毫不令人惊讶。维特汉姆斯特德说，"这种疾病和障碍击垮了国王，使他在一段时间内丧失了智力和记忆力，整个身体几乎都已不听使唤和失去控制了，他既不能走路，也不能抬头，连从座位上离开都有困难"。亨利后来说，他全然不知周遭发生的一切，所有的感官都处于持续的停滞状态。他"如同傻瓜一样哑口无言"，整天呆坐在椅子上，由随从服侍照料。一些医学史学家从各种证据对其病情做出诊断，认为他患的是"紧张型精神分裂症"，精神完全退出了正常生活。另有现代专家将这种疾病描述为"抑郁性木僵"（depressive stupor）。[1]亨利的同时代人只用一个词来形容他：疯了。

　　几乎可以肯定的是，亨利六世精神上的不稳定性是从他的母亲——瓦卢瓦的凯瑟琳那里遗传来的。凯瑟琳的父亲法王查理六世在成人后的大部分时间里一直患有精神方面的疾病，亨利六世的生活历程与查理六世之间有很多相似之处。他们都在童年时就成为国王，都曾被权势强大的叔伯们支配，长大之后又都软弱无能和优柔寡断。不过，也有一些区别。1392年，在一次精神病突发期间，查理六世的狂躁变得不可遏制，以至于他取出长矛，把之前被随从制服的4个人当场刺死。查理的病态与亨利也有不同之处，在查理身上常常表现出阵发性的暴力行为和妄想症，有时，他会妄想自己是种玻璃制品，一旦被触碰就会立即粉碎。有时，他会宣布自己名叫乔治，甚至连妻子和孩子都不认识。

　　查理的病症是间歇性的，尚存周期性的清醒期。但当他发病时，就会不省人事，口吐白沫且拒绝清洗，迅速变得污秽不堪，浑身长虫，出现溃烂。他会像一条狗一样，喜欢用手，张嘴从地板上吃东西。沃尔辛厄姆说，他"从未完全康复，因为他在每年同一季节都会饱受阵发性疯癫复发的折磨"。查理六世的病情已直接导致宫廷派系之间的内讧，所以，当亨利六世在1453年出现精神错乱时，很明显，人们担心这种局面将在英格兰重演。

　　枢密院对此焦急万分，迅速召集多位名医为国王诊治。亨利的主

---

[1]　译注：抑郁性木僵（depressive stupor），指急性重度抑郁引起的精神运动性抑制。病人表现为无任何自主行动和要求，反应极端迟钝，不语不食，呆坐不动或卧床不起。

要医生是约翰·阿伦德尔（John Arundel），他是伯利恒圣玛丽医院（后来以"疯人院"而著称）的院长，是精神疾病方面的专家。这家位于市郊主教门的医院实为收容所，收容者中近半都是"失去理智的"，在当时，这算是一家专门从事精神病治疗的医院。中世纪的医生对精神疾病知之甚少，但他们能够区分出五种类型：脑炎（大脑急性炎症）、谵妄症（异常行为，伴随发烧）、躁狂症（暴力行为）、忧郁症（抑郁和丧失生活兴趣）以及智力缺陷（丧失心智能力）。中世纪医生认为，人的身体由四种体液支配，一旦这四种体液失去平衡，就会导致疾病。疯癫被认为是其中一种体液黑胆汁过多所致。诊断基于观察外部症状。然而，就算医生诊断出了患者精神异常，往往会不知如何医治。如果疯者没有暴力行为，通常只是被自由地留在社区之中，常常成为人们无情愚弄或讥讽的对象。具有暴力倾向的患者则会被关押起来。从法律上讲，国王拥有对所有精神病人的监护权，但眼下，亨利本人就是一个精神病人。

为国王治病的医生使尽浑身解数：放血、净化头部、敷药膏、服用糖浆兴奋剂、使用肛门塞药、去除国王的痔核、用药液含漱、服用泻药以通便、使用特种水在浴缸泡澡、吸食用药粉与蜂蜜或糖浆混合而成的糖饵剂，乃至采取烧灼术。这些疗法往往过程痛苦但无实际疗效。医生们把亨利的病描述为"精神失常"（non compos mentis），这个术语适用于一个人出生后在某个阶段发作的精神疾病。但是他们都向王后和枢密院保证，无论是暂时性的还是永久性的，国王都存在康复的希望。他们或许认为国王被魔鬼缠身。因此，请来神父为国王驱赶可能依附于其灵魂的恶魔，但最终无济于事。在所有疗法均告失效之后，枢密院授权医生们对国王进行放血治疗，这是医生经常使用的方法，在他们看来，借此可以把邪恶的体液排出体外。同时，应用各式药膏湿敷头部，并采取医生们能想到的或认为合适的其他任何治疗办法。

亨利六世的精神疾病在几个重大方面都带来了灾难性后果：它终

止了政府各个对立派别走向联合的一切可能性；它把王后推到了权力舞台的最前沿，而她对英格兰的政治、成见和习俗的理解非常肤浅；它使这个国家群龙无首，尽管亨利的能力极为有限；它在一段时间里撤除了监管贪污腐败的宫廷党以及国内其他地区长期争斗的权贵们的最后一道关卡。最后，亨利的疾病让英格兰在政治局势还不到糟糕透顶的情况下又陷入一场全国性危机。

对国王病情的担忧让玛格丽特王后心力交瘁。10月，她住到威斯敏斯特宫的寓所，等待孩子诞生。王后的祈祷室内放着一面屏风，挡住了卧室的门。一直到她产下孩子去教堂接受净化仪式，这面屏风才被挪开。任何男人都不得越过这道屏风，于是在王后分娩期间，她身边的所有事务全由贵妇人们临时承担。玛格丽特不时在专职牧师的陪同下，在屏风背面的祈祷室内进行祷告仪式。根据玛格丽特的"行头账册"的记载，她把钱存放在卧室内，以便祷告仪式时用于供奉。

1453年10月13日上午10点，王后产下了期待已久的兰开斯特家族的继承人——一个健康的男孩，命名为爱德华。王后之所以为儿子取这个名字，是因为亨利六世特别喜爱圣人忏悔者爱德华，孩子出生那天正是崇拜圣人的节日。也因为这个名字与爱德华三世和"黑太子"爱德华一样，他们两人象征着骑士的英雄主义理想。襁褓中的王子自降生就享有康沃尔公爵（Duke of Cornwall）头衔。

王子诞生的喜讯立刻传遍王国各地。10月14日，坎特伯雷大教堂的中殿张贴出一份大喜报，人们汇聚在那里唱起赞歌。全国各地的其他教堂也是这番景象。教堂敲响钟声，报告这大喜的讯息，民众无不欣喜庆祝。但在温莎，王子的父亲仍处于木僵状态，甚至不知道他有儿子来到了人世。

对于王后来说，生下一位健康的男孩解决了困扰已久的王位继承问题，同时也让约克成为假定继承人甚或继承王位的希望化为泡影。一夜之间，约克的政治地位即被削弱，不过他的竞争对手萨默塞特何尝不是如此，他也一样渴望被认定为国王的继承人。

同月，王子在威斯敏斯特教堂举行的一场隆重仪式上，领受了温彻斯特的韦恩福利特主教的洗礼。王后选择了萨默塞特公爵、坎特伯雷大主教和白金汉公爵夫人安妮作为儿子的教父和教母。在手持烛光的僧侣列队的引领下，裹着金色绣花绒布的婴儿被迎到教堂中的一个洗礼盘前。洗礼盘上绑着 20 码用金线缝制的黄褐色织物，王后为这两样布料花费了大约 554 英镑。洗礼仪式结束后，王子被授予嘉德勋位。当然，国王无法亲临仪式现场。按照惯例，王后也不能参加洗礼仪式，因为在产后未被领到教堂接受某种宗教仪式之前，她是不能出现在公众场合的。

王后选择萨默塞特作为王子教父的举动激怒了约克，时隔不久，他的一些支持者们便恶毒地传播谣言，说萨默塞特公爵埃德蒙·博福特是王子真正的父亲。当然，没有证据证明约克是造谣中伤行为的始作俑者，也不能证明传言内容的真实性，但尽管如此，约克还是没有做出任何辩白。

事到如今，很明显国王一时之下难以康复，王后及其谋士意识到，他们不可能把亨利的病情遥遥无期地隐瞒下去。玛格丽特开始考虑让亨利退位以便由儿子接替王位的可能性。她或许预料到，即使国王能够复原，也无法应对王权面临的巨大压力。不过，玛格丽特也可能怀有其他企图：假如把婴儿抬上王位，她将拥有 15 年的摄政权力。然而，当王后向枢密院试探性地提出这一想法时，贵族们反应冷淡，他们中的大部分人仍在期待亨利康复。

在国王尚不具备行为能力的时期，如何统治英格兰仍然是一件急迫而棘手的事情。很显然，眼下必须马上就某种摄政方式做出安排。作为君主继承人的王子的诞生，需要召开一次由重要权贵参加的大议事会，以便让王子的继承权正式得到承认。10 月 24 日，萨默塞特以王后的名义召集议事会，约克不在被选择来参加会议的权贵名单之列，这引起了尤其是来自诺福克等人的愤怒抗议。萨默塞特见势不对，出于"国家的安宁和贵族之间的团结"考虑，只得邀他与会。等到约克终于可以前来参加会议，他已不用为了对抗萨默塞特和宫廷党而去花费时间寻求支持力量，他已在权贵们中间赢得大批盟友。

　　在英格兰北部，珀西家族与内维尔家族之间的不和持续已久，最近更是变本加厉。1453 年 7 月，枢密院接到报告，两大家族已召集5000 名武装人员准备火并。枢密院恐慌万分，于是立即向所有涉事人员发布命令，要求他们为了国王保持和平。但到了 8 月，北方的紧张局面迸发成为暴力事件。24 日，内维尔家族的成员们前往位于约克郡附近的谢里夫–赫顿城堡（Sheriff Hutton Castle）参加一位亲戚的婚礼，但在路上遭到伏击。袭击者是埃格蒙特勋爵（Lord Egremont）手下的一帮家臣，以及来自约克城的一群暴民，勋爵本人是诺森伯兰伯爵亨利·珀西的弟弟。内维尔家族对此处理得非常得当：既击退了袭击者，又未造成双方人员死亡。但是，这次被时人描述为"赫沃斯沼泽之战"（the Battle of Heworth Moor）的小冲突，追溯起来却被认为是"悲伤之开端"和玫瑰战争的首次军事行动。因为，正是这场冲突迫使内维尔家族向势力强大的约克寻求保护。

　　内维尔家族这一举措绝非偶然。自 1453 年年初以来，沃里克伯爵理查·内维尔就威尔士大量土地（从前属于比彻姆家族）的归属问题，尤其是关于格拉摩根（Glamorgan）的权属问题，与萨默塞特之间发生过激烈争吵。1450 年后，这片区域本来属于沃里克伯爵，而且他也治理得相当不错，但在 1453 年年初，一贯昏庸无能的国王却把沃里克已经得手的土地赠予萨默塞特。沃里克为此愤愤不平，决不放弃这份权属，也就是说，纵然与国王之间发生武力争斗也在所不惜。不久之后，沃里克认识到，约克与萨默塞特之间势不两立，而约克对自己抱有同情心。一方面，由于亲属关系，内维尔家族到目前为止一直是兰开斯特家族的拥护者；另一方面，又因为姻亲关系，约克可算是沃里克的叔叔，同时约克还是英格兰最重要的权贵。虽然沃里克在约克与宫廷党之间的冲突中，迄今为止始终保持中立，但是国王就格拉摩根权属一事对他表现出来的态度实在令人心灰意冷，这使他永远地疏离了兰开斯特家族，最终偏向约克一方。在沃里克的影响下，内维尔家族中许多其他势力强大的成员也都紧随其后。

从 1453 年开始，约克获得了沃里克和他的父亲索尔兹伯里伯爵理查·内维尔强有力的支持：沃里克是英格兰最富有、最具权势的贵族之一，而索尔兹伯里伯爵的妹妹塞西莉则是约克公爵本人的夫人。这个强大的联盟成为兰开斯特家族最大的威胁，也使约克派成为一股不容小觑的力量，并在接下来的 20 年中影响着英国历史。法国历史学家科米纳（Commines）在回首这种决定命运的盟友关系时认为，对王后来说，假如她能"行事更为审慎，尽力协调内维尔家族与萨默塞特之间的争端，而不是认定'我与萨默塞特是联盟，我要坚决维护它'"，那么情况可能不至于变得如此糟糕。就与约克之间的结盟关系而言，内维尔家族内部也出现了分裂，一些晚辈族系依然坚定地支持兰开斯特家族；而诸如白金汉公爵、诺森伯兰伯爵和戴克勋爵（Lord Dacre）等重要的兰开斯特家族支持者，与拥戴约克派的内维尔家族成员因联姻又存在着亲缘关系，这种现实使事态变得更为错综复杂，尽管在玫瑰战争期间，家族内部相互分裂是英国贵族政治生活中一个极为平常的特征。

内维尔家族是杰弗里·菲茨罗伯特（Geoffrey FitzRobert）的后裔，此人于 13 世纪从身为杰弗里·德·内维尔女继承人的母亲那里继承了布朗土泼斯（Brancepeth）和谢里夫–赫顿，他使用的是母亲的姓氏。杰弗里的孙子娶了另一位富有的女继承人为妻，因而在约克郡增添了广袤的土地。他的家族基业中还包括温斯利代尔（Wensleydale）的米德尔赫姆（Middlcham）的大片土地。14 世纪，在苏格兰边界地区的军事胜利凸显了内维尔家族在这一地区的重要地位。到了 1403 年的

"什鲁斯伯里战役"之后，珀西家族的失势又为内维尔家族提供了扩张的良机，他们成为北方的霸主，领土势力从约克郡一直延伸到苏格兰边界地区。

内维尔家族通过拉尔夫·内维尔的婚姻获得了政治上的显赫地位，拉尔夫还被理查二世授予威斯特摩兰伯爵爵位，此事曾让珀西家族大为懊恼。拉尔夫先是娶了凯瑟琳·斯塔福德，后又娶了琼·博福特（Joan Beaufort）——冈特的约翰与凯瑟琳·斯温福的女儿。他与两位妻子总共生育了 24 个孩子，其中的几个儿子又与女继承人结婚，比如，琼的大儿子理查·内维尔，大约出生于 1400 年，1421 年娶妻爱丽丝。爱丽丝是索尔兹伯里的蒙塔丘特伯爵（the Montacute earls）的女继承人。理查依凭妻子的头衔变成索尔兹伯里伯爵，育有 10 个孩子，并在法国战场上度过卓著的军旅生涯。理查的几个弟弟，如威廉、乔治和爱德华等，通过婚姻关系分别成为颇具影响力的福肯伯格男爵（Fauconberg）、拉蒂默男爵（Latimer）和贝尔加文尼男爵（Bergavenny）。威斯特摩兰伯爵的几个女儿则成为权贵要人的妻子，如约克公爵夫人、诺福克公爵夫人、斯塔福德伯爵夫人和诺森伯兰伯爵夫人等。通过联姻以及其他人脉关系，内维尔家族的影响力得到不断的扩展和巩固，他们成为当时英格兰最强大的家族之一。内维尔家族精明务实，敢于冒险涉足商业领域，故而越来越昌盛。

拉尔夫·内维尔意识到，在王朝的重要性上，他与琼·博福特所生的孩子们要远远超过他与第一个妻子生的孩子们，所以，他只把威斯特摩兰伯爵爵位留给长子，而将大部分产业传给琼所生的儿子索尔兹伯里。这些产业包括位于约克郡的米德尔赫姆和谢里夫－赫顿的土地及城堡（由拉尔夫伯爵拓展而来）、位于达勒姆（Durham）郡的雷比城堡，以及位于威斯特摩兰郡和埃塞克斯郡的地产。

在内维尔家族的所有婚姻中，财运最好的非索尔兹伯里的儿子莫属。这是另一位理查·内维尔，生于 1428 年 11 月 22 日。1439 年，沃里克伯爵理查·德·比彻姆死后，他的儿子亨利继承了头衔。1446 年，亨利英年早逝。1449 年，亨利年幼的女儿和女继承人，沃里克女伯爵安妮也随他而去了。安妮的姑姑，另一个安妮·德·比彻姆，成为她的继承人，这位姑姑是理查伯爵唯一的女儿，生于 1429 年，当时是理查·内维尔的妻子。1449 年 7 月，这位年纪轻轻的伯爵夫人也撒手人寰，留下了庞大的比彻姆家族遗产以及沃里克伯爵爵位，就只有传给理查·内维尔了。毫不夸张地说，一夜之间，他便莫名其妙地变成了这个国家最大的土地权贵。

沃里克可谓英国权贵的范例，他生活的首要目的，就是为自己及家族追求经济上的富足和政治地位的提升。像这个阶层的大部分人一样，沃里克权欲熏天、贪婪无度、狂妄自大，但他能力非凡、胆识过人，还是一名勇猛的战士和著名的海军指挥官。他具有与生俱来的控制欲，残酷无情并且不择手段，在他看来，作为权宜之计，诉诸暴力甚至谋杀乃是平常之事。沃里克精力充沛、不屈不挠，还深谙宣传之道，具有很强的煽动性和说服力。不过他对诸如艺术、文学、建筑之类的审美领域鲜有兴趣，在敬神方面也无非是按照常归套路行事而已。他善于利用自己的财富收买头面人物的支持和交情，从而创建自己强大的权力与军事中心。

沃里克远比约克更具人格魅力。人们可能会对约克的委屈与不满表示同情，但沃里克更能唤起他们的想象力，因为他头脑机敏、能说会道，为达目的不惜殷勤待人，且出手阔绰，在社会各阶层中享有广泛的人缘。

我们找不到沃里克的肖像或雕像，在与其同时代的资料来源中也看不到有关他的外貌的任何描述。《英格兰列王史》中虽然出现了沃里克一身戎装的形象，但在这份资料中所有身穿铠甲的男性几乎都是一个模样；或许，劳斯[1] 并未刻意绘制肖像，尽管他认识并钦佩沃里克。

---

[1] 编注：劳斯（John Rous）是《英格兰列王史》（*Historia Regum Angliae*）的作者。这本书以图画和文字简介的形式描绘了从特洛伊的布鲁图斯到亨利七世的多位英格兰统治者。

到了 1453 年，"在英格兰，能达到他的财产规模一半的人也难得一见"。沃里克在 18 个郡都拥有土地，还有 20 多座宏伟的城堡，他本人主要居住在沃里克城堡——这是一处巨大的要塞，比彻姆家族曾重建过，并新添了一座壮观的塔楼。沃里克伯爵还拥有数以百计的庄园，领地范围从康沃尔郡一直延伸到约克郡的巴纳德城堡一带，最主要的土地集中在西米德兰兹郡（the west Midlands）和威尔士南部。他从这些固定资产中获取了巨额收益，与此同时，也储备了大量在需要时可以招之即来的战斗人员。实际上，由于他的财产极其可观，人们普遍认为他在政治地位上要强于其父索尔兹伯里，在富裕程度上甚至要超过约克。沃里克伯爵一家的显赫与奢侈远近闻名，队伍浩大的随从以及作为亲信的武装人员都身穿鲜艳的猩红色制服。伯爵本人的纹章是一头戴着口套的白熊和一根狼牙棒，由历代沃里克伯爵流传下来。

这样的一个人，如今成了约克的首要盟友。

在召开大议事会的时候，约克的支持者对王子的父权表示了质疑。约克提出：若要王后的孩子被认定为英格兰王位继承人，首先，他必须得到国王的承认；其次，根据古老的风俗，国王还要当着贵族的面指定王子为自己的继承人。于是，由 12 位神职贵族和世俗贵族组成的代表团抱着王子去温莎宫看望国王，指望亨利在见到孩子时会从恍惚状态中清醒过来。但是，尽管他们三番五次地尝试让国王承认自己的孩子并为孩子祝福，但国王依然故我，浑然不知身边发生的一切，"漠不在乎、毫无意识"。

这让枢密院陷入了窘境。在国王承认儿子之前，议会不能通过立法来确定孩子的王位继承权或安排他为王位继承人。这种情状无异于给原本就已流传纷纷的谣言火上浇油。到了 1453 年与 1454 年之交的冬季，流言蜚语甚嚣尘上：有人说，这个孩子是私生子，他既不是国王的儿子，甚至可能也不是王后的孩子；又有人说，这孩子是个被调包的婴儿，王后本人的儿子夭折以后被暗中偷换了；还有人说，这孩子是玛格丽特与萨默塞特的风流韵事的结果。这些传言之所以为人取信，是因为亨利六世一贯坚持他引以为荣的几近禁欲的性观念，而且王后在婚后7年中从未怀过孩子也是众所周知的事实。实际上，是因为民众对国王真实的健康状况茫然无知，所以国王为什么不能认定这个孩子作为自己的继承人才给人们留下了胡乱猜想的演绎空间。

沃里克甚至做得更过分：他在伦敦保罗十字架前的一次聚会上，当着一大群权贵的面，公然指责王子是通奸或阴谋诡计的产物。他说，国王不会承认这个孩子是自己的儿子，绝对不会。玛格丽特当然无法饶恕沃里克的恶意侮辱，这对她的名誉造成了莫大的损害。而处事谨慎的约克对此保持沉默，当然，他从这些谣言和对王后的诽谤中受益匪浅。

11月18日，玛格丽特在威斯敏斯特教堂接受宗教仪式，身穿一件用540块黑貂皮缝制而成的长袍，陪同者有约克公爵夫人、贝德福德公爵夫人、诺福克公爵夫人、萨默塞特公爵夫人、埃克塞特公爵夫人、萨福克公爵夫人以及包括沃里克伯爵夫人在内的8位伯爵夫人和7位男爵夫人。从此以后，玛格丽特痛下决心，准备返回政治舞台。

母以子为贵，儿子的诞生巩固了王后在这个国家的权力与地位。尽管谣言猖獗，但王后坚信国王总会承认这个孩子的。在当时的状况下，作为法定继承人的母亲，她完全可以在宫廷党的协助下主导政府和统治国家。母性激发了她的爱子天性，她要极力保护儿子的权利，因此决心不惜一切代价维护自己的权力。玛格丽特认为，约克是当前的头号敌人，萨默塞特则是她的坚实后盾。她最大的野心是粉碎约克的势力，清除这个在她看来将威胁到丈夫宝座和儿子继位的心头大患。因此，后来发生在兰开斯特家族与约克家族之间的冲突，与其说是亨利六世与约克之间的权力之争，不如说是约克与安茹的玛格丽特之间的政治争雄。事实证明，她将成为兰开斯特派事业的中流砥柱。

与此同时，约克借机东山再起，重返政治舞台中心，并竭力寻求各方支持，争取在国王患病期间成为摄政者。国王同母异父的兄弟里奇蒙和彭布罗克担心宫廷党对国王的影响力有限，便支持约克的候选人资格。宫廷党则全力以赴地成全王后摄政的意愿，尽管玛格丽特的性别极为不利：大多数权贵对于女人当政的前景非常排斥，认为这简直不成体统。

到了 1454 年 1 月，由于约克已经赢得多位极具影响力的权贵的支持，宫廷党深感危机四伏，于是打算为唤醒国王做最后的尝试。1 月 19 日，王子再次被抱往温莎宫。孩子到达时，《帕斯顿信札》中是这样描述的："白金汉公爵将孩子抱在怀里，小心翼翼地把他送到国王面前，恳求国王保佑儿子。国王无所反应，公爵便继续怀抱王子守候在国王身旁。看见国王毫无回应，王后焦急地上前将孩子抱到自己怀中，也像公爵那样希望国王给予孩子祝福。但所有的努力都是徒劳，他们没有得到国王的任何答复或表示，只得快快离开。据说，国王曾睁开过一次眼睛，看了王子一眼又闭上了，仅此而已。"

这个月下旬，王后开始"显示出作为一个女人刚毅果敢的一面，她以统治者而不是被统治者的姿态"，提出一项欲成为摄政王的决定性请求。根据《帕斯顿信札》中的记述，"她提交了一份包含五项内容的请求，并期待得到批准：第一项，整个国家由她来统治；第二项，大法官、财政大臣、御玺官以及这个国家其他所有官员都由她来任命；第三项，全国的主教以及享受国王俸禄的所有神职人员由她来委任；第四项，她要拥有足够的经济来源以保障国王、王子和她本人的生活费用"。至于第五项，记述者不知其具体内容。

玛格丽特非常清楚，许多权贵只是一时犹豫不决，他们不很情愿把自己与约克捆绑在一起，因为不想做出背叛国王的行为。于是，她试图利用这一点，极力在约克的政敌中寻求支持力量。然而，玛格丽特那意在攫取最高权力和行使王权的盛气凌人的要求，反而冒犯和疏离了其中许多人。普通百姓的态度更明确：他们不希望接受这位傲慢专横、不得人心的法国王后统治。于是，很多原本可能立场游移的贵族，这个时候反而开始选择支持约克的摄政诉求。

首都的政治气氛火药味很浓，仿佛一场重大的冲突即将爆发。坎特伯雷大主教采取了预防措施，为居住在兰贝斯宫（大主教在伦敦南部的宅邸）的所有男性家庭成员发放了武器，要求他们严阵以待，保护好自己人。萨默塞特的盟友威尔特伯爵在出席议会时，随身带领庞大的家臣队伍。其他一些贵族也莫不如是，如临大敌，包括萨默塞特本人：他命令宿营官，对他的武装支持者住宿的泰晤士街和伦敦塔附近的每一个旅馆加强警戒。为了确保安全，沃里克派遣了 1000 名武装家臣先行进入伦敦。随后，他本人亲自率领另一队私人武装护送约克进城。伴随约克公爵一同前来的有他的家人和大批随从人员，包括他的儿子马奇、里奇蒙伯爵和彭布罗克伯爵，他们也都各自带着武装人员。

萨默塞特的密探也是不得清闲，他们有的打扮成修道士，有的伪装成正在休假中的船员，"渗透到这个国家的每一个贵族家中"。这些人的主要任务是打探萨默塞特公爵与其政敌约克在接下来的议会中，分别可能获得多大程度的支持。据说，萨默塞特的侦探活动让一些暗中支持约克的人感到惊恐，当时，在亮明立场之前他们正在观望事态动向。

2 月 14 日，议会如期召开。少数贵族提出，要对缺席会议者施以罚款。这种处罚方式仅在中世纪采用过。毫无疑问，有些贵族因受到威胁不敢来开会；而另一些人虽然到场，却采取中立态度。一些约克的支持者试图提出有关王子父权的敏感话题，但上议院拒绝听取他们的意见，并确认婴儿作为法定继承人的权利和地位。像其他权贵一样，约克也被要求承认这个孩子是王位继承人，但很显然，约克承认这件事实属无奈，他的懊恼之情可想而知。托马斯·丹尼尔和约翰·特里维廉以及宫廷党的其他成员极其担心约克的真实意图，便向上议院提交了一项有关国王和王子的生活保障的提案。1454 年 3 月 15 日，小王子——兰开斯特的爱德华被正式授予威尔士亲王、切斯特伯爵和嘉德骑士的头衔。4 月 13 日，王子被批准享受 2000 英镑年金的待遇。6 月，温莎宫举行仪式，王子正式成为威尔士亲王。

3 月，在摄政问题得到解决之前，宫廷党的主心骨之一——红衣主教肯普过世了。他的死使宫廷党在选举摄政者的问题上压力更大了，因为他留下了谁来继承坎特伯雷大主教的问题，而新任命必须得到国王的许可。

眼下，约克获得了众多贵族的支持，他们都急切渴望阻止王后或萨默塞特——在他们看来是一回事——抢班夺权。约克还以非法侵犯他人权利罪，对王后的重要支持者之一、议会议长托马斯·索普提起指控。结果索普被关进伦敦塔，并处罚款 1000 英镑。由此，约克又消灭了一个对手。

在做出最后的决定之前，枢密院要员们再次前往国王住处，想看看他有没有复苏的迹象，但国王的状况依然如故。贝尼特说："枢密院感觉到，如果国王不能康复，在萨默塞特公爵主导下的英格兰很快就会完蛋，所以，王国的贵族们最终选择了约克公爵。"

3 月 27 日，在议会上，上议院以"王国保护人"的头衔提名约克为摄政者。他成为枢密院的首要顾问，但不是"导师、代理人、统治者或摄政王，也不具有管理国家政府的权力，只是在国王身体不适的情况下，当这个国家面临外患或内乱的时候，以'保护人'和'守卫者'的名义履行其个人的实际监管职责，前提是不得损害我们的陛下"。也就是说，约克拥有与格洛斯特在亨利六世幼年时享有的同样的头衔与权利，权力的限制也是一样的。

议会进一步规定，假如国王最终无法恢复到足以再度掌控政府的程度，保护人的角色将一直顺延至爱德华王子成年为止。这种权力移交至少要在 14 年之后才可能发生，由此可见，贵族们对约克充满信任：他们愿意将未来如此漫长岁月里治理王国的大权交托给约克。

在提名获得批准之后，就今后面临的任务，约克希望得到上议院的帮助与支持，他说："我将与你们同舟共济，携手面对未来。"议会随即拟就了一项正式任命他的法令。

约克在提名通过之后所做的第一件事，便是罢免萨默塞特从国王那里获得的一切职务，并下令将其逮捕。萨默塞特是在王后寓所被卫兵抓捕的，此时此刻，玛格丽特已是有心无力。然而，她还是不顾一切地前往伦敦塔监狱看望他，并保证将会设法帮助他。约克本来想让萨默塞特接受审讯，但议会不同意。约克并不是一个爱报复的人，他认为，既然萨默塞特已从政治舞台上消失，那就让他不受打扰地待在监狱安度时光好了。

4月3日，约克被正式任命为"保护人"。在一场为他举行的简短仪式上，他正式重申对亨利六世的效忠誓言，也就是他曾在亨利的国王加冕典礼上许下的誓言，并签署了命名他为保护人的契约。这意味着，倘若约克违背誓言，职位将被罢黜。10日，约克任命盟友索尔兹伯里为英格兰大法官。

没过多久，约克便要求王后迁居到温莎宫陪伴丈夫，这明摆着是要将她的影响力局限于家庭范围之内。一旦玛格丽特到达温莎，她将不再被允许离开。这让玛格丽特气急败坏。她最害怕的事情终究还是发生了，她为自己被剥夺摄政权而感到愤怒与沮丧，并认为权贵们之所以选择约克作为"保护人"，是因为他们的真正目的是拥立约克为王。在玛格丽特看来，只要约克有此企图，造反就只是时间问题。她为丈夫和儿子的前景深感恐惧，感叹眼下如此孤立无援。

尽管约克这段时间忙得不可开交，但他仍然不忘为12岁的长子马奇和11岁的次子拉特兰捎上绿色的礼服作为复活节礼物。两个孩子当时正在勒德洛接受教育，他们的导师是理查·克罗夫特（Richard Croft）。长子在给父亲的回信中恭贺他最近在议会中取得胜利，感谢"敬爱的父亲大人送给我们绿色的礼服，尽管有一点晚，但我们还是非常高兴"。他还问父亲是否可以"买几顶漂亮的帽子，叫可靠的信差带过来，因为我们非常需要。您在信中叮嘱我们要趁年少时用功学习，为的是让我们能够更好地成长，在年老时也受人崇敬。敬请父亲大人放心，我们正在这里发奋学习，以后也会继续努力，不辜负您的期望"。在信的末尾，这个男孩不忘抱怨导师克罗夫特那"令人讨厌的约束和有损自尊的管教"。我们不知道，约克是否会把这番话当一回事。

7月28日，约克任命自己为加来最高行政长官，取代了萨默塞特。同时，他力图建立对英吉利海峡的控制权，以便对付法国海盗对英国船只的攻击。约克还请求议会批准他成为爱尔兰行政长官，试图对英格兰西部海岸及周边地区加强保护。与此同时，他在都柏林的职务交由一位副手来负责。

事实证明，约克是一位尽心尽责、聪明能干的"保护人"。他切实有效并诚实廉正地履行职责，为政府恢复良治做出了积极有效的努力。政敌们原以为约克会为多年来受到的轻蔑和被排挤在政府之外而对他们施以报复，但他却表现出一种温和而宽容的态度，并且为了王国的利益尽力与他们在枢密院中合作共事。约克得到了索尔兹伯里和沃里克的鼎力相助，三人构成了强大无比、看似牢不可破的三位一体，他们的土地财富和地方影响力无可匹敌。同时，沃里克的弟弟，年仅20岁的乔治·内维尔也在教会事业方面崭露头角。为了巩固自己的地位，约克尽量将亲信安排在空缺的世俗岗位上，他还把亲戚托马斯·鲍彻提升为坎特伯雷大主教。

约克的主要关注点之一是恢复秩序，尤其是在北方，珀西家族与内维尔家族之间的争端仍在"搅扰着国王的安宁"。5月，他亲自前往巡视，遏制了珀西家族爱争好斗的倾向。按照贝尼特的说法，他们一见约克来了便纷纷落荒而逃。让约克感到头痛的还有北部和西部地区，当地民众对兰开斯特王族成员的霸道行径怨声载道。7月，约克下令将亲兰开斯特家族的埃克塞特公爵拘押在庞蒂弗拉克特城堡当人质，以此来要挟他周围的皇亲国戚们改邪归正。

约克在恢复枢密院的权威方面也取得了一些进展，枢密院发布的指令必须签署"R.约克"才有效。约克还决定处理王室的财政问题，以便在不导致更多债务或耗尽国库的情况下为国王一家人提供充足的经费。11月，出于经济利益和成本效率的考虑，约克要求枢密院制定缩减和改革王室开支的条例。与国王同母异父的都铎两兄弟的资源配置也遭到削减，每人只允许配备 1 名专职牧师、2 名随从、2 名仆人和 2 名管家，这种随行人员编制只等同于国王的忏悔师的规模。不过，里奇蒙和彭布罗克都拥护约克的改革，他们认识到这样做对国王有益无害。实际上，针对王室的这些改革，主要目标是指向王后的，试图以此来剥夺她奖赏宠爱之人的各种资本——假如她再度掌权。伺候王后的人员被压缩至 120 人，而服侍威尔士亲王的人手被减少到 38 人，这增添了王后憎恨约克的理由。结果，作为"保护人"的约克恪尽职守，但未能赢得大多数同僚的支持，有人怀疑他的动机而不愿意信任他，另有一些人则讨厌他的处事方式。

正当约克的行政改革风生水起之时，1454 年圣诞节那天，在经历了 16 个半月的恍惚病态之后，"承蒙天恩，国王恢复了健康"。亨利"犹如一个从漫长梦境中醒来的人"，对自己生病期间发生的事情毫无印象。他告诉侍臣们："我对之前发生的事情一无所知，不知道大家对我说了些什么，也不知道自己病了以后住在哪里，直到现在。"一当国王开口说话，他立即命令在圣乔治小礼拜堂为自己举行感恩弥撒以示庆祝，并要求为自己的完全康复日夜祈祷。12 月 27 日，国王命令其施赈人员到坎特伯雷供奉，要求内务大臣前往威斯敏斯特教堂的忏悔者圣爱德华圣坛献祭。

第二天下午，根据《帕斯顿信札》中的描述：

> 王后带着王子来见他。他问王后，王子叫什么名字，她告诉他，叫爱德华。然后，他举起双手，感谢上帝。他问王后，谁是儿子的教父，她一一作答，他欣喜万分。王后还告诉他，红衣主教已经过世，他说，他到现在尚不知这一情况。

根据另外的记述，亨利说"王子一定是圣灵之子"。这一说法，又为约克的某些追随者提供了一个用来开下流玩笑的话柄。但毋庸置疑，亨利毫不犹豫地认可王子为自己的孩子。毕竟，他在生病之前知道王后怀孕已有一段时间，当时就没有对孩子的父权有任何疑虑，所以，他现在也没有理由对此多加猜忌。事实证明，亨利始终是一位慈祥可亲的父亲。

"赞美神，"国王的随从埃德蒙·克莱尔（Edmund Clere）于 1455年 1 月 9 日在给约翰·帕斯顿的信中写道，"自圣诞节以来，国王的身体大有好转。"两天前，温彻斯特主教和圣约翰修道院院长克勒肯维尔（Clerkenwell）对克莱尔说："他（国王）像往常那样地与他们交谈，他们出来时不禁喜极而泣。他说，他对整个世界怀有感激之情，希望所有的贵族也能如此。他说，他现在清晨也祷告，晚间也祷告，以便让神时刻听到万分虔诚的祷告声。"

然而，《克罗尔兰德编年史》（the Croyland Chronicle）中说得很清楚，在神志清醒之后的若干年中，亨利的心理健康一直存在问题。还有其他证据表明，自从第一次发病以来，他从未彻底康复。随着岁月的流逝，亨利的病情往往会出现短期复发，而且这种状况后来持续了一生。1461 年的《克罗尔兰德编年史》中写道："多年来，国王的精神一直非常虚弱，这种精神虚弱持续了很长时间。"亨利的病况使他发生了改变。他变得更加超凡脱俗和自我内省，倾向于从宗教中寻求慰藉。这也使他更易受到专横跋扈的妻子以及喜欢拉帮结派的贵族们摆布。从此以后，英格兰的王权与其说掌握在一位软弱无能的国王手中，不如说维系于一位长期遭受精神疾病折磨，而且病情随时可能发作的虚弱不堪的国王手中。

第二部分

玫瑰战争

13. 玫瑰战争

约克没有在摄政职位上待多长的间，因此，他改革枢密院和王室的计划也就半途而废了。1455年2月9日，国王在议会上意外露面，让所有与会者又惊讶又欣喜。他感谢议员们的忠诚和牵挂，并解除了约克的保护人职位。议会在兰开斯特派支持者们的欢呼喝彩声中结束。此前，约克已向国王正式提出辞职。贝尼特说，约克"相当出色而高贵地执掌了英格兰整整一年时间，依照法律而不是大动干戈，以令人惊叹的方式奇迹般平定了所有的叛乱者和作恶者之后，在格林尼治，他十分受人敬重与爱戴地辞去了职务"。

约克一下台，兰开斯特派势力就向约克的追随者们发起了猛烈反扑。索尔兹伯里被解职，他的大法官职务让位于鲍彻大主教——此人一直小心翼翼地保持中立态度，不过后来成为约克派的支持者。王后的心腹威尔特（Wiltshire）被任命为财政大臣，埃克塞特公爵重获自由。当然，玛格丽特还急不可耐地要求国王把萨默塞特从伦敦塔中释放出来。16日，萨默塞特公爵获得自由，并马上恢复了被约克夺去的英格兰治安官和加来最高行政长官等职务。贝尼特写道："而且，萨默塞特公爵成为仅次于国王的政府首脑，尽管他过去的治理不当几乎毁了英格兰。"萨默塞特返回宫廷并重现往日的显赫之后，立刻与王后联手策划摧毁约克。与此同时，在坎特伯雷大主教和白金汉公爵的请求下，国王赦免了所有由于萨默塞特被监禁而获得官职的人。

当约克得知萨默塞特被释放的消息时，他已极为愤慨地避退到了北方据点桑达尔城堡（Sandal Castle），那里位于约克郡的韦克菲尔德城（Wakefield）附近。他意识到，自己将再度被遗弃于政治荒原之中，而且萨默塞特将会对他进行报复。索尔兹伯里也骑马北上，回到了他位于米德尔赫姆（Middleham）的城堡。他同样面临着一个不确定的未来。但是，约克和他的盟友们不服就此永远被冷落，不久，便开始商议用何良策来对付萨默塞特。

到了 1455 年 3 月，许多支持兰开斯特家族的贵族都已官复原职，看起来，这是故意要惹怒约克。王后还在最近争取到了诺森伯兰伯爵和克利福德勋爵的支持，两人开始效忠于兰开斯特家族。他们之所以不愿意追随约克，全因为约克是他们最大的敌人内维尔家族的盟友。玛格丽特还鼓动威尔士和英格兰西部各郡的贵族支持兰开斯特家族。她非常明白，约克在威尔士边界地区拥有相当强大的势力，要是她的敌人欲将影响力扩展到整个威尔士边境，问题的严重性就可想而知了。这一带的领地属于沃里克、威廉·赫伯特爵士、爱德华·内维尔、贝尔加文尼勋爵（Bergavenny）和白金汉公爵。其中，只有对国王忠心耿耿的白金汉公爵让玛格丽特感到放心，其他人对国王的心思不可捉摸。于是，她在尽力确保贾斯珀·都铎一贯忠诚的基础上，甚至开始向与约克关系亲密的赫伯特示好。赫伯特不是一个值得信赖之人，在接下来的几年中，为了赢得赫伯特的支持，约克和王后一直在互相竞争。后来，在彭布罗克于威尔士西部建立起兰开斯特王室的权威之后，玛格丽特更是加倍用力地争取赫伯特的支持。

复活节后不久，贝尼特写道，约克与萨默塞特之间爆发了另一场冲突，"因为萨默塞特一心想要铲除约克。他向国王进言，说约克公爵有心废黜国王，自己来统治英格兰——这显然是别有用心的挑唆"。沃里克通过他的密探得知，萨默塞特正打算在威斯敏斯特秘密召集会议，得到与会邀请的可能只有那些支持宫廷派的同僚。

对于王后和萨默塞特的行为，约克和索尔兹伯里不想再袖手旁观了。在沃里克的敦促下，他们紧锣密鼓地招兵买马组织军队。士兵来自北方的苏格兰边界地区，这些被招募而来的兵力可能结集于米德尔赫姆和桑达尔两地。早在5月，沃里克就已开始在沃里克城堡召集一支规模庞大的武装力量。在积极准备武装对抗的同时，约克、索尔兹伯里和沃里克写信给国王，郑重声明他们对国王的忠诚之心，但这些信函均被宫廷党拦截，无法送到国王手中。

虽然王后及其支持者坚信约克觊觎王位，不过此时并未显露任何证据。人们或许没有忘记，兰开斯特家族的国王们是篡位者，但尽管如此，他们毕竟已在王座上盘踞了半个世纪而没有受到挑战，王位既得到了议会和广大民众的认可，又在加冕典礼上被施以油膏、封为神圣。即便约克提出对王位的诉求，支持他的贵族也不会很多。约克在他们中间并未得到普遍的欢迎，所以，他未尝敢冒天下之大不韪。尽管一些支持者认为，王位继承权存在争议，约克公爵的权利一直不被认可，但在这个时候，他们并不能公然为他争取继承权。

5月初，王后和萨默塞特没有按计划在威斯敏斯特举行会议，而是召集了一大批拥护兰开斯特家族的权贵，在莱斯特召开了一次大议事会。莱斯特是兰开斯特家族拥趸在这一地区占优势地位的中心城市。会议的主要议程是：为了确保国王的安全而准备"迎击他的敌人"。由于约克、索尔兹伯里和沃里克没有应邀参加会议，所以，谁是敌人、会议的真正目的又是什么，大家都已心知肚明。国王听信了王后和萨默塞特有关约克打算夺取王权的谗言，于是发出传唤，要求约克及其盟友索尔兹伯里和沃里克在5月21日前来枢密院。对于约克来说，此事看起来是一个不祥之兆，它仿佛正要重演1447年发生在格洛斯特公爵身上的事件，因此，他打定主意先发制人，在萨默塞特前面下手行动。

一个莎士比亚戏剧中的传说对玫瑰战争的爆发有着生动的描述，

它发生在伦敦一家附属寺院客栈的庭院中：一天，约克与萨默塞特在此不期而遇，然后开始激烈争吵，在此过程中，萨默塞特从附近的草丛中采下一朵红玫瑰，说，"让我的人全都戴上这种花"，约克也不甘示弱，随即摘下一朵白玫瑰作为己方的象征。

说来遗憾，传说中讲述的内容并非事实。1455 年 5 月事变发生的时候，约克身在北方。而且，也没有证据表明，红玫瑰从一开始就是兰开斯特家族的标志。不过，为了纪念这一事件，自 16 世纪以来，这间寺院的庭院中一直种满了红玫瑰和白玫瑰。

当然，白玫瑰只是约克家族的纹章之一，约克个人的纹章是猎鹰和镣锁。许多现代历史学家认为，兰开斯特家族的红玫瑰象征，是出于政治宣传的需要由都铎王朝的首位国王亨利七世发明的。根据约克城市档案的描述，1486 年，当亨利七世在北方取得重大进展的时候，他下令在约克城上演了一场露天表演节目，将"一朵代表高贵、富有的红玫瑰，与另一朵同样象征富贵的白玫瑰合并在一起，而所有这些花将献给一代君主，此时，编织着玫瑰花的王冠从云端而降"。就这样，象征着兰开斯特家族与约克家族合二为一，也就是亨利七世迎娶约克的伊丽莎白，都铎王朝的玫瑰和王冠纹章逐渐形成。1486 年 4 月的《克罗尔兰德编年史》也提到了代表兰开斯特家族的红玫瑰。不过，另有证据表明，红玫瑰的象征最早可以追溯到爱德华四世统治时期，因为在一份当时拟定、现保存于大英图书馆的约克家族家谱中，就曾出现了包括红玫瑰和白玫瑰的树丛标志。由此可见，红玫瑰或白玫瑰，只是兰开斯特家族和约克家族曾经使用过的众多纹章中的两种符号而已。

我们现在所谓的"玫瑰战争"，即当时人们所称的"表亲之间的战争"（Cousins' Wars）。"玫瑰战争"这个术语，是由沃尔特·司各特爵士（Sir Walter Scott）在他 1829 年发表的小说《盖也斯顿的安妮》（Anne of Geierstein）中创造出来的，但这绝不是一个新概念，而是起源于 15 世纪的政治宣传。在托马斯·史密斯爵士（Sir Thomas Smith）写于 1561 年的宣传小册子中，提到了"两种玫瑰的争斗"，约翰·奥格兰德爵士（Sir John Oglander）则于 1646 年写过一本小册子名为《玫瑰间的纷争与交战》（*The Quarrel of the Warring Roses*），大卫·休谟（David Hume）在 1761 年出版过《两种玫瑰的战争》（*The War of the Tow Roses*）。

虽然现代历史学家们把玫瑰战争的始发年代定格在首次发生激战的 1455 年 5 月，可是，正如我们所看到的，在此之前的一段时间内，双发的冲突已经历了一种不断激化的过程。

约克不但没有服从国王的传唤，而且调动军队，开始长途跋涉南下伦敦。他可能是想在国王动身去莱斯特之前拦截他。与约克同行的盟友有索尔兹伯里、克林顿勋爵、波厄斯的格雷勋爵（Lord Grey of Powys）和罗伯特·奥格尔爵士（Sir Robert Ogle）等人。他们分别带着自己的人手，奥格尔甚至"带着麾下 600 名威尔士边界地区的战士"。鲍彻子爵（Viscount Bourchier）和科巴姆勋爵可能也在此之列。5 月中旬，沃里克率领一千人马穿过英格兰中部，与约克和索尔兹伯里在埃尔迈恩街（Ermine Street）——一条古罗马大道 [1]——会合。约克的首要目标是消灭萨默塞特、驱散宫廷派系以及恢复自己在枢密院中的位置，并借此来操纵国王和政府。

到了 18 日，萨默塞特和枢密院接到警告，说约克率领 7000 装备精良的兵力正在靠近伦敦。贝尼特说，"萨默塞特公爵听到这个消息后，便向国王进言约克正在前来篡夺王位。为此，国王站在了萨默塞特公爵一边"，并授权他组织一支小规模的军队。

20 日，约克派的人马抵达赫特福德郡的罗伊斯顿（Royston）。为首的贵族在那里向民众发表了一份公告，称他们对国王并无恶

---

[1] 编注：古罗马时期曾修建有联结众多欧洲重要城市的道路系统，即"条条大路通罗马"的来源。埃尔迈恩街是英格兰境内非常重要的一条罗马大道，从伦敦延伸到林肯郡和约克郡。

意，之所以组建军队南下，"只是为了摆脱我们所处的危险境地，因为敌人从未停止把我们逼上绝路的图谋"。他们派人向国王送去一份公告并附有一封信，在信中约克及其盟友恳求国王不要听信敌人的谗言。但这两份文件均遭到堵截，截取并销毁这两份资料的正是萨默塞特本人。

约克希望诺福克公爵能支持他，然而，尽管诺福克带着人马来到赫特福德郡，但他宁愿保持中立，不想加入任何一方。在南下沿途，约克试图争取更多贵族支持自己的事业，可是收效甚微。他曾公开发誓永远不会拿起武器对抗君主，但率领千军万马浩浩荡荡向首都进发的行动，看上去酷似举事谋反，甚至是武装叛国。

还在罗伊斯顿的时候，约克就已得知亨利六世和萨默塞特带领一支军队正要离开伦敦。5 月 21 日，约克派的队伍大踏步进入韦尔（Ware），此时，他们从侦察兵那里得到消息，说皇家军队正沿着涉水街（Wading Street）向北行进。王后没有跟随军队，而是带着她的威尔士亲王前往格林尼治。在双方随后展开的敌对行动期间，她一直都留在那里。当天，约克再度派人想向国王提出申诉，并带着一份公告。但他们还是没能闯过萨默塞特这一关。

与此同时，国王和他的军队已经到达沃特福德（Watford）。在那里度过一夜之后，他们于 22 日一大清早便上路了。根据约克的侦察兵的报告，亨利正朝着圣奥尔本斯城（St Albans）方向行军，于是，约克公爵带着军队从韦尔掉头向西，准备正面相迎。在前往奥尔本斯的路途中，国王收到约克派已经接近此城的情报。白金汉公爵便敦促亨利加速抢占圣奥尔本斯，勇敢面对并狠狠打击来自约克的威胁，他确信，约克更愿意以谈判来解决问题，而不是诉诸武力。此外，白金汉也意识到，约克派的军力远远超过国王，因此，与其处于乡野的暴露位置，不如守在城中等待增援部队来得安全。

在 1455 年的时候，圣奥尔本斯城那些老的防御工事已经不剩什么了，只有一条建于 13 世纪的壕沟还残留在城市周围，沿线架着木头路障，防止敌人进入城内市场。22 日上午，国王率军到达圣奥尔本斯后，便命令士兵首先占领这条壕沟，并找来木料筑起坚固的栅栏作为防御工事，部队则扎寨于市场内。与此同时，约克决定把他的军队安置在圣彼得街和霍利韦尔街（现在叫霍利韦尔山丘）东面的基–菲尔德（Key Field）一带，并部署了兵力阻挡敌人从城中向这一方向逃离。

1460 年，米兰使臣被告知，"那一天，处于备战状态中的兵力达到 30 万；事实上，是因为整个英格兰都被吓坏了，有人盲目夸大了军人的数量"。这个数字显然是极尽夸张之能事的结果。贝尼特说，沃里克带到此地的兵力为 2000，约克为 3000，索尔兹伯里也为 2000，他们"都已做好战斗准备"。据估计，皇家军队有 2000—3000 人，很可能缺少弓箭手。而约克派的军队中不仅拥有强大的弓箭手队伍，而且还备有大炮。亨利紧急派人到各地征募人员以便加强自己的力量，但是地方权贵们一时尚无准备。70 个权贵中只有 18 人出现在圣奥尔本斯。包括彭布罗克在内，有 13 人已与国王同行，其他几位——牛津、什鲁斯伯里、克伦威尔勋爵和托马斯·斯坦利爵士等——仍在途中。

国王的军队由白金汉指挥，他是世袭治安官，此次受到国王的临时任命。兰开斯特派的前卫部队由第八任克利福德勋爵托马斯指挥。作为法国战场上的一名宿将，也凭借在苏格兰边境战斗时的成功经历，勋爵早已享有卓著的声望。兰开斯特派军队主要由骑士、王室成员以及与国王同时上路的少数权贵亲信构成，许多人来自东部各郡。作为这些事件的现场目击者，圣奥尔本斯修道院院长维特汉姆斯特德指出，英格兰东部的贵族绅士根本不像约克派部队中的北方军人那样英勇善战，"对他们来说，小麦和大麦就像黄金和乌木一样珍贵"，那是战利品。在南方，北方人被认为是异域蛮人，名声可怕，既是凶猛的斗士，也是贪婪的抢掠者。

约克派兵分三路，按照常规，分别由约克本人以及"战地将领"索尔兹伯里和沃里克指挥。其中，沃里克的部队都是步兵，所以担当后卫。约克的儿子马奇只有 13 岁，是第一次跟随父亲上战场，名义上带领一支小分队，战士来自战斗经验丰富的边境地区。与约克并肩作战的还有约翰·文洛克爵士（Sir John Wenlock），他原本是王后的管家，如今转而效忠约克派，并在随后的许多年里一直支持约克派大业。

在战斗打响之前的 3 个小时内，约克仍在竭尽全力争取机会，想让国王倾听他对萨默塞特以及其他"卖国贼"治国无方的申诉。他派遣传令官莫布雷（Mowbray）送信给国王，希望双方能够通过谈判来解决事端。莫布雷从圣彼得街北端的"栅栏防御工事"处进入城区，并提议在进行谈判的时候，国王的军队不妨撤退到巴尼特（Barnet）或哈特菲尔德（Hatfield）过夜。

亨利明白自己的军力与约克相差悬殊，所以，若是能够通过和平谈判解决问题，对他来说利大于弊，于是便派遣白金汉——他是索尔兹伯里的妹夫——前去确认约克的真实意图。约克告诉白金汉，他们是以"合法和真正的臣民身份"来到这里的，只是期望国王交出"那些我们所谴责之人"。白金汉向亨利汇报了约克的说辞后，国王一反常态，变得怒不可遏。在萨默塞特的鼓动下，国王又让白金汉给约克带去了一份专横霸道的最后通牒：

> 我，国王亨利，现在下令，你们必须从战场上立即撤离，任何人不得违抗，我绝不允许有人在我的王国起来反抗我。叛国者竟然胆敢在我的国土上聚众举事，这给我带来莫大的不安与悲痛。我坚信，我的荣耀属于圣爱德华和英格兰王冠，我将打败你们所有人，顽固不化的叛国者将被抓捕，绞死再分尸。让那些挑战国王和统治者权威的人受到严厉惩治，以此警示所有企图在我的土地上谋反的叛国者。此时此刻，不得有人与我作对，否则，我们就在此决一雌雄。我已把生死置之度外。

约克的和谈努力终归失败，这在一定程度上要归咎于白金汉的敌意——他在莱斯特的大议事会上就对约克加以指责。国王也无意将萨默塞特交到约克手中。相反，亨利命令旗手们在市场里打起他的旗帜，自己穿上金属盔甲、跨上战马，站在飘扬的旗帜下督战，并在整个战斗期间一直保持这种姿态。在战斗打响之前，亨利还下令杀死敌方的贵族、绅士及侍从，只有普通步兵才可饶恕不杀。在白金汉前去与约克谈判后，许多皇家士兵溜到镇上找寻食物，此时他们只得迅速归队准备战斗。

得知国王拒绝答应他的任何要求后，约克果断地戴上头盔，命令号手吹响警号，警告将士们进入战斗状态。然后，他引用了许多圣经典故向全军发表演讲说，声称自己代表约押，而亨利则是大卫王，他们将共同战胜萨默塞特。[1] 玫瑰战争的首次战斗——圣奥尔本斯战役就此爆发，具体时间大约在当天上午的10—12点。

约克和索尔兹伯里率领军队从东面的圣彼得街、思博温街（Sopwell Street）等街道向市场发起冲锋，并命令士兵猛攻街道尽头的防护栅栏，而克利福德勋爵以及其他兰开斯特指挥官则带领着军队在每一个入口处的栅栏工事前死守抵抗，越来越多的皇家士兵向栅栏口迅速聚集，约克和索尔兹伯里一时被击退。根据《斯托纳信札和文档》（*the Stonor Letters and Papers*）的记述，沃里克听到前方状况吃紧后，立刻"召集人马，从花园方向（霍利韦尔街立有钥匙标牌与棋子标牌之间的位置）朝城区发起猛攻"。[2] 军队攻入城内后，沃里克命令号手吹响号角，士兵们应声高呼："沃里克！沃里克！"在弓箭手的掩护下，沃里克率军对栅栏工事发起新一轮攻击，兰开斯特军无力阻挡，节节败退，他们没料到沃里克会从这个方向攻进城内。

贝尼特说"战斗非常惨烈"，两军在市场内展开了一场激烈的战斗。罗伯特·奥格尔爵士带着人马杀入战场，"号角响起，每个人都奋不顾身地投入战斗"，由于皇家军队没有想到敌人这么快就冲杀过来，

---

[1] 译注：《圣经》中说，约押为大卫国王军队的成功指挥官，他杀死了押尼珥和押沙龙。

[2] 译注：《斯托纳信札和文档》（*the Stonor Letters and Papers*）是一份重要性仅次于《帕斯顿信札》的历史资料，但往往被人所忽视。

许多士兵"尚未进入战斗阵列"。不出半个小时,市场内的战斗便告结束。市场钟楼上的钟声紧急敲响后,如梦方醒的皇家士兵赶忙跑去保护国王,看到的却是沃里克的战士们正在挥舞长柄镰刀,向兰开斯特派残酷地大开杀戒。作为这场令人惊骇的战斗的目击者,维特汉姆斯特德说,他们杀人如麻,直到"整条街道遍地尸体"。皇家士兵"惧怕见血",顿时一片混乱、溃不成军:旗手扔掉皇家旗帜,士兵们踩着地上的旗帜惊慌逃窜。根据《斯托纳信札和文档》的记述,威尔特伯爵"以及其他许多人将盔甲扔到身后,像懦夫一样仓皇逃命";编年史家"格雷戈里"说,威尔特"害怕失去他的美妻"。国王党羽的战马和盔甲被人抢走,皇家旗帜被重新捡回来,撑在一座房子的墙上,亨利孤立无援地站在那里,一边看着箭头雨点般地落在自己身旁,一边眼巴巴地看着手下一个个落荒而逃。约克派赢得了这场战斗。

沃里克明确指示弓箭手把目标对准国王身旁那些可恶的宫廷党成员,因此,在皇家旗帜附近,许多人受到致命伤陆续毙命。在战斗接近尾声的时候,亨利颈部中箭,血流如注,于是,在残余贵族的劝说下寻求避难之处。在躲进邻近一个制革工的家中后,他愤然喊道:"该死的,你们竟然如此卑鄙地对待一位受膏圣化的国王!"

白金汉面部和颈部受伤,被约克派的手下活捉,沦为俘虏。达德利勋爵脸部中了一箭,斯塔福德勋爵则伤在手上。萨默塞特的继承人、多塞特伯爵亨利·博福特身受重伤,不能行走,人们只能用运货马车拉他回家。贝尼特说,"支持萨默塞特公爵的人不死则伤,或至少遭到掠夺"。

萨默塞特本人在一家叫作"城堡"的客栈外,孤注一掷地与敌人进行着殊死决战。后来,据说他抬头看到天象之后便彻底绝望了,因为曾有一位预言者警告过他,千万要当心"城堡"。萨默塞特的敌手——很可能就是沃里克本人——见他已被击中要害,步履蹒跚,便杀了他。萨默塞特后来被埋葬在圣奥尔本斯修道院。19 岁的多塞特伯爵继承了父亲的萨默塞特公爵爵位。夏特兰形容他为"一位英俊潇洒的年轻骑士"。如今，在城堡客栈的原址上还立有一块纪念牌匾，就在圣彼得街和现在的维多利亚街拐角处。

在这次战役中伤亡的其他贵族，还有沃里克的大敌、第二任诺森伯兰伯爵亨利·珀西和克利福德勋爵，两人均在巷战中被杀死。他们身上的衣物被洗劫一空，仅留下赤裸的尸体公然示众。白金汉公爵的儿子汉弗莱·斯塔福德在战斗中遭受重创，后来，不是 1455 年就是 1458 年，死于伤势过重。贝尼特说，"死亡人数大约百人，以兰开斯特派士兵居多"。修道院院长维特汉姆斯特德请求约克允许自己埋葬死者，并恳求他，在胜利的时刻别忘了像尤利乌斯·恺撒那样手下留情。维特汉姆斯特德引用古罗马诗人奥维德（Ovid）的话，说：除了胜利之外应该别无他求。

玫瑰战争期间最为短暂的战斗——圣奥尔本斯战役的成果是，约克成功粉碎了宫廷党派系，消灭了主心骨萨默塞特。宫廷则把兰开斯特派战败的大部分责任归诸白金汉，因为他的判断与策略存在致命的缺陷：皇家军队执行的任务是全面防守城区的所有入口，这完全不现实，他们根本没有充分时间在城区预备防御工事。白金汉可能犯了一个错误，他原打算利用城中的一些建筑物提供一定程度的防卫作用。

随后，约克在索尔兹伯里和沃里克的陪伴下前去控制国王本人。他们发现，躲在制革工家里的国王正在让人为他包扎伤口。在自己的军队被打得落花流水的现实面前，亨利原先那种凌人盛气和虚张声势的姿态已经荡然无存。根据《斯托纳信札和文档》的记述，当约克派的贵族们来到国王的前面时，他们双膝跪地，"为自己在国王在场的情况下所做过的事情，恳求国王的恩典与宽恕，请求国王将他们视为真正的臣下。并说，他们绝无伤害国王本人的意图"。贝尼特说，当亨利听到他们声称自己是"卑微的仆人时，感到欣喜万分"。

约克向亨利申辩，说自己之所以采取如此行动，是因为他和朋友们为了自卫，除了打败敌人别无选择。要是服从国王的传唤去莱斯特，他们很可能已经成为阶下囚，并作为叛国贼而在羞辱中被处死，从此

"失去我们的营生之道和所有的财产，我们的后代将永远生活在羞耻之中"。亨利似乎也承认这一点，"并对他们动了恻隐之心，但迫切希望他们解散武装，以免造成更多伤害"。在城区的边缘地带，获胜的约克派军人在恣意妄为。修道院院长维特汉姆斯特德被他们的胡作非为惊呆了：这些人在街上横冲直撞、趁乱打劫，所到之处一片灾难景象。甚至连修道院也未能幸免于难：这伙士兵偷了所有他们认为有用的东西，并威胁要烧毁修道院。幸好这时有人通知，说国王和约克在权贵以及市政官员的伴随下已经到达市场，并要求士兵整装待发，准备返回伦敦，修道院这才躲过一劫。

约克亲自把萨默塞特的死讯委婉地告知国王。一些历史学家断言：震惊、悲痛、紧张，加上身负创伤，致使亨利老病复发，再一次陷入精神错乱。毕竟，自他康复才5个来月。不过，没有证据留传下来可以证实这一点。事实是，足足又过去6个月，约克才再次被任命为"保护人"。基于国王既往的患病情况，假如亨利真的出现精神不稳定症状，那么，完全可能立即任命约克。就这一话题，我们最后应该提一下约翰·克兰（John Crane）的有关描述，他曾在5月25日写给约翰·帕斯顿的信中说："感谢上帝，我们的国王陛下总算没有什么大碍。"

眼前发生的这场战役，让很多人，甚至包括参战者感到惊心动魄，同时，也驱使约克派为自己的行为找出理由：他们企图把所有的责任都推给萨默塞特和宫廷党，从而回避任何可能涉嫌的叛国指控。然而，明摆着的事实是，是他们拿起武器对阵由受膏国王领导的军队。在许多人看来，这已经足够以叛国的名义定他们罪。为了消解这种不满情绪，约克特地发表了一份声明，阐述了这场战斗发生的前因后果，以及他对这次事件的看法。

圣奥尔本斯事件加深了权贵们之间的巨大分歧，民众对于政府更加不满。事到如今，问题似乎只有通过暴力才能解决。对于交战派系来说，这一残酷的现实暂时起到了制动作用。双方都不希望再现武装冲突。尤其是对于国王及大部分贵族来说，他们决意不让诸如此类流血事件再度上演。但是，兰开斯特派与约克派之间的沟壑已经如此深刻，以至于双方需要做出巨大努力才可能让国王保持安宁。在随后的4年里，英格兰一直维持着一种尽管不和谐然而可以算平静的时局，这充分说明，双方其实都有达成妥协的意愿。

5月23日星期五，沃里克携带国王的宝剑在前面开路，约克和索尔兹伯里护送亨利六世返回伦敦，在那里，他寄宿在位于圣保罗大教堂旁边的主教宅邸。《帕斯顿信札》中的一位通信者写道："我们以后将实行怎样的统治，我尚不知道。"25日星期天，是圣灵降临节，为了消除民众的疑虑，亨利头戴王冠，在列队的护送下进入圣保罗大教堂，以示王权并未受到任何挑战。君主政体的强大权势和神秘感是如此不可思议，以至于没有人敢冒昧地表达这样的意见：亨利本人才应该对最近发生的事件承担最终责任。无人要求罢黜国王，无人对他的不称职或糟糕的判断力提出批评。

宫廷党惨败以及萨默塞特死亡的消息很快传到了身处格林尼治的王后的耳边。这已使她深陷痛苦之中，如今约克又替代萨默塞特担当国王首席顾问的角色，更让她难以容忍。约克被任命为英格兰的治安官，这是萨默塞特曾经拥有的一个职务——他还挑选亲信填补了死去公爵所留出的其他职位。

在圣奥尔本斯战役之后的一周内，白金汉、威尔特、什鲁斯伯里、彭布罗克以及其他贵族全部返回宫廷，与约克言归于好，并尽力达成了和解。贾斯珀·都铎更是急不可耐地想就政府所面临的问题与约克共同图谋一个切实可行的解决方案，为此，两人在伦敦商讨了好几个小时。

然而，尽管萨默塞特已经死了，他的派系势力依然存在。萨默塞特派系的成员对待约克比以往任何时候都更加充满敌意。因为对于疑虑重重、心怀怨恨的亨利六世来说，王后对他的影响力不可替代，他们便把全部希望寄托在王后身上，指望她能出头担纲。约克意识到了这一点，他也知道王室中有些成员极力抵制任何改革的尝试。此外，约克还不得不面对个别具备充足的理由对他怀有深仇大恨的特殊贵族。比如克利福德勋爵 20 岁的儿子约翰，如今他已成为第九任克利福德勋爵，对约克仇深如海，毕生时间都在为父亲的死寻找报仇雪恨的机会。在寻求复仇的过程中，他陆续得到"黑脸克利福德"和"血腥克利福德"等外号。

7 月初，约克基本确立了自己作为英格兰统治者的有效地位。他任命妹夫鲍彻子爵为财政大臣，为索尔兹伯里安排了一个极具影响力的职位——兰开斯特公爵领地总管。鲍彻子爵的哥哥、托马斯·鲍彻大主教仍旧担任大法官职务，他现在明显表现出支持约克派的倾向。然而，约克仍然缺乏贵族阶层的普遍支持，这导致他严重依赖内维尔家族，并寻求一种和解政策。至于处理王后的方式，就是禁止她来到伦敦。除此之外，对于那些曾经与他作对的人，约克并未打击报复。

约克的统治一如既往，富于才智、温和、适度。继 5 月底的议会之后，7 月 9 日，约克以国王的名义在威斯敏斯特召集议会，身体不佳的亨利六世带病亲临会场。可以预见的是，这次议会充满了约克派支持者。如今议会议长是沃里克的亲信约翰·文洛克爵士。当上下议院的所有议员集合完毕，约克和权贵同僚们在威斯敏斯特宫的大会议室中再次宣誓效忠国王。

在约克的提议下，议会通过了一项法案，确保他最近的起义是正当的，理由是"政府近来在王后、萨默塞特公爵以及他们的朋友的管理下，对人民实行了极度不公的暴政"，强调他通过寻求和平磋商的途径来解决事端并为此付出努力，而且在达成和解的过程中，尽管受到国王顾问的百般阻挠，他最终还是决定宽恕所有人。与此同时，同样在约克的主持下，议会通过一项法案为格洛斯特公爵汉弗莱平反，约克还把自己看作他的政治继承人。

议会也渴望调整王室复杂的财政状况，批准了一项新的"回收法案"，几乎取消了国王在其统治期间批准的所有赠予。唯一例外的是国王自 1452 年以来赠予都铎家族的资产，但即便如此，约克以及其他贵族还是感到大为不妥，因为他们认为不应该有例外。在这届议会中，里奇蒙和彭布罗克表示在支持约克的同时绝不放弃对于国王的忠诚，他们发挥了一种缓和平衡的作用。但不久之后，随着兰开斯特派与约克派之间的沟壑变得越来越深，他们不得不在两者之间非此即彼地选择自己真正效忠的对象。

在处理完议会上的所有重要事务之后，约克将国王、王后以及威尔士亲王安顿在赫福德城堡（Hertford Castle）。其间，沃里克与克伦威尔勋爵还曾就究竟是哪一方引发了最近的敌对行动发生了争吵。但没过多久，玛格丽特带着孩子又回到了格林尼治。也许就在这个时候，亨利再次出现了精神疾病的迹象。

1455 年 10 月，里奇蒙伯爵埃德蒙·都铎终与玛格丽特·博福特结成连理，新郎 25 岁，新娘 12 岁。婚礼在贝德福德郡的布莱特苏城堡（Bletsoe Castle）举行。新娘是一个很有主见的女孩，她以虔敬的态度、拥有诸多慈善机构以及对兰开斯特家族的坚定信念而闻名，日后出落成为最令人敬畏的女性之一。她聪颖、庄重、高洁，而且，凭着无可挑剔的兰开斯特家族身份和所继承的巨大遗产，以及她是萨默塞特侄女的事实，她与国王同母异父的弟弟之间的婚事，可以说是完全门当户对。亨利六世寄希望于这桩婚姻构建其王权的家族支持核心；对于里奇蒙来说，这桩婚事则使他的政治地位得到快速提升。

玛格丽特后来声称，她的脑海中曾经出现过要嫁给里奇蒙的幻象，作为一个十分虔诚的女孩，她一直盼望着愿景实现的那一天。至于此桩婚姻将会造就一位未来的英格兰国王[1]，当时无人能够预知，但玛格

---

[1] 编注：玛格丽特与里奇蒙伯爵的儿子亨利即后来的英格兰国王亨利七世，都铎王朝的首位君主。

丽特·博福特夫人是一个极度相信命运的人。

婚后不久,里奇蒙被派去维护亨利在威尔士的利益。约克顺便委托他去执行整治威尔士叛乱者格里菲德·阿普·尼古拉斯的任务,当时此人正在不断侵占属于约克和白金汉的边界领地。11 月,里奇蒙来到彭布罗克郡的兰菲(Lamphey),住在一座属于圣大卫教堂主教的偏远宅邸,位于贾斯珀的城堡东北两英里的地方。

当年秋天,约克在伦敦完全掌控了大权。当时没有明确记述为何会出现这样的局面,但很可能是国王再次出现了精神崩溃的状况,以下记述显示出有此迹象:王后曾经请求照顾她的丈夫,约克便派人把亨利送到了格林尼治她的身边。

当然,安茹的玛格丽特绝不甘愿屈就保姆的角色,她打算为她本人及其支持者重夺权力,并终结约克的野心。圣奥尔本斯战役之后,原本围绕在玛格丽特身边的许多人都已弃她而去,如今她通过暗中传递信件和信息,悄悄地重新培养支持者。对王后表示忠心者不乏其人,其中包括亨利·博福特、新萨默塞特公爵及其弟弟埃德蒙、欧文·都铎及其子里奇蒙和彭布罗克、首席大法官约翰·弗特斯克爵士、新诺森伯兰伯爵及其亲属、威尔特伯爵、克利福德勋爵、格雷勋爵、威廉·泰尔博伊爵士(Sir William Tailboys)等人。威廉·泰尔博伊爵士曾是林肯郡的议会议员,但他给郡里带去了极为有害的影响。多年前,他曾因攻击财政大臣克伦威尔勋爵而被囚禁于伦敦塔并处罚款,1451 年时又因杀人而成为亡命之徒。这样一个目无法纪、无恶不作的人怀着不过是将信将疑的态度对王后表示忠心,为了寻求支持者而不顾一切的玛格丽特竟然就此欣然接纳。

1455 年 11 月 12 日,议会再次召开。17 日或 19 日,约克被重新任命为王国的"保护人"和"守护者",他享有的权利与从前基本一致,不同的只是这次把解散议会的权力交由上议院。约克一如既往地以温和适度的方式行事，坚持履行所有重要的决定须经枢密院的批准，而枢密院的成员则由上议院选举产生，枢密院的权力应该体现为"对于国家的明智的统治与管理"。

在这一年剩下的时间里，约克和盟友把精力集中在制订有关王室财政安排和皇家土地回收的深度改革计划上。议会决定每年为威尔士亲王提供 1 万马克的费用，直到他 8 岁为止，此后每年将增至 1.6 万马克，直到他 13 岁。约克还发布了一份令状，撤销了兰开斯特政府对他的管家威廉·奥尔德海尔爵士所做的有罪判决。

一如从前，约克得到了下议院的大力支持，但可以预见的是，权贵对他进行的改革并无太大的兴趣。他先前的两位支持者里奇蒙和彭布罗克缺席此次议会，许多同僚也对约克的真实意图持怀疑态度。他们疑心约克呼吁改革的背后别有企图，因此竭尽全力维护摄政期间威尔士亲王的权利。

14. 局促不安的平静局面

1456年2月，亨利六世在议会上现身，并撤销了约克的"保护人"职位。贝尼特写道："尽管亨利渴望避免出现裂痕，坚持保留这位表亲在枢密院中的位置，但约克公爵当着国王的面辞去了职务，未等议会结束便离开了会场。"

然后，国王反复重申自己的权威，并下令对约克的"回收法案"进行了根本性的修改，添上了一大串豁免者的名单。得知多年来从国王处获得的土地无须收回，许多王室成员松了一口气。约克极不赞成这种做法，但接下来的几个月里，兰开斯特派与约克派在枢密院和议会中尚能合作。约克派在一段时间内仍然维持着相当程度的影响力，约克本人在枢密院中也依然拥有主导性话语权。随后两年的政治局面基本上处于一种不安的平静状态之中，这在很大程度上要归功于白金汉公爵在其中发挥的缓和作用。

但是伦敦人不再同情兰开斯特家族，城里的商人们受够了亨利六世的弊政和玛格丽特王后肆意干预他们的传统权限，他们态度坚决地支持约克。一次，在伦敦发生骚乱的时候，王后无视城市司法管辖权原本属于市长的事实，命令白金汉和埃克塞特率领军队进入城市，他们手持御旨，有权直接审判肇事者。市民们被这种侵害权利的行为激怒了，强力阻止两位公爵设立法庭。王后因此受到了尖锐的抨击：她竟敢挑战人们受到强烈保护的权限。

玛格丽特因此非常讨厌对她怀有敌意的伦敦人，不过伦敦人同样也不喜欢她。1456 年春，她带着王子离开了伦敦。4 月，她待在特伯利（Tutbury），5 月底住在切斯特，然后在凯尼尔沃思定居下来。在此过程中，她始终不忘为丈夫寻求支持者。从春天到初夏，亨利在彭布罗克的陪伴下留在南方。6 月，在希恩（Sheen），彭布罗克是随侍国王的唯一贵族。亨利已对这位同母异父的弟弟产生了严重的依赖感，非常看重他那毋庸置疑的忠诚。

在这段时间里，由于王后不在身边，国王在很大程度上受制于约克。4 月 20 日，亨利任命沃里克为加来最高行政长官，科米纳形容这是"基督教世界最好的统帅职位"。作为一位精明而勇猛的指挥官，这桩任命为沃里克伯爵提供了带来英雄般名声的平台。很显然，约克是背后推手，因为他早就希望奖励沃里克，以回报他在圣奥尔本斯战斗中对自己的关键性支持。宫廷党试图为他们的候选人——年轻的萨默塞特——争得这一职位，但约克已经捷足先登。

掌控加来乃是约克派的一项巨大成就。加来最高行政长官或者说总督是国王在这个地区的代理人。这个岗位基本上是军事职务，但也拥有相当大的司法权威。加来最高行政长官，也是最重要的军事指挥官的任命应当是国王送出的一份厚礼。人们不禁纳闷，亨利六世为什么愿意把这样一个具有重要战略意义的职位授予沃里克。在接下来的若干年中，加来成为约克派的海外据点，也是一个大量驻军的基地，这些军人首先效忠于沃里克。加来还地处入侵英格兰或扼守英吉利海峡的绝佳位置，在约克派的统治下，加来有效地成为政府反对派的大本营。沃里克的首要工作是争取主要商人的信任，因为他们势力强大，主宰着这个城市以及羊毛贸易。商人也意识到，如今最高行政长官换成了沃里克，毕竟不同于从前的萨默塞特，于是，沃里克用资金补助拉拢人心的举措轻而易举地显现出成效。

在沃里克动身回到沃里克城堡为新任职做准备之后，约克也骑马北上前往自己的桑达尔城堡。就在这个时候，亨利六世趁机离开伦敦，到切斯特与王后团聚。8 月，他们开始了一次巡游英格兰中部地区的闲适之旅。9月初，旅行在考文垂告一段落，国王在那里受到了热烈欢迎：人们举行了各种盛会庆祝他和王后大驾光临，王后更是被誉为英格兰继承人之母而大受赞美。由于亨利好不容易才从约克的掌控之中摆脱出来，玛格丽特便不想再让国王回伦敦，她说服亨利把宫廷迁移到了中部——兰开斯特派的心脏地带。

考文垂由此成为政府所在地，考文垂城堡也成了君王的府邸。玛格丽特在这里创建了一个赞助中心，把艺术家、音乐家和学者吸引到自己周围，试图再现泰晤士河谷宫殿的风采。以此为荣的考文垂市民慷慨地赠送国王和王后各种礼物；市长还送给王后特意从意大利进口的橙子，这可是稀罕的美食。当时，国王的府邸在考文垂城堡，不过亨利更喜欢待在附近一家小修道院里，王后则经常住在一位名叫理查·伍兹（Richard Woods）的富商家里。这对王室夫妇也可能在曾属于黑太子的查尔斯摩尔（Cheylesmore）庄园中住过。由于政府的迁移只为满足玛格丽特的目的，而大部分国家重要部门仍然在伦敦，这就给行政管理带来了诸多问题。9月24日，国王委托王后的财务总管劳伦斯·布斯掌管国玺，从而完全容许她拥有支配政府行政机构的大权。

整个夏天，约克都在观望王后的下一步行动，"她也在观察他的动作"。就在约克举棋不定、王后争取时间调兵遣将的时候，英格兰出现了一定程度的失控状态。伦敦成了骚乱和暴力的舞台，特别是针对意大利商人，因为他们历来享受着宫廷党给予的特惠优待和特权。贸易深受其害，各郡的法律和秩序进一步恶化，法国海盗也趁机突袭英格兰的南部海岸。伦敦明显处于紧张的气氛之中，没有根据的谣言甚嚣尘上。人们传说又一场战斗已经发生，沃里克"严重受伤"，一千余人被杀。教堂门上被贴上海报，以民谣形式猛烈地抨击政府。根据《格里高利编年史》的描述，"一些人说约克公爵犯有很大的错误，至于是什么错误，却没有人敢于直言"。约克本人也意识到，他现在遇到了一个新的竞争对手——年轻的萨默塞特公爵，王后对他倍加宠爱，希望提携他来接替其父的位置。

王后不断地培植王室成员对她的支持力量，与此同时，她还通过促进贸易和工业、建立医院和学校、在所到之处向公众展示年幼儿子等途径，力争提高民众对她的好感。在这个过程中，她赢得了非同寻常的欢迎。玛格丽特的首要任务是把已知的与约克派为敌者凝聚在自己周围，特别是在柴郡和兰开夏郡，并许诺他们在未来将得到可观的奖赏。她甚至还与英格兰的敌人——苏格兰人私通款曲。有谣言称，为了争取苏格兰人以便增强自己对抗约克及其盟友的力量，王后不惜出让诺森伯兰郡、坎伯兰郡和达勒姆郡作为回报。虽然传言未成事实，但许多人相信，王后完全有可能会这样做。她与苏格兰人之间的秘密商谈，徒劳无益地拖延了两年。1457 年，玛格丽特试图安排萨默塞特兄弟二人与两位苏格兰公主联姻，但是无果而终。由于她在全力以赴地扶植自己的势力，根本无心王国治理，国家相应地受到了不利的影响。

几个月来，里奇蒙伯爵埃德蒙·都铎一直在威尔士维护着亨利国王的利益。由于相互争夺公国领土，都铎家族与莫蒂默家族之间成为不共戴天的死对头，已经跨越了好几代人。里奇蒙考虑到约克的改革会使国王从中受益，选择支持约克，但约克却是莫蒂默家族的继承人，他在威尔士南部的亲属们近来也开始重申约克在那里的权威。1456 年春，王后命令里奇蒙采取行动对抗他们。

起初，里奇蒙伯爵在迎战反叛者格鲁菲德·阿普·尼古拉斯（Gruffydd ap Nicholas）的时候获得了一些成功：尼古拉斯联合约克的支持者查封了几座皇家城堡，而里奇蒙从他手中夺回了喀麦登城堡（Carmarthen Castle），并恢复了国王在周边地区的权威。然而，约克本人就是喀麦登城堡的治安官，他很有可能因里奇蒙占领此城堡而心生怨恨。1456 年的夏天，约克公爵的追随者——威廉·赫伯特爵士、沃尔特·德弗克斯爵士（Sir Walter Devereux）以及沃恩家族（Vaughan）成员——带人进攻喀麦登，占领了城堡并俘虏了里奇蒙。

然而，此时国王却更得感激约克：苏格兰国王利用政治上的有利时机，于 8 月 15 日——根据贝尼特的说法——"率领十万大军入侵英格兰，烧毁了 20 个村庄，但被约克公爵击败"。不久之后，国王派人邀请约克和沃里克到自己的驻地会面，贝尼特说，他们"受到了（亨利）最和蔼的接待，尽管王后厌恶他们两人"。玛格丽特坚持向约克证明她仍然占据上风。

居住于考文垂期间，国王和王后曾在这里召集过一次由贵族们参加的大议事会。所有的约克派贵族均受到了邀请，但出于对王后的不信任，他们在会议后立即离开了考文垂。约克去了勒德洛，索尔兹伯里去了米德尔赫姆，沃里克去了加来。

玛格丽特极力劝说亨利解除约克党羽的政府官职，然后以她的亲信取而代之。10 月 5 日，什鲁斯伯里取代约克的妹夫亨利·鲍彻成为财政大臣。当时，什鲁斯伯里刚与沃里克发生过激烈的冲突，成了沃里克的仇敌。11 日，鲍彻的大主教职务也被取消，让位于宫廷党的重要成员——温彻斯特主教威廉·韦恩福利特。这些人事变动必定激怒了约克党人，并引发了他们的忧虑，尽管王后尚未针对真正的对手采取行动。在妻子的授意之下，亨利六世在考文垂召集议会，其目的是实施由王后党所计划的一个方案，即重新主张由安茹的玛格丽特来行使王权的权威。

这年秋天，关押在喀麦登城堡的里奇蒙解除了羁押状态。他仍然住在这座城堡中，出入完全自由。不过，没有享受多长的自由时光，里奇蒙就在当年 11 月 1 日溘然去世，享年仅 26 岁。里奇蒙死因不明，可能是自然死亡，可能死于某种流行病，也可能是这年早些时候遭受创伤所导致的后果。当时甚至有传言称他死于谋杀，但没有证据证实。在里奇蒙死后的几个月内，也没有出现任何兰开斯特党人指控赫伯特、德弗克斯或沃恩家人。里奇蒙死后葬于喀麦登附近的方济各会修士教堂中。1536 年，亨利八世在位时，里奇蒙的孙子把他的遗骸和纪念碑一起迁移到了圣大卫教堂。如今，在里奇蒙墓上所见的盾牌、铜像和碑文均为 19 世纪的复制品。

当时，宫廷中的彭布罗克得知哥哥的死讯之后立即前往威尔士接替他的位置，并把遗留下来的事务料理得有条不紊。埃德蒙的死意味着原本两兄弟共有的财产将归贾斯珀一人所有，眼下他的年收入可能已增加到 1500 英镑之多。贾斯珀是一位值得尊重的人，也是国王最为信任的顾问之一。此时，他意识到自己不能再去支持约克，而应一心一意地效忠国王。因此他逐渐疏离约克，并在日后把全部精力都投入到为维护兰开斯特家族在威尔士的权利与权威的服务之中。

彭布罗克非常担心里奇蒙 13 岁的遗孀，因为里奇蒙在生前与年少的玛格丽特·博福特完婚后让她留下了 6 个月的身孕。贾斯珀在彭布罗克城堡为她提供了一个安全的庇护所，并在未来的半个世纪里成为她和孩子的强大后盾。

都铎兄弟深受威尔士人的爱戴，为了纪念他们，吟游诗人将他们的事迹编成了诗歌加以传颂。歌中唱道，极度悲伤的贾斯珀如何将埃德蒙的遗孀和未出生的孩子置于自己的保护之下，又是如何治愈埃德蒙英年早逝所导致的情感上和政治上的可怕创伤。在表达威尔士人对于他俩的感情时，吟游诗人们把埃德蒙的死比作"国家没了君王""房子没了床铺""教堂没了牧师"。由此可见威尔士人对贾斯珀抱有极大的期待，而他也的确从未让他们失望。

1457 年 1 月 28 日，玛格丽特·博福特在彭布罗克城堡产下了她"唯一心爱的儿子"。作为遗腹子，婴儿一出生便被冠以里奇蒙伯爵的头衔。根据威尔士的传统，贾斯珀希望以孩子的祖父欧文的名字来命名，但伯爵夫人坚持要以国王的名字亨利命名。没有人想到，这个毫不起眼的皇家后代有一天将成为辉煌的都铎王朝的创始君主。

玛格丽特·博福特生下亨利·都铎的时候才 13 岁，"身材非常娇小"。后来，约翰·费希尔博士（Dr John Fisher）在她的葬礼布道中称，"这么年少的女孩竟然可以生出孩子来，这似乎是一个奇迹"。孩子出生后羸弱多病，能够在婴儿期存活下来，全靠母亲的悉心呵护。亨利·都铎生命中的头五年是在母亲和叔叔贾斯珀的养育下，在彭布罗克城堡中度过的。

1457 年年初，彭布罗克与白金汉之间来往密切，友谊日渐加深，于是两人开始联手保卫他们在边界地区的财产，尤其是共同抵御约克族人对他们在新港（Newport）和布雷肯（Brecon）一带领地的侵占。3 月，彭布罗克和玛格丽特·博福特开始频繁拜访白金汉位于新港附近的格林菲尔德庄园。可能就是在这种场合下，两人产生了将玛格丽特嫁给白金汉的小儿子亨利·斯塔福德的想法。两年后，两者终成眷属。这段婚姻巩固了两个家族之间的情谊，并为年少的寡妇提供了安稳的归宿。而彭布罗克则继续为威尔士南部的持久和平付出他的努力。

与此同时，英格兰的混乱局面正在不断升级。大权贵们甚至收买海盗抢劫国外货船。海盗与权贵联手干坏事或可免受惩罚，英格兰商人却因此遭了大殃，许多外国贸易商拒绝向英格兰供货，或者向英格兰商人索要更高的价格。在伦敦，针对意大利伦巴第商人（Lombard）的动乱进一步加剧，许多人的房子遭到洗劫或被烧毁。

此时的宫廷仍设在英格兰中部。王后更加专注于巩固自己的权力，根本不在乎英格兰的治理。1 月，她下令把大量武器和弹药送到位于凯尼尔沃思（Kenilworth）的皇家城堡，同时让威尔特取代什鲁斯伯里的财政大臣职务，并任命声名狼藉的托马斯·塔登汉姆为王室财务主管。王室撒开了一张覆盖到英格兰各郡长官的贿赂大网，至少有 16 个郡长的报酬由王室支出，他们就仿佛列在工资册上的员工，定期从王室老板那里领取薪酬。作为回报，这些郡守必须为王后党羽的支持者大开绿灯；而其他郡的郡守却要遭到讹诈勒索，不得不向王室缴纳类似于保护费那样的款项。

4 月，彭布罗克取代了约克，被任命为阿伯里斯特威斯（Aberystwyth）、喀麦登和卡雷格－凯南（Carreg Cennen）等城堡的治安官。他尽心尽力履行新职责，并取得了出色的成效，甚至降服了老对手格鲁菲德·阿普·尼古拉斯，以至于让对方在人生的最后三年里始终效忠兰开斯特家族。

在 1457 年年初的几个月里，王后的暗探一直在密切追寻威廉·赫伯特爵士的踪迹，这都是因为他在前一年竟敢抢占喀麦登城堡并拘禁里奇蒙。整个冬天赫伯特一直逍遥法外，还不断骚扰威尔士东南部乡村，削弱了国王的权威。但他最后还是被抓获，并被王后投入伦敦塔。虽然没有证据，但她认为赫伯特是遵照约克的旨意行事，因此希望处死这两人。白金汉充当和事佬劝止了王后，而约克最终被贬回都柏林，重操爱尔兰行政长官的旧职。

1457 年 3 月底，赫伯特及其共犯在赫里福德郡接受审讯，国王、王后、白金汉、什鲁斯伯里，可能还有彭布罗克都亲临现场。虽然所有受审者在当时都被认定有罪，并因叛国罪被剥夺财产权和公民权，但赫伯特在 6 月就获得了皇家赦免，其他人的财产权和公民权也于 1458 年 2 月便得以恢复。被宽恕足以让赫伯特转变立场投靠对手，有一段时间他和弟弟理查曾效忠王后。但他所处的位置十分尴尬：他在威尔士东南部的左邻右舍大多为约克派的支持者，他只得在不同党派的利益之间玩起平衡游戏，既让王后保持着对他的友谊与信任，同时又不去得罪以往的盟友。

其时，沃里克已经前往加来履职。他看到了海盗在英吉利海峡的猖獗活动以及对伦敦商人造成的严重后果。他还发现亨利不太可能亲自解决这些问题，因为当时的皇家海军仅有一艘船。沃里克本人却拥有十来艘船，这些船只很快就在对付法兰西和勃艮第的海盗中派上了大用场，他还摧毁了一支怀有敌意的西班牙舰队。

沃里克非常了解伦敦人对于外来意大利人的逆反情绪，于是当他获悉有 3 条意大利船只已获得皇家特别许可证，可以在蒂尔伯里港

（Tilbury）不受限制地装运英国羊毛和粗纺毛织物，便派遣了一支小型船队穿越英吉利海峡，沿着泰晤士河河口将意大利人抓获。沃里克的行动被伦敦人视为英雄壮举，他赢得了潮水般的人气：作为英格兰大部分财富的源泉，伦敦商人却历来被兰开斯特政府忽视与怠慢，如今终于有人出面为他们撑腰出气了。

沃里克伯爵现在花费大量时间往返于英吉利海峡，并在伦敦设立了奢华的会所，以便随时欢迎与款待来客。为了博取人缘，沃里克的殷勤好客甚至有些铺张。住在伦敦的时候，沃里克每天都要烤上 6 头牛做早餐，"每家客栈都放满了他提供的肉食，凡认识他的人均可获取一大份烤肉——他一般会用一把大型匕首来刺串烤肉作为每份的标准"。沃伦说：

> 沃里克相当善于倾听民众的呼声，懂得如何用花言巧语说服他们。他巧舌如簧，与人交谈显得亲密无间，不经意中就达到了目的。他留给人们的印象几乎是只要他还活着，就会不遗余力推动王国的繁荣和保护人民的利益，除此之外，别无他求。所以，他收获了英格兰民众的推崇，程度之高甚至达到人们赋予君主的最高尊重和最大信任与依赖。

沃里克是约克党羽中深受群众喜爱的人物，魅力四射，他这种热情洋溢而又贴近民众的行事风格是约克所欠缺的。在这些年中，约克的阵营之所以能够不断壮大，沃里克功不可没。当然，这也是兰开斯特王朝弊政所致。沃里克伯爵利用他那巨大的财富为约克派赢得了广泛的支持。当然，他这么做也出于对自身利益的考量，他始终保持着锐利的眼光关注自己的权力扩张。

到了 1457 年 8 月，发生了一件事，显然表明沃里克蓄意让兰开斯特王室丧失声誉。当时，王后正希望与法兰西商定新的和平条约，以便在需要时可以向叔叔查理七世请求军事援助。王后利用一个名叫多塞雷亚（Dolcereau）的人出面和英格兰驻法使臣同时也是索尔兹伯里主教的理查·德·比彻姆建立了高度机密的联络。多塞雷亚是王后从前的爱慕者、现任王室派驻安茹和普瓦图及诺曼底的大总管皮埃尔·德·布雷泽的密探。

但就在这个月，布雷泽亲自率领一支法国舰队在英国的肯特海岸登陆，抢劫并焚烧了桑威治城，几乎把这座城市化为一片废墟。甚至有几个法国人在获胜之后兴奋不已，在冒烟的城市废墟中打网球取乐，不过最终被长官托马斯·克瑞尔爵士赶走。唯一令市民们感到慰藉的是，由于英吉利海峡风高浪急，许多法国人在驾船回家的途中淹死在汹涌的海浪之中。

这次袭击让英国人深感不安，他们震惊于政府如此无能，把激烈责难的矛头直指王后。为了转移民众的愤怒情绪，王后试图将罪责推卸给在过去 10 年中一直担任海军大臣的埃克塞特。但没有人被她的借口愚弄。约克派立即放出消息，说事实上这次突袭英国海岸的事件是王后与布雷泽勾结的结果，目的在于败坏沃里克的名声。没人想到指责沃里克不尽举手之劳去阻击法国人的侵袭。实际上，沃里克确实故意袖手旁观，他心里很清楚法国人的所作所为将会激起民众对于兰开斯特王室的怒火。

这一波对王后的抨击催生了新一轮有关威尔士亲王所谓的父权问题的谣言。谣言说，这个孩子的父亲不是已故的萨默塞特公爵就是王后最近的宠臣威尔特。玛格丽特本人曾无奈地对夏特兰说，她的儿子被打上了诞生于"假婚姻"中的"假继承人"烙印。

9 月，在推选新的达勒姆主教（Bishop of Durham）的问题上，玛格丽特因违抗国王的任命而引来更大的谴责声浪。她想把自己的宠臣劳伦斯·布斯推上这个职位，而当时国王已任命了另一位人选。于是，玛格丽特暗中向罗马教皇施加了极大的压力，最终让布斯在 9 月 15 日成功当选。

宫廷于 1457 年的米迦勒节（Michaelmas）迁离考文垂。事实证明，一个远离伦敦的政府根本无法发挥有效的行政管理功能。王后极不情愿地离开了她的"安全港"返回南方。虽然她已经摆脱了约克派的管控，但身处加来的沃里克和都柏林的约克让她感到很不安全。一旦他们中的任何一人威胁到她的地位，那么，召集一支武装力量以防万一就势在必行了。然而，鉴于政府这样的声誉，她又不能肯定是否能够征募到足够的兵力来保护自己。王后对此事耿耿于怀，或许可以说明在她内心深处多么缺乏安全感。而要解决这个问题，只有一个办法。

为了捍卫自己的王国并迎战约克派势力，王后启用了一种特定的征兵制，那是迄今为止在西欧只有法国列王曾采用过的一种征兵方法。当年 12 月，她把动员令发送到每一郡，授权各个郡长向每个村庄和乡镇召集兵源，一旦她发出战斗号令，各地就必须根据不同的人口和财富状况立即为国王提供不同数量的壮士和弓箭手，并自行承担相应的费用。与此同时，她还公开宣布，亨利六世已经写了一封信给他生活在爱尔兰的英裔臣民，鼓励他们占领那里的土地，并希望他们在战斗过程中杀死约克。

尽管亨利六世意识到，宫廷乃至整个王国的紧张气氛日益浓厚，但他并不愿意看到兵戎相见的局面，因此寄希望以和平的方式来解决对立派系之间的冲突。维特汉姆斯特德写道，亨利喜欢引证《圣马太福音》中的话："一国自相纷争，就会成为荒场。"1458 年 1 月，国王发出命令，要求所有权贵出席在威斯敏斯特举行的和平会议。会议持续了整整两个月，但并没有取得实质性成效。就在 1 月份，王后最为器重的支持者之一——德文伯爵蹊跷地死于阿宾顿大修道院（Abingdon Abbey），而玛格丽特就在现场。有人说，他是被人毒死的。

2 月，伺机报复的克利福德勋爵，在其堂弟——年轻的诺森伯兰伯爵以及亲戚萨默塞特公爵的陪伴下，带领一支庞大的武装抵达坦普尔栅门（Temple Bar）[1]，要为各自在圣奥尔本斯战役中死亡的父亲索取赔

---

[1]　这是伦敦城的一个入口。

偿。和平会议营造的脆弱的和谐局面瞬间无情破碎。国王受到胁迫后十分恐慌，别无出路，只有同意他们的要求。亨利命令约克、索尔兹伯里和沃里克共同在圣奥尔本斯创建并捐赠一座小教堂，以便人们可以为三位死去的贵族以及其他战死者永久地做弥撒，好安抚死者的灵魂。他还命令约克派贵族向克利福德、诺森伯兰和萨默塞特支付"相当数额的赔偿"。结果，约克支付了萨默塞特的遗孀5000马克，沃里克支付给克利福德的家人1000马克。次年3月，小教堂如期建成。同时，政府专门发布了一则公告，向人们讲述了这座小教堂形成的来龙去脉。

和平会议最终在交战双方之间迎来了一场互示友好的公开表演。1458年3月25日，正值"天使报喜节"（Lady Day），国王、王后与约克派贵族一道举行了一场正式的和解仪式，这一天后来被称为"宣爱日"（Loveday）。紧随国王之后，手牵手的王后和约克、两大派系的首领、内维尔家族、珀西家族以及其他贵族列队穿过伦敦的大街前往圣保罗大教堂参加和解仪式。"他们表情愉悦"，"无视周围的民众，仿佛所有的爱全在心中"。

国王和大主教鲍彻费尽心机才带来这一和解局面，亨利也为自己的倡议能够产生这样明显的成果而喜出望外。一首民间歌谣在庆祝这一盛况时大声欢呼："热烈欢庆，和谐团结的英格兰！"臣民们无不欣喜若狂，希望这是一个完全的、最终的和解。但都铎王朝时期的编年史家罗伯特·费边（Robert Fabyan）的描述似乎更接近真相：他将这一天称为"装模作样的宣爱日"，因为两大派系的武装人员和支持者就列队站在街道两旁，许多人全副武装，带着不加掩饰的敌意注视着对方的举动。

在"宣爱日"的三天后，亨利和玛格丽特正式进入伦敦，并在主教宅邸住了下来。约克回到勒德洛，索尔兹伯里回到米德尔赫姆，沃里克返回加来，人人都在观望接下来会发生什么。国王满心喜悦，以为他这些好捣乱的贵族总算能够彼此友好相处了。到了复活节，他干脆独自住到圣奥尔本斯修道院安心侍神去了。亨利越来越专注于敬神祈祷和慈善事业，淡出政治生活，把绝大部分行政决策权交给了王后。

　　回到加来之后，沃里克开始向勃艮第的菲利普主动示好——沃里克最近还不亦乐乎地掠夺了勃艮第的船只。加来以及英国商人急于修复英格兰与勃艮第之间的重要贸易关系，这也是沃里克的用心所在。到了 1458 年夏天，他与菲利普公爵之间达成了谅解，并在没有征得亨利同意的情况下便派遣了自己在加来的手下约翰·文洛克爵士，代表国王前往勃艮第与公爵商谈威尔士亲王与一位勃艮第公主的联姻。后来，文洛克又代表玛格丽特王后前往法兰西，就王子与一位法国公主的联姻与查理七世进行谈判。毫无疑问，谈判过程是复杂而漫长的，眼下，他们没有足够的优势让法兰西或勃艮第对英格兰产生联姻的意愿。

　　随后一段时间，沃里克介入了海盗活动，有一次行动让他名誉扫地：沃里克命令他的船队驶离加来，打劫了来自汉萨同盟城市吕贝克（the Hanseatic city of Lubeck）的德国商船。这次攻击违反了汉萨同盟国与英格兰政府之间的停战协定，从而导致德国人向亨利六世发出了强烈抗议。王后原本就想剥夺沃里克伯爵加来最高行政长官的职务，现在终于等到了清除他的机会。玛格丽特传唤沃里克返回伦敦，命令他在枢密院对自己的恶劣行为做出解释。

　　沃里克回应了王后的传唤，率领 600 名身着统一制服的武装人员抵达伦敦。玛格丽特要求枢密院对他的犯罪行为进行审判。1458 年 7 月 31 日，枢密院安排了一次对沃里克的审问，但在质询了一天之后，他便公开抗议这种强迫性质的审问过于严苛。沃里克还认为这是蓄意败坏他名声的阴谋。他抱怨王后并无诚意对待"宣爱日"达成的友好关系，也不在乎英格兰在公海上取得的荣耀。

　　第二天，在沃里克的抗议的刺激下，他的支持者以及包括一些市政议员在内的许多伦敦人开始闹事，示威反对王后和官方。在一片混乱中，首席检察长遭到谋杀。王后随即发出命令，调派长矛兵进入伦敦市区维持秩序。参与骚乱的市政议员和市民都被投进了监狱。结果枢密院对沃里克的审讯不了了之，甚至连份书面记录都没有。毫无疑问，王后想把沃里克驱逐出政治舞台的企图宣告失败。

秋季的某一天，沃里克再次造访设在威斯敏斯特的宫廷。在他经过王室厨房的时候，国王的一位帮厨莫名其妙地差点用烤肉叉刺死沃里克。那原本是一次意外，但沃里克及随身家臣认为，这位帮厨是受命于王后来谋杀他的。一场暴乱便在沃里克伯爵的家臣与火速赶来保护帮厨的王室仆人之间爆发了。在打斗的过程中，沃里克遭到皇家守卫的攻击，不过这些人很快就被他的手下制服，倒霉的帮厨也被他们擒获并扭送到王后跟前。玛格丽特明白，如果她维护此人，沃里克就会指控她是谋杀的幕后指使，于是便下令处死帮厨，但随后放走了他。此人后来逃到了约克郡。王后同时狂妄地宣布，这场暴力行动是沃里克教唆其支持者造成的。根据费边的描述，玛格丽特后来说服枢密院，拟定了一份逮捕沃里克伯爵并将他监禁于伦敦塔的命令。

听说王后发出了逮捕令后，沃里克立即离开伦敦，急速回到了沃里克城堡，尔后又转道返回他的安身之处——加来，处于驻军保护之下。11 月，王后和枢密院被沃里克的逃逸行为激怒，要求他把加来的职位交给萨默塞特。得知这个消息后，沃里克毅然返回伦敦，大胆地来到枢密院陈述说：他的职务是由议会赋予的，因此，撤销其任职的唯一权力也应该属于议会。沃里克情绪激昂、怒气冲天，在离开枢密院的会议厅时，还遭到萨默塞特和威尔特家臣的袭击，还好侥幸逃脱。这一回，沃里克声称，王后想杀他的企图已是昭然若揭了。

沃里克意识到，留在英格兰对他来说极不安全，在与父亲索尔兹伯里匆匆商量之后，他回到了加来。在那里，他继续肆无忌惮地袭击吕贝克的船队。可能正是有鉴于此，白金汉放弃了原先的和解态度，坚定不移地站到了王后的阵营中来。

玛格丽特深知，现在到了不得不对约克派——尤其是沃里克——

采取果断行动的时候了。1458 年年末，她离开伦敦，在贵族和上流社
会人士中寻求支持者以及招兵买马。在接下来的几个月中，她的足迹
遍布柴郡和兰开夏郡。根据《戴维斯编年史》，由于担心王子"可能难
以继承王位"，王后"联合了柴郡所有的骑士和乡绅，对他们敞开皇家
大门加以欢迎"。

至此，兰开斯特派与约克派之间的进一步对抗已成必然。

15．"伟大而顽强的女人"

《帕斯顿信札》中记述道："王后是个伟大而顽强的女人，为了争取自己的权力可谓殚精竭虑、不遗余力。"此时，王后的支持者们也都明白，她正在竭尽全力铲除约克派的势力。根据《克罗尔兰德编年史》，玛格丽特、诺森伯兰和克利福德"极力想在国王面前彻底搞臭约克公爵，甚至弄死他，他们坚持认为，约克心怀篡夺王位的图谋"。

很显然，亨利六世不再掌握对抗约克派的主动权。而王后党需要一个要比 5 岁的王子——未来希望之象征——更有感召力的名义上的领袖人物来凝聚力量。玛格丽特甚至试图说服亨利退位让他的儿子来接替，但被国王断然拒绝。玛格丽特继续在英格兰西北地区培植支持力量；在切斯特，她还以王子的名义赐予所有有身份的人饰有天鹅纹章的制服（天鹅是亨利四世的个人纹章，也是王子本人的纹章），企图"凭借这些人的力量让她的儿子成为国王"。

1459 年，王后在考文垂度过了年初的几个月。春天来临之际，威廉·赫伯特爵士敦促王后趁着约克派尚未准备兵力，带领她在柴郡征募到的兵源首先出征。当时，这批士兵已聚集在了城市周围。玛格丽特采纳了他的意见，并获得枢密院的批准。4 月，王后说服国王发布命令，要求所有效忠王室的权贵于 5 月 10 日在莱斯特与他会面，"尽其所能带上他们所召集到兵力，并筹备好两个月所需的费用"。她还向全国发布授权征兵令，从每个城镇和乡村征召兵源。约克对此的反应是发表了一条公告谴责这种征兵途径，并鼓动英格兰人不要接受这种法国式的新征兵制度。

　　萨默塞特和其他贵族开始召集自己的私人军队，考文垂市还自费
向王后派遣了 40 名精兵。5 月，王室为彭布罗克提供了威斯敏斯特宫
的一座塔楼作为他在伦敦的指挥部，以便防范王宫遭受攻击。随后，
为了争取支持力量，国王和王后带着王子一路游说经过沃里克郡、斯
塔福德郡和柴郡。

　　约克和索尔兹伯里也在为战斗做准备，他们首先采用的是已在早
些时候被证明有效的政治宣传攻势。于是在 1459 年年初，伦敦出现了
大量针对王后政权的煽动性传单和嘲弄性诗句，内容再一次涉及对王
子父权的质疑，谴责玛格丽特如暴君一般通过敲诈勒索和腐败行为来
统治国家。这种宣传威力极大，尤其是在商人群体中间，他们本来就
倾向于支持约克，此时更是大声抗议兰开斯特王朝的暴政，尽管兰开
斯特政府也在进行反宣传，说"很多地方的人们都受骗上当了，被狡
猾和隐秘的预谋所蒙蔽"。

　　但是，在贵族中间，于道义上支持约克公爵是一回事，若要拿起
武器参与到约克的行动中则完全是另一回事。他们采取行动时万分慎
重，因为任何行为都可能会被视为叛国。正因为此，约克发现，要想
招募自愿者并非易事。他只能发动自己那人数众多的佃户和家臣来战
斗。索尔兹伯里也是如此。到了春季，两大领主已各自召集完毕自己
的军队。然而，由于约克身处勒德洛，而索尔兹伯里人在米德尔赫姆，
这里便出现了一个问题：想要将双方军队会合起来，就要设法避开集
结在英格兰中部的兰开斯特派军队可能发动的拦截。

　　哪怕是出于自卫的目的，约克派整装备战的事实在王后看来就是
叛国。贝尼特说，6 月，"国王在考文垂召集了一次大议事会，王后和
王子出席了会议。而坎特伯雷大主教、约克公爵以及其他贵族"——
包括索尔兹伯里、沃里克、乔治·内维尔、现任埃克塞特主教、阿伦德
尔伯爵和鲍彻子爵等人——"均收到了与会通知，但他们缺席了会议"。
此时，约克和索尔兹伯里向沃里克发去紧急求援信，称王后已决意要

消灭他们，请求他前来助阵。

沃里克迅速组织了 200 名全副武装的战士和 400 名弓箭手，所有人身穿红色外套，并佩戴沃里克的纹章。这批人绝大部分是驻守在法国的职业军人，指挥官是两位老将约翰·布朗特爵士（Sir John Blount）和安德鲁·特罗洛普（Andrew Trollope）。这两人后来在玫瑰战争中声名鹊起，其中，特罗洛普可谓加来的掌门人，沃里克"对他寄予无比的信任"。

沃里克把加来驻军的指挥权交给了他的叔叔、福肯伯格勋爵（Lord Fauconberg）威廉·内维尔，他本人则率领援军渡海赶回英格兰，并在桑威治港登陆。沃里克没有在肯特郡停留招募士兵，而是急速赶往伦敦，因为他知道，约克的需要已是刻不容缓了。9 月 21 日，他进入伦敦，未遭任何阻挡。第二天，沃里克带领"一支装备极为精良的军队"离开伦敦，经过史密斯菲尔德区前往沃里克城堡。按照计划，约克派的首领们先要在沃里克城堡集合，然后率领军队一起前往国王所在的凯尼尔沃思，希望当面申诉自己遭遇的委屈。

王后的军队在沃里克伯爵之前已经到达沃里克城，伯爵的兵力根本不足以与王后对抗。沃里克的侦察兵报告说，国王的军队正从考文垂向北挺近，阻止了他与索尔兹伯里会合的可能性。沃里克别无选择，只好掉头向西与等候在勒德洛的约克会师。

行军至科尔斯希尔（Coleshill）时，沃里克得到情报，说王后和萨默塞特已派出一支规模相当庞大的、来自西部各郡的武装对他进行拦截。幸好，沃里克能够及时避开敌方继续赶路。与此同时，由于"担心王后及其对索尔兹伯里恨之入骨的同伙的预谋"，索尔兹伯里带着队伍离开了米德尔赫姆前往勒德洛。至此，约克派贵族不再抱有求助于国王的想法了，一心想要聚集兵力向伦敦进发。

得知索尔兹伯里已避开阻击时，正在柴郡招募士兵的玛格丽特和她的指挥官决定，在索尔兹伯里经过斯塔福德郡准备与约克会合的路上加以阻截。此时，王后向斯坦利勋爵（Lord Stanley）以及当地其他权贵发出召唤，要求他们立刻召集家臣加入国王的阵营。随后她返回阿克勒肖城堡（Eccleshall Castle）与亨利会合。当时亨利在科尔斯希尔生了一场病。玛格丽特说服国王派出了"一支由柴郡人组成的强大军队"，名义上的指挥官是威尔士王子，而实际上由詹姆斯·图谢（James Touchet）、奥德利勋爵（Lord Audley）和达德利勋爵（Lord Dudley）统帅，试图在索尔兹伯里与约克会师之前阻击并逮捕他。皇家军队的主力也被调往王后所在的阿克勒肖，王后希望在那里见到奥德利将索尔兹伯里捉拿归案——无论是生是死。

就这两位指挥官而言，索尔兹伯里的战斗经验远在奥德利之上，他率领着大约三千到四千人（也可能更多）的精良部队。但奥德利带领的军力在数量上远超过索尔兹伯里，至少有六千到一万两千（由于兵力来源广泛，很难确定精确的人数）。索尔兹伯里的军队装备主要是长矛、弓箭以及几门大炮；奥德利的部队中则拥有许多来自柴郡的技艺高超的弓箭手，但有一部分人是刚招募的新兵，没有战斗阅历且缺乏训练。斯坦利勋爵曾征求王后的意见，是否可以在前沿战斗中指挥王后的军队，但王子的顾问团认为他带来的人马太少，并命令他并入奥德利的主力部队。斯坦利因自尊心受到伤害而赌气，于是，向奥德利送去要加入主力部队的"空头承诺"之后，便让自己的人马待在6英里外原地不动。最让奥德利和达德利感到痛心的还不是斯坦利不守诺言，而是他的弟弟威廉从队伍中拉走一大批人援助索尔兹伯里。

9月23日星期日，正当索尔兹伯里从纽卡斯尔安德莱姆（Newcastle-under-Lyme）进入德雷顿市场（Market Drayton）时，他突然接到侦察兵报告，说这条路线已经遭到奥德利军队的阻截。于是，索尔兹伯里便命令军队在附近的布洛－希思（Blore Heath）进入战斗状态，此地树木较为茂密，地形相对封闭。他把中路兵力部署在汉比弥尔河（the Hempmill Brook）高处的一个小山坡上，而把左路兵力隐藏在一座小山后面，还有一条溪流作为掩护。此时气候潮湿，地面泥泞。索尔兹伯里伯爵让战士们在防线背部挖出壕沟，并在壕沟前面设置了拒马尖桩，以防背后受敌。作为额外的防卫措施，他还命令将运载军用补给物资的马车和推车在右路兵力的四周围成一圈，以抵挡敌方弓箭手的射击。索尔兹伯里很快建好了一个坚固的防守阵地，因为他心里非常清楚，既然在军力数量上敌众我寡，采取攻势必定是自取灭亡。

当奥德利的军队步步逼近时，贝尼特写道："索尔兹伯里提出与对方谈判，要求他们为自己的人马让出一条前行的通道。对方拒绝之后，伯爵便准备与他们打一仗。"为了引诱敌军发起冲锋，索尔兹伯里让自己的军队佯装出击，也可能是撤退。诡计还真的奏效了：奥德利派出骑兵风驰电掣般地穿过汉比弥尔河，朝着索尔兹伯里的中路猛扑过去，但遭到伯爵的强力反击，不得不退回原地。同时，索尔兹伯里命令军队从河边往回撤退了一段距离。奥德利的骑兵再度发动冲击，这一次，他们总算好不容易越过一条狭窄并且两岸非常陡峭的小河，但这些打前阵的骑兵下马并牵着马往河岸深处攀爬时，索尔兹伯里命令步兵向敌人压了过去。而其余兰开斯特骑兵朝着小河疾驰而来时，又遭遇来自约克派弓箭手的冰雹般的攻击。许多爬坡的马匹中箭倒下，骑兵们顿感绝望，以至于有 500 人立刻倒戈投奔索尔兹伯里。这对奥德利来说是个致命的打击，但他没有时间多做考虑，因为眼前的战场已是一片混乱。

在山坡上经过一场激烈而血腥的交战之后，奥德利的阵线彻底崩溃，他的手下四处逃窜。索尔兹伯里的军队乘胜追击，一直追到远处的燕鸥河畔（the River Tern）。在溃退的途中，奥德利及许多将领都遭残忍杀害，达德利则沦为战俘。奥德利被杀之后，他的部下也作鸟兽散，逃回老家去了。

凭借审慎的策略和深谋远虑，索尔兹伯里冲破重重困难，以少胜多赢得了战果。战斗从下午 1 点持续到 5 点，追击逃兵的行动则一直延续到第二天早上 7 点。在这场战役中丧生的总人数达 3000 人左右，奥德利方面至少战死 2000 人，还有许多人伤残或沦为俘虏。索尔兹伯里的大炮威力强大是导致敌军伤亡众多的主要原因。附近的马克尔斯通教堂（Mucklestone Church）中有一块牌匾，上面记载在战斗结束后的三天之内，汉比弥尔河一直流淌着殷红的鲜血。传说王后和王子曾在马克尔斯通教堂的塔楼上观战，后来还有人将他们的观战场景制成彩色玻璃窗聊作纪念。如今，游客们在这座教堂的院落中尚能看到一个古老的铁砧，传说锻造工就是在这里把王后的马蹄铁翻了一个面，好帮她在奥德利失利后逃得更快。不过玛格丽特那天在马克尔斯通的说法并不可信，因为这个村落就在索尔兹伯里战线的背后。她在 10 英里之外的阿克勒肖城堡等待消息的可能性更大。

今天，人们已经难以找到布洛－希思战役的遗址了。1765 年，在据说是奥德利阵亡的位置竖起了一个石头十字架，但早已破败不堪，且掩藏在从纽卡斯尔安德莱姆通往德雷顿市场路段左边的山野之中。这里是一座斜坡的半山腰，曾是索尔兹伯里军队伏击的地方。至于战场本身，已然成了私人拥有的耕地。

战斗结束之后，奥德利残军沿着河边的小路逃到了阿克勒肖城堡。得知奥德利被杀和皇家军队战败的消息后，亨利六世既震惊又悲痛，心中激起了对约克派势力的万丈怒火。索尔兹伯里则在尽快赶路，想与约克会合，不过他也知道，王后的主力部队正驻扎在只有 10 英里远的地方，很有可能会立即追击他。此时已是夜晚，索尔兹伯里伯爵巧妙地将一门大炮托付给一位奥古斯丁修会修士，并且整个晚上都在间歇性地发射炮弹，使皇家军队误以为索尔兹伯里的部队仍然扎营于布洛－希思。直到第二天早上国王和王后骑马率领军队打算突袭时，他们才知道上当受骗了。目睹废弃的营地、惊恐万状的修士以及尸体遍地的战场，他们唯一的收获是索尔兹伯里留下的那门大炮。索尔兹伯里的军队已经前往德雷顿市场，并在那里安营度过了一个晚上。

在德雷顿，索尔兹伯里收到了一封背信弃义的斯坦利勋爵发来的贺信。勋爵承诺将在暗地里继续支持约克派。斯坦利没有履行诺言及时派遣兵力增援奥德利，王后对此极为愤慨，在议会上提出了对他的控告。但她很快就消了气，后来还是赦免了斯坦利。

索尔兹伯里享受胜利欢欣的时光十分短暂。就在德雷顿市场，他得到消息，自己的两个儿子托马斯·内维尔爵士和约翰·内维尔爵士已在柴郡的阿克顿桥（Acton Bridge）附近被兰开斯特派抓走。他们很可能是在布洛－希思战役中受伤之后想要寻找一处安全的地方休息一下。索尔兹伯里聊做停留，希望能够得到有关儿子们的进一步情报，但没有等到任何的消息。于是，他留下威廉·斯坦利爵士的一个受伤的伙夫——此人一直随他战斗——悲伤地继续前行。当天晚些时候，什鲁斯伯里的部队占领了德雷顿市场，他们询问伙夫索尔兹伯里的行踪，伙夫便将伯爵的去向和盘托出。

不过，索尔兹伯里还是安全到达了勒德洛，沃里克也紧随其后抵达。此时，约克获悉皇家军队已集结了 3 万大军，正在迅速向他们袭来。王后决意消灭约克派势力，并想俘虏他们。她征募的士兵已经做好战斗准备，但"与其说出于对国王的爱，不如说他们十分惧怕王后。她表情严肃，模样可怕，没人敢冒犯她。她一皱眉头，就可能让人吃不了兜着走。她发起火来，那就可能让人死路一条"。

约克派率领着由 2.5 万人组成的大军从勒德洛出发，向伍斯特城方向挺近，目标是伦敦。但皇家军队封锁了他们的去路。两军在基德明斯特（Kidderminster）与伍斯特之间狭路相逢。皇家军队立即进入战斗状态，招展的王旗表明国王正在现场。约克下令将军队撤退到伍斯特，因为不愿意与他的君王亲自指挥的军队交战。在伍斯特大教堂接受圣礼之后，约克派贵族公开宣誓对国王的权力表示服从与尊重。这一承诺被铭记在牛皮纸上，并委托给以教堂院长为首的神职人员代表团。他们把文书送交国王手中，不过亨利在王后的支配下对此置之不理。

等国王率军追赶到伍斯特，约克已进军到了图克斯伯里（Tewkesbury）。亨利派遣索尔兹伯里主教去见约克，托他给约克派贵族带去一封赦免信，条件是他们愿意屈服。但约克派明白，这样做将使他们为之奋斗的一切付之东流。沃里克公然表示拒绝。等国王追击到图克斯伯里，约克率领部队渡过了塞文河（the River Severn），急切地想要返回勒德洛，以保护自己在边界地区的领地免受皇家军队的洗劫。出于维护自身利益的考量，约克不得不放弃了他原本想在全国范围内争取更广泛支持者的打算。

到达勒德洛之后，约克派的军队驻扎在城镇南面的燕鸥河岸边，附近有一座建于 15 世纪早期的路孚德桥（Ludford Bridge）。约克命令手下选择有利地形建设防御工事，挖掘了战壕和陷阱，并竖起木桩栅栏、架起大炮，还设下埋伏，以便阻挡皇家军队进一步前行。10 月 10 日晚，国王的军队抵达附近，就地安营扎寨并进入备战状态。

此时约克派的士气非常低落，因为他们的首领极不情愿与国王交战。事实上，约克派的首要意图是谈判而不是战斗。那天晚上，他们给亨利六世写了一封求和信，一再强调对国王的忠诚之心，并"致力于陛下王国里民众的福祉与繁荣。为此，我们已经竭力避免所有可能沾染基督宝血、引起上帝愤怒以及伤害陛下威严的事情"。但他们也说，"您真正的、可怜的臣民们，对王国中的明抢暗夺、勒索压迫、暴乱、非法集会、非法监禁等普遍状况怨声载道。正如陛下所说，真正的臣民经受如此不公的遭遇是极不应该的"。至于他们自己，"我们的领地以及佃户的利益，也处于遭受暴力抢夺和践踏的危险之中"。这封信被王后的差役截获，他们随即伪造了一封回信，说亨利将与他的敌人们相见于战场。

其间，国王希望避免发生进一步的流血冲突，曾派遣一位传令官前往约克派阵营，宣布对 6 天之内重新效忠于国王的任何人实行特赦，除了索尔兹伯里。夜深人静后，曾服务于亨利五世的安德鲁·特罗洛普（Andrew Trollope）带着人马叛逃，投奔亨利六世。根据沃伦的描述，他收到了一封来自萨默塞特的密信，被成功劝诱。第二天早晨，约克发现他们不见之后极度担心，不仅因为特罗洛普的队伍是自己最佳的作战力量和指定的先头部队，也因为特罗洛普很可能会向皇家军队的指挥官出卖自己的军队部署与规划策略的细节。

国王的兵力在 4 万到 6 万人之间，并拥有相当数量的权贵，包括萨默塞特、诺森伯兰及其弟弟托马斯、埃格蒙特勋爵、白金汉、埃克塞特、德文、阿伦德尔、什鲁斯伯里、威尔特和博蒙特等人。所有这些贵族都拥有自己的随从和武装人员，而且许多人可以从这次参战服务中获取不菲的奖赏。亨利花了好几周的时间从容招募他的战士，沃里克和索尔兹伯里并没有充分准备的时间，因此，约克派的军力规模相对较小，士兵总数约为 3 万，一些人甚至装备不足。除了约克 17 岁的继承人马奇、克林顿勋爵和波厄斯勋爵，约克派的阵营中再没有其他贵族的支持力量了。约克原本指望威廉·赫伯特爵士能够加入到队伍中，但赫伯特被王后说服去效忠亨利六世了。

看着飘扬在对岸桥头的皇家旗帜，约克手下的许多士兵被威慑住了，开始重新考虑自己到底应该忠于哪一边。一些人当场放下手中的武器，竞相加入到国王的队伍中。为了振奋剩余部队的士气，约克不得不孤注一掷地采取了极端措施：他宣布，自己刚刚接到国王已死的消息，并由所谓的目击者为此做伪证，甚至命令全体官兵为国王之死大唱弥撒曲。但王后识破了约克的诡计，她让亨利站到高处以便让所有人都能看得见他。约克的歪招很快破产，这也让他手下的许多人对他失去了信任。

白金汉说服国王再次向约克派发出了赦免通告，正当人们往城门上张贴告示的时候，约克派首领发出了对皇家军队开战的枪声信号。然而，尽管号令在耳边响起，约克派军中的大量士兵却不战而逃，这让剩余的战士十分恐慌，其中许多人也在伺机逃跑。与此同时，根据议会卷宗中的官方记载，亨利六世至少在这一次对军队发表了振奋人心的演讲，他是"如此睿智而仗义，富于男子气概，其形象是如此伟岸，举止是如此自信，贵族和人民从中感受到无比的欢欣与慰藉，所有人心中凝结起一个共同的愿望，那就是迫不及待地去实现他那英勇无畏的、赋予骑士精神的愿望"。

此时约克派已经回天无力。10 月 12 日午夜，约克、索尔兹伯里和沃里克对手下的军官们说，他们要去勒德洛城堡恢复一下精神，然后留下军队处于备战状态，旗帜仍在风中飘逸。他们从视野中消失后，军官们便各自带着少部分人马逃跑了。在如此关键的时刻，约克派及其手下的大逃亡被同时代人视为怯懦与可耻的行为。13 日上午，未来得及逃走的约克派残部不得不跪在国王面前，乞求他的怜悯。亨利解散了他们，因为他争战的对象并不是普通士兵。

随后，兰开斯特派军队蜂拥穿过桥头占领了勒德洛，逮捕了约克的许多主要支持者（他们后来用钱赎得自由），并彻底清洗了这座城镇以及约克的城堡。城堡中的珍贵物品和家具摆设均被掠夺一空。皇家军队几近失控，他们喝光了酒馆中的酒水，砸烂了酒桶和管道的龙头，到处都是跌跌撞撞的醉汉，遍地臭气熏天的呕吐物。一帮酒后发疯的武装人员袭击了居民的住宅，偷走了他们的床上用品、衣服，还有其他东西，然后他们开始强奸和殴打女人。

约克不仅遗弃了军队，也扔下了他的夫人，她根本无力阻止皇家士兵洗劫勒德洛城堡。士兵们横冲直撞进入城镇市场后发现了公爵夫人。她高傲而威严地站在市场中用来张贴告示的十字形建筑物旁，手中牵着两个年幼的儿子——8 岁的乔治和 7 岁的理查——以及 13 岁的女儿玛格丽特。公爵夫人被逮捕，并被软禁于她的妹妹白金汉公爵夫人家中，由妹妹看管。在软禁期间，国王每年提供 1000 马克作为她的生活费用。

勒德洛城堡"被洗劫得只剩下光秃秃的四壁"，国王的部下掠夺了勒德洛和伍斯特一带约克派贵族的所有财产，他们的领地也被践踏得满目疮痍。

与此同时，亨利和玛格丽特怀着胜利的喜悦回到考文垂，并在那里解散了军队，然后骑马前往伍斯特。这次征战也并非那么轻松舒适。首先是食物供应不足。国王与士兵们一道度过了那些不安的日子，他往往只有在星期天才能休息，有时无论天气状况如何，他和战士们一样只能在裸露的地面上宿营过夜。在兰开斯特派看来，约克派气数已尽，路孚德战场上的溃败已抵销了索尔兹伯里在布洛－希思之战中所取得的战果，但这绝不意味着王室业已赢得最终胜利。约克派的首领们仍然在逃，随时有可能卷土重来，而国王抓获他们的概率似乎并不大。

约克带着他的儿子拉特兰先是逃到德文郡南部，然后坐船前往威尔士北部，穿越威尔士后再到达爱尔兰。根据维特汉姆斯特德的描述，当约克出现在爱尔兰的时候，他受欢迎的程度就像第二个弥赛亚的降临，尽管他如尤利西斯那样，渴望早日返回自己的家园。索尔兹伯里、沃里克和马奇则在经历了迂回曲折的艰难逃亡之后，终于在11月初到达加来。沃里克的妻子以及两个年轻的女儿伊莎贝尔和安妮不久之后便与他们团聚。

回到加来后，约克派的首领们带着忠心的驻军开始掠夺周边的村庄和从事海盗行径——打劫经过英吉利海峡的商船。同时，他们也开始对英国政府采取敌对行动，对前来加来的英国船只设置限制性条件，还别有用心地散播政治言论，声称他们是国王身边那些邪恶谋士的受害者。

如今，没有约克、索尔兹伯里和沃里克等人挡道，"王后和她那些亲信便可以随心所欲地统治王国了，他们敛财无数"。根据《戴维斯编年史》的记述：

> 王国的官员们，特别是英格兰财务大臣威尔特，通过压榨穷人、剥夺合法继承人的继承权以及许多其他不正当手段中饱私囊。英格兰王国的所有良知已经丧失殆尽，国王生性单纯，又被一帮贪婪的谋士牵着鼻子走，王位形同虚设。由于种种恶政，民心开始背向，人们不再相信这些贪官污吏还能善治这个国家，于是，他们的祝愿变成了诅咒。

因此，玛格丽特王后再度"受到诽谤和中伤：所谓的王子并非她的儿子，而是通奸带来的孽种"。

约克派的政治宣传声称，王后已经说服国王秘密请求查理七世提供军事援助来对付约克。在最近的战事期间，玛格丽特与布雷泽的密探多塞雷亚有所接触，所以这很有可能是真实的，她的确是在利用布雷泽作为英法谈判的中间人。况且，布雷泽原本就是她的好友，想必也应该支持她。到了1459年年底，布雷泽更是公然投身于王后事业。

11月20日，议会在提前很短时间通知的情况下便在考文垂召集，参会者清一色是王后的坚定支持者。正由于这个原因，此次议会被称为"魔鬼议会"。由于约克尚未归顺国王，玛格丽特要求议会以叛国罪对约克及其同伙提起指控。同一天，议会拟定了一份剥夺公权的法案，宣布约克、索尔兹伯里、沃里克、马奇、拉特兰、克林顿、文洛克、鲍彻兄弟、威廉·斯坦利爵士和威廉·奥尔德海尔爵士等人犯有叛国罪，判处他们死刑，并没收他们的全部财产、头衔和荣誉。因此，一旦他们返回英格兰，就将面临被捕和死刑，除非有国王的赦免。塞西莉公爵夫人也被带到了议会，并亲眼见证了她丈夫遭受羞辱的场面。剥夺公权法案通过之后，判决书便公示于整个英格兰。

国王和王后将没收所得的财富，包括大量土地在内，分发给他们的支持者。欧文·都铎和他的儿子彭布罗克从中获得了很大的份额。彭布罗克后来回到威尔士镇压那里约克派势力的反抗，并防范约克经由威尔士返回英格兰。克利福德勋爵得到了一些原本为约克派贵族占有的有利可图的职位。萨默塞特被任命为加来最高行政长官，以取代沃里克，但这只是一个空头衔，因为沃里克依然控制着加来。威尔特被封为爱尔兰最高执行官，但实际上约克在那里的影响力无人可以取代。为了保护约克，爱尔兰议会决定确认约克在爱尔兰的地位，并通过立法，规定任何追杀或煽动反抗他的人都将以叛国罪论处。当威尔特派遣一位信差带着国王逮捕约克的令状来到都柏林时，这位倒霉的信使立即被认为犯有叛国罪而受到起诉，在约克面前接受了审判，并被判处绞刑后五马分尸。

在考文垂的议会上，权贵们不得不重新宣誓，不仅要效忠于亨利六世，还要效忠于王后和威尔士亲王。宣誓者有坎特伯雷大主教、约克大主教、包括埃克塞特主教乔治·内维尔在内的16位其他主教、埃克塞特公爵、诺福克公爵、白金汉公爵、5位伯爵和22位男爵。议会同时规定，从考文垂市获得的全部收益归王后所有。这笔收益名义上是养育王子的费用，实际上王后也用于对付约克派。在安排妥当议会的各项事务之后，王后在考文垂度过了这个冬天。

萨默塞特决定将沃里克赶出加来，以便确立自己作为最高行政长官的地位。虽然在鲁德福德战场上特罗洛普带领手下突然逃跑的事例证明，在加来驻军中并不一定所有部下都效忠于沃里克，不过，大多数人对沃里克还是心怀忠诚的，沃里克对当地的主要商人也充满信任。因此，萨默塞特若要推翻这个对手，首先必须破坏他们之间的情谊。玛格丽特对沃里克在勃艮第与法兰西之间玩弄的灵活多变的政治谋略深感恼怒，她意识到，沃里克盘踞于加来对她的统治是一个极为现实的威胁，便敦促萨默塞特尽快采取行动。于是，萨默塞特带着一批家臣驾船出发，试图在加来登陆。忠于沃里克的加来驻军坚决将其拒斥于城门之外。更为糟糕的是，勃艮第也对约克派贵族示好，缔结了一个为期3个月的停火协定，这为约克派提供了向英格兰发起新一轮攻击的机会。

作为报复，沃里克对萨默塞特公爵的屯兵地桑威治发动了一次闪电般的突袭。11月，萨默塞特召集了一支由一千人组成的军队，在特罗洛普的率领下再度向加来前哨进发。这一次，他成功夺取了基斯尼斯城堡（Guisnes Castle）——一个靠近加来的英国据点。沃里克则擒获了萨默塞特两位最重要的指挥官——新奥德利勋爵和汉弗莱·斯塔福德，另一位指挥官鲁斯勋爵则落荒而逃，返回英格兰。但现在，萨默塞特在加来地区总算有了立足之地，他不时从基斯尼斯城堡出发，对加来的沃里克发动零星战事。

听闻沃里克的违抗行为后，王后怒不可遏，于是打算为萨默塞特提供军事增援。12 月 6 日，他们缴获了沃里克的一些船只，并把它们扣押在桑威治。4 天后，里弗斯勋爵（Lord Rivers）和杰维斯·克利夫顿爵士（Sir Gervase Clifton）开始在附近召集船队和兵力。但是，枢密院认为，如今约克派贵族就连维系自身的资源都极其匮乏，更谈不上组织军队进犯英格兰。而且政府本身也面临不利条件：正值冬季，征战的良机已经过去，也没有足够的资金来负担一次新的征程。

12 月，国王的军械师贾德（Master Judd）接受命令，对所有的城堡和设防城镇的军械配备情况进行一次勘察，以便确保它们处于维护良好的状态。政府下令，任何约克派贵族一旦进入英格兰，就立即予以逮捕。同时，政府还发布了一则与加来之间的贸易禁令，目的是保护英国商船免受海盗的抢劫，但事实上对羊毛贸易造成了灾难性的后果。当枢密院试图为新的征战筹集经费时，民众严厉指责这是敲诈勒索，愤怒的伦敦人拒绝为国王提供任何兵源。为了消解伦敦人的抵抗情绪，枢密院指派了一位牧师在保罗十字架前进行布道，"劝导人们不应为这些叛国的贵族祈祷"，但"他几乎白费心思"。

12 月 21 日，政府发布了新的征兵令，但民众的反应十分冷漠，许多人甚至表示拥护约克派。倒霉的军械师贾德返回伦敦时，更在圣奥尔本斯附近被残忍地杀害。王后意识到，民众对约克仍然抱有同情之心，她担心约克可能会利用民众这种情绪，再度提出继承王位的诉求，毕竟如今他已经没什么好顾虑的了。因此，政府也不敢贸然违逆民众对约克的拥戴之情。

1460 年 1 月，里弗斯勋爵为了组建船队进攻加来，与妻子贝德福德公爵夫人以及他们的儿子安东尼·韦德维尔（Anthony Wydville）寄宿在桑威治。1 月 5 日黎明前夕，约翰·迪汉姆爵士（Sir John Dynham）按照沃里克的命令，在毫无征兆的情况下带兵登陆桑威治并占领了这座城镇，夺回了沃里克被扣押的船只，捕获了床上的里弗斯和他的妻子，还俘虏了里弗斯手下的 300 人马。策马进城准备援助父亲的安东尼·韦德维尔也被抓获。所有人都被押到了加来。

由于不想引发当地居民对于里弗斯一家的同情，约克派首领们直到晚上才让俘虏进城。他们一直被囚禁到 28 日，然后，被带到一座燃烧着 160 支火把的大厅，沃里克、索尔兹伯里和马奇在那里等着他们。根据《帕斯顿信札》中的描述，约克派首领开始侮辱俘虏，索尔兹伯里辱骂里弗斯：

> 称其为无赖的儿子。他（索尔兹伯里）之所以如此无礼地称其（里弗斯）以及其他贵族为叛国贼，是因为他们认为自己才是与国王存在真正君臣关系的那一方，而他（里弗斯）是个叛国贼。我的主人沃里克责骂他，说他父亲只是一个乡绅，不过是通过婚姻得以高攀而已，根本谈不上任何王室血缘联系。我的主人马奇也同样毫不留情地痛骂他。

1 月下旬，里弗斯的妻子被允许回到英格兰。对于指挥官里弗斯被捕一事，安茹的玛格丽特深感懊恼。政府也认为，他被绑架预示着约克派势力将要进犯英格兰，于是坚持致力于征募军队。这也驱使政府加强海岸防御，并增强海军力量。事实上，在 1460 年年初的 5 个月中，枢密院一直处于神经紧张的状态中，盘算着如何收复加来，以及如何阻止约克派势力卷土重来。

彭布罗克获得了对约克的登比城堡（castle of Denbigh）的控制权，因为枢密院害怕约克公爵可能会利用这座城堡作为自己与英格兰和威尔士支持者之间的一个联络中心。但是，约克的家臣拒绝交出城堡。彭布罗克包围了登比城堡，并最终在 5 月攻陷了城堡。然后他回到彭布罗克城，确保自己的城池防御处于安全状态。

1 月下旬，枢密院对肯特郡发布了征兵令，要肯特人加入国王在北方的军队。2 月 1 日，鲍德温·富尔福德爵士（Sir Baldwin Fulford）

受命守卫海防，目标是摧毁沃里克的加来舰队，但当他的船队准备离开英格兰海岸时，政府得到消息，沃里克已经前往爱尔兰与约克会面。他于 3 月 16 日到达爱尔兰。沃里克离开加来后，萨默塞特再次发动了攻城行动，但这又是一场自不量力的狂妄举动，在纽纳姆桥头（Newnham Bridge）的激战中，萨默塞特的人马死伤众多。

枢密院抓住沃里克离开加来的机会，重新任命埃克塞特为英格兰舰队司令，为期 3 年。枢密院还要求当时停泊在泰晤士河的一支威尼斯小型船队给予援助。听说此事后，船老大们慌忙上岸，一溜烟地不见人影了——他们根本不愿参与其中。遭遇挫败之后，枢密院下令逮捕了所有居住在伦敦的威尼斯商人。尽管几经挫折，到了 4 月底，枢密院还是觉得，对付约克派势力进犯的一切措施已经准备就绪。

从 1459 年冬天到 1460 年夏天，约克和盟友们确实在筹划重返英格兰，并决心对宫廷党发起决定性的最后进攻。当时，沃里克在英格兰拥有许多盟友，这说明政府不得人心；约克在威尔士的亲信也一直极力支持约克。于是，当沃里克在爱尔兰的沃特福德（Waterford）与约克聚首时，他们制订了一个双管齐下进攻英格兰的计划，并以惯常运用的政治宣传攻势作为先导。约克预计随后带兵从英格兰北部登陆，而其他约克派贵族则进入肯特郡——他们在那里肯定会大受欢迎。

枢密院很快就发现了他们的动向，并预料到沃里克将会经由肯特郡进攻英格兰。埃克塞特在桑威治城组建了一支高效的新舰队。5 月23 日，枢密院命令曾于 1452 年任加来元帅的奥斯伯特·芒福德（Osbert Mountfort）和一位名叫约翰·贝克（John Baker）的人组织了一批增援部队，前往协助萨默塞特撤离加来前哨。芒福德虽在桑威治招募了数百人，但滞留在当地等待风向改变。

25 日，埃克塞特率领 15 条船和 1500 名战士从桑威治出发，准备前去阻截沃里克。而肯特郡和苏塞克斯郡的人们每天都在盼望约克派力量的来临。赖伊市政当局甚至花小钱雇了一个名叫约翰·庞普龙（John Pampelon）的人，让他划船到坎贝尔（Camber）打探是否有沃里克已经到来的消息。6月1日，埃克塞特带着舰队离开康沃尔海岸，在远处观察沃里克从爱尔兰返回加来的船只。埃克塞特的船更多，但到目前为止，他对手下的士兵们却不是很有信心：由于配给短缺，报酬也少得可怜，士兵们十分不满，有人甚至公开表示支持约克派。因此，埃克塞特公爵决定先把船队停靠在达特茅斯港（Dartmouth），并解雇了他们中间的大部分人，但剩下的驾船能手就少之又少了；另一方面，政府也未能为他提供资金用于招募新船员。这样一来，沃里克在英吉利海峡又能畅行无阻了。

6月，在沃里克回来之后，约克派的支持者们在加来汇聚。驻军中的许多人倾向于仅将萨默塞特驱逐出加来前哨，而不愿意进攻英格兰，但沃里克否定了他们的想法：加来的主要商人借给沃里克伯爵及其盟友总共 1.8 万英镑资金，通过打劫外国商船沃里克也积累了不少战争经费，再加上伦敦人对于他们的入侵行动也十分支持。同时，沃里克和其他约克派贵族经由他们的朋友在英格兰发起了一场广泛的宣传攻势。在爱尔兰，沃里克和约克已经起草了一份声明，内容涉及他们对政府的抱怨以及他们的行动意图，并被散发到各地。他们在声明中宣称，国王仍被邪恶的谋士操纵着，自己凌驾于法律之上，放逐了王国中"一切正义与法律"。他们声称，在顾问的劝说下，国王还鼓动爱尔兰当地人起来抗击约克；约克甚至说，他已见到亨利激励他们去占领爱尔兰的信件。声明中还称，国王曾在柴郡和兰开夏郡发布公告，向所有为他而战的人们保证，他们可以随心所欲地在南方"制造破坏"，从而加剧了南方人对北方人的偏见。克莱门特·帕斯顿（Clement Paston）写道："北方人偷盗抢劫无恶不作，他们已被允许在这个国家恣意掠夺侵占，老百姓的家产和性命均无保障，所有南方人自然无法幸免。"这种独特的政治宣传非常有效，不过对方迅速地做出了反应：他们以王后和威尔士亲王的名义发表声明，否认国王曾经做出过这样的承诺。

　　编年史家格雷戈里说，约克派贵族同时还"发送信件到英格兰各地，极力主张改革这个国家乌烟瘴气的悲惨状况；他们因此赢得了更多肯特人和伦敦人的爱戴。肯特郡的广大民众深表赞同，并愿意与他们一道努力奋斗，其他大部分地方则对他们被剥夺公权和被宣布为叛国者表示同情"。实际上，约克派首领们无非是想让民众明白，国王是在身不由己的情况下，才在前一年11月同意通过剥夺他们公权的法案，因此，臣民们也无须遵守皇家的征兵动员令。

　　他们还给坎特伯雷大主教写了一封公开信，谴责什鲁斯伯里、威尔特、博蒙特等贵族阻止他们接近国王，并导致他们被剥夺财产权和公民权。约克派在信中再次请求面见亨利，以便对这些人所造成的"祸害"进行申诉。在此信以及其他信件中，他们一再申明自己正在寻求帮助，并保证每个人都将诚实地效忠于他们的君主。

　　这些政治宣传在全国各地引起了强烈的反响。民众对当前的暴政已经厌恶至极，他们比以往任何时候都更拥戴反政府势力。在最近的一次议会上，议员们对英国社会出现的日渐普遍的暴力现象和混乱局面表示担忧，特别是在英格兰北部、西南部以及威尔士等地，人们对骚乱、敲诈和抢劫怨声载道。当国王下令断绝与加来之间的贸易关系，本来就对政府在不合时宜的季节里频繁征兵深感不满的肯特人更是充满愤恨。在东南部，由于被视作一位为维护英国人的权利而不惜与外国人奋战的勇士，很少人会去对抗他们心目中的英雄沃里克。造谣惑众的传单再次被钉子钉在教堂的大门上，尤其是在伦敦。这些传单中有要求召回约克的内容，也有质疑王子父权的旧话题，一些传单还以猥亵的歌诀形式出现。

　　这一次，国王没有等闲视之。5月下旬，他亲临考文垂，致力于为捍卫他的王国做好一切准备。枢密院决定将凯尼尔沃思皇家城堡指定为亨利的首要军事基地，那里有护城河，维护也很好。亨利骑着马亲自视察了为凯尼尔沃思建造的新防御工事。他要求将储存在伦敦塔的所有武器装备都运送到此——它们填满了整整40辆马车，在后来的战斗中一直伴随皇家军队。

6月11日，王室发布一则公告，称国王自行决定同意剥夺约克派贵族的公权，并要求所有人必须服从国王的征兵令。考文垂应当为他提供40名士兵，但国王知道，它以往也曾为约克派提供过兵源。他指出并抱怨考文垂市民中存在的背叛与不忠行为，并要求市长对有关人员做出调查，并处罚所有的冒犯者。

王后和王子与国王一起住在考文垂。现已6岁半的爱德华开始“交由男人来管理和教导”，他的家庭女教师洛弗尔夫人（Lady Lovell）已在3月份被打发走了。但在王子的生活中，王后仍然占据着支配地位，她把自己的理想与偏见点点滴滴地灌输给了儿子。

枢密院预计约克可能会从威尔士发起进攻，所以国王和宫廷在考文垂至少待到了6月26日。然而，约克仍在耐心地等待时机。

16. 纸王冠

1460 年 6 月，福肯伯格勋爵（Lord Fauconberg）、约翰·迪汉姆爵士（Sir John Dynham）和约翰·文洛克爵士（Sir John Wenlock）率兵从加来渡海而来，一举攻下了桑威治，并在此部署了大量兵力。在当地居民的自愿帮助下，他们还建起一座可以守望沃里克城的桥头堡。福肯伯格甚至俘虏了仍在等待顺风的奥斯伯特·芒福德。一切都已经很清楚了：约克派正在向英格兰发起进攻。

6 月 26 日，沃里克、索尔兹伯里和马奇带领 2000 兵马在桑威治登陆。王后事先已派遣船只前往加来，企图阻止他们从加来港出航，但她的水兵发生了兵变，导致约克派的船只得以安然无恙地通行。兰开斯特政府对约克派的进攻防备已久，但这种临阵表现证明他们的防范措施毫无用处。即便是身为多佛治安官和"五港同盟"最高长官的白金汉，在入侵者登陆当天也未出现在这一地区，由此可见，桑威治的防御措施极不到位。

沃里克深知自己正在采取冒险行动，因为他的领地以及势力范围位于北部和西部，在到达自己的地盘之前，他不得不跨越伦敦这道障碍。他也无法确定，权贵们是否会支持他的行动。但沃里克在英格兰东南部相当受人欢迎。"要是沃里克大人能够带兵起事，毫无疑问，你会去参军，我会去参军，我们所有的朋友都会去参军，因为这个国家完全处于百废待兴之中。"帕斯顿家族的一个朋友如此写道。就在沃里克于肯特郡登陆的几小时之后，科巴姆勋爵和伯格维尼勋爵（Bergavenny）

骑马加入到他的阵营中。当时，沃里克的队伍正朝着坎特伯雷城挺近，许多社会地位稍低一些的人对加入沃里克的队伍趋之若鹜。

登陆桑威治之后，沃里克差遣信使去拜见"五港同盟"的其他长官。他在信中强调，自己的行动目的是铲除国王身边的奸佞，并请求长官们为自己提供兵力援助。赖伊（Rye）的市长在接到沃里克的信函后，谨小慎微地派人去征询了温切尔西（Winchelsea）市长的意见。很显然，得到的回答是肯定的，于是，他们两人分别从各自的城市带着一批人马加入了约克派的队伍。原本一直游离于敌对双方的大主教鲍彻，如今因为十分厌恶王后的暴政而终于在两者之间做出了选择，他劝说肯特人要齐心团结在沃里克的旗帜下，于是肯特人蜂拥而至。

那一天，约克派首领率军向着坎特伯雷城进发。为了防范外来入侵，枢密院曾任命当地的 3 名将领带兵守城，但坎特伯雷的绝大多数民众都拥护约克派。27 日黎明，守城将士在城墙外的圣马丁教堂会见了约克派首领，并同意把城门钥匙交给他们。坎特伯雷城门在欢呼雀跃中轰然大开，民众热烈欢迎约克派军队的来临。

沃里克、索尔兹伯里和马奇在贝克特圣坛（the shrine of Becket）参加了供奉，并接受了坎特伯雷大主教——他同意与他们骑马同行——的赐福，随后穿过罗切斯特城（Rochester）和达特福德城（Dartford）继续向伦敦进军，沿路还在不断招募士兵。在前进的过程中，教廷使节、意大利特尔尼主教弗朗西斯科·代·卡普尼（Francesco dei Coppini）也加入了他们的行列。上一年春天，卡普尼接受罗马教皇庇护二世（Pope Pius II）的委派来过英格兰，目的是调和英国敌对双方并"抚慰人民"，同时希望英格兰能够为他提供战士用于讨伐土耳其人。当时，王后对卡普尼的调解提议没有兴趣，在她看来，卡普尼是在同情约克派。如今卡普尼加入约克派，正是因为当初兰开斯特王朝断然拒绝了他的提议。使节热切盼望得到一顶红衣主教的帽子，假如他能完成教皇的使命，或许就能如愿以偿。如今，如果他能帮助约克派建立政权，他身上携带着"教皇的谕旨，谕旨中说，教皇已将威尔特、什鲁斯伯里和博蒙特以及所有与公爵（约克）为敌的人逐出教会"。卡普尼对约克派的公然支持动摇了多位英格兰主教的立场，他们觉得应该按照教皇的旨意行事。

约克派进犯的消息传到伦敦后，市长、市政议员和市议会召开会议，商讨应该如何应对这种局面。最后，他们派遣一名信差警告约克派，他们不会允许对方进入首都。然而，沃里克在伦敦拥有许多支持者。由于政府为外国商人提供优惠政策而深受其害的伦敦商人格外期待约克派的事业能够取得成功，于是通过自己的影响力说服市长取消了命令。市长也可能受到了城内或附近城市中几位贵族的影响，比如，鲍彻、伯格维尼、克林顿、塞伊和斯克罗普等，他们都准备加入沃里克的阵营。6月末，约克派的首领们被告知可以进入伦敦，只要士兵纪律良好。

在约克派军队接近伦敦之际，兰开斯特派的一些重要人物尚在城里，比如，亨格福德勋爵（Lord Hungerford）、德·韦西勋爵（de Vesci）、洛夫利勋爵、德·拉·沃尔勋爵（de la Warre）、肯德尔伯爵（the Earl of Kendal）和埃克塞特公爵夫人等。他们在无奈之下只好躲进伦敦塔避难。伦敦塔在斯凯尔斯勋爵（Lord Scales）的控制之下，作为对法战争的一员老将，他对市政当局允许约克派军队进城深感遗憾。

7月2日，伦敦突然城门大开，约克派的首领们骑着马率领大军浩浩荡荡地进入首都。据估计，大概在2万到6万人之间。根据维特汉姆斯特德以及伦敦编年史家的证据，真实数字可能在4万人左右，骑兵至少500人。军队穿过伦敦桥时，人山人海的伦敦市民迎接他们的到来，甚至有两个人在人海中被踩死。斯凯尔斯勋爵从伦敦塔向外发射炮弹，而且在接下来的几天中持续不停。炮火炸伤、烧伤了街上的男女老少，他的敌人却毫发无损。

约克派首领们所做的第一件事，就是下令从伦敦桥上取下支持者们腐烂的头颅。7月3日，他们写信给圣保罗大教堂的坎特伯雷教士评议会，信中强调了王后党羽施行的暴政，并陈述了"他们这次行动的原委：他们受到了暴力干扰而无法觐见国王，以至于不能就强加于他们的指控在国王面前为自己申辩"。约克派在坎特伯雷的十字架前发誓，说他们的目的并不是冒犯亨利的王位，只是希望把自己的情况呈现在国王本人面前，以便洗清冤屈。他们声称不达目的不罢休。但卡普尼在写给教皇庇护二世的一封信中说，尽管神圣教会反对暴力的形式，自己扮演的也是和平使者的角色，但看起来，沃里克、索尔兹伯里和马奇正准备诉诸武力，而不打算以和平谈判的方式来解决双方的争端。

4日，卡普尼亲临教士评议会，宣读了教皇给亨利六世的一封信，信中对约克的案例进行了概括和辩护。后来，罗马教皇使节把这封信递交给国王，要求亨利同意约克派的诉求，以免其灵魂遭遇危险。

这一次，约克派贵族已经下定决心要得到国王的控制权，并一劳永逸地铲除宫廷党。5日，福肯伯格勋爵率领一万兵力离开伦敦向北进发。当时，由于仍然预计约克会从爱尔兰入侵英格兰，所以兰开斯特派陈兵北方，一旦约克在爱尔兰举事，北方军队即可派上用场。他们没有想到会后院起火，如今需要移师向南，回来保卫伦敦。沃里克和马奇跟随福肯伯格也带兵向北进发。留守伦敦的有索尔兹伯里、科巴姆、文洛克以及2000名士兵，他们的任务是控制首都的局面并围攻伦敦塔内的顽抗者。随队伍北上的人员还包括坎特伯雷大主教、伊利主教（Ely）、埃克塞特主教、林肯主教、罗切斯特主教、索尔兹伯里主教、教皇使节卡普尼以及克勒肯维尔圣约翰医院院长。他们先是经过圣奥尔本斯城，然后穿过邓斯特布尔城（Dunstable）。尽管天气多雨，道路难以行走，沿途仍有不少人陆续加入到行军队伍中来。

见势不妙，指挥官们促请国王允许他们将部队转移到伊利岛的藏身处。这座岛在当时几乎是一片密不透风的沼泽地，但约克派不知怎么得知了这个计划，于是把军队调向韦尔，准备在皇家军队逃走之前加以阻截。没有迹象表明亨利对手下的建议置之不理。他仍在考文垂，王后在那里聚集了大量军队。亨利打算率兵赶到北安普顿。在告别妻儿时，亨利亲吻了王子，并吩咐玛格丽特，出于对她的安全的考虑，不要随他同行，除非她收到只有他们自己知道的秘密令牌。军队离开的时候，玛格丽特带着王子骑马前往阿克勒肖城堡，在那里等候事态的发展。

皇家军队最后扎营于北安普敦外围的一片草地上，在哈丁斯通村（Hardingstone）和德拉普瑞修道院（Delapre Abbey）之间。在那里，战士们在整个营地的周围挖出深深的壕沟，以锋利的木桩筑起防御栅栏，并用大炮堵住伦敦的来路。然后，指挥官们向士兵下达了战斗的命令。他们并没有部署在最佳战略位置，因为旁边就是内内河（River Nene），持续两天的暴雨使河水泛滥，人们无法涉水而过。也就是说，万一战败，即无后路可退。

作为皇家军队总司令，白金汉求战心切，急于了断此地战事，以便尽快赶回伦敦，解救在伦敦塔被围攻的斯凯尔斯勋爵，并把约克派赶出首都。沃里克和马奇早就预料到，在与约克和索尔兹伯里会合之前很可能会遭遇皇家军队的半路阻截，而白金汉却显然低估了沃里克以及没有作战经验的马奇的军事能力。

7月10日星期二，沃里克的军队已经到达北安普顿。为了尽力避免与国王交战，沃里克先是派遣索尔兹伯里主教和卡普尼前去请求国王倾听约克派贵族们所遭受的冤屈。尽管国王身边的鲍彻大主教再三恳求，白金汉还是粗暴地指责主教们伪善，并自作主张地建议国王不必理睬他们。亨利最后拒绝了来者的要求。在他看来，眼下皇家军队处于坚不可破的有利位置，无须再去迎合这些叛国者。于是，一场战斗在所难免。

在场的皇家军队约为2万人，规模只有沃里克兵力的一半，而预期中的援军未能及时前来参与战斗，因此根本谈不上什么坚不可破。到了中午时分，又开始下暴雨，雨水迅速把兰开斯特派的营地变成一片泥潭。沃里克掌控着主战场的兵力；马奇高举父亲的旗帜，在斯克罗普勋爵的得力协助下指挥前锋；福肯伯格负责后卫。鲍彻、伯格维尼、奥德利、塞伊，可能还有克林顿和斯坦利等人，都在奔赴战场之列。约克派召集到这么多权贵共同参加战斗尚属首次，大多数步兵则是来自肯特郡、苏塞克斯郡和埃塞克斯郡。

皇家前卫部队由格雷·德·里辛勋爵（Lord Grey de Ruthin）率领，他是当地一位富有的土地所有者。在考文垂议会期间，为了获得王室的恩宠，他毅然响应国王的征兵召唤，骑着马带领家臣投奔国王。然而，在战斗发生之前，马奇收到了格雷托人捎来的一封密信。信中说，假如约克派在他与法恩霍普勋爵（Lord Fanhope）之间的财产纠纷中维护他的利益，那么，他将改变立场支持约克派。沃里克答应了格雷的要求，同时，还用给予他诸如未来在约克派政府中担任要职等许诺加以诱惑——后来，格雷确实在 1463 年成为英格兰财政大臣。

下午两点，在卡普尼和坎特伯雷大主教的见证下，沃里克命令号手们吹响了战斗号角，两军相互向前推进。约克派兵分三路，同时向敌方设防的不同方位发起攻击。沃里克命令手下官兵们，若遇到敌方的权贵，直接杀死他们而无须捕捉，但不得以暴力手段对付国王或普通士兵，尤其是身穿黑色破烂衣衫者——那些人是格雷的手下。

马奇率军穿过内内河的沼泽地向前进攻的时候，冷不防遭遇了皇家弓箭手的致命截击，伤亡惨重。但尽管如此，他们仍然不惧艰险，涉过黏稠的泥浆，继续朝着敌方的防御工事勇往直前。实际上，当时天气实在太过恶劣，导致白金汉的大炮很快就深陷水中而毫无用场，许多皇家骑兵也被迫下马步行作战。

当约克派接近皇家军队的防御工事时，格雷勋爵发出信号，他的手下推开路障，加入了约克派的队伍，并帮助他们冲过栅栏，使约克派成功突破了兰开斯特派设置的防御工事。这次战斗没有发生太多肉搏战，只持续了半小时便告结束。眼看大势已去，在恐慌与绝望中，兰开斯特派的许多士兵不顾一切地跳进河水暴涨的内内河试图逃跑，但能够活着游到对岸的人寥寥无几。编年史家格雷戈里讲述了威廉·路希爵士（Sir William Lucy）的故事：路希爵士家住战场附近，当他听到断断续续的枪声，便立刻跑出家门想去援助国王，但眼前却是一派溃败逃窜的景象。对于路希爵士来说，更为不幸的是，一位名叫约翰·斯塔福德（John Stafford）的人看见他出现在乱局之中，便乘机把他给杀了——此人是白金汉的亲戚，一直与路希的妻子通奸。这是种无法无天、自私自利在当时十分典型。

北安普顿之战在约克派的辉煌胜利中宣告结束，虽然胜利应当归功于"真正的肯特人民"的战斗技能，但在很大程度上也离不开格雷勋爵可耻的叛变通敌。此次战斗中大约死亡三四百人，主要是皇家军队方面。作为兰开斯特派支柱之一的白金汉也在阵亡之列。他的儿子已在他之前死去，因此，第二任白金汉公爵的爵位只得由他7岁的孙子亨利·斯塔福德（Henry Stafford）来继承。英格兰治安官、博蒙特子爵约翰——王后最忠实的支持者之一，曾担任过她的管家——也在战斗中遭到杀害。还有什鲁斯伯里伯爵和埃格蒙特勋爵，他们被沃里克的肯特战士砍死在国王营帐外。兰开斯特派还有许多士兵淹死在森迪福德磨坊（Sandyford Mill）附近的内内河。死者均被埋葬在附近的德拉普瑞修道院，这座修道院至今尚存，尽管许多建筑是后来陆续修建的。约克派损失不大。如今，战场遗址已经难觅残迹，原址早就变成雅芳化妆品公司的所在地。

战斗临近结束时，约克派一位名叫亨利·芒福德（Henry Mountfort）的弓箭手捕获了国王，并把他控制在营帐内。眼看胜利在望，沃里克、马奇和福肯伯格发现国王孤独无援地待在那里，"看上去就像一个命中注定要与麻烦、不幸和灾难为伴的普通人"。三位贵族跪在国王面前，因拿起武器违抗他而恳求宽恕。他们强调，自己的唯一动机只是希望建立稳定而公正的政府，除马奇，他们都向国王保证将继续效忠于他——马奇只是跪在地上向国王表示敬意。尽管极尽谄媚之能事，约克派贵族现在已将国王控制在手中。那天晚些时候，他们把国王带到德拉普瑞修道院，然后又转到北安普顿。与此同时，威尔特以及其他许多重要的兰开斯特权贵已经逃得无影无踪。

几天来，身处阿克勒肖城堡的玛格丽特王后一直在焦虑不安中等待，但她怎么也没料到，等来的消息竟然如此悲惨：战斗宣告失败，她的许多支持者不是死了就是已经逃跑；国王在约克派的掌控之中，现在约克派不仅控制了君主，而且也支配了政府和国家行政部门。不过，因为王后和王子仍然在逃，约克派还未到自鸣得意的时候。

一些在战斗中被抓获的兰开斯特派俘虏，包括亨格福德勋爵和洛弗尔勋爵等，在趁拘押者不备偷偷溜走了，他们骑马找到了王后。但另一些人，如德·拉·沃尔勋爵和肯德尔伯爵等，却转变了立场效忠约克派。玛格丽特认为，离开阿克勒肖城堡应该是一个明智的决定，于是，她带着儿子和几个侍从开始外逃，经过柴郡前往威尔士。到马尔帕斯城堡（Malpas Castle）附近的时候，一个名叫约翰·克雷格尔（John Cleger）的侍从抢走了她的珠宝首饰等贵重物品，甚至威胁要杀了她和王子，还有些随从弃她而去。正当克雷格尔埋头在王后的行李中搜寻财宝的时候，她和儿子在剩余的侍从和一个勇敢的 14 岁男孩的帮助下成功逃脱了。这个男孩名叫埃尼斯伯里的约翰·库姆（John Coombe of Annesbury），他当时正好骑马路过，于是让王后和王子坐在自己身后，将他们带到了贾斯珀·都铎所在的哈立克城堡（Harlech Castle）。王后在那里受到了热烈的欢迎，并收获了许多礼物。玛格丽特的小叔子"百般安慰"她，因为这正是她需要的，尽管贾斯珀意识到他无法在此为她提供长久的庇护。

由于贾斯珀控制着约克派的登比城堡，所以他建议王后搬到那里去。编年史家格雷戈里说，王后悄悄地离开了哈立克城堡，"不敢公开自己的处所，只能秘密隐居"，因为"她经常收到假冒的令牌，看起来好像来自她最担心的国王之手，但这些令牌都不是国王本人发送的，而是假的。真正由国王身边的人送来的令牌则嘱咐她千万要小心，切不可相信任何人而受骗上当。贵族们想让她回到伦敦，他们深知，所有的乱局都由她而起，她不回来，一切难以了断，但她比国王机智"。

有关王后的行踪，对外的说法是玛格丽特到法国去招募军队了，实际上她就在登比城堡避难。不久，埃克塞特以及其他重要的兰开斯特派贵族来到此地与她会合。在他们的建议下，王后写信给萨默塞特、德文等拥护者，让他们在北方集结军队，并在赫尔城等候她。8月9日，约克派顾问班子对彭布罗克以及其他管理威尔士的约克派城堡并效忠于国王的治安官们下达了命令，要求彭布罗克把登比城堡移交给约克派代表爱德华·鲍彻（Edward Bourchier）。但彭布罗克拒绝执行命令，并继续为王后和"不列颠群岛的希望"——威尔士亲王征募威尔士战士。此时的约克却难以恢复其往日在威尔士的霸主地位。

与此同时，在伦敦，索尔兹伯里、科巴姆以及城市自卫队在泰晤士河的另一边，用"猛烈的炮火"将斯凯尔斯勋爵死死地围困在伦敦塔内，伦敦塔的"多处墙壁均被炮火炸开了裂口"。7月16日，国王在约克派贵族以及规模庞大的随行人员的护送下进入市区，随后被安顿在主教官邸。伦敦人"万分感谢全能的上帝，并赞美约克派的胜利"。将近3周之后，在伦敦塔内寻求庇护的贵妇人们仍处在惊慌失措的情绪中。顾不上她们的哀求，斯凯尔斯不得不选择放弃抵抗。他看不到援军到来的希望，伦敦塔内的食物也已消耗殆尽。在弃塔逃跑的那天夜晚，斯凯尔斯企图坐船躲进威斯敏斯特教堂的避难所，但被伦敦的船夫们包围了。他们把斯凯尔斯从船里拖出来杀死，然后丢弃在位于萨瑟克区的圣玛丽·奥弗丽小修道院（the Priory of St Mary Overie）的台阶上。他的尸体血淋淋的，"活像一条赤裸的蠕虫"。

此时，玛格丽特王后已经离开登比城堡，从威尔士坐船沿海岸前往贝里克郡（Berwick）。她打算到苏格兰寻求庇护，因为苏格兰国王詹姆斯二世（James II）有一位博福特家族出身的母亲，他本人则是兰开斯特王室的好友。苏格兰王后盖尔德雷的玛丽（Mary of Gueldres）

建议玛格丽特到她这里来，并派遣一位名叫邓肯·邓达斯（Duncan Dundas）的使者前去护送玛格丽特到敦夫里斯郡（Dumfries）。在那里，玛格丽特和王子受到了热情的接待。然后，作为玛丽王后的贵客，母子两人被安排在林克路登修道院（Lincluden Abbey），并在那里得到了国王级别的款待。

然而，在罗克斯堡（Roxburgh）围剿约克派支持者的时候，苏格兰国王由于大炮意外爆炸而被炸死。玛格丽特到达时，整个苏格兰正在哀悼詹姆斯二世，摄政者们纷纷赶往爱丁堡参加已故国王的葬礼和詹姆斯三世的加冕礼。不过，詹姆斯二世与兰开斯特家族的友好关系通过他的遗孀和圣安德鲁斯主教（the Bishop of St Andrews）得以维持，这两人是苏格兰新的摄政统治的首脑人物。

玛格丽特在林克路登修道院写信给盖尔德雷的玛丽，请求她为自己提供避难所，并援助自己对付约克派势力。玛丽回信表示同情，并在不久之后与年幼的国王一道来到林克路登修道院安慰玛格丽特。她答应提供军事方面的支持，这让玛格丽特有所安心。两位王后在修道院中共同度过了 12 天，具体商讨将用何种方式来提供帮助。最后，玛丽同意提供军队和借款用以打击约克派，但前提条件是，玛格丽特必须把贝里克城割让给苏格兰人。玛格丽特并没有充分理解这项条件可能带来的严重结果，不知道如果答应下来将会让她丈夫的臣民认为她随意就让出了英格兰和苏格兰一直在争夺的边陲重镇。她轻易接受了玛丽的条件。然后，玛丽指定道格拉斯伯爵（Douglas）和安格斯伯爵（Angus）召集各自的家臣，陪伴玛格丽特重返英格兰。玛格丽特的非凡胆量让这两位久经沙场的军阀不得不感到敬佩，玛格丽特的夸口许诺更让他们喜出望外：他们将在繁荣的英格兰南部获得可观的土地作为战利品，只要他们不在特伦托河（the River Trent）以北抢劫和掠夺。

在一切战事都已安排就绪后，玛丽邀请玛格丽特继续留在苏格兰，住在福克兰宫（Falkland Palace）或其他皇家寓所，直到她准备进军英格兰。

过去一段时间，约克曾多次试图成为国王的首席顾问，他认为，凭借自己作为王国首要权贵的出身和地位，完全有资格担任这一角色，但始终未告成功。现在，随着约克派贵族成功入主伦敦，之前的短暂胜利让他确信，建立稳固政府和自己权力的唯一途径，只能通过获取王位权利来实现，于是，沉睡已久的莫蒂默家族的诉求复活了。

1460 年，在经历了亨利六世的无能和弊政带来的多年磨难之后，英国人开始十分严肃地质疑兰开斯特家族王位的合法性问题，人们中间显现出要将王位转归于莫蒂默家族，即赋予约克的种种迹象。有关王朝权利的问题逐渐成为引起民众讨论与思索的公开议题。为政治宣传而准备的一份约克族谱（现保存于大英图书馆），在 1460 年应运而生，其中说道：亨利四世通过武力斩断了理查二世后裔的王权继承关系，而《旧约全书》中的一位先知早有预示，报复将降临到亨利的后代身上。当时，这样的宣传就仿佛种子落在了肥沃的土壤里。

约克是爱德华三世的次子经由两位母系前辈——克拉伦斯的菲利帕和安妮·莫蒂默——留下的后人，因此他属于爱德华的一般继承人。而亨利六世则是爱德华的第四子通过父系血统传承下来的后代，属于爱德华的男性继承人。毫无疑问，现代有关合法性权利的规定显然有利于约克：假如威尔士亲王查尔斯只有一个女儿，他的弟弟安德鲁王子有一个儿子，那么，作为伊丽莎白女王长子的后代，查尔斯王储女儿的后代就有可能继承王位。但 15 世纪的长子继承制没有对相关的问题做出严格的定义。最高法院首席法官弗特斯克（Fortescue）提出了这样一个假设性案例：假如一位国王"有一个女儿和一个弟弟，而此女儿有一个儿子；国王死的时候，没有儿子。那么，王位应该传给女儿还是她的儿子？又或者应该传给国王的弟弟？"弗特斯克得出的结论是，国王的弟弟应该接替哥哥的王位，因为女人从属于男人。他声称，女人不适合做统治者或继承王位。之所以亚当会优越于夏娃，是因为他能教会她审慎、果敢和节制等方面的伦理德性；男人之于女人，就好比灵魂之于躯体。然而，当问题回到谁有权继承王位这一眼前现实时，弗特斯克十分谨慎，他建议请教皇来裁决这件事。

约克已顾不了法律上这些繁文缛节了。他实在是受够了。他这位窝囊没用的表哥，必须让路给有决心并有能力恢复政府良治和铲除那些腐败谋士的人，也就是他自己——约克公爵理查·金雀花（Richard Plantagenet）。

然而，约克未能正视这样的事实：实际上，迄今为止支持他的贵族并不多见，甚至对于他所追求的改革亦是如此。现在，他既没有停下来与追随者或盟友进行认真的商议，又没有尽力去培植足够的拥护者来支持自己的诉求。在约克看来，仅凭拥有的权利本身，就足为自己赢得王位。

1460年9月8日，约克从爱尔兰返回，抵达威尔士北部离切斯特（Chester）不远的地方。然后，他又从这里出发，辗转勒德洛南部，到达赫里福德。此时，他的夫人已从北安普顿战斗之后的软禁状态中获得自由，带着年幼的孩子一直住在巴纳德城堡，等待着丈夫归来。约克一到达赫里福德，便马上捎信给塞西莉，叫她尽快前来相会。于是，她坐上一辆盖着蓝丝绒的二轮战车，由八匹好马拉着，迫不及待地赶往约克的所在地。

约克已经算好了时间，以便回到伦敦的时候可以赶上10月初召开的议会。他不打算掩饰此次返回伦敦的目的是主张自己的王位继承权，而且在前往首都的路上十分讲究排场和仪式，极尽隆重之能事，仿佛自己已是一位国王。在位于泰晤士河畔的古老集镇阿宾顿，他召集了许多乐手，并分发给他们印制着英格兰王家纹章的旗帜——这纹章与君主的纹章没有多大差别。他的一行人，就这样大张旗鼓地朝着伦敦进发。

与此同时，萨默塞特终于放弃了从沃里克驻军的手中夺取加来，而且不得不在最近将基斯尼斯城堡（Guisnes）交还给沃里克的守军。在 9 月份即将结束之际，他回到了英国，在多塞特郡的科夫城堡（Corfe Castle）定居下来。

10 月 7 日，议会在威斯敏斯特大厅召开。国王在出席了开幕仪式之后，便一直待在宫殿中的王后寓所。在这次议会上，鲍彻勋爵被任命为英格兰财政大臣，沃里克的弟弟，埃克塞特主教乔治·内维尔，由于最近的出色表现而被任命为大法官。当时，乔治·内维尔大约 27 岁，是一个头脑灵活、地地道道的机会主义者，热衷于奢华的生活和政治计谋，根本不适合做主教。他具备一定的教养，是学者们的一个重要赞助人，与欧洲其他地方的文化名流保持着书信往来关系，并积累了相当数量的稀有手稿藏品。夏特兰形容他是一个"庄重而雄辩的人"。

10 日，约克带着一大批随从进入伦敦，他骑在马上，手持宝剑直立胸前。乐手们在前面开道，手中的旗帜让观望者无不为之惊讶。约克一改从前那种克制与谨慎的态度，此时的高傲与威严的举动，无疑是想向世人宣告他的全部意图。人们也注意到，从此刻起，他的行为举止"更像是一位国王而不是一个公爵"。因此，修道院院长维特汉姆斯特德指摘他犯有骄傲自大之过失。

以如此不可一世的傲慢方式，约克直奔正在召开议会的威斯敏斯特大厅。他在大厅门口下马，宝剑依然握在胸前，然后大步流星地穿过聚集的人群，径直走向尽头的讲台，站到象征王权的华盖下，就在空王座旁边。向上院议员鞠躬致敬之后，约克把手牢牢地扶在王座上，这种姿态仿佛象征着他即将坐上王座。如此举动让上下议院的所有人都感到疑惑而面面相觑。尔后，约克转身面对大家，原本期待着人们的欢呼喝彩，得到的却是一片难堪的沉默。

在遭遇窘境之后，他怒气冲冲地离开王座。然而，他并未因此而气馁，反而宣布自己"将作为国王理查二世的继承人挑战和主张英格兰王位，并提议在'天下圣徒之日'（All Hallows Day）那天，即 11

月 1 日受冕为王，不得延误"。[1] 坎特伯雷大主教建议道，为了慎重起见，他应该先去与国王当面讨论一下自己的诉求为好，但这项建议激起了约克的怒火。他公然声称："我知道，在这个王国中，没有人能比我更适合做国王。"

约克步出大厅，径直朝着皇家寓所走去。国王在听到骚动时便已退至内室，坚持要面见国王的约克来到内室的门口，一把推开守卫闯了进去。亨利平静地面对他，坚决不愿放弃祖先赋予的王位。

对于约克的惊人表现，大多数贵族感到极度沮丧。他们都曾面对亨利六世立下效忠誓言，怎么可能支持约克的诉求呢？亨利为王时期累积了几十年的弊政，但贵族们一直表现得十分忠诚，这固然证明，君主制在当时有其神秘力量之所在——这或许是玫瑰战争最值得注意的一个特点——也是亨利具有许多令人尊敬的美德所使然。同样值得注意的事实是，亨利六世未能很好地利用这种支持力量。换成理查二世，势力强大的权贵可能会毫不犹豫地将其推翻——因为理查的暴政威胁到了他们小心守护着的特权——而在亨利六世治下，许多权贵可是发了大财。

就连沃里克和索尔兹伯里也对约克的行为感到震惊和气愤。他们一直支持他所呼吁的改革以及为自己争取权利的行动，但这一次，他们认为他做得太过火了，甚至也不跟他们商议一下。他们觉得不该支持约克的诉求，看法也与大多数权贵一样，认为没有理由废黜为英格兰所承认的、被施以油膏并为王 38 年的亨利六世。

沃里克和弟弟托马斯·内维尔迅速赶到威斯敏斯特约克所寄居的地方，试图规劝他。沃里克看到约克房间里尽是全副武装的士兵，而公爵本人站在远处，支着手肘靠在餐具柜边。沃里克非常愤怒，"言辞严厉"地告诫约克得失利弊。就在这时，年少气盛的拉特兰走了进来，

---

[1] 译注：两千多年前，欧洲的天主教会把 11 月 1 日定为"天下圣徒之日"（All Hallows Day），即现在所说的万圣节。

见到沃里克正在斥责自己的父亲，便插嘴道："尊敬的伯爵，请别生气，因为您知道，我们才是真正拥有王位权利的人，我的父亲大人一定要在此时取得王位。"

当时马奇也在场，他明白沃里克以如此严苛的口气指责自己的父亲是出于好意，并意识到一位如此强大的盟友切不可轻易冒犯，便说："弟弟，不要添乱了，一切都会水到渠成的。"于是，沃里克强忍怒气转身离开了约克和拉特兰——只是对着马奇做了一个认为他了不起的动作。

虽然权贵们的反应很快就让约克明白，他们信守效忠誓言而站在亨利六世一边，但他刚愎自用，还是决意要做个了断。10 月 16 日，约克干脆直接坐上威斯敏斯特大厅的王座，并正式宣布自己凭借继承权而获得了英格兰王位，然后，他向上议院提交了一份家谱，上面显示了自亨利三世以来的血统关系。上议院并无批准的意思，反而问他为什么以前没有提出这一主张。约克回答说："尽管一段时间以来，这份权利处于休眠与缄默状态，但并不等于它已腐烂和消亡。"

第二天，上议院恭敬地征求国王关于这件事的意见，国王要求他们拟定一份针对约克的诉求提出反对理由的清单。然后，上议院将此事交给法官、律师和皇家辩护师来定夺，但这些人全都极不情愿就约克的诉求是否有效发表见解，说解决此事不在他们的权限范围之内，这是应由国王与约克两人自己决定的事情。事实上，这是一件史无前例的高难案例，它超越了当时的法律以及他们的学识之所及，他们只能把这个皮球踢回给更高的法定权威机构——议会上议院。

于是，上议院对年代久远的家谱以及律例进行了大量研读和辩论，最后通知约克，此事确实难以定论，因为最大的障碍是他们都曾宣誓效忠亨利六世，而且他们最近还立下了认可爱德华王子为未来国王的誓约。他们指出，约克也曾就此起过誓，并参照了"那些重大的议会法案，其中对他的头衔都有充分而合理的认定"。他们认为，这些法案无不承认亨利的王位，因此，应该可以视为解决此事的终极权威依据。

约克回答说，同僚们对于亨利六世的誓约是无效的，因为誓约的本质与目的是坚守真相，而真相是合法的国王是他，而不是亨利，上议院应该帮助他取得正当的权利。他还说，继承权属于天道，高于所有其他法律。

后来，下议院议长托马斯·索普（Thomas Thorpe）在议会上用犀利的言辞抨击了约克的诉求。尽管约克尚未成为国王，但他仍然拥有巨大的权力，于是不久之后，索普就被约克以非法入侵和盗窃罪投进伦敦的弗利特债案犯监狱。索普被判有罪并处以罚款，此事在下议院引发了抗议，但无济于事。除了另选一位议长，下议院议员们别无选择。

最终，上议院勉强得出结论，约克确实比亨利六世更有权利获取王位，但大多数议员也认为，这个时候改朝换代是一件不可思议的事情。上议院之所以会被迫做出这种妥协，与其说是因为约克拥有问鼎王座的更高权利，不如说是因为他们知道他有权力令人认可自己这种权利。

10 月 31 日，上议院宣布国王与约克达成了和解。次日，"作为和解的象征，国王头顶王冠，带着公爵、伯爵和贵族一行人"进入圣保罗大教堂。议会现在的解决方案是，亨利"只要还活着，就应该享有英格兰的王位"，但是爱德华王子的继承权将被取消，由约克成为王位的法定继承者，在亨利死后继承王位。这种妥协方案并不是约克预期的最佳结果，它反映了上议院的抵抗情绪，因为约克毕竟要比国王年长 10 岁，按照事物的自然过程来说，他有可能会死在国王前面。

10 月 24 日，上议院拟定了一项王位继承法，即众所周知的《调解法案》（Act of Accord），它是象征着新的继承顺序的法律。4 天后，由于几位任职于议会的权贵施压——其余人认为回避此事才是明智之举——亨利六世只得同意法案中的条款，使这条法案成了法律。国王立刻派人捎信给王后，要她把王子带到伦敦，并告诫她，如果不愿照办，将会因反叛而受到指控。

既然王位问题被摆上了桌面，玫瑰战争就变成改变时代航向的事件了。首先，它不再是约克与王后党之间争夺霸权的战斗，从此以后，将蜕变成为争夺王位的战斗，原先改革政府的目的遂被降格至次要位置。王朝争端引发后，对未来25年的王位继承关系产生了深远的影响，大大削弱了有关王权的合法性概念，培育了那些势力大于权利者的勃勃野心。其次，在此之后，为争夺王位而进行的每一场战斗中，胜利者往往都为自己贴上上帝称许自己的诉求的标签。

10月下旬，议会撤销了剥夺约克及其追随者公权的裁定，恢复了他们的头衔并归还了土地和财物。11月8日，上议院宣布约克为王位的法定继承人和英格兰守护者。于是，所有的神职贵族和世俗贵族宣誓认同他为国王的继承人；反过来，他也发誓效忠于亨利和贵族们，并表示他本人将信守已经达成的所有约定和协议。

从此，约克开始以国王的名义统治英格兰。他可能想当然地认为自己已立于不败之地，但不久他便再次发现自己大错特错。

《调解法案》引发了一场激烈的政治风暴。此时，王后已率领她在苏格兰招募的新军一路南下。在行军的过程中，来自诺森伯兰郡、坎伯兰郡、威斯特摩兰郡和兰开夏郡的大量武装人员陆续加入她的队伍，使她的阵营不断壮大。许多加入王后阵营的北方贵族并不关心她那岌岌可危的政治处境，而是被自身的利益以及有机会掠夺令人羡慕的繁荣南方所驱使。与此同时，萨默塞特和德文带领由绅士、骑士和普通士兵组成的大队人马从西南部出发，经过巴思和考文垂正在调往约克城。玛格丽特还得知，克利福德勋爵、鲁斯勋爵（Roos）、格雷斯托克勋爵（Greystoke）、内维尔勋爵和拉蒂默勋爵等人也正在与她会合的途中。

率部行军到赫尔的时候，王后获悉议会已撤销了她儿子的王位继承权，于是狂怒不已，并立即加快招兵买马的行动。她在庞蒂弗拉克特城堡聚集了1.5万人的庞大军队，并把他们分别交由萨默塞特、诺森伯兰和德文指挥。等军队到达约克城，数量增加到了 2 万人左右。在早已过了打仗季节的年底，王后尚能聚集起如此巨大规模的军队，足可见她的坚韧精神和非凡能量，也证明了她要保护儿子利益的强烈决心。更为重要的是，在约克意识到这一切之前，王后已经迅速而隐秘地组织起了自己强大的军力。

在约克城，玛格丽特发动了一场针对《调解法案》的正式公众抗议行动，并向约克提出挑战，表示要以武力来解决继承权问题。然后，她召集了一次军事会议，告知贵族她要进军伦敦，将国王从敌人的掌控之中解救出来。那些不赞成《调解法案》的权贵对王后的愤怒产生了共鸣；更多的民众拿起武器，涌入王后的阵营为她战斗。

11 月末，王后的军队从约克城出发继续向南前进。在部队经过约克郡的时候，王后非常乐意允许她的士兵们打劫约克和索尔兹伯里的佃户。他们还袭击了约克的桑达尔（Sandal）城堡——迷信的人们注意到，这一年就连苍鹭也都没来桑达尔城堡邻近的公园筑巢落脚。

发现玛格丽特的举动后，约克组织了一次新的宣传攻势，目的在于制造恐惧：王后聚集的野蛮的北方游牧民族将给南方人带来可怕的后果。同时，他开始准备举兵北上对付这轮新的威胁。王后和王子已给伦敦市议会去信，要求得到财政和军事上的援助，但是，他们的请求被置之不理。为了支持约克的政治宣传，伦敦市议会反而为约克提供了 500 马克。同时，约克还控制了伦敦塔中的皇家军械库，并强征了几门大炮随他一起北上。

12 月 9 日，约克和索尔兹伯里骑着马，在街道两旁热情人群的加油喝彩声中率领大约五六千人的军队走出伦敦城，沃里克则留下来维持首都的秩序。他们的军队经过诺丁汉郡一路北上，沿途不断招兵买马。然而，在沃克索普（Worksop），他们的侦察兵，或者说"先头骑兵"遭遇了萨默塞特的人马，许多人在火拼中丧生。与此同时，兰开斯特派的侦察兵发现，约克的军队规模远不如他们自己的。

约克准备带着部队在他位于韦克菲尔德城（Wakefield）以西 2 英

里处的桑达尔城堡落脚。维特汉姆斯特德说，约克想回到自己人中间，并在圣诞节时有一个舒适的住处。他也认为，约克之所以有必要驻扎在该地区，是因为他的佃户们遭到当地兰开斯特派贵族的骚扰。桑达尔城堡建于爱德华二世时期，地处显要位置。虽然今天已变成一片破败不堪的废墟，但在当时却是一座宏伟坚固的堡垒。约克在 21 日到达此地后，立即安排人马在城堡四周挖掘战壕，并在围墙周围的战略要点架设大炮，以便在兰开斯特派的军队进犯时，可以以此作为自己有力的防御阵地——至少在理论上是这样。在约克的计划中，与敌人交战之前，他可以等待马奇从什鲁斯伯里率领增援部队到来，于是他便安顿下来与手下的将士们一道欢度圣诞节了。

萨默塞特和诺森伯兰几乎已经围困了桑达尔城堡，并打算无论如何也要阻断前来增援约克的其他兵力。然而，由于缺乏围攻所需的军事资源，他们必须以某种方式引诱约克走出城堡，在马奇的援军到达之前与他交战。兰开斯特派拥有 2 万规模的军队，显然远超过约克 1.2 万人的军力，阵中还有大量权贵，包括埃克塞特、萨默塞特、德文、诺森伯兰和克利福德等人。反观约克阵营，除了死心塌地的索尔兹伯里之外，再也没有别的同僚了。王后军中的将领人才济济，包括战斗经验丰富的鲍德温·富尔福德爵士（Sir Baldwin Fulford）和约翰·格雷爵士等人，格雷爵士正是里弗斯勋爵的女儿——那位伊丽莎白·韦德维尔（Elizabeth Wydville）[1] 的丈夫。约克军中的将领却大为逊色，其中一位名叫约翰·哈罗（John Harrow）的步兵将领原是伦敦的一个绸缎商人，只不过 7 月份围攻伦敦塔时在索尔兹伯里的手下当过差而已。虽然内维尔勋爵响应约克的号召，骑马带领八千人马奔赴桑达尔城堡，但他见势不妙，转身投奔了兰开斯特派。而就算到了这个时候，约克还在低估对手的实力。

---

[1]　编注：伊丽莎白·韦德维尔后来再嫁给爱德华四世，对玫瑰战争后期的形势有很大影响，因此作者特意在此提到她。

到了 12 月底，约克公爵的处境变得越来越危急。尽管他手下的军官们认为，只要约克守在城堡里等待援军就不会有什么危险，但他的士兵纪律松懈，许多人被允许出去觅食，这为敌方透露了城内粮食供应短缺的信息。约克的侦察兵也不称职，居然没能发现兰开斯特派的具体动静。戴维·霍尔爵士（Sir Davy Hall）——都铎王朝时期的编年史家爱德华·霍尔（Edward Hall）的祖父——建议约克，不要让士兵随意外出，必须"坚守在城堡内"，但约克公爵不耐烦地回答："是你说了算，还是我说了算？怎么害怕得像个骂骂咧咧的女人？女人的唯一武器就是舌头和指甲。难道叫我关闭城堡的大门吗？然后让所有人都知道我是多么胆小和懦弱，连一个女人都不如？我绝不让人把我看成懦夫！"

在圣诞节期间，萨默塞特与约克进行谈判，双方同意在 1 月 6 日主显节之前进入休战状态，但是皇室军队的指挥官们无意遵守协定。没过三天，他们便派传令官前去无礼侮辱约克，想激怒他让他采取攻势。传令官公开嘲笑约克公爵"胆小怕死，没有骨气，简直就是一个娘儿们"。29 日，兰开斯特派挑选 400 名军人伪装成约克派的增援部队，混进桑达尔城堡的守军队伍中。这一骗局果然得手。

约克为何会在 12 月 30 日走出安全的桑达尔城堡，人们不得而知。一般认为，食品已经耗尽，他不得不派人马去寻找更多的食物。这些人要么袭击了驻守在外的兰开斯特士兵，受到反击之后很快撤回到城堡内，要么就是直接遭到了兰开斯特士兵的攻击。另一种说法是，在前一天晚上，已经投靠皇家军队的安德鲁·特罗洛普（Andrew Trollope）带领一帮身穿沃里克家臣制服的士兵伪装成约克派，约克在黎明时看到他们接近城堡，要么以为是增援部队便出来迎接他们，要么是识破了他们的伪装，决定带兵走出城堡对他们发动攻击。

不管发生了什么，萨默塞特率领兰开斯特军中路军队，向着城堡步步逼近，随时准备投入战斗。与此同时，威尔特和鲁斯分别指挥左右两翼军队隐藏在约克堡垒入口两侧的林地中。很显然，约克根本没有意识到，敌人已在他的眼皮底下部署了如此强大的兵力，并随时可能向他发起攻击。他也听不进手下将领的再三建议：他们劝他必须耐心等待援军来临。约克毫无警惕之心，与索尔兹伯里一道骑上马，率领军队穿过城堡的吊桥，慢跑下山进入卡尔德河（the River Calder）南边的旷野，那里又称"韦克菲尔德绿野"。约克 17 岁的儿子拉特兰也与他们一起骑马上阵。正等候在那里的兰开斯特军中路部队冲上前去迎击约克的军队，两军之间展开了激烈的交战。约克派将士凶猛、英勇，满以为自己胜券在握。而萨默塞特采纳了特罗洛普的战略建议，试图给对方以毁灭性的打击：一旦约克军走出城堡，他和副指挥官克利福德勋爵便发送命令，让威尔特率部去占领城堡，鲁斯勋爵则带兵去阻断约克的退路。一切都发生在刹那之间：兰开斯特派的两翼部队冲出树林，向约克军发起猛烈攻击，处于三面夹击中的约克派士兵"活像网中之鱼，或栏中之鹿"。当约克派发现敌众我寡，自己已落入圈套时，为时已晚。许多人已经战死，剩下的则赶紧放下武器举手投降。在战斗中，约克被人从马上拉下来并遭杀害。

而正当年轻的拉特兰伯爵在家庭教师罗伯特·阿萨尔（Sir Robert Aspsall）的伴随下准备撤离战场时，克利福德勋爵骑马追来，查问他是谁。这时，阿萨尔愚蠢地喊道："请饶了他吧，他是国王的儿子，你行善必有好报！"

"这是谁的儿子？"克利福德疑惑地问道，但未等得到对方回答便已猜到答案，于是拔出匕首刺进拉特兰的心脏，并大喊，"神的宝血啊！你的父亲杀死了我的父亲，如今我将宰断约克那被诅咒的血脉！"

后来的作家们对拉特兰的结局进行了渲染，说他试图在韦克菲尔德一个贫穷妇人的家中寻找藏身之处，被随后追来的克利福德的手下在门外捉住。据说，男孩当时拼命地敲打妇人的家门，口中大喊自己已被刺伤请求躲避，但未待她开门便被抓了。古文物研究者约翰·利兰（John Leland）声称，凶杀发生在韦克菲尔德桥边，因为那里确实曾经有一座由拉特兰的哥哥爱德华所捐赠的小教堂；然而，这座小教堂的源头可追溯到 1357 年，所以，它不可能是为纪念拉特兰伯爵的死而建造的。血案发生的地点更有可能是在韦克菲尔德的柯克盖特（Kirkgate）公园大街的尽头，那里竖立着一个纪念拉特兰的十字架。

根据贝尼特的说法，在这场战斗中约有一千人丧生。在跟随约克骑马离开城堡的将士中，非死即伤者至少占一半。据说，宽阔的韦克菲尔德绿野上尸横遍野。战死沙场者不仅包括索尔兹伯里的儿子托马斯·内维尔爵士，还有托马斯·帕尔爵士（Sir Thomas Parr）、爱德华·鲍彻爵士以及伦敦的绸缎商约翰·哈罗等人，这些人均为约克派阵营的中坚力量。

在战斗结束后的那天夜里，索尔兹伯里被特罗洛普的一位手下擒获，并被带到庞蒂弗拉克特城堡囚禁。他贿赂了看守，被放了出来，但在准备逃离城堡的时候，"乡里那些讨厌他的村民强行把他拽出城堡，然后砍下了他的头"。索尔兹伯里的死让沃里克成了这个王国中最富有的、北方最强势的权贵，他现在不仅拥有父亲遗留下来的大量土地以及从比彻姆家族继承过来的庞大遗产，还拥有索尔兹伯里的伯爵爵位以及米德尔赫姆城堡和谢里夫－赫顿城堡——这座城堡在未来几年中成为沃里克最青睐的居住之所。沃里克此时拥有的土地规模之大，两倍于之前任何英格兰人曾经拥有的土地数量，这使他成为王室真正惧怕的大敌。

战斗结束后，一些兰开斯特派士兵找到了约克的尸体，他们把他抬起来靠在一个蚁丘上，并给他戴上了一个用芦苇做成的花环。然后，他们戏弄着对他鞠躬致敬，并大声吆喝："万岁，没有王国的国王！"克利福德勋爵下令对约克的尸体进行斩首，并将头颅穿在一把长矛上——拉特兰的尸体也遭到了同样的对待。最后，他们做了一顶纸王冠戴在约克头上。约克的亲属无法原谅克利福德如此虐待约克和拉特兰的尸体，他们发誓此仇不报，死者永不安宁。

霍尔和霍林斯赫德（Holinshed）等都铎王朝时期的编年史家们后来宣称，克利福德带着三个约克派贵族的首级来约克城见王后，把三颗人头呈放在王后面前，说："夫人，你的战争已告大捷。这些就是你的国王的赎金。"据说，王后在看到人头时因畏惧而本能地退缩了一下，然后露出了紧张的笑容，上前掴了约克一个耳光。接着，她下令将人头刺在长矛上，悬挂于城堡主入口的米克盖特门上（the Micklegate Bar），"好让他眺望约克城"。紧挨着它们，还为马奇和沃里克的头颅预留了两把空矛，"她预计，他们很快就要来给约克做伴了"。约克、索尔兹伯里和拉特兰的首级确实被展示于米克盖特门上，但他们的躯体却被悄悄埋葬在了庞蒂弗拉克特。不过，这种描述真假难说。因为玛格丽特当时并没有在约克城，实际上，她作为苏格兰王后的贵宾已回到了爱丁堡，在战斗发生时的整个12月下旬，她都住在那里未曾离开。在获得胜利的消息后，王后才迅速启程南下。她穿着玛丽王后送的一套礼服——一件黑色长袍和一顶用银色羽毛装饰的黑色软帽——骑着一匹银白色的西班牙种小马，赶回她在约克城的军中。

很少有权贵为约克的死而哀悼，因为他在同僚中已是一个极不受喜爱的人物。但在平民百姓中，他却享有斗士的称号，他们为他的死而感到悲痛。约克的儿子——18岁的马奇在名义上继承了约克公爵的爵位，由此成为英格兰举足轻重的权贵。然而，亨利六世既不承认马奇的继承权，又不让他拥有切斯特伯爵的头衔——如果认可他这些权利，那么，根据《调解法案》的条款，马奇将享有作为王位继承人的权利。

一段时间之后，在桑达尔至韦克菲尔德的一条路旁，距离城堡约400码，竖起了一座缅怀约克的十字架纪念碑。这座纪念碑似乎在17世纪40年代被拆除。现存于曼尼盖特学院（Manygates School）操场上的约克纪念碑建于1897年，配有一座约克的雕像，以一座曾伫立在什鲁斯伯里的威尔士桥头但如今已经消失的石头雕像为原型刻制而成。今天，战场遗址已被现代住宅和工业企业所覆盖，不过，当地人时不时还能在这一带挖到遗骨、刀剑、盔甲碎片、马刺以及其他遗物。自韦克菲尔德战役后，玫瑰战争将变得更加血腥残忍，指挥官们也将变得更为冷酷无情。在此之前，冲突双方一直在为避免军事对抗做着不懈的努力，但那种年代已经渐行渐远，此时人们默认了这样的观点：那些不可调和的重大争端只能通过暴力才能做个了断。

1461 年 1 月 2 日，身在伦敦的沃里克得知了约克战败和死亡的消息。马奇"惊悉"父亲的死讯悲恸不已——当信差把可怕的消息送达，他还在什鲁斯伯里庆祝圣诞节。于是，他发誓要为父亲和弟弟报仇雪恨，在这种决心的驱使下，新公爵立刻组织了一支军队。除了他自身在威格莫尔（Wigmore）和勒德洛的部队之外，他还招募了主要来自边界地区的骑兵源。随马奇一起上阵的有威廉·赫伯特爵士及其弟弟理查、沃尔特·德弗克斯爵士（Sir Walter Devereux）、特里陶尔的罗杰·沃恩（Roger Vaughan of Tretower）以及约克在当地的其他亲信。尽管约克本人已死，但他把继承王位的诉求传递给了儿子，马奇立下宏愿要将这个梦想变成现实。由于已被杀死的索尔兹伯里曾是约克强有力的支持者，所以，他的儿子沃里克也将一如既往地支持约克的继承人。

17. 灿日

　　1461 年年初，安茹的玛格丽特率领由玛丽王后提供的一支军队，从苏格兰一路南下，抱定决心要巩固韦克菲尔德一战的成果，进而消灭沃里克和马奇。在行军过程中，她又与等候在约克城附近的主力部队会合。

　　1 月 5 日，两位王后达成了一项协议：其一，玛格丽特把贝里克割让给苏格兰，作为对方为她提供军队的回报；其二，确定爱德华王子与玛丽的女儿玛格丽特·斯图亚特（Margaret Stewart）之间的婚姻关系。但是，玛丽无法为玛格丽特提供军队所需的费用。因为玛格丽特本人处于资金紧缺的窘境，所以，她又只得同意，一旦军队进入特伦托河以南，便可以不受限制地进行掠夺。信息一经传开，许多梦想大发战争财的北方人涌入了玛格丽特的队伍，使她的军队规模进一步壮大。

　　自 1 月份以来，约克派一直起劲地散布政治舆论来攻击兰开斯特派，他们声称，最近的战争和麻烦是上帝对王国的惩罚与审判，原因在于准许由谋杀者理查二世创建的兰开斯特篡位王朝继续占据王位，而无视真正的继承人约克及其子的正当权益。由于约克派势力的不遗余力，这种政治舆论在英格兰广大地区四处渗透。

　　玫瑰战争起源于理查二世被谋杀的观点，通常被认为是都铎王朝在这个问题上的官方的追溯性看法，事实上，这就是支撑着约克派抗争与奋斗的认知基础。就当时有关上帝怎样显示赞成或谴责的概念来说，一旦涉及王朝问题，人们就不难明白这一观点是如何形成的了。

约克派还着手制造恐慌舆论，警告人们，要是王后的北方军取得胜利，这些人将会无恶不作，并大肆宣传王后已经允诺手下可以恣意蹂躏南方。也就是说，南方人即将面临房屋遭抢劫和烧毁、妇女被强奸、土地受掠夺以及老百姓被杀害的厄运。这种政治宣传果然十分奏效，它大大加深了南方人对北方人的偏见，北方人被视为异族、未开化的野蛮人，结果自告奋勇的从军者络绎不绝，以至于达到了一个前所未有的规模，人人都热切渴望为捍卫自己的家园而战斗。

1月5日，以保卫王国的名义，沃里克以及其他贵族请求枢密院批准一笔贷款。枢密院以全票通过拨发给他2000马克。从1月至2月初，政府紧锣密鼓地发布征兵动员令和逮捕令，拘捕持异议者、制造虚假消息者、举行非法集会者或阻碍依法保护国王者。12日，诺维奇（Norwich）的市议会议员同意为沃里克提供120名武装人员。5天后，枢密院命令林肯郡斯坦福德城的政要们安排好本城的防御工事，因为预计玛格丽特沿着"北方大道"南下时将会经由此地。1月23日，伦敦有传言说，王后的支持者和随从"在3周之前就已出发，很可能要比人们所预料的更早到达这里"。到了28日，枢密院得到确凿消息，称"那些来自北方地区的毫无秩序又粗暴的野蛮人"在王后的率领下正大规模向南推进。

2月5日，枢密院命令威廉·鲍彻爵士等人在埃塞克斯组织一批人马，赶往国王的所在地，并要求诺福克的各个港口不得放行兰开斯特派军队运载粮草辎重的船只——当时他们已到达赫尔。然而，这些船并未受到拦截，反而让枢密院浪费了大量时间和精力在查出有关责任人上面，最终乃是徒劳无果。

枢密院还对各大城堡加强了守卫，并实行宵禁。2月7日，枢密院下令没收位于诺福克的赖辛城堡（Castle Rising），它属于兰开斯特派的一位重要支持者托马斯·丹尼尔（Thomas Daniel）。丹尼尔是亨利六世的家族成员，曾服务于萨福克公爵。根据《帕斯顿信札》的描述，他是兰开斯特派举兵造反的精心策划者，"聚集了大批人马，并租用了许多马具，很明显，这种举动不是反对国王，相反是为了支持国王，或为了趁乱打劫"。丹尼尔在诺福克拥有很大的影响力，显然是约克派的一大威胁。他从诺福克逃了出来，北上加入了王后的队伍。

玛格丽特的目标是挺进伦敦并消灭沃里克。与此同时，彭布罗克和威尔特召集了一支由威尔士武装人员以及法国、布列塔尼、爱尔兰联合雇佣兵组成的军队，打算从威尔士出发与王后的主力部队会合。另一方面，约克的爱德华在布里斯托尔城（Bristol）、斯塔福德郡、什罗普郡（Shropshire）、赫里福德郡（Herefordshire）、格洛斯特郡、伍斯特郡（Worcestershire）、萨默塞特郡和多塞特郡等地招募了大量武装力量并集结于赫里福德。在莫蒂默家族一个古老的大本营威格莫尔城堡（Wigmore Castle）招募到更多人马之后，爱德华也计划向伦敦进发，为死去的父亲和弟弟报仇雪恨。沃里克正在首都控制局面，福肯伯格已经加入了他的阵营，爱德华计划在王后到达伦敦之前与他会合，或者在王后抵达市区之前对她加以拦截。

在率领部队经过格洛斯特郡向东移动时，爱德华得知彭布罗克带领的兰开斯特大军已经离开威尔士，正朝着中西部地区行进。于是，他迅速决定率领军队转身向西迎击彭布罗克，意欲在敌方到达伦敦之前除掉这个新的威胁。

1461 年 2 月 2 日 "圣烛节"（Candlemas Day）[1] 那天一大早，爱德华率领军队来到了 "莫蒂默的十字路口"，此处曾是——现在仍是——一个只有少数几户人家居住的小村庄，这些人家分布在一个位于勒德洛与莱姆斯特之间的安静的交叉路口，由于地处莫蒂默家族拥有的边界领地的中心位置而得名。就在那天早上，约克派落脚的上空出现了一种异象：天空中出现了三个太阳，"突然间又合并为一个"。他们

---

[1] 译注：圣烛节是为纪念圣母玛利亚行洁净礼的基督教节日。

无不对此感到惊讶。这是一种被称为"幻日"(parhelion)或"假日"(mock sun)的十分罕见的天象,往往由于光线通过冰晶折射而形成。当然,这在 15 世纪是难以理解的,约克派将士不知这是什么预兆,有的人甚至吓得惊叫起来。爱德华宣称这是胜利的吉兆,对士兵们说:"大家振作起来,不必惧怕。这是好兆头,三个太阳分别代表了圣父、圣子和圣灵,让我们怀着喜悦之心,并以万能上帝的名义,勇敢地战胜我们的敌人!"他还把这一现象解释为三个太阳预示着约克的三个儿子——爱德华本人、他的兄弟乔治和理查——喜相逢。听他这么一说,约克派将士们对幻象大感敬畏,马上跪地祈祷。爱德华更是适时地把三个太阳的意象融入自己的纹章,也就是后来他使用的"灿日"纹章。

当时的编年史家估计爱德华的兵力在 3 万到 5 万人之间,但是真正的人数可能远少于此:现代历史学家声称,大概只有 5000 人。不过,爱德华的军队极富战斗力,其中包括大量经验丰富的弓箭手,以及他在威尔士边界领地的许多家臣和佃户——这些人之所以决心追随爱德华,是因为他们力图阻止敌人占据自己的财产,要维护自己社区的利益。爱德华的主要将领有奥德利勋爵、威廉·赫伯特爵士和沃尔特·德弗克斯爵士等。他还得到格雷·德·威尔顿勋爵、菲茨沃尔特(FitzWalter)和威廉·黑斯廷斯爵士等人的鼎力支持。黑斯廷斯爵士是爱德华最亲密的朋友,他一直忠诚地侍奉爱德华,直到爱德华去世。

兰开斯特军在彭布罗克、威尔特和欧文·都铎的指挥下,正朝着伦敦方向前进。根据编年史家的说法,他们的兵力为 8000,而依据现代历史学家的估计,其规模约为 4000,很大一部分是新手,包括一些威尔士乡绅和雇佣兵。让威尔特做指挥官是一个不得已的选择:在 1455 年和 1460 年的两次战斗中,威尔特皆因糟糕的军事判断力以及作战中缺乏毅力的表现而遭到非难,他不是一个能够鼓舞初涉战场者士气的将领。

"莫蒂默的十字路口"之战,无疑是玫瑰战争中最血腥的战役之一。至于战斗到底持续了多久,并没有相关详细记载。当太阳升起的时候，人们能够看见兰开斯特派军队正从西面过来。爱德华采纳了一位朋友的建议，将自己的军队部署在威格沼泽地（Wig Marsh），这样一来可以封锁通向伍斯特的道路。这位朋友是理查德·克罗夫特爵士（Sir Richard Croft），他是附近的克罗夫特城堡的主人。由于克罗夫特城堡背靠勒格河（River Lugg），沿线只有一座桥可以通行，所以，城堡处于能够掌控十字路口的极为有利的位置。作为防范措施，爱德华还安排了弓箭手来守卫这座桥，用以对付可能从任何地方试图涉水过河的敌人。而在南面的金斯兰（Kingsland），爱德华的支持者们正准备阻击彭布罗克，以防他的军队从南路过来。爱德华这样的布阵，已经使兰开斯特派几乎不可能逃避一场恶战。

威尔特首先指挥部队与约克派交战，并挫败了约克派的右路军。彭布罗克率领部队同样向爱德华亲自指挥的中路军发起猛攻，但被击败。彭布罗克企图抢占桥头，威尔特也回过头来援助处于混战之中的彭布罗克，但两人很快就被打得退下阵来。不过，在带领左翼部队涉水渡河的时候，威尔特遭遇并粉碎了约克派右路军的残余。此时，战斗出现了一个短暂的间歇，不过，兰开斯特派指挥官清楚地意识到，尽管爱德华的右路军遭受重创，但看起来他对胜利势在必得，于是，他们为是否要进行和谈展开争论，最终决定发动最后的攻击，由欧文·都铎指挥战斗。欧文企图攻克约克派的左路军，但徒劳无功，对方作战非常英勇，他被打得溃不成军。然后，欧文带着一队人马朝南面的金斯兰方向逃窜，指望找出一条可以渡河的路线，但爱德华的当地亲信在约克派左路军的协助下包围并抓获了欧文。他的手下趁乱逃离战场，被爱德华的士兵一直追击到赫里福德。

爱德华的弓箭手对着兰开斯特派的骑兵万箭齐发，射死了许多人，给他们造成了致命的打击。约克派的猛烈火力很快就制服了兰开斯特派中路军，并迫使他们朝南面的金斯兰方向撤退。在这个过程中，双方伤亡都极为惨重。村子周围的沼泽和草地原本十分宁静，如今成为激烈的战场，很快就堆满了尸体和濒死的伤患。

在兰开斯特中路部队被击溃之后，彭布罗克意识到败局已定，便扔下人马和父亲，让他们去面对约克派，自己逃离了战场。约克派将士对眼前这些已被征服的敌人大开杀戒。据说，那一天被杀害者多达4000人，大部分是彭布罗克的手下，爱德华的损失十分轻微。沦为俘虏者不仅有很多威尔士士兵，还有几位兰开斯特派的将领。

1799年，附近竖起了一座标志战场遗址的方尖碑。方尖碑如今伫立于"纪念碑客栈"（the Monument Inn）的外面，而昔日的战场，尽管经过了500多年的风雨洗礼，原本的样貌并无多大改变，人们依然可以想象当年的悲壮场面。理查·克罗夫特爵士的坟墓就建在克罗夫特城堡外一座教堂旁边，现归属于"国民托管组织"（the National Trust）[1]。1839年，人们在附近挖掘出一件银制的马刺，是当时一位兰开斯特骑士在逃离大屠杀时落下的，如今保存在赫里福德博物馆。

2月3日，欧文·都铎以及其他兰开斯特派将领，包括一位骑士及两个儿子、一位庄园管家以及一位法学家，被带到赫里福德的商业闹市区公开处死。爱德华很有可能是为了替死去的父亲复仇，而下令杀死欧文——他是亨利六世的继父。编年史家格雷戈里说，直到自己那件红色天鹅绒紧身上衣的领子从肩膀上被扯下来，欧文都不相信自己会被斩首。眼见厄运降临，他悲哀地说："请你们将我的头颅悬挂在安息着凯瑟琳王后的山坳的树上。""直到看见斧子和断头台，他才意识到自己要被砍头"，他"温顺地接受了死亡"。他的头颅"被搁置在市场里张贴告示的十字形建筑物最高处示众，一个疯女人为他梳理了头发，擦去他脸上的血渍"，然后在他周围点亮了一百多支蜡烛。欧文的躯体被埋葬在赫里福德的方济各会修士教堂内，如今早已不知去向。威尔士的吟游诗人为了纪念他，写下了很多辛酸的挽歌。

---

[1] 英国保护名胜古迹的私人组织。

"莫蒂默的十字路口"战役之后,威尔特与彭布罗克一道乔装打扮并藏匿了起来。彭布罗克发誓,"凭借耶稣基督的威力以及亲朋好友的襄助,我们很快就会为失败雪耻"。但他万万没有想到,这仅仅是他长达四分之一世纪流亡生涯的开端。战役过去 3 个星期后,彭布罗克潜回到腾比港(the port of Tenby),在那里可以得到忠诚于他的镇民们的保护。2 月 25 日,他至少给两个威尔士盟友去信,试图鼓舞他们对于兰开斯特事业的信心,激励他们为他在"莫蒂默的十字路口"战役中的失败以及他父亲惨遭处刑寻找报仇机会。此后,他逃往海外,留下了年幼的亨利·都铎。后来,约克派发现了隐藏在彭布罗克城堡的亨利·都铎,改由威廉·赫伯特爵士监护,软禁在拉格兰城堡(Raglan Castle),直到 1468 年。至于彭布罗克,在接下来的 20 年多里,作为逃亡者,他在法兰西、苏格兰、威尔士和英格兰北部辗转流窜,哪怕在面对彻底的失败之时,他的心中始终抱定恢复兰开斯特基业的宏愿。

兰开斯特军队仍在赫尔等待王后从北方到来,地方当局为军队提供日常必需的食物,但由于约克派巡逻队封锁了金斯林(King's Lynn)的临近海岸,新鲜食品无法通过船只从英格兰东部运送过来,内维尔勋爵手下的军队变得越来越躁动不安。1 月 12 日,他们涌入比弗利(Beverley),野蛮而残暴地掠夺了那里的民众——这正是南方人最深恶痛绝的。

到了 20 日,玛格丽特率领的军队与守候在约克城的主力部队会师,就在那一天,一大群兰开斯特派贵族证实安茹的玛格丽特与盖尔德雷的玛丽签订了割让贝里克以及有关威尔士亲王婚事的协议,并保证他们会说服亨利六世接受协议。消息传到苏格兰的盟友,法兰西国王查理耳中时,他高兴不已,下令对王后及其盟友开放诺曼底所有的港口,只要他们有需要。玛格丽特深信,查理一定会在自己需要的时候伸出援手,于是她一心南下,全不考虑英格兰民众将会如何看待一位王后怂恿英格兰的宿敌入侵她自己国家的海岸。

当日，兰开斯特派军队在萨默塞特和诺森伯兰的指挥下向伦敦方向进发，队伍途经格兰瑟姆（Grantham）、斯坦福德、彼得伯勒（Peterborough）、亨廷登（Huntingdon）、罗伊斯顿（Royston）和圣奥尔本斯等地。越过特伦托河后，北方士兵开始随心所欲地烧杀抢掠。根据贝尼特的描述，他们"损毁了沿路所有的城镇和村庄"，洗劫了大小男女修道院。在抢走人们的财宝、牲口和粮食之后，他们还烧毁了所有的村庄、谷房，甚至庄园主的住宅。由于冬季作战条件艰难，许多人的主要目的可能只是搜刮食物，但这种强取豪夺意味着要让老百姓备受忍饥挨饿之苦，尤其是冬天本就食物匮乏。

出于对北方人的无比愤恨之情，许多人带着有关北方人可怕暴行的故事逃向南方。《克罗尔兰德编年史》记述了本修道院的修士以及附近村庄的邻居们经历的惊恐状况，说村民们带着家中仅有的一点贵重物品，前来交给修道院院长代为保管，教友们见此情景大为恐慌：

> 我们大家收拾起所有的特许状和房契，珍贵的法衣和其他贵重物品，将它们藏匿于墙壁中最隐秘的地方。女修道院的修女们每天聚集在一起，流着眼泪不停祈祷。城镇和修道院的所有大门日夜安排人员看守着。

万幸的是，王后的军队在6英里之外的地方经过。"颂赞上帝。他没有让我们成为口中的猎物。"编年史家写道。

克罗尔兰德闻知，皇家军队得到了"不计其数的穷人和乞丐的增援，他们就像从洞里蜂拥而出的老鼠"，急切渴望从战乱中分得一杯羹，行进的队伍长度足足有30英里。克罗尔兰德还描述了他们如何无恶不作："对违抗者格杀勿论，神职人员也不例外。强取豪夺更是理所当然，甚至以死亡相威胁也要挖出他们发现了下落的贵重物品。"

等王后的军队越过英格兰中东部，东南部的人民迅速武装起来准备投入战斗。克莱门特·帕斯顿（Clement Paston）写道："主公们在这里竭尽全力，想要控制国家大局，并组织人马去对付北方来的军队，因为它事关所有南方人的福祉。"约翰·文洛克爵士忙于在赫特福德郡以及伦敦北面其他五个郡招兵买马。有关北方军队残忍行径的消息让许多城镇转变了立场，其中包括考文垂——一直以来它都支持兰开斯特派。与此同时，那些在"莫蒂默的十字路口"战役后逃逸的威尔士士兵从各处纷纷冒出头来，借机回归王后的队伍。

在危机时刻，沃里克表现得有些优柔寡断。他早就应该着手在中西部地区征募武装人员，好抵挡日益逼近的王后军队所带来的威胁，但他却在伦敦磨磨蹭蹭，直到王后的军队到达赫特福德郡才开始在伦敦、肯特以及东南各郡招募兵马。2月12日，枢密院委任约克的爱德华召集西部各郡臣民，带领他们前往抗击国王的敌人。当时，爱德华尚在前往首都的途中。

在同一天，亨利国王在诺福克公爵的陪同下离开伦敦，骑马前往巴尼特（Barnet）。几小时后，沃里克也离开首都，带着一大批人马和军用器械来到韦尔。四天后，当王后的军队抵达卢顿城（Luton）时，沃里克已在城南设下埋伏，并沿路布下用蒺藜做掩饰的锋利铁钉，借此阻挡经过的骑兵。然而，一位约克派的变节者——亨利·洛夫莱斯爵士（Sir Henry Lovelace）认出了他们，向玛格丽特发送了警报，于是她不再按照原定计划走圣奥尔本斯方向，而是命令军队向西绕行，朝着邓斯特布尔前进。这个时候，她手下一些不守规矩的队伍又开始在希钦（Hitchin）与班廷福德（Buntingford）之间的乡村强取豪夺。

在当地一位屠夫的指挥下，沃里克的军队正在邓斯特布尔等待王后部队的到来，但在随后发生的小规模战斗中表现并不理想，不仅损兵200人，而且还被赶出了这座城镇。屠夫为自己的失败感到羞愧而自杀身亡。格雷戈里在其编年史中，无情地痛斥了此人的无能和懦弱。然后，皇家军队沿着"涉水街"继续向圣奥尔本斯方向推进。

17日，亨利国王来到圣奥尔本斯与沃里克会合——他正在那里准备迎战王后的先头部队。此时，沃里克伯爵率领着一支庞大的军队（准确数字不详），并得到了萨福克的继承人约翰·德拉波尔和诺福克的支持，以及可靠的福肯伯格勋爵、鲍彻勋爵和邦维尔勋爵的协助。此外还有阿伦德尔，在军事知识和经验方面没人比得上他。沃里克把人马分成三组，最弱的一组部署在城里，其中包括大量弓箭手，另外两组分别部署在城外的哈普顿路（Harpenden）和桑德里奇路（Sandridge）沿线。在这两条路之间，有一条被称为"比奇底部"（Beech Bottom）的低洼乡间小路，可以为两组军队相互配合提供有利条件。

沃里克拥有 500 名能够使用火焰箭和"风琴炮"（ribaudkins）的勃艮第士兵——作为一种初级火炮，风琴炮可以同时发射铅制弹丸、铁制箭头和"鬼火"。他还拥有一大批弩兵，随身装备着镶有钉子的大型木盾，可以屏蔽敌方弓箭手发射的箭头。

沃里克从肯特郡招募的新兵由亨利·洛夫莱斯爵士指挥，他是沃里克最信任的一个家臣，也是一位出类拔萃的战将，在英国人中间享有很高的声望，很可能在 1450 年曾为杰克·凯德而战斗。洛夫莱斯被任命为沃里克的家庭管家，在此前的战事中指挥过先头部队，也负责过枪炮等军需物资的供应。洛夫莱斯曾在韦克菲尔德战役中被兰开斯特派抓捕并判处死刑，但由于里弗斯勋爵劝他转变立场效忠王后，他信誓旦旦地表示不再拿起武器反对她，于是得到了王后的饶恕。当时，玛格丽特为得到这样一员著名猛将而欣喜万分，便承诺一旦国王再次得势，将给予他 4000 英镑奖赏以及肯特伯爵爵位，作为对他效忠的回报。后来，洛夫莱斯跟随皇家军队南下，在军队离开卢顿时骑马逃回沃里克阵营。但其实他已无意为前任主人而战，而且已心生歹念企图出卖沃里克。

据当时的编年史家们估算，王后拥有 8 万人的军队——这无疑是一个夸张的数字——分别由埃克塞特、萨默塞特、什鲁斯伯里、德文、诺森伯兰、克利福德、格雷和鲁斯等人领导。安德鲁·特罗洛普指挥先头部队，萨默塞特统帅主力部队，其中包括 3 万名骑兵，骑兵由约翰·格雷爵士领导。王后的军队中只有 24 名南方人，其中包括 5 名绅士和一位来自伦敦的杂货商。战事双方似乎都在匆忙中征募了没有战争经验的人手，这些人的实战能力和严明纪律往往一时难以训练出来。食品短缺也始终得不到改善，所以，当兰开斯特军队到达圣奥尔本斯时，就出现了瓦解的局面。许多已在途中猎获战利品的北方人开始离队回家，留下来的人往往是些不会打仗的孬种。不过，当真正投入战斗的时候，兰开斯特指挥官们还是设法严肃了军纪，有效地安排了更为可靠的人员，尽管有些人"难以被他们的长官领导和支配"。

沃里克到达圣奥尔本斯时本以为王后还在 9 英里之外，没想到她的军队已开始进入本城，只不过没有像预期那样从维鲁拉米恩街（Verulamium）的尽头进入，而是选择了西北面的圣彼得街的东首。幸好，沃里克为了防范王后的军队，已在这些街道以及部分建筑物——包括红狮客栈（the Red Lion inn）和芙蓉得利斯酒店客栈（the Fleur de Lys inn）——里部署了弓箭手。2 月 17 日黎明时分，王后的指挥官们试图强行攻城。起初，他们被商业中心的埃莉诺十字架（the Eleanor Cross）周围射出的致命箭雨击退，不得不撤退到维尔河（the River Ver）的对岸。在河岸边，他们举行了一次紧急军事会议，决定由特罗洛普率领先头部队从圣奥尔本斯北面的各条小巷攻入圣彼得街，好避开约克派设置的防线。尽管受到弓箭阻击而伤亡惨重，但王后的军队还是成功地把沃里克的弓箭手赶出了城外，一直逼到伯纳德希斯（Bernard's Heath），沃里克伯爵不得不重新调整。此时已近中午，天空开始下雪。

沃里克很快安排好了新的战阵，将人马全部部署在"比奇底部"和桑德里奇路（the Sandridge Road）一带，并沿路撒下用蒺藜伪装的尖钉，好阻挡对方骑兵进攻。战阵最前方是炮兵以及使用火炮的勃艮第士兵。当兰开斯特先头部队在特罗洛普的指挥下发起进攻时，约克派便发射大炮进行阻击，但雨雪浇灭了火药，大炮不仅没有发挥应有的威力，反而爆炸或出现回火，给自己的炮手带来严重的伤害——有18人在发射炮火时被灼烧身亡。

特罗洛普率领的先头部队冲锋在前，萨默塞特指挥的皇家主力部队紧随其后。约克派试图再次利用火炮压制敌人，但它们已经压根儿起不了什么作用了，而他们发射的箭头又正好遭遇逆风无法到达目标。尽管如此，兰开斯特派还是发现他们很难攻破约克派布下的阵势。如果不是洛夫莱斯在关键时刻变节叛逃，沃里克很可能会在战斗中占据上风。当时，洛夫莱斯看到战况朝着有利于兰开斯特派的方向转折，便撤下自己的部队，偷偷跑到敌方阵营中去了。洛夫莱斯的背叛导致约克派的防线出现缺口，很快成为敌方指挥官的攻击目标。王后军派出骑兵发起猛攻，约克派的严密防线就此被打破。

这之后，天色渐渐暗下来，沃里克意识到自己已经胜利无望。左路部队已在溃逃之中，他只好鸣金收兵，将中路部队撤离战场，并在圣奥尔本斯北面的桑德里奇路与齐普赛农场（Cheapside Farm）之间把剩余部队部署成一种紧密的防守阵形。在这里，他们一直战斗到夜幕降临。

沃里克的一些部队仍在战场上坚持奋战，在困境中巴望着沃里克能够派兵返回增援，但一切都是徒然。兰开斯特军队正把他们逼上绝境，他们根本无力抵挡敌人的猛烈进攻。而沃里克一心想着如何管教军中占很大部分的新兵。由于没有充足的食物供应，许多人在战斗中离队逃跑。沃里克伯爵很想将中路部队拉出去重新投入战斗，但受到手下一些将领的极力劝阻，他们建议他撤回所有部队返回伦敦。沃里克固执己见，坚持要去解救仍在战场上的部队，但当他回到战场，却发现自己部署在伯纳德希斯的左路部队已经逃离战场。他们在恐慌中夺路而逃，身后是穷追不舍的兰开斯特士兵，一旦被抓便遭残忍杀害。战斗发生时维特汉姆斯特德正在圣奥尔本斯大修道院，他对这场战斗有极其详尽的描述，说那些士兵在夜色的掩护下仓皇逃逸，一见到残酷杀戮的可怕景象，没有战争经历的沃里克新兵们便为了活命而四处逃窜。

　　由于此时天色漆黑，沃里克的进一步挣扎已经无济于事。现实很明显，兰开斯特派取得了决定性的胜利——实际上，这是他们在战争中最大的一次胜利。沃里克发出撤兵指令，井然有序地把残余军队从战场上撤回，然后带领着 4000 人的部队在黑夜中向西前进，想与约克的爱德华会合。在他身后的战场上，留下了 2000 到 4000 名阵亡将士，其中包括约翰·格雷爵士。

　　战斗结束时，亨利六世正端坐在一棵橡树下，面带微笑地看着约克派的狼狈模样。邦维尔勋爵和托马斯·克瑞尔爵士（Sir Thomas Kyriell）站在国王身边，受沃里克的委派守护国王。兰开斯特派军官立即逮捕了这两人，但国王对他们说，他是宽容仁慈的。然后，国王被护送到克利福德勋爵的营帐中与妻儿团聚。在经历了好几个月的别离之后，亨利见到他们万分欣喜，上前拥抱和亲吻了妻子和儿子，感谢上帝又将他们带回到自己的身边。

　　圣奥尔本斯的人们为约克派的失败及其后果深感惊恐。格雷戈里将失败的原因归咎于沃里克的新兵和侦察兵，因为侦察兵未能及时发现兰开斯特派军队已经临近。沃伦等人谴责叛变的洛夫莱斯是战败的罪魁祸首。所幸沃里克军队中的大多数同僚都已逃脱，只有邦维尔勋爵、伯纳斯勋爵（Berners）、查尔顿勋爵（Charlton）以及沃里克的弟弟约翰·内维尔沦为俘虏。

　　2 月 18 日，在王后的请求下，7 岁的王子身穿一件用紫色天鹅绒装饰的锁子铠，接受了父亲的赐福，并被国王授予骑士称号。然后，王子授予其他 30 人骑士称号。特罗洛普是其中第一个，他在跪地接受封号时说："我的主人啊，我的荣誉不是理所应得的，因为我只杀死了 15 个人。我一直一动不动地站在一个地方，是他们杀到我的面前时我才不得不下手的。"威廉·塔尔博伊斯（William Tailboys）也因在作战中的勇猛表现而得到封号。

　　接下来出现了令人恐惧的一幕。邦维尔和克瑞尔被带到国王、王后和王子面前进行判决。鉴于先前亨利已做出仁慈的承诺，他们预计自己会受到宽大处理，而且他们自始至终都非常体面地对待国王。但未等丈夫开口说话，王后便抢先出面干预，她问王子："公正的儿子，你准备让这两位骑士怎么死？"这个孩子回答说："砍下他们的头！"现场顿时一片寂静。

邦维尔在震惊中反驳道："愿上帝灭绝那些教会你如此说话的人！"邦维尔和克瑞尔的死刑激起了约克派的怒火。这两人只不过是奉命守卫国王，根本没有参与战斗。但是邦维尔在最近改变立场加入约克派，因此王后视其为叛徒，这一点足以注定他的命运。杀人解恨并未就此结束，在王后的命令下，还有好几个约克派囚犯也遭残忍处死。

国王、王后以及随行者来到圣奥尔本斯大修道院，参加感恩胜利的仪式。修道院院长以及唱着凯旋赞美诗的僧侣将他们一行人从入口迎至院内。侍奉完毕，亨利和玛格丽特被领到修道院的客房，在那里住了几天。

2 月 18 日"圣灰星期三"（Ash Wednesday）[1]，沃里克战败的消息传到了伦敦。从那一天起，"我们便生活在巨大的恐惧之中"，一位居住在首都的约克派成员如此写道。而比彻姆主教对威尼斯使臣说，听到这一消息后整个城市陷入了"普遍的恐惧"之中。一位名叫菲利普·马尔帕斯（Philip Malpas）的富有市民听到消息后极其害怕——十一年前他的家曾被凯德叛军洗劫——这次索性逃到了比利时的安特卫普。恐怖气氛弥漫于整个伦敦，商人们紧锁商店，普通市民躲藏在设有障碍物的家中不敢出门，街道空空如也。自从沃里克离开之后，伦敦市长安排了城市自卫队在城墙周围观望巡逻，他本人经常亲自陪同他们。多年来，伦敦一直都在支持约克派的事业，传闻中的兰开斯

---

[1]　译注："圣灰星期三"（Ash Wednesday），为复活节前的第 7 个星期三。

特军队的行径令伦敦市民惊恐万分。东南部的人们原本就认为玫瑰战争体现了北方与南方的冲突，现在兰开斯特派的胜利更意味着繁荣兴旺的南方将处于来自北方的可怕威胁之中。

19 日，据伦敦的报道，约克的爱德华身处西南部的科茨沃尔德地区（the Cotswolds）。沃里克骑上马以最快的速度赶往那里，并在伯福德（Burford）或奇平 – 诺顿（Chipping Norton）与约克的爱德华会面。爱德华先是欢迎沃里克伯爵的到来，尔后道歉说，"他非常可怜，因为他没有钱，手下人马的装备和费用全都由他们自行承担"。然而，人们更关心保护家园免受王后军队的侵犯，而不是追随爱德华能有多少报酬。沃里克激励爱德华要充满信心，因为英格兰民众都站在他这一边。于是两人制订了一个角逐伦敦的计划，并打算在兰开斯特派到达之前宣布爱德华为王。事到如今，他们都意识到，成败与否就在此一举。与此同时，正当国王和王后享受圣奥尔本斯修道院院长的热情款待之际，沉浸在胜利喜悦中的玛格丽特的北方军人，也正在疯狂地劫掠周围的修道院、城镇和乡村，给附近地区造成了毁灭性的破坏。修道院院长维特汉姆斯特德劝说亨利发布了一则公告禁止如此暴行，但没有人把公告当回事，"他们完全不受拘束，声称得到了王后以及北方贵族的许可：越过特伦托河之后，他们可以随意掠夺和抢占在任何地方能找到的任何财物，作为参军打仗的报酬和补偿"。王后试图阻止北方军人的恶劣行为，承诺不追究犯下罪行者的责任，但士兵们置若罔闻。暴行证实约克派的政治宣传并非言过其实，他们的野蛮行为令修道院院长大为震惊，以至于他不得不得出这样的结论：贫困使这些人变得穷凶极恶，让他们深深地嫉恨南方人的富庶。国王坚称王后已经命令他们至少不得对修道院造成进一步损害，她的命令似乎的确有点奏效，但她手下的人却跑到了更远的赫特福德郡和米德尔塞克斯郡，任意掠夺和蹂躏那里的乡村。

皇家军队眼下正处于严重的食品短缺之中，因此王后派遣了一位随身牧师和一位乡绅前往伦敦市长那里，专横地向他提出了对"面包等食品"和金钱的索求。担惊受怕的市长慌忙安排了许多手推车,准备把钱、肉和鱼等食品装运过去,但在爱德华与沃里克正向伦敦进军这个消息的壮胆下,一些支持约克派的民众自发聚集起来,截获了手推车并锁上城门,有人还爬上城门站岗望风,这样,谁都无法进出了。他们把食品瓜分一空,至于那些钱,"我不知道是如何不知去向的",一位伦敦的编年史家议论道,"我猜,钱是被人偷走了"。

得知伦敦人怎样蔑视自己的要求后,王后在狂怒之下再度允许军队到处劫掠,于是这些野蛮的士兵残暴地践踏了赫特福德郡的所有乡村,魔爪差不多伸到首都城门外。当时,假如国王和王后能够重整军队向伦敦进军,那么,"一切可能将会如他们所愿",但玛格丽特未能把握和巩固胜利。也许,她和国王害怕把这些无法管控的军人放进首都,那样将会更被伦敦人疏远。他们的将领也很可能建议过,先让军队在此守候,等约克派接近伦敦的时候再加以拦截打击。不管出于何种原因,总之,玛格丽特犹豫了——正如里弗斯勋爵在不久之后向米兰使臣证实的,兰开斯特派的事业已经"寿终正寝、无可救药"。

获悉兰开斯特派在圣奥尔本斯取得胜利后,伦敦市长曾写信给国王和王后表示服从,条件是他们应当保证这个城市不受掠夺或暴力侵害。2 月 20 日,贝德福德公爵夫人和白金汉公爵夫人受玛格丽特的委派前往市长府邸,"向市长转告,国王和王后根本不想掠夺王国的首要城市和政治中心,因此,他们做出了承诺",威廉·伍斯特写道,"但是,这并不意味着他们不会惩罚那些不义之人"。

市政当局决定,让这两位贵妇人带着四位市政议员返回国王和王后处,希望达成一项协议:亨利和玛格丽特必须在确保这个城市不会遭受劫掠、惩罚或暴力的条件下,才可带兵进入他们的首都。但是,伦敦人听说过太多有关王后军队暴行的报道,同时也对兰开斯特派的恶政以及这位法国王后深感厌恶。"这位王后简直就是滥用权力的典型",当时伦敦一位匿名的时事评论者如此写道:

　　一介女流成了一个国家的摄政王。我指的是，玛格丽特王后一直以来都在利用她的势力和权力控制着整个英格兰，并毁坏了这个国家正当的发展方向。因此，为何不趁她穷途末路的时候把她拉下台？现在不把她赶下台，让她再度得势的话，她和邪恶的亲信一定会把这个已经混乱不堪的英格兰彻底毁掉。

　　伦敦市民们犹犹豫豫，互相推诿：应该允许王后带兵进城吗？从圣奥尔本斯传来的皇家军队四处劫掠的消息起到了决定性的作用。在伦敦，只有市长及少数几个市政议员支持王后。可以预见的是，这些人不得人心，他们的意见遇到了惧怕家园、妇女和财产遭受侵害的愤怒市民们的抵制。人们关闭了伦敦的城门。

　　大约2月21日，玛格丽特兵分两路，主力部队随她撤退到邓斯特布尔，而最精良的部队被派驻到伦敦北部的巴尼特。由于得不到报酬、食品供应不足，不满情绪在军队中不断蔓延，随时都有发生兵变的可能性。王后深知，她必须迅速找到食物和钱，否则可能会出现灾难性的后果。之后，她来到巴尼特，并给伦敦市民写去两封信，表达自己的良好心愿。王后的指挥官们警告她不要继续南下，敦促她回到北方，以避免与伦敦人发生激烈的冲突。眼见掠夺首都及周边的希望可能落空，北方士兵深感愤怒，成百上千的北方军人离队出走。不过，由于圣奥尔本斯战斗的胜利吸引了不少新人加入兰开斯特派阵营，军队仍然保持着相当的实力。

　　玛格丽特委托贵妇人和市政议员作为自己的代表，让他们就交出首都的条件与市民们进行谈判。她要求伦敦市民宣告约克的爱德华为叛国者，并保证对他们实行大赦。但伦敦人根本就不信任玛格丽特，于是她以此为正当理由开始了下一步行动：王后号令由400人组成的精锐部队前往东城门阿尔德盖特。军队以国王的名义要求进入市区，但在伦敦人的强力胁迫下，市长只得拒绝。对此，有一个细节：王后的士兵接近威斯敏斯特时，立即遭到愤怒的市民们的坚决抵制，伦敦人用恐吓的方式将他们赶了回去。

当时，丧偶的约克公爵夫人正居住在巴纳德城堡，她越来越担心自己年轻的两个儿子乔治和理查的安全问题：如果兰开斯特派进入市区，孩子们很可能会因为他们哥哥的壮举而沦为人质。因此，公爵夫人把他们送上了一艘开往勃艮第的船只，他们将在那里受到菲利普公爵的保护，等安全时再回英格兰。而她本人仍然留在伦敦，为长子的平安到达而虔诚地祈祷。

认清了不可能让军队进驻伦敦这个事实后，玛格丽特下令将军队撤回到邓斯特布尔，希望借此来缓解伦敦市民的恐惧之情。与此同时，爱德华已经率军接近首都。他预先悄悄派遣了一位信使进城，对伦敦人大肆宣扬兰开斯特派士兵的劫掠行为是得到王后特许的，而他自己严禁手下军人从事任何不法行为。

玛格丽特的撤退为爱德华提供了不受阻碍地进军伦敦的良机。为了表达对约克派的热切拥戴之心，伦敦市民们慷慨筹集了 100 英镑赠予爱德华以资助他的士兵，这在当时可算是一笔巨款了。米兰使臣向主人报告，伦敦人的热情支持可能意味着爱德华和沃里克会击败他们的敌人。

2 月 27 日，约克的爱德华骑着马，率领着两万名骑兵和三万名步兵浩浩荡荡地穿过伦敦城门夺取了这座城市。伦敦人为他的到来而欣喜若狂，赞颂他是把人们从兰开斯特派的恐吓之中拯救出来的救世主。此时爱德华只有 18 岁，但他的风采却给人们留下了深刻的印象。人们大声欢呼："向鲁昂的玫瑰致敬！"有人还用双关语俏皮高喊："马奇（March）伯爵！他带领我们走进一个新的葡萄园，在这盛开着美丽的白玫瑰、到处是香草的 3 月（March），让我们在这快乐的花园中享受！"最强有力也最忠实的盟友沃里克骑着马走在爱德华的身边，人们同时也向他热烈喝彩——长久以来，他一直是伦敦人最喜爱的人。之后，爱德华骑马前往巴纳德城堡问候自己的母亲，而让军队安营于城墙之外的克勒肯维尔（Clerkenwell）田野。

　　爱德华举兵起事的诉求不再可能像他父亲早年那样，仅仅是为了消除邪恶谋士对亨利六世的操控。如今，人们已经认识到，导致各地普遍混乱的直接原因是亨利六世自身的软弱无能。因此，这一回约克派的意图很明确，就是要把亨利赶下台，拥立爱德华为王。事实上，他们也别无选择，爱德华所有的只是伦敦的人心，但他没有稳固的地位，而且从严格的法律意义上来说，他还是一个被剥夺了财产权和公民权的叛国者，缺乏资金以及大多数权贵的支持，要维持战果，只能拥立他为国王。

　　欲将爱德华推上王位少不了人民的拥护，因此，为了检验人们的意愿，大法官乔治·内维尔于3月1日星期天前往圣约翰田野的约克派军队驻地，与正在那里同士兵们交往的一大群市民进行对话。他声称约克的爱德华是合法的英格兰国王，而兰开斯特的亨利则是一个篡位者。当内维尔征询伦敦人的意见时，他们齐声欢呼："赞成！赞成！赞成爱德华为王！"市民们热烈鼓掌，士兵们叮叮桪桪地敲响盔甲。"我在现场！我目睹了这一切！"一位编年史家记录道。第二天，爱德华在沃里克、福肯伯格和诺福克的伴随下骑马来到克勒肯维尔视察了他的军队。他深知，接下来不管发生什么，他的军队必然还能大派用场。

　　此时议会正在开会，根据人民的意愿，作为被选国王的爱德华必须到场，并由大家鼓掌欢呼来表达对他的拥戴。这样的鼓掌喝彩场面已在圣约翰田野的市民中得到了验证。3月3日，坎特伯雷大主教、索尔兹伯里主教、埃克塞特主教、沃里克、诺福克、菲茨沃尔特勋爵以及其他贵族官员在巴纳德城堡举行了一次会议，在这次会议上，所有出席者均赞同拥立爱德华为王。第二天，由上、下两院议员组成的代表团在沃里克的带领下来到巴纳德城堡，向爱德华递交了一份请愿书，请求他接受英格兰王冠和国王的尊严。此时，等候在外的一大群伦敦人高声欢呼："国王爱德华！上帝保佑国王爱德华！"民众恳求他"为了我们向亨利国王及其妻子报仇"。爱德华欣然接受了议员们的请愿，没过多久便在巴纳德城堡称王，即爱德华四世。

爱德华四世不像亨利四世身负篡位者的名声，他是金雀花王朝的合法王位继承人，他只不过是合法恢复了被兰开斯特家族篡夺长达62年之久的王位。虽然他是以优先于亨利六世的权利，经由议会上议院的认可而登上王位，但更具决定性的是他已控制了首都，而且拥有胜于兰开斯特派的军事优势。爱德华之所以能够成为国王，也是以沃里克为首的小部分权贵不懈努力的结果，尤其是沃里克，在他看来，捍卫约克派的诉求才是维护自己地位的唯一出路。

在爱德华登基那天，伦敦的重要市民都被召集到圣保罗大教堂。当被宣布为王的爱德华来到大教堂时，人们对这位新的君主报以热情的欢呼。在大教堂中履行了感恩祭神仪式以后，爱德华在大法官等人的迎接下列队走进威斯敏斯特大厅，并在那里立下作为新君主所必需的誓约。事后，他身穿一袭威武的王袍，头戴象征身份的王冠，登上了王座。在场的贵族们对他致以热烈的祝贺，随后护送他穿过欢呼雀跃的人海，前往威斯敏斯特大教堂。在那里，院长和僧侣为他呈上忏悔者圣爱德华的王冠和权杖。新国王在主祭坛和忏悔者圣坛前奉献了大量供品，然后回到了唱诗班那里，坐上匆忙准备的加冕宝座。他向大会致辞，并重申了自己拥有的王位权利。当爱德华讲话完毕，上议院征询大家是否拥戴他作为国王时，人们尽情欢呼，表示愿意承认他为自己的合法国王。权贵们一个接一个跪在爱德华面前，把自己的双手放在国王的双手之间以示致敬。接着，教堂中响起了感恩赞美颂洪亮的乐曲声。在离开教堂之前，国王捐献了更多供品，然后从威斯敏斯特宫旁的浮动码头坐船回到了巴纳德城堡。

爱德华的幕僚随即开始为他筹划正式的加冕典礼，但爱德华郑重宣告，他要等到亨利六世和安茹的玛格丽特被抓，处以死刑或流放以后，才正式加冕。爱德华在威斯敏斯特教堂的讲话中已经公开宣布，亨利没有遵循《调解法案》剥夺自己的王位权利，还容许他的妻子纠集军队对抗真正的王位继承人。贝尼特写道，"亨利实行的是暴君统治，就像他的父亲和祖父"，如今他已被废黜，也就是说，他不再拥有法定的权利。沃克沃斯（Warkworth）说："当他被爱德华从王位上赶下来时，大部分英国人都憎恨他，这不是针对他本人，而是针对那些诡诈的权贵。人们非常渴望改变现状。"

3月5日，米兰使臣普洛斯彼罗·迪·卡莫里奥（Prospero di Camulio）听到谣传，说亨利六世得知爱德华继承王位后放弃了让自己的儿子继位的想法。传说王后对他十分气愤，便"给国王下毒。他若不能想点别的办法出来，那么，他至少应该明白如何去死"。虽然谣言没有事实依据，但这表明，王后的不良名声足以让人们相信她有可能做出如此行径。

约克家族以爱德华四世的身份登上了王位，但遭到废黜的国王和王后仍然未被捉拿归案，而且，他们手中还掌握着规模庞大的军队。人们绝不认为，双方冲突已告终结。

18. 血腥的草地

"因此，无论是在战场上还是在城镇中，每个人都称爱德华为国王。"爱德华的支持者和宣传者对他的继位大加赞美，称之为金雀花王朝真正血统的复辟。人们指望仁慈的上帝垂爱这个王国，赐予这个国家和平，恢复政府的良治。

3月5日，新国王写信给考文垂市，感谢市民给予他的忠诚支持。由于考文垂市民从前是兰开斯特派事业十分坚定的支持者，所以，这封信的意图是预先防止他们重新倒向亨利六世。同时，为了奖赏沃里克做出的不可估量的贡献，爱德华任命他为英格兰宫廷大臣、多佛最高行政长官及五港同盟的首领；他原先的加来最高统帅的职务仍做保留。自从约克派进驻伦敦之后，亨利六世、安茹的玛格丽特、爱德华王子以及整个兰开斯特派军队，"在埃塞克斯郡、肯特郡再也站不住脚，更别说是在伦敦了，于是他们撤离到英格兰北部，只有那里，才可以作为他们的立足和避难之地"。被擒获的俘虏也随他们同行。兰开斯特派在震惊与沮丧中前往约克郡，一路上继续强取豪夺，在身后留下一片浩劫与灾难。

撤退到北方以后，兰开斯特派几乎没有有效的军事主动权了。亨利可能考虑过让他的军队再次挺进首都，但此时的皇家军队太过无法无天，他不得不放弃了这种想法；这些军人的残暴行为让他本人都感到惊骇，他猜想，要是让这些人进入伦敦，不知会发生怎样的后果，更不知会对兰开斯特派的事业带来多大的损害。

皇家军队驻扎在约克城外，同时，亨利给忠诚于他的臣民们致函，函中罗列了"马奇伯爵的种种罪行"，并号召人民尽快组织起来加入他的阵营。王后也呼吁所有真正的臣民聚集到亨利国王的旗帜下，并请求盖尔德雷的玛丽提供增援。玛丽答应提供小部分武装人员。一些编年史家声称，在几天之内，玛格丽特的军力规模剧增至 6 万，但其实际数量可能只有 3 万人左右。她的将领们——萨默塞特、诺森伯兰和克利福德等——开始计划一场决定性的战斗，并说服了亨利和玛格丽特留在约克城，他们自己去迎击敌人。

爱德华国王深知，如果他不采取紧急措施应对兰开斯特派势力，他的宝座绝不会稳固，他必须同时在名义上和事实上推翻亨利六世。3 月 5 日，爱德华派遣诺福克到东安格利亚招募武装人员。第二天，爱德华又让沃里克在"一帮有权有势的人物"的陪同下北上，到他势力范围内的英格兰中西部各郡召集支持约克派的力量。两天后，沃里克又获得授权，在北安普敦郡、沃里克郡、莱斯特郡、格洛斯特郡、什罗浦郡、斯塔福德郡、伍斯特郡、德比郡、诺丁汉郡和约克郡招募军队。11 日，爱德华的步兵——主要是从威尔士和肯特郡征募而来——从伦敦向北方进发。随行的众多车辆中装满了武器弹药、大炮和食物。

爱德华本人于 23 日经由主教门离开伦敦北上，到达圣奥尔本斯的时候他的部队已因新成员的大量增加而迅速壮大。有关兰开斯特派军队的负面传言促使许多人支持约克派，然而，爱德华军队的所作所为也没有好到哪里去，至少一开始在圣奥尔本斯，尽管修道院院长维特汉姆斯特德要求新国王禁止军队趁乱打劫，但许多士兵还是无视禁令大肆破坏僧侣的住地，以至于修道院院长和僧侣们不得不逃到偏远的庄园中去寄宿。

此时，国王的母亲塞西莉公爵夫人仍然留在伦敦，不知疲倦地祈求上帝保佑她儿子的事业能够得到广大民众的支持。另一方面，关于王后的北方军队如何胡作非为的骇人报道不断传到南方，人们对他们着实心怀恐惧，这让公爵夫人的祈祷成了真——此时，几乎所有伦敦人都是拥护约克派事业的。

3 月 16 日，爱德华率军抵达巴克威（Barkway）。次日他到达剑桥，在那里会见了刚从圣埃德蒙兹伯里修道院（the abbey of Bury St Edmunds）前来的约翰·霍华德爵士（Sir John Howard）。霍华德"以爱的方式"向国王提供了 100 英镑资助，这些钱是由当地男女修道院筹集的。考文垂向国王提供了 200 名武装人员，而诸如坎特伯雷、布里斯托尔、索尔兹伯里、伍斯特、格洛斯特、莱斯特、诺丁汉和北安普顿等其他城市也为国王组织了数量不等的兵力。22 日，爱德华到达诺丁汉，在那里他得到了确切的情报：萨默塞特和里弗斯已带领一支强大的军队把守在通往约克郡的渡口，准备抵挡约克派军队渡河。27 日，爱德华抵达庞蒂弗拉克特，据米兰使臣的描述，他在那里"又募集了数以千计的兵力"。"有人说，王后极其谨慎，正如传言，她让军队保持着防御状态，欲采用伏击将发起攻击的敌人慢慢撕成碎片。"爱德华现在已经接近了兰开斯特派军队，他们阻挡着通向约克城的道路——那里正是亨利六世、安茹的玛格丽特和他们儿子的所在地。霍尔说，兰开斯特派驻扎在附近的军队有将近 3 万人，而约克派的军力为 2.5 万人，不过爱德华很快还会得到沃里克和诺福克率领的增援部队。

对峙两军的总数在 6 万到 10 万人之间，大概占英格兰总人口的 2%，至于兰开斯特派的军力是否多于约克派，还是两军兵力势均力敌，各种资料来源有着不同说法。在维特汉姆斯特德看来，即将发生的冲突是南方人与北方人的冲突；沃伦说，北方指挥官不如南方指挥官厉害。

兰开斯特派军队确实以北方人占主导地位，指挥官有萨默塞特、埃克塞特、诺森伯兰、德文、特罗洛普、菲茨休勋爵（Fitzhugh）、亨格福德勋爵（Hungerford）、博蒙特勋爵、吉尔斯兰德的戴克勋爵（Dacre of Gilsland）、鲁斯和康德诺尔的格雷（Grey of Codnor）等人。至少包括了 19 位贵族，这证明许多权贵仍然觉得他们首先需要效忠的对象是亨利六世。而约克派军队中值得夸耀的将领只有 8 人：沃里克、诺福克、鲍彻、格雷·德·威尔顿、克林顿、福肯伯格、斯克罗普勋爵和戴克勋爵理查·费因斯（Richard Fiennes）。兰开斯特派军队的总司令是萨默塞特，年仅 24 岁；而约克派的总司令是爱德华，当时未满 19 岁。萨默塞特和埃克塞特指挥兰开斯特派的后备部队驻守在离约克城不远的陶顿村（Towton），而约克派的先头部队由福肯伯格指挥。

3 月 28 日，爱德华国王命令菲茨沃尔特爵士提前带领一队人马出发，前去攻占位于渡口南部、跨越亚耳河（the River Aire）的一座桥，但是他们遭到了由克利福德勋爵率领的一大队骑兵的伏击。在战斗中，菲茨沃尔特的人马或被杀死或淹死，最后所剩无几，他本人亦被杀害，随他同去的沃里克腿部受伤。消息传到约克派阵营后，军中的士气顿时一落千丈。爱德华和将领们非常担心这会影响士兵在战斗中的表现，但沃里克以戏剧性的方式化解了困境：他在敌军众目睽睽之下杀死了自己的战马，庄严发誓宁愿与敌人进行徒步肉搏战，与士兵们生死与共，而决不退让一步。

此时，亨利国王发出停战谈判的要求，因为次日将是"圣枝主日"（Palm Sunday）[1]，但爱德华拒绝了提议。他知道，要是他的军队打败了克利福德的骑兵队而试图过河，那么，萨默塞特和里弗斯就会出动守候在 2 英里之外的兰开斯特派主力部队对约克派进行围歼。他也知道，战斗必须持续下去，他才有胜算。因此，爱德华派出了约克派的先头部队，在萨福克公爵约翰·德拉波尔的指挥下，设法把兰开斯特派军队逼回桥头对岸。当报信者跑回来向爱德华国王报告了前方正在发生的一切后，爱德华明白，萨福克的先头部队需要得到及时的增援，于是他命令主力部队向渡口方向进发援助萨福克，而他本人与战士们一道徒步作战。

就在两军激烈交战的过程中，兰开斯特派毁坏了这座桥。约克派

---

[1] 译注：圣枝主日（Palm Sunday），也称棕枝主日、基督苦难主日，因耶稣在这一周被出卖、审判，最后被处十字架死刑，是圣周开始的标志。

并未因此而受挫，他们建造了一条狭窄的木筏，打算把战士们运送到对岸。木筏先是被敌人抢走，随后在更加血腥的战斗中被约克派夺回。最终，约克派在上游几英里处的卡斯尔福德（Castleford）成功过河，并在大雪和冰雹交加的天气中在河流对岸安营扎寨。他们赢得了最后的胜利，这场胜利向敌人显示了新国王作为一位战将的非凡品质。爱德华懂得，当战斗进行到这个阶段，不断增援先遣部队是他取得胜利的关键所在。而兰开斯特军虽然作战疯狂，但他们因缺少足够的后援力量而失利。兰开斯特派在溃逃中带走了约克派的许多战马，但马匹的主人们仍然徒步与他们的国王并肩战斗。

克利福德勋爵在这次战斗中丧生。约克派在卡斯尔福德跨越亚耳河时，福肯伯格率领先锋部队第一个过河。克利福德企图在河岸的远处抓捕他，双方军队在布拉泽顿沼泽地（Brotherton Marshes）展开了猛烈的战斗。虽然克利福德表现出英雄般的勇气，但他发现自己的军队已经处于重重围困之中而无法对抗敌人，于是下令部队经由丁廷达尔村（Dintingdale）和萨克斯顿村（Saxton）撤退。当时，他精疲力竭，心烦意乱，极不明智地解开了颈甲。就在他骑马逃离之时，一枚断头箭射入了他裸露的喉咙，使他在巨大的痛苦中死去。在韦克菲尔德战役之后，爱德华并没有饶恕和忘记克利福德残忍杀害了年轻的拉特兰。对他而言，这或许是克利福德杀死自己弟弟的应得报应。

那天夜晚，爱德华寄居在庞蒂弗拉克特城堡。3 月 29 日——"圣枝主日"——拂晓，两军将士醒来都发现他们处于暴风雪之中。不久之后，约克派开始北进，上午 11 点，他们在萨克斯顿村南边的山坡上扎营。这里距约克城南边 10 英里，背对着村庄。爱德华将军队部署成战斗队形，在山脊上延伸了 1 英里。与此同时，兰开斯特派军队也从塔德卡斯特（Tadcaster）向北移师，沿着从伦敦来的路，经过斯塔顿（Stutton）和库克斯福德（Cocksford），把军队部署在距离克派北面半英里的高地上——比草地和陶顿村高百来英尺，位于渡口以北 6 英里处。他们下面是一片平缓下倾至山谷的坡地。

此时，两军面面相对，彼此仅隔一片至今仍被称为"北方的阿克斯"（North Acres）的地带——不久之后以"血腥的草地"而闻名。从进攻性的角度来说，兰开斯特派处于居高临下的位置，貌似具有一定优势。约克派战线的背后是一条通往伦敦的道路，此外就是亚耳河：假如约克派战斗不力，很可能会因为背后没有退路而惨败。但是，如果约克派占据上风，兰开斯特派实际上也会处在易受攻击的脆弱位置：他们扎营的草地右边远侧有一条峡谷，"公鸡河"（the Cock Beck）从中流过，此时因为暴雨和大雪天气而洪水泛滥；在他们左边离塞尔比（Selby）和卡伍德（Cawood）方向的不远处，有一条通往塔德卡斯特和沃夫河（the River Wharfe）的路，但沃夫河此时也是洪水泛滥。倘若兰开斯特派战败，唯一的逃生路线就是穿过塔德卡斯特桥到达沃夫河的对岸。

"凄惨的陶顿战役"是玫瑰战争历次战役中规模最大、历时最长、最为关键的一场战斗，它发生在"圣枝主日"的暴风雪中，持续了一整天。两军进入阵地后战斗便打响了。至于双方在这次战斗中所采用的战略与战术，编年史家的记述极其模糊，唯独沃伦有过详细的描述，但真实性无从查证。爱德华的军队携带了很多大炮，但并无在战斗中使用的相关记载——可能是由于天气条件太过恶劣吧。

一开始，兰开斯特派处于劣势，大风裹挟着飞雪吹打在士兵脸上，让他们无法看清敌人和准确判断距离。他们发射了一批又一批远离目标或漫无目的的凌空乱箭，而它们透过茫茫风雪所能得到的回应却是福肯伯格的弓箭手的嘲笑声，以及一阵对不知所措的兰开斯特派造成致命打击的沉重箭头。兰开斯特派有所不知是，约克派还收集了成千上万枚从敌方射过来的箭头，用它们射回对方的阵营。在福肯伯格的指挥下，约克派巧妙地向后移动，以免被兰开斯特派下一轮更猛烈的乱箭误杀。

兰开斯特派很快便意识到事态不妙以及可怕的伤亡对军队造成的不利后果，于是号令战士收起弓箭，直接越过草地冲向前方战场。同样，约克派也放弃弓箭冲进了战场。诺森伯兰和萨默塞特率领兰开斯特派先头部队冲下山坡，两军短兵相接，造成大量人员死伤。萨默塞特的军队击溃了爱德华的侧翼骑兵，并对他们穷追猛打。

接下来发生的是英国历史上一场最惨不忍睹的血腥战斗。在凄厉的雨雪和刺骨的寒风中，兰开斯特派与约克派恶战了两个小时。根据爱德华国王的命令，约克派要对敌人格杀勿论，不留任何俘虏，连普通步兵也不放过——爱德华不忘父亲和弟弟的命运，一心想要报仇雪恨。他本人或忙于指挥军队，或援助士兵，或帮助从战场上运回受伤的人员。在战斗最激烈的时刻，一旦士兵们斗志低落，他便下马与他们一起战斗，并大喊他要在这一天与大家生死与共。

在残酷的混战中，沃里克千方百计想要守住自己的阵地，尽管他的人马已被对手打得焦头烂额。"那天的陶顿是一片屠宰场，"沃伦写道，"战斗如此惨烈，在很长一段时间内，没有人知道哪一方会赢得胜利。"死伤者不计其数，鲜血染红了积雪。在整个战斗过程中，后备部队不断地被调上来充实前方战队，替代那些或被杀，或受伤，或由于筋疲力尽而倒下的战士。很多倒下的士兵要么无法起身，要么就是被冲到他们位置上的士兵踩踏至死。

这场激战在整个下午都没有减弱的迹象，交战双方寸土必争，战死者成千上万，到处是受伤者和临死者撕心裂肺的哀号。谁都不清楚谁是赢家。当夜幕降临，兰开斯特派终于被逼回草地的西端。此时，诺福克——他本人因病危而无法上战场——从萨克斯顿派出强劲的部队向"北方的阿克斯"发起冲锋，进攻兰开斯特派的左翼部队。兰开斯特派感到大势已去，如果继续战斗，可能全军覆没，于是剩下的只有逃跑一条路了。他们的军队开始溃散逃离，约克派的骑兵立即赶回后方的马厩，骑上战马迅速追击逃兵。看到骑兵们风驰电掣般掠过，掩饰不住胜利喜悦的国王和沃里克嘱咐他们说："饶恕普通士兵！杀了贵族！"但骑兵将他们的话当成耳边风，不予理睬。

到了晚上，由于大雪，本来就已泛滥的"公鸡河"水位不断高涨，然而对于逃兵来说，这是他们唯一的逃生之路。霎时间，兰开斯特派剩余的军队几乎全都飞速逃到了峡谷的陡峭崖边，他们顺着冰雪往下滑，纵身跃入寒冷刺骨的洪流中。河流中很快充满了成千上万惊慌失措的逃命者，他们拼命想要逃离约克派追兵的愤怒追击和箭头。而追兵们已经杀红了眼，此时无论逮住谁，都格杀勿论。

大部分兰开斯特派逃兵都涌向了一座位于库克斯福德的木桥，那是临时搭建的，十分简易。他们没有料到山谷间的洪流如此湍急致命，许多人淹死在河里，其他人则毙命于追兵那穿越飞雪射过来的稠密乱箭。此时，约克派也追到了桥头。为了阻止兰开斯特派从桥上逃跑，双方又开始了激烈的交战。这座桥根本无力承受众人战斗之重，结果突然断裂，数以百计的约克派和兰开斯特派士兵一起掉进了冰冷的深水中，大多数人或淹死，或因挤压窒息而死。马蹄踢死了一些使尽最后气力在河岸疯狂挣扎的士兵，还有许多追兵踩着落水者的身体一直追击到对岸更远的地方。没过多久，"公鸡河"就变成了一条血河，一路流入远处的沃夫河。

其他一些兰开斯特派逃兵过来后发现这座桥已经坍塌，这时等待他们的命运是要么被文洛克的手下杀死，要么被追击到塔德卡斯特以及更远处。战斗结束之后，约克派士兵穷追了兰开斯特派逃兵好一段时间，他们甚至在塔德卡斯特砸毁了乌兹河（the River Ouse）上的桥，使许多逃命的士兵落水淹死。

从早上11点到晚上9点左右，这场战斗总共进行了10个小时，追击逃兵则持续了更长时间，一些逃兵甚至被追赶到了约克城。战斗过后，士兵们拖着极度疲惫的身躯在死伤者中间席地而眠。约克派取得了决定性的巨大胜利，但付出了重大的代价。

陶顿战役也许是有史以来发生在英格兰土地上的最血腥的战斗。由于大量战士高度集中在一个相对有限的空间中激战，因此伤亡状况尤显惨重。3月30日天亮时，一眼望去，草地上和"北方的阿克斯"一带尸横遍野。爱德华猜测双方死亡人数约为2万人，他的传令官在对战场进行考察之后，估计阵亡人数大概是 2.8 万人——这也是当时一些编年史家所采信的数据。但这一数字仅仅指陈尸战场者，未曾包括在溃逃中被杀的人数，真实数字可能接近 4 万人。根据约翰·帕斯顿的描述，约克派死亡人数约为 8000 人，尽管威尼斯使臣在 4 月 8 日的报道中说约克派只损失了 800 人。但不管实际数据是多少，当时所有的记述都认为这场战斗造成的死亡人数多得异乎寻常。事实上，陶顿之战的死亡人数比例甚至高于第一次世界大战期间的索姆河战役（the Battle of the Somme）。

《国王爱德华四世抵达英格兰的历史》（*The Historie of the Arrivall of King Edward IV in England*）一书中说，根据约克派官方的一份报道，约克郡的人们把陶顿战役当作"一场伟大的战斗"来铭记，但这种记忆是惨痛的，因为在这场战斗中死了太多人，"很多人是他们的父亲、儿子、兄弟和亲属，其他人则是他们的邻居"。陶顿的杀戮粉碎了北方大家族的势力，兰开斯特派丧失了一些最好的将领，包括诺森伯兰伯爵、吉尔斯兰德的伦道夫·戴克勋爵、博尔顿的斯克罗普勋爵、理查·珀西爵士、威尔斯勋爵、威洛比勋爵、内维尔勋爵和安德鲁·特罗洛普爵士等人。在"北方的阿克斯"战斗的短暂间歇中，戴克勋爵以为此时是安全的，便想停顿下来休整。当他摘下头盔从流经战场的一条小支流中舀水喝的时候，不幸被躲在附近一棵老树背后的一个年轻约克士兵认出，士兵举起弓箭将戴克射死。戴克与他的战马一起被葬在萨克斯顿教堂墓地。1861 年，村民们非常惊奇地挖掘到了战马的头骨。

这场战役中的死者不计其数，据说鲜血洒满了从陶顿到约克城一路白雪覆盖的平原。埋葬成千上万具尸体因此成了一项异常艰难的任务，爱德华国王不得不给掘墓人增加了额外报酬。萨克斯顿有一个巨大的深坑，坑中埋葬着成百上千具尸体，其中包括克利福德勋爵。其他人则被埋葬在"公鸡河"畔"血腥的草地"，那里挖了另一个大坑。19 世纪，这片土地以格外繁茂的野草而闻名。如今，人们仍然能够在利兹（Leads）城外希尔－伍德城堡（Castle Hill Wood）的不远处看到许许多多古老的坟茔，那里离战场不远。至于跨越"公鸡河"的小木桥，如今成了兰开斯特派将士的尸体在河水、泥浆和雪地中高高堆起的一个地标。19 世纪 50 年代，临近的陶顿大厅的业主在扩建酒窖的时候，他的工人们在地下发现了大量在陶顿战役中丧生者的尸骨。

多年来，死者的遗物仍在陆陆续续重见天日。一个农夫曾发现一枚 15 世纪的戒指，上面刻着"我的爱全部属于你"（En loial amour tout de mon coer）的字样。格雷戈里悲叹道，"在战斗中，又一位女士失去了她的心上人"。在另一枚被发现的戒指上刻着珀西家族的狮子纹章及座右铭："现在属于你"（Now is thys）。这枚戒指后来归诺森伯兰公爵所有。在约克城的"城堡博物馆"中，还展示着一副弩和一把匕首，也可能是开膛刀。

陶顿之战对每个人都产生了深远的影响。其野蛮程度即使是在当时那种尚武的年代也是触目惊心的。米兰使臣哀叹道："只要看看可怜王后的不幸处境以及那些惨死战场者的无辜命运，任何人都会想到，那个国家及其胜利者的心境是多么凶险残暴。在我看来，我们不仅应该为活着的人们，而且要为死去的人们向上帝祈祷。"

战斗发生的时候，亨利六世和安茹的玛格丽特一直在约克城等候消息。与他俩在一起的还有埃克塞特、鲁斯和约翰·莫顿博士（Dr John Morton）。莫顿是一位富于教养和智慧的牧师，他本来有望成为坎特伯雷大主教，此时却选择为兰开斯特家族效力。得知兰开斯特派战败、他们的人马几乎全军覆没的可怕消息后，他们决定马上逃跑，"收拾可以带走的一切物品"，聚集起他们的行列，从约克城的布萨姆门（Bootham Bar）出逃，穿过加尔特里斯（Galtres）森林一路向北。玛格丽特发下毒誓，总有一天要对约克家族进行报复。"亨利和他的妻子就这样被推翻了，"沃伦写道，"从此失去了亨利四世用武力从理查二世那里篡夺而来的王冠。正如人们常说的，不正当的所得终究不能长久拥有。"

爱德华四世业已取得辉煌的胜利，但并不彻底，因为亨利、玛格丽特和他们的儿子仍然在逃，他们会对约克派的统治带来极大的威胁。除非他们死掉或者在自己的控制之下，否则，爱德华在宝座上始终不会安全。尤其是王后，在后来的一段时间里她一直让爱德华感到如芒在背。

"爱德华国王赢得了陶顿之战，他感谢上帝为他带来辉煌的胜利。"沃伦写道，"许多骑士、伯爵和男爵来到他面前，向他鞠躬致敬，并询问他们接下来最应该去做什么。爱德华回答说，正如他的承诺和誓言，除非亨利和妻子被击毙或抓获，或者被驱赶出这个国家，否则他永远不会停歇。"爱德华身边的人劝他向约克城进攻，因为他们听说，王后及其支持者就在那里。在出发前，爱德华先下令处死了在战斗期间或之后捕获的42名兰开斯特派骑士以及其他人。当时，许多兰开斯特党人处于逃亡之中，而其他人——正如米兰使臣所说——则正在"离弃"亨利，"并归顺于这位国王（爱德华）"。大量贵族转变了他们的效忠立场，这意味着爱德华的地位和权力正在得到巩固。事实上，他已成为他的王国的主人。很多人相信，上帝赋予爱德华如此决定性的胜利，说明上帝已彰显了他的喜悦。也有人认为爱德华是篡位者，但这种人为数不多，毕竟，兰开斯特派不再具备挑战爱德华权威的能力。然而，尽管爱德华已经掌控了英格兰的绝大部分地区，但兰开斯特派仍然把持着英格兰北部边境的若干郡以及位于威尔士的数个战略城堡。

爱德华深知，他迫切需要赢得北方的支持，于是宽恕了在陶顿战役中抓获的一些北方权贵，包括诺森伯兰的弟弟拉尔夫·珀西爵士等一些被放跑的人后来也得到了赦免。里弗斯勋爵主动来找爱德华，并承认他为合法国王，爱德华因此原谅了他过去支持兰开斯特派的行为，而且承诺赦免里弗斯和他的儿子安东尼·韦德维尔（Anthony Wydville）——在接下来的7月份便发布了赦免令。到了1463年3月，父子两人都被接纳进入皇家枢密院。爱德华国王也对自己军队中作战有功的人员实行了奖励。比如，鉴于沃里克的弟弟约翰·内维尔在战斗中的英勇表现，爱德华授予其蒙塔古勋爵（Lord Montague）头衔，把他提升到了贵族地位。

4月3日耶稣受难节，也就是复活节前的星期五，爱德华胜利的消息传到了伦敦市长耳中。翌日清晨，约克公爵夫人收到了一封国王写于3月30日的来信，由此得知儿子凯旋的喜讯。她无比激动地把全家人召集在巴纳德城堡的大厅里，让大家听她读信。那个星期六，大法官乔治·内维尔在保罗十字架前宣布胜利，在场的人们无不欣喜若狂。此时，亨利六世被捕的谣言在市面上不胫而走，精明的米兰使臣评论说，"消息虽好，但且徒然"。多佛和桑威治点燃了巨大的篝火，向驻守在加来的皇家军队发送胜利的信号，顿时，对方打亮了三分之一灯塔作为回应。

战斗结束后的上午，爱德华骑着马率领"浩大的队伍，仪式庄重地"凯旋约克城。当他接近米克盖特门，看到门楼上悬挂着父亲、弟弟和叔叔索尔兹伯里腐烂的头颅时，他的脸色霎时变得严峻阴沉。这可怕的景象让爱德华既愤怒又悲伤，他发誓要让兰开斯特派尝到复仇的滋味，而且，他还要坚决找到和处死那些该为亲人们的死负责的人。抵达约克城后，爱德华下达的第一道命令就是取下那些头颅，并将它们与各自的躯体拼到一起，在庞蒂弗拉克特隆重安葬。

爱德华受到约克城民众的热烈欢迎。"所有的神职人员都出来迎接他，"沃伦说，"他们像对待主耶和华那样对他表示敬畏，并谦卑地恳求他，倘若他们曾有任何冒犯之处，请他给予宽恕。爱德华大度地原谅了他们。在充满喜气的庆典活动中，他在约克城整整度过了一个星期。"约克郡主要城镇的代表们纷纷前来，向爱德华表示了归顺的意愿。与此同时，爱德华授予各地治安官逮捕任何反叛者的权力。爱德华的手下很快就发现了几个藏身于城中的兰开斯特派头目，于是对他们展开了围捕行动。威尔特随后就在科克茅斯（Cockermouth）被捕，德文躲在一座古老的诺曼底城堡中，但他根本就没有防卫力量，也被抓住了。爱德华随即下令，将德文伯爵、鲍德温·富尔福德爵士（Sir

Baldwin Fulford）、威廉·希尔爵士（Sir William Hill）等所有重要的兰开斯特派人员在约克城斩首示众。于是，米克盖特门楼上那些陈旧的约克派头颅，被这些刚刚砍下来的新鲜头颅取而代之。约克派杀鸡儆猴，以此来严酷警示那些欲将对抗合法君主者必遭的下场。

4月5日，爱德华在约克城度过复活节，同时命令他的将领们招募新兵。之后，他骑马率大军北上，先到达勒姆，再到纽卡斯尔（Newcastle），目的是追击亨利国王和玛格丽特王后——他们在萨默塞特、埃克塞特、鲁斯和莫顿的陪伴下正逃往苏格兰。考文垂市为沃里克提供了14英镑，作为他雇用了14名追逐被废黜国王人员所需的费用。4月7日，逃亡中的兰开斯特党人在纽卡斯尔暂作休息，然后继续赶路来到阿尼克（Alnwick）。王后在那里给苏格兰的摄政者、圣安德鲁斯主教发送了一份急件，请求他为他们发放一份进入苏格兰的安全通行证。在等待时，亨利和玛格丽特在卡罕（Carham）附近的沃克城堡（Wark Castle）遭到一股由罗伯特·奥格尔爵士（Sir Robert Ogle）领导的拥护约克派势力的围攻。此时，已故的诺森伯兰伯爵的家臣聚集起五六千人，前来解救亨利和玛格丽特。他们从城堡背后的一个小门逃脱，之后匆忙逃到了贝里克，在那里等待来自苏格兰的回音，也享受了几天难得的悠闲时光。王后甚至还去狩猎，并打到了一头雄鹿。但他们明白，这种喘息不会持久。

在苏格兰，盖尔德雷的玛丽发现自己处于进退两难的困境之中。一边是玛格丽特，一边是她的舅舅勃艮第公爵——他极有可能与爱德华四世结为联盟。要是他的外甥女向爱德华的敌人示好，很可能危及结盟。沃里克非常清楚这位执政王后的窘境，便利用外交途径给她施加压力。没过多久，他从她那里获得了一份苏格兰人不会为兰开斯特派提供军事援助的协议。然而，沃里克无法阻止他们为一无所有的王室给予庇护和发放必要的安全通行证。于是，亨利、玛格丽特、王子以及6000名追随者越过边境进入了苏格兰加罗韦（Galloway）地区。亨利在苏格兰南部城市柯尔库布里（Kirkcudbright）的方济各会修道院中寻求避难之所，他的妻儿则继续前行到苏格兰的宫廷——当时的林利斯戈宫（Linlithgow Palace）。盖尔德雷的玛丽对他们表示同情和欢迎，并为他们准备好了寓所。玛格丽特在那里居住了一段时间，又辗转到杜里斯德尔（Durrisdeer）、敦夫里斯（Dumfries）和拉纳克（Lanark）等地。7 月份，圣安德鲁斯主教在爱丁堡附近的林克路登大修道院（Lincluden Abbey）为他们安排了更为便利的住所。

约克派一直追击着他们的目标，几乎到了苏格兰。假如爱德华四世能够成功地抓到对方，也许就可以避免未来几年中的许多问题。但他们未能如愿，只得非常沮丧地向南撤离。爱德华本人于 5 月 1 日抵达纽卡斯尔，他下令处死威尔特，之后将他的头颅悬挂在伦敦桥上示众。

由于英格兰北部地区仍然强烈同情兰开斯特派，爱德华不敢贸然穿越纽卡斯尔继续追击。他在很长一段时间内都无法征服北方地区，安茹的玛格丽特利用这一状况，通过政治宣传来激发人们对于约克派的不满情绪，并鼓动当地的土地所有者效忠于她。4 月 18 日，普洛斯彼罗·迪·卡莫里奥预言："假如英格兰的国王和王后以及其他逃窜者不能被抓获，那么，似乎可以肯定，要不了多少时间，新的战乱又将出现。"他还预测："在不远的将来，爱德华国王与沃里克伯爵之间将会爆发怨恨，他们将反目为仇。亨利国王和王后将要获胜。"这两个预言不可思议地都被他不幸言中。

不久之后，玛格丽特王后设法说服了苏格兰政府，与之订立了爱德华王子与詹姆斯三世的妹妹玛格丽特·斯图亚特的婚事的条约。作为回报，亨利六世将履行之前承诺的割让贝里克城给苏格兰人的条款，而且，一旦他恢复英格兰王位，将划拨英格兰的部分土地给苏格兰人，并让圣安德鲁斯主教担任坎特伯雷大主教。此外，玛格丽特王后还与苏格兰以及英格兰的宿敌法兰西建立了三方联盟关系。得知此条约之后，爱德华四世发布了一则公告，将条约的全部条款公之于众，并谴责玛格丽特"不惜以最令人痛恨的行为刺激与激怒我们的臣民，体现了她对臣民的极端怨恨与恶意"。然后，他给詹姆斯国王写了一封充满愤怒的信函，说："你收留与接待了我们的卖国贼和反叛者，我们要求并奉劝你从速把他们交还我们。"苏格兰摄政者以詹姆斯的名义对此予以拒绝：他们不会撕毁刚建立的有利可图的联盟关系，也不愿意损害玛格丽特公主的婚事。

然而，兰开斯特党人在苏格兰生活得并不容易。尽管玛丽王后将爱德华王子接到自己家里学习骑士风度，但他的母亲由于拮据的财政状况而整天愁眉不展。为了筹集资金向约克派发动新的进攻，她不仅典当了自己的金银器皿，而且不得不求助于执政王后，希望能从她那里借到钱。在 5 月至 7 月之间，玛丽陆续借给玛格丽特 200 英镑，但她根本没有偿还能力。根据法兰西的一种编年史《修道士》（*Le Moine*）的描述，不久之后，玛格丽特连"生活必需品也变得十分缺乏"。但是比起她要担心的眼下的困难，爱德华四世更为忧心——他担心玛格丽特把"兰开斯特家族与其他国君联合起来"可能带来的威胁。

4 月 25 日，玛格丽特以亨利六世的名义正式将贝里克割让给了苏格兰人。毋庸置疑，这激怒了英格兰人，也为约克派提供了绝好的宣传武器。但另一方面，这个原属英国人、具备坚固防御功能的最后边城的丧失，意味着爱德华失去了可借以进攻苏格兰的无比珍贵的桥头堡。同时，这也削弱了他的外交谈判地位，为苏格兰的盟友提供了一项潜在的优势。最为糟糕的是，掌握在苏格兰人手中的贝里克将成为兰开斯特派对诺森伯兰郡发动袭击的核心据点。

在处理了发生在北方的一些骚乱事件之后，爱德华四世于 5 月 2 日离开纽卡斯尔返回伦敦，并受到了英雄般的欢迎——人们视他为让这座城市免受北方人蹂躏的救星。夏季，国王接二连三地发布征兵动员令，反映了他的担忧：兰开斯特派的侵袭迫在眉睫。福肯伯格留下来统管北方事务，使命是防范北方遭到兰开斯特派的攻击。5月，爱德华委派杰弗里·盖特（Geoffrey Gate）守护卡里斯布鲁克城堡（Carisbrooke Castle）和怀特岛，防止那里受到来自南方的敌袭。7 月，爱德华命令费勒斯勋爵（Lord Ferrers）、威廉·赫伯特爵士和詹姆斯·巴斯克维尔爵士（Sir James Baskerville）分别在赫里福德郡、格洛斯特郡和什罗浦郡等地招兵买马，以防御王国，使之免受来自苏格兰和法兰西的进犯。爱德华谨慎行事，力求万无一失。

6月，玛格丽特王后率领一支由苏格兰人以及道格拉斯伯爵（Douglas）和安格斯伯爵（Angus）的家臣组成的军队进入英格兰。与她同行的有爱德华王子、埃克塞特、鲁热蒙·格雷勋爵（Lord Rougemont Grey）、汉弗莱·戴克爵士、罗伯特·惠廷汉姆（Sir Robert Whittingham）、亨利·贝林汉姆爵士（Sir Henry Bellingham）和理查·汤斯顿爵士。玛格丽特的目标是拿下英格兰西北部城市卡莱尔（Carlisle），这也是她向苏格兰人许下的诺言。王后的军队包围了这座城市并烧毁了城郊，但却被沃里克的弟弟蒙塔古带领的一支部队击退——他的任务是保卫北部边境免受攻击。

这时，亨利六世亲自加入了队伍，并骑马走在最前头，这让兰开斯特派更加无所畏惧。他们进一步向南深入，准备进攻达勒姆。爱德华国王命令约克大主教召集他的佃户，让他们加入由福肯伯格和蒙塔古率领的队伍。6月26日，当兰开斯特派在莱顿（Ryton）和布朗土泼斯（Brancepeth）出现的时候，立刻遭到了由大主教召集、沃里克亲自指挥的兵马的迎击。两天后，入侵者向北方撤退。

随后，沃里克开始在与泰恩河（the River Tyne）接壤的乡村根除兰开斯特派叛军。到了7月，由于他出现在这一地区，约克派取得了北方的立足点，并渐渐制服了兰开斯特派的抵抗力量。7月31日，国王任命沃里克为北方边境地区东西部的看守人，其任务是促使北方效忠爱德华或归顺于他。一个月后，据报道说，沃里克已经阻止了兰开斯特派入侵诺森伯兰郡。这让爱德华变得相对轻松了一些，可以把注意力集中在威尔士问题上——他的威尔士敌人还控制着几个具有战略意义的要塞，他必须抓紧时间派遣军队去对付他们。

6 月 26 日星期五，爱德华四世在伦敦市长和市政议员的陪伴下来到伦敦塔。按照惯例，国王在加冕之前必须要在这里度过一个夜晚。在此，他授予 28 人巴斯勋位骑士称号，其中包括他的两个弟弟乔治和理查；次日早上，他又追加授予 5 人巴斯勋位骑士称号。这些穿着蓝色礼服、肩披牧师风格白色丝绸兜帽的骑士们走在爱德华之前，随着盛大的游行队伍穿过城市的街道，前往威斯敏斯特宫。在爱德华加冕之前的那个夜晚，他们就在宫中寄住。

1461 年 6 月 28 日星期天上午，爱德华发表宣言，向臣民们承诺他将建立一个健全而公正的政府，杜绝"欺压百姓、随意杀人、敲诈勒索、提供伪证和强取豪夺，以及扼杀事关臣民之富庶的商品贸易等状况"——这些都是针对兰开斯特派统治弊政而言的。公告触动了伦敦商人的敏感神经，因为他们曾经遭受爱德华前任的太多祸害。离开宫殿之前，爱德华授予他 12 岁的弟弟乔治克拉伦斯公爵（Duke of Clarence）爵位；同年晚些时候，乔治又被授予嘉德勋位爵士称号。爱德华最小的弟弟理查当时只有 8 岁，尚在他们母亲的照看之下。

那个星期天，在辉煌壮丽的仪式中，随着公众的欢呼喝彩，爱德华在威斯敏斯特教堂加冕。"我无法形容民众是多么爱戴与敬慕他，好像他是他们的上帝一样。"一位伦敦商人如此写道，"整个王国为这次活动而放假，仿佛这是从天而降的福音。于是他成了一位公正的君主，并意味着迄今为止的一切弊政陋习都会得到修正与改观。"

29 日，爱德华国王前往威斯敏斯特教堂献上感恩之心。第二天，他前往圣保罗大教堂参加落成 800 周年的纪念庆典以及一系列精心安排的盛会。他所到之处，无不受到人们欣喜若狂的欢迎。很显然，在伦敦人看来，他拥有成为一位伟大统治者所具备的潜质：至少，他远远胜过亨利六世。

19 · "当之无愧的国王"

与亨利六世大不相同的是，爱德华看上去是一位十足的国王。托马斯·莫尔爵士（Sir Thomas More）形容爱德华"气度雍容而高贵，身材高大健硕"。波利多尔·维吉尔（Polydore Vergil）跟莫尔一样，他认为爱德华"个子高大，超出了常人的身高，容貌清秀，目光和蔼，胸襟宽阔"。尽管他从未见过爱德华本人，但他采信了别人对国王的描述，1789 年，工人们在温莎的圣乔治小教堂中重新铺设唱诗班席位的地面时，发现了爱德华的骨骼遗骸：骨骼长度超过 6.3 英尺 [1]，头骨上还黏附着几撮金褐色的头发。

科米纳记得年轻时的爱德华，称他"是我亲眼见过的最英俊的王子"。1462 年 11 月，下议院议长詹姆斯·斯特兰奇韦斯爵士（Sir James Strangeways）在议会讲话中提到国王时，称他为"万能的上帝赐给大家的俊美形象"。爱德华不仅了解自己的漂亮外表对于人们的吸引力，而且喜欢显耀自己，他常常穿着剪裁大胆的华丽服饰向旁人展示比例匀称的完美体形。按照他那个时代的标准，他是非常讲究卫生的，每个星期六晚上——有时更加频繁——都要洗头、洗腿和洗脚。但他喜欢暴食暴饮，晚年时甚至使用催吐剂，以便再次进食。可以预想的是，他的体重逐年增加，但在 20 多岁时他容貌清癯、精神饱满，并且活力四射。在王室藏品中，有一幅爱德华的半身肖像（被认为是一位佛

---

[1] 编注：约 1.92 米。

兰德艺术家绘制于 1472 年的原件复制品），展示出一位结实强壮的男性形象——与爱德华的孙子亨利八世有着惊人的相似之处。在伦敦的"国家肖像美术馆"中，至今保存着这幅肖像的另一复制品，只不过质量稍差。

1461 年，卡普尼（Coppini）形容爱德华"年轻、审慎、宽宏大量"。他勇敢果断、足智多谋、求真务实、慷慨大度、风趣诙谐，且善于利用自己的优势条件，但在需要的时候却不失残酷无情。多次见过爱德华的科米纳得出结论，说他"并不是一个最为精明机智或深谋远虑之人，但他的勇气万夫莫敌"。曼奇尼（Mancini）说，像许多伟大人物一样，爱德华有着温雅和快乐的天性，他通常宽容大量、平易近人，并且喜欢作乐，但一旦被激怒，他又是令人惧怕的。

维吉尔形容爱德华"才智机敏、记性过人、勤于国事、遇险不惊、对待朋友慷慨大方。他本性仁慈，与作为一个君王所需要的威严形象大不相同的是，在私交场合不拘礼节，与人亲密无间"。对于爱德华来说，平易近人可以说是与生俱来的。"他善待朋友，"曼奇尼写道，"他对每个人都会亲切问候。如果有人在爱德华面前显得局促不安，国王就会亲切地把手搭在对方的肩膀上让他舒缓下来。他非常擅于运用礼节的艺术，一旦发觉有陌生人想要近距离看到他，往往会招呼他们到自己身旁来。从个人的角度来说，他深受大众的喜爱。"

莫尔说，在逆境中，爱德华"并不会感到气馁沮丧"；在和平时期，他尽显"公正和仁慈"。从常规意义上来说，他是敬神的。他非常喜欢阅读和收集书籍，而且所到之处身边总是带着书本。后来，当爱德华的收藏变得越来越庞大而不便于携带和转移时，他便将其集中存放于温莎，这些藏书成了存至今的"皇家图书馆"的基础。爱德华对泥金手稿情有独钟，但他也是英国首位印刷商威廉·卡克斯顿（William Caxton）的赞助人。爱德华国王还能讲流利的拉丁语和法语，写得一手漂亮的意大利古书写体，这对于一位中世纪英格兰君王来说是很稀罕的。另外，他十分着迷于当时的科学——那种相信可以把贱金属变成黄金的炼金术。

从个人品位来看，爱德华极为崇尚勃艮第的宫廷风尚——它在当时引领着其他欧洲国家的时尚、文化和礼节。爱德华在购置服饰、珠宝和器皿等方面挥霍了大量钱财，在赞助艺术以及重建或扩建皇家宫殿等方面却花费不多。爱德华对此一直耿耿于怀，但直到统治晚期才有所动作。今天，只有位于温莎的圣乔治小教堂和肯特郡的埃尔特姆宫大厅聊可作为他那几近消失殆尽、却曾经辉煌灿烂的统治时代的仅有见证了。

坐上王位后，爱德华开始不失时机地纵情取乐。他本性奢侈放纵，尤其喜爱奢侈品。科米纳说，"他比当时的其他君王更加爱好奢侈品和寻欢作乐"。爱德华舞技不凡，擅长运动，他时常沉溺于作乐而忘记料理国事。唯一让他有所敬畏的人几乎就是他母亲了，根据《帕斯顿信札》的描述，她能够"按照自己的要求来支配国王"。

爱德华的首要恶习是好色，放荡不羁很快让他声名狼藉。"他声色犬马，荒淫无耻，"科米纳用不赞成的口吻写道，"除了追逐女人就是狩猎以及做些让自己快乐的事情。"曼奇尼发现他极端淫乱放荡。据说他诱奸了无数女人，而随后又会非常粗野无礼地对待她们。一旦满足了他的欲望，他就会抛弃女人，或违背她们的意愿将其让给其他朝臣。他追逐女人，不分已婚还是未婚，高贵还是卑微。不过，他不会强迫她们就范。他占有女人全靠金钱和许诺，但征服之后便不再理会。还有许多"皮条客"和有类似嗜好的伙伴助长他的恶习。

莫尔写道："他的青年时光大多消耗在了声色之中，没有哪个女人可以让他全身心地投入，他只是乐此不疲地追逐女人和放纵欲望而已。"克罗尔兰德以及许多爱德华同时代的人认为，国王"太无节制地放任他的激情和欲望"。后来，据说年轻时的纵欲对他的健康和体质造成了永久的损害。能够长期与他维持私情的女人为数极少，他也从不允许情人们干预政治。广为人知的名字只有两个：伊丽莎白·露西（Elizabeth Lucy）和伊丽莎白·肖尔（Elizabeth Shore）。伊丽莎白·露西是一个已婚女人,她在爱德华统治早期就与他有暧昧关系,并为他生下一个儿子,名叫亚瑟·金雀花(Arthur Plantagenet),此外很可能还生有一个女儿。伊丽莎白·肖尔通常被误称为珍妮(Jane),据说她是爱德华唯一所爱,也是晚年岁月里一直陪伴在他身边的女人。

尽管爱德华喜爱寻欢作乐,但他仍是一位才华出众、天赋异禀的勇士和将领。19岁的时候,他已是经历了好几场重要战役的资深老将和两场决定性战斗的凯旋者。在战场上,他"表现出了勇猛强悍的男子气概",维吉尔说他"严肃认真、用兵有方,让敌人闻风丧胆,他是所有战争中的幸运者"。科米纳评论说,多年以来,国王虽然经历了很多战斗,但从未失败。尽管爱德华讨厌战争本身,而且能避则避,但很明显,打仗是他最兴奋的时刻。他废弃了超过40天的征兵周期,并将征兵的用途仅限制于事关王国安全的战事。不像他的前任们,爱德华没有称霸欧洲大陆的野心:"他无法忍受作为英格兰国王为了征服法兰西所必须付出的所有劳苦。"

在公开场合,爱德华总是头戴王冠,尽可能地显示国王身份;他常赐予那些经他触摸而恢复健康的人更多的钱[1]。为了确保司法制度的公正执行,他经常主持威斯敏斯特的王座法庭审判。他喜爱君王的服饰和仪式,喜欢炫耀自己和受人奉承。

作为国王,爱德华几乎在每个方面都超越了亨利六世,尤其是作为政治家和将领。他是一位坚定而果断的统治者,精明而多谋,具备实用才能和商业头脑,同时能够专心致志于自己想做的事情。他最终成功地恢复了君主政体的权威,并使之成为一种让人尊重与敬畏的制度。莫尔把爱德华描绘为一位伟大的国王,他说,爱德华往往通过细微的体恤行为赢得臣民对他的喜爱,其效果远胜于装腔作势给人们带来的正面印象。莫尔还列举了这样的一个例子:有一次,国王邀请伦

---

[1] 这种病指的是瘰疬,即淋巴结结核——一种令人痛苦的皮肤疾病,旧时人们迷信经国王一触此病即可痊愈,触摸病人也是君主制时代国王的例行职责之一。

敦市长以及市政议员来到他的温莎宫，"并不是为了任何差事，而只是让他们狩猎，与他一起休闲娱乐"。爱德华无疑深受人们欢迎："他乐于倾听原告和诉冤者的心声。"曼奇尼写道。他比其他君王给予外国人更优惠的条件。他对异端邪说也表现出了异乎寻常的宽容态度——在他统治期间，只有一个罗拉德派教徒被绑在火刑柱上烧死。

作为一位行政官，爱德华能干、精力充沛，总是忙忙碌碌，总是走到臣民中间去。据说，他对这个国家显要人物的名字及其财富了如指掌。在政府的许多方面，特别是与司法有关的政事，他都要亲力亲为。他盖章签发的公函和令状的数量之多前所未有，足可证明他的勤政。

爱德华的宫廷风格效仿了勃艮第的菲利普的宫廷样式。"在那些日子里，"克罗尔兰德回忆说，"你看到的是一个强大王国的豪华的宫廷，充满了财富，聚集着来自各个国家的达官贵人。"如此富丽堂皇的英格兰宫廷，是自理查二世以来所不曾出现过的。学者和饱学之士常是这里的座上宾。人们严格遵循着礼节和礼仪的复杂准则——这是良序社会的外在表现。这些礼仪程序如此错综繁复，以至于在这个时期出现了大量关于行为规矩的图书。一个人在接待客人时要采取的诸多步骤，根据其社会地位的高低而有所不同。接待客人的先后次序也很有讲究，社会地位较高者往往享有优先机会。青年侍从和贵族的儿子在咀嚼食物时不准饮酒，用餐时不得倚靠在餐桌上，不得挖鼻子、剔牙齿或抠指甲，不得把用脏的餐具放在餐布上，不得使用刀具进食，等等。

在爱德华统治期间，皇家制定了王室"黑皮书"，其中明确规定了所有王室成员的权利和义务，以及在宫廷中必须遵守的具体礼节。其实这是国王为了控制开支和减少浪费所采取的举措。他把节省下来的钱用在体现国王威严的豪华服饰上面，以便让自己的臣民和外国访客对国王的富丽堂皇留下深刻的印象。所以，虽然爱德华四世的宫廷尽显辉煌，且在某些方面有些铺张奢侈，但总体花费要比他的前任们更为节省，也更有效。

随着时间的推移，爱德华对他的许多宫殿进行了修缮和美化，尤其是格林尼治宫、威斯敏斯特宫、温莎宫和埃尔特姆宫。他为装饰"内庭的快乐园"花费了大量钱财，悬挂了昂贵而生动的挂毯。他最钟爱的居所之一则是伦敦塔，它不仅便于出入伦敦城，而且，壮丽的皇家寓所处于坚固的防御工事的保护之下。爱德华在此度过的时间要比之前的任何一位君王都要多。

就爱德华的所有宫殿而言，寓所——他"宏伟壮观的家"——均由三部分厅堂组成：一是外厅或谒见厅，是接见各国使节、来访者的场所；二是内厅或密室，是处理私人事务的地方；三是卧室。宫务大臣威廉·黑斯廷斯爵士领导着约400人构成的随从队伍，为爱德华在不同场合的活动提供各种服务。骑士是随从队伍中最重要的部分，他们满足国王的个人需要；其次是护卫和礼仪官，职责是确保频繁的礼仪活动能够有序进行；再次是信使、火炬手、马夫、仆人以及青年随从——他们通常是送到宫中接受教育和骑士培训的贵族子弟，并为国王履行一些卑微的差使，比如替皇家豢养的狗群收拾残局等。

被称为厅堂的国王寓所，是皇家举办各种仪式、展示财富、策划政治阴谋以及贵族们为争权夺利而角逐君主恩宠的场所。除了宫务大臣，国王寓所中的其他重要官员包括书记官、专职神职人员、施赈人员和礼仪官等，由于与君王日夜相处，这些人往往变得很有影响力。绅士以上级别的每位男性皇室成员，必须穿戴金色领饰，上面饰有代表约克家族的太阳和白玫瑰的图案。

爱德华每天早上天一亮就要起床，做过祷告之后，吃点冷盘肉、喝点麦芽酒做早餐。起床时，随从们会为他穿好衣服——他们就睡在国王卧房中带脚轮的矮床或简易的小硬床上。至于用餐，国王每天花费2000人次的金钱；享用正餐时，有20位随从和一位礼仪官非常郑重地伺候他；身边会站着一位侍者，手中拿着盆子和毛巾，以便爱德华在膳后可以洗手；还有一位"医学博士"，常常会在场建议国王"最好吃什么食物"，尽管国王不见得听取；食物本身由烹饪艺术方面的专家——国王主厨负责，他们不仅会制作传统菜肴，还会烹调异国风味的饮食；在国王用餐的时候，还有 13 位吟游歌手在大厅外的长廊上为其演唱助兴。

晚上，爱德华睡在一张根据缜密仪式制作而成的床上，上面还有华盖。两位护卫、两位随从、一位仆人和一位礼仪官为他铺好漂白的亚麻布床单、长枕头和貂皮床罩，然后在床上喷洒净身水。

夏天，爱德华的最大喜好莫过于到温莎去狩猎。打猎途中的野餐也有十分正式的伺候：餐桌在大公园的树下展开，桌上摆满大盘小碟的烤肉和各种精妙糖果小吃等。国王不时在丝制的大帐篷中与从宫廷中带出来的女士们调情，或者与她们一道坐上镀金的驳船，沿着泰晤士河飘然慢行，留下一阵阵音乐声、笑声和交谈声。科米纳不无反感地评论说，爱德华已经"完全沉浸于跳舞、狩猎、鹰猎和宴席之中"。僧侣编年史家则对侍臣们的着装，特别是对男人身穿带短裙的紧身上衣，短裙里面穿着绑紧的长筒袜并显露出"丢人的阳具"而感到愤慨。道德家们也对贵妇人奢侈的头饰、夸张的圆形尖顶帽子和卖弄风情的轻薄面纱看不入眼，抨击她们受到了魔鬼的诱惑。

爱德华的宫廷还显示出了过分大方的殷勤好客。1466 年，作为爱德华的贵宾，波希米亚王后的弟弟罗兹米塔尔勋爵（the Lord of Rozmital）曾对王宫为他提供的 50 道菜肴的盛宴，以及侍臣们表现出来的礼貌和礼仪留下难忘印象。他的随员中一位名叫加布里埃尔·泰泽尔（Gabriel Tetzel）的日记作者写道，约克王朝如此富丽堂皇和光彩壮丽的宫廷场面，以及国王的亲属和贵族们对爱德华表现出来的无比敬畏，让他本人心悦诚服。他断言，这是"在所有基督教国家中所能见到的最为灿烂辉煌的宫廷"。

陶顿战役之后，爱德华四世发现自己居然相对容易便成了国王，尽管他还要面对兰开斯特派势力的举事以及兰开斯特派支持者们潜在的谋反，甚至是约克派内部那些认为他未能兑现承诺而对他感到不满的人的反叛。为了站稳脚跟，他知道自己必须彻底消除兰开斯特派的威胁，无论是在国内还是在国外；而对于臣民们，尤其是较具影响力的人们，总的方针是施以"怀柔政策"。

爱德华面临的最重要的挑战是政治重建，这是一个需要花费数年时间的任务。他的首要目的是：重塑王权的权威，恢复法律和秩序，赢取臣民们的拥护，并让全国民众团结在一个强大而稳定的政体之下，从而为他的王朝奠定坚实的基础。爱德华希望获得富裕和有影响力的商人阶层的支持，尤其是在伦敦。他首先要做的事情之一就是严禁进口劣等商品，以便保护英国的产业利益。他优先考虑的另一个重点是，与其他欧洲国家——尤其是法国和勃艮第——建立友善关系，以此避免战争开支。

在爱德华统治的最初 10 年，由于国王全神贯注于重塑皇家权威，很多改革不得不被搁置下来。不过，在这一时期，英国的贸易开始恢复，王权变得更加受人尊敬。尽管爱德华没能消除宫廷中的派系纷争，事实上他似乎是在偏袒内维尔家族，然而，与亨利六世大有不同的是，他在职务任免与利益惠顾方面施行了严格的纪律。

爱德华起用更为诚实正直的人物来替换腐败的司法长官，用具备专业资格的人才来替换腐败的行政官员，并开始在地方层面整治法律和秩序。1464 年，在司法官员的陪同下爱德华巡案了英格兰西部，本意是想在这些地方惩处"破坏秩序的肇事者"，并通过亲临现场让人们明白自己推行法治的决心。他采取了各种措施来制止操纵议员选举的行为，以便让具备被选资格的能人可以脱颖而出，并预防他们遭到当地贵族及其家臣的恐吓。不过这些措施只有部分奏效，因为爱德华并不总是敢于与所有曾从营私舞弊的腐败行为中受益的权贵作对。他在打击海盗方面取得了更大的成效，临近海域逐渐恢复了安全，商人们对此极其满意。当时的种种资料来源表明，总的来说，在爱德华的统治下，法律和秩序得到了全面改善。

最后的也是当务之急的一项任务是，对王室资产进行彻底清理。爱德华着手颁布了一系列"回收法案"，撤销了由亨利六世赠出的资产和俸禄，不过，为了维持他的"怀柔政策"没有公开豁免者的名单。这一举措自然遇到了众多艰难险阻，但他决定将其作为头等大事之一来做。然后，他清除了宫廷中的众多兰开斯特官员，以自己的亲信取而代之。他甚至试图关闭伊顿公学，但在韦恩福利特主教（Bishop Wayneflete）的劝说下未能实行。

在爱德华统治之初，王室的年度支出约为 5 万英镑。皇家的收入仅仅勉强支撑开支，国王的费用还常常不算在内。到了 1461 年，爱德华获得了亨利六世资产的所有权，包括来自兰开斯特公爵领地的收入，再加上从他本人的约克家族遗产以及兰开斯特派成员被没收的大量财产中所得到的收益，每年为他增加了 3 万英镑的额外来源。但是，其中绝大部分收入因赠予与奖赏他的忠实支持者而耗尽，爱德华不得不节省着过日子直到 1465 年。那一年，议会批准他从英国各大港口的关税中永久获取收益，这笔税收为他每年增添了大约 2.5 万英镑的收入，后来还可能随着贸易的逐渐起色而不断增加。

爱德华四世具有一定的商业和金融天赋，但同时他的一些做法也可能是不近人情的。随着地位变得更加稳固，他强令较为富裕的臣民以"善行"的名义向他贷款，或索性要求他们以礼金的形式为他集资。尽管这些应对措施不得人心，但它们的最终结果是让王权几十年以来第一次变得具有偿付能力，并使英格兰在中世纪成为一个成就非凡的国度。

登上王位之后，爱德华早年的要务之一是偿还欠下伦敦商人和意大利银行的王权债务。亨利六世以借钱不还而闻名，最终致使他无法进一步获得任何信贷。爱德华四世并不打算让同样的事情在自己身上重演。在自己的统治时期，他偿还的债务总额达到 9.7 万英镑。为了完成这一任务，他强化控制王室的开支、精简皇家财政管理，并使腐败行为难有立足之地。爱德华任命了专门收款员和测量员来管理王室地产，废除了一直为他的前任所采用的效率低而不实用的制度。管理地产的官员只对王室的财务主管而不是财政大臣负责，这意味着国王可以减少环节，更加快捷地收到应当归属他的收益，而且，万一出现差错也可尽早发现。没过多久，王室财务部成了国家的首要财政部门，其重要性超越了国家财政部。

1467 年，爱德华国王在议会上宣告现在已经没有借款，终于可以"为自己而活"了；同时，承诺不再向老百姓征收繁重的税赋，除非出于"重大而紧急的原因"，比如捍卫国防等需要。在 15 世纪 60 年代，议会陆续投票通过拨给国王的款项达 9.3 万英镑，这些钱绝大部分花在了平定叛乱上面。自 1463 年以来，爱德华本人还深度介入羊毛贸易而赚取利润，他出口了成千上万袋的羊毛和羊毛织品。多年来，他的商业冒险被证明是十分成功的，它不仅让他偿还了自己的债务，而且也为很多人提供了就业机会。

曼奇尼评论说："尽管不是强取豪夺他人的财产，但（爱德华）是那么急切地渴望金钱，敛财让他落得了一个贪财的名声。他往往会借助种种理由（无论是真实的，还是貌似真实的），所以从表面上来看，他似乎并没有在敲诈勒索，而更像是在向百姓乞求一点补助而已。"不过，1461—1463 年间艰难的政治处境使他不得不向臣民们融资，这些做法不可能让民众对他产生好感。

此时的英格兰，重要性仅次于国王的人物非沃里克伯爵理查·内维尔莫属，他是爱德华的支柱和最得力的支持者。在爱德华统治的最初三年中，沃里克几乎完全掌控政府大权，并得到了广大民众的普遍欢迎。根据法兰西国王一个密探的描述，沃里克是如此受人喜爱，以至于每当他出现在公共场合——通常在 600 名身穿制服的家臣伴随下——人群总会涌向前去迎接他，并高声呼喊："沃里克！沃里克！""人们似乎把他看作从天而降的上帝。"没有人——尤其是伯爵本人——会怀疑，多亏了沃里克爱德华才能登上王位。欧洲的舆论公开表示，爱德华"凭借沃里克伯爵"统治着英格兰，而苏格兰人则把沃里克视为"英格兰王国的领导者"。沃里克与爱德华之间的联盟不仅出于亲属关系、深厚友谊和一份人情债，而且，也是因为他们的联合可使双方受益：沃里克侍奉国王并非完全出于无私的动机，而国王需要沃里克的支持。一些权贵虽然表面上看起来臣服于新政权，但他们的效忠并非发自内心，往往是不冷不热或投机取巧。相比之下，沃里克无论是在逆境还是在顺境中，都已证明自己是爱德华及其父亲值得信赖的朋友。当年，沃里克 32 岁，较爱德华年长 13 岁，在政治上远比爱德华更富经验。沃里克完全可以主张自己的权利，而他却利用才能和精力将爱德华推上了王位，国王自然对他感恩戴德。因此，爱德华让沃里克做自己的首席顾问，由他来把控外交政策，王国的军事和国防事务也全权交给他负责。在最初的几年里，爱德华对于沃里克能够为自己分担国家的重任感到满意，他也可以腾出更多的时间尽情享乐。

"在我看来，沃里克似乎是这个王国里最为重要的人物。"米兰使臣评价说。不过，尽管爱德华四世在许多方面有赖于沃里克伯爵，但爱德华不会受到沃里克的支配。实际上，每个人——甚至是沃里克本人——都高估了他对国王的影响力。同样，大多数国外观察者也往往夸大了沃里克的作用。一位加来市民写信给法兰西的国王说："他们告诉我，在英格兰有两个统治者：一位是沃里克大人，而另一位的名字我已经忘记了。"根据科米纳的观察，"鉴于他给予国王的侍奉和教导"，沃里克伯爵"几乎可称为国王的父亲了"。只有普洛斯彼罗·迪·卡莫里奥预见到了国王与这位表兄之间的不和——当时很少有其他人具备这种洞察力。

沃里克被他的同时代人视为"最有胆略和最具男子气概的人物"。"作为一位骑士，他称得上是位北极星般的指引者，出生于一种纯正的血统。"这段时期他的年收入为3900英镑，远远超过了任何其他权贵。他主要住在谢里夫-赫顿城堡和米德勒姆城堡，在那里，他供养着当时规模最大的2万人的家臣队伍。沃里克在伦敦还拥有奢华的会所，用于盛情款待来访者。他总是以光彩照人的豪华装束出现在公众面前，他举止和蔼亲切，永远彬彬有礼，总是给曾经与其交往的人们留下美好的印象。

然而，尽管沃里克富甲天下，他却没有儿子可以做继承人。灿烂辉煌的婚姻只为他带来了两位千金：此时10岁的伊莎贝尔和5岁的安妮。总有一天，这两个女孩将继承沃里克的全部财富，也将成为英格兰最富有的女继承人，因此，为女儿们挑选出身优越的合适夫君至关重要，沃里克已开始考虑为她们物色潜在的候选人了。

为了树立王权的权威，沃里克付出了不懈的努力。他并不垂涎王位本身，但他想要而且也需要行使权力。他不仅把自己看作贵族统治的一员，而且认为自己是其中的佼佼者，是注定要凭借天赋和才能处于支配地位的人物。与改革国内政府和改善皇家财政这两项在国王看来至关重要的任务比较起来，他对自我权力的扩张以及涉足国际政治更感兴趣。沃里克本人的首要任务是确立内维尔家族在王国中的主导地位，从而达到主宰其他权贵的目的。但不难理解的是，出于对其权力和财富的嫉妒，同僚们不会心甘情愿地与沃里克保持情谊和给予支持。沃里克在威尔士问题上表现出来的勃勃野心已经导致他与威廉·赫伯特爵士之间的关系逐渐疏远。他还开始与其他几个贵族交恶，其中包括奥德利勋爵和汉弗莱·斯塔福德。然而，依凭与国王之间的特殊关系，没有人敢得罪沃里克伯爵。

至于爱德华，尽管他在许多事情上要感激沃里克，但有一点他心里很明白，那就是英格兰只能有一位统治者，即他本人。至于沃里克以后到底用心如何，仍需拭目以待。

枢密院是一个亟须改革的政府机构。此时，首席法官弗特斯克极力进言，陈述对其改革的迫切性。这一威严的机构不应该再受制于"王公贵族的势力，大贵族们夹带许多私利进入枢密院，（以至于）他们几乎不为国王出谋划策"。他认为，未来的枢密院应由 12 名"神职人员和 12 名世俗人员组成，他们应是整个国家所能找到的最贤明、最有才干的人物"。换句话说，枢密院不应受权贵阶层的支配，而该由社会精英构成；成员必须宣誓只为国王效力，而作为回报，他们在枢密院的席位将得到永久的保证。

爱德华四世在一定程度上采纳了弗特斯克的建议，选定了 12 位信得过的人作为枢密院的成员，分别让他们担任王国不同地区的行政长官，并赋予他们充分的职责和权限，从而满足他们的权力欲望。这些枢密院成员大多是十分合格的人物，也是久经考验的约克家族的支持者，他们皆因得到国王的提升与重用而对其心存感念。他们并非全是权贵，其中还包括绅士、宗教法规专家和公务人员。过去，高职位的神职人员一直在枢密院占据大多数席位，在爱德华四世统治时期，枢密院成为一个更为世俗化的机构。

在这些枢密院成员中，威廉·黑斯廷斯爵士显得较为卓著：他是国王的知己与密友，国王授权他控制莱斯特一带，那里以前一直支持兰开斯特派，如今经由黑斯廷斯的治理爱德华获得了前所未有的权威。威廉·赫伯特被任命为威尔士南部的行政长官，那里被他管理得服服帖帖。内维尔家族的主要控制范围是在英格兰北部边界地区——实际上，在整个 15 世纪 60 年代，内维尔家族都在枢密院中占据着主导地位。英格兰东部地区由诺福克和萨福克掌管。西部地区由新伯爵德文和汉弗莱·斯塔福德掌控。枢密院的其他成员还有亨利·鲍彻、约翰·霍华德爵士和伍斯特伯爵约翰·蒂普托夫特（John Tiptoft）。

蒂普托夫特是当时最为神秘莫测而又令人厌恶的人物之一。他是亨廷顿市议员约翰·蒂普托夫特爵士的儿子，一个古老的诺曼人家族的后代。老蒂普托夫特在亨利四世统治时期曾任锦衣库总管和财政大臣，他把儿子送到牛津大学的贝利奥尔学院（Balliol College）接受教育。1443 年，老蒂普托夫特去世之后，小蒂普托夫特继承了父亲的遗产，并放弃了大学教育。6 年后，他娶了沃里克的妹妹塞西莉·内维尔，并依仗妻子的头衔成为伍斯特伯爵，在沃里克的提携下进入了爱德华四世的枢密院。

蒂普托夫特在亨利六世手下担任过三年财政大臣职务。1457 年，他曾前往圣地朝圣，之后在意大利帕多瓦（Padua）度过了两年时间，在那里研究罗马法律、希腊语、拉丁语和文艺复兴时期的人文主义文化。此后，他作为一位杰出的拉丁语学者而声名鹊起，他也是最重要的英国贵族学者之一和最早的英国人文主义者之一。他翻译了西塞罗的著述，他的译著后来成为威廉·卡克斯顿首批印刷出版的作品之一。他还积累了许多手稿的绝版珍藏，国外有人说他是用从意大利掠夺而的珍品来装点英格兰。蒂普托夫特肯定仿效了意大利的君主们，遵从了当时意大利治国之道的许多训令——它们体现在马基雅维利（Machiavelli）的《君主论》一书中。蒂普托夫特也是爱德华四世的有力支持者，爱德华对他非常器重，任命他为英格兰的治安官。从此以后，蒂普托夫特利用自己的众多天赋和能力，在粉碎兰开斯特派对抗约克派统治的过程中发挥了极大的作用。

但是蒂普托夫特有其可恶的另一面。此人拥有一双冷漠的鼓眼睛，虽然虔诚敬神，但却招摇浮夸、冷酷无情，且具虐待狂倾向。“伍斯特伯爵以残忍无情而著称。”《伦敦大纪事报》记述道。1467 年，他“处死了德斯蒙德伯爵（the Earl of Desmond）的两个儿子，两个孩子尚且年幼无知，其中的一个孩子的脖子上长着疖子，他对即将砍碎自己头颅的刽子手说，‘大人，请你轻一点，当心弄疼我脖子上的疖子’”。蒂普托夫特似乎也很乐于发明新的处刑方法，其中的一些学自国外，“由于这些原因以及其他类似的残酷行为，平民百姓对他憎恨无比，而且，在某些情况下，他的坏名声甚至超出了他的实际所为”。许多人抱怨说，他的审判依据帕多瓦法律，而不是英格兰法律。

爱德华四世对待他的权贵们一直抱持宽容与和解的态度，即便是诸如蒂普托夫特这样的人。他意识到，要想维持统治，就必须在贵族阶层中获得广泛的支持，并奖赏那些拥护他的人。他还通过一些适当的恩惠和提拔的承诺，尽力拉拢态度顽固的贵族。他果然争取到了其中一些人，但另一些贵族仍然效忠于亨利六世。此外少部分贵族只关心自己的利益，而不在乎谁给予他们什么样的承诺。为了获得贵族的支持，爱德华在其统治早期为超过 35 人授予或恢复了贵族地位。但他没有在商业阶层中提拔"新人"成为贵族。爱德华重视他们的才能和服务，但只赋予他们"财富，而不是尊贵"。商人的财富和影响力是国王不能忽视的，但他们没有成为权贵的威胁。

爱德华非常注意避免约克派贵族内部为了争夺要职而相互竞争。在枢密院中商讨诸如外交政策、平定叛乱或筹划战争等重要事项时，国王总会召见和征询权贵的意见。他明确表示，自己始终需要依靠权贵来维护国王在他们各自管辖范围中的权威、安宁和公正。作为回报，他们可以从他这里获得优厚的奖赏。

具有影响力的伦敦人一直以来都是约克派事业的拥护者，相对地，国王对他们的需求和利益也极为关注，总是力图制定一些对他们有利的政策。国王本人就从事商业活动，这也使他与伦敦商人之间有一种亲和的感觉，许多人还有幸与他建立了友爱关系。尽管国王时而因为强制性地向他们募集资金而不得人心，但在他的统治之下，商人因变得富裕而感激他所具备的优点。

20. 逃亡者

　　在得到贝里克城之后，苏格兰人从兰开斯特派流亡者身上再也看不到其他有利可图的东西了，于是对流亡者的事业失去了兴趣。盖尔德雷的玛丽更是发现，支持他们的代价十分昂贵，因此，到了 1461 年的夏天，很显然，对于玛格丽特王后来说，派系林立的苏格兰宫廷已不可能再为她提供任何经济援助。她能期待的只有某些个人的亲善意愿，诸如安格斯伯爵（the Earl of Angus）等人——安格斯愿意为玛格丽特提供武装力量，作为报答，王后承诺授予安格斯英格兰的公爵地位。她也意识到，眼前最大的希望只能是寻求来自法国查理七世的援助。

　　7 月，王后派遣萨默塞特和另外两名特使——亨格福德勋爵和罗伯特·惠廷汉姆爵士——前往法兰西宫廷，请求对方给予军事人员、船只和 2 万克朗借款的援助。她还利用皮埃尔·德·布雷泽的关系，进一步获得了 8000 克朗借款和另一支船队，让兰开斯特派具备能力攻占海峡岛屿，并使之成为入侵英格兰的桥头堡。"如果王后的意图被发现，"布雷泽写道，"她的朋友们很可能会与她的敌人联合起来杀了她。"查理七世同意布雷泽组织船只和人马，支持玛格丽特计划的入侵行动。在法国人的帮助下，兰开斯特派的确在当年就占领了泽西岛（Jersey），但在不久之后即被约克派夺回。

　　尽管玛格丽特向英格兰的宿敌请求外援实属无奈之举，但这种举动使兰开斯特派的事业在国内变得更不得人心，同时也为约克派提供了极好的宣传材料。结果，玛格丽特的行动改变了玫瑰战争的历程，使之变成需要借助迂回曲折的外交途径来解决问题的一场战争，而且也改变了 15 世纪后期欧洲政治联盟的格局。她把外国君主引进了这场冲突，使他们有机会通过挑唆英国内部的派系争斗，以及煽动叛乱来达到破坏英格兰民众福祉的目的。

然而，未等萨默塞特、亨格福德和惠廷汉姆见到查理七世，这位法兰西国王便于 7 月 22 日撒手人寰，王位由他的儿子路易十一继承。对于玛格丽特王后来说，查理七世之死似乎是一个坏消息，因为路易十一憎恨他母亲的家族——安茹家族，这可以从他采取的行动中看出来：他立刻把亨格福德和惠廷汉姆软禁于迪耶普城（Dieppe），而将萨默塞特当成囚犯关押在阿尔克城堡（the Castle of Arques）。

到当时为止，路易对待约克派一向比较友好，他登基的消息给爱德华四世的宫廷带去了一些宽慰，这可以缓解一下对于法国人入侵英格兰的担忧。但是，由此而来的喜悦极为短暂。在 15 世纪的 60 年代，法兰西与其附庸国勃艮第之间的对抗关系主导着国际政治局势。法兰西和勃艮第都想与英格兰交好，然而，虽然法兰西更为强大，但却是英格兰的传统敌人，而荷兰、比利时、卢森堡等低地国家则处于勃艮第的控制之下，而且勃艮第还是英格兰羊毛的主要市场。

路易的最大抱负是征服勃艮第公国和布列塔尼公国，并将它们纳入法兰西王国的版图。他对勃艮第政权既憎恶又畏惧，因此极力防范爱德华四世与菲利普公爵之间形成防御联盟。路易以"环球蜘蛛"（Universal Spider）著称是不无道理的，因为他的政治阴谋的触角伸向了整个欧洲。画像显示路易有一张令人沮丧的脸：超长的鹰钩鼻，双下巴，嘴巴永久使其面容带着鄙视的神情，眼睑厚重的眼睛深处透露着机警的目光。

因此，爱德华四世处于有利地位，他也深知这一点。他乃是一个单身汉，既可选择法兰西，也可选择与勃艮第进行联姻。现在的问题是谁能开出更优惠的条件。

8 月 30 日，亨格福德勋爵在迪耶普写信给玛格丽特王后——这封信被抄成三份，分别从不同的路线送出——信中说他和惠廷汉姆受到传唤要去见路易国王。"夫人，不用害怕，振作起来，"他写道，"并请当心，在收到我们的另一封信之前，万不可冒险从海上派人过来。"令这几位特使感到意外的是，路易准备以非常友好的态度对待他们以及他们的女主人，理由是路易希望看到英格兰由于内战而分裂的局面。路易决定对勃艮第采取攻击性的政策，不想让爱德华四世与菲利普联合起来对付自己。于是，他对亨格福德和惠廷汉姆说，要是王后试图颠覆英格兰北部，他将会支持她。这确实是一个好消息，法兰西国王毕竟是一个强大的盟友。自此以后，玛格丽特最大的愿望就是与路易会面，并订立法兰西与兰开斯特宫廷之间的正式联盟。

就在这个时候，爱德华的密探截获了亨格福德发出的其中一封信，信件向他证实了玛格丽特与法国人之间的阴谋。从此开始，爱德华及其政府时时为面临入侵的恐惧所笼罩。爱德华认定入侵行动的突破口很可能会出现在北方，于是派遣沃里克去占领诺森伯兰的大本营阿尼克城堡——这座城堡原本是诺森伯兰伯爵的住所，他在陶顿战死后不久被剥夺了财产权和公民权。诺森伯兰伯爵的弟弟拉尔夫·珀西爵士已归顺于爱德华，并受委托负责看管位于诺森伯兰海岸的皇家防御城堡——邓斯坦伯城堡（the castle of Dunstanburgh）。9月，沃里克不仅占据了阿尼克城堡，而且还拿下了巴姆城堡。至此，诺森伯兰郡的重要据点全都掌控在了约克派手中。

爱德华国王把在威尔士镇压兰开斯特派叛乱活动的任务交给了费勒斯勋爵（Lord Ferrers）和威廉·赫伯特爵士——赫伯特已于7月份被授予拉格伦（Raglan）、切普斯托（Chepstow）和高尔半岛（Gower）等领地的勋爵爵位。他们的首要目标是夺取彭布罗克城堡；9月30日，城堡归降。赫伯特进入城堡时，发现4岁的亨利·都铎与其母亲以及她的第二任丈夫亨利·斯塔福德正居住在其中。赫伯特花费1000英镑买下了亨利的监护权，并将孩子带到自己的家中生活，这个孩子就此脱离了亲生母亲的照料。在随后9年的绝大部分时间里，亨利·都铎一直居住在豪

华的拉格伦城堡。尽管赫伯特脾气粗暴、时常使用暴力，但出人意料的
是，事实证明他是一个了不起的监护人，他为男孩提供了非常优质的
教育，并打算把自己的女儿莫德·赫伯特（Maud Herbert）许配给他。

到了 10 月 4 日，留在敌人手中的威尔士城堡只剩两处：位于德维
得的卡雷格－凯南城堡（Carreg Cennen，1462 年被约克派夺取）和坚
固的哈立克城堡。

由于贾斯珀·都铎已经由爱尔兰逃到苏格兰，爱德华四世便想以赫
伯特取代他，做自己在威尔士南部的代理人。这并不是一份轻松的差
使，因为许多人哀叹贾斯珀的离去，并怨恨赫伯特的到来。此外，在
竞争威尔士东南部港口城市新港领主权属的问题上，赫伯特与沃里克
再次发生了争端。这次争吵加上沃里克对赫伯特在威尔士地位的嫉妒，
使他们之间的关系迅速进入了一种长期不可调和的状态。沃里克的夙
愿是建立公国政权，而现在赫伯特成了他实现梦想的一大障碍。

爱德华执政后的首次议会于 11 月在威斯敏斯特宫的"缀锦阁"
(the Painted Chamber) 召开。他在会上宣告了自己"作为国王的权利
和资格"，感谢全能的上帝恢复了他的家族的王位继承权，并承诺"我
将一如我高贵的祖先，不负众望做个好君主"。11 月 1 日，他授予弟
弟理查格洛斯特公爵爵位，并将弟弟送到沃里克家中，也就是米德尔
赫姆城堡，和其他同僚的子弟一起接受与其地位相称的教育。同一天，
爱德华还授予福肯伯格勋爵肯特伯爵头衔。

无论是国王还是议会，都急于重建议会的道德、政治和法律的权
威，这得到了权贵们的高度认同。大法官宣布，从今以后，"私党与庇
荫"（livery and maintenance）[1] 的行为将受到法律的制裁。按照国王的

---

[1]　所谓的"私党与庇荫"行为，便是大领主们与那些愿意为他们卖命的人订立
　　协议，穿上他们的统一制服，以换取津贴或报酬。

命令，一个全面的法律改革程序即将启动。为了恢复法律和秩序，当局鼓励所有的臣民将谋杀者和小偷绳之以法；而那些有犯罪前科但已获得赦免的人，要是他们再次犯罪，必将面临最严厉的惩罚。政府还委派专员深入王国各地，以确保法律的公正执行。可以预见的是，这将导致各地法院的定罪人数创下纪录。公正的司法确实大见成效。

11月4日，议会通过了一项针对150名兰开斯特派党羽的"剥夺公权法案"，这些人包括："篡位者"亨利六世、"曾被称为英格兰王后"的玛格丽特、她的儿子（不一定是亨利的儿子）爱德华、萨默塞特、埃克塞特、德文、威尔特、诺森伯兰、弗特斯克、博蒙特、鲁斯、克利福德、亨格福德、威尔斯、内维尔、戴克和特罗洛普等。其中许多人已经死亡，在这种情况下，他们的亲属成了惩处的对象；这些人均被公开宣布为爱德华四世的叛逆者，财产被全部没收。从兰开斯特派那里没收了众多财产意味着爱德华获得了可用以重赏支持者的资本。接着，约克派的统治阶层对这些土地、头衔、职位和房产等进行了大规模的重新分配。历来掌控于兰开斯特家族手中的兰开斯特公爵领地，也被宣布收归国王。所有"真正的臣民"被禁止与前国王和王后进行联系，违者以死论处。

克利福德勋爵的遗孀玛格丽特·布罗姆福利特（Margaret Bromflete）非常惧怕国王的复仇会波及她7岁的儿子亨利——已被剥夺了财产的继承人。所幸的是，她在斯基普顿城堡（Skipton Castle）曾雇过一位育婴女佣，不久前嫁给了一位牧羊人，他们婚后住在隆德斯布拉夫（Londesbrough，克利福德夫人的家人在那里也有一处房产），这位曾经的女佣同意把亨利带到自己家中生活，并将他当成自己的儿子抚养成长。国王的官员来到斯基普顿后，克利福德夫人便说她已把两个儿子远送到低地国家安全的地方接受教育。这个故事被信以为真，但她本人被赶出了斯基普顿，于是她去了隆德斯布拉夫投靠父亲。让她感到安慰的是，她至少可以在那里看到自己的儿子。

亨利·都铎是被议会剥夺了头衔的另一个男孩，他的里奇蒙伯爵爵位被转给了国王的弟弟克拉伦斯。至于被剥夺了公权的埃克塞特公爵，他已远走他乡流亡在欧洲大陆，科米纳曾看见他"光着脚，挨家挨户以乞讨为生"。

其他一些兰开斯特家族的支持者选择留在英格兰，继续为亨利六世的王政复辟而奋斗。1462 年年初，第十二任牛津伯爵约翰·德·维尔——他的血统可以追溯到"征服者时代"——与流亡在苏格兰的王室取得了联系。牛津伯爵是王后在英格兰的重要代理人之一，是一群正在策划帮助兰开斯特派反攻并推翻爱德华四世行动的共谋者的首领。对于牛津来说，很不幸，他的信使是约克派安插的密探，信使把所有的信函直接投递到了爱德华国王手中。这些信件显示，牛津已经得知爱德华正计划北上对付兰开斯特派叛军，他准备带领一大队人马假意追随爱德华，佯称自己前来为国王提供援助，一旦时机成熟，就向国王发起攻击并杀死他。然后，身在比利时布鲁日的萨默塞特将返回英格兰，亨利六世将率领一支由苏格兰人组成的军队越过边境，贾斯珀·都铎则率军从法国的布列塔尼攻入英格兰南部海岸。

2 月 23 日，蒂普托夫特负责审讯牛津伯爵，并以叛国罪对他加以论处。同时被定为叛国者的还有牛津的儿子奥布里（Aubrey）以及包括托马斯·塔登汉姆爵士（Sir Thomas Tuddenham）在内的其他同谋，这些人全被判处死刑。牛津伯爵的结局极其悲惨：他先是被开膛破肚，后又受到阉割——此时他仍然神志清醒——最后被活活烧死。爱德华四世允许牛津的次子约翰继承父亲的伯爵爵位，而且为了争取他的效忠，还将沃里克的妹妹玛格丽特·内维尔许配给他，但这位小约翰·德·维尔遵从父亲的理想，直到生命的尽头依然是一个坚定的兰开斯特党人。

玛格丽特王后正在准备拜访路易十一，对他抱有很高的期望，尤其是在她得知路易十一也积极地介入了牛津伯爵的谋反行动之后。但让她感到错愕的是，她从在法国的密探那里听说，萨默塞特不断对路易国王吹嘘自己与王后之间的相互爱慕关系。因此，当萨默塞特回到苏格兰时，玛格丽特明显表现出对他的不满，他们之间的关系也一度处于紧张状态。更令她感到失望的是，她派遣出去的几位特使只从路易那里得到了口头支持，并没有获得其他实质性的成果。然而，爱德华四世相信，萨默塞特返回苏格兰预示着兰开斯特派必将着手入侵行动，于是决心采取一些预防措施：他对盖尔德雷的玛丽施加外交压力，以期她放弃这些流亡者。他还不惜提出与她联姻的打算，但盖尔德雷的玛丽并无明朗态度，这个计划后来不了了之。

玛格丽特深知，她必须亲自面见路易十一恳求其帮助。1462 年 4 月初，她从苏格兰的柯尔库布里（Kirkcudbright）乘坐一条法国船只起航前往法兰西，身边带着她的王子和约翰·弗特斯克爵士。4 月 16 日耶稣受难节，也就是复活节前的星期五，他们在布列塔尼上岸。在那里，王后受到了弗朗西斯二世公爵（Duke Francis II）的热情欢迎，并得到他赠予的 1.2 万克朗的资金作为礼物。得知王后来临，贾斯珀·都铎公爵也骑马前来迎候她。贾斯珀告诉王后，路易国王此时已前往法国南部，她刻不容缓地赶往了昂热。在昂热，她与父亲雷内国王团聚。当时两人均处于穷困潦倒的境地，雷内借了 8000 弗罗林，作为"因她的到来所需的昂贵而体面的费用"。他无力为自己的女儿提供其他任何帮助——之前与阿拉贡[1]的一场代价高昂却完全多余的战争已耗尽他仅有的一点微薄资源。两周之后，玛格丽特告别父亲，动身前去会晤路易国王。

5 月，为了向盖尔德雷的玛丽显示爱德华四世的话不是随便说说的，沃里克率领军队越过边境夺取了一座苏格兰城堡。行动非常管用：就在这个月末，玛丽在英格兰西北部城市卡莱尔（Carlisle）会见了沃里克伯爵，并签署了一份将持续到 8 月 24 日的停火协议。沃里克以为，

---

[1] 阿拉贡（Aragon），位于西班牙与法国交界处。

这可能会带来一种更持久的和平，并将有效切断苏格兰人与兰开斯特派之间的关系。

在追踪法兰西国王数周之后，玛格丽特王后终于在法国中西部城市安博瓦兹（Amboise）赶上了他。她获准与国王见面，但让所有在场者感到愕然的是，她竟拜倒在路易膝前，情绪激动地请求他一定要帮助自己恢复丈夫的王座。路易似乎无动于衷。他表现得缺乏兴趣，想趁机迫使王后订立对自己有利的条约。"我敢保证，"他在写给一位大臣的信中称，"我预见，此事绝对有利可图。"

在路易的母亲玛丽王后以及雷内国王的施压下，国王给予玛格丽特再次会面的机会。他说，假如玛格丽特同意归还加来，他就借她2万法郎作为进攻英格兰的费用。玛格丽特起初表示不能接受，说她不敢通过放弃加来进一步疏离英国人。路易也承认这一点。6月，为了向王后示好，他释放了被监禁的皮埃尔·德·布雷泽——他因某种轻微犯罪行为而被拘禁。13日，路易再度约见玛格丽特时向她提出，为了换取加来，他将为她提供2000兵力，他们将在诺曼底集合，由布雷泽指挥，并另加2万法郎的现金资助。玛格丽特让步了。6月28日，为了维护亨利六世的利益，她与法兰西签订了一个和平条约，其中规定：今后英法两国百年不战；禁止所有英国人进入法国，除非他们证明自己是亨利国王真正的臣民；两国不得与彼此的敌人或反叛的臣民进行联盟。同一天，路易将承诺的2万法郎交付玛格丽特，玛格丽则特保证在一年之内归还加来，否则将补偿他4万法郎。

签订条约之后，王后前往鲁昂招募军人，而路易则派遣船只骚扰英国的海岸。布雷泽已募集了800到2000人之间的士兵和雇佣兵。与路易签订协议的消息传到英格兰后，玛格丽特立即被英国人称为出卖加来给法国人的叛国贼。爱德华随即派出70条船袭扰法国海岸，拦截可能从那里驶往苏格兰和英格兰的任何船队。7月，他任命最杰出的老将福肯伯格为英格兰舰队司令。

1462 年 10 月，预计兰开斯特派即将从法国进攻英格兰，王后的拥护者理查·汤斯顿爵士（Sir Richard Tunstall）成功地夺取了巴姆城堡——这座城堡的治安官是他的弟弟威廉——并安排了兰开斯特派的守军。19 日，玛格丽特王后、爱德华王子、皮埃尔·德·布雷泽以及 2000 名战士乘坐十几条船从诺曼底的翁弗勒尔（Honfleur）起航，朝着诺森伯兰海岸进发。驻守在泰恩茅斯港的约克派军队试图阻止他们登陆，并发射了大炮。当时，一场暴风雨将他们的船只打散，其中有一些不知去向。当海面重新恢复平静，他们继续向着海岸航行，并在阿尼克附近登陆上岸。在那里，他们接到警报，说沃里克率领着一支 4 万人的大军正在靠近。这个消息足以让绝大部分雇佣兵抛弃王后驾船逃往安全之处，布雷泽和王子凄凉地站在岸边，眼巴巴地望着他们的船队撤离到大海之中。最后他们找到了一个同意载自己沿着海岸继续前行的渔夫，但当另一场风暴袭来，渔夫的船在巴姆附近触礁，他们随身携带的食物、行李和武器全被冲到水中，还险些丢掉了性命。

在巴姆，王后指望兰开斯特派的忠实支持者能够重新聚集到自己周围，但那些本想加入她的人却非常沮丧地发现，王后身边几乎没有多少士兵，于是，他们认为保持中立会更加安全。不屈不挠的王后整合了汤斯顿的守军与重新上岸归队的法国军队，向邓斯坦伯城堡发起攻击并夺取了它。接着，他们又拿下了阿尼克城堡。不久之后，沃克沃斯城堡也落入了兰开斯特派手中。占据这些城堡之后，王后实际上已经拥有了诺森伯兰郡，但加入其阵营的英国人仍然少之又少，许多当地人对法国军人极为憎恨。接着，玛格丽特下令，要求每座城堡储备足够的粮食以便防范敌人的围攻，她本人则北上贝里克。到了那里，她发现，亨利六世、萨默塞特、埃克塞特、彭布罗克、鲁斯、亨格福德和莫顿等人正在等候着她的归来。

当时，盖尔德雷的玛丽已经很不乐意为玛格丽特提供更多援助了，对于她最近的军事行动也只是给予少量金钱以示资助而已。国王和王后把王子留在贝里克，然后带着随从以及玛格丽特 800 人的残余兵力，打算就这样进攻英格兰。

10月30日，信使把兰开斯特派入侵的消息快速传到伦敦。新的威胁又要花费国王的资源——为了满足募集兵力所需的经费，爱德华不得不征收重税并向伦敦商人借款。随后，国王派遣政府专员前往南部和西部招募军队，并安排军需物资运送到纽卡斯尔。同时，他命令沃里克前往北方围攻贝里克。11月初，爱德华亲自率军北上迎击入侵者，与他同行的尚有31位大臣——根据这个时期的一种记载——其中包括一些最近改变立场而效忠于约克派的贵族。

爱德华出兵的消息很快就传到了玛格丽特王后的耳中。她任命萨默塞特为巴姆城堡守军的军事指挥，支持他的还有鲁斯、彭布罗克和拉尔夫·珀西爵士，其中珀西是刚从爱德华那里叛变过来的。王后的军队所到之处，对周边造成了严重的破坏，士兵们袭扰了赫克瑟姆（Hexham）和达勒姆（Durham）的小修道院，强制修道院院长为王后提供资金。当爱德华四世抵达达勒姆时，愤怒的修道院院长要求他来偿还被王后索取的400马克。赫克瑟姆修道院院长则给那些可能会同情他的人写信，其中包括沃里克的妹妹，申诉王后通过"恐吓与威胁"强行要走了他的钱。

11月13日，玛格丽特接到报告，说前来的约克派军队规模浩大，她意识到自己的小股部队远不是对手，于是命令部队"紧急刹车"，和亨利六世、皮埃尔·德·布雷泽以及400多名来自巴姆城堡的士兵一起乘坐一条轻快帆船，带着尽可能多的行装"仓皇逃跑"，并寄希望于有过路的法国船只能够营救他们。当他们靠近英格兰东部的霍利岛（Holy Island）时，一位伦敦的编年史家写道，"突然风暴雨大作，她不得不离开那条船，几个人搭上了一条小渔船，朝着贝里克的方向行驶。原先那条轻快帆船以及船上的所有物品都倾翻于海中"。霍利岛上的两个约克派军人接受了被困的400多名士兵投降，并杀死了其中的一些人以作警示，将剩余人抓作俘虏。爱德华得知玛格丽特逃跑后，本决定立刻追击，但还未等追到她，自己先被一场突如其来的恶性风疹击倒，于达勒姆卧病在床。

与此同时，沃里克一举占领了沃克沃斯城堡，并将其作为自己的指挥部。紧接着，他前往围攻巴姆城堡。这座城堡处于绝佳的战略要地，守卫着诺森伯兰的岩石海岸。在萨默塞特指挥下的兰开斯特派驻军负隅顽抗，坚持不肯妥协，于是沃里克传信给萨默塞特，并许诺，如果他愿意投降，日后必将获得优厚的俸禄。萨默塞特在回应中提出了如下要求：假如他交出巴姆城堡，允许将此城堡的监管权交由拉尔夫·珀西爵士；恢复跟随他的贵族们的家产；保障城堡守军的性命安全。沃里克答应了这些要求。圣诞节前夕，萨默塞特终于交出了城堡的钥匙。沃里克在城堡里发现了玛格丽特的供给物资和私人物品，于是把这一切都上交给爱德华国王。之后，沃里克一鼓作气，安排了两路兵马，一路去攻打阿尼克城堡，另一路去攻打邓斯坦伯城堡。此时，萨默塞特已正式效忠于爱德华四世，并离开城堡前往辅助沃里克围攻阿尼克城堡。

一直以来，爱德华都很想把萨默塞特争取过来，这次萨默塞特的投诚正让他如愿以偿。爱德华知道，一个如此顽固的追随者的变节将给敌人带来难以想象的沉重打击。而萨默塞特之所以会抛弃兰开斯特派，可能是出于个人利益的考量，也可能是因为他在王后面前与布雷泽争宠失利而心有不甘。可以肯定的是，他与玛格丽特之间近来一直处于紧张的状态。

时值隆冬季节，无论是对于围城者还是守城者，彼此都将面临严峻考验：首先是食物供应不足；其次是天气状况恶劣。在阿尼克，根据编年史家沃克沃斯的记述，士兵们很快就在抱怨"他们在战斗岗位上坚守了太久，饱受寒冷和雨淋的煎熬，鼓不起勇气再去战斗"。到了1463年1月6日"主显节"那天，阿尼克城堡和邓斯坦伯城堡全都向约克派缴械投降，但彭布罗克不愿与爱德华四世达成任何妥协，逃回了苏格兰。

占领诺森伯兰地区的这些城堡意味着爱德华这次出兵已经大功告

成。于是国王向南撤回军队，留下沃里克及其人马守卫边境，沃里克以极为可嘉的精神与效率承担了这一任务。沃克沃斯注意到，"爱德华国王现在拥有了整个英格兰，除了威尔士北部一座叫作哈立克的城堡"。

玛格丽特退回苏格兰之后，爱德华决定阻止她从法国获得进一步的支持，于是打算派遣使团前往法国，与路易十一商议一个友好条约或至少是一项休战协定。得知这一情况后，玛格丽特便不惜采取一切行动来破坏爱德华的意图，并试图说服法兰西国王为自己的事业提供更多援助。

诺森伯兰地区的城堡失守以后，玛格丽特那些法国和苏格兰的雇佣兵跟随她跑回了苏格兰，在那里重整旗鼓。在 1463 年的"大斋节"[1]前夕，王后和布雷泽率领军队跨过特威德河（the River Tweed）进入诺森伯兰。拉尔夫·珀西爵士这位靠不住的巴姆城堡守护人，准许王后的法国雇佣军进入城堡，使得这座城堡再度为亨利六世的兰开斯特派占据。珀西同时也是邓斯坦伯城堡的首领，守军们看到王后到来便乖乖投降了。5 月 1 日，由于拉尔夫·格雷爵士的叛变，阿尼克城堡也对入侵者大开城门。稍后，玛格丽特、亨利六世和布雷泽就居住在巴姆城堡，此处也就成了他们的指挥部。收复诺森伯兰地区这些城堡之后，玛格丽特在名义上掌控了北方大部分区域，尽管当地居民对她并没有多少支持热情。老百姓已对不断的冲突以及两败俱伤的互相残杀感到厌倦；同时，两年以来，爱德华统治的好处也开始显现。在伦敦，兰开斯特派入侵的迅速成功让政府和市民们十分震惊；爱德华国王再次派遣沃里克北上，并要求他"不要让亨利和玛格丽特这两个大叛贼涉水逃脱"。6 月 1 日，沃里克的弟弟蒙塔古被任命为东部边境守护。

---

[1] 译注："大斋节"（Lent），亦称"齐斋节"，自圣灰星期三开始至复活节前的 40 天，人们在此期间进行斋戒和忏悔。

与此同时，根据国王的意愿，议会对萨默塞特进行了平反，恢复了他的头衔和家产。爱德华本人特别在意培养与萨默塞特的友情，在宫廷中为他安排了位置以示尊重，狩猎和宴请时总是让他陪伴左右，还带着他周游王国。"国王过分器重他，以至于到了两人同床共眠多晚的程度。"一时间，爱德华似乎让萨默塞特公爵忘记了自己曾是国王的背叛者。

6月初，由于怀疑路易十一会倾向于约克派，安茹的玛格丽特转而指望从勃艮第的菲利普那里得到援助。当得知英格兰、法兰西和勃艮第将于6月24日在圣奥梅尔（St Omer）举行一次和平会议时，她担心，一旦菲利普与英格兰和法兰西签署停战协定或联盟条约，她在欧洲便找不到盟友的支持了，政治上必定处于孤立状态。和平会议开幕那天，菲利普象征性地送了她一份价值一千克朗的礼物，她为此大受鼓舞；殊不知，菲利普给的这点小甜头是为了让她保持安静，且希望她远离圣奥梅尔。

会议期间，爱德华四世和路易十一通过各自的特使签订了停战协定，并约定双方不得为彼此的敌人提供援助，有效切断了法兰西对兰开斯特流亡者的支援通道。此时，玛格丽特奋不顾身地渡过英吉利海峡，决定去面见菲利普，希望能够抢先一步阻止他与法国或英国之间达成协议。尽管玛格丽特与菲利普之间并无交情，但事已至此，她也只能孤注一掷地把菲利普当成最后的救命稻草。

沃里克则希望通过磋商他的主人与法兰西公主之间的联姻，来进一步巩固爱德华与路易之间新的亲善关系。因为路易本人的女儿年纪太小，所以他为爱德华物色了路易十一的王后夏洛特的妹妹——萨沃伊的博纳（Bona of Savoy）——作为对象；菲利普担心这桩联姻将对勃艮第造成威胁，于是较着劲为爱德华推荐了自己的一个侄女。爱德华对两者均未做出回应，尽管他倾向于与法兰西之间的友好关系。

6月，蒙塔古勋爵击退了兰开斯特派对纽卡斯尔的攻击。效忠国王的水手们半道截获了来自法国的船只——船上满载援助王后的物资。

这对玛格丽特打击很大，因为路易不可能再次为她提供失去的物品。当时，兰开斯特派正在围攻诺勒姆城堡（Norham Castle），此城堡属于达勒姆主教，伫立于特威德河畔。从夺取城堡的角度来说，苏格兰人所处的位置要比兰开斯特派更具优势，因此，在别无选择的情况下，王后只好请求苏格兰人协助自己一道攻打城堡。围攻僵持到第18天时，沃里克赶到这里，并在蒙塔古以及当地人的帮助下把苏格兰和兰开斯特派打得四处逃窜。

在约克派的穷追下，王后和手下退回到了巴姆城堡。在逃跑的过程中，发生了一段玫瑰战争中最著名的且被浪漫化了的插曲。许多现代历史学家认为，这段插曲只是传说，但编年史家乔治·夏特兰称这是当年晚些时候他从王后那里听到的事实。

故事是这样的：在逃遁的途中，王后和她的儿子分头休息，突然，一群劫匪从附近的灌木丛中冲出来抢走她的行李，扯掉她的珠宝饰物，然后用暴力与威胁把她拖到了首领面前。此人一手拽住王后的长袍，一手拔剑准备割开她的喉咙。在这生死关头，她顾不了羞辱、折磨和威胁，双膝跪地，两手紧握，放声哭泣，并高呼饶命，哀求他给予怜悯，不要割碎或损毁她的身体，以免死后无法辨认。她说："我是一位国王的女儿和一位国王的妻子，过去，你们都承认我是你们的王后。假如现在你用我的血玷污了双手，那么你的残忍行为将会为千年万代的所有人深恶痛绝。"

她的话在这个男人身上产生了奇妙的反应。此人以前或许是一位兰开斯特派的战士，曾经为她战斗过。如今，他跪在她面前，发誓宁死也不会伤害或放弃她和王子。他告诉王后，自己人称"黑杰克"，然后引领王后等人穿过一条秘密通道，进入位于"迪普顿森林"（Deepden Woods）一条河流旁边的洞穴中——这个洞穴如今依然存在，仍被称为"王后的洞穴"。他们在洞穴中躲避了两天，直到一直在寻找王后和王子下落的布雷泽和他的侍从巴尔维尔（Barville）找到这里。在告别"黑杰克"并宽恕了他的冒犯之后，王后和布雷泽骑马到达卡莱尔，并在那里越过苏格兰边境前往柯尔库布里。

当王后到达柯尔库布里，一位名叫科克（Cork）的英格兰密探设计企图绑架她，并想将她带给爱德华四世。科克花费重金收买了王后手下的人，在一个夜晚逮住了布雷泽和巴尔维尔，强行把他们押解到一条小划艇上——两人双手被绑，嘴巴被堵着。接着，他们又轻而易举地抓获了毫无防备的王后和她的儿子，他俩也被押到了划艇上，船只随即驶离海岸。在船上滞留一整夜之后，王后在晨曦的微光中认出了布雷泽，偷偷地解开了他的绳索。获得自由的布雷泽乘科克不备将其击昏，并制服了桨手。几个小时之后，划艇颠簸地进入了波涛汹涌的索尔威湾（the Solway Firth）水域，最后搁浅在荒凉的柯尔库布里海湾。布雷泽背着王后上岸，把她安置在沙滩上恢复元气，之后，巴尔维尔和王子也上了岸。休整之后，他们徒步走到附近的一个小村庄乞求庇护。布雷泽派遣巴尔维尔前往距此几百英里的爱丁堡，指望争取玛丽王后的帮助。但巴尔维尔带回来的消息是玛丽只愿意在私下里会见玛格丽特，而且，王子与玛格丽特·斯图亚特之间的婚约已应勃艮第的要求被解除。玛格丽特对此感到困惑与愤怒，于是亲自赶往爱丁堡，但已不可能说服难堪的苏格兰政府改变主意了。苏格兰摄政者所能做的，就是帮助玛格丽特回到她在诺森伯兰的朋友那里去。

此时，玛格丽特陷于绝望之中，她是如此穷困潦倒，甚至于在祭祀自己的守护神圣玛格丽特的节日时，不得不从一位苏格兰弓箭手那里借钱用以供奉。等王后和布雷泽一道返回巴姆城堡见到她的丈夫和儿子时，他们的食物供应正处于即将耗尽的窘境。根据夏特兰的记述，他们"沦落到极其可怜悲惨的赤贫境地，三个人在五天之内仅以一条青鱼和原本只够吃一天的面包垫肚充饥"。

在这段时间里，兰开斯特派在北方的行动给萨默塞特造成了很大的负面影响，尽管这些行动已经与他毫不相干。许多官员对于萨默塞特被任命为纽卡斯尔驻军的最高指挥官感到愤恨，因为他们无法忘记这个人及其家族曾给予兰开斯特派的支持。7月下旬，为了萨默塞特的安全起见，国王打发他离开宫廷；萨默塞特公爵似乎去了威尔士的一座皇家城堡躲避风头。

1463 年 7 月之后，当安茹的玛格丽特得知沃里克率领大队人马正在向北挺进，并意识到自己根本没有希望抵挡这次来袭的时候，她决定亲自前去请求勃艮第的援助。在巴姆城堡告别了亨利六世，并许下了将在来年春天带回一支新军的诺言后，王后与布雷泽、埃克塞特、弗特斯克、莫顿以及 200 名士兵，乘坐四条捕鱼船起航出海。当时，亨利则去了贝里克。

7 月 31 日，在经历了 12 个小时的狂风的折腾之后，由于严重损坏而无法继续航行，王后的船只被迫驶进佛兰德斯的斯勒伊斯（Sluys）。玛格丽特一贫如洗，既没有钱，也没有王室长袍，又没有贵重的家当——所有值钱的东西都已经变卖用于资助她的军事行动。她唯一可穿的衣服就剩一件红色的短至膝盖的外套，就是普通农妇所穿的那种款式。她的侍从被减少到只有 7 名女性，她们的穿着也像女主人一样糟糕。王后完全依赖于布雷泽给予的钱和食物度日，尽管他本人也极度拮据——在侍奉王后的过程中，他已经倾其所有（5 万克朗）。

玛格丽特凭借一张菲利普在年前为她出具的过期安全通行证，居然顺利地进入了他的领地，但是她在斯勒伊斯受到的对待极其冷淡。人们忠诚于菲利普公爵，他们不曾忘记这个女人在得势的那些日子里一直是他的死敌，并对她的不幸际遇给予了诸多"粗野的评论"。夏特兰写道："她的处境看起来确实可怜，这位高贵的王后竟然会沦落到如此悲惨的地步。她备受饥饿和困苦的折磨，且处于极大的危险之中，因为她不得不降下身段，乞求世上所有人——甚至是那些以她为敌者——的怜悯。"然而，尽管资源匮乏且遭到佛兰芒人的敌视，但王后决意要见菲利普，并试图阻碍在圣奥梅尔举行的和平会议。她乐观地认为，她的困境必将引起菲利普的恻隐之心，从而得到援助。

玛格丽特一上岸便派出信使前去请求菲利普公爵接见，她"为了自己和孩子，不顾谦卑和穷困前来寻求他的庇护，并相信，他不至于太傲慢而拒绝见她"。菲利普的确对她心有同情，但他急于与爱德华四世之间达成友好条约，以便维持英格兰与勃艮第之间的贸易关系，所以并不希望兰开斯特王后出现在英国使节面前而让自己感到尴尬。菲利普以生病为借口，拖延时间打发她，内心希望她能够离开。然后，菲利普又派人转告玛格丽特，他已到布洛涅（Boulogne，法国北部港口）的圣母玛利亚教堂朝拜去了。因为布洛涅就在英国人的占领地加来附近，他以为那里的危险会让玛格丽特退却，玛格丽特却对他的信使说："我将置个人安危于度外，一定要去找他。哪怕我的勃艮第表亲走到天涯海角，我也要找到他。"

信使急忙回到菲利普那里，告诉他世上没有什么办法可以改变王后的志向，"她非见到他不可"。菲利普说，假如不得不见她，那就把会见地点安排在布洛涅——他无疑希望英国人能够在途中抓住她。然而，骑士精神和良好的礼貌最终占了上风，他给玛格丽特送去一条消息，说会在圣波尔（St Pol）接见她。等到他到达那里，英格兰的使节可能已经离开了勃艮第。

等他们终于见面，之前的分歧都被虚饰的礼仪暂时掩盖。菲利普公爵表示欢迎王后来到勃艮第，同时对于她的不幸际遇深感遗憾，但他没有进一步做出任何承诺，只是对她说，在处理与爱德华四世之间的关系时，他会考虑到她的利益。离开圣波尔之后，菲利普赠予玛格丽特 1.2 万克朗和一枚钻石戒指，送给布雷泽以及王后的每位女侍从各自 100 克朗当作礼物。9 月，他派遣自己的妹妹波旁公爵夫人及其女儿——她嫁给了玛格丽特的弟弟卡拉布里亚的约翰（John of Calabria）——来陪伴王后。温暖的情谊在这两个女人之间腾升，玛格丽特悲哀地告诉公爵夫人，任何史册中都找不出可与她相提并论的艰难困苦了，并细述了她的苦难历程。公爵夫人深抱同情地表示，假如有一本书专门描写皇家贵妇的所有不幸，那么，玛格丽特比其中任何人所遭遇的灾难都有过之而无不及。

9 月，玛格丽特前往布鲁日，并在那里得到了菲利普的儿子、夏洛来伯爵查理犹如国王般的盛情款待。王后享有的皇家尊严和王室礼仪并未因为她的穷困而受到损害，在一次招待玛格丽特的宴会上，她示意查理可以在她和王子之先使用洗手盅，但查理效法他的父亲——他总是坚守对王室成员保持应有的尊敬——绝对不肯主动响应要求去做此事，并说，一位公爵的儿子不应该与一位国王的儿子一同洗手。这个细节几乎引发了一起外交事件。注重礼节规范的勃艮第宫廷一片惊愕，生怕对来宾有所冒犯，甚至赶紧派了信使征询菲利普公爵有关先后次序的问题。菲利普认为查理行为得体，且维护了勃艮第的荣誉。

在布鲁日，玛格丽特还会见了编年史家乔治·夏特兰，在对方的请求下，她讲述了自己的历险——夏特兰在其编年史中做了详细的记载。他的想象力被王后的美貌和不幸遭遇所激发，听到她说有好几次想要结束自己的生命时，夏特兰更是抑制不住悲伤难过，"但幸运的是，对于上帝的敬畏及其恩典的眷顾，最终未能让她犯下这致命的罪过"。

菲利普赠予玛格丽特 1.2 万克朗的礼物，让她囊中充实了些。接着，她骑马前往位于法国东北部的南锡（Nancy），去看望父亲雷内国王。雷内意识到，女儿的事业渺无希望，回到苏格兰对她来说也十分危险，于是说服她暂时留在法国，并为她提供了位于巴尔公国（the duchy of Bar）的考尔－拉－珀蒂特城堡（the castle of Koeur-la-Petite）。玛格丽特在这里建立了一个流亡小朝廷，人员包括约翰·弗特斯克爵士、约翰·莫顿博士、罗伯特·惠廷汉姆爵士以及为她管理图章的文员乔治·阿什比。雷内为她拨付一年 6000 克朗的费用，但这笔经费根本无法满足她的支出，在流亡生活的大部分日子里，她都处于贫困拮据状态。这迫使她花费很多时间去寻求各种亲戚的帮助，包括她的祖母阿拉贡的约兰德（Yolande of Aragon）、她的弟弟卡拉布里亚的约翰和她在安博瓦兹（Amboise）的姑妈——孀居王后——法兰西的玛丽。她也不时前往巴黎，试图恢复路易十一对于她的事业的兴趣，但都无功

而返。她还企图取得神圣罗马帝国皇帝腓特烈三世和夏洛来的查理的
支持，但均未能如愿。

玛格丽特把对于未来的一切希望都寄托在 10 岁的儿子身上。此时，
她愿意花费一些时间来教育自己的儿子，并指定弗特斯克做他的首席
导师。为了培养这个男孩，弗特斯克还写了一本关于英国法律方面的
专论——《英国法礼赞》（*De Laudibus legum Angliae*），并对他加以精
心教导。乔治·阿什比也可能对孩子进行了辅助教育。王子在弗特斯克
的指导下大有长进，毫无疑问，这也得益于近段时间较为稳定的居住
条件。玛格丽特教他礼仪和社交技能，他也接受了对于他那种地位的
男孩必需的例行军事训练。

1463 年 12 月初，经过长时间的谈判，爱德华与苏格兰人终于达
成了一项休战协定，其中一个条件是，詹姆斯三世保证不再给予兰开
斯特派任何进一步帮助。这也是苏格兰人审时度势的结果，他们相信，
事到如今，亨利六世的败局已经无可挽回。12 月 8 日，亨利六世及其
小朝廷的一帮人越过边界，重新回到巴姆城堡定居。在接下来的几个
月中，他所能统治的剩余王国，也就仅限于几个诺森伯兰城堡所及的
范围而已。

在这段时间，由于未能获得爱德华一年前承诺的俸禄，萨默塞特
越来越感到挫败与沮丧。他或许也为抛弃亨利六世而愧疚。1463 年 12
月，他终于离开了爱德华四世，从威尔士骑马前往纽卡斯尔——他已
提前派人通知那里的亲信打开城门。萨默塞特在达勒姆附近的一家客
栈里被人认出，夜深人静时，他被房间外面的脚步声惊醒，连鞋子也
来不及套上，只穿了件内衣便慌忙爬窗逃跑。与此同时，纽卡斯尔的
约克派驻军已得知他即将到来，并把他的家臣打得四处溃逃。萨默
塞特公爵不得不逃离英格兰，跑到巴尔公国寻找安茹的玛格丽特的小
朝廷。在那里，萨默塞特请求王后宽恕自己背信弃义，王后则为他再

次回到自己身边而高兴，也乐于与他和好相处。

　　萨默塞特的叛变令爱德华四世痛心疾首，尤其在国王煞费苦心地对他表示友好之后。更为糟糕的是，萨默塞特的离弃预示着兰开斯特派将会发动新的针对国王的谋反行动。在威尔士，彭布罗克正在竭尽全力鼓动人们支持亨利六世。在 1464 年最初的几个月里，北方的被废黜国王的支持者们非常活跃。萨默塞特和拉尔夫·珀西爵士也在煽动民众造反，来自阿尼克的一支突击队更是大胆地进入约克派的地盘，并占领了约克郡的斯基普顿城堡（Skipton Castle）。亨利六世还骑马南下，远至兰开夏郡去寻求支持力量。不久之后，兰开斯特派便拥有了足够的实力，于是对百威（Bywell）、兰里（Langley）和赫克瑟姆（Hexham）等地的城堡发动了有效的袭击。在东安格利亚、格洛斯特郡、柴郡、兰开夏郡、斯塔福德郡和威尔士等地，亨利六世的支持力量也发动了不同程度的叛乱，但全被爱德华国王无情而彻底地镇压了下去。蒙塔古勋爵的手下还发现了藏身于纽卡斯尔附近一个煤矿的威廉·塔尔博伊斯爵士（Sir William Tailboys），当时他随身携带着用于支付兰开斯特派军饷的 3000 马克。塔尔博伊斯被捕后，这些钱就被瓜分了。

　　这段时间，玛格丽特王后正在试图激发布列塔尼公爵对于兰开斯特派事业的兴趣与支持。彭布罗克说服他为兰开斯特派入侵威尔士提供船只和军人，并得到在圣马洛（St Malo，法国西北部港市）组建舰队的许可。3 月，一支舰队在布列塔尼的海军副司令官阿兰·德·拉·莫特（Alain de la Motte）的指挥下从圣马洛起程。但兰开斯特派在英格兰举事被镇压的消息传来后，彭布罗克见势不妙，决定赶紧回头，于是原本入侵威尔士的计划也便就此搁浅了。

　　然而，从被擒获的兰开斯特派密探口中挖出来的信息让约克派政府确信，接下来有可能会发生重大变故。4 月 1 日，颇具名望的布朗土泼斯的汉弗莱·内维尔（Humphrey Neville of Brancepeth）无视爱德华四世对他的宽恕，跑到巴姆城堡投靠亨利六世，并向亨利献上了自己的宝剑。亨利在最近几周中遭受了不少挫折，但这让他乐观地认为，复位已经为时不远了。

沃里克向爱德华提议说，建立北方秩序的唯一途径就是与苏格兰缔结维持永久性和平关系的停战协议。苏格兰人也愿意坐下来谈判商议。4月，国王派遣蒙塔古北上，为对方派来谈判的特使保驾护航直到约克城。但萨默塞特、鲁斯、亨格福德、汉弗莱·内维尔和拉尔夫·格雷爵士设计了陷阱：他们安排了8个携带长矛和弓箭的士兵埋伏在纽卡斯尔附近的树林中，准备阻止蒙塔古在诺勒姆迎接前来的特使。蒙塔古提前得到风声，巧妙地避开了埋伏，但还是在4月25日于墨佩斯（Morpeth）、伍勒（Wooler）之间的赫奇利沼泽（Hedgeley Moor）遇到了萨默塞特一伙人以及500名武装人员。一场短暂但极为激烈的战斗就此发生。鲁斯和亨格福德意识到没有取胜的希望，便退出了战斗。拉尔夫·珀西爵士坚持战斗到最后，但他受了致命伤，结果与大多数手下一道战死。他的死对兰开斯特派的事业是一个沉重的打击：许多北方人是因为效忠珀西才支持兰开斯特派的。

这场战斗以蒙塔古驱散萨默塞特的军队而告结束。之后，他继续骑马赶往诺勒姆迎接苏格兰特使，并把他们护送到了约克城。谈判双方同意签订为期15年的休战协议。萨默塞特和余下的人手重新回到了落脚于泰恩河谷的亨利六世身边，紧锣密鼓地策划着下一步行动。

21. 出于爱情的婚姻

这段时间，爱德华四世心有旁骛，他喜欢上了一位看似最不可能的、与他完全不相称的女人——伊丽莎白·韦德维尔（Elizabeth Wydville）。她是里弗斯勋爵的长女，一位 27 岁的寡妇，比爱德华年长 4 岁。伊丽莎白的丈夫，格鲁比的约翰·格雷爵士（Sir John Grey of Groby）是兰开斯特派的一员，在圣奥尔本斯战役中被杀身亡，给她留下了两个年幼的儿子托马斯和理查。大儿子从父亲那里继承了位于莱斯特郡的布拉德盖特庄园（the manor of Bradgate），伊丽莎白一直生活于此。

伊丽莎白曾是玛格丽特王后的宫廷侍女，从一开始就处于与约克派对立的阵营。但她是一个漂亮的女人，身高中等却体形曼妙，有着一头金色的长发和诱人的微笑。爱德华忽视了这样的事实：伊丽莎白同时也是一个野心勃勃、精明狡猾的女人，她诡计多端、贪心不足，同时冷酷而又狂傲自负。

到了 1464 年，国王的臣民认为他"久未娶妻，生怕他不能洁身自好"——根据格雷高里的说法。爱德华一直以来就不是一个纯洁正派之人，但伊丽莎白绝不是那种他可以轻易得手又能随意抛弃的女人。无论爱德华使用什么招数，她皆能挫败它们，并非要与他成婚不可。然而，伊丽莎白是一介平民，自从 1066 年以来，还没有哪位英格兰国王会娶一个普通女子为妻。

爱德华着迷于伊丽莎白的冷艳之美不能自拔，有许多他向伊丽莎白求爱的耸人听闻的故事，其中一个传说是这样的：有一次，爱德华试图强迫伊丽莎白，她便抓起一把匕首，假装要自杀，并哭喊着说，她知道自己不配做王后，但珍惜名誉甚于生命。"现在，请注意，爱情到底意味着什么，"格雷戈里写道，"爱情并不意味着毫无过错，也不意味着没有危险。"爱德华的求婚是工于心计的伊丽莎白的一大胜利，因为国王的婚配很少是以爱情为重的。曼奇尼认为，国王是"被欲望支配"而选择妻子。他决定迎娶这个出自兰开斯特势力的普通女子，完全是被情感冲动所驱使，而绝非出于要在宫廷中建立一个制衡内维尔家族势力的新派系的考量。后来，两大派系变得势不两立。

韦德维尔是北安普敦郡的一个古老家族，据说是一个名叫威廉·德·韦德维尔（William de Wydville）的诺曼人的后裔，伊丽莎白的父亲和祖父一直是兰开斯特国王们的忠实仆人。她的父亲里弗斯勋爵作为一个乡绅，社会地位在渐渐提高，但因为他娶了贝德福德的遗孀，卢森堡的雅克塔（Jacquetta of Luxembourg）为妻曾引来许多流言蜚语。他们结合之后总共生育了 14 个孩子，在英格兰以模范夫妇而闻名。在亨利六世统治时期，里弗斯与萨福克以及博福特家族结盟，也与颇具影响力的鲍彻以及费勒斯家族关系密切。这个家庭位于北安普敦郡的格拉夫顿（Grafton）。

里弗斯及其长子安东尼颇具天赋，都很有教养，在海外，他们均以勇猛骑士的名望而备受尊重，尤其是安东尼，他还是一位竞技高手。曼奇尼形容安东尼是"一个善良、庄重和正直的人。不管多么有才干，他从不损害任何人，相反，受益于他的人却不少"。他虔诚敬神，甚至是一位苦行者。他喜好学问，其论著《哲学家语录》（*The Dictes and Sayings of the Philosophers*）是由威廉·卡克斯顿印刷出版的第一本书。

尽管如此，伊丽莎白并不是一位适合国王的新娘。对于一位国王来说，他的婚姻事关国家命运，爱德华四世选她为妻，显示出了他令人懊丧的政治判断力和缺乏责任心。他娶了她，不仅没有得到财政或政治上的任何优势条件，而且还丢弃了一个与外国联姻的有利机会。

爱德华对自己的婚礼做了最严格的保密安排，这说明他本人也意识到了这桩婚事的不合时宜。

1464 年 4 月底，国王骑马北上去对付兰开斯特派的谋反行动。途中，他在北安普顿附近的史东尼 – 斯特拉特福德（Stony Stratford）聊作停留，在那里，他命令 16 个郡的治安官分别召集 16—60 名战士"以备防范之用"，并要求他们做好准备随叫随到。然后，在 5 月 1 日黎明之前，他假装出去打猎，悄悄骑马前往格拉夫顿。爱德华一大清早就到达了那里，并在一座隐蔽于附近树林中的被称为"赫米特基"（the Hermitage）的小教堂里，与伊丽莎白·韦德维尔举行了婚礼。最近在此地发掘出了刻有白玫瑰和韦德维尔家族盾型纹章图案的瓷砖。当时的见证者只有一位不知名的牧师、伊丽莎白的母亲贝德福德公爵夫人、两位绅士以及一个帮助牧师唱诗的年轻人。仪式之后，爱德华与他的新娘相拥上床，婚礼圆满结束，但过后他不得不回到史东尼 – 斯特拉特福德。到了夜里，他又返回格拉夫顿，新婚妻子在母亲的掩护下，偷偷地溜进他的卧房。爱德华在此连续待了 4 天，从表面上看他只是在接受里弗斯勋爵和公爵夫人的常规款待，一到晚上，伊丽莎白就在母亲的纵容下与他同床共枕，尽享鱼水之欢。不过这种田园生活很快即告结束，到了 5 月 10 日，爱德华便骑马前往莱斯特与他的军队会合。

萨默塞特在赫奇利沼泽（Hedgeley Moor）交火中失败后，于 3 个星期内重新集结了军队，并在北方招募了更多战士。然后，他率领军队向南进军，决心恢复亨利六世的王位（当时他住在百威城堡）。前去迎击他的是蒙塔古，兵力至少 2 倍甚至可能 8 倍于萨默塞特。按照沃克沃斯的说法，蒙塔古的兵力约有 1 万人，根据现代历史学家的估计，他的兵力其实约为 4000 人，但兰开斯特派只有 500 人。蒙塔古还得到了格雷斯托克勋爵（Lord Greystoke）和威洛比勋爵（Lord Willoughby）的大力支持。

5月15日，两军在泰恩河以南的赫克瑟姆正面遭遇。萨默塞特的人马扎营于一片宽广的草地上，其三面被一条河流以及树林茂密的陡峭山坡环绕。萨默塞特公爵以为此地是极好的防御阵地，但事实证明它是一个致命的瓶颈位置，因为蒙塔古的大军朝着草地突然猛扑过来，堵住了敌人唯一的出入口。萨默塞特的军队一见此状，便惊慌失措溃不成军。许多人为了逃命爬上山坡，消失在树林之中，另一些人只有选择缴械投降。而那些坚守阵地的负隅顽抗者，不是被残忍砍杀就是沦为俘虏。萨默塞特本人被活捉，他的军队被彻底歼灭，约克派有效粉碎了兰开斯特派在北方的顽抗力量。

在接下来的几天里，约克派对从战场上逃脱的几个兰开斯特派贵族继续穷追不舍，直到抓捕他们为止。战斗之后不久，按照国王的旨意，蒙塔古下令对萨默塞特以及其他同僚执行死刑。萨默塞特公爵被斩首，遗体被埋葬于赫克瑟姆修道院。他一生未婚，只留下一个私生子，名叫查尔斯·萨默塞特（Charles Somerset）。萨默塞特死后，他25岁的弟弟埃德蒙德·博福特便以萨默塞特公爵自居，但没人认可。在随后的几年里，他出现在勃艮第，作为雇佣兵为菲利普公爵浴血奋战。

5月17日，鲁斯、亨格福德以及其他三人在纽卡斯尔被砍头。第二天，蒙塔古南下来到米德勒姆城堡（Middleham Castle），在那里下令处决菲利普·温特沃斯爵士（Sir Philip Wentworth）以及三个兰开斯特派乡绅。托马斯·芬德尼爵士（Sir Thomas Finderne）和埃德蒙·菲什爵士（Sir Edmund Fish）在约克城接受了同样的命运，其他几个被捕获的参与了赫克瑟姆战斗的贵族，则在英格兰治安官、虐待狂约翰·蒂普托夫特主持的法庭受到审判，以叛国罪全部被处死。威廉·泰尔博伊爵士同样在几周之后被绞死。

赫克瑟姆战役之后，亨利六世也差点被约克派抓获。在约克派士兵赶往百威城堡时，一个信使为亨利送去了兰开斯特派战败的消息。亨利不假思索地仓皇出逃，甚至没有来得及带上他那顶镶着王冠的头盔、盔甲、宝剑，还有象征国王身份的帽子以及其他贵重物品。一位编年史家讽刺性地写道："这一天，亨利国王变身成为最佳骑手，他跑得那么快，没有一个人追得上他。"

在之后的一年多时间里，亨利一直在逃亡，先后在兰开夏郡、约克郡和湖区（the Lake District）等地藏身过。不像玛格丽特，人们对于亨利的行动轨迹知之甚少，鲜有记载。当时，他唯一的伙伴只有管家理查·汤斯顿爵士。据说，他们曾把自己伪装成僧侣，躲藏在约克郡一座修道院中。也传说他们曾藏匿于约克郡西区萨利（Sawley）附近的博尔顿大堂（Bolton Hall）——如今那里尚有一口以他们的名字命名的水井。据称，亨利走后留下了一只靴子、一只手套和一个勺子——现在保存于利物浦博物馆中。不过这些物品都不是 16 世纪之前的遗物，所以，他在此避难的故事不一定可信。

鉴于蒙塔古的杰出贡献，爱德华授予其诺森伯兰伯爵爵位以及珀西家族大部分的祖传土地。阿尼克城堡当时仍为兰开斯特派所占据，6 月 23 日，沃里克带兵出现在城堡前要求守军投降。兰开斯特残党在保全性命的条件下同意交出城堡，这座城堡就这样落入了内维尔家族手中。

5 月下旬，约克派相继收回了邓斯坦伯城堡和诺勒姆城堡，最后只剩巴姆城堡了——拉尔夫·格雷爵士和布朗土泼斯的汉弗莱·内维尔等人在赫克瑟姆战役之后藏身于此。5 月 25 日，沃里克率军到达那里，并派出传令官通告守军，交出城堡即可获得特赦。不过格雷不在此列，原因是他的变节过于频繁。爱德华四世不想让这座城堡遭到大炮的轰击而受损，于是，沃里克警告格雷说，要是他被逼得只能用大铁炮"纽卡斯尔号"和"伦敦号"发射炮弹轰城并因此导致损失，那么每发射一枚炮弹，将以一位守城者的脑袋来偿还。格雷仍然拒绝打开城门，沃里克只得使用大炮轰击城堡。大块大块的建造石料因为轰炸而掉进下方的海中，有一门被称为"第戎号"的黄铜加农炮炸毁了格雷所在的房间，倒塌下来的石墙把他震得失去了知觉。格雷的手下对此置之不理，丢下他等死。城墙很快就被打开缺口，胜利在望的约克派战士蜂拥而入，占领了城堡。汉弗莱·内维尔以及守军获得自由，而恍惚中的格雷沦为俘虏并被押往南方，在臭名昭著的蒂普托夫特面前接受审判。等待他的乃是身首异处的结局。

约克派夺走巴姆城堡意味着兰开斯特派北方势力的最后立足点由此丧失。现在只剩下一座城堡仍在负隅顽抗，那就是威尔士的哈立克城堡——自 1461 年以来，它一直是兰开斯特派逃亡者的安全庇护所。"这座城堡极其坚固，人们都说它不可能被攻克。"格雷戈里写道。1464 年秋天，爱德华四世任命赫伯特勋爵为哈立克城堡的治安官，命令他将此城堡收归约克派，并为他拨发了 2000 英镑作为攻城的经费。赫伯特从此开始了旷日持久的围攻，但敌人躲在险峻城墙背后安然无恙，并相信彭布罗克会来救援。一直以来，威尔士西北部都是支持兰开斯特派的，彭布罗克是被当地人推崇的英雄。吟游诗人们在歌曲中表达着对他归来的渴望，认为届时他将恢复亨利六世的王位，并痛击约克派。实际上，当时彭布罗克人在英格兰北部，没过多久他出国去游说欧洲的列位君主以求支持。不管怎么说，赫伯特可要等上好久了。

由于约克派镇压兰开斯特派的顽抗消耗了过分高昂的成本，爱德华的臣民们对于强加在自己身上的沉重税收愤愤不平。更让百姓们深感不满的是，爱德华还造成了货币贬值，人们认为"这给普通民众带来了极大的损害"。国王承诺的黄金时代并未如期来临。

另一方面，沃里克几乎花费了一年的时间和路易十一商谈爱德华与萨沃伊的博纳（Bona of Savoy）之间联姻的事宜。沃里克认为，皇室联姻将会给英格兰与法兰西带来稳固的联盟关系，也是阻止这位狡猾的法兰西国王在未来再次向兰开斯特派示好的唯一途径。对于路易来说，他也想通过联姻来巩固在圣奥梅尔所签订的休战协定。沃里克定于 10 月份前往圣奥梅尔参加另一次和平会议，并希望届时完成最终的谈判。

勃艮第自然不希望这种联盟关系发生，他想与爱德华建立共同对付法兰西的防御体系，同时也可促进公国与英格兰之间的贸易关系。到目前为止，爱德华一直倾向于支持勃艮第，但在此时，他正在尽最大努力与勃艮第协商，要求他解除对英国商品进口的限制条件，并想借此来拖延时间。爱德华深知，他的婚姻显然是一个强大无比的谈判筹码，因此闪烁其词了好几个月，不过到了后来，悬而不决更多的是因为另一个迫不得已的缘由。爱德华自己当然知道纸终究包不住火，他的秘密过不了多久就会大白于天下。

1464 年的夏天，爱德华的特使文洛克勋爵在埃斯丹（Hesdin）拜访路易，并见到了装扮华丽的博纳，后者给他留下了深刻的印象。路易说，如果文洛克能够说服爱德华同意这桩婚事，他将给予文洛克巨额奖赏；并不期望与勃艮第结盟的沃里克也对文洛克交代了自己的请托。实际上，此时的沃里克正陶醉于路易对他的恭维奉承之中：路易称他为"表兄"，并许诺让他成为一位拥有自己的欧洲公国的君主。

9 月 4 日，由权贵们参加的大议事会在雷丁（Reading）召开。为了缔结与法兰西的联姻关系，沃里克在随后几天里向国王施加了巨大的压力。此时爱德华也知道，他再不可能支吾搪塞了。9 月 14 日，他终于向枢密院投下了一颗重磅炸弹，宣布自己已成婚 4 个月的事实。得知新王后的身份时，权贵们无不目瞪口呆，于是毫不掩饰反对意见，坦率而诚恳地劝告国王，"无论如何完美与漂亮，她绝不是他相称的配偶，他必须明白，她根本不可能成为如他本人这样一位君主的妻子"。绝大多数同僚把韦德维尔家族视为暴发户，并对他们必然会鸡犬升天的预期深感厌恶。

爱德华这桩婚事不仅引起了不少流言蜚语，而且也造成了政治上的极端紊乱。"他不但疏远了贵胄们，"曼奇尼写道，"而且，也极度触怒了"他的母亲和弟兄们，克拉伦斯"以尖刻谴责伊丽莎白的卑微家庭的方式公然发泄自己的愤慨"。一些贵族扬言，他们"不会因她的尊贵地位而对她表示应有的敬意"，许多王室成员也对国王如此选择新娘

"深感失望"。约克派铁杆分子更是激愤难平：国王怎么可以娶一个其父亲、兄弟和前夫皆为亨利六世奋战的女人做王后呢？最为严重的是，权贵们尤其是沃里克对此火冒三丈：这种大事爱德华竟然不跟他们商议就造成了既成事实。路易十一得知此事后，更是指望沃里克能够起事违抗爱德华。事实上，这桩婚姻的确给约克派内部的不和带来了长期而致命的负面影响，后果严重到危及王朝存亡。

早在得知爱德华的婚事之前，沃里克对于国王的不满情绪已在与日俱增。他拥有巨大的权势和财富，但在国家事务中表达个人意愿时常常遭到国王的横加制约，而且程度有加剧之势。沃里克曾希望将自己的土地利益范围扩展到威尔士，但未能如愿。他花费了大量时间和精力磋商与萨沃伊的博纳联姻，如今成为泡影。一想到自己被当成傻瓜对待，他便懊恼不已。而最让他起二心的是，他看到了爱德华对于自己的不信任。

意识到爱德华的所作所为之后，沃里克写信给国外的几个朋友，其中有一封写给路易国王的信幸存至今。信中说，他与爱德华国王不和，激烈的冲突已经在所难免。但没过多久，路易就听说他们之间的裂痕已经修复了：尽管沃里克对爱德华恼羞成怒，可他依然希望爱德华与路易之间能够达成友好协议。

在沃里克与爱德华讲和之后，至少从表面上看，他们之间的友好关系得以恢复，沃里克的地位也几乎不曾改变。他仍然是国王的首要顾问，并在王国中拥有无可匹敌的权势。但爱德华的婚姻标志着他已不想依赖沃里克，而是独立行动，并要形成自己的策略。随着岁月的推移，韦德维尔家族的地位得到了显著提升，最终成为沃里克势均力敌的竞争对手；沃里克的权势则在逐渐减弱，致使他常常口是心非、敷衍了事。沃克沃斯写道："他们之间的裂痕变得越来越大。"沃里克背离爱德华的主要原因，与其说是因为爱德华与伊丽莎白·韦德维尔结婚，不如说是因为彼此在外交政策上出现了巨大的分歧。沃里克仍然对路易国王寄予很高的个人期望，而爱德华则毫不动摇地坚持要与勃艮第建立友善关系，因此，沃里克的意愿连连受挫。

不过，眼前沃里克只能强忍怨恨，一如既往地不动声色。在米迦勒节那天，伊丽莎白·韦德维尔在克拉伦斯和沃里克的护送下进入雷丁修道院，并以王国至高无上的女性和王后的身份出现在权贵和民众眼前。众人下跪以示尊敬。随后是持续了一个星期的庆典活动。

这位新王后心里明白人们对她的看法，因此，为了突出自己的皇家身份，无论出现在何种公众场合，她都会谨小慎微地讲究最严格的礼仪。即使是她的弟弟安东尼，也不得不跪着跟她说话。像丈夫一样，她也崇尚勃艮第的宫廷时尚，但她的王室不像安茹的玛格丽特那样奢侈铺张，而是管理得井井有条。她每年有 4000 马克的寡妇遗产收入，数额远少于过去每年拨发给玛格丽特的费用，但伊丽莎白能量入为出、精打细算，将日常开销合理地控制在自己的收入范围之内。爱德华把她安顿在之前属于玛格丽特的格林尼治宫，还在伦敦的"骑士街"（Knightrider Street）为她安排了一栋被称为"奥蒙德客栈"（Ormond's Inn）的房子，位于史密斯菲尔德区的城墙边。15 世纪 60 年代，国王下令，从剑桥大学王后学院撤除安茹的玛格丽特的纹章，而以他妻子的纹章取而代之。

伊丽莎白深谙操纵丈夫之道，为了帮助家人和朋友获得厚待或升迁，她对国王使用了相当的影响力，因此，也招致老牌贵族们的憎恨。王后王室中的重要职位，均由她的韦德维尔家族和鲍彻家族的亲戚们占据。曼奇尼说："她还把许多素不相识的人吸纳到自己的私党之中，并推举他们进入宫廷，以便让他们分别控制国王的私人事务，最后达到操纵国王本人的目的。"韦德维尔家族是一个钻营而贪婪的宗族，他们迅速崛起，成为这个国家的强势集团，但也成了一种麻烦。他们很快就在宫廷中拥有了巨大的影响力，"王后洋洋得意"，而"整个王国却对此深感不满"。曼奇尼说，韦德维尔家族"理所当然地遭到贵族的憎恶，因为他们的升迁超越了那些教养和才智远在他们之上者的晋级"。最为关键的是，新派系对内维尔家族怀着很深的敌意，憎恨对方对于国王的控制力。他们自然也反对沃里克渴望的与法兰西之间的结盟，而是支持国王与勃艮第建立友善关系。沃里克本人绝不愿意扮演从属于韦德维尔家族的角色，这必然加深了爱德华与沃里克之间的裂痕——何况他们之间的友谊本来就未从国王考虑不周而私定婚姻的打击中恢复过来。韦德维尔家族在外交政策上与沃里克唱反调，威胁到了沃里克与法兰西结盟并从中获取好处的企图，而在宫廷中制造了危险的紧张局势。敌对派系在宫廷中再现，对于未来的约克王朝来说，也是一种凶多吉少的预示。

爱德华以火箭式的升迁和有利可图的联姻来提升韦德维尔家族社会地位的做法，让沃里克以及其他权贵"敢怒而不敢言"，他们看在眼里恨在心里。一夜之间，里弗斯勋爵摇身一变，成了宫廷中举足轻重的人物。他的继承人安东尼准备迎娶已故斯凯尔斯勋爵的女继承人为妻，并将享有勋爵头衔。两个年轻的儿子莱昂内尔和爱德华，分别成为索尔兹伯里主教和舰队司令。韦德维尔家族还为子女们安排了许多联姻：1464 年 9 月，王后的妹妹玛格丽特许配给了马尔特拉夫斯勋爵（Lord Maltravers）托马斯，他是阿伦德尔伯爵的儿子和继承人；1465年 1 月，他们为王后 19 岁的弟弟约翰撮合了一桩"残忍的婚姻"，让他娶了继承亡夫爵位的遗孀、67 岁的诺福克女公爵为妻。大约 1466 年 2 月，国王又筹划了王后另一个妹妹凯瑟琳·韦德维尔的婚姻，把她嫁给了兰开斯特派成员的遗留子弟、白金汉公爵亨利·斯塔福德，因为他的监护权已交由王后。白金汉尚是一个未成年的孩子，"由于女孩卑微的出身而鄙视和她结婚"，当然这由不得他做主。

王后其他妹妹的婚姻接踵而至。安妮嫁给国王的表弟鲍彻子爵威廉；埃莉诺嫁给格雷·德·里辛勋爵（Lord Grey de Ruthin）——他的父亲刚刚取代已故的福肯伯格成为肯特伯爵；玛丽嫁给赫伯特勋爵的儿子和继承人威廉，国王还赠予新郎邓斯特男爵领地——沃里克本人一直声称这片土地应由蒙塔古来继承；雅克塔嫁给斯特兰奇勋爵（Lord Strange）；玛莎嫁给约翰·布罗姆利爵士（Sir john Bromley）。

1466 年春，爱德华授予其岳父里弗斯伯爵爵位，同时免去沃里克的叔叔蒙特乔伊勋爵（Lord Mountjoy）的英格兰财政大臣的职务，让里弗斯取而代之，从而冒犯了沃里克。更为糟糕的是，当年 10 月，经由国王的妹妹安妮·金雀花牵线，王后前夫的儿子托马斯·格雷（Thomas Grey）迎娶了埃克塞特公爵的女儿安妮·霍兰德（Anne Holland）。这桩婚姻让沃里克比任何其他人都更为愤怒：为了解除安妮与沃里克弟弟的儿子诺森伯兰之间的婚姻关系，国王曾向埃克塞特公爵夫人支付了 4000 马克的补偿款。在沃里克看来，王后似乎是故意以此来轻蔑他。

大多数贵族不敢冒着令国王不快的风险，而拒绝让韦德维尔家族的子女与自己的孩子配对。事实上，他们不得不推脱其他所有提婚。这意味着大部分符合条件的贵族继承人都被排除在婚姻市场之外，这让沃里克非常光火，因为他尚有两个女儿待嫁闺中无人理会。或许让沃里克有所安慰的是，1464 年 9 月，国王将他的弟弟乔治·内维尔提拔到约克大主教的职位。

然而，尽管国王可以给予韦德维尔家族能得到的一切，却无法给予他们民心——对他们来说，民心是求而不得的。关于王后家族的负面评论无处不在，而且不断升级。不仅贵族心有不甘，就连平民百姓也愤愤不平。爱德华的宫廷弄臣也敢当着国王的面开玩笑："韦德维尔家族跑得太快了，让所有人都望尘莫及！"

国王结婚成家后，沃里克再也不能通过联姻来巩固与法兰西的联盟关系了。但是，路易并不想让此妨碍他与沃里克继续谈判，妨碍拉近两国之间的距离。当时，适逢爱德华向勃艮第和布列塔尼伸出友爱之手，并打算与它们结成联盟关系，而路易绝不乐意让这种情况发生。于是，沃里克继续向爱德华施压，以期实现自己和路易想要达到的目的，但爱德华对此已经不感兴趣了。

在这个时候，兰开斯特派的大牙或许已经拔得差不多了，但妄想恢复亨利六世王位者还是不乏其人。1464 年年末，奥蒙德伯爵（Earl of Ormonde）前往葡萄牙，想去看看葡萄牙国王——他也是冈特的约翰的后代——是否愿意为亨利六世提供援助。没过多久，奥蒙德便给身在巴尔的玛格丽特王后写信，说葡萄牙国王表示很乐意提供帮助；但后来事实表明，这些都是空话。弗特斯克给奥蒙德伯爵回信，他们所有人"正处于极度的穷困之中，王后为我们提供了饮食，所以尚不至于无法生存"。雷内国王的巴尔臣民们不断敦促他给女儿提供更多周济物品，民谣也在歌唱玛格丽特王后的艰难困境，但雷内自身捉襟见肘，除了已经拨发给女儿的一点可怜经费之外，再也无力为她提供更多的资助了。

玛格丽特王后在英格兰仍有朋友，她非常高兴地听到他们说，沃里克对于爱德华国王的婚姻深感不满。与此同时，王后在法兰西宫廷的联系人还告诉她，爱德华与沃里克之间即将发生战争。玛格丽特喜出望外，认为这可能会是形势发生变化的转机，于是再次请求路易帮助她恢复丈夫的王位。但是，路易对玛格丽特在信中所表现出来的态度议论道："她的信可真高傲啊！"他没有为玛格丽特提供任何帮助，反而把布雷泽从她身边召回，并将其派往与勃艮第交战的前线。玛格丽特因此失去了她最强劲的战将，而且从此以后再也没有见到布雷泽：他于 1465 年在蒙特尔赫里战役（the Battle of Montlhery）中阵亡。

1465 年圣灵降临节时，威斯敏斯特教堂举行了隆重的仪式，伊丽莎白·韦德维尔由鲍彻大主教加冕，成为王后。沃里克没有出席，而是作为特使被派往勃艮第。由于爱德华的拖延以及与菲利普交好的决心，沃里克想与法兰西结盟的希望很快就成了泡影，当年年底，英格兰与法兰西之间的关系变得异常紧张。

到了 1465 年 7 月，亨利六世靠着兰开斯特党人的忠诚，在北方四处辗转已有将近一年时光——他们为亨利提供了藏身之所，保护他躲避约克派密探的追踪。就在这个月，亨利和忠实的汤斯顿，以及后来加入的托马斯·曼宁（Thomas Manning）——他原本负责管理国王的印章——一同来到理查·坦皮斯特爵士（Sir Richard Tempest）家，此人在兰开夏郡的沃丁顿大厅（与约克郡边界相去不远）盛情款待来客。能够为自己所认定的合法君主提供庇护，坦皮斯特感到很荣幸，但他的弟弟约翰对于兰开斯特派的事业毫无同情心，而他就住在附近，而且兄弟俩来往频繁，因此，哥哥决定对弟弟保密国王的真实身份。此事不难办到，因为约翰·坦皮斯特从未见过亨利国王。但屋中的另一位来客——一个"阿宾顿的黑衣修士"——认识亨利，他不想违背自己的职责而让良心不安，于是跑到约翰·坦皮斯特的家中，告诉约翰，他哥哥的客人实际上是亨利六世。

一开始，约翰不知道如何是好：一方面，他并不希望由于自己而导致对哥哥家发动一场武装突袭；另一方面，作为爱德华四世的忠实臣民，他又不能让亨利从手中悄悄溜走。7月13日，他终于带着两个邻居——托马斯·塔尔博特（Thomas Talbot）和他的堂弟约翰——以及一群武装人员，骑马赶到沃丁顿大厅，当时，理查·坦皮斯特一家人以及他们的客人正在用餐。约翰要求亨利六世亮明真实身份，否则就要将他从座位上拽起来。汤斯顿见势便从座位上跳出来，拔剑上前保护亨利。接着发生了一场短暂的暴力冲突，在搏斗中，汤斯顿打断了约翰·坦皮斯特的手臂。然后，汤斯顿拉住亨利的手，左劈右砍挡开了约翰的武装人员的攻击，打算逃到附近的"克利瑟罗森林"（Clitherow Forest）。就在他和国王逃向树林的时候，约翰的手下骑上等候在外的马匹奋起直追。汤斯顿、国王、曼宁以及其他追随者继续奔逃进入树林，尔后沿着树林背面的山坡往下跑到里布尔河（the River Ribble）边。下午4点钟光景，正当他们试图在邦杰利－希皮斯通斯（Bungerly Hippingstones）附近涉水过河时，被随后赶来的追兵悉数抓获。

当时，爱德华四世与王后正在坎特伯雷，7月18日，他接到一名僧侣——可能就是那位"阿宾顿的黑衣修士"——的通报：亨利已被抓捕。国王立刻宣布了这条消息，并下令要在大教堂举行一场感恩侍奉活动。

亨利被解送南方，在伊斯灵顿（Islington）转交到沃里克手中，他已在那里等候准备将亨利护送到伦敦。24 日，被废黜的国王骑着一匹没装马刺的小马进入首都，样子非常狼狈：双腿被皮带绑在马镫上，身体被绳索捆在马鞍上，头戴一顶草帽。亨利骑着马穿过齐普赛街和科恩希尔街（Cornhill）等街道，途经纽盖特监狱，沿路观众如潮，他们喊叫着嘲弄的言辞，有人甚至向亨利扔垃圾或石头。还有人大声用猥亵的言语侮辱玛格丽特王后，谴责她是"出卖身体的无耻娘儿们"。最后，亨利被凄然地押解到了囚禁他的地方——伦敦塔。

罗伯特·拉特克利夫（Robert Ratcliffe）等忠诚的约克派人员被指定为亨利的监狱看守。亨利享有每周 3 英镑的生活费用。除了受到武装人员的监管之外，他始终拥有两位侍从、两位仆人为其服务。同情兰开斯特派的编年史家们声称，亨利在监禁期间没有得到很好的待遇。亨利的确不能一直保持整洁，也无法经常更换衣物，但监狱看守们都相当圆通灵活，不仅对他表示尊重，而且还允许他获得某种安慰：比如，有一位专职牧师时常前来为亨利服务，并告诉他，宗教法庭每天要为他聚会；又如，亨利得到允许，可以接待来访者，沃克沃斯证实，"任何人都可以过来与他说说话"。然而，此举也会适得其反地为他带来坏处。有一次，一位不知其名的访客用匕首袭击了亨利，并划伤了他的脖子。可预见的是，亨利宽恕了行凶者，他只是温和地责备对方："你怎么可以这样粗暴地侵袭一位受膏的国王呢？"另有一次，一位鲁莽的访客问及亨利，如何才能证明自己作为篡位者统治了这么长时间是合法的，亨利坚持自己的正当性，并告诉他："我是得到上帝襄助的，他总会护佑那些虔敬之人。"

虽然有这些安慰和特许——爱德华甚至将自己窖藏的葡萄酒送给亨利享用——但是在被监禁期间，亨利几乎脱离了现实生活。他把大量时间消耗在阅读或祈祷上，有时，不得不面对遭受挫败而被监禁的现实，便会为自己蒙受的耻辱长吁短叹，或者突然号啕大哭。在哀叹自己可怜的命运时，亨利也会自问，他到底造了什么孽以至于沦为阶下囚。不过，总的来说，亨利都是在坚毅和耐心中度过囚禁的日子。

对于玛格丽特王后来说，丈夫被捕的消息是一个莫大的打击，也摧毁了她恢复兰开斯特王朝的希望，因为即使有可能说服路易十一或菲利普公爵为她组织入侵部队提供资助，但爱德华将亨利作为人质扣押在几乎坚不可摧的监狱之中，她当然不能拿他的生命冒险。

1465 年 9 月 28 日，乔治·内维尔接任成为约克大主教，但国王和王后没有出席他的就职仪式，这引发了外界关于爱德华与沃里克之间出现了新裂痕的猜测。到了 1466 年 1 月，沃里克已经对他与路易国王的未来关系日趋绝望。他在爱德华身上看不到想与法兰西结盟的意思，反而眼见他与勃艮第越走越近；而且就在最近，菲利普的使团前来英格兰，磋商关于爱德华的妹妹，也就是约克的玛格丽特与菲利普的继承人夏洛来伯爵查理联姻的事宜。沃里克意识到，即使他不向路易通告有关情况，路易也很快就会知道。而沃里克想要让法兰西国王以为，他对爱德华仍然具有影响力，可以做到让爱德华远离勃艮第，并说服爱德华恢复与法兰西的友好关系。于是，沃里克伪造了一封爱德华写给路易的信函，信中承诺英格兰无意入侵法兰西，也不会以任何方式阻止路易镇压诺曼底公国的叛乱——当时，路易刚从他的弟弟手里夺取了诺曼底，而爱德华似乎绝不会对此袖手旁观。实际上，发送这样的信件意味着叛国，但沃里克已顾不了这么多了。而且，他认为爱德华与勃艮第之间的谈判迄今为止没有多大进展，因此英格兰针对法兰西的战争不可能会在眼下发生。

爱德华没有觉察到沃里克的表里不一，出发前往福瑟陵格城堡。1 月 30 日，他和即将临盆的王后、王太后以及一大群亲戚朋友聚集在教堂联合会，为约克公爵和拉特兰伯爵举行了庄严的遗骸改葬仪式。遗骨被埋葬在庞蒂弗拉克特简陋的坟墓中已长达 5 年。为迁移送行的人群从约克郡出发，排起了肃穆的长队。两人的遗骸都被安葬在死于阿金库尔战役的约克公爵爱德华墓旁。1495 年，在爱德华四世的母亲，塞西莉公爵夫人本人的要求下，她于死后被埋葬在丈夫身旁。一个世纪之后，为了纪念约克公爵，伊丽莎白一世委办并支付费用建造了一座具有古典风格的纪念碑，此碑至今仍可见到。

和国王一同返回威斯敏斯特之后，伊丽莎白便安居于自己的寓所中待产。爱德华期盼新生儿是一个男孩，以便确保王朝的延续和王位的继承。王后的医生多梅尼科·塞里戈博士（Dr Domenico Serigo）自信地向国王保证，这将会是一个男孩。按照惯例，在分娩的时候，男人甚至是医生均被禁止进入王后的寓所，但塞里戈博士决意成为告诉国王有儿子的第一人，梦想着因此获得一笔奖赏，于是每天都心神不宁地徘徊于通往王后房间的廊道上。1466年2月11日，他终于设法进入伊丽莎白产房的前厅。一听到婴儿的哭声，他便朝房间里大声问道："王后生的是男是女？"一位侍女回话说："无论王后殿下生男生女，站在外面打探都是一个傻瓜！"得知新生儿是女孩后，塞里戈博士匆忙离去——再也无法到国王那里去邀功求赏了。

为了纪念"我们最亲爱的女儿"的诞生，爱德华送给妻子一件价值125英镑的宝石首饰。坎特伯雷大主教为新生儿取名为伊丽莎白。沃里克被选为教父，婴儿的祖母、约克公爵夫人和贝德福德公爵夫人为教母。

随后，伊丽莎白王后到威斯敏斯特教堂接受了庄重的宗教仪式。两位公爵护送她前往教堂，她的母亲以及60位贵妇人参加了仪式。事后，王后还在宫中举办了一场豪华的宴会款待来宾。波希米亚王后的弟弟、罗兹米塔尔勋爵利奥（Leo）作为应邀贵宾，和代表君王的沃里克同桌用餐——按照习俗，国王不适于参加妻子的安产感谢礼。来客非常多，以至于宴席的桌子摆满了4个大房间。沃里克陪着罗兹米塔尔徜徉于席间，不时停下来看看罗兹米塔尔对于这种壮观场面的反应。包括日记作者加布里埃尔·泰泽尔在内的一些来宾的随从，获准站在王后所在房间的角落里，观看她用餐。

王后所在的房间挂着五彩缤纷的壁毯，异常奢华。伊丽莎白独自坐在贵宾席的金色椅子上。整个宴会持续了 3 个小时，在此期间，她和客人们全都缄默无语，那些出身高贵的侍女一直一动不动地跪在她跟前。甚至连伊丽莎白的母亲也不得不跪下和女儿说话。宴请之后是舞会，伊丽莎白王后在一旁观望。宫廷对她表现出来的敬畏之情，据泰泽尔观察，"是我在其他任何地方所未曾见过的"。盛大的筵席在国王唱诗班的优美歌声中宣告结束：约克派宫廷以其美妙的音乐闻名于世。

在外国客人的眼里，沃里克似乎一如既往地位高权重。他们惊讶于沃里克的财富和权势，更为他的慷慨大方和殷勤好客感到钦佩——作为接待罗兹米塔尔勋爵及其随从的东道主，沃里克为款待客人准备的盛宴足有 60 道菜。

4 月 15 日，遵照爱德华的旨意，沃里克伯爵前往加来会见夏洛来，并商讨提议中的与勃艮第联盟的有关事宜。沃里克不想大费周折地遮掩自己对这一计划的敌意，直截了当地表示，不管怎样他都下定决心要与法兰西结盟。因此，此次会面几乎毫无成效。

不久之后，沃里克与路易在加来会面，并签署了一份为期两年的停火协定。根据协定，路易再次保证不为安茹的玛格丽特提供支持，爱德华则承诺不会帮助勃艮第或布列塔尼对付法兰西。路易还同意为约克的玛格丽特物色一位法国丈夫，并为她提供一份嫁妆。但实际上，爱德华只不过是拿停战协定迎合沃里克而已，根本无心履行协定条款。没过多久，他便打破条款，为布列塔尼的弗朗西斯二世的特使们开出安全通行证，让他们进入英格兰。爱德华认为，在这件事情上他必须维护自己的权威：英国人或许怨恨勃艮第人，但他们更讨厌法国人，绝不会原谅或忘却英国人曾在"百年战争"的最后关头在对方国土上蒙受的奇耻大辱。

1466 年 10 月，爱德华四世与勃艮第的菲利普达成了一个私下协议：他们将在不久的未来签署一项友好条约，具体条款仍在商讨之中。得知英格兰与勃艮第结盟已是板上钉钉，而沃里克殚精竭虑地与法兰西联盟那么难产后，玛格丽特王后推断，沃里克伯爵必定会为此感到无比失望与沮丧。她同时深知，路易也希望与英国人建立友善关系，于是想到，假如能够说服沃里克放弃与约克派的亲密关系，而是让他把自己的命运与兰开斯特派的事业捆绑在一起的话，路易也许会考虑资助兰开斯特派入侵英格兰，因为他仍然十分尊重沃里克伯爵，沃里克也有可能使这种冒险成功。

尽管沃里克一直是她恨之入骨的敌人之一，但这样考虑后，玛格丽特不得不忍气吞声，派遣了一位信使秘密进入英格兰去试探他的意向。但正当此人接近哈立克的时候，被赫伯特的手下逮住了，并被搜出了王后的信函。信使随即被押解到伦敦。在酷刑之下，他招供出了王后确实想和沃里克修好的事实。爱德华为此亲自质问沃里克，但沃里克矢口否认他曾与"这个外国女人"有过任何联系。

玛格丽特的幻想再次破灭。不过，她知道，要不了多长时间，她的儿子就能亲自高举兰开斯特家族的旗帜奋勇向前：他传承了母亲而不是父亲的特质，早已跃跃欲试。王子在阴谋诡计和战争恐怖的环境中成长，而且从小深受玛格丽特的成见之影响。米兰驻法兰西使节说，王子"虽然只有13岁，但言谈之间总是离不开'断头'或'战争'等词语，仿佛他已胜券在握，或者就是一个战神"。再过几年，等这个男孩长大成人，恐怕爱德华四世在宝座上坐得就没有那么安稳了。但在此之前，玛格丽特似乎并不认为时机已经足够成熟。

1467年年初，为两个女儿考虑的多起联姻均告失败后，沃里克蓦然发现，作为英格兰最富有的女继承人伊莎贝尔和安妮，必须要有绝佳的婚姻与之相匹配，除了国王的两个弟弟克拉伦斯和格洛斯特之外，还有谁更适合成为女儿们的配偶呢？伊莎贝尔可以嫁给克拉伦斯，安妮可以嫁给格洛斯特。

事实上，勃艮第公爵也曾提出过将自己的孙女、夏洛来的女继承人玛丽许配给克拉伦斯的想法，但爱德华四世并无多大热情。因为玛丽迟早会成为勃艮第公国的继承者，她的丈夫有可能成为公国君主。爱德华不想让弟弟在欧洲大陆获得如此强大的权力，也不想让他卷入欧洲政治，担心这对英格兰可能会凶多吉少。说到底，爱德华还是不信任克拉伦斯。

克拉伦斯公爵乔治·金雀花现已 17 岁，是一个身材高大的年轻人，金发碧眼、英俊帅气。他不仅希望将来能登上王位，而且平时就把自己当成国王。他机智风趣、富有魅力，但性格软弱、缺乏定力，并且敏感多变、易受诱导。他是一个雄心勃勃之人，很显然，对做国王的哥哥一直怀有嫉妒之心，这种妒忌心像毒瘤一样咀嚼着他的心灵。尽管爱德华已经极为慷慨地赠予克拉伦斯大片土地——尤其是在西南部各郡——他本人也已拥有由 300 名侍从组成的庞大家室，每年享受4000 英镑的津贴，但他渴望着权势，依然不满足。爱德华很清楚这一点，到目前为止拒绝赋予他权力。

因此，当沃里克私下提出要将女儿伊莎贝尔嫁给克拉伦斯时，克拉伦斯立刻意识到，这桩婚事可能为他带来巨大的利益。但他没能按照沃里克事先叮嘱的对此事保密，消息很快传到了国王的耳边，爱德华为此很伤脑筋。他本不希望弟弟们与沃里克结亲，也不想看到他们可能因沃里克去世而就遗产继承问题产生争端。联姻将为约克家族带来难以计量的遗产，这是事实，但这也意味着，为了让其中一个女儿成为王后，沃里克很可能会暗中图谋与国王作对，或者煽动国王的弟弟们举事谋反。

爱德华把克拉伦斯和格洛斯特叫到一起，要求他们讲清真相。克拉伦斯说，他对这桩婚事一无所知，但认为"这门亲事并不差"。国王不由得"怒从中来"，当面打发他们离开，并坚决不允许克拉伦斯考虑与沃里克的女儿结婚。沃里克无须通过与皇室联姻来扩大影响力，他的权力已经非同一般了，爱德华认为，沃里克是想要借此来制衡韦德维尔家族的势力。

爱德华与沃里克之间由此产生了"心照不宣的相互不满"。由于怀疑沃里克伯爵和克拉伦斯很可能会无视禁令而继续联姻，爱德华指示他的密探在罗马尽全力阻止教皇为这桩婚姻发放特许令——双方当事人是被禁止通婚的近亲。

1467 年 6 月，勃艮第的菲利普的非婚生儿子安托万（Antoine，"勃艮第的私生子"）抵达英格兰。名义上他是来会见斯凯尔斯勋爵安东尼·韦德维尔的，因为两者均是竞技场上出类拔萃的选手，闻名整个欧洲，但实际上安托万是来与国王商讨英格兰与勃艮第结盟的。他还有一个重要任务，就是讨论夏洛来与约克的玛格丽特之间的婚姻问题。"如果这一切能够达成协议，"米兰驻法使节评论说，"那么，他们（法国人）可能会寻求与沃里克伯爵商谈恢复亨利的英格兰王位的问题。原来的英格兰王后的使节也已在这里。"

如果英格兰与勃艮第结盟，路易自然无须遵守不向兰开斯特派提供援助的承诺，他本人也充分意识到，兰开斯特派的入侵可以阻止爱德华加入勃艮第对抗法兰西的战争。他还想玩弄手段去利用沃里克。1467 年 2 月，安茹的玛格丽特的弟弟——卡拉布里亚的约翰——恳求路易不要亲近沃里克，他说，沃里克一直是玛格丽特的死敌，也是亨利六世失去王位的罪魁祸首。"除了利用沃里克伯爵之外，国王陛下会有更好的办法来帮助鄙人的姐姐重获她的王国。"路易问，兰开斯特派能以什么来做保证，能否让王子做人质。但是，卡拉布里亚和玛格丽特都不同意他的条件。路易对卡拉布里亚的建议置之不理，继续打算把沃里克和玛格丽特撮合在一起。很显然，主要障碍是如何说服双方当事人达成和解。玛格丽特已为派人去试探沃里克的失败举动感到后悔，因为她始终无法摆脱沃里克伯爵给自己造成的痛苦记忆，对他的看法又回到了从前，认为他是丈夫的大敌和最坏的背叛者。反过来，沃里克也把父亲、弟弟、叔叔和表弟的死归罪于玛格丽特。特别是现在玛格丽特对外宣称她不想与沃里克再有任何瓜葛，想把他们调和到一起，那可不是一件易事。然而，路易偏偏不是一个轻言放弃的人。

6月3日，时任大法官的内维尔大主教没在议会上露面，而是派了一个仆人说他病了代为请假。他"生病"的原因，似乎是对于热情欢迎并奢华款待"勃艮第的私生子"感到不满。正巧爱德华也不信任乔治·内维尔：他刚刚发现大主教没有按照惯例征询自己的许可便为谋取红衣主教一职巴结罗马教皇，而且特许他的侄女伊莎贝尔与克拉伦斯结婚，却不顾爱德华已明令禁止这桩婚事。8日，国王撤掉了内维尔的大法官职位，接替他的是罗伯特·斯蒂林顿（Robert Stillington）——巴思和韦尔斯主教（Bishop of Bath and Wells）。毫无疑问，爱德华的意图在于明示内维尔家族，他完全可以遏制他们的权力和野心。

一周后，勃艮第的菲利普病了一场之后便过世了，他的儿子继位——后来以"大胆的查理"而著称。公爵的死讯使得"勃艮第的私生子"及其所有随员急忙离开英格兰回国。没过多久，一个法兰西使团到达伦敦，并受到了国王的热烈欢迎。爱德华保留了灵活的选择权，以防勃艮第的新公爵不同意所拟条约中对自己有利的条款。然而，尽管法国使节在温莎得到了国王的慷慨款待，但除了得到爱德华含糊承诺在未来某个时间将派遣使团前往法兰西之外，其他毫无斩获。

由于爱德华使用了外交手腕，与勃艮第联盟的条约中所提议的条款对英格兰极为有利，沃里克除了同意也别无选择。然而，即便如此，沃里克私下里还在打自己的算盘：如何才能破坏联盟，并说服爱德华转而与路易建立友好关系。6月，沃里克在鲁昂会见了法兰西国王，并探讨了达到这一目的的办法。但他返回英格兰后，却发现自己的弟弟内维尔主教已被免职，同时，国王对沃里克本人及其家人的态度也变得十分冷淡。

这让沃里克愤恨难平。沃克沃斯说，他"像许多骑士、乡绅和绅士那样，不断地壮大自己的力量，国王则想尽办法要削弱沃里克伯爵的权力。尽管时常碰面，但他们已貌合神离，彼此再也找不到往常在一起时的那种愉快"。有一次，沃里克前往威斯敏斯特宫请示国王，是否愿意接待路易派来商讨结盟事宜的特使，而爱德华环视房间，对沃里克的问话置若罔闻。沃里克愤而离去。第二天，他带着法国特使来到国王面前，当时王后及其亲属都现场。爱德华不仅再度藐视了沃里克，也严重得罪了法国人。在乘坐自己的驳船一道离开时，沃里克伯爵忍不住痛哭流涕，对特使们说："你们看到了吗？国王身边的人是多么背信弃义啊。"一位特使试图使他平静下来，便安慰道："爵爷，请你不必激动，将来总有一天你会申冤的。"沃里克又说："你们知道吗？那些背信弃义的人撤销了我弟弟的大法官职务！"沃里克看得很清楚，韦德维尔家族现在显然处于优势地位，爱德华也站在他们那边来打压自己。克罗尔兰德说，沃里克一直试图与王后及其家人友好相处，直到他发现一切事与愿违：他们正在以最大的努力促成与勃艮第联盟。11月，联盟协议终于尘埃落定。这不仅是国王以及韦德维尔家族想得到的，而且满足了伦敦商人从中获利的心愿。它符合国家的利益，有助于国家的繁荣，同时也激发了民众的爱国热情，因为他们始终对与法兰西结盟怀有抵触情绪。

此时，沃里克觉得，他已别无出路，只能把命运与路易联系在一起。假如路易能比爱德华更加器重他，他必定会选择路易，因为他已经不想再屈居于韦德维尔家族之下。从此以后，只要王后的家族成员在场，他就很少在宫廷中露面。"从这一刻开始，两大家族之间致命的对立关系，变得根深蒂固而永远无法调和。这种势不两立的关系，直到双方所有当事人灰飞烟灭才告终结。"

22. 秘密谈判

1467 年，伊丽莎白王后又生了一个女儿，取名为玛丽。她被送到格林尼治宫与姐姐伊丽莎白做伴，由家庭女教师、伯纳斯夫人玛格丽特照看抚养，王后每年支出 400 英镑作为两个女儿的养育费用。

国王在考文垂庆祝圣诞节，在那里，他注意到克拉伦斯公爵"表现友好"。"主显节"过后不久，内维尔大主教"通过他的密友"说服沃里克来参加在考文垂召开的枢密院会议。沃里克来了，并在表面上显得与国王已经重归于好，但实际上一切照旧。此时，英格兰与勃艮第之间的谈判正在接近成功的尾声。1468 年 2 月，爱德华和查理签署了双方联盟条约，同时为查理与约克的玛格丽特的婚事做准备。条约让路易十一和沃里克的希望破灭，但沃里克并未罢休，并要尽己所能去破坏它。即使到眼前，沃里克仍在力劝爱德华放弃勃艮第。爱德华对他明确表示不可能后，他便召集家臣去煽动伦敦的工匠。沃里克警示工匠们，他们不会从联盟关系中获得任何好处。许多人相信了沃里克伯爵的宣传，有人甚至计划对居住在萨瑟克区的佛兰德商人发动袭击。不过，市政当局事先已经接到通知可能有事端发生，所以，在这伙人驾船过河着手行动时，便被及时制止，但这只是一场勉强得以避免的可能酿成流血的事件。爱德华四世并未知难而退，在春天来临之际，他又与路易眼中的另一根刺布列塔尼缔结了联盟关系。

事到如今，兰开斯特派的支持者们仍在暗地里致力于恢复亨利六世的王位，不在乎一旦被捕就将面临严厉的惩罚。在"圣神降临周"

（圣灵降临日起一个星期），根据威廉·伍斯特的记述，"一个名叫科尼利厄斯（Cornelius）的鞋匠被捕。他为玛格丽特王后身边的罗伯特·惠廷汉姆服务。科尼利厄斯是在把王后党的各种信件偷偷带入英格兰时被捕的，在严刑拷打之下，他不得不承认许多信件出自玛格丽特王后"。另有一个名为霍金斯（Hawkins）的兰开斯特派密探，在被捕后也遭受了酷刑。两人均被交由首席大法官马克汉姆（Markham）审讯。马克汉姆十分正直，他拒绝认可在严刑逼供下获取的皇家证据。于是，里弗斯勋爵建议国王撤销马克汉姆的职务，得到了爱德华采纳。不幸的是，科尼利厄斯再次受到拷问。他身体上的肉被烧红的钳子一片片撕下，但直至死亡，他再也没有暴露任何与王后有通信往来者的姓名。

1468 年 6 月到 11 月，政府发动了一场针对所有有追随兰开斯特派嫌疑者的捕猎行动，许多人被逮。几个贵族因家族曾支持过亨利六世而受到怀疑。秋天，德文的弟弟亨利·考特尼（Henry Courtenay）、亨格福德勋爵的儿子托马斯和牛津伯爵约翰·德·维尔等人被捕。他们全都涉嫌组织新的恢复亨利六世王位的阴谋活动，但因为几乎没有针对牛津伯爵的证据，他很快就得以释放，其余的人则被继续扣留。

1468 年秋天，还发生了托马斯·库克爵士（Sir Thomas Cook）遭受陷害的事件，此事足以说明韦德维尔家族的势力已经变得多么强大。库克是一位富有的伦敦商人，也是前任市长，他聪明机灵、善于表达，不仅深受同事尊重，也受到国王的喜欢。安茹的玛格丽特曾试图向他借钱，被他拒绝了。然而，韦德维尔家族怀疑他对兰开斯特派怀有同情之心。前面所提到的那位密探霍金斯在酷刑之下供出了他的名字。虽然只是说玛格丽特曾试图借钱，而且库克再次拒绝了她，但这并未熄灭韦德维尔家族对他的怒火，库克没能逃脱他们为他设下的陷阱。

库克家中挂有一幅漂亮的壁毯，伊丽莎白王后的母亲贝德福德公爵夫人对此羡慕不已。公爵夫人要求库克把它以远低于购入时的 800 英镑的价格卖给她，遭到拒绝。为了报复库克，韦德维尔家族以霍金斯的招供为证据，指控他暗地里为兰开斯特派效力。里弗斯还派遣家臣洗劫了库克位于伦敦和乡间的房子。里弗斯同时行使英格兰治安官的权力，判定库克犯有知情不报罪——因为他没有及时交代自己曾与玛格丽特王后的密探打过交道——并对他处以总计 8000 英镑的巨额罚款。这笔钱足以使库克倾家荡产。伊丽莎白王后也想趁机捞点好处，于是声称，依据一种被称为"王后赏金"（Queen's Gold）的古老特权，她有权索取一笔额外款项。就库克一案而言，她可以从这个被判有罪者的家产中得到 800 马克。受到如此严酷的处置之后，库克果然倒向兰开斯特派，但他再没有等到翻身之日，在穷困中死去。

1468 年 7 月 3 日，约克的玛格丽特与"大胆的查理"在佛兰德斯的达默（Damme）举行了婚礼。"沃里克伯爵对这桩婚姻深感愤怒，"克罗尔兰德写道，"它违背了他的意愿，无论如何，他极不愿意看到通过这种联姻而使勃艮第与英格兰之间的关系得以巩固。事实上，勃艮第是他最憎恨而且一直想要追杀的对象。"婚礼后第五天，在新的公爵夫人——约克的玛格丽特到达布鲁日之前，原本在那里避难的自封的萨默塞特公爵逃出城，跑到了玛格丽特王后所在的巴尔。[1]

与此同时，路易十一决心通过援助兰开斯特派来破坏爱德华的新联盟，并为彭布罗克伯爵贾斯伯·都铎提供了资金、船只和兵力。7 月初，在威尔士的哈立克城堡附近，彭布罗克伯爵于戴菲河口（the Dyfi estuary）上岸朝东行进，并煽动那里的人们抗击约克派。这促使赫伯特勋爵对哈立克城堡发动了一场新的攻击——他围攻此城堡已长达 4 年而未取得成功。赫伯特在威尔士边界地区召集了 7000 人到 1 万人的兵力，然后兵分两路，从东面和南面对哈立克城堡发起钳形攻势。其间，彭布罗克率领的军队所向披靡，并以亨利六世的名义一路举行了

---

[1] 编注：达默距布鲁日仅 6 公里。"自封的萨默塞特公爵"指埃德蒙·博福特。由于他的兄长，萨默塞特公爵亨利·博福特被处决时被剥夺了封号且再也没有恢复，埃德蒙所谓的继承只得到了兰开斯特派的承认。

许多次巡回法庭审判会议。他取得了非同小可的成功,消息迅速传到法兰西。玛格丽特王后获悉后,马上准备前往巴黎请求路易为他增派援军。但她高兴得太早了。8月14日,哈立克城堡的守军们在象征性地抵抗了一阵子之后,便投降了,从此,兰开斯特派的最后堡垒也落入了约克派手中。赫伯特的手下进入堡垒后,发现了许多王后的来信,这些可以作为定罪证据的信件马上被送给了爱德华国王。

约克派攻下哈立克城堡对彭布罗克来说是一个毁灭性的打击。此后,他率军前往登比,烧毁了那里的城镇,并占领了城堡,但在赫伯特及其弟弟理查爵士的追击下,他们又被驱逐了出去。于是,彭布罗克不得不解散军队,并伪装成身背稻草的农民藏形匿影。他躲躲藏藏到达海边,登上了一艘驶往布列塔尼的船。由于船员缺乏经验,彭布罗克被迫亲自把舵,才使船只得以成行。但是,对于彭布罗克伯爵贾斯珀·都铎来说,更为耻辱的是这一年9月8日:爱德华四世剥夺了他的彭布罗克伯爵爵位,作为攻下哈立克城堡的奖赏赠予了赫伯特勋爵。

赫伯特获得重赏与升迁,激怒的不只是贾斯珀·都铎:沃里克也对新彭布罗克伯爵赫伯特在宫廷中的显赫地位感到憎恶,并嫉妒他得到了国王的高度宠爱。在沃里克看来,赫伯特与韦德维尔家族走到一起对自己绝无好处,而且,赫伯特还打算占有从珀西家族和都铎家族那里没收得来的土地——它们目前属于沃里克和克拉伦斯,沃里克本打算用作两个女儿的丰厚嫁妆。鉴于自己与国王之间关系糟糕,以及韦德维尔家族决意倾轧自己,沃里克非常担心爱德华会同意赫伯特的打算,更不用说赫伯特还在通过联合其他重要权贵来增强自己的影响力。眼下,沃里克与赫伯特之间的对抗与日俱增,这可能成了促使沃里克脱离约克派事业的最后一个动因。

1468年秋到1469年春之间,根据《伦敦大纪事报》的记述,"市面上出现了许多关于沃里克伯爵与王后家族之间发生冲突的传闻,而伯爵一直以来深受这个国家普通民众的爱戴",他也对韦德维尔家族怀有不满,时常抱怨"里弗斯勋爵及其家族在王国中拥有的巨大支配权"。沃里克并不掩饰他的愤懑，埋怨国王"过分执着于提携新生代暴发户，而不是古老贵族家族的成员"。

沃里克仍在通过他的联络人威廉·莫尼彭尼（William Moneypenny）与路易国王保持联系。由于法兰西议会通过了一项决议，准备投入约合 6.2 万英镑的经费用于入侵英格兰，爱德华对法国的敌意日渐高涨，沃里克对此十分警觉。这是他最不愿意见到的，如今只能指望路易。而路易的打算是调解他与安茹的玛格丽特的关系，沃里克一定意识到了这一点，他可能在犹豫是否要把自己的命运和兰开斯特绑在一起。然而，他真正希望的是控制爱德华，通过爱德华来实现自己的统治权：在同意与玛格丽特联手之前，沃里克或许要做最后一搏了。

沃里克再次努力向罗马教皇争取克拉伦斯与伊莎贝尔结婚的特许，但教皇已向爱德华四世的特使做过保证，因此拒绝了他。沃里克并未因此感到震惊，他决定摊牌。

为了支持约克家族，沃里克已经付出了太多，他的父亲和弟弟都已为之献身。然而，与勃艮第的联盟、国王对于伊莎贝尔与克拉伦斯婚事的禁令、韦德维尔家族的飞黄腾达、赫伯特在威尔士的霸权地位、乔治·内维尔被贬职以及爱德华把沃里克降级到从属角色——当这一切冤屈一股脑地涌上沃里克心头时，忠诚变成了怨恨，他与爱德华之间的分道扬镳，终于不可避免地爆发了。根据克罗尔兰德的说法，最让沃里克感到不快的是爱德华与勃艮第的结盟。

一段时间以来，沃里克一直在为他的北方土地问题怒而不语，并且两次拒绝宫廷的传唤。国王对此有所警觉，拨发了 2000 英镑用于加强英格兰国防。内维尔大主教再次从中介入，力劝沃里克应该与韦德维尔家族和平相处。于是，从表面形式上，沃里克与国王之间达成了和解，接着与韦德维尔家族之间也取得了谅解，但实质上一切依旧。等沃里克来到宫廷，他发现克拉伦斯也对自己的处境非常不满。他不仅嫉妒哥哥，而且因为爱德华没有赋予自己任何权力职位而心灰意冷。两人均对国王禁止伊莎贝尔与克拉伦斯结婚充满怨恨，而且克拉伦斯也憎恨韦德维尔家族，认为正是他们妨碍了他享受作为国王的弟弟所应有的"权利"。

克拉伦斯也被沃里克的超凡魅力俘获，从冬季到春季，他们都在策划煽动人们对韦德维尔家族的仇恨，以及损害爱德华的权威。但克拉伦斯的目的与沃里克有所不同，他不是要控制国王，而是想推翻他取而代之。虽然没有证据可以证明沃里克和克拉伦斯鼓动了发生在英格兰北部的小规模暴动与骚乱，但沃里克在雷德斯代尔（Redesdale）的盟友约翰·科尼尔斯爵士（Sir John Conyers）确实准备拿起武器为沃里克而战。只不过沃里克宁愿等待确保反抗国王的行动能够成功的机会。"回家去吧，"他告诉科尼尔斯，"还不到大动干戈的时候。"

在爱德华四世统治之初，他的臣民们一直期盼着繁荣与和平；但与期望相反，他们见证并为之付出代价的却是"一场又一场战斗、诸多动乱以及普通百姓的巨大财产损失"。内维尔家族的支配地位和宫廷中派系的再现，让爱德华的臣民们相信，爱德华像亨利六世一样，缺乏对这个王国的权贵的控制力。爱德华从未赢得过一部分权贵的心，这些人要么嫉妒沃里克以及内维尔家族享有的权利，要么憎恨那些地位较低却因头脑精明而得到国王宠爱的人。

整个国家的大部分地区仍处于混乱无序、目无法纪的状态，而爱德华无法有效扭转这种局面。旅行在许多地区是危险的，几乎没有人敢在夜晚出门。15 世纪 60 年代后期，法律和秩序到了令人担忧的废弛状况，这主要归咎于约克派权贵在各自领地的腐败。这些同僚们之间的长期争斗，不可避免地要导致暴力事件的爆发。特别是在北方，在诸如沃里克等心有叛意的权贵的煽动下，不满情绪尤为强烈。爱德华四世此时所面临的严重威胁，程度与 15 世纪 60 年代早期由于兰开斯特派不断举事谋反而遭遇的局面相差无几。同情兰开斯特派的编年史家们写道，到了 1469 年，英格兰人已对约克派的统治感到失望，原因是爱德华穷于应付外交事务，镇压兰开斯特派的谋反，而没能实现登基时许下的诺言。沃克沃斯说，1469 年，议会颁布的 15 种税收"惹恼了人民"，因为国王曾经承诺不会课税太重，而且，为频繁的军事行动缴付的税款已经让人们负担过重。

虽然不能说国王不得人心，但沃里克的确更受爱戴。沃里克也开始利用自己在民众心目中的威望，煽动他们的不满情绪来达到进一步实现自身利益的目的。迄今为止，爱德华主要是依靠内维尔家族的势力来为他维护北方的稳定，但沃里克的不满暗中破坏了这种安定局面。沃里克伯爵轻易就唤醒了北方人心中郁积的不平之气，没过多久，北方就变成了反约克派情绪的温床，几乎使英格兰陷入另一场内战。

假如国王能有儿子继承王位，爱德华的位置可能会比较稳固，但1469 年 3 月，王后生下的又是一个女儿，名叫塞西莉（Cecily）。尽管婴儿"非常漂亮"，她的出生"让国王和所有贵族极其欢喜"，但他们更希望爱德华能有一个儿子。国王缺乏男性继承人成了一个令人关注的问题。

政府的密探一直在搜寻并拘捕兰开斯特派活动分子，也就是那些涉嫌为安茹的玛格丽特传送信件和为兰开斯特派的未来入侵计划奔走协调的人。一旦被抓，为了获得共谋者的姓名，他们将面临严刑逼供。有人供出了一些看似受人尊敬的商人和市民，许多人因受牵连而被逮捕，还有不少人被处以死刑。1469 年 1 月，亨利·考特尼和托马斯·亨格福德在接受审讯后被认定犯有叛国罪，最终被处死。在 1461 年于陶顿战役被捕后，一直囚禁于温莎的理查·鲁斯爵士冒着生命危险托人给牛津伯爵送去了一首诗。这首诗用字母易位造词法写成，是双离合体字谜，暗含呼吁亨利六世的支持者们团结起来，拥护沃里克对抗爱德华四世的意思。牛津伯爵又把信息传播到他的社会关系网。至此，爱德华的敌人们联合起来对付他，只是时间的问题了。

到了 1469 年春天，沃里克与路易十一已经秘密勾结。路易许诺，假如沃里克能推翻爱德华，他将得到荷兰公国和泽兰公国（Zeeland）的王位。沃里克可能没有打算走得那么远，但他肯定千方百计想要操纵爱德华，让自己居于一人之下万人之上的位置。克拉伦斯则是满腔热情地支持路易的计划，他的目标是获得王位，于是他试图通过散布一种毫无事实根据的谣言来动摇爱德华的地位，谣言说国王并非约克公爵理查的儿子，而是公爵夫人塞西莉与一个名叫布莱伯恩（Blaybourne）的加来弓箭手的私生子。这个故事迅速传遍欧洲，无论是路易十一还是勃艮第的查理，大家无不对此津津乐道。1483 年，格洛斯特公爵为了达到自己的目的曾再度利用这一谣言。后来，克拉伦斯以及格洛斯特都为散布这样的谣言损毁了母亲的荣誉而心有不安；他们的母亲对此无比愤慨，断然否定了这种无稽之谈。

1469 年春，沃里克携妻女回到加来，以便履行最高行政长官的职责。此时，在沃里克伯爵的煽动性宣传刺激下，北方人躁动不安，受到偏见、不满和恐惧的驱使，纷纷抱怨自己正在遭受无法承担的重赋压榨，并把矛头对准了韦德维尔家族。动荡局势开始在整个王国蔓延，当年春季，全国各地发生了好几起互不关联的动乱事件。而沃里克虽然身在加来，却一直通过信件以及联络人与北方贵族和上流人士保持联系，并策划了针对国王的全面谋反。这场行动将由约翰·科尼尔斯爵士领导，他是沃里克的表亲——虽然，是通过联姻产生的——也是伯爵最忠实的追随者之一。计划是科尼尔斯和沃里克的亲戚（包括内维尔大主教）及其盟友，号召他们的佃农和亲信打垮韦德维尔家族，恢复内维尔家族在宫廷中的影响力，并操控国王。大约在 5 月 28 日，他们响应号召拿起武器发动暴乱，并发动民众举事造反。

与此同时，约克郡的东雷丁区爆发了另一起叛乱。这场暴动是由神秘的"霍德尼斯的罗宾"（Robin of Holderness）领导的，此人的身份之谜从未解开。这次暴动与科尼尔斯领导的行动全不相干，目的是恢复亨利·珀西的诺森伯兰伯爵爵位。因为它的领导人与内维尔家族并无亲友关系，所以沃里克的弟弟，时任诺森伯兰伯爵的约翰·内维尔带领武装人员来到约克郡，驱散了这帮叛乱者。

当时，国王并没得到北方谋反的消息，因为他已于 6 月 1 日启程经由东安格利亚，前往沃尔辛汉姆的圣母玛利亚圣地朝圣。陪同他的有格洛斯特、斯凯尔斯和约翰·韦德维尔爵士。事后爱德华肯定很快就知晓了有关情况，然而，在两个多星期的时间里他一直一筹莫展。到了 18 日，爱德华才振作起来制定策略来应对叛乱，并开始招兵买马。

此时，沃里克已经回到英格兰。6 月 28 日，为了应付国王的命令，沃里克召集他的"差役和祝福者们"拿起武器，名义上是跟随他到北方去平定叛乱，事实上是打算加入叛军队伍。新兵对于其中的蹊跷一无所知。国王早已心存疑窦，于是颁布了一项命令，禁止臣民们聚众行动，除非得到他本人的授权。

6 月底，爱德华来到林肯郡的克罗尔兰德修道院。在那里住了一晚后，他坐船沿着内内河到达福瑟陵格城堡，并与王后一起在那里待了一个星期。7 月 5 日，他前往斯坦福德郡，伊丽莎白返回了伦敦。在斯坦福德，国王写信给各市市长，命令他们为自己提供作战分遣队。5 天后，爱德华又从纽瓦克（Newark）发出了类似的信件，以更加紧迫的口气命令他们立刻招募兵马赶到自己身边。然而，克罗尔兰德说，"这些人赶来的速度比他预计的要慢得多"，人数也是勉强凑合。根据来自北方的惊人报告判断，爱德华的一个士兵要对付三个叛军。知道自己了无获胜希望之后，爱德华无奈地率领部队转头向南来到诺丁汉，在那里等待来自西部各郡的增援部队。

沃里克一直在努力争取罗马教皇同意克拉伦斯与伊莎贝尔的婚事，终于在 7 月初得到了特许。有了这份特许，7 月 4 日，沃里克伯爵带着克拉伦斯、内维尔大主教和牛津伯爵离开英格兰，准备乘船前往加来。他正在策划一场可能让英格兰重新陷入内战的政变。发现这一情况之后，约克公爵夫人立即赶往坎特伯雷，试图劝说克拉伦斯不要参与，但无济于事。此时，克拉伦斯已经太想实现自己的野心而不愿意收手了。

克拉伦斯和沃里克抵达加来时，得到了沃里克伯爵夫人及两个女儿的"隆重的欢迎和快活的款待"。7 月 11 日，在内维尔大主教的主持下，克拉伦斯和伊莎贝尔在加来城堡的圣母玛利亚教堂举行了婚礼。沃伦写道，"来宾稀少，庆祝活动只持续了两天。克拉伦斯于周二结婚，周日便返回了英格兰"。这桩婚事把克拉伦斯公爵与沃里克更加紧密地联系在一起，也使沃里克将克拉伦斯的利益视同于自己的利益。

在 7 月的第二个星期，根据沃克沃斯的记述，约翰·科尼尔斯爵士率领着"总数达 2 万人的骑士、乡绅和平民"穿过约克郡向南挺近。科尼尔斯"自称为'雷德斯代尔的罗宾'（Robin of Redesdale）"——一个基于家喻户晓的"罗宾汉传奇"的民族英雄式的名字。克罗尔兰德声称，叛军总数多达 6 万人。令人震撼的强大兵力正在步步逼近，消息传到南方后引起了巨大的恐慌。

沃里克在中部地区的支持力量也在叛军前进途中加入了大军。为了避免军队对国王本人发动攻击，领导者们十分谨慎地让军队绕开诺丁汉前行。对于新的威胁，爱德华的反应十分迟缓：他先是召唤沃里克从加来回来协助自己，遭到沃里克拒绝后，他又在等待彭布罗克的赫伯特的到来，这样一来浪费了许多宝贵时间。赫伯特带来了麾下 4.3 万名威尔士战士，德文伯爵汉弗莱·斯塔福德则在西部召集了 7000 名弓箭手。与此同时，国王要求韦德维尔家族在东英格兰和威尔士的各个城堡中寻找藏身之处，但里弗斯和他的儿子约翰·韦德维尔爵士（他一直寄宿在赫伯特的切普斯托城堡中），赶来加入到爱德华的队伍中，与国王一同北上阻击叛军。在约克郡，诺森伯兰率军竭尽全力地驱散了"雷德斯代尔的罗宾"的军队，这些分散的军队穿过边境进入兰开夏郡之后，又重新整合了起来。

7 月 12 日，沃里克发布了一份来自加来的公告，称承蒙国王真正的臣民们的恩宠，他们促请他和内维尔大主教从"骗人而贪婪的统治以及妨害治安者的控制中"摆脱出来。接着，沃里克罗列了一些人们再熟悉不过的理由，比如，"治理不善""税赋沉重和索取过度"以及司法腐败等等。沃里克向人们承诺，他将请求国王铲除身边那些邪恶的佞臣、韦德维尔家族和彭布罗克，削减税赋，在未来重视沃里克家族中真正的贵族——换句话说，就是沃里克本人和克拉伦斯。假如国王不能满足这些要求，那么，他将遭遇如爱德华二世、理查二世和亨利六世一样的命运——被废黜。公告最后呼吁国王所有真正的臣民拿起武器积极响应，沃里克保证他将在坎特伯雷待上3天。而他的联络人已在肯特郡征募军队。

7月16日，虽然比原计划稍晚，沃里克和内维尔大主教如入无人之境似的回到了英格兰，并在肯特郡受到人们的热烈欢迎。在坎特伯雷，成群结队的武装人员涌向他们的阵营，百姓们向沃里克欢呼致敬，把他当成了救星。18日，沃里克离开坎特伯雷，率领规模庞大的军队向伦敦出发。两天后，市长以为沃里克是去增援国王，便允许他率军穿过伦敦北上。一路上，人群无不对他欢呼喝彩。

与此同时，彭布罗克率领的威尔士增援兵力半道上与德文的部队会合后，加速赶往国王处。但在24日晚到达班伯里（Banbury）时，两位伯爵为谁该入住客栈的最好房间这种小事发生了争吵。作为老帅，彭布罗克一口咬定他应该住最好的房间，而率先到达此地的德文抗辩道，他们之前就已就说好谁先到谁先住。彭布罗克蛮横地命令德文在拂晓时离开，德文在盛怒之下带着所有兵马离去——夜里他还诱惑了客栈老板的女儿。

第二天早上，彭布罗克骑马回到军营。营地驻扎在班伯里东北6英里处的埃奇科特山冈（Edgecote Hill）附近，也就是丹尼斯沼泽（Danes Moor）山谷中的查威尔河（the River Cherwell）的一条支流的西岸。次日，未等部署好战斗阵势，彭布罗克便遭遇了"霍德尼斯的罗宾"的北方军队。尽管德文率领弓箭手部队重新加入了彭布罗克的阵营，但军力仍然远远小于叛军的规模，更别说他们已在丹尼斯沼泽东北的乌鸫山上（Blackbird Hill）进入战斗状态。

埃奇科特战役于1469年7月26日黎明打响。当时，交战双方都向河边的一个十字路口发起了进攻，并试图占领它。彭布罗克率领他的骑兵部队，勇猛地迎击北方军队的疯狂攻击。尽管困难重重，他还是控制了这个十字路口。此时，北方军队撤退回去，打算等待沃里克援军的支持，并重新部署战斗阵形。就在这时，威廉·帕尔爵士（Sir William Parr）和杰弗里·盖特爵士（Sir Geoffrey Gate）带着他们的生力军加入了彭布罗克的队伍，不过在数量上仍然寡不敌众。

当时，远处出现了一支由肯特人和加来士兵组成的1.5万人的军队，这是沃里克派出的先遣部队。见此情景，德文和他弓箭手们慌忙逃离，以为沃里克的主力部队来了。德文撤退以后，彭布罗克感到保持连续的战阵已经不大可能，但他还是发动了一场猛烈的冲锋，并击退了叛军的进攻。彭布罗克的弟弟理查·赫伯特爵士神勇无比，手中挥舞着战斧，两次穿越敌人的阵线，"返回时未曾遭受任何致命伤"。约克派几乎看到了胜利的希望，但就在此时，第二支500人的叛军增援部队发出雷鸣般的杀声，从约克派背后的山坡上冲了下来：这才是沃里克部队的前卫，旗帜上印有沃里克的熊和狼牙棒标识。彭布罗克的威尔士士兵吓得魂不守舍，乱成一团四处逃散，许多人涉水过河。双方在战斗中的伤亡人数很多，彭布罗克的威尔士军队损失最为惨重，死亡人数约达到2000到4000人。

最后，叛军和内维尔家族取得了彻底的胜利。彭布罗克和他的弟弟一起被俘；懦夫德文逃往萨默塞特郡；里弗斯和约翰·韦德维尔爵士知道沃里克会追捕他们，拼命逃跑，藏了起来。

战斗结束之后，赫伯特兄弟俩被带到了沃里克和克拉伦斯所在的北安普顿指挥部。在那里，沃里克毫无愧疚地谴责他们是叛国贼，并下令将他们处死。这一判决根本没有法律依据，因为无论是赫伯特还是其他帮手，都没有背叛他们的合法君主，也没有犯下任何罪行。7月27日，两人均被斩首。赫伯特的妻子曾经向他保证，万一丈夫发生任何不测，她将永久保持寡居之贞洁。于是他在赴死之前给妻子写下了最后一封信："亲爱的，为我祈祷吧，并保证遵守你许下的诺言，因为你是我生命中全部的爱。”

处死赫伯特让人们感到震惊：他是爱德华四世王位的主要支柱之一。他的死意味着彭布罗克伯爵爵位将再度空缺，而几乎可以肯定，贾斯珀·都铎会极力夺回它。同时，这也意味着，阻止沃里克吞并威尔士的障碍现在已被清除。

年轻的亨利·都铎因此失去了他强有力的监护人，丧偶的彭布罗克伯爵夫人带着他回到了赫里福德郡的温布利（Weobley）生活。他的母亲玛格丽特·博福特试图夺回监护权，但没有成功。

埃奇科特战役之后，科尼尔斯带着北方士兵返回家园。没有记载表明，科尼尔斯曾因为沃里克做出的重大贡献而获得任何奖赏，但他依然效忠于沃里克伯爵。8 月 17 日，逃跑的德文伯爵在萨默塞特郡的布里奇沃特（Bridgewater）被民众抓获，根据霍尔的说法，他在那里“被斩首”。

其间，爱德华感到在诺丁汉继续等待彭布罗克很危险，于是在 29 日骑马南撤。到达考文垂附近的奥尔尼村（Olney）时，国王接到了彭布罗克伯爵在埃奇科特惨败的消息，这让许多贵族弃他而去，他因此变得更加势单力薄，不堪一击。爱德华别无选择，只好将那些仍然跟随他的贵族打发走，留待自己听凭敌人摆布。此时，唯有格洛斯特和黑斯廷斯继续伴随在他身边。

内维尔大主教很快得知国王在奥尔尼，“而且，他召集的所有人马都已离他而去。于是，内维尔按照沃里克伯爵的建议，带着少数几个骑兵”前去抓他。午夜时分，熟睡中的国王被窗外传来的嘈杂马蹄声和大喊大叫声吵醒。向夜色中望去，他看到窗下一队身穿沃里克制服的骑兵沿街道疾驰而来。然后是一阵急剧的敲门声。国王的侍从打开房门，只见全副武装的内维尔大主教正站在堂前。大主教彬彬有礼地问候了国王，并请他立即穿上衣服。爱德华拒而不从，说自己累了，尚未得到足够的休息。而大主教态度强硬——这可不是什么社交拜访。"陛下,"他说,"你必须起床去见我的哥哥沃里克,我认为你不能对此加以拒绝。"爱德华无可奈何,只有服从。格洛斯特和黑斯廷斯从睡梦中惊醒,然而也只能束手无策地在一旁看着。不一会儿,国王准备就绪,骑上马与大主教和骑兵们一道前往面见凯旋的沃里克以及克拉伦斯。此时,内维尔家族成员已在沃里克的控制之中。

8月2日,爱德华被带到身在考文垂的沃里克和克拉伦斯面前。他和蔼可亲地招呼他们,没有因为他们如此怠慢而表示抗议。在沃里克看来,从某些方面来说,捕获国王是精彩高潮之后令人扫兴的结尾。他的确抓住了国王,但他又能拿国王怎么样呢?他本人没有王权,他和克拉伦斯没有强大到足以指控和处死爱德华而无须害怕报复。他们也尚未凝聚足够的支持力量来废黜国王,并将克拉伦斯扶上王座取而代之。即便是表面上继续拥爱德华为王而事实上把他软禁起来,他们也会将自己置于招人怨恨的境地,因为监禁施过油膏的君主不是一件小事。此外,没有国王拍板,政府的许多事务也必定悬在半空。

沃里克和克拉伦斯试图通过将爱德华体面地限制在沃里克城堡来解决两难境地,同时,他们将以国王的名义统治英格兰。沃里克使用御玺发布了一份令状,要求于9月22日在约克城召集一次议会,因为他必须就当前政权的合法性问题有个说法。但国王的臣民们仍然效忠于国王本人,权贵们也意识到不能再帮沃里克无限扩大权力了,因而决心遏制他。沃里克伯爵发现,倘若没有他们的支持,统治英格兰是不可能的。但沃里克毕竟不是国王,手中没有授予官职或赐予恩惠的资本可供收买贵族的忠诚。甚至连他那些内维尔家族的亲戚都指出,他的所作所为包含着危险。人们普遍感到,这一次,沃里克走得太远了。

与此同时,爱德华就像一个乖巧的玩偶,沃里克要他干什么他就干什么,叫他签名他就签名,每天喜形于色,始终保持彬彬有礼和快乐心情。他非常明白,目前没人会来解救自己,沃里克也不可能让他长时间维持现状。沃里克反倒精神紧张,生怕有人会来营救国王,于是，一天夜深人静时，他将国王转移到了位于约克郡的米德勒姆城堡。

爱德华四世被拘禁的时候，伊丽莎白王后一直居住在伦敦塔内的皇家寓所。沃里克允许她继续住在那里，只是坚持要求她保持"节制状态"。但他决定报复韦德维尔家族的其他成员。沃里克的密探们在"迪恩森林"（the Forest of Dean）发现并逮捕了里弗斯勋爵和约翰·韦德维尔爵士。他们被带到考文垂，在那里，奉沃里克和克拉伦斯之命，被判处死刑。8 月 12 日，两人在城墙外的"高斯福德绿野"（Gosford Green）被斩首。里弗斯的尸体被运回肯特郡，埋葬在梅德斯通城（Maidstone）的"诸圣堂"——至今在他曾经的葬身之处还残留着一个凹坑。他的儿子安东尼成为下一任里弗斯伯爵，但安东尼的英格兰财政大臣职位从此被撤销，前兰开斯特派人士约翰·兰斯特罗思爵士（Sir John Langstrother）接替了他的位置。伊丽莎白王后获悉父兄的命运后，发誓要报复那些犯下如此罪行的人。

沃里克对韦德维尔家族的仇恨还延伸到了里弗斯的遗孀贝德福德公爵夫人身上。里弗斯被处死后不久，她即因玩弄巫术的罪名而被逮捕。沃里克花钱收买了两个人，指证公爵夫人曾经制作爱德华四世和伊丽莎白·韦德维尔的猥琐的铅质肖像，并在他们身上使用了她的"魔法"，从而促成了两人的婚姻。他们还指证，她另外制作有一个沃里克的肖像，试图作法让其死亡。公爵夫人想到了 30 年前的埃莉诺·科巴姆的命运，立即写信给伦敦市长，试图请求他的保护。市长本来打算将信转交给克拉伦斯，但又想起了公爵夫人曾于 1461 年全力拯救伦敦，使之免遭安茹的玛格丽特率领的野蛮北方军队蹂躏的往事，于是决定极力为她向枢密院说情。进一步的调查显示，针对她的证词疑点重重，而指证她的证人由于接受贿赂不敢在法庭上起誓。最后，案件被撤销，公爵夫人被释放。1470 年 2 月，爱德华四世正式声明她是无辜的，对她的所有指控都不成立。

到了 1469 年 8 月底，沃里克的权威变得摇摇欲坠，政府开始陷入混乱无序状态。许多贵族利用爱德华被囚禁的有利时机，在他们的聚居地解决旧怨或贪赃枉法。人们对于沃里克监禁国王感到气愤，并把他们遭遇的所有不幸都归咎于此。暴民们在伦敦聚集闹事，威斯敏斯特的克拉伦斯和内维尔大主教极力维持表面上的正常秩序，却发现一切都是徒劳无益的。沃里克本人以国王的名义发布了几道公告，要求市民们遵纪守法，但人们置之不理。局势逐渐失控，最后，沃里克不得不签发了另一份令状，取消了原定在约克城召集的议会。

就在这个时刻，布朗土泼斯的汉弗莱·内维尔高举亨利六世的旗帜，鼓动他的北部同胞们起事叛乱——赫克瑟姆一役后，他原本一直藏身于德文特湖（Derwentwater）附近。汉弗莱拥有大批追随者，几乎一呼百应。于是沃里克骑马率领一支军队北上，试图镇压叛乱，但未能如愿：他手下的战士们威胁说，除非沃里克能保证爱德华四世的健康和安全，否则他们将全部逃跑。权贵也不支持沃里克，他们无疑会听从国王的召唤。沃里克别无选择，只能借助爱德华的权威，于是让内维尔大主教去征求爱德华的意见。他问国王：假如以换取一定程度的自由作为条件，是否会支持沃里克平定叛乱。尽管国王身陷囹圄，但他的支持者以及勃艮第的密探一直在暗地里提供情报，所以他对外界发生的事情了如指掌。爱德华说自己愿意配合，且告诉他，自己对内维尔家族并无敌意。国王随即被带往约克城。入城时，人们吹起嘹亮的号角对国王表示热烈欢迎，前赴后涌的人群向他欢呼致意，贵族们簇拥在他周围，再次热切重申效忠国王的誓言。在沃里克的要求下，国王号召臣民们拿起武器平定叛乱。号令一出，便得到了民众的热烈响应。一支皇家军队迅速形成，然后在沃里克的指挥下立刻北上，几乎毫不费力地击垮了汉弗莱·内维尔的叛乱。汉弗莱本人也被沃里克捉拿，并被带回约克城。9月29日，他在国王的面前被砍头。

事后，沃里克只能遵守诺言，让爱德华拥有更多自由。很显然，无论是对于他还是克拉伦斯，这场胜利都并非名至实归，准确地说，他们从中一无所获。为了挽回局势，沃里克和克拉伦斯没有以叛国罪继续指控叛军的其他头目。事实上，他们对爱德华一样无可奈何。国王已经秘密召集了效忠于他的贵族和支持者，包括格洛斯特、黑斯廷斯、白金汉、埃塞克斯、阿伦德尔和诺森伯兰（他并不支持自己哥哥的反叛行为）、霍华德、迪汉姆和蒙特乔伊等人，他们火速骑马来到了国王的身边。10 月初，在沃里克的祝福下，爱德华离开约克城前往庞蒂弗拉克特，从而重获自由。

在众多忠实贵族的簇拥下，国王向沃里克发出通告，自己将返回伦敦。在 1000 人的骑兵队伍护送下，爱德华耀武扬威地回到了他的首都，并受到市民们的狂热欢迎。身穿猩红色长袍的市长和市政议员们，以及 200 名身穿蓝色礼服的杰出市民，隆重迎接国王重返伦敦。内维尔大主教和牛津伯爵在赫特福德大主教的寓所等候多时，希望伴随国王一起进入伦敦，以此表明自己也是他的忠诚支持者，但国王禁止他们进城。

爱德华立即投入到重建权威的行动中，他采取的是"怀柔政策"，希望以此感化曾经背离他的人，并恢复对他的忠诚。尽管沃克沃斯说，国王回到伦敦后"可以为所欲为"，但他不得不小心行事。在威斯敏斯特安顿下来之后，爱德华总是非常明智地用谦和而宽容的措辞谈及沃里克和克拉伦斯，从不显露出厌恶他们的痕迹。

赫伯特的死给威尔士留下了真空，于是，在亲王国的南部地区，兰开斯特派的支持者马上抓住这一有利时机挑起叛乱，并占领了多个皇家城堡，利用它们作为恐吓当地居民的基地。12 月，为了扭转这种不利局面，国王全权授予当时只有 17 岁的弟弟格洛斯特，夺回已经落入威尔士叛军手中的城堡。年轻的格洛斯特公爵果然不辱使命，以令人刮目相看的效率完成了任务。

爱德华回到伦敦之后，沃里克和克拉伦斯继续滞留在北方，至少为时一个月。然后，国王传唤他们出席在首都召开的大议事会，目的是为人们提供宣泄、议论并纠正所有委屈的平台。沃里克和克拉伦斯于 12 月到达威斯敏斯特后，国王举行了一场公开和解仪式，尽最大努力让所有人都相信他对弟弟和表兄并无恶感。根据约翰·帕斯顿的记述，国王"和颜悦色地对待克拉伦斯和沃里克，称他们是自己最好的朋友。宫廷中另有说法，但那是我不能说的，否则会遭殃"。不久之后，沃里克和克拉伦斯返回北方，并在那里度过了冬天剩下的日子。事后，国王向参与夏季叛乱的人员发布了全面的无条件赦免令。然而，国王逐渐剪除了沃里克的党羽，沃里克也一定沮丧地意识到，自己在政府中的权势与日俱减，远不如从前。爱德华也许会以笑脸面对沃里克，但已绝不可能再信任他，更不用说被他控制了。

路易十一敏锐地利用了英格兰政治混乱的有利时机，公然表达他欲与兰开斯特家族结盟的意图。12月，玛格丽特接受了路易的邀请，离开巴尔前往图尔面见他。在法兰西宫廷，玛格丽特和父亲上演了激动的团圆场景；路易本人也对她表示热烈欢迎，并让她确信，恢复亨利六世的王位是他关注的重大事项。

发生在法兰西的新闻在英格兰引发了一些毫无根据的谣言，有人说，玛格丽特王后有一支入侵舰队已在哈弗勒尔（诺曼底）准备起航。事实上，她还在图尔与路易以及她的亲戚们讨论入侵的策略。不久，她给在英格兰的支持者写信，要求他们组织人马时刻准备向约克派发动进攻。亨利国王即将再次夺取政权。

23. 王后与沃里克

到了 1470 年 2 月，沃里克已看得很清楚，国王不会在乎他是否不满，因此而越来越感到绝望。他再次与克拉伦斯密谋，两人决定，这次的目标是推翻爱德华，而将克拉伦斯扶上王座。沃里克肯定也意识到克拉伦斯缺乏定力，不能指望他来恢复自己从前的权势，而唯一的其他选择，就是亨利六世了。但沃里克仍不希望与安茹的玛格丽特结为盟友，即使她愿意。他认为，一旦玛格丽特的丈夫恢复王位，她不太可能让自己在宫廷中享有如其前任赋予他的支配权。

最后，沃里克定下了这样的策略：首先，唆使一场针对国王的叛乱行动；然后，在爱德华专注于带兵镇压叛乱的时候，他将请求路易来帮助推翻爱德华。他希望叛乱能够导致一场武装冲突，而国王最好在这场冲突中被击败——这样容易被推翻，甚至被杀死。计划构思完毕，沃里克便立刻付诸行动，并调动了可资利用的一切资源——财富、地方势力以及他那非常重要的人格魅力。他采用的仍然是老策略：放弃不支持他的贵族，而是鼓动普通民众，包括下层社会以及拥护他的上流社会人士的不满情绪，以达到大规模反叛的目的。可以预见的是，他的宣传得到了民众的响应。

到了 2 月末，正当爱德华四世着力于重建自己的权威时，沃里克和克拉伦斯来到林肯郡和约克郡某些心存叛意的上流社会人士，以及那些痛恨约克派国王并因沉重税赋而支持兰开斯特派的人们中间。这些人的首领包括罗伯特、韦尔斯勋爵和威洛比等人。沃里克发现，基于地方的不满情绪以及恢复亨利六世王位的目标，很容易就能鼓动这些人带着他们的佃户起事叛乱；韦尔斯以及其他领军人物也很容易就能号召人们加入他们的阵营。

然而，3月初，国王传唤韦尔斯勋爵、他的内弟托马斯·德·拉·兰德（Thomas de la Lande）和托马斯·迪莫克爵士（Sir Thomas Dymoke）前来伦敦接受赦免状，说要宽恕他们之前参与叛乱。由于害怕爱德华的怒火，他们全都服从了国王的召唤。与此同时，克拉伦斯安排韦尔斯勋爵的儿子罗伯特·韦尔斯爵士趁父亲不在领导叛军发动叛乱，他本人预计返回伦敦说服韦尔斯勋爵给予支持，并阻止国王北上对付罗伯特爵士。但是，克拉伦斯于3月4日抵达伦敦后却什么都没有做。

那天，罗伯特·韦尔斯爵士将一则举事谋反的通告张贴在林肯郡教堂的大门上，上面有沃里克和克拉伦斯的署名。通告称，为了抵抗国王可能北上前来惩处在前一年曾经参与叛乱行动的民众，召唤所有身强力壮者全副武装，于3月7日聚集在霍恩卡斯尔（Horncastle）以北7英里处的兰比－哈威（Ranby Hawe），听从罗伯特爵士的指挥。

此前，在韦尔斯勋爵启程前往伦敦的时候，一位约克派骑士——托马斯·伯格爵士（Sir Thomas Burgh）——趁机毁坏了韦尔斯的房子，并掠走了他的所有家当和牲畜。此事彻底激怒了当地的兰开斯特派支持者，他们一下子来了3万人响应罗伯特爵士的召唤，口中高呼"国王亨利！"并肆意嘲讽爱德华。约翰·科尼尔斯爵士、博尔顿的斯克罗普勋爵（Lord Scrope of Bolton）和菲茨沃尔特勋爵（Lord FitzWalter）也正在约克郡筹划一场叛乱，借口是抗议国王没有恢复亨利·珀西的诺森伯兰伯爵爵位。

3月6日，国王离开伦敦前往埃塞克斯郡的沃尔瑟姆大修道院。次日，他听说罗伯特爵士张贴了公告，并被告知有一支规模庞大的军队正在林肯郡集结，要恢复亨利六世的王位。爱德华立刻召集手下将领，命令他们着手招募兵马，随即派人把韦尔斯勋爵和迪莫克爵士召到自己身边。爱德华之所以没有把克拉伦斯找来，是因为他尚不知晓沃里克公爵也是这场叛乱行动的发起者之一。

8 日，国王到达罗伊斯顿，在那里向克拉伦斯和沃里克发出动员令。两人都回信表示要协助国王平定叛乱。第二天，爱德华来到亨廷顿征募军队，并准备于 12 日在格兰瑟姆聚集。很显然，爱德华也预计到了法国人的入侵。"我们可以确定，"他写道，"叛军和外部的敌人正迫不及待地想要进犯我们的王国。"然后他骑马前往林肯郡，并命令韦尔斯勋爵给他的儿子和佃户写信，要求他们必须向作为君主的国王投降，否则，国王发誓韦尔斯将脑袋不保。

11 日，国王来到福瑟陵格，在那里发布了更多动员令，要求臣民们在斯坦福德集合。没过多久，侦察兵报告说，叛军已在 40 英里开外的地方经过格兰瑟姆，向莱斯特方向移动——沃里克曾承诺将有 2 万人会在那里与他们会合。然后，沃里克伯爵与他们一起等候国王北上。如果国王真如沃里克希望的那样一路北进，那么，约克郡的叛军会先向国王的军队发起进攻，而沃里克伯爵和罗伯特爵士将以钳形攻势从背后逼近，从而阻截爱德华向南撤退。

然而，国王无意进一步北上；相反，12 日黎明，他率领军队与等候在斯坦福德的一支更大规模的部队合流。在那里，爱德华得知罗伯特爵士的军队正在此城以西 5 英里处的拉特兰郡的埃宾汉姆（Empingham），于是命令前锋部队带上大炮向敌人发起进击。

就在这时，信使带来了沃里克和克拉伦斯的一封信，其中承诺他们将于当天晚上带着增援部队在莱斯特与国王会合。这分明是一个圈套：他们是来增援罗伯特爵士的。于是，爱德华决定立刻率军向西挺近，与韦尔斯爵士交战。在国王出发之前，为了预防有人背叛逃离，贵族们建议他让心有叛意者领教一下背叛国王将会得到什么下场，于是，在四周战士们疑惑的目光中，爱德华下令立刻把韦尔斯勋爵斩首。然后，国王派遣传令官去通知罗伯特·韦尔斯爵士他的父亲已被处死，并说假如他肯屈服，会得到国王的宽恕。惊闻父亲死讯之余，罗伯特爵士拒绝顺从国王的旨意。爱德华的军队在埃宾汉姆的一片旷野中遭遇叛军，未及沃里克和克拉伦斯率领增援部队到来，战斗便迅速打响了。爱德华的大炮列阵发挥了巨大的威力，强大的火力导致叛军伤亡惨重，罗伯特爵士阵中的农民兵见状，便惊慌失措地逃离了战场。一些人一边仓皇逃跑，一边扔掉身上的制服，以至于这场战斗被戏称为"脱衣战"（Losecoat Field）。叛军根本不是国王那老道并且装备精良的军队的对手，更不用说国王麾下的权贵还都有一批战斗经验丰富的家臣。由于叛军中许多人身穿克拉伦斯的制服，所以，一些人弄不清楚他们到底是在为谁而战，在战斗最激烈的时候，他们本来高呼的是"亨利国王！"，后来却变成了高喊"沃里克！"或"克拉伦斯！"。根据沃伦的记述，要不是国王下令停止追击，大部分溃逃的士兵皆可能被杀死。罗伯特·韦尔斯爵士、托马斯·德·拉·兰德爵士以及其他叛军首领均被擒获。这时，在满地尸体中发现了一具经辨认是克拉伦斯仆人的尸体，在他身上又发现了出自克拉伦斯和沃里克的信件，信件证实他们两人都参与了这次叛乱行动。

当天晚些时候，爱德华凯旋斯坦福德。此战的胜利确保了他对伦敦、英格兰东部以及中东部地区的控制权；而在约克郡，约翰·科尼尔斯爵士的叛乱也相继被皇家军队制服。在了解了沃里克的真实意图之后，国王于3月13日发布了禁止所有臣民组建军队的公告。

次日，国王来到格兰瑟姆。被捕获的叛军首领被带到国王面前，并公开承认了自己犯下的错误。他们还告发是沃里克和克拉伦斯发动了这次叛乱，并承诺援助他们打击国王。罗伯特·韦尔斯爵士再三交代，两人曾多次对他说要立克拉伦斯为王。三位主要首领被处以斩首：托马斯·德·拉·兰德爵士和托马斯·迪莫克爵士于15日在格兰瑟姆被处决；罗伯特·韦尔斯爵士于19日在唐卡斯特（Doncaster）被处决。国王下令公开报道这次叛乱事件，并将罗伯特爵士的忏悔书分发到王国各地，使之家喻户晓。

3 月 13 日，国王向沃里克和克拉伦斯发出紧急传唤，只允许他们带上少数几个家臣"谦恭而明智"地前来见他，并要求他们就涉嫌叛国的严重指控做出解释。沃里克和克拉伦斯根本不理睬传唤，反而在考文垂招募了更多军人，然后，经由伯顿特伦特（Burton-on-Trent）、德比（Derby）和切斯特菲尔德（Chesterfield）一路北上。他们于 18日到达切斯特菲尔德，打算策划另一场叛乱行动，并预先在途中派出了信使四处张贴通告，要求约克郡人民拿起武器参加他们的行动，违者以死论处。

当国王从纽瓦克再度向沃里克和克拉伦斯发出传唤无果后，他便骑马北上。在唐卡斯特，国王接到了两人传来的消息，说可以前来面见国王，但要求国王确保他们的人身安全。爱德华在愤怒之下对此不予置理。两天后，国王命令军队进入战斗状态。根据《帕斯顿信札》中的描述，"据说，在英格兰，从未见过装备如此精良、由如此众多优秀战士所组成的军队"。由于发现沃里克派出的侦察兵此前曾在罗瑟勒姆（Rotherham）住宿过夜，皇家军队便向南朝着切斯菲尔德方向开拔，但到达后却发现那里空无一人。爱德华猜测沃里克是故意要把他引诱到此，后来发现，约克郡的叛军在约翰·科尼尔斯爵士和斯克罗普勋爵的指挥下，正计划在附近伏击国王，只不过尚未及时就位。与此同时，沃里克率领人马向西绕行前往曼彻斯特，希望争取到斯坦利勋爵及其兰开夏郡的部队的援助，再一道增援约克郡叛军。但是，斯坦利拒绝与其同流。

沃里克只好连夜折回向西行进，准备在战场上迎战国王，但他手下一位将领——什鲁斯伯里伯爵带着一大队人马突然逃离，加入了爱德华的阵营。此时的沃里克除了逃跑已经别无选择。但国王暂时没去追击沃里克和克拉伦斯，而是进入约克城，以便让战士们"稍作休整和填饱肚子"，同时，接受斯克罗普以及其他叛军的投降——他们全都证实，沃里克和克拉伦斯就是北方叛乱行动的始作俑者。

爱德华担心势力强大的诺森伯兰伯爵约翰·内维尔会因为兄长沃里

克的原因而背弃自己，尽管迄今为止他尚能保持忠诚。于是，爱德华在 3 月 25 日收回了内维尔的诺森伯兰伯爵爵位，并将之归还年轻的亨利·珀西——其父死于陶顿战役。此举获得了北方人的极大好感，国王的意图显然是想借此来平衡内维尔家族的势力——内维尔家族和珀西家族是这一地区的最大的竞争对手。为了补偿约翰·内维尔失去的伯爵爵位，国王授予他蒙塔古侯爵爵位，但没有赠予任何土地。这种有名无实的新地位根本不能满足内维尔的尊严。他因此十分恼火，抱怨爱德华给的是"喜鹊的巢"，甚至在国王授予其子乔治贝德福德公爵爵位后，依然怨气难消。

爱德华原本犯了一个重大的判断错误，但事态之所以能在表面上得以纠正，是因为他把自己的长女，约克的伊丽莎白许配给了约翰·内维尔的儿子贝德福德公爵。国王明白，万一发生什么事情，蒙塔古，也就是约翰·内维尔必定会维护伊丽莎白的继承权。他也知道，他不可仅仅依赖于蒙塔古的忠诚，还要用利益加以驱动，毕竟，谁能抵挡自己的儿子有可能成为国王的诱惑呢？国王已经决意不惜一切代价阻止克拉伦斯和沃里克的女儿伊莎贝尔染指王位。

3 月 24 日，国王发布了一则公告，公然谴责沃里克和克拉伦斯的叛国行为，称他们是"重大叛乱分子"，并悬赏捉拿两人。然后，国王再一次对他们发出传唤，命令他们最迟在 3 月 28 日必须前来面见自己，否则以叛国者论处。27 日，国王带领人马离开约克城南下，经由诺丁汉和考文垂去追捕沃里克和克拉伦斯。

此时，沃里克深知自己势单力薄，根本不是国王的对手，于是和克拉伦斯前往沃里克城堡，叫上沃里克伯爵夫人和女儿安妮，以最快的速度向南逃离。早在 3 月 18 日，克拉伦斯的伊莎贝尔已经到了埃克塞特城，寄住在主教的宫殿里。沃里克打算接上她之后大家一起逃往加来。他指望那里的人们依然效忠于他，这样或许还有机会重聚力量，东山再起。他们先是去了南安普顿，因为沃里克预计，他的大帆船"三位一体号"（the Trinity）会在那里的码头停靠。然而，国王已预料到他们要到此登船，便提前派遣里弗斯勋爵和霍华德勋爵带人收缴了"三位一体号"以及沃里克停泊在港口的所有船只，并控制了船上的全部人员。这样，沃里克和克拉伦斯不得不继续沿陆路赶往埃克塞特，在那里，他们与已有 9 个月身孕的伊莎贝尔公爵夫人团聚，然后征用了一艘船，于 4 月 3 日离港出海。

4 月 14 日，国王从韦尔斯赶到埃克塞特后，发现他所追捕的猎物早已逃之夭夭。错过这次将他们绳之以法的机会之后，爱德华向东前行，沿着海岸到达南安普顿，然后他命令蒂普托夫特对那些在沃里克的船只中抓获的人员进行审判。20 位绅士和自由民或被处以绞刑，或被处以五马分尸。让围观人群感到惊悚的是，这些人被处死之后，蒂普托夫特还觉得不过瘾，又下令从尸体上砍下这些人的头颅，用绳索捆住腿部将赤裸的躯干倒挂在树上，再用削尖两端的木棍穿过臀部，头颅则被刺在木棍突出的末端。沃克沃斯说，"后来，伍斯特伯爵因其处死俘虏的别出心裁的非法方式为人们深恶痛绝"。

在沃里克即将到达加来时，这个城市处于文洛克勋爵的掌管之下，他已接到爱德华四世的命令：不准"重大叛乱分子"上岸。因此，等待沃里克的不是他所期盼的热烈迎候，而是猛烈的炮火。一直以来，沃里克伯爵都把文洛克看作最值得信赖的副手，文洛克的背叛显然对他打击沉重。

沃里克的船在加来的不远处停泊了一段时间之后，4 月 16 日，伊莎贝尔开始阵痛分娩。尽管她的疼痛越来越厉害，且伴随着产科并发症，但是任凭沃里克如何苦苦哀求，文洛克就是坚持不让他们上岸。就个人而言，文洛克十分同情公爵夫人的处境，但他不能违抗爱德华的命令；不过，他还是设法为沃里克送去了两壶葡萄酒给他女儿用，此外还有一封密信，信中说，沃里克伯爵或许可以沿着海岸绕行在诺曼底上岸，然后请求路易十一援助，他（文洛克）以及加来驻军将会支持伯爵。

所幸伊莎贝尔的母亲可谓技术熟练的助产士，她帮助女儿度过了极其危险的难产时刻，但婴儿未能成活。孩子的性别仍存争议：这到底是一个未及命名便胎死腹中的儿子，还是一个取名为安妮、出生后立即死去的女儿？小小的尸体被带到加来岸上，并埋葬在那里。然后，沃里克朝着翁弗勒尔方向继续航行，沿途依靠袭击与打劫布列塔尼和勃艮第商船为生。

沃里克适时抵达法兰西，为路易早已设计好的计划提供了付诸行动的机会。5月1日，沃里克和克拉伦斯在翁弗勒尔上岸，并受到作为路易代表的法兰西舰队司令和纳尔博纳大主教（the Archbishop of Narbonne）的热情欢迎。路易要求他们转告沃里克，法兰西国王将通过安排沃里克与兰开斯特派建立联盟关系，或以沃里克所能提议的其他任何方式，竭尽全力地帮助他重新获取在英格兰的应有地位。两者都能达到路易破坏英格兰与勃艮第结盟的目的，但他更倾向于利用沃里克来恢复兰开斯特家族的王权。

沃里克的回应是请求面见路易国王，但在同意见他之前，路易要求沃里克把劫获的勃艮第商船藏匿起来，以免给他带来难堪。勃艮第的密探很快就向查理公爵报告了商船被劫的情况，于是，查理警告法兰西国王，只要能够找到沃里克和克拉伦斯，无论是在陆地还是在海上，他都会攻打他们。如果路易出手帮忙，他就触犯了《圣奥梅尔条约》中的条款。

路易还是希望沃里克与安茹的玛格丽特能够达成合解并建立联盟，恢复亨利六世的英格兰王位。他特邀玛格丽特王后和沃里克到昂热会面，尽管最初沃里克拒绝接受。米兰驻法使臣说："王后到达时，沃里克伯爵不愿意来。路易国王耐住性子慢慢地做王后的工作，想说服她同意王子（她的儿子）与沃里克的一个女儿联姻。"经过一番劝说之后，沃里克同意去见路易，路易则承诺会单独会见他，并称自己只是充当调解人的角色。

6月8日，路易先在卢瓦尔河畔的安博瓦兹接见了沃里克，当时克拉伦斯也在场。沃里克深知自己处于绝境之中，事到如今，唯一的出路也只能是说服自己放弃把克拉伦斯推上王位的计划，改而采取与兰开斯特王室结盟的策略。因此，他表示愿意把自己的转机与亨利六世和安茹的玛格丽特的命运联系在一起，并准备为他们而战。路易则对沃里克说，他将力劝玛格丽特王后宽恕沃里克，并要玛格丽特保证，如果他们的计划最终实现，沃里克在英国政府中应享有一个显要的地位。路易的说辞非常打动人心，让沃里克不得不心悦诚服。法兰西国王还承诺，他将为他们重获英格兰提供船只、军队和资金等方面的援助；同时，他也要求，如果沃里克最终取胜，沃里克必须确保签订英格兰与法兰西的和平条约，并援助路易一直构想的攻打勃艮第的计划。特别是当路易建议可以通过兰开斯特的爱德华与安妮·内维尔的联姻进一步巩固沃里克与玛格丽特之间的同盟关系时，沃里克欣然接受了它。路易对沃里克明确表示了克拉伦斯靠不住，并认为自己那套恢复亨利六世王位的方案，要比沃里克原先想把克拉伦斯扶上王座的计划更有胜算。然而克拉伦斯不是傻瓜，他很快就意识到，自己在路易的方案中除了协助沃里克其他什么都不是，他的岳父更在乎自身利益，而不是立他为王。

也就是在这个时候，路易写信给玛格丽特，提议让她签署一份关于法兰西与兰开斯特家族之间为期30年的停战协定，作为他所承诺的援助亨利六世恢复王位的回报。玛格丽特一口答应。为了对新盟友以示恭维，路易选择爱德华王子作为夏洛特王后在这个月底给自己生的儿子的教父。与此同时的英格兰，爱德华四世正在招兵买马以加强南方的防御力量，防范沃里克和克拉伦斯可能的入侵。

与沃里克谈妥之后，路易马上在安博瓦兹接见了玛格丽特王后，并开门见山直奔主题：他的帮助为兰开斯特王室推翻爱德华四世提供了一个很好的机会，但这只有在沃里克的协助下才可能取得成功，他要求王后严肃考虑与沃里克伯爵结盟，因为沃里克是为她赢得英格兰的不二人选。

玛格丽特听后，先是惊愕，后是恐惧，再是狂怒。她压根儿没有料到，路易竟然会给她出了这样一个揪心的主意，她气得一下子说不出话来，缓过神后，山洪暴发般地倾泻出不可能与沃里克结盟的仇怨。路易耐住性子等着她的雷霆与咆哮过去，然后直言不讳地说，她的抗拒理由也许确实言之有理，但如果她想为丈夫挽回失去的王位，就应该把个人感情放在一边，采取务实的态度。假如她不能做到这一点，他可能不会考虑援助她。根据"哈利父子文库"（the Harleian MSS）中一份报道的描述，[1]"王后确实为难"，她说，"亨利、她和儿子可能因此失去那些可靠的朋友，而沃里克带给他们的结果很可能得不偿失。所以，她恳求国王死了这条心"。她哭诉道：

> （沃里克）给她造成了永远无法愈合的伤痛，如箭穿心。这些伤口始终在滴血，恐怕直到世界末日，她也会乞求上帝来审判他，替她报仇。他的傲慢与自负首先打破了英格兰的和平局面，挑起了导致这个王国支离破碎的致命战争。因为他，她和她的儿子被剥夺公权，并被驱赶到异国，过着寄人篱下的乞食生活，他不仅害苦了作为一个王后的她，而且，他还竟敢通过各种虚假和恶意的诽谤，损毁她作为一个女人的声誉，仿佛她是在虚伪地对待她的皇家至尊（国王）——她永远也不会原谅他曾对她所做的一切。

由于路易固执己见，弗特斯克斯意识到，这个联盟可能是挽回亨利六世王位的唯一途径，所以，他也向王后提出了请求。米兰驻法大使报道，"陛下已经花费数日，而且仍在不厌其烦地与王后促膝长谈，劝导她与沃里克结盟，并让王子跟随沃里克重图英格兰之宏业。到现

---

[1] 译注：哈利父子文库（the Harleian MSS），即由哈利父子所搜集的文稿和图书，保存于大英博物馆。

在为止，王后的内心仍然在挣扎，无法遵从"。然而，到最后，她终于向路易松口，表示愿意见沃里克一面，并对路易说，待她与沃里克见面之后再做最终定夺。但无论如何，她都决不同意让王子跟随沃里克，尽管路易坚称，王子出场将有助于激励英格兰人民支持兰开斯特家族的事业。王后害怕把儿子暴露在这种必然充满风险的远征之中，路易则坚称王子应该不会有危险。于是玛格丽特再次表态，关于这一点，也要等到她见过沃里克之后再做决定。

7月15日，法兰西宫廷搬到了昂热，在那里，沃里克伯爵夫人和女儿安妮正式与玛格丽特王后见面。由于玛格丽特对沃里克依然怀有敌意，所以，这不可能会是一次愉快的会面。接下来发生的事则更为糟糕：就在那天晚些时候，路易告诉她，沃里克伯爵欣然同意安妮与爱德华王子的婚事。玛格丽特顿时勃然大怒。"什么？！"她厉声喊叫，"他竟然愿意把女儿嫁给我那被他侮辱为通奸或使诈得来的儿子？"她"死活也不同意"，并声称要争取爱德华王子与爱德华四世的女继承人、约克的伊丽莎白之间的更具优势的联姻——若能成功，在爱德华四世死后，兰开斯特家族将重拾王位，因为爱德华四世没有儿子可以继承王位。而且，她向路易出示了一封于前一周收到的来自英格兰的信件，信中提到了伊丽莎白公主与爱德华王子之间的联姻事宜。

路易把玛格丽特的话原原本本地转告给了沃里克，以便让他考虑如何应对。22日晚，沃里克终于在路易国王的迎领下来到冷淡的王后面前，并双膝跪地，"用他所能想到的最感人肺腑的话对着她说"，根据夏特兰的描述，沃里克"乞求她饶恕他曾经对她所做的一切错事，谦卑地恳求她的原谅和恢复对他的恩宠"。根据"哈利父子文库"中的资料描述，沃里克承认，"他的行为导致亨利和她失去了英格兰王国"，但同时又抱怨，为了他们的事业，"他和朋友们已被搞得人财两空，这绝不是他应得的。他告诉她，自己已经想好颠覆爱德华和扰乱其王国的办法"，并承诺，他在未来将会是爱德华的"敌人而不是朋友和造王者"。现在，他把自己看作亨利国王真正的朋友和臣民。

　　然而，王后"几乎没有给他任何答案，任由他足足跪了一刻钟"。看到事态并未朝着计划的方向进行，路易便从中调和，亲自担保沃里克伯爵对她的一片忠诚之心。玛格丽特要求沃里克就她儿子的父权问题公开收回诽谤性言论；沃里克保证，不仅在法兰西，而且还会在英格兰——等他征服英格兰的时候——为她澄清这件事。经过大量劝说以后，王后终于宽恕了沃里克。

　　然后，路易又向玛格丽特引见了牛津伯爵，他得到了玛格丽特较为热情的接待。玛格丽特也原谅了牛津，并说对他的原谅很容易做到，因为她非常了解，他和朋友们曾经饱受亨利的责难。在接下来的三天里，路易、玛格丽特和沃里克一直在忙于磋商他们之间的联盟条款。经过反复的商议之后，王后终于同意了爱德华王子与安妮·内维尔之间的婚事。不过她声称，除非沃里克用抗击爱德华国王的实际行动来证明他的忠诚，否则，她不会考虑此事，而且就算成婚，也要等到英格兰基本被攻下之后。因此，在沃里克伯爵进攻英格兰的时候，王子很可能会继续留在法兰西。

　　路易的义务是为他们提供资金、兵力和船只。各方都清楚知道，亨利六世的健康状况已经不再适合统治英格兰，因此，玛格丽特同意，在沃里克"有幸重新夺取英格兰"之后，将命名他为英格兰的摄政者和统治者。要是亨利死在王子成年之前，那么，沃里克将成为王子的监护人。假如王子死时没有继承人，"那么，王权将传递给克拉伦斯及其继承人"。

　　他们也一致同意，埃克塞特、萨默塞特和"所有为了亨利国王的事业而流亡在外或蒙受屈辱的骑士、乡绅以及其他人，可以回到英格兰重新获取他们的财产"。最后，英格兰将与法兰西结盟，共同进攻勃艮第。

　　沃里克与安茹的玛格丽特之间的联手，让欧洲的观察家们大为惊讶。在科米纳看来，玛格丽特始终谴责沃里克是废黜并关押亨利六世的罪魁祸首，现在怎么会让自己的独生子娶沃里克的女儿为妻呢！

7 月 25 日，爱德华王子与安妮·内维尔在昂热大教堂举行订婚仪式。"今天，"路易十一说，"我们终于把英格兰王后与沃里克伯爵结合在一起了。"见证订婚仪式者包括法兰西国王、雷内国王、玛格丽特王后、克拉伦斯公爵夫人、沃里克伯爵和伯爵夫人等。

史书上找不到关于小两口之间感情的记述。编年史家约翰·劳斯（John Rous）形容安妮·内维尔"得体、可爱，漂亮、贤惠并且善良"，不过，这些都是常规的、礼节性的溢美之词，也是记述者对被描述对象的家人表示尊重的一种形式。在安妮的童年时代，玛格丽特王后对她来说无疑是位令人生畏的人物，现在她不得不尽其所能去敬重这个强悍的女人——她未来的婆婆。玛格丽特曾明确表示，她并不看好安妮作为儿子的妻子，她之所以同意这桩婚事，不过是因为这是恢复兰开斯特家族的英格兰王位的手段而已。而 16 岁的王子也不是一个讨人喜欢的新郎，他有种众所周知的战争与暴力倾向，而且肩上承载着母亲对于仇敌的全部积怨和报复欲望。

安妮·内维尔与爱德华王子尚且不能结婚还有一个原因：他们都是冈特的约翰的曾孙一辈，属于第四顺序的血亲关系，所以，必须得到罗马教皇的特许才能成婚。如何才能让教皇看到此事的紧迫性至关重要，而加快这个过程需要花钱。于是，路易从图尔的一位商人那里借了一笔钱用来贿赂教皇，然后派遣使者前往梵蒂冈罗马教廷。订婚仪式后，安妮即委身于玛格丽特王后。

当时，克拉伦斯拒绝参加他们的订婚仪式，而是憋在诺曼底生闷气。他一直想取代爱德华四世，但沃里克却毫无愧疚地就抛弃了他，并致力于兰开斯特家族的目标。沃里克能给克拉伦斯的只是模棱两可的承诺：假如爱德华王子和安妮·内维尔没有子女，克拉伦斯将成为王位的继承人。就为了这种梦想，克拉伦斯背叛了自己的哥哥，诋毁自己的母亲，并赌上了性命和财富。

玛格丽特已经履行了她的承诺，接下来轮到沃里克兑现自己的职责了。7 月 30 日，沃里克伯爵在昂热大教堂中的十字架前，公开宣誓效忠于亨利国王、玛格丽特王后和爱德华王子，并以恢复兰开斯特家族的英格兰王位作为自己的使命。接着，玛格丽特也发誓把沃里克伯爵当成一个真正的、可靠的臣子，并对他过去的行为既往不咎。

联盟条约同意，入侵部队由沃里克和刚刚抵达法国的贾斯珀·都铎来领导，玛格丽特和她的儿子将在安全的情况下跟随他们进入英格兰。沃里克将从英格兰的东南沿海入手，而贾斯珀则率军袭击威尔士——那里有许多忠实的兰开斯特派支持者可作依靠。沃里克已把他要打回英格兰的信息发给了约克郡的亲信，他们正在组织武装力量；而玛格丽特王后也写信给英格兰的支持者，要求他们在沃里克来临之时追随他去战斗。

31日，玛格丽特、王子和安妮·内维尔离开昂热前往安博瓦兹，大约一天之后，沃里克便动身去海岸为入侵行动做准备。玛格丽特王后很快也来到了诺曼底的哈弗勒尔与沃里克会合，并帮他一道征募军人。此时，沃里克入侵英格兰已是意料之中，根据《帕斯顿信札》8月5日的有关记述，传言四起，"克拉伦斯和沃里克每天都有登陆的可能，平民百姓十分惊恐"。

克拉伦斯暂时强抑心中的不满，又与沃里克走到一起，共同炮制了一份写给"虔诚、慎重和真正的英格兰民众"的公告，并派人穿越英吉利海峡，把它们张贴在各个城镇的教堂门口、伦敦桥头和齐普赛街的建筑物上。公告以严厉的措辞鞭挞了爱德华四世的暴政以及由此带来的压迫与不公，最后，沃里克做出承诺说，他将"一劳永逸地把这个王国从遭受外在国家奴役的状况下解救出来，使之回复以前所拥有的自由状态"。

在安排这则公告以及其他展示于伦敦的宣传品的过程中，克拉伦斯表现得特别积极，还前往加来重整驻军。科米纳说，克拉伦斯出现在加来的时候，一个神秘而"沉默寡言"的英国女人来到此地，她告诉文洛克勋爵，自己是伊莎贝尔公爵夫人的一位朋友，因为公爵夫人失去了孩子，所以借道来此安慰她。文洛克不相信她说的话，在继续追问之下，她才透露，自己是为了爱德华四世和沃里克的和谈而来，并向文洛克出示了有关文件来证明这一点。毋庸置疑，文洛克也迫切希望自己这种双重效忠的冲突处境能够早点结束，便任由这个女人自由活动。

她径直走到克拉伦斯跟前，称自己来自英格兰，是来给他妻子当侍女的，并对克拉伦斯说，若能得到私下交谈的机会，她将感激不尽。两人私下密谈时，这个女人——无疑是一个为约克派效劳的女密探——向克拉伦斯提交了一封爱德华四世写给他的信，信中承诺，如果他能离弃沃里克返回英格兰，国王会原谅他，并恢复他从前在宫廷中的地位。克拉伦斯被哥哥的来信激励，不禁被信中的提议诱惑，但他思来想去还是认为，自己目前更希望留在沃里克这里，而不愿意回到爱德华身边。不过，他小心翼翼地保留了自己的选择权，并委托眼前这个女人给爱德华捎回承诺：一旦出现机会，他就回到国王身边。根据科米纳的描述，这位名字从来无人知晓、此时此刻消失在史书记载中的女密探"影响重大，沃里克伯爵及其整个派系因她而遭受灭顶之灾"。就此而言，我们可以推论，这个悄无声息的幕后女子发挥的作用，不亚于那些有案可查的台面人物。

到了8月的第二个星期，米兰使臣报道，一切准备就绪，沃里克随时可能进攻英格兰。勃艮第的查理一直深切关注沃里克伯爵在法兰西的动静，并就路易窝藏英格兰叛国者的行为提出了强烈抗议，甚至威胁，如果路易不把他们驱逐出境，查理将不惜发动战争。路易对此置之不理，查理便派出了一支舰队封锁塞纳河河口，使得沃里克的入侵部队无法成行。勃艮第舰队的行动推迟了沃里克起航离开法国的时间，路易在资金援助方面又不是一个多么慷慨的人，在滞留期间，沃里克伯爵很快就发现军人们的食物以及其他备用品的供应皆成问题。与此同时，他还渴望在离开法兰西去英格兰之前，能够见证女儿与爱德华王子之间的婚姻，但罗马教皇的特许令又迟迟不到，因此，他只有听信于路易的承诺：安妮将被视为皇亲，只要特许令一到，就马上让他们完婚。

发生在法国的形势均被使节和密探报告给了爱德华四世，但他似乎低估了事态的危险性。科米纳严厉地指责说，爱德华更热衷于狩猎，而不是备战。他"没有像勃艮第公爵那样担心沃里克的入侵。勃艮第知道，英格兰的动乱有利于沃里克伯爵，于是经常警告爱德华要加以防范，但国王以为自己资源在握，丝毫没有害怕。在我看来，如果一个人一点儿也不害怕自己的敌人，那是非常荒唐的"。

8月初，沃里克的表亲菲茨休勋爵以及沃里克的北方亲信在约克郡上演了一场虚假的叛乱，作为诡计引诱国王离开伦敦。8月5日，爱德华开始召集他的军队。在离开首都之前，国王把再次怀孕的伊丽莎白王后安顿于伦敦塔中特别为她分娩所准备的豪华房间内。王后为皇家寓所准备了"充足的食物和强大的防御措施"，国王在那里储备了额外的弹药，并从布里斯托尔拉来几门大型火炮。

8月中旬，爱德华来到约克郡，然后从约克城赶到里彭城（Ripon）。他发现，他的政府在最近几个月里变得不受民众欢迎，臣民们对他表现出来的热情也已不如从前。尽管如此，他还是设法招募了3000余名军人，威廉·黑斯廷斯爵士则为他们征集了3000多匹马。此时，又有消息传来说，蒙塔古勋爵已召集了6000人的部队，也准备加入国王的阵营。9月7日，爱德华在约克城向臣民们发出盖有其图章的信件，要求他们聚集到自己周围，共同击败王国中的叛国者。但在此时，征战的对象消失了：得知国王已投入行动的消息后，菲茨休勋爵逃往北方的苏格兰藏起来了。

真正的危险正从南方袭来，一场席卷英吉利海峡的暴风雨驱散了勃艮第舰队的封锁，为沃里克的入侵行动扫清了前进的道路。

24. 亨利六世复辟

9月9日，沃里克和克拉伦斯率领着60船兵力，从诺曼底的拉－霍格（La Hogue）起航。他们的队伍中包括：贾斯珀·都铎、牛津伯爵和福肯伯格的私生子托马斯·内维尔。得知沃里克准备发动入侵行动的消息后，爱德华四世派出了一支皇家舰队试图阻止他们登陆，但一场暴风雨冲散了这支船队，留下海岸无人防守。13日，爱德华还在约克郡的时候，沃里克伯爵的舰队抵达西部沿岸，并进入达特茅斯港和普利茅斯港。

沃里克在英格兰仍然很受欢迎。科米纳说，虽然已过战事季节，但他发现，"前来参加他的队伍的群众不计其数"。在沃里克向埃克塞特进军的时候，他已"聚集了规模庞大的战斗部队"。根据沃克沃斯的描述，在普利茅斯，他的支持者们称亨利六世为王。在埃克塞特，沃里克发布了一则公告，声称他的入侵行动得到了"最高贵的英格兰王后玛格丽特和爱德华王子的授权许可"，并呼吁所有真正的亨利六世——"非常真实的、毋庸置疑的英格兰国王"——的臣民们，拿起武器抗击篡位者爱德华。公告上详细罗列了爱德华的种种恶政，并签上了沃里克、克拉伦斯、贾斯珀·都铎和牛津的大名。公告还严禁入侵士兵抢劫和强奸，因为没有人想看到1461年的暴行重演。

贾斯珀·都铎出发前往威尔士，打算到那里招募更多战士。沃里克向北行进，希望与肯特郡和北方的支持者们取得联系，兰开斯特派的支持者们从英格兰各地涌来，聚集在他的旗帜下。很多军人离弃爱德华国王的军队，转而加入了沃里克，"一时间，他的军力与日俱增"。沃里克现在的任务就是追寻国王，迎战国王，他希望在战场上击败爱德华。由于得到报告说爱德华曾在诺丁汉征兵，沃里克开始向那里进攻。当沃里克到达考文垂时，据各方的不同估计，他亲自率领的军力规模已达到 3 万至 6 万人。此时，什鲁斯伯里和斯坦利勋爵也加入了他的队伍。

闻知沃里克入侵的消息之后，伦敦陷入了一片骚乱。9 月底，沃里克的肯特士兵攻进首都，并冲击了生活在萨瑟克区的佛兰德和荷兰的织工，对他们的家园造成了严重损毁。大法官斯蒂林顿主教（Stillington）逃进了避难所。沃里克得知后，便重新任命了他的弟弟内维尔大主教为大法官，以取而代之。

9 月 29 日，爱德华四世得知沃里克已经进军英格兰的消息，同时也获悉蒙塔古正率领一支大军前来援助自己对付叛军，于是向南疾驰，以期与其会合。在唐卡斯特，科米纳说，"国王寄宿在（他自己声称的）一座坚固的房子里，没有人可以进去，除非用吊桥。他的军队则驻扎在周围的村庄里。正当他坐在桌前用餐的时候，一位侍从急匆匆地跑过来说，蒙塔古侯爵以及其他人骑着马，使唤他们所有的士兵高呼：'上帝保佑亨利国王！'"爱德华开始对此不敢相信，但他马上派出几个信使去打探究竟，"自己则拿起武器，并在房子四周安排手下加以防卫"。然后，国王也像黑斯廷斯和里弗斯等同伴们"以及其他骑士、绅士"一样穿上盔甲，准备投入战斗。

沃克沃斯说，蒙塔古"憎恨国王，打算捕捉他。进入离爱德华国王所在地一英里的范围之内后，他突然告诉手下他准备站在沃里克一边。这时，有一个人立即从人群中悄悄离开，跑去向爱德华报信，要他赶紧离开，因为他的实力无法与蒙塔古的强大兵力相抗衡"。蒙塔古突然叛变给国王带来了致命的打击，因为爱德华本来打算在自己前往南部去对付沃里克时——此时伯爵尚在考文垂——把北部的安全交由蒙塔古来掌控，没想到他却倒戈了。

而眼前，爱德华手下的士兵正在大量逃跑，兵力剧减至仅有 2000 人。爱德华在惊恐之中意识到，自己的权威正在迅速崩溃，眼下除了逃命已经别无选择。追随国王的还有黑斯廷斯、里弗斯、格洛斯特以及坚持效忠于他的战士们，他们加速穿过林肯郡，在沃什湾（the Wash）时还险些遭遇敌人，最后于 9 月 30 日周日夜晚 10 点钟抵达诺福克郡的金斯林港口。爱德华打算离开英格兰前往他的盟友——勃艮第的查理那里避难。幸运的是，科米纳说，"上帝如此眷顾国王"，他发现码头停着两艘荷兰大船，船上已装好货物，正准备驶往荷兰。船主愿意搭载爱德华和他的七八百名下属。10 月 2 日早上 8 点，他们离港出海。"国王身无分文"，也没有换洗的衣服，"为了酬谢船主大力帮忙，只有脱下身上精美的貂皮长袍送给船主，并许诺有朝一日会好好报答他。同伴们从未见过他这样可怜落魄，无不动容"。不久，船只停靠在荷兰的阿尔克马尔（Alkmaar）码头——这里属于勃艮第的领地。

与此同时，查理公爵指派科米纳前往加来，目的是确保文洛克勋爵及其驻军能够坚持效忠爱德华四世。然而，文洛克从表面上看似忠于爱德华，暗地里却在与他的敌人进行秘密谈判。科米纳觉察到了这一点，于是赶到布洛涅（Boulogne）提醒查理公爵要警惕此人，就在这时，传来了爱德华挫败的消息，甚至有消息称爱德华已被杀死。查理公爵信以为真，又派科米纳前往加来，以期进一步获取信息，并尽其所能地维持与英格兰的联盟关系。当科米纳到达加来时，他发现文洛克及其驻军全部佩戴了代表沃里克的熊和狼牙棒标识。更为糟糕的是，科米纳返回住处后，看到房门上涂满了白色十字架以及赞美路易与沃里克所签协议的诗句。科米纳马上去见文洛克，文洛克同意继续维持与勃艮第的联盟关系，但也说这只有在亨利六世而不是爱德华四世为王的情况下才有可能。

10 月 1 日，爱德华国王从约克郡逃跑的消息在伦敦不胫而走。已有 8 个月身孕的伊丽莎白王后立刻意识到，滞留在伦敦塔已经不再安全，于是，当天晚上她便带着孩子们和母亲到威斯敏斯特大教堂寻求庇护。她"在非常拮据和众叛亲离的状况下"到达教堂，院长托马斯·米林（Thomas Milling）十分和蔼地接待了她。但他不愿意让王后与前来避难的下层民众一起住在至圣所的十字状建筑内，于是把她安排在位于教堂附近的自己家中，而且是三间最好的房子里。

王后一安顿下来就接到消息，说沃里克的先头部队已进入伦敦，如入无人之境。伊丽莎白立刻派遣院长去找市长和市政议员，要求他们控制住伦敦塔，并确保这座城市免受沃里克的入城军队之侵害。然而，市长深知，与如此强大的军队抗争简直愚蠢，他和同事们都认为，更好的出路是与沃里克达成妥协，并请求他宽厚对待这座城市，以免遭受他那些野蛮部下更为剧烈的践踏。

沃里克指派他的代表杰弗里·盖特爵士（Sir Geoffrey Gate）提前进入伦敦，任务是接收首都并释放亨利六世。由于曾经煽动肯特人暴乱，盖特并不受伦敦市民欢迎，人们对他颇有非议。尽管如此，3日，伦敦塔的治安官还是向盖特和市长交出了防御工事，亨利六世的人身控制权也被市长移交给盖特。按照沃里克的指示，盖特邀请温彻斯特主教释放亨利六世。此时的亨利已"变成一个谁见了都会吃惊的人，他对自己遭遇的麻烦与灾难已经全然不知"。根据沃克沃斯的描述，出现在人们眼前的亨利"衣着邋遢，神情呆滞，早已丧失作为一位君王的尊贵模样"。盖特安排人员将亨利转移到伦敦塔内的皇家寓所，就住在伊丽莎白王后准备分娩用的豪华房间里。

5日，内维尔大主教率领强大的军队进入伦敦，并控制了伦敦塔。第二天，沃里克和克拉伦斯骑在马上，在什鲁斯伯里和斯坦利等人的伴随下，带领主力部队浩浩荡荡地进入首都，且直奔伦敦塔。在那里，他们跪在亨利六世面前，向这位"合法的国王"致敬。他们的到来，促使许多约克派贵族和乡绅以及一些枢密院成员跑到避难所寻求庇护，而差不多同样数量的兰开斯特派和内维尔家族的支持者们，则从这些避难所重新露头。爱德华四世的王室财务主管托马斯·霍华德在试图逃往国外寻找主人失败后，便躲进了科尔切斯特的避难所。

沃里克下令给亨利穿上一套蓝丝绒长袍，"重新打扮"他。然后，在沃里克和贵族们的护送下，亨利国王沿着齐普赛街穿过伦敦市区，来到了他的临时住所——位于圣保罗大教堂附近的伦敦主教宫。在那里，亨利坐上王座，头顶被戴上了王冠。沃里克对亨利表达了"极端的崇敬之情"。沃克沃斯说，"他就如此这般恢复了王位，他所有的热爱者也为此而高兴"。但值得注意的是，复位的国王软弱无力地坐在王座上，活像一袋羊毛。"他只是一个影子与象征"，一个任由沃里克和克拉伦斯摆弄的木偶，作为国王的代理人的沃里克才是此时英格兰真正的统治者。根据《伦敦大纪事报》的说法，亨利并没有因为复位而感到欣喜，"而仅仅是感恩上帝，满脑子都想着侍奉和取悦他，对于世上的浮华与虚荣几乎毫不在意"。科米纳说，他"像个戴着王冠的傻瓜一样哑巴无声"，他一定也对这种处境的突然转折感到相当手足无措。在被囚禁之前，亨利的思维就已恍惚不定，经过关押则变得更为愚钝。在接下来的几个月中，沃里克"以他的名义而不代表他的意愿到底干了些什么事，他一概不知"。不过，亨利并未出现精神错乱的状况，而且，还有能力宽恕在他被囚禁于伦敦塔时行刺他的那个人。

同一天，沃里克在"保罗的十字架"对民众宣布，爱德华四世已可耻地抛弃了英格兰，并宣布废黜他的王位。从那时起，所有信函、令状以及其他文档都显示，亨利六世继位的年号用以下方式来表示："亨利六世统治第四十九年暨其复辟王权元年。"因此，历史学家把亨利恢复王位的时期称为"复辟期"。

兰开斯特派新政权不久就宣称，亨利以前统治的祸患根源出自"国王身边那些行恶之人"，他们的贪婪行径损毁了亨利的皇室威望以及王国的繁荣与福祉。英格兰丧失在法兰西领地的责任也应该归咎于"这些虚伪的权贵"，而不是亨利本人。现在，新的秩序业已诞生，首要标志就是爱德华四世王室的主要官员已被要求引咎辞职，这些职位均由具备兰开斯特派背景的无懈可击的人物来担当。

到了 10 月 11 日，爱德华国王安全抵达海牙。随后，他前往圣波尔（St Pol），并在勃艮第的查理的陪伴下，在那里度过了数日时光。爱德华向查理公爵大力施压，期望他能帮助自己收复王国，然而查理并未表态。他还在观望沃里克是否会履行诺言与路易十一结盟，不想在此之前去做任何可能激发沃里克伯爵对于勃艮第的敌意的举动。爱德华不愿意无谓地等待下去，不得不前往布鲁日，住到了荷兰统治者格鲁休斯（Gruthuyse）勋爵的宫殿里。科米纳说，格鲁休斯"非常体面地"对待爱德华及其同伴，"送给他们大量服装"，给予他们犹如皇室来访一般的尊重。

其间，路易十一在巴黎获悉亨利六世恢复王位，便下令在巴黎圣母院大唱感恩赞美颂，并特别为此让全国放假三天举行庆祝活动。然后，他要求巴黎重要的达官贵人们准备出席一场仪式，欢迎玛格丽特王后、威尔士亲王、沃里克伯爵夫人和她的两个女儿（她们取道英格兰，很快就会抵达巴黎）。

13 日，沃里克让亨利戴上王冠，穿上爱德华的国事长袍，他本人则身穿国王的裙裾，一行人穿过伦敦的大街小巷前往圣保罗大教堂。人群蜂拥而至，前来一睹这壮观的景象："所有人都在欢欣鼓掌，大声呼喊：'上帝保佑亨利国王！'"国王在教堂完成对上帝的感恩侍奉后，便在威斯敏斯特宫安顿了下来。

那天晚些时候，伍斯特伯爵约翰·蒂普托夫特在威斯敏斯特大厅受到提审，并被判处叛国罪。尽管沃里克对待约克派贵族的政策不可避免地带有某种抚慰的性质，但在惩治令人憎恨的蒂普托夫特时毫无愧疚之情。爱德华四世逃离之后，伍斯特伯爵藏在亨廷顿郡的一片森林中，人们发现他的时候，他正躲在一棵树的顶部。蒂普托夫特被抓到伦敦后，牛津伯爵——他的父兄在 1462 年被蒂普托夫特判处死刑——主持了对他的法庭审判。宣读了"英格兰的屠夫"蒂普托夫特的所有罪名后，牛津判处他"徒步走到'塔山'（Tower Hill）后斩首"，这在当时已是一种非常仁慈的处决方式了。

当天下午 3 点，伦敦的行刑官们在坦普尔栅门接出他们的犯人，打算晚上处决他。但是，看热闹者人山人海。一些人只是想一睹蒂普托夫特的"尊容"，另一些人则嫌对他的处罚太轻，见他也没有被武装人员严加警戒，便想劫他出来处以私刑。时间已近夜晚，押解蒂普托夫特的列队方才行至弗利特桥（the Fleet Bridge），因此，行刑官们向位于弗利特河畔的债案犯监狱典狱官借用了监狱，把蒂普托夫特关押至天亮，第二天才将犯人押送到"塔山"。蒂普托夫特面无表情地注视着断头台，全然无视旁观人群的嘲讽与咒骂，对一位谴责他残忍行为的意大利修道士坚定地说：他是为了国家利益履行自己的职责。然后，他要求刽子手把自己的头劈成三块，以示对"三位一体"的敬意。他是拥护约克派的贵族中唯一一个被复辟政府处死的人。10 月 20 日，圣约翰骑士团医院的院长约翰·兰斯特罗思爵士被任命为英格兰的财政大臣，以取代蒂普托夫特的职位。

10 月，贾斯珀·都铎抵达赫里福德，他的侄子亨利·都铎正与赫伯特夫人的侄女及其丈夫理查·科比特爵士（Sir Richard Corbet）生活在一起。科比特把这个现已 13 岁的男孩交给他的叔叔贾斯珀，这个孩子随后被带到伦敦去见亨利六世。波利多尔·维吉尔声称，就在他们见面的时候，国王指着年少的亨利·都铎对贾斯珀说，"千真万确，在不久的未来，我们以及我们的对手都必定将统治权交到他的手中"。但这是极不可信的，亨利六世不可能说这样的话，因为当时兰开斯特王朝把希望都寄托在威尔士亲王身上。就算他死了，王位也会传给克拉伦斯，甚至萨默塞特公爵和埃克塞特公爵的后人等也可能提出继承王位的主张。当时谁又能想到，亨利·都铎日后会成为国王亨利七世，并创建了英格兰最为成功的王朝之一。身为亨利七世的史官，这个故事无疑是维吉尔编造出来奉承主子的。

贾斯珀现以彭布罗克伯爵自诩，尽管他那被剥夺的公权尚未得到恢复。他也试图恢复亨利·都铎的里奇蒙伯爵爵位，但是未告成功，因为爵位尚为克拉伦斯所有。

年少的亨利在宫廷露面之后，前往沃金（Woking）拜访了他的母亲玛格丽特·博福特和继父亨利·斯塔福德，然后，于 11 月 12 日与贾斯珀会合回到了威尔士。在此后的 14 年中，亨利·都铎不曾与母亲见面，等他们再次团聚的时候，一切都已大相径庭，他已成为国王。

劳斯说，到了 1470 年 11 月，沃里克"实际上已经操控了整个英格兰，并受到许多国家的敬畏与尊重。他不仅是国王的代理人，御前大臣和加来最高行政长官的官职也已得到恢复"。克拉伦斯被任命为爱尔兰最高行政长官。枢密院保留了爱德华四世执政时的大部分成员，因为这些人主要是以才能见长，而不是以等级占先。过去，克拉伦斯被排除在爱德华四世的枢密院之外，现在也拥有了一席之地。蒙塔古没有进入枢密院，但被派往北方承担边界地区东部守护的职责。枢密院中也没有什鲁斯伯里、牛津、斯坦利、德文和彭布罗克的席位，沃里克更希望他们在各自领地发挥影响力。自封的埃克塞特公爵和萨默塞特公爵滞留在勃艮第，依靠查理公爵提供的津贴为生，但他们的存在对查理来说非常尴尬，因为爱德华四世已是他的公国的贵宾，既然现在形势已经安全，他也就热切地希望这些流亡者能够尽快回国。

然而，沃里克的地位并不像表面看起来那么稳固。许多兰开斯特派死硬分子仍然不信任他，并拒绝与他合作，他们把沃里克视为导致兰开斯特王朝灭亡的罪魁祸首。沃里克伯爵也不可能指望之前支持他恢复自身权力、抑制韦德维尔家族势力的约克派成员对他的忠诚，因为许多人觉得，他废黜爱德华国王实在太过分。事实上，沃里克可以依赖的只有他那内维尔家族的忠实追随者，以及已因亨利复辟受益并需要维护自身利益的兰开斯特派贵族。其余的贵族对于沃里克的政府只是口头敷衍而已。

沃里克还是极受普通百姓欢迎，但伦敦的中产阶级十分厌恶沃里克的副手杰弗里·盖特爵士，此人几乎是鼓励士兵在城中故意破坏他人财产。人们也为与勃艮第之间贸易的衰落而担忧，这种衰落正是因沃里克的亲法主张导致的。一些伦敦商人向枢密院强烈抱怨爱德华四世突然逃离，并要求偿还他们借给他的款项。

沃里克伯爵顾虑着安茹的玛格丽特，不知道一旦她回到英格兰，是否还会让自己继续掌权，特别是王子现年17岁，已经超过了亨利六世继承王位时的岁数。未来仿佛不像在法兰西时想象的那样安全可靠：沃里克意识到，要巩固政权、实现自己的志向，取决于他本人能否与反复无常且越来越显不满的克拉伦斯、兰开斯特派和约克派权贵保持良好的合作关系，但这看起来是一件任重而道远的事情。

当亨利六世被告知伊丽莎白王后即将在避难所生产时，他指派了斯克罗普夫人前去服侍她，并充当助产士。他还授权伦敦肉商约翰·古尔德（John Gould）每周为她的家庭提供半磅牛肉和两磅羊肉。然而，尽管国王仁慈有加，沃里克也让她保持安宁，但伊丽莎白宁愿留在避难所，生活在"极大的苦恼与悲伤"之中。11月2日，她在修道院院长家中生下了爱德华国王的第一个儿子，一个健康的男孩，她以其父爱德华的名字为之命名。老修女科布（Cobb）——常驻避难所的一位助产士——负责照料婴儿，修道院副院长在院长家中为婴儿施洗，"没有任何仪式，仿佛一个穷人的儿子"——根据托马斯·莫尔爵士的描述。修道院院长被选为孩子的教父，斯克罗普夫人被认为教母，4岁的伊丽莎白公主手持弟弟的白色洗礼巾。

沃里克非常明白，约克家族继承人的诞生很可能会成为动乱的焦点，肯定会激发爱德华国王收复王国的更大决心。于是，他认定，是时候让玛格丽特王后带着威尔士亲王和他未来的新娘回英格兰了。在他看来，一个几乎已经长大成人的王子，应该会比一个处于襁褓中的王子更受民众欢迎。沃里克说服亨利六世之后，便给玛格丽特王后写信，敦促她立刻回到英格兰。

整个 9 月和 10 月，玛格丽特王后、爱德华王子、沃里克伯爵夫人和两个女儿一直待在法兰西宫廷中，一切经费皆由路易国王承担。在此期间，路易的财政主管让·卜利索内（Jean Briconnet）为他们支付了 2550 里弗的生活费用。11 月初，在短暂看望了雷内国王之后，卜利索内又为他们购置银器支付了 2831 里弗，另为"他们外出玩乐"花了 1000 里弗。玛格丽特对返回英格兰抱有戒备态度，她仍旧相信，对于兰开斯特家族这个宝贵的继承人来说，英格兰十分危险。不过，她倾向于赞同沃里克的意见，伊丽莎白·韦德维尔的儿子的出生，将对复辟的王朝构成安全上的威胁，她只能很不情愿地开始安排离开法兰西的计划。

11 月 26 日，复辟政府在威斯敏斯特召集议会，由亨利六世亲自主持。议会确认了他作为英格兰国王的权利，确定了威尔士亲王及其继承人的王位继承权——假如威尔士亲王死亡并无后，王位将由克拉伦斯公爵及其继承人继承。在开幕式上，英格兰大法官内维尔大主教读经布道："耶和华说，背道的儿女啊，回来吧！"

这次议会的相关卷宗没有幸存下来，不过，有其他文档记载了会议的有关议程。《伦敦大纪事报》记述说，"爱德华国王的所有子女均被剥夺王位继承权，他本人则作为篡位者被公告全城。爱德华国王的弟弟格洛斯特也被宣布为叛国者，两人均被剥夺公权"。1461 年以来通过的剥夺兰开斯特派贵族公权的法案则全部撤销。贾斯珀·都铎的彭布罗克伯爵爵位得到正式恢复，被没收的财产得以归还。此外，亨利国王还慷慨地给予他其他财产奖励，包括原本属于赫伯特勋爵的位于南威尔士以及威尔士边界地区的大片土地。埃克塞特、萨默塞特和奥蒙德等其他兰开斯特派贵族的家传产业也都得到了复归。议会认可沃里克作为王国和国王的代理人与保护人，克拉伦斯担任他的副手，并撤销了约克派政府的许多机构。蒙塔古勋爵为其早期效忠爱德华四世的经历做出申辩，说都是惧怕所致，也得到了皇家赦免。

在支持亨利六世复辟的行动中，克拉伦斯几乎没有捞到好处。他原本以为跟随沃里克会在支配政府方面享有更多政治权利，但到目前为止并没有这种迹象。至于继承王位，那更是遥不可及的幻影。随着兰开斯特派同僚被剥夺的公权得以恢复，他现在反而丧失了一些财产。沃里克虽然承诺补偿他的损失，但克拉伦斯非常现实，怀疑沃里克伯爵能否信守诺言。

12月3日，在图尔的一次盛大集会上，路易十一正式宣布废弃与勃艮第签订的友好条约，并公然谴责是查理与爱德华四世结盟而使此条约变得无效。这种敌对性举动，预示着路易与其强大的公国之间将爆发战争——这正是路易蓄谋已久的打算。切断英格兰对勃艮第援助的目标已经达到，他便不失时机地命令军队开进勃艮第的领土。与此同时，路易还派遣使节前往英格兰，与对方商谈将以何种形式予以自己支持，即用既成事实来给沃里克出难题。

在起航前往英格兰之前，法国使节先会见了威尔士亲王。王子同意签署一份协议，他在协议中赞同对勃艮第发动战争，直到公爵领地的每一部分都被征服为止，并表示将说服父亲亨利批准这一约定。

法国使节一到英格兰，便开始逼迫沃里克履行与路易达成的协议的义务，并提供了勃艮第的属地荷兰与泽兰（Zeeland）作为诱饵。路易深知，沃里克极度渴望拥有属于自己的公国，凭借于此，他会将别人的反对意见踩在脚下。然而，法国使节和沃里克伯爵都发现，想让英格兰权贵和商人相信，与法兰西结盟将比现存的爱德华四世与勃艮第之间的同盟关系具有更多优势，是一件极其困难的事情。没有船只进出伦敦的港口，英国的货物就无法出口国外。在这个时候，伦敦商人最不想要的就是与法兰西结盟。而由于和勃艮第的条约已为英格兰带来了新的繁荣，并为英格兰商品提供了利润丰厚的市场，普通百姓也不希望与法兰西结盟。他们认为，没有理由去损害它。如果沃里克决意要与路易结盟，那就意味着置英国人民的利益于不顾。

到目前为止，"大胆的查理"对复位的亨利六世一直显示出友好的姿态，但路易废弃他们之间联盟的消息迫使他重新定位自己的立场：是时候好好考虑一下，支持对自己始终展示友善态度的约克派是否更加有利可图了。

罗马教皇仍未给爱德华王子与安妮·内维尔发放结婚特许令。路易的耐心早已消耗殆尽，无奈之下，他派遣巴约的大牧师设法从耶路撒冷的东正教总大主教那里弄了一份特许令。特许令于 12 月初送到，当时路易已迁居安博瓦兹，所以婚礼就在那里举办。12 月 13 日，爱德华王子和安妮·内维尔终成眷属。婚礼在华丽的宫廷教堂中举行，由巴约的大牧师主持，一大批法兰西和安茹的王室成员参加了婚礼，其中包括克拉伦斯公爵。

我们有充分的理由相信，玛格丽特王后严禁她的儿子与新娘同房。由于沃里克在英格兰的地位并不牢靠，如果他被人推翻，安妮·内维尔就不再是兰开斯特王朝继承人的合适妻子。如果他们没有真正结合，废除这桩婚事会非常方便，王子可以获得自由之身，迎娶一位更为相称的新娘。1472 年，克罗尔兰德用术语"少女"或"闺女"来形容安妮，意思就是说她还是一个原封未动的处女。

路易从他的伦敦使节那里得到的报告，让他和玛格丽特王后确信，现在是时候安全返回英格兰了。婚礼后的第二天，王后、威尔士亲王和王妃以及沃里克伯爵夫人离开安博瓦兹，踏上了回家旅途的第一程，前来护送他们的人有尤伯爵（Eu）、迪努瓦伯爵（Dunois）和查狄伦伯爵（Chatillon）等。不久，他们非常正式地进入巴黎，并在城门外受到市政当局、大学、议会和小城堡的重要官员的隆重迎候，他们个个身穿最漂亮的礼服。这些先生们引领王后一行人进入市区，城市被打扮得节日一般喜庆，窗口和阳台上悬挂着华丽的挂毯和彩色画布，街道上挤满了欢呼喝彩的市民。与此同时，在英格兰，国王亨利指示他的财政大臣为沃里克发放了 2000 英镑经费，让他带领一支船队率军渡海前往法兰西,"去迎接我最亲爱的、最挚爱的妻儿——王后和王子回家"。

在巴黎过完圣诞节,玛格丽特准备离开法兰西返回英格兰。这时她得知,勃艮第的查理和爱德华四世于1471年1月5日在圣奥梅尔附近举行了一次会晤。这使她有些不安,然而,路易派往伦敦的使节反馈的报告称,那里的政治局势相当稳定,她和儿子回去非常安全,这又让她打消了疑虑。于是,王后离开巴黎前往鲁昂,等候沃里克来护送她返回英格兰。

但沃里克永远不会来了。豢养随从、前一年秋天的军事行动以及维护庄园等方面的开销已经花掉了他那不会超过1.5万英镑的年俸的绝大部分。由于资金短缺,他把国王拨发的用于护送王后的经费挪用到更为紧迫的地方去了,因此造成了无钱前往法兰西迎接王后的尴尬局面。玛格丽特不知其中缘由,一定要等到沃里克真正到达法国的港口,否则拒绝离开法兰西。她在鲁昂苦苦等待时,沃里克伯爵却在多佛等她,他相信,即便没有自己,王后照样会起航出海。然而没过多久,紧急事务迫使沃里克返回了伦敦。

最后,玛格丽特不得不接受沃里克来不了的事实,不想继续耽搁下去,便打算到迪耶普港(Dieppe)起航前往英格兰。船主再三告诫她,眼下天气不适宜出海,但她置若罔闻。王后的船队三度出海,每次都被狂风巨浪冲回诺曼底海岸,一些船更是严重受损,必须维修。王后手下一些比较迷信的人纷纷议论,说狂风暴雨被受雇于约克派的巫师施了魔法;另一些人则认为是上帝之手在起作用。一段时间内,恶劣的天气没有转好的迹象,玛格丽特只能等待而别无出路,漫长的拖延令她既沮丧又焦灼。

沃里克回到英格兰后,竭尽全力试图巩固自己的地位。他非常担忧格洛斯特郡和赫里福德郡的国王臣民的忠诚度,于是赋予克拉伦斯在塞文河流域行使军事和行政的大权——他已经承担在南威尔士和边界地区维护治安的职责。与此同时，从表面上看依然效忠于沃里克的克拉伦斯——或许暗藏着自己的目的——在涉嫌秘密支持爱德华四世的几位贵族家中安插了密探，这些贵族包括诺森伯兰、什鲁斯伯里和斯坦利。克拉伦斯的密探监视了这些人的所有谈话内容以及人员往来情况，想要知道是否有不忠实于政府的任何蛛丝马迹。每户人家中安排有两个密探，以便一个人出来向克拉伦斯公爵汇报情况时，另一个人仍在密切监视。

2月初，议会着手讨论沃里克关于英格兰与法兰西联盟共同进攻勃艮第的要求——以便兑现他对路易十一许下的诺言。上议院和下议院就此展开了激烈争论，最后只同意签订一个为期10年的停战协议，而不是正式联盟条约。他们都知道人民的脾气，所以没有批准对勃艮第宣战的提议。

可是，沃里克却告诉路易的使臣，英格兰会出手援助他们的主人，而且他已经开始招募军队，并将尽快调往法兰西。2月12日，根据沃里克的指令，加来驻军准备对法国北部属于勃艮第的领土发动进攻。次日，沃里克给路易写信道：

> 祈祷万能的上帝赐予你胜利。我已发出指令，要求加来驻军做好战争准备。今天，我又接到消息，加来驻军已从阿德尔（Ardres）出发行动，并杀死了格拉沃利讷（Gravelines）的两个守军。我将毫不迟疑地尽快前来法国为您效劳，去对付该死的勃艮第人。您卑微的仆人，R.沃里克。

沃里克未经议会同意就把英格兰拖入对勃艮第的战争，这让伦敦商人愤怒万分，他们知道，这可能对城市的经济繁荣造成极大的损害，于是拒绝向复辟政府放贷。至于"大胆的查理"，加来驻军的行动逼得他毫不犹豫地与爱德华四世建立联盟，把赌注压在了爱德华身上。因此，恢复约克家族的英格兰王位对他的利益来说关系重大。废黜亨利六世即可铲除路易十一的主要盟友，同时也能将战争的威胁从勃艮第转移开来。考虑到这一点，查理同意援助爱德华四世收复王国，并立刻为他提供了 5 万克朗的资金支持。勃艮第的援助为约克派的入侵创造了现实的可能性。

在查理决定支持约克派的时候，自封的埃克塞特公爵和萨默塞特公爵——他们因为不信任沃里克仍在他的宫廷中避难——恳求查理公爵不要采取任何殃及亨利六世王位的行动。于是查理建议他们回到英格兰，为兰开斯特派的事业组织武装力量对付沃里克，在他看来，这会让爱德华国王从中获益。埃克塞特和萨默塞特回到英格兰后发现，公众舆论一边倒地反对与法兰西结盟。由于沃里克刚愎自用地追求与法联盟，实际上已经疏离了兰开斯特派的权力集团，萨默塞特和埃克塞特几乎没花什么力气便争取到了支持力量来延续与勃艮第之间的联盟。

萨默塞特和埃克塞特希望在政治上孤立爱德华四世，但爱德华在他的妹妹，勃艮第公爵夫人的帮助下，义无反顾地推进着自己的计划。到 2 月底，他已征募了一支军队，由 1000—1500 名英国人和 300 名配备手枪的佛兰德雇佣兵组成——据沃克沃斯的说法。但根据一位伦敦编年史家的记载，爱德华拥有 500 名英国人和 500 名佛兰德人。他还通过斡旋“汉萨同盟”（the Hanseatic League）获得了一支船队。[1] 所有的船只和人马准备就绪后，在荷兰西南部的弗拉辛港（Flushing harbour）待命出发。此时，爱德华跟守候在迪耶普港的玛格丽特王后一样，万事俱备，却不得不等待着有一个风平浪静的间隙可以起航。

---

[1]　译注：汉萨同盟（the Hanseatic League），是德意志北部城市之间形成的商业和政治联盟。汉萨（Hanse）一词，德文意为“公所”或者“会馆”。同盟在 13 世纪逐渐形成，14 世纪达到兴盛，加盟城市最多达到 160 个。1367 年成立了以吕贝克城为首的领导机构，有汉堡、科隆、不莱梅等大城市的富商和贵族参加。同盟拥有武装和金库，1370 年战胜丹麦，订立了《斯特拉尔松德条约》。同盟垄断了波罗的海地区的贸易，并在西起伦敦，东至诺夫哥罗德的沿海地区建立了商站，实力异常雄厚。15 世纪转衰，1669 年解体。

25．"完美的胜仗"

　　爱德华进攻英格兰指日可待，伦敦方面在1月份也制订了对付他的应急计划——当时的征兵令一直送达威尔士和边界地区。在北方，蒙塔古招募了一支军队，已集结在庞蒂弗拉克特；牛津防守英格兰的东部海岸；彭布罗克准备捍卫威尔士；克拉伦斯在布里斯托尔守卫西南部各郡；"福肯伯格的私生子"被任命为皇家舰队的指挥，驻守在英吉利海峡。

　　然而，尽管部署了这些防御措施，沃里克的权威已经摇摇欲坠，尤其是在伦敦，他的家臣被视为与街头恶棍无异——"打劫平民百姓是家常便饭"。沃里克不仅疏远了中低阶层，上议院也有越来越多的贵族憎恨他那自命不凡的作为。无论是兰开斯特派还是约克派都不信任他，他传奇式的受欢迎程度一落千丈。而自从珀西的诺森伯兰伯爵爵位得到恢复，蒙塔古的势力也受到了削弱，内维尔家族在北方的霸权地位日渐式微。珀西成为北方的支配者，尤其是在约克郡。沃里克知道，珀西不支持自己。其实，王后即将来临也并非预示着沃里克或英格兰未来的好兆头，因为玛格丽特与沃里克伯爵不大可能和睦相处太久。

　　3月2日，爱德华国王"心怀重返和收复王国的志愿"，在弗拉辛港登上了他的旗舰"安东尼号"。正当他的36艘船起航出海时，又一场大风袭来，这些船无法返回靠岸，不得不在港湾抛锚了9天。11日天气好转后才动身直接驶往诺福克海岸。3月12日星期二晚上，他们出现在克罗默（Cromer）沿岸，但由于牛津的人马正在那里等着，爱德华不可能登陆，于是他立刻改变主意，命令船队朝北驶向亨伯河河口（the Humber estuary）。夜深后，船队抛锚歇息。预计到哥哥可能会在北方登陆的克拉伦斯已在约克郡安排了密探，以便掌握爱德华的动静。

在海上过夜时，爱德华遭遇了一场猛烈的暴风雨，船队因此被冲散。当时，没有其他任何迹象显示，14 日爱德华已在远离其支持者集中的地点——约克郡的鸦岔口（Ravenspur）——登陆（72 年前，博林布鲁克的亨利 [Henry of Bolingbroke，亨利四世] 曾在同一地点登陆）。正当国王及其将领在海滩上聚集人马时，他们隐约看见远处山冈上刀剑在阳光中闪烁的亮光，以为是敌人手持武器反射过来的光线。这些"敌人"原来是格洛斯特的部队，他的船只已在离此 5 英里的沿海靠岸。里弗斯的人马则在 14 英里之外的波尔（Paull）登陆，后来也赶到鸦岔口与国王会合。

为了掩盖痕迹，并对手下表明不替自己保留退路的决心，爱德华下令烧毁自己的船。但是，他的出现很难不被临近的人们知晓，没多久，"霍尔德尼斯（Holderness）乡村的所有人"——总共有六七万——在一位名叫约翰·温斯特代尔（John Westerdale）的当地教区牧师和一个叫马丁的人的领导下，武装起来抗击爱德华国王。但事实证明，这些首领并不具备真正的领导才能，他们的行动缺乏凝聚力和目标性。国王没花多少力气便说服了他们：爱德华声称自己只为争回约克公爵领地而来，于是，他们就这么放过了国王的部队。

随后，爱德华率军前往赫尔，但被坚定地拒斥于城门之外。然而，到了贝弗利，市民们却十分热情，并以非常友好的方式迎接他。短期逗留之后，国王向部队发出了行军令，并高高地举起旗帜，朝着约克城进军。一路上他没有遭遇敌对的力量，但也没有吸引到太多支持者，因为当时很少有人相信他会有获胜的机会。《国王爱德华四世抵达英格兰的历史》一书中写道，有关爱德华事业的官方描述称，他本人清楚地意识到，自己"深受部分权贵的怀疑与怨恨"，也明白收复王国是一场危险的赌博。

3月19日，身处圣埃德蒙兹伯里（Bury St Edmunds）的牛津得到"可靠消息"，称爱德华已经入侵，于是向该地区的人们发出紧急召唤，要求他们立即武装起来聚集到自己身边。得知爱德华到来的消息后，沃里克也号召所有忠诚的英国人拿起武器准备战斗，但一些兰开斯特派贵族，尤其是什鲁斯伯里、斯坦利、萨默塞特、埃克塞特和彭布罗克等人，无视他的指令，宁愿等待玛格丽特王后的来临。不过沃里克还是设法筹集了一支规模庞大的军队；毕竟，根据《国王爱德华四世抵达英格兰的历史》一书的描述，"假如有谁不愿意服从他的命令，他便直接对他们进行指控并以死论处"。议会授予威尔士亲王召集武装保卫王国的权力，以他的名义发出的征兵令遍及全国，并威胁不守命令之人将会受到叛国者一样的惩处。

沃里克此时已经成了众叛亲离的孤家寡人，原先的朋友和支持者所剩无几，可以差遣的人更是少得可怜，这一点明显反映在一封他写给亨利·弗农爵士（Sir Henry Vernon）的信函附言中："亨利，我恳求你，你可不能一去不回，我将一如既往地照应你。"弗农也像许多人一样，并未听从沃里克的召唤。他收到了好几封来自沃里克和克拉伦斯的信，但全都置之不理。

沃里克率军北上，留下内维尔大主教负责保护亨利国王以及首都的安全。克拉伦斯也在布里斯托尔和韦尔斯（Wells）积极地招兵买马，很快就召集了一支4000人的军队。蒙塔古尚未在北方招募到充足的兵力来抗击爱德华的力量。

爱德华国王来到约克城前时，这座城市的行政长官最初拒绝他入城。但他再三请求，声称自己单纯是作为公爵前来争回自己的公爵领地——那是属于他的合法继承财产。市政议员们对此没有异议，而且认为，承认他是一个公爵并不构成叛国。他们还被爱德华的虚情假意蒙骗，沃克沃斯说，当时，"他当着所有人的面高呼'亨利国王万岁！亨利国王万岁！'"，并在自己的帽子上插了一根鸵鸟羽毛——威尔士亲王的纹章。3月18日，爱德华被允许带着少数几个同伴骑马进入约克城，他的军队则驻扎在城墙之外。入城之后，爱德华在市民面前信誓旦旦地表示：他已无意夺回王位。

此时，爱德华想等等看诺森伯兰是否会加入他的阵营，但诺森伯兰伯爵"坐拥"他的北方领地和强大的家臣实力却按兵不动。按照主人的吩咐，伯爵的家臣们不为国王而战，只是让国王平安无事地从眼前通过。同时，爱德华只知道蒙塔古正在庞蒂弗拉克特守候着他，却不知蒙塔古已将军队进一步向南调遣了。

爱德华尚在约克城的时候，沃里克率领军队准备前往考文垂，与牛津和克拉伦斯的部队会合。牛津带领 4000 名东安格利亚士兵沿着福斯路（the Fosse Way）朝着纽瓦克方向前行，克拉伦斯则率部由西南方朝北而来。三军会合之后，强敌当前，爱德华的军事才能将备受考验，但他显示了非凡的才能。3 月 19 日，爱德华率军离开约克城前往塔德卡斯特（Tadcaster）。第二天，他突然向西绕行，避开了庞蒂弗拉克特，然后在桑达尔和韦克菲尔德等曾属于他的领地招兵买马。出人意料的是，爱德华甩掉蒙塔古之后，蒙塔古并没有调动兵力拦截他。

爱德华从韦克菲尔德出发，经由唐卡斯特向诺丁汉挺进，到达那里以后，他立即抛弃了先前只为主张约克公爵而来的虚假借口，并以王室的口吻发布了公告。看到马背上的他那样笑容可掬、信心满满和英俊潇洒，市民们争先恐后地涌到他的旗帜下。爱德华现在走进了他的约克派支持者地域，许多骑士和权贵带着家臣纷纷加入他的阵营，这些人包括：威廉·帕尔爵士（Sir William Par）与詹姆斯·哈林顿爵士（Sir James Harington）以及他们带来的 600 人马、威廉·斯坦利爵士（斯坦利勋爵的弟弟）和威廉·诺里斯爵士（Sir William Norris）等。此时此刻，爱德华对敌军的规模已经大致有数，他还从诺丁汉派出侦察兵深入周边的农村，以便更多地了解敌人的动向。爱德华探明牛津正盘踞在纽瓦克时，便决定对牛津发动攻势。他先是派出精锐骑兵部队逼迫牛津投降，牛津对于他们的突然出现惊恐不已，以为自己的军队根本不是爱德华雇佣兵的对手，便立刻命令部队撤离纽瓦克，他手下的许多人也就趁机逃跑了。不战而胜让爱德华深受鼓舞，而他的军队现已发展到2000多人，而且时刻都在壮大。接着，他率军前往莱斯特，在那里与黑斯廷斯及其将近3000人的部队会合后，共同挺进考文垂。

得知牛津逃离纽瓦克的消息后，沃里克将自己6000人的军队撤退到考文垂城内，同时等待着牛津和克拉伦斯增援部队的到来。在25日发出的一封信中，沃里克说他注意到爱德华的兵力规模尚小，许多人尚不愿意支持爱德华的事业，沃里克表示有信心击败爱德华，但他还是免不了为之震惊。

玛格丽特王后仍在法兰西滞留的时候，接到了爱德华四世计划进攻英格兰的报告，这令她十分担忧。路易国王对玛格丽特说，等他的使节从英格兰返回，她可以使用他们的船，但她因过于惧怕而拒绝了路易的提议。不久之后，约翰·兰斯特罗思爵士驾着自己的船前往法国迎接王后。3月24日，王后在重重疑虑之下离开了哈弗勒尔，与她同行的有威尔士亲王和王妃、弗特斯克、文洛克、莫顿以及3000名法国骑兵等。沃里克伯爵夫人乘坐的是另一条船，先于王后的船队在朴次茅斯（Portsmouth）靠岸。得知玛格丽特的船队驶往西南海岸后，伯爵夫人又乘船准备赶往韦茅斯（Weymouth），但在海上遭遇了一场突如其来的狂风暴雨，暴风雨将船刮回了南安普顿。狂暴的天气没有转好的迹象，伯爵夫人只好决定经由陆路与王后会合。

29日，爱德华国王抵达考文垂——可以说，这是防御工事最为完备的英格兰城镇之一。他站在城墙外，用蔑视的口吻向沃里克大声叫板：要么和平出来接受宽恕，要么放马过来决一死战。沃里克向城外看去，发现爱德华的兵力规模相当庞大，他清楚地意识到，假如自己响应爱德华的挑战出去以武力见分晓，处境可能极为不利。此外，他手下也有许多人反对在战场上与国王交锋，因为国王从未输过任何一场战斗。

爱德华让传令官向沃里克连续三天发送了正式挑战书，但对方仍然毫无反应。面对沃里克伯爵不会出来应战的现实，爱德华命令部队撤离前往沃里克城，并攻占了沃里克伯爵的城堡，正式宣布自己重新成为国王。在沃里克城，他得到报告，称牛津、埃克塞特和蒙塔古正在赶往考文垂与沃里克会合，于是迅速派出了一批人马到莱斯特去拦截牛津的部队。4月3日，他们击败了牛津伯爵。克拉伦斯并未带兵去增援沃里克，而是宣布他的本意是想回来尽忠于自己的哥哥。

爱德华希望取得决定性的胜利，于是又折回考文垂，并命令军队在城外进入战斗状态，同时对沃里克进一步发起挑战，但沃里克伯爵依然拒绝应战。无奈之下，爱德华只有放弃引诱沃里克出城决一胜负的打算。根据《国王爱德华四世抵达英格兰的历史》一书中的记述，他"认为，没有必要在这里如此这般纠缠和守候，还可以避免一场必然的相互残杀。更好的计策莫过于率部直接挺进伦敦"。于是爱德华把部队撤退到三英里之外，并在通往班伯里的大路上安营扎寨，等待克拉伦斯及其人马的到来。

勃艮第的查理和约克公爵夫人——爱德华四世、克拉伦斯公爵以及格洛斯特公爵三兄弟的母亲——都对克拉伦斯施压，规劝他要与爱德华四世言归于好，年轻的格洛斯特公爵也在其中起到了一定的和解作用。4月2日夜晚，爱德华秘密看望了当时扎营在班伯里附近的克拉伦斯，劝诫他回心转意效忠自己。不过克拉伦斯几乎已不需要什么劝说了。早在3月23日沃里克强迫他将部分财产交还给玛格丽特王后和爱德华王子的时候，他的耐心就几近耗尽："尽管王后、王子、他本人和沃里克之间达成协议，直到获得适当的补偿之前，他仍然拥有自己的全部财产。"很明显，他已不能指望从岳父大人那里得到什么东西了。克拉伦斯也意识到，沃里克的地位岌岌可危，摆脱他是明智之举；如果再不抓住时机与爱德华和好，恐怕就会为时太晚了。

4月3日，克拉伦斯带着他的1.2万人的部队，来到国王的营帐前跪地投诚。爱德华宽恕了他，并承诺要归还他所有的财产，此时，"他们交谈甚欢"。然后，在克拉伦斯的建议下，王室兄弟俩又率军来到考文垂城前，在那里向沃里克伯爵发出了最后一次挑战。克拉伦斯的脱党变节以及大部队兵临城下让沃里克十分错愕与惊骇，他根本没有勇气应战。沃里克仍在期待新的增援力量到来，除此之外并不考虑与爱德华交战。

当国王的部队还在沃里克城的时候，玛格丽特王后的支持者们正在为她的来临做准备。萨默塞特、他的弟弟多塞特侯爵约翰·博福特和德文伯爵托马斯·考特尼在伦敦获知王后的舰队正在驶向西南部后，也离开首都策马西行，试图前去迎接玛格丽特登岸，并在途中尽可能多征募一些军人。

无论是爱德华还是沃里克都明白，谁能占先夺取伦敦，谁就拥有获得决定性胜利之良机。于是，一场目的地为首都的赛跑开始了。4月初，国王到达北安普顿，在那里受到人们的热情欢迎。然后，他选择了最快的路线向伦敦进军，并始终保持一支由经验丰富的长枪兵和弓箭手组成的部队作为后卫，以防沃里克的军队从背后发起任何袭击。

5日，爱德华离开北安普敦。那一天，沃里克仍在考文垂，但他很快就意识到，国王"将尽其所能进入伦敦，但不知能否达到目的，于是，他命令大部队撤出考文垂也向伦敦挺近，并在爱德华离开的两天后经过北安普顿"。沃里克伯爵心想，他尚有两个有利条件中的一个可资利用：伦敦有可能拒绝国王入城，即便国王进了伦敦，时值复活节，国王必将保持庄严，如果沃里克突然降临，便可出其不意置爱德华国王于死地。

1471 年 4 月 6 日 "圣枝主日"，爱德华到达达文特里（Daventry），并在那里的教区教堂参加了一场侍奉仪式。教堂中有一座国王特别崇敬的圣安妮塑像——由于当时从 "圣灰星期三" 到 "复活节"，英格兰教堂中的所有神像都要遮掩起来避免被人看到——也被用木板封了起来。但是正当国王在十字架前跪拜的时候，圣安妮塑像周围的木板突然垮塌，这被看作圣人要为国王提供特殊保护的神迹。

接近伦敦的时候，爱德华的军队人数已与日俱增；霍华德勋爵也已离开科尔切斯特的避难所，迅速带着家臣加入了国王的阵营。侦察兵向沃里克报告了国王的动向之后，沃里克立刻致函伦敦当局，要求他们抵抗爱德华，并将他拒之城外。他还写信给弟弟内维尔大主教，"希望他竭尽全力把爱德华挡在城外。只要能够坚守两三天时间，他保证，届时必会率领强大的兵力赶到，并彻底摧毁爱德华及其部队"。内维尔大主教在圣保罗大教堂召集了那些熟知的效忠于亨利六世和沃里克的贵族，以及"他们所能征募到的武装人员和随从"——在那里聚集了多达六七千人。然后，他让亨利六世骑上一匹马在城里兜了一圈：一队人马从圣保罗大教堂出发，沿着齐普赛街前进，经过沃尔布鲁克街，再返回圣保罗大教堂；亨利则回到位于邻近的住所主教宫。大主教的用意是"借助亨利的露脸来争取伦敦人的支持"。然而，亨利六世及其护卫队给人们带来的印象根本起不到鼓舞人心的效果：护卫队人数稀少，却武装到牙齿；国王身穿一套陈旧不堪的蓝色礼服，显示他的富贵日子已然消逝，"仿佛连可以更换的服饰也没有了"。亨利耷拉在马上，以忧郁的神情和疲惫的目光注视着市民们。据称，这趟伦敦街头的游行"更像一出蹩脚的戏，而不是一位君主为赢取人心所做的展示。通过这个弄巧成拙的举动，他几乎一无所获，反而丧失了很多"。

根据《国王爱德华四世抵达英格兰的历史》一书的描述，4月9日，爱德华国王从邓斯特布尔"给他在伦敦的王后、他真正的贵族们、仆人和支持者发出了非常激动人心的消息"。"于是，他们尽可能秘密地考虑该在哪里迎接、怎样欢迎他。"10日，爱德华到达圣奥尔本斯。

那一天，同样根据《国王爱德华四世抵达英格兰的历史》一书，"市政当局召集了紧急会议，并派出武装人员把守所有的城门"。然而，发现亨利六世及其追随者的力量"如此薄弱"后，他们"可能鼓不起勇气"支持亨利了。"相反，他们非常明白，亨利国王的力量根本无法抵挡爱德华日益临近的军队——那天晚上，他们已经到达圣奥尔本斯。于是，市长和市政议员决定将这座城市留给爱德华，在他来到时为他打开城门。同时，他们派人给爱德华送去消息，说他们随时迎候他的到来。"由于兰开斯特派许多贵族都到西部去迎接玛格丽特王后了，所以，此时已经没有具有强大能耐来控制伦敦并抵挡爱德华、阻止市长为其敞开城门的人物了。

由于担心自己的安危，内维尔大主教也向国王传递信息，表示"愿意俯首听臣，并承诺，如果国王能够赐予恩典确保他的安全与幸福，那么，他将为国王提供令人满意的回报"。爱德华"出于权宜之计同意了大主教的要求，大主教极为高兴，并确实兑现了自己的诺言"，把亨利六世交到了爱德华的手中。"那天晚上，国王拿下了伦敦塔，至此，他便可以堂而皇之地进入这座城市了。"

由于路易十一认识到，事到如今，沃里克已经无法履行他们之间商定的协议，同时也明白，如果没有英格兰的支持，靠他本人的力量不可能战胜勃艮第，于是与勃艮第签订了一个为期3个月的停战协定。11日，沃里克得知了这个消息。停战协定本身是等待观望的策略，路易的目的在于拖延一段时间，看看沃里克与爱德华四世之间的较量到底会是什么结果。但是这让沃里克意识到，他已不可能寄希望于从路易那里获得进一步援助了，现在一切都要依靠自己，而且与爱德华之间的交锋已经迫在眉睫。

当天上午晚些时候，伦敦市长以及市政议员解散了城市自卫队，理由是他们要回家吃饭了。中午时分，爱德华国王带着两个弟弟率兵到达伦敦城前，城门豁然洞开，仿佛这座城市正在展开双臂迎接这位合法的英格兰君主归来。市长以及重要的市民们对爱德华表示热烈欢迎，街头巷尾的人群为国王欢呼喝彩。科米纳说，人们之所以会表现得如此热情，原因有三个：其一，国王有一位男性继承人；其二，富裕市民借给国王的钱有望得到偿还；其三，与爱德华曾有私情的"贵妇人和富有市民的妻子"非常高兴——她们"迫使自己的丈夫们表态站在他一边"。

国王立即前往圣保罗大教堂，让坎特伯雷大主教为他重获王位做感恩祷告，并宣布废黜亨利。尔后，他来到主教宫，在那里，内维尔大主教把亨利六世交付给了爱德华。亨利拥抱着他说："我的约克表弟啊，欢迎你大驾光临。我知道，在你的手中，我的性命不至于会有危险。"爱德华下令拘留他并转移到伦敦塔关押，并马上释放了囚禁在那里的许多约克派人员。他还派了一队人马到威斯敏斯特大教堂，把王后和孩子们从威斯敏斯特宫的避难所中接出来。然后，国王本人前往威斯敏斯特大教堂，鲍彻大主教把王冠戴在他头上，以此向公众表明爱德华已正式恢复王位。最后，国王下跪感谢了上帝、圣彼得和忏悔者圣爱德华。

爱德华知道，沃里克此时正在追赶之中，于是下令部署7000人的兵力守卫伦敦，抗击沃里克的部队。然后，他带着一队人马来到威斯敏斯特宫——伊丽莎白王后和孩子们正在那里等候他。见到女儿们和怀抱只有五个月大儿子的妻子，国王激动得流下了眼泪。他"充满温情地"亲吻了孩子们，把王子抱在自己怀里，流露出他"最大的快乐"和"心中莫大的安慰与欢喜"，并指着这个婴儿说，"这是上帝所赐的珍贵礼物和我们所最期盼的宝贝"。在拥抱和安慰过妻子之后，国王护送家人前往"他的母亲大人"所在的巴纳德城堡，他们在那里做了弥撒，并住了一晚。

12日上午，爱德华与两个弟弟以及重要的权贵们商议了对策之后，到母亲的私人小教堂参加了纪念耶稣受难日的庄严侍奉仪式。为了安全起见，在仪式结束之后，爱德华把王后、王嗣、约克公爵夫人和坎特伯雷大主教安顿在伦敦塔。他本人则尽可能多花时间在伦敦，督促手下的将领征募和召集更多增援力量，以便对付沃里克。根据《国王爱德华四世抵达英格兰的历史》一书中的描述，国王"想方设法要在他（沃里克）接近城市之前或在尽可能远离城市的地方与其交战"。13日下午，爱德华把亨利国王接到身边，并将军队调往伦敦以北十英里之外的巴尼特城。在那里，他的先头部队与沃里克的先头部队遭遇。经过一场小规模战斗，沃里克的先头部队被驱赶到离城半英里之外的地方。爱德华到达巴尼特城并听取了刚刚发生的情况后，便不再让他的部队留在城内，"而是命令所有人和他一起到城外迎击敌人"。

那天早些时候，沃里克率军经过圣奥尔本斯，朝着巴尼特方向行进。与爱德华国王一样，他到达巴尼特城时天已经黑了。两军都花了相当长的时间来寻找有利作战地形，最后，沃里克把他的军队部署在一处400英尺高的山脊上，那里"隐蔽在树篱之下"，从"哈德利绿野"（Hadley Green）一直向南延伸到巴尼特的村庄。爱德华"看不清敌人所处的位置，把自己的全部兵力正好驻扎在敌人的正面，两军相距之近超出了他的想象"。十分凑巧的是，国王的右翼部队与沃里克的左翼部队交合，而沃里克的右翼部队则与爱德华的左翼部队搭界。这就意味着，沃里克部署在右方远处的大炮打不到任何人。根据《国王爱德华四世抵达英格兰的历史》，沃里克伯爵的士兵们"几乎整夜都在发射炮弹，以为会对国王的军队造成极大的伤害。但碰巧的是，炮弹全从国王军队的上空越过，没有造成任何伤害。敌方根本没有预料到国王部队驻扎的位置比想象的还要近"。爱德华不许自己的部队发射大炮回击，他不想让沃里克发现自己的位置，以免沃里克调整发射目标对约克派军队狂轰滥炸。

所有的资料来源都认为，沃里克拥有更大规模的军队。沃克沃斯说，爱德华深知自己寡不敌众。根据沃克沃斯的估计，沃里克的兵力约为2万人，而根据《国王爱德华四世抵达英格兰的历史》，沃里克拥有3万人。大多数资料来源都认可国王的兵力仅为9000人到1万人。国王本人指挥约克派的中路部队，格洛斯特指挥右翼部队，黑斯廷斯指挥左翼部队。蒙塔古——在南进的路上跑到了沃里克的阵营中——指挥兰开斯特派的中路部队，陈兵于从圣奥尔本斯通向巴尼特道路的两侧；埃克塞特指挥左翼部队，包括一定数量的骑兵，驻守在一片松软的沼泽地带；牛津指挥右翼部队，驻扎在山脊背后一条道路的西侧；沃里克本人指挥装备精良的后卫部队，并配备了最新发明的手枪，屯兵于巴尼特以北"哈德利绿野"中一座竖立不久（1740年）的战争纪念碑一带。两军主要由步兵构成，均配备枪支和大炮，不过沃里克部队的装备强于爱德华的部队。亨利六世由约克派的后卫部队拘押在后方。

那天晚上，正当两军忙于开战的时候，载着玛格丽特王后一行人的船队在多塞特的韦茅斯港登陆。"由于缺乏合适风向和海上肆虐的大风暴"，王后在海上经历了20天骇人听闻的艰难航程。尽管如此，她依然无所畏惧，希望把西南地区作为兰开斯特派事业的根基。这并不是徒然的空想，因为她的许多重要追随者在该地区拥有领地，行使着政治影响力，包括萨默塞特、埃克塞特、德文和克拉伦斯——当时，她对克拉伦斯的变节尚且一无所知。

玛格丽特没有意识到复辟政府因沃里克不得人心的外交政策已经名誉扫地，而她晚来了几个星期也已错失挽回局面的良机。她更不知道，亨利六世已被爱德华四世再度推翻。"我相信，"根据《帕斯顿信札》中的记述，一旦得知王后到来，"爱德华国王过不了两三天就会出发前往王后的所在地，重新将她驱逐出去。"

第二天正值复活节，一大早四五点钟，国王知道天快亮了，根据《国王爱德华四世抵达英格兰的历史》，"尽管浓雾密布，彼此看不见对方"，但他当着警戒战士的面跪在地上说，"决定把自己的事业交托给全能的上帝"。然后，爱德华"下达战斗命令，战士们高举旗帜，吹起号角，向敌人发动了第一次冲锋，并很快就攻入敌方阵地。敌人并不示弱，果敢迎战，两军短兵相接激烈交战。在那些忠诚的支持者们强有力的协助下，爱德华国王率领着他最强悍的中路军队，向敌人发起了英勇而猛烈的攻击"。

国王"打败或击倒"所有挡住去路的敌人，"以至于没有人敢站在他以及那些全心全意为他而战的同伴眼前"。没多久，双方都派上后卫部队增援中心战场。两军左翼部队早已溃不成军，但由于浓雾弥漫，爱德华和沃里克都不知道实际战况如何，他们都以为自己获胜了。牛津率部追击约克派的左翼部队直到远离巴尼特数英里之外；而格洛斯特率军越过一片被称为"死亡之谷"的洼地，杀入兰开斯特派左翼部队所在的中心战场——爱德华国王正率领中路部队用战斧大开杀戒，给敌人造成了致命的打击。当埃克塞特转过身来协助沃里克攻击格洛斯特时，蒙塔古也调头过来了。

与此同时，牛津手下的一些人趁着追击约克派逃之夭夭，另一些人则利用这个机会在巴尼特打劫了一把，牛津伯爵花费九牛二虎之力才让他们归队。等返回战场的时候，由于和手下都佩戴着德·维尔家族的彗星纹章，在昏暗的迷雾中，首先看见他们过来的蒙塔古士兵把纹章误认为国王的"灿日"，于是对着他们射去几番箭雨，致使牛津和他的800名士兵惊呼着"叛徒！叛徒！"慌乱逃离战场。"叛徒"一词像野火一样传到兰开斯特派的中心战场，士气一落千丈，恍然成了这场战役的转折点。战士们惊慌失措，并开始逃离战斗。当蒙塔古的手下弄清楚纹章之后，他们坚持认为牛津已经带着部队投靠约克派了，反而更加愤怒地追击。此时，还有一些人在大声叫喊，说沃里克正打算停止战斗并与国王达成协议——这对许多人来说意味着背叛。一时间，兰开斯特派阵营一片混乱，国王充分利用这一有利时机，命令后卫部队攻击沃里克的中路部队。接着，爆发了一场激烈的近战，打破了兰开斯特派的战线。蒙塔古在战斗中被杀死，可能是牛津一个手下所为。

在酣战的紧逼之下，沃里克试图重整部队，以期填补蒙塔古留下的缺陷，但没有见效。士兵们的恐慌情绪相互感染，沃里克无法阻止越来越多惊恐不安的士兵从战场上逃走。在绝望之中，他从马上下来，把最好的骑兵集合在一起，大声说道："如果我们能够挡住这次冲锋，胜利就将属于我们！"当约克派的骑兵全速杀过来，沃里克伯爵像一个无地产的骑士和家臣一样挥舞着他的剑，使尽浑身解数英勇奋战，但他们中的大多数人被身披盔甲、飞奔而来的约克派骑兵击倒，留下一片大屠杀的惨景。

此刻，沃里克意识到大势已去，于是决定逃跑，徒步跑向他的拴马之处——"罗瑟姆森林"（Wrotham Wood）。国王知道胜局已定，便派出一个信使，一边在战场上骑马慢跑，一边大声叫喊：国王有令，饶沃里克一命。也许是不想理睬国王的命令，也许是根本没有听到信使的叫喊，一群约克派士兵发现正在逃命的沃里克伯爵时冲过去杀害了伯爵，并剥下他身上的盔甲和衣服，只留下了赤裸的尸体。沃里克死亡的消息蔓延开后，他的残余将士立刻丧失信心，夺路而逃。

这场战役给双方都造成了重大人员伤亡。非同寻常的是，这次国王没有指示手下不杀普通步兵，至少 1000 名兰开斯特派将士死于战场。约克派则有约 500 人阵亡，其中不乏许多爱德华最忠实的追随者，比如克伦威尔勋爵、塞伊勋爵、伯纳斯勋爵的儿子汉弗莱·鲍彻、约翰·帕斯顿爵士以及许多约克派王室成员。约克派的托马斯·霍华德"严重受伤"。兰开斯特派的埃克塞特也是"伤势惨重"，根据沃克沃斯的描述，他被留在战场上等死，但后来设法逃走了。牛津则带着一小群家臣仓皇逃命，到苏格兰避难去了。

约翰·帕斯顿——其父约翰·帕斯顿爵士为约克派而战，死于战场——为沃里克而战，受伤后与沃里克残部一起逃离战场。他在躲藏起来后，因为不知接下来会发生什么而害怕与焦急，于是祈祷国王宣告大赦。爱德华历来对敌方参战的绅士阶层比较宽厚，只考虑制裁重要的权贵，但约翰·帕斯顿对此不甚了解。在隐姓埋名藏匿了两个星期之后，身上的盘缠全部耗尽，也无法从人家那里借到钱，他只得给自己的母亲写信寻求帮助，说"为了疗伤及支付医药费用，为了酬谢他们掩护我并设法把我带往伦敦，自复活节以来，已经花掉了 5 英镑多。我现在没肉吃，没饮料喝，没衣服穿，也没钱治疗"。约翰·帕斯顿最后获得了皇家赦免，他那为沃里克而战的弟弟也得到了国王的赦免。

这场战役共持续了 2 到 3 个小时，到早上 8 点钟晨雾消散之前便告结束。迷信的兰开斯特人认为，是爱德华授意一位修士施展魔法让天起雾，以便搅和他们并导致他们战败。战斗结束后，国王让他的人马稍作休息恢复精神，然后命令他们去收拾沃里克部队留下的武器，最后集合军队开始返回伦敦。

战斗进行得如火如荼时，有人跑到首都大声叫喊：国王和他的两个兄弟已被沃里克击溃屠杀。没有人知道情况是否真实，直到国王的信使快速骑马进入城市。他一边得意扬扬地挥舞着爱德华的一只金属护手，一边驰骋穿过大街，最后将作为国王胜利之确切象征的金属护手送达王后手中。那天下午，国王本人在克拉伦斯、格洛斯特以及一大群权贵的伴随下进入伦敦。他受到了人们的热烈欢迎，根据《国王爱德华四世抵达英格兰的历史》一书中的描述，"整座城市充满了欢乐与喜悦"。到了晚上，亨利六世被押回伦敦塔，重新成为囚犯。四天后，背信弃义的内维尔大主教也成了伦敦塔中的囚犯——国王实现了他对大主教的"安全承诺"。

沃里克和蒙塔古的尸体于复活节后的星期一早上10点被运回伦敦。除了有一条腰带，尸体赤裸地陈列在圣保罗大教堂内敞开的棺材中，在那里展示了三天，"以免人们被虚假的煽动性谎言蛊惑"，因为沃里克的追随者们仍在散布他还活着的舆论。尸体随后被送到位于伯克郡毕萨姆（Bisham）的奥古斯丁修道院。这座修道院由索尔兹伯里伯爵威廉·德·蒙塔丘特（William de Montacute）创建于14世纪，作为他的后辈的墓地。这里埋葬着四位索尔兹伯里伯爵，沃里克和蒙塔古埋葬在他们身旁。那些坟墓早已消失。毕萨姆修道院在宗教改革时期被毁，如今，原址被一座现代娱乐中心占据。

尽管伦敦为爱德华四世的胜利而欢声雷动，但他深知斗争尚未结束，他必须招募更多兵力去对付玛格丽特王后和兰开斯特的爱德华王子从西部带来的威胁。

26. 时间冥冥有定数

沃里克伯爵夫人安妮正在赶往多塞特郡，希望与玛格丽特王后及其部队会合。途中，她陆续收到来自巴尼特战场的有关报告，然后接到了丈夫战死的噩耗。由于担心爱德华国王的复仇会落在自己头上，伯爵夫人经由新福里斯特逃到了位于比尤利（Beaulieu）的西多会修道院（the Cistercian abbey）寻求庇护。她在那里住了一年多，直到格洛斯特把她接到自己位于米德尔赫姆的家中居住——他说服国王宣布她在法律上已经死亡，并把她的一半土地赠予自己。根据约翰·劳斯的说法，安妮的处境其实与囚犯无异。

复活节后的星期一，玛格丽特王后和同伴骑马来到位于多塞特郡瑟恩（Cerne）的一座本笃会修道院，并在那里逗留了十天。修道院院长罗杰·贝敏斯特（Roger Beyminster）对王后表示了热情的欢迎，并让她入住修道院的贵宾房。这套房间的残迹至今尚存。没过多久，彭布罗克、德文和博福特兄弟——萨默塞特和他弟弟约翰爵士——来与玛格丽特会合。约翰爵士斗胆向王后说出了沃里克在巴尼特战役失败并死亡的消息，王后震惊得昏厥了过去。根据爱德华·霍尔的记述，她一恢复理智，便大声"辱骂自己所处的多灾多难的时代，谴责自己一切痛苦的付出，诅咒自己悲惨的命运终于降临，并公然宣称，在这样不幸的状态下，自己宁可去死也不愿意再苟延残喘"。此时，她最大的顾虑是王子的安危，于是"热切地恳求"诸位贵族无论如何也要尽各自的力量来确保王子的安全。在她看来，进一步组织武装力量与爱德华国王抗争已是凶多吉少，因此，她和王子回到法国乃是最好的出路，"在那里待到有朝一日上帝高兴给她带来好运的时候"。但是，贵族们力劝她继续追寻其所选择的目标。沃里克的败仗固然是一大挫折，但他们相信，准备和渴望为兰开斯特家族而战者依然大有人在。如果她能明智一点，就应该把这些人凝聚起来，与爱德华国王做最后的较量。

等玛格丽特冷静下来，她也许想到，沃里克的死终究不全是坏事。他们彼此之间极不情愿的盟友关系本来就是建立在各有所图、事出无奈的基础之上。现在，假如她的军队能够获胜，兰开斯特家族直接实行统治反而少了沃里克这道障碍。

根据都铎王朝时期的编年史家爱德华·霍尔的记述，兰开斯特派贵族告诉玛格丽特，"他们已经拥有相当的作战势力，并相信，只要她和王子在场，北部和西部各郡的所有力量很快就会聚集到红玫瑰的旗帜下"。于是，王后和王子向支持者发出了召唤。在接下来的几天时间里，更多兰开斯特派党人带着随从聚集到瑟恩，他们的到来让玛格丽特精神为之一振。她马上恢复了原有的活力，并开始对自己的事业感到更加乐观。支持她的武装人员从多塞特郡、萨默塞特郡和威尔特郡源源不断地加入她的阵营，她的兵力随之大增。

萨默塞特、约翰·博福特爵士、德文、文洛克和兰斯特罗思召开了一次军事会议，讨论王后的军队是否应该立即采取行动，迅速开往西部海岸，这样，途中可能经过布里斯托尔、格洛斯特和切斯特等地，由此到达兰开夏郡等可以招募到大量弓箭手的地区。他们确信，在该地区要比在其他任何地方都能得到更多贵族和民众的支持。贾斯珀·都铎随即被派往威尔士招募兵力。最终的计划是，王后率军西行，并在北上的途中与贾斯珀的军队会合。

身在伦敦的爱德华于 1471 年 4 月 16 日接到了王后登陆的消息。克罗尔兰德说，国王"被各种麻烦事搞得焦头烂额，几乎没有时间恢复精力。东部战役刚一结束，又将面临英格兰西部的另一场战斗，他不得不全力以赴准备新的战斗"。贝尼特战役结束后，爱德华已解散了军队，现在又得派人"前往各地去招募新军"。他发布了一项抗击王后及其支持者的公告，告诫人们上帝业已证明他的王位合法性，并赐予他巴尼特战役以及"反对我们的重大敌手亨利及其追随者的各种战斗"的胜利。他意识到，这一次，备战速度至关重要，事关成败，于是立刻下令雇用工匠维修皇家军械，与此同时，他本人在黑斯廷斯的协助下前往温莎组建军队。

23 日，爱德华在温莎城堡举办了一场纪念圣乔治的宴席，借此款待他的嘉德骑士们。第二天，他率领超过 3000 人的步兵部队西进，开始追寻玛格丽特王后。爱德华已通过情报来源掌握了她的行动计划，所以希望在她渡过塞文河（the River Severn）与威尔士的贾斯珀·都铎取得联系之前进行阻击。

玛格丽特打算在格洛斯特渡过塞文河，并和将领们采取了种种预防措施来隐藏行踪，但爱德华的侦察兵已尾随了他们很长时间。为了迷惑敌方，玛格丽特命令自己的侦察兵向东行动，以便给人造成这样一种假象：随着他们而来的王后部队的目标是伦敦。起初，国王上了这个诡计的当，但他的前锋部队很快就发现了王后的真正意图。至此，兰开斯特派"很清楚，国王的军队人数众多，而且装备精良，正朝他们步步逼近"，这使他们感到恐慌，所有人越发急于赶往威尔士。不过，王后的队伍仍在每天壮大，克罗尔兰德说，"在西部，有很多人支持亨利的事业"。爱德华四世无情地逼迫将士们全速前进，甚至不允许他们停顿下来进食或寻找食物。

王后率军从瑟恩出发，先是到达埃克塞特。她和王子在那里出现，激励了德文郡和康沃尔郡的"所有力量"，他们趋之若鹜地加入王后的阵营。然后，队伍继续前行，经过陶顿、格拉斯顿伯里和韦尔斯等地。4 月 27 日，兰开斯特派军队抵达韦尔斯，军人们抢劫了主教的宫殿。贵族们建议王后在此稍作停顿，以便召集更多战士。尽管急于赶路，但玛格丽特还是同意了，并说，"我祈祷上帝会确保我们的速度"。就在这一天，国王率部达到阿宾顿，并获得了王后正在韦尔斯的确凿情报。

29 日，爱德华抵达赛伦塞斯特（Cirencester）并得知玛格丽特正朝北行进前往巴思（Bath），即他所在位置的西南 30 英里处。另有情报称，她的部队将于 5 月 1 日向赛伦塞斯特推进。于是，国王下令把所有的军队撤出城区。那天晚上，军队在三英里之外的地方扎营，并进入战斗状态。第二天并没有敌人朝着赛伦塞斯特行进的进一步报告，因此，爱德华决定率部沿着通往马姆斯伯里（Malmesbury）的道路向南推进，希望在那里拦截敌人。然而，王后于 4 月 30 日到了巴思。发现自己判断失误之后，爱德华马上掉头追到那里，但当他于 5 月 2 日抵达巴思，却又被告知她已朝西行进去了布里斯托尔，打算在附近的奇平索德伯里（Chipping Sodbury）与他交战。

玛格丽特确实于 5 月 2 日抵达了布里斯托尔，并在那里受到了人们的热烈欢迎，市民们还为她提供了军械、食物和资金。她"勇气大增"，但转眼间就大失所望地得知，她的将领们根本没有在这个城市招募到如他们原来希望的那么多兵力。

离开布里斯托之后，玛格丽特在伯克利城堡——1327 年爱德华二世被害的现场——聊作歇息。她把前锋部队留在奇平索德伯里，想让国王摸不清她的真实行踪。2 日，爱德华派出先头骑兵前往奇平索德伯里，双方发生了小规模战斗。兰开斯特派在撤退时还捕捉了几名约克派的军需官。当天下午，爱德华率军到达奇平索德伯里，并在一片平坦的荒郊野外扎营过夜，他认为兰开斯特派军队就在附近不远。然而，侦察兵并没有发现敌方的踪迹。

在伦敦，朝廷一直在焦急地等待前方的有关消息。"我们获得的报告大相径庭，"米兰大使在写给路易国王的信中说，"我无法分辨真相到底如何。"

2 日晚上，王后离开伯克利城堡，连夜进军格洛斯特，并打算在那里渡过塞文河。一旦她与贾斯珀·都铎会师，爱德华想要打败他们的整合兵力就十分不容易了。第二天清早3点钟，国王得到可靠报告，称兰开斯特派军队再次从他的眼皮底下溜走了，并正朝着格洛斯特方向行进。他决定无论如何也要在敌人过河之前加以拦截，于是立刻派人送信给格洛斯特地方长官理查·比彻姆爵士，要求他关闭城门，阻止兰开斯特派进城，等待国王的到来。国王的信使从不同的路线绕过王后的军队，首先到达了此城。与此同时，爱德华命令军队进入战斗序列，并在黎明中出发，穿过科茨沃尔德和切尔滕纳姆等地，开始了长达30英里的跋涉。

早上10点钟，王后带着军队到达格洛斯特城外请求入城，但城门始终闭而不开。比彻姆回王后的话说，他和市民们信守效忠国王的誓言，所以不能让她通过。无奈之下，她只有另外选择渡过波特韦河（the River Portway），前往向北10英里处的图克斯伯里。根据《国王爱德华四世抵达英格兰的历史》，"那一整天，国王的部队与敌人之间的距离总是保持在5—6英里；他在平原行军，敌方则在树林里穿越，而他的侦察行动始终盯住敌人不放"。然而，爱德华的食品供应正在快速耗尽，士兵们处于配给不足的严峻状况。天气又十分炎热，他们被迫饮用溪水解渴，而溪水早已被路旁来往的手推车搅起的烂泥污染。所幸，他们的猎物总在视野之内。

5月3日下午4点钟，玛格丽特的大军踏进图克斯伯里，在那里，他们可以穿过塞文河进入威尔士。然而，由于日夜兼程行军，将士们已经"疲惫不堪，他们已在乡间污秽泥泞的小道上、坎坷不平的石头路上和布满荆棘的树林之间，长途跋涉了36英里而未得到好好休息"。在行军途中，由于天气酷热，王后麾下已有一些士兵因为精疲力竭而无法追随队伍继续前行，离开部队而自谋生路了。玛格丽特本人也疲劳得实在走不动，于是，她决定让每个人休息一个晚上，第二天再继续出征。王后、威尔士王妃、德文伯爵夫人凯瑟琳·沃克斯以及其他侍女，都到了附近的格卢普雪尔庄园（Glupshill Manor）过夜。庄园建于

1430 年，位于一座古老的名叫格卢普雪尔的诺曼城寨堡垒边上，如今人们尚能见到城堡残留的土丘。

下午较晚时，爱德华国王已经抵达切尔滕纳姆。他接到报告，说兰开斯特派军队正在前往图克斯伯里。此时，他下令让将士们休息一会儿，并"拿出随军携带的一点食品和饮料与大伙分享"。到了傍晚时分，国王把军队推进到离图克斯伯里三英里的特里丁顿（Tredington），并在那里扎营过夜。像兰开斯特派一样，他的士兵也一样"困顿不堪，饥肠辘辘"，根本没有继续前行的力气。

第二天拂晓，兰开斯特派军队开始为这场在所难逃的战斗做准备。总指挥萨默塞特命令军队进入战斗状态。他们占据了一个优势地形，位于图克斯伯里城南旷野中一个突兀的山冈上，小城和修道院就在他们的背后。他的将领们以及王后担心，"前面以及四面八方都是淤塞的小道和深深的水堤，山冈上和山谷中布满了树篱，会不利于战斗；但另一方面，这也是一个让敌方难以靠近的邪恶之地"——这里至今仍以"玛格丽特的阵地"而著称。

那天早上晚些时候，国王的军队跨过斯维盖特小河（the Swillgate Brook），穿过斯通豪斯农场（Stonehouse Farm）后在图克斯伯里追上了兰开斯特派军队，然后，在离敌方只有 400—600[1] 码的位置进入了战斗态势。

与此同时，王后和威尔士亲王骑在马上穿梭于兰开斯特军队中间，对将士们极尽激励之言辞，并承诺，如果他们能够奋力拼搏，必将获得名声、荣誉和重赏。然后，王后离开战场回到格卢普雪尔庄园，留下萨默塞特指挥全军。王子主动请缨首次亲临战场，并在文洛克的监护下指挥中路部队——尽管文洛克是一位经验丰富的战将，但这一选择极不明智，因为他在最近几年中已经两度变换阵营。萨默塞特选择指挥右翼部队，而让德文指挥左翼部队。约克派方面，国王指挥中路部

[1] 编注：1 码约为 91.44 厘米，400 码约为 365 米，600 码约为 549 米。

队，格洛斯特指挥左翼部队，黑斯廷斯指挥右翼部队。伊丽莎白·韦德维尔前夫的儿子——多塞特侯爵托马斯·格雷指挥后卫部队。

兰开斯特派的军队规模为 5000—6000 人，而约克派的兵力则为 3500—5000 人。然而，国王拥有比萨默塞特更加高贵的贵族的支持，因此具备更加专业的军队、更为得力的助手以及更好的装备。数天以来的追击行动还证明，他的军队士气也始终不减。

萨默塞特本来的计划是让文洛克打前阵对约克派发起进攻，他本人则从右侧压过去，然而国王首先开战，率领他的部队颇为艰难地向兰开斯特派所在的山头位置发动了攻击，然后命令格洛斯特开始进攻。格洛斯特公爵率领部队穿越了如《国王爱德华四世抵达英格兰的历史》一书中所形容的"布满篱障和树木而很难接近敌方并与之短兵相接"的"邪恶之地"。他的士兵们配备着从贝尼特战场上缴获的加农炮和传统的英格兰长弓，向敌人发射了"狂风骤雨般"的利箭，一个小时下来，给敌方造成了许多人员伤亡，因此，约克派似乎已经占据了优势。于是，格洛斯特下令鸣金收兵：这是一个老套的手段，意在引诱敌人离开有利的防守阵地。萨默塞特却真的落入了圈套，轻率地率领部队攻下山来，并大声呼唤文洛克和爱德华王子紧随其后，全速向约克派的左翼部队扑去。

因为担心树林中会有兰开斯特派骑兵的埋伏，爱德华国王非常谨慎地在离兰开斯特派阵地右边四分之一英里处的一片树林中部署了两三百名长矛手。当这批士兵的将领得知萨默塞特的部队已与格洛斯特的部队开始交战，便主动投入战斗，从后方向正与格洛斯特左翼部队激烈交锋的萨默塞特部队发动了攻击。因此，萨默塞特便处于约克派的三股力量——格洛斯特指挥的左翼部队、爱德华国王指挥的中路部队和后方的长矛手——的围剿之中。

起初，萨默塞特和手下仍在疯狂奋战，但是，由于文洛克让爱德华王子按兵不动，拒绝让兰开斯特派中路部队援助萨默塞特，萨默塞特公爵的部队被打得落花流水，剩下的士兵落荒而逃，战斗宣告失败。

当萨默塞特带着残余兵力退回兰开斯特派防线，想到文洛克不尽举手之劳来救助自己时，便当着文洛克的面公然责骂他是叛贼，并且未等文洛克有机会开口辩解，就用自己的战锤砸得文洛克脑袋开花。如此一来，没有作战经验的爱德华王子只得独立指挥兰开斯特派中路部队，直面约克派的攻击了。

格洛斯特抓住有利时机，率领兵力向兰开斯特派中路部队发动了猛烈攻击。爱德华王子率部奋力抵抗，但他的防线被打破之后，士兵们开始全面撤退。此时，爱德华国王率军快速扑向萨默塞特留下的空档，于是，见势不妙的兰开斯特派士兵开始争前恐后地逃离战场，而约克派则对他们穷追不舍。许多人在逃跑的过程中被杀死，另一些人试图逃到图克斯伯里修道院寻求庇护，却没有意识到此修道院并不享有提供庇护的特权。数百人想要穿越塞文河逃遁，但不是溺水身亡就是落入追击者手中。更多人被困在修道院磨坊附近而惨遭屠杀，但最大的杀戮还是出现在战场上——这片粗野的牧场至今仍被称为"血腥的草地"。

在追击逃兵的时候，一群群约克派士兵强行闯入图克斯伯里修道院，肆无忌惮地穿过神圣的建筑物，所到之处，抢劫破坏而无所顾忌。谁要是阻拦他们，他们就要谁的命。在此寻求庇护的兰开斯特派士兵遭到残忍杀害，死者的鲜血玷污了圣洁的地面。如今，这间修道院圣器收藏室的木门整个都是用兰开斯特伤亡人员或俘虏身上剥下来的盔甲金属片镶包着的，在盔甲金属片的某些部位，枪击或箭头留下的洞眼依然清晰可见。

爱德华国王赢得了如克罗尔兰德描述的"一场闻名的胜利"，给兰开斯特派造成了决定性和毁灭性的打击，导致敌方有 2000 人在战斗中丧生。王后派的中坚分子几乎被消灭干净，包括萨默塞特的弟弟约翰·博福特（死后埋在图克斯伯里修道院）、沃尔特·考特尼爵士、威廉·沃克斯爵士、罗伯特·惠廷汉姆爵士、威廉·鲁斯爵士和埃德蒙·汉普顿爵士等人。在约克派方面，国王的表弟汉弗莱·鲍彻——约克的妹妹伊莎贝拉的儿子——在战斗中阵亡。但最重要的是，兰开斯特家族的爱德华王子也在交战中丧命。

根据科米纳以及当时其他大多数编年史家的描述，王子"死于战场"。克拉伦斯于 5 月 6 日的报告中说，王子"在平原战斗中被杀"。根据《国王爱德华四世抵达英格兰的历史》一书的记载：约克派关于此次战斗的官方陈述是，王子"在往城里逃窜的路上被杀害"，死前他大声地乞求"他的连襟克拉伦斯的救助"。

但是，克罗尔兰德在爱德华四世及其两个弟弟死后的 1486 年含糊不清地写道，王子"可能死于战斗中，也可能死于战斗结束后，总之，出于某些人的复仇之手"。16 世纪的历史学家维吉尔、莫尔和霍尔也都暗指，想要置王子于死地的人是格洛斯特。有这样的描述：王子在溃逃中被捉，战斗结束后，他被带到了爱德华国王的面前。国王仁慈地接待了他。当问他为什么要举兵反抗国王时，这个年轻人大胆地反击道："我前来是为了重新获得我父亲的继承权。我的父亲一直惨受折磨，并被篡夺了王座。"这让爱德华怒从中来，国王"愤怒地瞟了他一眼"，并用金属护手狠狠地掴了王子一个耳光。克拉伦斯、格洛斯特和黑斯廷斯随即拔出宝剑将他刺死。

这种描写并不一定是虚构。在战斗之后的一片混乱中，让王子看起来像是死于战场并非难事。不知何故，都铎王朝时期的编年史家们都非常乐于诋毁格洛斯特以及后来声名狼藉的理查三世，而不是爱德华四世或黑斯廷斯勋爵，黑斯廷斯还经常被他们描绘成一位贵族英雄。如果说故事背后的动机是为了败坏格洛斯特的声誉，那么，他们又为什么不干脆宣称，谋害王子是他一人所为呢？爱德华四世倒是具有置这个年轻人于死地的诸多说得通的理由，当机会出现在眼前，最靠近他的支持者们无疑会借此来取悦他。事实上，谋杀王子甚至可以说是预谋或计划中事。克拉伦斯说的王子"在平原战斗中被杀"，可能是一种别有意味的加强语气的表述；而克罗尔兰德欲言又止的描述明显暗示王子的死因远不是当时的报道交代得那么简单。

爱德华王子之死断送了兰开斯特家族的一切希望。他的遗体"与其他出身低微者的尸体一道，被随便埋葬在图克斯伯里的本笃会修道院教堂内"，也"没有像样的仪式"。在塔形教堂和饰有纪念约克派胜利的灿日纹章的拱顶下，竖立着一块铜制的近代方碑，标志着此处便是他的长眠之地。碑文用拉丁文写道：

> 这里安息着爱德华——威尔士亲王，
> 风华正茂时惨遭杀害。殁于公元 1471 年。
> 可叹啊，人类的野性，
> 你是母亲唯一的亮光，
> 你是家族最后的希望。

图克斯伯里的战斗正在激烈进行的时候，玛格丽特王后和安妮·内维尔在侍女们的陪伴下一直在格卢普雪尔庄园焦急地等待着消息。当一个兰开斯特信使带来战败的可怕消息后，王后决定马上逃离庄园。但当她蓦然意识到灾难已经降临，虽然还没有王子的音讯传来，她还是因为担忧儿子的命运而突然晕厥了过去，侍女们不得不用备用的轿子将她抬走。随后，王后一行人来到布什利（Bushley）乡间一个叫作"佩恩"（Payne）的地方，在那里，一户忠实的人家愿意让他们躲避过夜。

战斗结束后，萨默塞特和兰开斯特派的其他头目，像是约翰·兰斯特罗思爵士、汉弗莱·奥德利爵士、约翰·弗特斯克和约翰·莫顿博士等人也到图克斯伯里修道院中寻求庇护，但他们都被国王的手下拖了出来，有人当场被杀，有人留待审判，包括弗特斯克和莫顿在内的一些人则一度沦为俘虏。

5 月 6 日，萨默塞特以及其他 12 人被带上由英格兰治安官格洛斯特主持的军事法庭，并立即作为叛国者和反叛者被宣判死刑。当天，萨默塞特在图克斯伯里的闹市区被斩首，死后葬于那里的修道院中。

他是博福特家族最后一个直系男性后代，在他死后，玛格丽特·博福特成为家族的年长代表。"按照国王的旨意"，另外 12 位人也在同一天遭受了同样的结局。爱德华赦免了所有对抗他的普通士兵。

图克斯伯里之战一劳永逸地解决了兰开斯特派的抗争，也是兰开斯特派与约克派之间一系列战事中的最后一场战斗。在它结束之际，亨利六世是一个囚犯，他唯一的儿子已经丧命，他的妻子不知藏身何处，博福特家族最后的男性继承人——亨利很可能会选择他作为自己的继承者——也被处死了。此时，没有人会想到，亨利·都铎这个 14 岁的亡命天涯会成为缺少男性继承人的兰开斯特家族的希望。兰开斯特家族的一般继承人是葡萄牙国王阿方索五世，冈特的约翰的后人[1]，而在英格兰，亨利六世再也没有后继者了。即使是玛格丽特·博福特，她也已经放弃兰开斯特派的事业，并声明效忠于爱德华四世。"在英格兰全国各地，"根据《国王爱德华四世抵达英格兰的历史》，"似乎每个人都认为，兰开斯特家族已经断后绝种或受到了永久的压制，再无卷土重来的希望。"

5 月 5 日，当国王骑马凯旋伍斯特的时候，他被告知，玛格丽特王后已在战斗之后逃逸而且踪迹难觅。事实上，玛格丽特和安妮·内维尔已离开佩恩，秘密前往一座建有护城河和防御工事的领主庄园。这座被称为"柏斯莫顿宫廷"（Birtsmorton Court）的宅邸建于 14 世纪，建筑精良，有一个漂亮的庭院和气派的大厅。王后就居住在保存至今的一个房间内。但很明显，她觉得此地并不安全，不可久留，没过多久，王后一行人便转移到了西北 5 英里之外的伍斯特郡的莫尔文小修道院（Little Malvern Priory）。"这个寒碜的宗教场所"建于 1171 年，位于赫里福德灯塔脚下的林地之中。

其间，国王接到了有关北方和威尔士正在爆发叛乱的报告，由于他已解散在图克斯伯里战役中为他而战的战士，所以又得开始招募新

---

[1] 编注：阿方索五世的祖母是兰开斯特的菲利帕，冈特的约翰的女儿。

的军队来对付叛乱。贾斯珀·都铎一直与亨利·都铎一起待在切普斯托（Chepstow），得知兰开斯特派战败的消息后，便竭尽全力想要维持自己对南威尔士的掌控权。依照爱德华的命令，特里陶尔的罗杰·沃恩（Roger Vaughan of Tretower）试图诱捕他，但终告失败，贾斯珀反而设法逮住了沃恩，并将其斩首。有人说，这是贾斯珀对沃恩在1461年敦促爱德华处死其父欧文·都铎的报复。后来，贾斯珀往西逃至彭布罗克城堡，在那里，他一度被一个约克派党羽摩根·托马斯（Morgan Thomas）围困，但一个星期后，他得到了忠诚的支持者和朋友戴维·托马斯（David Thomas）的营救。

5月14日，国王得到消息，称诺森伯兰伯爵已经回到效忠国王的立场，并遏制了北方的叛乱。

6月1日，路易国王收到了爱德华获胜的可靠消息，他最惧怕的结果终于得到了证实。"大胆的查理"则为此感到欣喜，并立刻派遣使臣前往英格兰向国王表示祝贺，同时煽动爱德华对于路易的敌意，力劝他着手重新征服在法国丧失的英格兰领土，并保证，勃艮第一定会在这一过程中给予有力援助。

然而，国王目前尚有更为紧迫的事务。5月7日，威廉·斯坦利爵士及其手下在莫尔文小修道院发现了玛格丽特王后和安妮·内维尔，并将她们拘捕。斯坦利直截了当地告知王后王子已经死亡。听到这个痛苦的消息，玛格丽特立刻陷入崩溃，斯坦利爵士的士兵们不得不将几乎不省人事的她从小教堂中拖出来。之后，她和安妮·内维尔被带到了身处考文垂的国王面前。处于极度悲痛之中的玛格丽特歇斯底里地大肆辱骂爱德华，以至于爱德华一度考虑直接处死她。但过了一会儿，他又心软了：骑士不可以这样的方式对待女人——眼前这个女人正被丧子之痛以及战败的自责搅得心烦意乱。他会宽容她。等玛格丽特冷静下来之后，爱德华告诉她，她会得到体面而令人尊重的礼遇。玛格丽特则相当温顺地回答道，她把自己交给"他的诚命"了。14日，安茹的玛格丽特随着爱德华的行列离开考文垂前往伦敦，安妮·内维尔则被交给她的内兄克拉伦斯公爵监护。克拉伦斯安排她进入自己的家庭，由安妮的姐姐，伊莎贝尔公爵夫人照料她的生活，因此她的名字没有出现在跟随爱德华返回伦敦的囚犯之列。

在发生这些事件的同时，克罗尔兰德说，"国王的敌人的骚乱行动并未彻底平息，特别是在肯特郡，反叛力量还在不断聚集，尽管爱德华国王已取得的双重胜利的事实，似乎清楚地表明了其事业的正义性。在那些与沃里克伯爵生死与共的少数同党，以及加来的驻军、船员和海盗的煽动下，谋反者聚集在福肯伯格的私生子托马斯的麾下"。此人是沃里克的表弟，一直掌控着沃里克伯爵的船只。得知沃里克在巴尼特战斗中死亡后，他便在肯特郡登陆并开始鼓动叛乱，称自己是"我们的君王亨利在肯特郡的人民的首领"。

人们"从肯特郡最远的角落"涌向福肯伯格的队伍，并准备进军伦敦。曾在加来避难的杰弗里·盖特爵士为福肯伯格提供了300名士兵，坎特伯雷市长也带领着200名市民加入了谋反的队伍。"在埃塞克斯，"根据《伦敦大纪事报》的记载，"糊里糊涂的丈夫们拿起他们锋利的长柄大镰刀做武器，穿上他们妻子的罩衫，裹上干酪用的纱布和旧被单，有的人则拿起干草叉或棍棒当武器，就这样匆匆忙忙地加入肯特人的队伍，急速向伦敦进发了。""而很多人，"根据《国王爱德华四世抵达英格兰的历史》一书中的说法，"则在家里继续安然玩他们的纸牌赌博游戏，不愿意介入反叛的危险之中。"

叛军先是走陆路，然后乘船沿着泰晤士河前往首都，他们"考察了所有可以出入伦敦的道路，安排了攻城所必需的武装力量，打算痛快地掠夺这座最富有的城市"。5月8日，福肯伯格率领叛军从他在锡廷伯恩（Sittingbourne）的据点出发来到伦敦城外，要求伦敦市长为他打开城门，但伦敦人已经得知国王在图克斯伯里的胜利，所以并没有因为害怕而屈从。听说福肯伯格举事谋反的消息后，爱德华四世向许多郡发出了征兵令，几天之内，根据沃克沃斯的描述，"他身边就聚集了3万人之众的兵力"。

13 日，私生子福肯伯格出现在伦敦城前泰晤士河的萨里岸边（the Surrey shore），宣布他要把亨利六世从伦敦塔中释放出来。但是，克罗尔兰德说，上帝"赐予伦敦人坚定的战斗决心"。市长和市政议员拒绝他入城，并说要把首都留给爱德华国王。于是福肯伯格带领人马来到金斯顿，并在那里渡过泰晤士河，打算向威斯敏斯特发起攻击。就在此时，福肯伯格接到报告，称国王的军队很快就会从背后追赶过来，于是撤退到萨瑟克区靠近他的船只停泊的地方，并沿着河岸架起枪炮，对准伊丽莎白王后和孩子们居住的伦敦塔进行射击，"很可能置他们于最危险的境地"。掌控伦敦塔的指挥官是伊丽莎白的弟弟里弗斯勋爵，他下令用架设在伦敦塔塔壁上的大炮，向福肯伯格所在的方位发动猛烈炮击，成功地击退了叛军的攻击。

第二天，福肯伯格对伦敦桥发动了徒劳无益的射击，再次被里弗斯的大炮击退。就在这时，福肯伯格的 3000 名叛军经由圣凯瑟琳码头突然冲进了伦敦城。他们横冲直撞地穿过大街小巷，烧杀掠抢无恶不作，并放火点燃了两座城门：阿尔盖特门（Aldgate）和主教门。此时，里弗斯勋爵率领 4500 人从伦敦塔出动，埃塞克斯伯爵也带兵前来增援，与叛军进行了激烈的交战，福肯伯格的许多人在战斗中被杀。叛军逐渐被逼回到泰晤士河岸边，并被追击到了他们的船上——在此之前，他们已在伦敦塔附近的牧场放肆地抢走了"屠夫古尔德"专供王后家室的 50 头牛。

15 日，叛军悄悄撤退到了布莱克希斯，并在那里重整队伍。然而，一听到国王的 3 万人马即将到来的消息，他们所有的勇气顿时烟消云散，并决定赶紧逃跑。格洛斯特公爵率领国王的主力部队接受了福肯伯格的投降。至此，再也没有任何人可以阻挡爱德华凯旋伦敦的脚步了。

5 月 21 日星期二，国王在伊斯灵顿受到市长以及市政高级官员们的隆重迎接，然后，他骑马进入首都。当时，陪同他的随从队伍要比往常更为庞大，几乎囊括了英格兰的整个贵族阶层。克罗尔兰德写道，他"命令旗手们高举他的旗帜，并在他面前迎风招展。许多人对这一情景感到惊讶与好奇，因为此时已经没有需要对付的敌人了，但这位审慎的君王非常明白，那些肯特人是不可信任的，他绝不会放下武器，直到彻底铲除叛逆分子。不久之后，他便达到了目的"。国王还为那些在捍卫伦敦的过程中做出了突出贡献的人士封官授爵。

赞美国王的"声音响彻全国各地"，伦敦人热情洋溢地歌颂国王的凯旋，为他的胜利欢呼喝彩，并大声祝福他。在经历了一场辉煌的战斗并消灭了绝大部分敌人之后，国王以胜利者的姿态傲然出现在人们面前。国王的成功不仅归功于他的神速、坚韧和果敢，也归因于他作为军事将领所具备的运筹帷幄的卓越才能。

这一天，整个伦敦都沉浸在欢天喜地的气氛之中，唯独对于安茹的玛格丽特来说是一个无限悲哀与心酸的时刻：她窝在一顶轿子中，被人抬着走在国王游行队列的前头，受尽人间的讥讽与奚落，尝尽内心的羞辱与悲痛的苦涩渣滓。在她所经之处，旁观者不是朝她乱扔泥巴或石头，就是报以阵阵辱骂或嘲笑。

亨利六世仍被关押在伦敦塔，但福肯伯格以兰开斯特家族的名义起事造反的行动，几乎注定了亨利死亡的命运。随着爱德华王子的死去，毫无疑问，爱德华四世觉得有足够的理由除掉这位被废黜的国王。只要亨利还活着，就难免会产生进一步的军事对抗行动，造成没有必要的伤亡和王室收入的大量损耗。如果无休止地为此投入财力和精力，爱德华四世想要在国家重建方面取得进展就会了无希望。让内战没完没了地继续下去已经毫无意义，因此，亨利非死不可。

"当天晚上，爱德华国王来到伦敦，"沃克沃斯写道，"被监禁在伦敦塔中的亨利在11—12点之间被处死。当时，格洛斯特公爵就在伦敦塔内。"据传，亨利遭受凶杀的当下，他正跪地祈祷——就在囚禁他的韦克菲尔德塔的一个房间内——面对着东边墙壁中一处深深的壁龛。后来，这个房间成为展示代表王权珍贵物品的所在。

《国王爱德华四世抵达英格兰的历史》一书说，关于亨利国王之死的官方描述是这样的：在获悉儿子死亡、妻子被捕及其事业惨败等消息后，亨利"万念俱灰，绝望至极"，他是"如此悔恨、冤屈和愤怒，以至于在极度的愤懑与悲哀中死去"。几乎没有人会被这种说法蒙骗。米兰驻巴黎的大使很快就得知，爱德华国王已经"让人秘密地将亨利杀死在伦敦塔中。简言之，他已选择斩草除根"。科米纳认为，有理由相信，不是格洛斯特"亲手谋杀了可怜的亨利，就是他在现场差人杀害了亨利"。维吉尔说，到了亨利七世时代，人们普遍认为是"格洛斯特用剑刺杀了亨利"。沃克沃斯也认为，格洛斯特的理查参与谋害亨利国王的可能性很大，他特别指出，那天晚上，格洛斯特出现在伦敦塔就是为了弑君。但是，无论格洛斯特是否涉及此案，谋杀亨利六世的指令只可能出自爱德华国王，格洛斯特不可能就这样一个问题自作主张。

亨利六世是被害致死这一点几乎可以肯定——他死于头部受到的严重击打。1911 年，亨利六世的遗骸得以发掘，考查结果发现，他的骨骼已成碎片，颅骨"更加破碎"。此外，根据《考古学》（*Archaeologia*）期刊的报告，"在一块颅骨上还粘连着一些棕色头发，其中一处位置颜色较暗，看起来是血迹留下的印记"。

克罗尔兰德对于亨利的死因心知肚明：

> 在我经过伦敦塔的时候，发现了没有生命体征的亨利国王的遗体。愿上帝怜恤他，并赐予他足够的时间用于悔罪——不管他是谁，万不敢出手谋害一位耶和华的受膏者！这是该遭天谴的。加害者必被称为暴君，受害者必将成为荣耀的殉难者。

沃克沃斯说，5 月 22 日，已故国王的尸体被装在灵柩中，通过伦敦的大街运抵圣保罗大教堂，在那里摆放了好几天以供公众瞻仰。"灵柩是敞开的，以便让每一个人都能看到他的遗容。他躺在灵柩中的身体滴了一路血，后来，当黑衣修士来到的时候，尸体中又流出了新的血液。"人们对此大有抱怨，《伦敦大纪事报》记述道，对于亨利的死，"当时的普通民众认为，格洛斯特公爵罪责难逃"。

编年史家们没有记载，21 日夜晚安茹的玛格丽特人在何方。不过，第二天她肯定已被囚禁在伦敦塔。得知丈夫的死讯后她做出了怎样的反应，编年史家们也未加记载，但她确实提出了收留丈夫遗体的要求，却遭到了拒绝。没过多久，她收到一封来自她那极度悲痛的父亲雷内国王的信，信中说："我的孩子啊，愿上帝以他的忠告来帮助你！在这样的命运逆转之际，人间的援手几乎无济于事。"雷内本人最近经历了丧失三位亲人的痛苦遭遇：他的儿子卡拉布里亚的约翰、他的私生女布兰奇（Blanche）和女婿费里·德·沃代蒙（Ferry de Vaudemont）都在年前的几周内相继死亡。"当你陷于自己的痛苦不能自拔的时候，"他在写给玛格丽特的信中说，"就想想我吧。我的女儿，他们不在了，还有我来安慰你啊。"

亨利六世的丧礼在黑衣修士修道院中举行，仪式之后，他的遗体被装上了一条驳船，"沿着泰晤士河——河岸 15 英里布置了相称的灯光"——运往萨里的切特西修道院（Chertsey Abbey），最终被"体面地埋葬"在那里的圣母堂。

"世上的伤痛纵有千千万，但有许多可怕的伤口是永远无法愈合的。"兰开斯特家族与约克家族之间的战争结束在三年之后，1474 年的英国议会卷宗如此记录道。克罗尔兰德说，"不幸的分裂的瘟疫"到处蔓延，"不仅在君王和人民中间传播，甚至还渗透到诸如行业协会、大学和修道院等所有社团"。许多贵族因为这种冲突而面临经济破产。"无数人因此生灵涂炭，除了被残忍杀害的公爵、伯爵、男爵和杰出的斗士之外，为此丧命的普通百姓不计其数。这就是王国的写照。"

但是实际上，不像中世纪的大多数贵族政体，玫瑰战争并没有如克罗尔兰德哀叹的那样给英格兰造成重大的破坏。在玫瑰战争期间，毙命的贵族为 38 位，而被消灭的贵族家族，不包括王室在内，也仅有 7 个。毫无疑问，一些本来就"超级强势"的臣民在此过程中迅速崛起，而其他一些贵族成员根本就不屑于卷入这种冲突。很显然，战争的结果缩小了国王与权贵之间的差距，皇家权威逐渐受到侵蚀，而众多贵族和骑士的死去标志着骑士时代的寿终正寝。

都铎王朝时期的历史学家总是喜欢讲述这个王国是如何为了争夺王冠而陷入长达三十多年的恶性内战的历史，以此提醒他们的读者玫瑰战争多么令人惊骇。他们不遗余力地把这段历史描绘成一个充满暴力、政治混乱和社会溃败的恐怖过程。爱德华·霍尔说："兰开斯特和约克这两大显要家族之间的分裂与冲突，到底让这个知名的国度遭受了什么样的悲惨境遇、什么样的凶杀和什么样的可憎灾难，以我之浅见，还真是说不清道不明。"对于那些贵族或绅士的古老家族来说，他们的世系有多少因为这不正常的冲突而遭受困扰与灾祸？伊丽莎白时代的古文物研究者约翰·斯托（John Stow）说，玫瑰战争无非是"一个你方唱罢我登场的过程"，莎士比亚为此写下了一个循环剧，剧中有这样的著名台词：

> 英格兰长期以来一直都在发疯，
> 兄弟反目成仇，父子无情相残，
> 却将整个国家糟蹋得伤痕累累，
> 这一切皆因王族之间争夺王位。

克罗尔兰德在 1486 年写道，玫瑰战争主要是王朝之争，根源在于约克家族的王位诉求。这一观点是都铎王朝时期公认的看法，也成了传统认识中的一个早期来源。亨利七世时代的史官波利多尔·维吉尔追溯这场旷日持久的冲突的起因时，认为源头出自亨利四世的篡位，不过，这是一种过于简单化的论点，因为它没有考虑到 15 世纪四五十年代英格兰政治衰退等因素。所以，维吉尔自然而然地相信，上帝降罪于亨利四世的子孙后代——亨利六世，但他却未能对亨利五世恢宏的事业生涯做出自圆其说的解释。

都铎王朝时期的历史学家们擅长改写历史。他们所处的朝代已是英格兰历史上和平安宁、治理有序并且繁荣昌盛的年代，但君主们仍然属于篡位者。因此，他们必须在都铎时代和平兴旺的英格兰，与金雀花王朝后期所经历的政治混乱之间做出一种鲜明的对照，言外之意是：要不是亨利七世在 1485 年成为国王，内战很可能会更持久地延续下去。更为重要的是，要让都铎王朝列位君王的臣民们时刻牢记：假如王权再度陷入纷争，必将重蹈覆辙、自食苦果。

当然，毋庸置疑的是，在玫瑰战争期间，暴力和违法行径确实大行其道。士兵们在对法战争中表现出来的残暴行为，连他们的指挥官都难以控制，而一些权贵的做派简直可与恶棍相提并论。成千上万人死于可怖的战斗，或在试图逃跑时被残忍地屠杀。无论是战场上还是战场之外，谋杀者往往不会被绳之以法。

然而，正如我们所看到的，玫瑰战争并不是绵延不断的战争，其间，英格兰也没有遭受如 15 世纪的法兰西或 17 世纪的不列颠内战中呈现的那种常见的恐怖。在为时 32 年的玫瑰战争期间，双方投入战斗的时间至多 13 周，而正式交战的时间约为一年。个人参战的时间也不过几天或几周而已，从不会持续几个月。一些战役极为短暂，均没有超过一天。大多数战斗发生在荒郊野外，几乎没有殃及城镇和乡村的生活。两派的冲突对于广大民众所造成的影响十分有限，如 1461 年发生在陶顿那样导致整个区域群落伤亡惨重的战斗为数极少。这就是为什么当年玛格丽特王后率领苏格兰人和北方人南下的野蛮行为会导致民众如此愤怒。平民受到袭击或杀戮的情况相对罕见，遭受围攻或洗劫的城镇也就是斯坦福德、圣奥尔本斯和勒德洛等少数几个。贵族的城堡、豪宅和设防庄园均未遭受重创，只有北方的一些重要堡垒成了军事行动的攻击目标。

外国游客们的有关描述给人的印象是：他们看到的 15 世纪下半叶的英格兰，是一个安定与繁荣的国家，并未因战争而变得千疮百孔。这一时期的建筑风格体现了一种欣欣向荣的趋势，并没有因战争需要而大兴攻防设施。贵族的城堡或领主的宅邸不见得有设防的必要，护城河和开垛口更多的是作为一种观赏性的结构。当时的文学作品也没有大肆鞭挞内战的罪恶。这是因为大多数人认为，就其本身而论，玫瑰战争并不是一场内战，而是贵族派系之间的争端。在英格兰，很少有人真正在意谁坐在宝座上，只要他能够有效治理国家和维护社会正义就好。因此，政治派系的头目往往利用舆论宣传来影响变化无常的民意，并竭尽全力争取严守中立的权贵的支持。事实上，大部分人——无论是神职领袖还是世俗官员——都不想全力以赴地介入任何一方，另一部分人常常先观望斗争的走向，然后再出手支持有望胜利的一方。自身利益通常高于政治忠诚。

亨利六世是英格兰历史上最悲惨的统治者之一，然而，在死后他的声誉却逐渐有了提升，有关他虔敬与圣洁生活的故事迅速得到美化并广为传扬。在他死后的几周里，朝圣者们立刻从王国的四面八方赶到他的墓前为他祷告，许多人来自英格兰北方，在那里兰开斯特家族的支持力量依然十分强大。据说，那里的人们相信，亨利是一位杀身成仁的殉难者。他很快就被奉为圣人，传说他在墓中显示了155起神迹，其中大部分是治愈病人。克罗尔兰德说："对于虔诚地寻求他向上帝代为求情的祈祷者们来说，所谓的上帝显现的神迹，指的就是他那纯洁的生命、他对上帝和教会深沉的爱、他在逆境中所表现出来的惊人耐心以及其他优秀品德。"人们忘记了亨利几乎在每一个与他们休戚相关的作为方面——作为君王、作为军事领袖和作为正义之源泉——的失败，而只记住了他的德性生活以及他留下的两个不朽的、表明他对学问之虔诚与热爱的纪念品——伊顿公学和剑桥大学的国王学院。

1484年，显然出于更正亨利遭受的不公平待遇的目的，理查三世下令将他重新安葬在温莎圣乔治礼拜堂的祭坛南侧。劳斯说，当人们将亨利国王的遗体从墓中挖出来时，发现它虽在切特西修道院地下沉睡了13年，却几乎没有腐坏：脸部轮廓分明，并散发出芳香——"当然不是香料所致，因为埋葬他的是他的敌人和迫害者"——这无疑是一种神迹。亨利的遗体被恭敬地安放在一块平整石板下面的地下室中，墓室紧挨他的大敌爱德华四世的坟墓。为了便于老百姓供奉"圣人"亨利，理查国王下令，把他的盔甲、礼服以及其他遗物陈列在墓旁。斯托记述道，亨利那顶深红色的天鹅绒帽子被认为是一剂可治愈头痛的良药。墓边设有一个标有哥特字"H"的铁制施舍箱，为朝圣者布施所用，如今依然保留在原位。

到了都铎王朝时期，亨利六世的圣人名声更是如日中天，人们忘记了他曾是一位软弱无能的君王，对施行了几十年的弊政以及丧失英格兰在法国的领土负有不可推卸的责任。约翰·布莱克曼（John Blacman）写的亨利六世传记就是在这种气候下诞生的，几个世纪以来，他这本传记一直被认为是亨利的确实可靠的生活写照。直到最近，其真实性才受到人们的质疑。实际上，亨利七世把自己的伯父亨利六世正式奉为圣人，无非是往自己的脸上贴金。兰开斯特家族先人中有圣人诞生有助于塑造新王朝的光辉形象，亨利·都铎可谓为"造圣"而煞费苦心，虽然结果不见得有效。不过，在英格兰，宗教改革运动之前人们对亨利六世始终抱有崇敬之情。在对亨利的崇拜狂热弥漫的时期，他受害时所在的伦敦塔的房间，也变成了朝圣者们拜访的圣地。此圣地在 16 世纪 30 年代被亨利八世统治时期的地方行政长官拆除，但从此以后，在每年 5 月 21 日夜晚，伊顿公学的理事们总要在亨利遇害的传统地点献上一束百合花和红玫瑰。

安茹的玛格丽特未被长期关押在伦敦塔。伊丽莎白·韦德维尔恳求丈夫为前王后提供宽松的拘禁环境，爱德华四世并没有拒斥妻子的请求，很快便下令让玛格丽特迁移到更为舒适的温莎城堡。在那里被软禁了不长一段时间以后，1471 年 7 月 8 日，玛格丽特被转移到瓦林福德城堡（Wallingford Castle）。这也算是爱德华国王的一个善举，因为瓦林福德城堡位于牛津郡的艾维尔姆（Ewelme），临近玛格丽特最亲密的朋友之一，萨福克公爵夫人爱丽丝·乔叟的住宅。国王任命爱丽丝为玛格丽特的监护人，并为前王后提供每周 5 马克的生活费。

1476 年，在萨福克公爵夫人死后，路易十一为玛格丽特支付了赎金，并将她接回法国，由她的父亲维持生计。1480 年雷内死后，玛格丽特的生活变得更加困苦，靠着路易国王为她提供的一点微薄津贴为生。1482 年 8 月，在一场短暂的不明疾病之后，玛格丽特于极度贫困中死去，死后葬于昂热大教堂。

安妮·内维尔在 1472 年成了格洛斯特公爵理查的妻子，她生下一个儿子，取名为米德尔赫姆的爱德华，但孩子在幼年夭折。在理查成为国王的两年后，安妮在 1485 年离开了人世——可能死于肺结核或恶性肿瘤——时年 29 岁。

克拉伦斯公爵乔治因叛国罪于 1478 年被处以死刑。他在伦敦塔中秘密死去，可能应他本人的请求，溺死在盛有马姆齐甜酒（Malmsey wine）的大酒桶中。[1] 他的妻子伊莎贝尔于 1476 年死于分娩。

贾斯珀·都铎在得知亨利六世被害之后，便逃到了亨利·都铎所在的法国，从此开始了 14 年的流亡生涯。在亨利·都铎于 1485 年坐上王位以后，贾斯珀成为贝德福德公爵，并娶凯瑟琳·韦德维尔为妻，死于 1495 年。

约翰·弗特斯克爵士在书写了一篇拥护爱德华四世的王位诉求的文章并发誓放弃以前所著作品之后被赦免，他还成为爱德华国王的枢密院成员，大概死于 1477—1479 年间。爱德华也赦免了约翰·莫顿博士、奥蒙德伯爵、理查·汤斯顿伯爵、年轻的克利福德勋爵和亨利·弗农爵士等人。

从 1471 年到 1483 年，爱德华四世稳固而成功地统治了英格兰，权威未遭任何挑战。1473 年，他的另一个儿子理查诞生，因此，伊丽莎白·韦德维尔在约克家族中的地位几乎变得不可动摇。但在爱德华于

---

[1]　希腊、西班牙等地出产的白葡萄酒。

1483 年忽然去世、他 12 岁的儿子爱德华五世接替王位时，爱德华指定的英格兰守护、格洛斯特公爵与韦德维尔派系之间的权力斗争爆发。格洛斯特最终胜出，年幼的国王受到囚禁，并被废黜，格洛斯特本人则成了国王理查三世。这一切仅发生在三个月之内。然后，几乎可以肯定的是，他授意将年少的爱德华及其弟弟谋害在伦敦塔中。此事让他人心尽失，以至于在两年之内，他和约克家族被亨利·都铎所推翻。亨利·都铎在赢得 1485 年的博斯沃思战役（the Battle of Bosworth）后，成为亨利七世。

"时间冥冥有其定数"，17 世纪的首席大法官雷纳夫·克鲁爵士（Sir Ranulph Crew）写道：

> 凡世间万物，在经历了一段时间之后必告消亡，所有的盛名、尊严等尘世俗事莫不如此。博亨今何在？莫布雷今何在？莫蒂默今何在？更有盛极一时的金雀花王朝，今又何在？它们都已尘封于必死命运的骨灰瓮和墓穴之中。

译名对照表

注：书中所采用的所有郡以下的地名，均为英格兰 15 世纪所存在的名称。

Bermondsey Abbey, Southwark　柏孟塞大修道院，萨瑟克区

Berners, Lord（see John Bourchier）　伯纳斯，勋爵（参见约翰·鲍彻）

Berners, Margaret, Lady　伯纳斯，玛格丽特，夫人

Berwick, Northd　贝里克，诺森伯兰郡

Beverley, Yorks　比弗利，约克郡

Bibliotheque Nationale, Paris　国家图书馆，巴黎

Bisham Abbey, Berks　毕萨姆大修道院，伯克郡

Black Death　黑死病

Blackfriars, London　黑衣修士桥，伦敦

Blackheath, Kent　布莱克希斯，肯特郡

Black Jack, robber　黑杰克，强盗

Black Prince, the（see Edward of Woodstock, Prince of Wales）　黑王子（参见伍德斯托克的爱德华，威尔士亲王）

Blacman, John　布莱克曼，约翰

Blanche of Anjou　安茹的布兰奇

Blanche of Lancaster, dau. of. Henry IV　兰开斯特的布兰奇，亨利四世

Blanche of Lancaster, Duchess of Lancaster　兰开斯特的布兰奇，兰开斯特公爵夫人

Blaybourne, archer　布莱博尼，法国弓箭手

Bletsoe Castle, Beds　布莱特苏城堡

Blore Heath, Battle of　布洛-希思，战役

Blount, Sir John　布朗特，约翰爵士

Boccaccio, Giovanni　薄伽丘，乔瓦尼

Bohun, Eleanor de, Duchess of Gloucester　博亨，埃莉诺·德，格洛斯特公爵夫人

Bohun, Humphrey de, Earl of Hereford, Essex and Northampton　博亨，汉弗莱·德，赫里福德、埃塞克斯和北安普顿伯爵

Bohun, Mary de, Countess of Derby　博亨，玛丽·德，德比伯爵夫人

Bolingbroke Castle, Lincs　博林布鲁克城堡，林肯郡

Bolingbroke, Henry of（see Henry IV）　博林布鲁克，亨利（参见亨利四世）

Bolingbroke, Roger　博林布鲁克，罗杰

Bona of Savoy　萨沃伊的博纳

Boniface XI, Pope　博尼费斯十一，教皇

Bonville family　邦维尔家族

Bonville, Lord　邦维尔，勋爵

Booth, Laurence, Archbishop of York　布斯，劳伦斯·约克大主教

Booth, William, Archbishop of York　布斯，威廉，约克大主教

Bordeaux, France　波尔多，法国

Boston, Lincs　波士顿，林肯郡

Boulers, Reginald, Bishop of Hereford　布勒，雷金纳德，赫里福德主教

Boulogne, France　布洛涅，法国

Bourbon, Duchess of　波旁，公爵夫人

Bourchier, Sir Edward　鲍彻，爱德华爵士

Bourchier, Henry, Lord Berne　鲍彻，亨利，伯恩勋爵

Bourchier, Henry, 1st Earl of Essex　鲍彻，亨利，第一任埃塞克斯伯爵

Bourchier, Humphrey　鲍彻，汉弗莱

Bourchier, Thomas, Archbishop of Canterbury　鲍彻，托马斯，坎特伯雷大主教

Bourchier, William, Viscount　鲍彻，威廉，子爵

Bourges, France　布尔日，法国

Bramham Moor, Battle of　巴尔姆汉姆沼泽，战役

Bretigny, Treaty of　布雷蒂尼，条约

Breze, Pierre de, Grand Seneschal of Anjoy, Poitou and Normandy　布雷泽，皮埃尔·德，安茹、普瓦图和诺曼底的大总管

Briconnet, Jean　卜利索内，让

Bridge, John　布里奇，约翰

Bridgewater, Edward（see Tudor, Owen）　布里奇沃特，爱德华（参见都铎，欧文）

Bridgewater, Somerset　布里奇沃特，萨默塞特

Bristol, Somerset　布里斯托尔，萨默塞特

British Library, London　大英图书馆，伦敦

Brittany, duchy of　布列塔尼公国

Brittany, dukes of（see also Francis II）　布列塔尼，公爵（参见弗朗西斯二世）

Bromflete, Margaret, Lady Clifford　布罗姆福利特，玛格丽特，克利福德夫人

Brotherton, Yorks　布拉泽顿，约克郡

Brown, Thomas, Bishop of Norwich　布朗，

Langley, Northd　兰利，诺森伯兰郡

Langstrother, Sir John　兰斯特罗思，约翰爵士

Latimer, Lord　拉蒂默，勋爵

Launcekrona, Agnes de　洛斯克鲁娜，艾格尼丝·德

Leeds Castle, Kent　利兹城堡，肯特郡

Leicester, Leics　莱斯特，莱斯特郡

Leland, John　利兰，约翰

Le Mans, France　勒芒，法国

Leominster, Herefordshire　莱姆斯特，赫里福德郡

Lewes, Sussex　路易斯，苏塞克斯郡

Lichfield, Bishop of (see William Heyworth)　利奇菲尔德，主教（见威廉·海沃思）

Lichfield, Staffs　利奇菲尔德，斯塔福德郡

Lincluden Abbey, Scotland　林克路登修道院，苏格兰

Lincoln, bishops of (and see John Buckingham, John Russell)　林肯，主教，（参见约翰·白金汉，约翰·罗素）

Lincoln Cathedral　林肯大教堂

Linlithgow Palace, Scotland　林利斯戈宫，苏格兰

Lionel of Antwerp, Duke of Clarence　安特卫普的莱昂内尔，克拉伦斯公爵

Lisieux, Normandy　利西厄，诺曼底

Little Malvern Priory, Worcs　莫尔文小修道院，伍斯特郡

Liverpool Museum, Lancs　利物浦博物馆，兰开夏郡

Livius, Titus　李维，蒂托

Lomnour, William　洛姆诺，威廉

Londesbrough, Yorks　隆德斯布拉夫，约克郡

London　伦敦

London, bishops of　伦敦，主教

Losecoat Field, Battle of (1470)　"脱衣战"（1470）

Louis XI, King of France　路易十一，法兰西国王

Louis, Dauphin of France (see Louis XI, King of France)　路易，法国王太子（参见路易十一，法兰西国王）

Louis of Valois, Duke of Orleans　瓦卢瓦的路易，奥尔良公爵

Louvain, Flanders　鲁汶，佛兰德斯

Louviers, Normandy　卢维埃，诺曼底

Lovelace, Sir Henry　洛夫莱斯，亨利爵士

Lovell, Lady　洛弗尔，夫人

Lovell, Lord　洛弗尔，勋爵

Lubeck, Germany　吕贝克，德国

Lucy, Elizabeth　露西，伊丽莎白

Lucy, Sir William　路希，威廉爵士

Ludford Bridge, Rout of (1459)　鲁德福德桥，溃败（1459）

Ludlow, Salop　勒德洛，赛洛普郡

Luton, Beds　卢顿，贝德福德郡

Lydgate, John　利德盖特，约翰

M

Machiavelli, Niccolo　马基雅维利，尼可罗

Madeleine of Valois　瓦卢瓦的玛德琳

Maidstone, Kent　梅德斯通，肯特郡

Maine, duchy of　曼恩，公爵领地（公国）

Malmesbury, Wilts.　马姆斯伯里，威尔特郡

Malpas Castle, Cheshire　马尔帕斯城堡，柴郡

Malpas, Philip, alderman　马尔帕斯，菲利普，市政议员

Manchester, Lancs.　曼彻斯特，来开夏郡

Mancini, Dominic　曼奇尼，多米尼克

Manning, Thomas　曼宁，托马斯

March, earls of (see Mortimer, Edward IV)　马奇，伯爵（参见莫蒂默，爱德华四世）

Margaret of Anjou, Queen of England　安茹的玛格丽特，英格兰王后

Margaret of York (see Margaret Plantagenet)　约克的玛格丽特（参见玛格丽特·金雀花）

Marie of Anjou, Queen of France　安茹的玛丽，法兰西王后

Market Drayton, Salop.　德雷顿市场，赛洛普郡

Markham, Chief Justice　马克汉姆，首席大法官

Mary of Burgundy　勃艮第的玛丽

Mary of Gueldres, Queen of Scotland　盖尔德雷的玛丽，苏格兰王后

Mary of York　约克的玛丽

Matilda, Empress　玛蒂尔达，女王

Maudelyn, Richard　莫德林，理查

Neville, Geoffrey de 内维尔，杰弗里·德

Neville, George, Bishop of Exeter, Archbishop of York 内维尔，乔治，埃克塞特主教，约克大主教

Neville, George, Duke of Bedford 内维尔，乔治，贝德福德公爵

Neville, George, Lord Latimer 内维尔，乔治，拉蒂默勋爵

Neville, Isabel, Duchess of Clarence 内维尔，伊莎贝尔，克拉伦斯公爵夫人

Neville, Sir John, later Marquess of Montague and Earl of Northumberland 内维尔，约翰爵士，后来的蒙塔古侯爵和诺森伯兰伯爵

Neville, Katherine, Duchess of Norfolk 内维尔，凯瑟琳，诺福克公爵夫人

Neville, Lord 内维尔，勋爵

Neville, Margaret, Countess of Oxford 内维尔，玛格丽特，牛津伯爵夫人

Neville, Ralph, 1st Earl of Westmorland 内维尔，拉尔夫，第一任威斯特摩兰伯爵

Neville, Ralph, 2nd Earl of Westmorland 内维尔，拉尔夫，第二任威斯特摩兰伯爵

Neville, Richard, Earl of Salisbury 内维尔，理查，索尔兹伯里伯爵

Neville, Richard, Earl of Warwick, 'the Kingmaker' 内维尔，理查，沃里克伯爵，"造王者"

Neville, Sir Thomas 内维尔，托马斯爵士

Neville, Thomas, Bastard of Fauconberg 内维尔，托马斯，福肯伯格的私生子

Neville, William, Lord Fauconberg, later Earl of Kent 内维尔，威廉，福肯伯格勋爵，后来的肯特伯爵

Newark, Notts 纽瓦克，诺丁汉郡

Newcastle-under-Lyme, Staffs 纽卡斯尔安德莱姆，斯塔福德郡

Newcastle-upon-Tyne, Northd. 泰恩河畔的纽卡斯尔，诺森伯兰郡

Newgate Prison, London 纽盖特监狱，伦敦

Newport, Wales 新港（纽波特），威尔士

Nicholas, Gruffydd ap 尼古拉斯，格鲁菲德·阿普

Norfolk, Duchess of (see Katherine Neville) 诺福克，公爵夫人（参见凯瑟琳·内维尔）

Norfolk, dukes of (see Mowbray) 诺福克，公爵（参见莫布雷）

Norham Castle, Northd. 诺勒姆城堡，诺森伯兰郡

Norman Conquest (1066) 诺曼底征服（1066）

Normandy, duchy of 诺曼底，公国

Norris, Sir William 诺里斯，威廉爵士

Northampton, Battle of (1460) 北安普顿，战役（1460）

Northampton, Northants. 北安普顿，北安普顿

Northumberland, earls of (see Percy, John Neville) 诺森伯兰郡，伯爵（参见珀西，约翰·内维尔）

Norwich, Bishop of (see Thomas Brown) 诺维奇，主教（参见托马斯·布朗）

Norwich, Norfolk 诺维奇，诺福克郡

Nottingham, Notts 诺丁汉，诺丁汉郡

O

Oglander, Sir John 奥格兰德，约翰爵士

Ogle, Sir Robert 奥格尔，罗伯特爵士

Oldcastle, Sir John 奥尔德卡斯尔，约翰爵士

Oldhall, Sir William 奥尔德海尔，威廉爵士

Olney, Bucks. 奥尔尼，巴克斯郡

Orleans, dukes of (see Louis of Valois, Charles of Valois) 奥尔良，公爵（参见瓦卢瓦的路易，瓦卢瓦的查理）

Orleans, France 奥尔良，法国

Ormond's Inn, Knightrider Street, London 奥蒙德客栈，骑士街，伦敦

Ormonde, Earl of 奥蒙德，伯爵

Owen, Sir David 欧文，戴维爵士

Oxford 牛津

Oxford, earls of (see de Vere) 牛津，伯爵（见德·维尔）

P

Padua, Italy 帕多瓦，意大利

Pampelon, John 庞普龙，约翰

Paris, France 巴黎，法国

Parr, Sir Thomas 帕尔，托马斯爵士

Parr, Sir William 帕尔，威廉爵士

Pole, Humphrey de la 波尔，汉弗莱·德·拉

Pole, John de la, 2nd Duke of Suffolk 波尔，约翰·德·拉，第二任萨福克公爵

Pole, Katherine de la, Abbess of Barking 波尔，凯瑟琳·德·拉，巴金女修道院院长

Pole, Katherine de la 波尔，凯瑟琳·德·拉

Pole, Michael de la, 1st Earl of Suffolk 波尔，迈克尔·德·拉，第一任萨福克伯爵

Pole, Michael do la, 2nd Earl of Suffolk 波尔，迈克尔·德·拉，第二任萨福克伯爵

Pole, William de la, 1st Duke of Suffolk 波尔，威廉·德·拉，第一任萨福克公爵

Pontefract, Yorks. 庞蒂弗拉克特，约克郡

Pontoise, France 蓬图瓦兹，法国

Poplar, Essex 波普拉区，埃塞克斯郡

Poppelau, Nicholas von 柏普劳，尼古拉斯·冯

Porchester, Hants 波切斯特，汉普郡

Portsmouth, Hants 朴次茅斯，汉普郡

Portugal, King of 葡萄牙，国王

Q

Queens' College, Cambridge 王后学院，剑桥大学

Queensborough Castle, Isle of Sheppey, Kent 昆伯勒城堡，谢佩岛，肯特郡

R

Raby Castle, Co. Durham 雷比城堡，达勒姆

Radcot Bridge, Battle of 拉德克特桥，战役

Raglan Castle, Wales 拉格兰城堡，威尔士

Ranby Hawe, Lincs 兰比－哈威，林肯郡

Ratcliffe, Robert 拉特克利夫，罗伯特

Ravenspur, Yorks 鸦岔口，约克郡

Reading, Berks 雷丁，柏克斯郡

Rempson, Sir Thomas 拉普森，托马斯爵士

Rene, Duke of Anjou, titular King of Naples and Jerusalem 雷内，安茹公爵，有名无实的那不勒斯和耶路撒冷国王

Rheims, France 兰斯，法国

Richard II, King of England 理查二世，英格兰国王

Richard III, King of England previously Duke of Gloucester 理查三世，英格兰国王，从前的格洛斯特公爵

Richard, Duke of York 理查，约克公爵

Richard, Duke of York, son of Edward IV 理查，约克公爵，爱德华四世的儿子

Richard, Earl of Cambridge 理查，剑桥伯爵

Richmond, earls of (see Tudor) 里奇蒙，伯爵（参见都铎）

Rigmardin, John 瑞格马丁，约翰

Ripon, Yorks 里彭，约克郡

Rivers, Lord (see Richard Wydville, Anthony Wydville) 里弗斯，勋爵（参见理查·韦德维尔，安东尼·韦德维尔）

Robin of Holderness 霍德尼斯的罗宾

Robin of Redesdale (see Sir John Conyers) 雷德斯代尔的罗宾（参见约翰·科尼尔斯爵士）

Rochester, Bishop of 罗彻斯特，主教

Rochester, Kent 罗切斯特，肯特郡

Rope, Richard 罗普，理查

Roos, Lord 鲁斯，勋爵

Roos, Sir Richard 鲁斯，理查爵士

Roos, Sir William 鲁斯，威廉爵士

Rotherham, Yorks 罗瑟勒姆，约克郡

Rouen, Normandy 鲁昂，诺曼底

Rougemont Grey, Lord 鲁热蒙·格雷，勋爵

Rous, John 劳斯，约翰

Royston, Herts. 罗伊斯顿，赫特福德郡

Rozmital, Lord of (see Leo) 罗兹米塔尔，勋爵（参见利奥）

Russell, John, Bishop of Lincoln 拉塞尔，约翰，林肯主教

Rutland, earls of (see Edward of Aumale, Duke of York, Edmund Plantagenet) 拉特兰，伯爵（参见奥玛尔的爱德华，约克公爵，埃德蒙·金雀花）

Rye, Sussex 赖伊，苏塞克斯郡

Ryton, Co. Durham 莱顿，达勒姆

S

St Albans, Battle of (1455) 圣奥尔本斯，战役（1455）

Wenlock, Sir John, later Lord Wenlock　文洛克，约翰爵士，后来的文洛克勋爵

Wennington, Robert　威宁顿，罗伯特

Wentworth, Sir Philip　温特沃斯，菲利普爵士

Weobley, Herefordshire　温布利，赫里福德郡

Westerdale, John　温斯特代尔，约翰

Westminster Abbey　威斯敏斯特教堂

Westminster, Palace of　威斯敏斯特宫

Weymouth, Dorset　韦茅斯，多塞特郡

Whethamstead, John, Abbot of St Albans　维特汉姆斯特德，约翰，圣奥尔本斯修道院院长

Whittingham, Sir Robert　惠廷汉姆，罗伯特爵士

Whittington, Sir Richard　惠廷顿，理查爵士

Wigmore, Herefordshire　威格莫尔，赫里福德郡

William II 'Rufus', King of England　威廉二世"鲁弗斯"，英格兰国王

William of Wykeham, Bishop of Winchester　威克姆的威廉，温彻斯特主教

Willoughby, Lord　威洛比，勋爵

Wiltshire, Earl of (see James Butler)　威尔特，伯爵（见詹姆斯·巴特勒）

Wimborne, Dorset　温伯恩，多塞特郡

Winchelsea, Sussex　温切尔西，苏塞克斯郡

Winchester, Hants　温彻斯特，汉普郡

Windsor Castle, Berks　温莎城堡，柏克斯郡

Wingfield, Suffolk　温菲尔德，萨福克郡

Woking, Surrey　沃金，萨里郡

Wolvesey Palace, Winchester　沃尔斯宫，温彻斯特

Woods, Richard　伍兹，理查

Wooler, Northd　伍勒，诺森伯兰郡

Worcester, Earl of (see John Tiptoft)　伍斯特，伯爵（参见约翰·蒂普托夫特）

Worcester, William　伍斯特，威廉

Worcester, Worcs　伍斯特，伍斯特郡

Worksop, Notts　沃克索普，诺丁汉郡

Wrockwardine Church, Salop　罗克沃丁教堂，什罗普郡

Wycliffe, John　威克利夫，约翰

Wydville, Anne, Viscountess Bourchier　维德维尔，安妮，鲍彻子爵夫人

Wydville, Anthony, Lord Scales, later nd Earl Rivers　韦德维尔，安东尼，斯凯尔斯勋爵，后来的第二任里弗斯伯爵

Wydville, Edward　韦德维尔，爱德华

Wydville, Eleanor, Lady Grey　韦德维尔，埃莉诺，格雷夫人

Wydville, Elizabeth, Queen of England　韦德维尔，伊丽莎白，英格兰王后

Wydville, family　韦德维尔，家族

Wydville, Jacquetta, Lady Strange　韦德维尔，雅克塔，斯特兰奇夫人

Wydville, Sir John　韦德维尔，约翰爵士

Wydville, Katherine, Duchess of Buckingham and Bedford　韦德维尔，凯瑟琳，白金汉和贝德福德公爵夫人

Wydville, Lionel, Bishop of Salisbury　韦德维尔，莱昂内尔，索尔兹伯里主教

Wydville, Margaret　韦德维尔，玛格丽特

Wydville, Martha　韦德维尔，玛莎

Wydville, Mary, Lady Dunster　韦德维尔，玛丽，邓斯特夫人

Wydville, Richard, 1st Earl Rivers　韦德维尔，理查，第一任里弗斯伯爵

Wydville, Willam de　韦德维尔，威廉·德

Y

Yolande of Aragon　阿拉贡的约兰德

York, city of　约克，城市

York, Royal House of　约克，王室

Young, Thomas　杨，托马斯

图书在版编目（CIP）数据

玫瑰战争 /（英）艾莉森·威尔著；沈毅译 . —杭州：浙江大学出版社，2018.9
　书名原文：Lancaster and York: The Wars of the Roses
　ISBN 978-7-308-18104-4

　Ⅰ.①玫… Ⅱ.①艾… ②沈… Ⅲ.①长篇小说 – 英国–现代 Ⅳ.①I561.45

中国版本图书馆 CIP 数据核字（2018）第 061250 号

玫瑰战争

[英]艾莉森·威尔 著　沈毅 译

责任编辑	周红聪
责任校对	王　军　牟杨茜
装帧设计	蔡立国
出版发行	浙江大学出版社
	（杭州天目山路148号 邮政编码310007）
	（网址：http:// www.zjupress.com）
排　　版	北京大观世纪文化传媒有限公司
印　　刷	北京时捷印刷有限公司
开　　本	635mm×965mm　1/16
印　　张	32
字　　数	430千
版 印 次	2018年9月第1版　2018年9月第1次印刷
书　　号	ISBN 978-7-308-18104-4
定　　价	72.00元